W0024509

SOPHIE KINSELLA

Muss es denn gleich für immer sein?

Buch

Sylvie und Dan sind seit zehn Jahren zusammen. Sie führen eine glückliche Ehe, sind Eltern eines bezaubernden Zwillingspaars, wohnen in ihrem Traumhaus und wissen stets, was der andere denkt. Beim jährlichen Check-up-Termin prognostiziert ihr Hausarzt außerdem hocherfreut: Beide sind so kerngesund, dass sie sich noch auf weitere 68 gemeinsame Jahre freuen können. Erfreulich? Wer konnte denn ahnen, dass mit »bis dass der Tod uns scheidet« noch weitere sieben Jahrzehnte gemeint sind? Wie zum Kuckuck sollen sie diese Ewigkeit zusammen überstehen? Ein Plan muss her, damit ihre Beziehung spannend bleibt und überdauert: Sylvie und Dan wollen einander immer wieder überraschen. Doch nicht nur gehen diese Überraschungen gehörig schief, es kommen auch Geheimnisse ans Licht, die ihre Ehe in ihren Grundfesten erschüttert. Und plötzlich müssen sie sich fragen, ob sie sich wirklich so gut kennen, wie sie immer dachten …

Weitere Informationen zu Sophie Kinsella
sowie zu lieferbaren Titeln der Autorin
finden Sie am Ende des Buches.

Sophie Kinsella

Muss es denn gleich für immer sein?

Roman

Aus dem Englischen
von Jörn Ingwersen

GOLDMANN

Die englische Originalausgabe erschien 2018
unter dem Titel »Surprise me«
bei Bantam Press, London,
an imprint of Transworld Publishers.

Sollte diese Publikation Links auf Webseiten Dritter enthalten,
so übernehmen wir für deren Inhalte keine Haftung,
da wir uns diese nicht zu eigen machen, sondern lediglich auf
deren Stand zum Zeitpunkt der Erstveröffentlichung verweisen.

Verlagsgruppe Random House FSC® N001967

1. Auflage
Deutsche Erstveröffentlichung August 2018

Umschlaggestaltung: © FAVORITBÜRO, München
Umschlagmotiv: © Julenochek/Rasstock/gowithstock/
wacpan/Shutterstock.com
Redaktion: Kerstin Ingwersen
MR· Herstellung: kw
Satz: Uhl + Massopust, Aalen
Druck und Bindung: GGP Media GmbH, Pößneck
Printed in Germany
ISBN: 978-3-442-48776-9
www.goldmann-verlag.de

Besuchen Sie den Goldmann Verlag im Netz

für Henry

»Die Wahrscheinlichkeit, dass Zwanzigjährige 100 werden, ist heute dreimal so hoch wie bei ihren Großeltern und doppelt so hoch wie bei den Eltern.«

National Statistics Report 2011

»Die dramatische Geschwindigkeit, mit der sich die Lebenserwartung verändert, bedeutet, dass wir unsere Vorstellung von unserem späteren Leben radikal überdenken müssen …«

Sir Steven Webb, Britischer Minister für Renten 2010–2015

PROLOG

Ich habe so ein kleines Geheimvokabular für meinen Mann. Ausgedachte Worte, die ihn gut beschreiben. Er selbst weiß nichts davon. Hin und wieder fallen mir einfach Worte ein. Zum Beispiel …

Fragsam: wie er so süß das Gesicht verzieht, wenn er verwirrt ist, mit hochgezogenen Augenbrauen und forschendem Blick, als wollte er sagen: »Das erklär mir mal!« Dan ist nicht gern verwirrt. Er mag es eindeutig. Geradeaus. Klar und deutlich.

Neinisch: wenn er sich so verspannt, als müsste er sich verteidigen, sobald das Thema auf meinen Vater kommt. (Er denkt, ich merke es nicht.)

Geufft: wenn das Leben so hart zugeschlagen hat, dass ihm buchstäblich die Luft wegbleibt.

Im Grunde ist es ein Allzweckwort. Es könnte auf jeden zutreffen, auch auf mich. In diesem Moment *trifft* es auf mich zu. Denn genau das bin ich. Ich bin geufft. Meine Lungen sind wie erfroren. Meine Wangen kribbeln. Ich fühle mich wie in einer Vorabendserie, denn erstens schleiche ich in Dans Büro herum, zweitens ist er nicht da und weiß auch nichts von dem, was ich hier treibe, drittens habe ich eine geheime Schublade in seinem Schreibtisch geöffnet und kann viertens nicht glauben, was ich gefunden habe, was ich hier in der Hand halte.

Schwer atmend starre ich es an. Mein Hirn ruft mir panische Botschaften zu, etwa: *Wie bitte?* Und: *Soll das heißen …?* Und: *Bitte nicht! Das kann nicht wahr sein! Das darf nicht wahr sein!*

Und am schlimmsten: *Hatte Tilda etwa von Anfang an recht? Habe ich mir das alles selbst zuzuschreiben?*

Ich merke, dass mir die Tränen kommen und Fassungslosigkeit von mir Besitz ergreift. Und Angst. Ich bin nicht sicher, was überwiegt. Oder eigentlich doch. Die Fassungslosigkeit wiegt schwerer und verbündet sich mit Zorn. »Ist das dein Ernst?« Mir ist zum Schreien zumute. *»Ist das wirklich dein Ernst, Dan?«*

Aber ich tue es nicht. Ich mache nur ein paar Fotos mit meinem Handy, weil … na ja, zur Sicherheit. Kann man vielleicht brauchen. Dann lege ich das, was ich gefunden habe, wieder zurück, schließe die Schublade, verriegle sie sorgfältig, ziehe zur Sicherheit noch mal daran (ich bin ein klein wenig zwanghaft, was abgeschlossene Türen, ausgestellte Waschmaschinen und so was angeht. Ist keine große Sache, ich bin nicht *verrückt*, nur ein bisschen … na, ihr wisst schon) und schleiche mich davon.

Ich dachte, ich wüsste alles über meinen Mann und er wüsste alles über mich. Ich habe ihn bei *Oben* weinen sehen. Ich habe ihn im Schlaf *»Ich werde dich vernichten!«* rufen hören. Er hat mich gesehen, wie ich im Urlaub meine Höschen gewaschen habe (weil es im Hotel so unfassbar teuer war, sie in die Wäscherei zu geben), und er hat sie sogar für mich zum Trocknen aufgehängt.

Wir waren immer *das Paar*. Verflochten. Verschmolzen. Wir konnten die Gedanken des anderen lesen.

Wir beendeten gegenseitig unsere Sätze. Ich hätte nicht gedacht, dass wir einander noch überraschen könnten.

Tja, da sieht man mal, wie wenig ich wusste.

KAPITEL EINS

FÜNF WOCHEN ZUVOR

Es beginnt an unserem zehnten Jahrestag. Wer hätte das gedacht?

Eigentlich stellen sich zwei Fragen: 1.) Wer hätte gedacht, dass es an einem derart vielversprechenden Tag losgeht? Und 2.) Wer hätte gedacht, dass wir überhaupt zehn Jahre durchhalten?

Wenn ich zehn Jahre sage, meine ich nicht seit unserer Hochzeit. Ich meine zehn Jahre seit unserer ersten Begegnung. Es war auf der Geburtstagsparty meiner Freundin Alison. Das war der Tag, der unser Leben für immer verändert hat. Dan stand hinterm Grill, ich bat ihn um einen Burger und … *bamm*.

Also, nicht *bamm* wie »Liebe auf den ersten Blick«. Eher *bamm* wie in »Wow. Diese Augen! Diese Arme! Der Typ gefällt mir.« Er trug eine Schürze und ein blaues T-Shirt, das seine Augen hervorhob, und er wendete die Burger mit großem Geschick. Er wusste, was er tat. Wie der Burger King persönlich.

Das Komische ist, dass ich nie gedacht hätte, Geschicklichkeit beim Burger-Wenden könnte eines Tages etwas sein, das ich mir von einem Mann erhoffte. Und doch war es so.

Während ich ihm so dabei zusah, wie er freundlich lächelnd den Grill bediente ... nun, ich war beeindruckt.

Also ging ich zu Alison, um zu fragen, wer das war (»alter Freund von der Uni, macht in Immobilien, netter Typ«), und dann flirtete ich noch ein bisschen mit ihm. Als das nichts brachte, überredete ich Alison, uns beide gemeinsam zum Abendessen einzuladen. Und als auch das zu keinem Ergebnis führen wollte, bin ich ihm »zufällig« in der City über den Weg gelaufen, zweimal, das eine Mal im tief ausgeschnittenen Top (fast etwas nuttig, aber ich wusste mir anders nicht mehr zu helfen). Und dann endlich, *endlich*, nahm er mich wahr und fragte, ob wir uns nicht mal treffen wollten, und es war Liebe auf den – sagen wir – fünften Blick.

Zu seiner Ehrenrettung muss man sagen, dass er (behauptet er zumindest) eine Trennung zu verarbeiten hatte und nicht wirklich »auf der Suche« war.

Außerdem modifizieren wir diese Geschichte leicht, wenn wir sie anderen Leuten erzählen. Zum Beispiel das mit dem nuttigen Ausschnitt. Das muss ja nicht jeder wissen.

Wie dem auch sei. Spulen wir zurück zu dem Moment, als sich unsere Blicke trafen, als alles begann. Einer dieser schicksalhaften Momente, die dein ganzes Leben beeinflussen. Ein denkwürdiger Augenblick. Ein Augenblick, den man ein Jahrzehnt später mit einem Abendessen im Lieblingsrestaurant begeht.

Wir mögen den Laden. Das Essen ist gut, und uns gefällt die Atmosphäre. Dan und ich haben viele gemeinsame Vorlieben – Filme, Stand-up-Comedians,

Spaziergänge –, wobei wir allerdings auch oft genug uneins sind. Zum Beispiel wird man mich nie im Leben auf einem Rennrad antreffen. Und Dan wird man ganz sicher nie beim Weihnachtsshopping begegnen. Er hat einfach keinen Sinn fürs Schenken, und sein Geburtstag wird langsam, aber sicher zum Problem. (Ich: »Du musst dir doch irgendwas wünschen. *Denk nach.*« Dan (gehetzt): »Kauf mir … äh … Ich glaube, wir haben kein Pesto mehr. So was kannst du mir schenken.« Ich: »Ein Glas *Pesto*? Zum *Geburtstag*?«

Eine Frau im schwarzen Kleid führt uns zu unserem Tisch und präsentiert zwei große graue Mappen.

»Die Speisekarte ist neu«, erklärt sie. »Ihre Kellnerin wird gleich bei Ihnen sein.«

Eine neue Speisekarte! Als sie geht, blicke ich zu Dan auf und sehe das unverkennbare Blitzen in seinen Augen.

»Neue Karte«, sage ich. »Was meinst du?«

Er nickt. »Kinderspiel.«

»Aufschneider«, erwidere ich.

»Herausforderung angenommen. Hast du Papier?«

»Na klar.«

Ich habe immer Papier und Stifte dabei, denn wir spielen dieses Spiel sehr oft. Ich gebe ihm einen Kugelschreiber und reiße eine Seite aus meinem Notizbuch, dann nehme ich mir selbst Kuli und Zettel.

»Okay«, sage ich. »Auf die Plätze, fertig, los!«

Schweigend studieren wir die Speisekarte. Es gibt sowohl Brasse als auch Steinbutt, was es etwas knifflig macht … aber trotzdem – ich *weiß*, was Dan bestellt. Er wird versuchen, mich auszutricksen, aber ich werde ihm zuvorkommen. Ich weiß genau, wie er funktioniert, wie sein Verstand sich dreht und wendet.

»Fertig.« Dan kritzelt ein paar Worte auf seinen Zettel und faltet ihn zusammen.

»Fertig!« Ich schreibe meine Antwort auf und bin gerade dabei, meinen Zettel zu falten, als die Kellnerin wieder an unseren Tisch kommt.

»Möchten Sie etwas trinken?«

»Unbedingt, und auch essen.« Ich lächle sie an. »Ich hätte gern einen Negroni, die Muscheln und das Huhn.«

»Für mich einen Gin Tonic«, sagt Dan, als sie fertig geschrieben hat. »Außerdem nehme ich auch die Muscheln und dazu die Brasse.«

Die Kellnerin geht, und wir warten ab, bis sie außer Hörweite ist. Dann:

»Wusste ich doch!« Ich schiebe Dan meinen Zettel zu. »Auch wenn ich Gin Tonic nicht erwartet hätte. Ich dachte, du nimmst Champagner.«

»Ich hab alles richtig. Volltreffer.« Dan reicht mir seinen Zettel, und ich sehe *Negroni, Muscheln, Huhn* in seiner ordentlichen Handschrift.

»Verdammt!«, sage ich. »Ich dachte, du denkst, ich nehme den Hummer.«

»Mit Polenta? Ich bitte dich.« Er grinst und schenkt mir Wasser nach.

»Ich weiß aber, dass du fast Steinbutt geschrieben hättest.« Ich kann es mir nicht verkneifen, etwas anzugeben, um zu zeigen, wie gut ich ihn kenne. »Entweder das oder die Brasse, aber du bist scharf auf den Safranfenchel, den es als Beilage zur Brasse gibt.«

Dans Grinsen wird breiter. Sag ich doch!

»Übrigens«, füge ich hinzu, während ich meine Serviette ausschüttle, »habe ich gesprochen mit …«

»Oh, schön! Was hat sie …«

»Alles gut.«

»Super.« Dan nippt an seinem Wasser, und ich hake das Thema im Stillen ab.

Viele unserer Gespräche laufen so. Überlappende Sätze und halbfertige Gedanken in Kurzschrift. Ich musste nicht ausformulieren: »Ich habe mit Karen, unserer Nanny, übers Babysitten gesprochen.« Er wusste es. Nicht dass wir ernstlich *Gedanken lesen* können, aber oft genug ahnen wir, was der andere als Nächstes sagen wird.

»Ach, und wir müssen noch reden über meine Mum und ihre …«, sagt er und nimmt einen Schluck Wasser.

»Ich weiß. Ich dachte, wir könnten gleich durchfahren von …«

»Ja, gute Idee.«

Und wieder brauchen wir nicht auszuformulieren, dass wir noch über die Geburtstagsfeier seiner Mum reden müssen und von der Ballettstunde der Mädchen direkt dorthin fahren könnten. Wir wissen es beide. Ich reiche ihm den Korb und weiß, dass er sich eine Scheibe von dem Sauerteigbrot nimmt, nicht weil er es besonders mögen würde, sondern weil er weiß, wie gern ich Focaccia esse. So ein Mann ist Dan. Einer, der dir dein Lieblingsbrot überlässt.

Unsere Getränke kommen, und wir stoßen an. Wir sind beide ganz entspannt, denn wir haben uns den Nachmittag freigenommen. Da wir gerade die Krankenversicherung wechseln, müssen wir beide später noch zur medizinischen Untersuchung.

»Tja. Zehn Jahre.« Ich ziehe die Augenbrauen hoch. *»Zehn Jahre.«*

»Unglaublich.«

»Wir haben es geschafft!«

Zehn Jahre. Das ist eine echte Leistung. Fast kommt es mir vor, als hätten wir einen Berg erklommen. Immerhin ist es ein volles *Jahrzehnt*! Drei Umzüge, eine Hochzeit, Zwillinge, gut zwanzig Ikea-Regale ... das ist praktisch ein ganzes Leben.

Und wir haben großes Glück, dass wir noch da sind, dass wir noch zusammen sind. Das weiß ich. Einige andere Paare, die sich etwa zur selben Zeit kennenlernten, hatten weniger Glück. Meine Freundin Nadia war nach drei Jahren wieder geschieden. Es funktionierte einfach nicht.

Liebevoll betrachte ich Dans Gesicht, dieses Gesicht, das ich so gut kenne: die hohen Wangenknochen, die Sommersprossen und die gesunde Gesichtsfarbe vom vielen Radfahren. Seine semmelblonden Haare. Die blauen Augen. Seine energische Ausstrahlung, selbst hier beim Essen.

Gerade wirft er einen Blick auf sein Telefon und ich einen auf meins. Bei uns gibt es keine Regel gegen Handys, wenn wir mal ausgehen, denn wer hält schon eine ganze Mahlzeit durch, ohne wenigstens einmal nach seinem Handy zu sehen?

»Oh, ich hab was für dich«, sagt er plötzlich. »Ich weiß ja, es ist kein richtiges Jubiläum, aber trotzdem ...«

Er zückt ein Rechteck in Geschenkpapier, und ich

weiß schon, dass es dieses Buch über effektiven Hausputz ist, das ich so gern lesen möchte.

»Wow!«, sage ich, als ich es auspacke. »Danke! Aber ich habe auch eine Kleinigkeit für dich …«

Wissend lächelt er, als er merkt, wie schwer das Päckchen ist. Dan sammelt Briefbeschwerer, also kriegt er zu jedem Geburtstag und zu besonderen Anlässen einen geschenkt. (Und dazu natürlich ein Glas Pesto.) Damit bin ich auf der sicheren Seite. Nein, nicht auf der *sicheren Seite*. Das klingt langweilig, und langweilig sind wir bestimmt nicht. Es ist nur … na ja. Ich weiß, er freut sich darüber. Wieso sollte ich also Geld vergeuden und ein Risiko eingehen?

»Gefällt er dir?«

»Gefällt mir sehr.« Er beugt sich vor, um mir einen Kuss zu geben, und flüstert: »Ich liebe dich.«

»Und ich dich«, flüstere ich zurück.

Um Viertel vor vier sitzen wir in der Arztpraxis, sind allerbester Dinge, so wie es einem nur geht, wenn man den Nachmittag freihat, die Kinder zum Spielen verabredet sind und man gerade gut gegessen hat.

Wir waren noch nie bei Dr. Bamford – die Versicherungsgesellschaft hat ihn ausgesucht –, und er ist eine echte Type. Zuerst einmal ruft er uns beide gleichzeitig herein, was mir ungewöhnlich vorkommt. Er misst unseren Blutdruck, stellt uns einen Haufen Fragen und sieht sich die Ergebnisse des Fitness-Tests an, dem wir uns unterziehen mussten. Dann liest er, während er unsere Formulare ausfüllt, mit theatralischer Stimme vor:

»Mrs Winter, eine charmante Dame von zweiunddreißig Jahren, ist eine Nichtraucherin mit gesundem Appetit …«

Dan wirft mir bei »gesundem Appetit« einen belustigten Blick zu, aber ich tue so, als würde ich es nicht merken. Heute ist unser Jahrestag – da ist das was anderes. Und ich *musste* diese mächtige Mousse au Chocolat einfach essen. Ich sehe mein Spiegelbild in einer gläsernen Vitrinentür und setze mich augenblicklich gerade hin, ziehe den Bauch ein.

Ich bin blond, mit langen, wallenden Haaren. So richtig lang. Bis zur Taille. Rapunzelmäßig. Schon als Kind hatte ich lange Haare. Ich bringe es einfach nicht übers Herz, sie abzuschneiden. Meine langen blonden Haare zeichnen mich irgendwie aus. Das bin ich. Und mein Vater liebte sie. Also.

Unsere Zwillinge sind auch blond, weshalb ich sie am liebsten in diese typisch nordischen Streifenshirts stecke und ihnen Schürzchen umbinde. Zumindest war das so, bis sie in diesem Jahr beschlossen haben, dass sie Fußball lieber mögen als alles andere, und jetzt nur noch in ihren grellen blauen Chelsea-Trikots herumlaufen wollen. Ich mache Dan keinen Vorwurf. Jedenfalls keinen großen.

»Mr Winter, ein kräftiger Mann von zweiunddreißig Jahren …« Dr. Bamford fängt an, Dans Formular vorzulesen, und ich ersticke ein Prusten. »Kräftig«. Das wird Dan gefallen.

Schließlich geht er ins Fitness-Studio. Wir beide. Aber als Muskelprotz würde man ihn nicht bezeichnen. Er ist eben … Er ist genau richtig. Für einen Mann wie Dan. Genau richtig.

»… und das wär's auch schon. Bravo!« Mit zahnreichem Lächeln blickt Dr. Bamford auf. Er trägt ein Toupet, was mir gleich aufgefallen ist, als wir hereinkamen, aber ich gebe mir alle Mühe, nicht hinzusehen. Zu meinem Job gehört es, Sponsoren für Willoughby House, ein kleines Museum mitten in London, zu finden. Von daher habe ich oft genug mit reichen, älteren Gönnern zu tun und bekomme viele Toupets zu sehen: manche gut, manche schlecht.

Nein, das nehme ich zurück. Sie sind alle schlecht.

»Was für ein nettes, kerngesundes Paar.« Dr. Bamford klingt anerkennend, als würde er uns ein gutes Zeugnis ausstellen. »Wie lange sind Sie schon verheiratet?«

»Sieben Jahre«, erkläre ich ihm. »Und davor waren wir drei Jahre zusammen. Wir kennen uns schon seit zehn Jahren.« Verliebt drücke ich Dans Hand. »Heute sind es genau zehn Jahre!«

»Zehn Jahre ein Paar«, bestätigt Dan.

»Glückwunsch! Und sie beide haben ja einen bemerkenswerten Stammbaum.« Dr. Bamford wirft einen Blick in unsere Akte. »Alle Großeltern leben noch oder sind sehr alt geworden.«

»Das stimmt.« Dan nickt. »Meine Großeltern erfreuen sich allesamt bester Gesundheit, und Sylvie hat noch Oma und Opa, die es sich in Südfrankreich gut gehen lassen.«

»In Pernod eingelegt«, sage ich und lächle Dan an.

»Aber von vier Elternteilen leben nur noch drei?«

»Mein Vater ist bei einem Verkehrsunfall ums Leben gekommen«, erkläre ich.

»Oh«, sagt Dr. Bamford voller Mitgefühl. »Ansonsten war er aber gesund?«

»Oh ja. Sehr. Und wie. Supergesund. Er war unglaublich. Er war …«

Ich kann nichts dagegen tun. Schon greife ich nach meinem Handy. Mein Vater war ein attraktiver Mann. Dr. Bamford muss ihn sehen, um ihn einschätzen zu können. Wenn ich Menschen kennenlerne, die meinem Vater nie begegnet sind, ergreift mich fast so etwas wie *Zorn*, dass sie ihn nie gesehen, nie diesen festen, inspirierenden Händedruck gespürt haben, dass sie nicht begreifen können, was der Welt verloren gegangen ist.

Oft genug sagten Leute, er sähe aus wie Robert Redford. Er hatte Ausstrahlung. Charisma. Er war ein Sonnyboy, auch noch als er älter wurde, aber jetzt ist er nicht mehr da. Und obwohl es schon zwei Jahre her ist, wache ich immer noch hin und wieder auf und habe es für ein paar Sekunden vergessen, bis mir die Realität wieder einen Schlag versetzt.

Dr. Bamford betrachtet das Foto von meinem Vater und mir. Es stammt aus meiner Kindheit – ich habe das Bild nach seinem Tod gefunden und mit meinem Handy abfotografiert. Wahrscheinlich hat meine Mutter es aufgenommen. Daddy und ich sitzen auf der Terrasse unseres alten Hauses, unter der Magnolie. Wir lachen über irgendeinen Witz, an den ich mich nicht erinnere, und die Sommersonne lässt unsere blonden Köpfe leuchten.

Gespannt warte ich auf Dr. Bamfords Reaktion, wünsche mir, dass er sagt: »Welch schrecklicher Verlust für die Welt! Wie halten Sie das nur aus?«

Doch das tut er natürlich nicht. Mir ist aufgefallen, dass die Reaktion üblicherweise immer verhaltener wird, je länger die Trauer andauert. Dr. Bamford nickt nur. Dann gibt er mir mein Handy zurück und sagt: »Sehr schön. Nun, offensichtlich kommen Sie nach Ihren gesunden Verwandten. Vorausgesetzt, Sie bleiben unfallfrei, sage ich Ihnen beiden ein langes Leben voraus.«

»Wunderbar!«, sagt Dan. »Genau das wollten wir hören!«

»Und heute leben wir alle erheblich länger.« Freundlich lächelt Dr. Bamford uns an. »Unserer Langlebigkeit gilt mein vordringliches Interesse. Die Lebenserwartung steigt mit jedem Jahr. Leider hat die Welt das immer noch nicht so recht begriffen. Regierungen ... Industrie ... Rentenversicherungen ... keiner ist richtig darauf vorbereitet.« Er lacht leise. »Was glauben Sie zum Beispiel, wie alt Sie werden, Sie beide?«

»Oh.« Dan zögert. »Na ja ... ich weiß nicht. Achtzig? Fünfundachtzig?«

»Ich sage neunzig«, werfe ich ein. Meine Oma starb mit neunzig, da werde ich doch wohl auch so lange leben, oder?

»Oh, Sie werden über hundert«, sagt Dr. Bamford mit Nachdruck. »Vielleicht hundertzwei. Sie ...«, er nimmt Dan ins Visier, »werden vielleicht nicht ganz so alt. Vielleicht hundert.«

»So stark kann die Lebenserwartung doch nicht gestiegen sein«, sagt Dan skeptisch.

»Die durchschnittliche Lebenserwartung nicht«, stimmt Dr. Bamford zu, »aber Sie beide sind überdurchschnittlich gesund. Sie achten auf sich, haben gute Gene ... Ich bin mir sicher, dass Sie beide hundert Jahre alt werden. Mindestens.«

Er lächelt wohlwollend wie der Weihnachtsmann, der uns ein Geschenk bringt.

»Wow!«

Ich versuche, mir vorzustellen, wie ich mit hundertzwei sein mag. Ich dachte nicht, dass ich so lange leben werde. Eigentlich habe ich noch nie über meine Lebenserwartung nachgedacht. Ich habe einfach gelebt.

»Ist ja 'n Ding!« Dan strahlt übers ganze Gesicht. »Hundert Jahre!«

»Ich werde hundert*zwei*«, entgegne ich lachend. »Gegen mein superlanges Leben kommst du nicht an.«

»Was sagten Sie, wie lange Sie verheiratet sind?«, fragt Dr. Bamford. »Sieben Jahre?«

»Genau.« Ich strahle ihn an. »Zusammen seit zehn.«

»Dann habe ich eine gute Nachricht für Sie.« Dr. Bamfords Augen blitzen vor Vergnügen. »Sie dürften wohl noch weitere achtundsechzig wundervolle Ehejahre vor sich haben!«

Was?

Wie bitte?

Mein Lächeln erstarrt ein wenig. Vor meinen Augen verschwimmt alles. Ich kriege keine Luft mehr.

Achtundsechzig?

Hat er eben gesagt …

Noch achtundsechzig Ehejahre? Mit Dan?

Ich meine, ich liebe Dan von ganzem Herzen, aber …

Noch achtundsechzig Jahre?

»Ich hoffe, Sie haben genügend Kreuzworträtsel, um der Langeweile zu entgehen!« Der Arzt gluckst gutgelaunt. »Vielleicht sollten Sie sich ein paar Gespräche aufsparen. Obwohl, im Fernsehen läuft ja immer irgendwas!« Offenbar findet er sich zum Schreien komisch. »Und es gibt so viele gute Serien auf DVD.«

Ich versuche, mein Lächeln aufrechtzuerhalten, und werfe Dan einen Blick zu, um zu sehen, ob er darüber lachen kann. Doch er ist wie in Trance. Sein leerer Plastikbecher ist ihm aus der Hand gefallen, ohne dass er es bemerkt hätte. Er ist totenbleich.

»Dan.« Ich stoße seinen Fuß an. »Dan!«

»Ja doch.« Er kommt zu sich und lächelt starr.

»Ist das nicht eine tolle Nachricht?«, presse ich hervor. »Noch achtundsechzig gemeinsame Jahre! Das ist ... Ich meine ... Wir sind Glückspilze!«

»Absolut«, sagt Dan mit erstickter Stimme. »Achtundsechzig Jahre. Wir sind ... Glückspilze.«

KAPITEL ZWEI

Natürlich ist das eine gute Nachricht. Eine wunderbare Nachricht. Wir sind kerngesund, wir werden lange leben ... Das sollten wir feiern!

Aber noch achtundsechzig Jahre verheiratet? Im Ernst? Ich meine ...

Im Ernst?

Auf dem Heimweg im Auto schweigen wir beide. Immer wieder werfe ich einen kurzen Blick zu Dan hinüber, wenn er gerade nicht guckt, und spüre, dass er dasselbe tut.

»Na, das war doch schön zu hören, oder?«, sage ich schließlich. »Dass wir hundert werden und unsere Ehe noch ...«, ich bringe diese Zahl einfach nicht über die Lippen, »... eine Weile anhält«, ende ich lahm.

»Oh«, antwortet Dan, ohne den Kopf zu bewegen. »Ja. Fabelhaft.«

»Hast du ... Hast du dir das so vorgestellt?«, frage ich. »Das mit der Ehe, meine ich. Die ... also ... die Länge?«

Schweigend runzelt Dan die Stirn, so wie er es immer tut, wenn er es mit einem kniffligen Problem zu tun hat.

»Das ist schon ganz schön lange«, sagt er schließlich. »Findest du nicht?«

»Es ist lang.« Ich nicke. »Ziemlich lang.«

Wir schweigen noch ein wenig, während Dan sich

an einer Kreuzung konzentrieren muss und ich ihm ein Kaugummi anbiete, weil ich im Auto immer die Kaugummianbieterin bin.

»Aber im *guten* Sinne, nicht?«, höre ich mich sagen.

»Absolut«, antwortet Dan etwas zu schnell. »Na klar!«

»Wunderbar!«

»Wunderbar. Super.«

»Super.«

Wieder versinken wir in Schweigen. Normalerweise wüsste ich genau, was Dan denkt, doch heute bin ich mir nicht sicher. Mindestens fünfundzwanzig Mal sehe ich ihn an, sende ihm telepathische Botschaften: *Sag was.* Und: *Sprich mit mir.* Und: *Würde es dich umbringen, mich mal anzusehen, nur ein Mal?*

Nichts dringt zu ihm durch. Er scheint vollkommen in Gedanken versunken. Und so sehe ich mich gezwungen, etwas zu tun, was ich sonst nie tue, indem ich frage: »Was denkst du gerade?«

Noch im selben Augenblick bereue ich es. Ich war noch nie eine von diesen Frauen, die »Was denkst du?« fragen. Jetzt komme ich mir vor wie eine Bittstellerin und bin genervt von mir. Warum sollte Dan nicht eine Weile schweigend überlegen? Warum dränge ich ihn? Warum kann ich ihm nicht seine Ruhe lassen?

Andererseits: Was zum Teufel *denkt* er gerade?

»Ach.« Dan klingt zerstreut. »Nichts weiter. Ich dachte an Kreditvereinbarungen. Hypotheken.«

Hypotheken!

Fast möchte ich laut lachen. Okay, da sieht man mal wieder den Unterschied zwischen Männern und Frauen. Was ich nur ungern sage, weil ich schließlich keine Sexistin bin – aber jetzt mal ehrlich! Ich sitze hier und denke an unsere Ehe, und da sitzt er und denkt an Hypotheken.

»Gibt es denn ein Problem mit unserer Hypothek?«

»Nein«, sagt er geistesabwesend und wirft einen Blick auf das Navi. »Mist, diese Route führt *nirgendwohin*.«

»Und wieso dachtest du dann an Hypotheken?«

»Ach, äh …« Dan legt die Stirn in Falten, ist mit seinem Navi-Display beschäftigt. »Ich dachte nur gerade, wenn man eine Hypothek aufnimmt …«, er reißt das Lenkrad herum und wendet mitten auf der Straße, ignoriert das wütende Hupen um sich herum, »… weiß man genau, wie lange man abbezahlen muss. Ja, es sind fünfundzwanzig Jahre, aber dann ist es vorbei. Man ist raus. Man ist frei.«

Mir krampft sich der Magen zusammen, und bevor ich klar denken kann, platze ich heraus: »Bin ich für dich denn eine *Hypothek*?«

Ich bin nicht länger die Liebe seines Lebens. Ich bin eine finanzielle Belastung.

»Bitte?« Erstaunt wendet sich Dan mir zu. »Sylvie, wir reden nicht von *dir*! Hier geht es doch nicht um *dich*!«

Du meine Güte! Noch mal: Ich möchte nur ungern sexistisch klingen, aber … *Männer*!

»Aber *das* denkst du? Hörst du dich reden?« Ich spreche mit meiner Dan-Stimme, um es ihm vor Augen zu führen: »Wir werden eine ungeheuer lange Zeit verheiratet sein. Verdammt. Hey, eine Hypothek hat echte Vorteile, denn nach fünfundzwanzig Jahren ist man damit durch. Man ist frei.« Dann sage ich mit meiner Sylvie-Stimme: »Willst du mir erzählen, das sei eine ganz normale Gedankenfolge? Willst du mir erzählen, das eine hätte mit dem anderen nichts zu tun?«

»Das habe ich doch gar nicht …« Dan stockt, als ihn die Einsicht trifft. »Das habe ich nicht gemeint«, sagt er mit Nachdruck. »Das Gespräch mit dem Arzt hatte ich schon ganz vergessen«, fügt er noch hinzu.

Ich werfe ihm einen skeptischen Blick zu. »Du hattest es vergessen?«

»Ja, ich hatte es vergessen.«

Das klingt wenig überzeugend. Fast tut er mir leid.

»Du hattest die siebenundsechzig Jahre vergessen, die wir noch miteinander haben werden?« Ich kann es mir nicht verkneifen, ihm diese kleine Falle zu stellen.

»Achtundsechzig«, verbessert er sofort, dann steigt ihm eine verräterische Röte ins Gesicht. »Oder wie viele es auch sein mögen. Wie gesagt, ich kann mich wirklich nicht erinnern.«

Er ist so ein Lügner. Es hat sich in sein Gedächtnis eingebrannt. Genau wie bei mir.

Wir kommen nach Wandsworth und finden doch tatsächlich einen Parkplatz in der Nähe. Wir wohnen in einem kleinen Reihenhaus mit vier Zimmern, einem gepflasterten Weg zur Eingangstür und einem Garten hinterm Haus, in dem früher Kräuter und Blumen wuchsen, heute jedoch vor allem zwei monströse Wendy-Häuser stehen, die meine Mutter den Mädchen zum vierten Geburtstag geschenkt hat.

Nur meine Mutter kommt auf die Idee, zwei identische Wendy-Häuser zu kaufen. Und sie als Überraschung während der Geburtstagsparty liefern zu lassen. Sprachlos standen die Gäste da und sahen sich an, wie drei Handwerker gestreifte Wände, bonbonfarbene Dächer und hübsche, kleine Fenster anschleppten und zusammenbauten.

»Wow, Mummy!«, rief ich, nachdem wir uns der Reihe nach bei ihr bedankt hatten. »Die sind super ... ganz toll ... aber ... gleich zwei? Wirklich?« Sie zwinkerte mir nur mit ihren klaren blauen Augen zu und erwiderte: »Damit sie nicht *teilen* müssen, Liebes«, als läge das doch auf der Hand.

Na gut. So ist meine Mutter. Sie ist liebenswert. Liebenswert nervig. Nein, vielleicht eher nervig liebenswert. Und außerdem ist das zweite Wendy-Haus ganz praktisch, weil ich meine Turnmatte und die Gewichte darin verstauen kann. Auch gut.

Als wir ins Haus eintreten, haben wir beide nicht viel zu sagen. Während ich die Post durchblättere, ertappe ich Dan dabei, wie er sich in der Küche umblickt, als sähe er das Haus zum ersten Mal. Als müsste er sich mit seiner Gefängniszelle vertraut machen.

Dann ermahne ich mich: Komm schon, das stimmt doch gar nicht.

Dann entschuldige ich mich bei mir selbst, denn offen gesagt stimmt es sehr wohl. Er schleicht umher wie ein Tiger, mustert mürrisch die blau bemalten Schränke. Als Nächstes ritzt er noch einen Strich in die Wand. Beginnt die Liste unseres endlosen, ermüdenden Marsches durch die kommenden achtundsechzig Jahre.

»Was?«, fragt Dan, als er merkt, dass ich ihn betrachte.

»Was?«, entgegne ich.

»Nichts.«

»Ich hab nichts gesagt.«

»Ich auch nicht.«

O Gott. Was ist mit uns passiert? Beide sind wir gereizt und misstrauisch. Und alles nur, weil dieser Arzt eine gute Nachricht für uns hatte.

»Also gut, wir leben also mehr oder weniger ewig«, bricht es aus mir hervor. »Damit müssen wir nun mal klarkommen, okay? Reden wir darüber!«

»Was denn reden?« Dan spielt den Ahnungslosen.

»Erzähl mir nichts!«, fahre ich ihn an. »Ich weiß doch, dass du denkst: Verdammte Scheiße, wie sollen wir das bloß so lange durchhalten? Es ist ja wirklich wunderschön, aber es ist auch …« Ich knete meine Hände. »Du weißt schon. Es ist … Es ist auch eine Herausforderung.«

Langsam rutsche ich mit dem Rücken am Küchenschrank abwärts, bis ich in der Hocke bin. Dan tut es mir nach.

»Es macht mir Angst«, stimmt er zu, und seine Miene entspannt sich ein wenig. »Ich fühle mich … überwältigt.«

Und da ist sie endlich heraus. Die ganze, schreckliche Wahrheit. Wir machen uns beide vor Angst fast in die Hosen angesichts dieser schier endlosen Ehe von epischem Ausmaß, in der wir uns plötzlich wiederfinden.

»Was dachtest du denn, wie lange wir verheiratet sein werden?«, frage ich nach einer Weile.

»Ich weiß nicht!« Verzweifelt wirft Dan seine Hände in die Luft. »Wer denkt denn schon an so was?«

»Aber als du vor dem Altar standest und gesagt hast, ›bis dass der Tod uns scheidet‹, hattest du da so was wie eine grobe Zahl vor Augen?«

Dan verzieht das Gesicht, als versuchte er, sich zu erinnern. »Hatte ich ehrlich nicht«, sagt er. »Ich hatte nur eine vage Vorstellung von der Zukunft.«

»Ich auch.« Ich zucke mit den Schultern. »Ich hatte keine feste Vorstellung. Ich dachte wohl, wir würden vielleicht eines Tages unsere Silberhochzeit feiern. Wenn Leute fünfundzwanzig Jahre verheiratet sind, denkt man: Wow. Die haben es geschafft! Die sind über den Berg!«

»Aber wenn wir Silberhochzeit feiern«, sagt Dan etwas grimmig, »haben wir noch nicht mal die Hälfte des Weges hinter uns. Nicht mal die Hälfte!«

Wieder schweigen wir. Immer mehr Auswirkungen dieser Erkenntnis werden uns bewusst.

»Immer und ewig kommt mir länger vor, als ich dachte«, sagt Dan trübsinnig.

»Geht mir auch so.« Ich sinke gegen den Küchenschrank. »*So* viel länger.«

»Ein Marathon.«

»Ein Supermarathon«, korrigiere ich. »Ein *Ultra*marathon.«

»Ja!« Gehetzt blickt Dan auf. »Genau! Wir dachten, wir laufen zehn Kilometer, und plötzlich stellen wir fest, dass wir an einem von diesen wahnwitzigen Hundert-Meilen-Ultra-Marathons in der Sahara teilnehmen, und es gibt keine Möglichkeit auszusteigen. Nicht dass ich aussteigen *möchte*«, fügt er hastig hinzu, als er meinen Blick sieht. »Aber ebenso wenig möchte ich davon … Du weißt schon … einen Herzinfarkt kriegen.«

Dan hat wirklich ein Händchen für Metaphern. Erst ist unsere Ehe eine Hypothek. Jetzt kriegt er davon einen

Herzinfarkt. Und wer soll in dieser Geschichte eigentlich die Sahara sein? Ich?

»Wir haben unsere Kräfte nicht richtig eingeteilt.« Er kann einfach nicht aufhören. »Hätte ich gewusst, dass ich so lange leben würde, hätte ich wahrscheinlich nicht so jung geheiratet. Wenn alle Menschen hundert werden, müssen wir die Regeln ändern. Vor allem sollte man sich erst binden, wenn man mindestens fünfzig ist ...«

»Um dann mit fünfzig Kinder zu kriegen?«, werfe ich schnippisch ein. »Schon mal was von der biologischen Uhr gehört?«

Dan stutzt kurz.

»Okay, das wird nichts«, räumt er ein.

»Außerdem können wir die Uhr nicht zurückdrehen. Wir stehen da, wo wir stehen. Was *gut* ist«, füge ich hinzu, weil ich positiv bleiben möchte. »Denk nur mal an die Ehe deiner Eltern! Die sind seit achtunddreißig Jahren verheiratet und immer noch zusammen. Wenn die das schaffen, schaffen wir es auch!«

»Meine Eltern sind nicht gerade das beste Beispiel«, sagt Dan.

Stimmt schon. Die beiden haben eine schwierige Beziehung.

»Na, dann eben die Queen«, sage ich, da klingelt es an der Haustür. »Die ist schon seit tausend Jahren verheiratet.«

Ungläubig starrt Dan mich an. »Die Queen? Was Besseres fällt dir nicht ein?«

»Okay, vergiss die Queen«, sage ich trotzig. »Lass uns später weiterreden.« Und damit gehe ich zur Tür.

Als die Mädchen freudestrahlend ins Haus platzen, verlieren die kommenden achtundsechzig Jahre mit einem Mal ihre Bedeutung. *Das* hier hat Bedeutung. Diese Mädchen, dieser Moment, diese rosigen Wangen, diese hohen, flötengleichen Stimmen, die schreien: »Wir haben *Sticker*! Wir hatten *Pizza*!« Die beiden zerren an meinen Armen, erzählen mir alles Mögliche und wollen mich mit Gewalt ins Haus ziehen, während ich noch versuche, mich von meiner Freundin Annelise zu verabschieden, die sie abgesetzt hat und fröhlich winkt, schon wieder auf dem Weg zurück zu ihrem Wagen.

Ich drücke die Mädchen an mich, spüre das vertraute Wuseln ihrer Arme und Beine, verziehe das Gesicht, als sie mit ihren Straßenschuhen auf meinen Füßen herumtrampeln. Sie waren kaum zwei Stunden zum Spielen weg. Ganz kurz nur. Doch als ich sie so an mich drücke, kommt es mir vor, als wären sie ewig weg gewesen. Ist Anna schon wieder gewachsen? Riechen Tessas Haare irgendwie anders? Und wo kommt dieser kleine Kratzer an Annas Kinn her?

Jetzt sprechen sie in ihrer geheimen Zwillingssprache, reden gleichzeitig, Strähnen ihrer blonden Haare verzotteln sich, während sie bewundernd den glitzernden Seepferdchen-Sticker auf Tessas Hand betrachten. Soweit ich die beiden verstehen kann, wollen sie »ihn für immer teilen, bis wir erwachsen sind«. Da er sich mit großer Wahrscheinlichkeit auflösen wird, sobald ich ihn abziehe, werden wir eine kleine Ablenkung brauchen, sonst ist das Geschrei groß. Wenn man mit fünfjährigen Zwillingen lebt, kommt man sich manchmal vor wie in einem kommunistischen Staat. Nicht dass ich die *Shred-*

dies abzähle, die ich ihnen morgens in ihre Schälchen fülle, aber …

Einmal habe ich die *Shreddies* tatsächlich abgezählt. Ging einfach schneller.

»Okay!«, sagt Dan. »Badezeit? Badezeit!«, verbessert er sich hastig. Badezeit ist keine Frage. Es ist eine feste Größe. Es ist der Dreh- und Angelpunkt. Im Grunde haben wir das gesamte Gefüge unserer Familienroutine um die Badezeit herumgebaut.

(Das ist im Übrigen nicht nur bei uns so, sondern bei allen mir bekannten Familien mit kleinen Kindern. Es gilt als allgemeine Überzeugung, dass ohne feste Badezeit auch alles andere seinen Halt verliert. Chaos breitet sich aus. Die Zivilisation löst sich auf. Zerlumpte Kinder streunen durch die Straßen, nagen an Tierknochen, während ihre Eltern wimmernd in irgendwelchen Seitenstraßen hocken. So ungefähr.)

Jedenfalls ist Badezeit. Und während unsere allabendliche Routine ihren Lauf nimmt, ist es, als hätte es diese seltsame Stimmung zwischen uns vorhin nie gegeben. Dan und ich sind wieder ein Team. Ahnen, was der andere will. Kommunizieren kurz und knapp, fast wie Gedankenleser.

»Wollen wir Annas …?«, beginnt Dan, als er mir die Entwirrbürste reicht.

»Hab ich heute Morgen gemacht.«

»Was ist mit …«

»Jep.«

»Und diese Nachricht von Miss Blake?« Er zieht die Augenbrauen hoch.

»Ich *weiß*.« Inzwischen entwirre ich Annas Haare mit

den Fingern und flüstere über ihren Kopf hinweg: »*Zum Schreien.*«

Miss Blake ist unsere Schulleiterin, und ihre Nachricht lag in Annas Vokabelheft. Sie ging an alle Eltern mit der Bitte, einen bestimmten Vorfall bitte NICHT zu erwähnen und auch »nicht am Schultor darüber zu plaudern«, da der Verdacht »ABSOLUT UNBEGRÜNDET« sei.

Ich hatte keine Ahnung, worum es ging, also habe ich andere Eltern angemailt, und offenbar hat Miss Christy, die Lehrerin der Abschlussklasse, einen der Väter auf dem Klassencomputer gegoogelt, ohne zu merken, dass dieser mit dem Whiteboard verlinkt war.

»Kann ich mal den …«

Dan reicht mir den Duschkopf, und ich lasse warmes Wasser auf Annas Kopf rieseln, während sie kichernd kreischt: »Es regnet!«

Waren wir schon immer so? So im Einklang miteinander? Ich bin mir nicht sicher. Ich glaube, wir haben uns verändert, seit die Mädchen da sind. Wenn man Zwillinge bekommt, muss man zusammenhalten. Man füttert, windelt, tröstet und reicht Babys hin und her, rund um die Uhr. Man perfektioniert seine Abläufe. Man vergeudet keine Worte. Als ich Anna und Tessa damals gestillt habe, war ich oft so müde, dass ich kein Wort mehr herausbrachte, und dann konnte Dan an meinem Gesichtsausdruck ablesen, was von Folgendem ich sagen wollte:

1. Könnte ich bitte noch mehr Wasser haben? Drei Liter müssten reichen.
2. Und Schokolade? Schieb sie mir einfach in den Mund. Ich saug sie in mich rein.

3. Könntest du bitte umschalten? Ich hab die Hände voller Babys und gucke jetzt schon dreizehn Stunden ununterbrochen irgendwelche Talkshows.
4. Mein Gott, bin ich alle. Habe ich das heute schon mehr als fünfhundert Mal gesagt?
5. Hast du eigentlich eine Vorstellung davon, wie alle ich bin? Mein ganzes Gerippe ist in sich zusammengeklappt, so alle bin ich. Meine Nieren stützen sich schlapp an meine Leber und weinen leise vor sich hin.
6. Aua, meine Nippel. Autsch. *Aua.*
7. *Auuuuuuuuuuaaaa!*
8. Ich weiß. Es ist natürlich. Es ist wunderschön. Wie auch immer.
9. Lass uns danach keine mehr kriegen, okay?
10. Hast du das kapiert? Hörst du mir zu, Dan? KEINE BABYS MEHR, NIE WIEDER.

»Aaaahh!« Abrupt komme ich zu mir, als Tessa das Wasser in der Wanne schwappen lässt und ich klatschnass werde.

»Okay!«, schimpft Dan. »Das war's. *Raus* aus der Wanne, alle beide!«

Augenblicklich fangen die Mädchen gleichzeitig an zu heulen. Geheult wird viel in unserem Haus. Tessa heult, weil es ihr leidtut, dass sie mich so nass gespritzt hat. Anna heult, weil sie immer heult, wenn Tessa heult. Beide heulen, weil Dan laut geworden ist. Und natürlich heulen beide, weil sie müde sind, auch wenn sie es nie zugeben würden.

»Mein Sticker«, presst Tessa hervor, weil sie in solchen Situationen immer alles Negative aufzählt, das ihr so einfällt. »Mein Sticker ist kaputt! Und ich hab Aua am Daumen!«

»Wir bringen ihn gleich ins Sticker-Krankenhaus«, sage ich tröstend, während ich sie in ein Handtuch wickle. »Und deinen Daumen küsse ich wieder gesund.«

»Kann ich einen Eislolli haben?« Sie blickt zu mir auf, sieht ihre Chance.

Ihre Chuzpe muss man einfach mögen. Ich wende mich ab, um mein Lachen zu verbergen, und sage über meine Schulter hinweg: »Jetzt nicht. Morgen vielleicht.«

Während Dan den Vorlesedienst übernimmt, steige ich aus meinen nassen Klamotten. Ich trockne mich ab, dann stehe ich vor dem Spiegel und betrachte meinen nackten Körper.

Achtundsechzig Jahre. Wie ich wohl in achtundsechzig Jahren aussehe?

Vorsichtig kneife ich die Haut an meinem Oberschenkel zusammen, bis sie ganz faltig ist. O mein Gott. Diese Falten sind meine Zukunft. Nur dass ich sie überall haben werde. Ich werde faltige Oberschenkel haben und faltige Brüste und … ich weiß nicht … faltige Kopfhaut. Ich lasse meine Falten los und mustere mich. Sollte ich mal anfangen, mich gezielter zu pflegen? Ein Peeling zum Beispiel? Aber wie soll meine Haut denn halten, bis ich hundertzwei bin? Sollte ich nicht lieber Schichten *auf*bauen, statt sie *weg*zuschrubben?

Wie bleibt man überhaupt hundert Jahre lang ansehnlich? Wieso erfährt man darüber nichts aus den Zeitschriften?

»Okay, die Kleinen sind versorgt. Ich geh 'ne Runde joggen.« Als Dan hereinkommt, zieht er schon sein

Hemd aus, dann hält er inne, als er mich nackt vor dem Spiegel stehen sieht.

»Mmm«, macht er mit leuchtenden Augen. Er wirft sein Hemd aufs Bett, kommt zu mir und legt seine Hände an meine Hüften.

Da ist er im Spiegel. Mein hübscher, jugendlicher Ehemann. Wie wird *er* wohl in achtundsechzig Jahren aussehen? Plötzlich habe ich ein bestürzendes Bild von Dan vor Augen, ganz alt und grau, wie er mit einem Stock auf mich einschlägt und keift: »Humbug, Weib, alles Humbug!«

Was lächerlich ist. Er wird alt sein. Nicht Ebenezer Scrooge.

Ich schüttle kurz den Kopf, um die Vorstellung loszuwerden. Mein Gott, warum musste dieser Arzt überhaupt von der Zukunft anfangen?

»Ich dachte gerade …«

»Wie oft wir noch Sex haben werden?« Dan nickt. »Ich habe es schon ausgerechnet.«

»Bitte?« Ich fahre herum. »Das habe ich nicht gedacht! Ich dachte …« Ich stutze interessiert. »Wie oft denn?«

»Elftausend Mal. Mehr oder weniger.«

»Elftausend?«

Vor Schreck kriege ich ganz weiche Knie. Ist das denn überhaupt physisch möglich? Ich meine, wenn ich dachte, *Peeling* würde meine Haut abwetzen, dann müsste doch …

»Ich weiß.« Er steigt aus seiner Anzughose und hängt sie auf. »Ich dachte, es wäre öfter.«

»Öfter?«

Wie konnte er glauben, es wäre öfter? Bei der bloßen

Vorstellung wird mir ganz schwindlig. Elftausend Mal Sex, immer mit Dan. Nicht dass … Selbstverständlich möchte ich nur mit Dan, aber … *elftausend Mal?*

Woher sollen wir die ganze Zeit nehmen? Ich meine, wir müssen doch auch mal was essen. Wir müssen arbeiten. Und wird es uns nicht langweilig werden? Sollte ich neue Stellungen googeln? Sollte ich einen Bildschirm an der Decke installieren?

Diese Zahl *kann* nicht stimmen. Da ist irgendwo eine Null zu viel.

»Wie hast du das ausgerechnet?«, erkundige ich mich argwöhnisch, doch Dan hört gar nicht mehr zu. Mit den Händen fährt er an meinem Rücken hinab und umfasst meinen Hintern mit diesem zielstrebigen Gesichtsausdruck, den er dann immer bekommt. Wenn man mit Dan über Sex redet, will er es dreißig Sekunden später auch tun und nicht weiter darüber reden. Im Grunde ist jedes Gespräch zu diesem Thema für ihn totale Zeitverschwendung. (Ich dagegen rede sehr gern darüber, habe aber gelernt, es *hinterher* zu tun. Dann liege ich in seinen Armen und erzähle ihm alles, was ich so denke … also alles eigentlich, und er macht »Mmm-hmmm«, bis ich merke, dass er eingeschlafen ist.)

»Vielleicht lasse ich mein Joggen heute mal ausfallen«, sagt er und küsst mich fest am Hals. »Schließlich ist unser Jahrestag …«

Recht hat er. Und der Sex ist wundervoll – da sind wir inzwischen auch schon fast telepathisch –, und hinterher liegen wir im Bett und sagen Sachen wie: »Das war toll« und »Ich liebe dich« und alles, was glückliche Pärchen so sagen.

Und es war wirklich toll.

Und ich liebe ihn wirklich.

Aber wenn ich absolut total ehrlich sein soll, höre ich in meinem Kopf eine leise Stimme, die sagt: *Okay. Nur noch 10 999 Mal.*

KAPITEL DREI

Am Morgen bin ich früh wach, doch Dan ist mir voraus. Er sitzt bereits auf dem kleinen Korbstuhl in unserem Erker und starrt trübsinnig aus dem Fenster.

»Morgen.« Er wendet sich mir ein Stück weit zu.

»Morgen!« Ich setze mich auf, bin sofort hellwach. So viele Gedanken fliegen in meinem Kopf herum. Diese Sache mit dem ewigen Leben lässt mir keine Ruhe. Ich habe beim Einschlafen lange nachgedacht und die Lösung gefunden!

Gerade will ich Dan davon erzählen, da kommt er mir zuvor.

»Im Grunde muss ich also arbeiten, bis ich fünfundneunzig bin«, sagt er mutlos. »Ich habe mal ein bisschen nachgerechnet.«

»Bitte?«, sage ich verständnislos.

»Wenn wir ewig leben, müssen wir auch ewig arbeiten.« Er wirft mir einen unheilvollen Blick zu. »Um unser biblisches Alter zu finanzieren. Vergiss den Ruhestand mit fünfundsechzig. Vergiss überhaupt den Traum, es irgendwann mal ruhiger angehen zu lassen.«

»Sei nicht so miesepetrig!«, rufe ich. »Es war doch eigentlich eine gute Nachricht!«

»Möchtest du denn mit fünfundneunzig immer noch arbeiten?«, knurrt er.

»Vielleicht schon.« Ich zucke mit den Schultern. »Ich liebe meinen Job. Du liebst deinen Job.«

Dan zieht ein finsteres Gesicht. »*So* sehr nun auch wieder nicht. Mein Dad hat sich mit siebenundfünfzig zur Ruhe gesetzt.«

Langsam, aber sicher nervt mich seine Mäkelei.

»Sei nicht so negativ!«, erkläre ich. »Denk mal an all die Möglichkeiten! Wir haben noch Jahrzehnte über Jahrzehnte vor uns! Wir können alles machen! Das ist doch wunderbar! Wir brauchen nur einen Plan!«

»Was meinst du damit?« Dan wirft mir einen misstrauischen Blick zu.

»Okay, ich habe da ein paar Ideen.« Ich rutsche etwas weiter nach vorn auf dem Bett und blicke ihm tief in die Augen, versuche, ihn mit meiner Begeisterung anzustecken. »Wir teilen unser Leben in Jahrzehnte ein. In jedem Jahrzehnt machen wir was Neues, was Cooles. Wir sind kreativ. Wir fordern uns gegenseitig. Vielleicht sprechen wir zehn Jahre lang nur Italienisch miteinander.«

»Bitte?«

»Wir sprechen nur Italienisch miteinander«, wiederhole ich etwas trotzig. »Warum denn nicht?«

»Weil *wir kein Italienisch sprechen*«, sagt Dan, als hätte ich endgültig den Verstand verloren.

»Wir würden es lernen! Es wäre eine Bereicherung für unser Leben. Es wäre …« Ich mache eine vage Geste.

Dan starrt mich nur an. »Was hast du sonst noch für Ideen?«

»Wir probieren neue Jobs.«

»Was denn für neue Jobs?«

»Ich weiß nicht! Wir suchen uns großartige, erfüllende Jobs, die uns entsprechen. Oder wir leben auf verschiedenen Kontinenten. Vielleicht zehn Jahre Europa, zehn Jahre Südamerika, zehn Jahre USA …« Ich zähle die Kontinente an meinen Fingern ab. »Wir könnten überall leben!«

»Wir könnten reisen«, räumt Dan ein. »Wir sollten reisen. Ich wollte immer schon mal nach Ecuador. Die Galapagos-Inseln sehen.«

»Da hast du's! Wir fahren nach Ecuador.«

Einen Moment lang schweigen wir. Ich merke, dass Dan sich mit dem Gedanken anfreundet.

Seine Augen fangen an zu leuchten, und ruckartig blickt er auf. »Okay, tun wir's! Scheiß drauf, Sylvie, du hast recht. Es ist ein Weckruf. Wir müssen unser Leben *leben*. Wir buchen Flüge nach Ecuador, nehmen die Mädchen von der Schule und könnten Freitag schon da sein … Tun wir's!«

Er sieht so begeistert aus, dass ich seinen Enthusiasmus nur ungern dämpfen möchte. Aber hat er denn nicht zugehört? Ich habe vom kommenden Jahrzehnt gesprochen. Oder vielleicht von dem danach. Irgendein weit entfernter, nicht näher spezifizierter Zeitpunkt. Nicht *diese Woche*.

»Ich möchte ja auch nach Ecuador«, sage ich. »Unbedingt. Aber es würde ein Vermögen kosten …«

»Es wäre ein einmaliges Erlebnis.« Dan wischt meinen Einwand beiseite. »Wir würden schon zurechtkommen. Ich meine – *Ecuador*, Sylvie!«

»Absolut!« Ich versuche, genauso begeistert zu klingen wie er. »Ecuador!« Ich lasse eine kurze Pause, bevor ich hinzufüge: »Das Problem ist nur, dass Mrs Kendrick es nicht gern sieht, wenn ich außerplanmäßig Urlaub nehme.«

»Sie wird es überleben.«

»Und die Mädchen haben ihre Schulaufführung. Sie dürfen die Proben nicht verpassen …«

Dan gibt einen ärgerlichen Laut von sich. »Okay, dann *nächsten* Monat.«

»Da hat deine Mutter Geburtstag«, sage ich. »Und die Richardsons kommen zum Essen, und die Mädchen haben ihr Schulsportfest …«

»Na gut«, sagt Dan und klingt dabei, als fiele es ihm schwer, die Ruhe zu bewahren. »Dann eben im Monat danach. Oder in den Sommerferien.«

»Da sind wir im Lake District«, rufe ich ihm in Erinnerung, schrecke allerdings angesichts seiner Miene zurück. »Okay, das könnten wir noch absagen, auch wenn wir schon eine Anzahlung geleistet haben …« Meine Stimme wird immer leiser.

»Nur damit ich es richtig verstehe.« Dan klingt, als würde er gleich platzen. »Ich habe eine halbe Ewigkeit vor mir, aber keine Zeit für einen spontanen, horizonterweiternden Trip nach Ecuador.«

Wir schweigen. Ich möchte nicht sagen, was ich denke, nämlich: *Selbstverständlich* haben wir keine Zeit für einen spontanen, horizonterweiternden Trip nach Ecuador, denn – hallo? – schließlich haben wir einen Alltag zu bewältigen.

»Wir könnten doch in einem ecuadorianischen Restaurant essen gehen!«, schlage ich fröhlich vor.

Dans Blick nach zu urteilen, hätte ich allerdings besser den Mund gehalten.

Beim Frühstück mische ich uns ein Müsli und füge ein paar Sonnenblumenkerne hinzu. Wir werden gesunde Haut brauchen, wenn wir noch achtundsechzig Jahre durchhalten wollen.

Sollte ich mit Botox anfangen?

»Noch fünfundzwanzigtausend Mal Frühstück«, sagt Dan unvermittelt mit starrem Blick in seine Müslischale. »Hab ich gerade ausgerechnet.«

Tessa blickt von ihrem Toast auf und betrachtet Dan mit leuchtenden Augen, immer auf der Suche nach dem nächsten Lacher. »Wenn man fünfundzwanzig Frühstücke isst, platzt einem der Bauch.«

»Fünfundzwanzigtausend«, verbessert Anna.

»Hab ich doch gesagt!«, hält Tessa sofort dagegen.

»Ehrlich, Dan, denkst du immer noch daran?« Ich werfe ihm einen mitleidigen Blick zu. »Du solltest nicht ewig darauf herumreiten.«

Fünfundzwanzigtausend Mal Frühstück. Verdammt. Wie soll ich es nur so lange interessant gestalten? Vielleicht könnten wir es mal mit Kedgeree probieren. Oder ein Jahrzehnt nur japanisch essen. Tofu. Solche Sachen.

»Warum rümpfst du die Nase?« Dan starrt mich an.

»Nur so!« Eilig streiche ich meinen geblümten Rock glatt. Ich trage oft geblümte Röcke im Büro, weil die dort gern gesehen sind. Nicht dass es einen offiziellen Dresscode gäbe, aber wenn ich etwas Fröhliches oder Rosiges oder einfach irgendetwas Hübsches trage, ruft meine Chefin Mrs Kendrick unweigerlich: »Zauberhaft! Ach, wie *zauberhaft*, Sylvie!«

Wenn deine Chefin gleichzeitig die Besitzerin des Ladens ist, absolute Macht besitzt und hin und wieder Leute feuert, weil sie »einfach nicht zu uns passen«, möchte man sie gern »Ach, wie zauberhaft!« sagen hören. Und deshalb ist meine Garderobe im Laufe der sechs Jahre, die ich dort arbeite, immer farbenfroher und mädchenhafter geworden.

Mrs Kendrick mag Zitronengelb, Lavendelblau, Kleingemustertes, Rüschen, Perlmuttknöpfe und hübsche, kleine Ansteckschleifchen an den Schuhen. (Ich hab da eine Website gefunden.)

Ganz und *gar* nicht mag sie Schwarz, glänzende Stoffe, tief ausgeschnittene Tops, T-Shirts oder Plateauschuhe. (»Die sehen doch eher orthopädisch aus, meinen Sie nicht, meine Liebe?«) Und wie gesagt – sie ist die Chefin. Sie mag eine unorthodoxe Chefin sein ... aber sie ist die Chefin. Und sie bekommt gern ihren Willen.

»Ha!« Dan schnaubt kurz vor Lachen. Er ist dabei, die Post zu öffnen, und liest eine Einladung.

»Was?«

»Das wird dir gefallen.« Er wirft mir einen hämischen Blick zu und dreht die Karte um, damit ich sie lesen kann. David Whittall, ein alter Freund von meinem Vater, lädt uns zu einem Charity-Event ein, das er im Sky Garden veranstaltet.

Ich kenne den Sky Garden. Er liegt fünfunddreißig Stockwerke über der Erde und besteht nur aus Glas, mit einem Rundblick über London. Und beim bloßen Gedanken daran möchte ich mich an meinen Stuhl klammern und mich fest im Boden verankern.

»Genau mein Ding«, sage ich und rolle mit den Augen.

»Dachte ich mir.« Dan grinst schief, denn er weiß es nur zu gut.

Ich habe solche Höhenangst, dass es schon nicht mehr schön ist. Ich kann keinen hohen Balkon betreten. Ich kann in keinen gläsernen Lift steigen. Wenn im Fernsehen Leute Fallschirm springen oder auf einem Drahtseil balancieren, kriege ich sofort Panik, obwohl ich doch sicher auf meinem Sofa sitze.

Ich war nicht immer so. Früher bin ich Ski gelaufen, habe hohe Brücken überquert, kein Problem. Aber dann kamen die Kinder, und ich weiß gar nicht, was mit meinem Gehirn passiert ist, aber mit einem Mal wurde mir schon schwindlig, wenn ich nur auf eine Trittleiter steigen wollte. Ich dachte, es ginge nach ein paar Monaten vorbei, tat es aber nicht. Als die Mädchen ungefähr anderthalb waren, kauften Kollegen von Dan eine Wohnung mit einer Dachterrasse, und bei der Einweihungsparty war ich nicht in der Lage, an den Rand zu treten, um den Ausblick zu bewundern. Meine Beine wollten sich partout nicht rühren. Als wir nach Hause kamen, fragte Dan: »Was war denn los mit dir?«, und ich meinte nur: »Ich weiß nicht!«

Und mir wird bewusst, dass ich das Problem schon längst mal hätte angehen sollen. (Hypnose? Kognitive Verhaltenstherapie? Konfrontationstherapie? Hin und wieder gebe ich es mal bei Google ein.) In letzter Zeit stand es allerdings nicht weit oben auf meiner Liste. Ich hatte ganz andere Sorgen, um die ich mich dringend kümmern musste. Wie zum Beispiel …

Na gut. Okay. Also, was man über mich wissen sollte: Als mein Vater vor zwei Jahren starb, war das für mich nicht einfach. Ich habe es »nicht gut verkraftet«. Das sagten die Leute. Ich habe sie gehört. Sie standen flüsternd in der Ecke und sagten: »Sylvie verkraftet es nicht so gut.« (Meine Mum, Dan, dieser seltsame Arzt, den sie hinzugezogen hatten.) Was mir irgendwann richtig auf den Geist ging. Schließlich wirft es die Frage auf: Was bedeutet »gut verkraften«? Wie konnte ich es »gut verkraften«, dass mein Vater, mein Held, ohne Vorwarnung durch einen Verkehrsunfall aus dem Leben gerissen wurde? Ich glaube, wer so etwas »gut verkraftet«, macht sich entweder etwas vor oder hatte keinen Vater wie meinen oder hat einfach keine Gefühle.

Vielleicht *wollte* ich es gar nicht gut verkraften. Haben die sich das mal überlegt?

Jedenfalls bin ich damals ein bisschen durchgedreht. Eine Weile konnte ich nicht arbeiten. Ich habe ein paar … dumme Sachen gemacht. Der Arzt wollte mir Medikamente geben. (Nein, danke.) Und angesichts all dieser Umstände schien mir Höhenangst doch keine sonderlich bemerkenswerte Unannehmlichkeit zu sein.

Inzwischen geht es mir wieder gut, wirklich bestens. Abgesehen natürlich von dieser Sache mit der Höhenangst, um die ich mich kümmern werde, sobald ich Zeit dafür habe.

»Du solltest wirklich dringend mit jemandem über deine Phobie sprechen«, sagt Dan, der unheimlicherweise mal wieder meine Gedanken lesen kann. »PS?«, fügt er hinzu, als ich nicht gleich antworte. »Hast du mich gehört?«

PS ist ein Spitzname, den Dan mir vor Jahren gegeben hat. Es ist die Abkürzung für »Prinzessin Sylvie«.

Dans Version unserer gemeinsamen Geschichte besagt, dass ich, als wir zusammenkamen, die Prinzessin war und er der arme Arbeiterjunge. Schon bei seiner Hochzeitsrede nannte er mich »Prinzessin Sylvie«, und mein Vater rief: »Dann muss ich wohl der König sein!«, und alle haben applaudiert, und Dan hat sich mit eleganter Geste vor seinem Schwiegervater verneigt. Daddy sah tatsächlich aus wie ein König, so distinguiert und gut aussehend, wie er war. Ich sehe ihn noch vor mir, das graublonde Haar im Sonnenlicht und er im makellosen Cutaway. Nie bin ich einem besser gekleideten Mann begegnet. Dann sagte Daddy zu Dan: »Fahre fort, Prinz Daniel!« und zwinkerte ihm freundlich zu. Später meinte der Trauzeuge, es sei eine »wahrhaft königliche Hochzeit« gewesen. Es war wirklich alles sehr komisch.

Mittlerweile jedoch – möglicherweise weil ich inzwischen etwas älter geworden bin – habe ich genug davon, »Prinzessin Sylvie« genannt zu werden. Es kommt mir irgendwie quer, ich schrecke regelrecht zusammen. Allerdings mag ich Dan davon nichts sagen, weil ich taktvoll vorgehen sollte. Das Ganze hat eine gewisse Vorgeschichte. Es ist etwas unangenehm.

Nein, nicht »unangenehm«. Das klingt zu extrem. Es ist nur … O Gott. Wie soll ich es sagen, ohne …?

Okay. Was man noch über mich wissen sollte: Ich bin ziemlich privilegiert aufgewachsen. Nicht verwöhnt, definitiv nicht verwöhnt, aber … behütet. Ich war Daddys kleines Mädchen. Wir hatten Geld. Daddy hatte in leitender Stellung bei einer Fluggesellschaft gearbeitet und war mit einem großen Anteilspaket abgefunden worden, als die Fluglinie übernommen wurde, woraufhin er seine eigene Beratungsfirma aufmachte. Und die lief prächtig. Natürlich tat sie das. Daddy besaß so eine unwiderstehliche Anziehungskraft, die Menschen und Erfolg wie magnetisch anzog. Wenn er mit einem Prominenten in der Ersten Klasse flog, hatte er am Ende des Fluges dessen Visitenkarte und eine Abendeinladung in der Tasche.

Wir hatten also nicht nur Geld, wir hatten Vergünstigungen. Teure Flüge. Sonderbehandlungen. Ich habe so viele Fotos von mir als kleines Mädchen, wie ich im Cockpit des einen oder anderen Flugzeugs sitze, mit der Kapitänsmütze auf dem Kopf. Früher hatten wir ein Haus in Los Bosques Antiguos, dieser abgeschirmten Wohnanlage in Spanien, von der oft in der Regenbogenpresse die Rede ist, weil dort gern berühmte Golfer heiraten. Wir haben sogar ein paar von denen kennengelernt. Das war das Leben, das wir geführt haben.

Dan hingegen … nicht. Dans Familie ist nett, wirklich nett, aber es ist eine vernünftige, bescheidene Familie. Dans Vater war Buchhalter, und Sparen ist ihm wichtig. *Sehr* wichtig. Schon mit achtzehn hatte er angefangen, sich die Anzahlung für sein Haus zusammenzusparen. Zwölf Jahre hat er gebraucht, dann war es geschafft. (Diese Geschichte hat er mir gleich bei unserem ersten Kennenlernen erzählt und dann gefragt, ob ich einen Pensionsanspruch hätte.) Er würde nie die ganze Familie spontan nach Barbados entführen, wie mein Vater es getan hat, oder bei Harrods einkaufen.

Nicht dass man mich falsch versteht: Ich möchte weder nach Barbados noch bei Harrods einkaufen. Das habe ich Dan schon tausendmal gesagt. Und trotzdem reagiert er ein bisschen … wie soll ich sagen? *Mimosig*. Genau. Er ist mimosig, was meine Herkunft angeht.

Frustrierend ist nur, dass er so nicht war, als wir zusammenkamen. Er verstand sich gut mit Daddy. Wir gingen zu viert segeln und hatten viel Spaß zusammen. Ich meine, Daddy war natürlich ein besserer Segler als Dan, weil der noch nie ein Boot gesteuert hatte, aber das war okay, weil sie einander respektierten. Daddy witzelte immer, so ein Adlerauge wie Dan könne er zur Kontrolle seiner Buchhaltung gut brauchen – und ein paarmal hat er Dan auch um Rat gefragt. Wir waren alle ganz entspannt miteinander.

Aber irgendwie wurde Dan mit der Zeit immer mimosiger. Irgendwann wollte er nicht mehr segeln gehen. (Fairerweise muss man sagen, dass das schwieriger wurde, seit die Mädchen da sind.) Dann haben wir vor drei Jahren unser Haus gekauft – mit einer Erbschaft von meiner Granny als Anzahlung –, und Daddy bot an, uns zu unterstützen, doch davon wollte Dan nichts hören. Plötzlich wurde er ganz seltsam und meinte, wir wären von meiner Familie schon abhängig genug. (Da war es keine Hilfe, dass Dans Dad das Haus besichtigen kam und meinte: »*Das* bringt einem also das Einheiraten in eine reiche Familie ein«, als wohnten wir in einem Palast, nicht einem kleinen, hypothekenbelasteten Haus in Wandsworth.)

Nach Daddys Tod erbte meine Mutter alles und bot uns wieder Geld an – doch auch das wollte Dan nicht. Er wurde immer mimosiger. Wir hatten deswegen sogar richtig Streit.

Ich kann verstehen, dass Dan stolz ist. (Mehr oder weniger. Im Grunde kann ich damit überhaupt nichts anfangen, aber vielleicht ist das was typisch Männliches.) Schlimm finde ich allerdings, dass er immer so auf Gegenwehr gepolt ist, wenn es um meinen Vater geht. Ich habe wohl gemerkt, dass ihr Verhältnis angespannt wurde, auch schon als Daddy noch lebte. Dan meinte immer, ich bilde es mir ein – was aber nicht stimmt. Ich weiß nur nicht, was da eigentlich vorgefallen ist oder wieso Dan so neinisch wurde. Deshalb habe ich das Wort erfunden. Es war, als hätte er plötzlich etwas gegen Daddy.

Und selbst jetzt ist es, als fühlte Dan sich angegriffen. Nie sitzt er mal da und teilt mit mir Erinnerungen an meinen Vater – nicht so richtig. Da setze ich mich hin und blättere in Fotos herum, aber Dan will sich nicht darauf einlassen. Nach einer Weile sucht er immer eine Ausrede und geht woandershin. Und es tut mir in der Seele weh, denn wenn ich mich nicht gemeinsam mit Dan an meinen Vater erinnern kann, mit wem dann? Ich meine, Mummy … Sie ist eben Mummy. Liebenswert, aber mit ihr kann man nicht ernstlich ein *Gespräch* oder irgendwas führen. Und Geschwister habe ich keine.

Ein Einzelkind zu sein, hat mir lange etwas ausgemacht. Als Kind habe ich Mummy gedrängt und gedrängt, mir ein kleines Schwesterchen zu schenken. (»Nein, Süße«, sagte sie dann immer ganz lieb.) Irgendwann habe ich mir sogar eine imaginäre Freundin zugelegt. Sie hieß Lynn und hatte einen dunklen Pony und lange Wimpern und roch nach Pfefferminz. Mit ihr habe ich heimlich geredet, aber das war nicht dasselbe.

Als Tessa und Anna zur Welt kamen, habe ich beobachtet, wie sie dalagen, einander zugewandt, von Anfang an in eine Beziehung verstrickt, in die niemand eindringen konnte, und plötzlich packte mich der blanke Neid. Bei allem, was ich als Kind hatte – *das* hatte ich nicht.

Egal. Genug davon. Ich bin schon lange kein Kind mehr. Ich habe meine imaginäre Freundin hinter mir gelassen. Und was Dan und meinen Vater angeht: Ich habe akzeptiert, dass jede Beziehung ihre Knackpunkte hat, und das ist unserer. Am besten mache ich einen großen Bogen darum und lächle, wenn Dan mich »PS« nennt, denn was macht es schon?

»Ja«, sage ich, als ich wieder zu mir komme. »Ich werde mal mit jemandem reden. Gute Idee!«

»Und das hier sagen wir ab.« Dan tippt auf die Einladung in den Sky Garden.

»Ich schreibe David Whittall eine Mail«, sage ich. »Er wird es verstehen.«

Und dann verschüttet Tessa ihre Milch, und Anna hat ihren Haarclip verloren und will nur diesen *einen* bestimmten Haarclip, weil da eine *Blume* dran ist, und so geht unsere morgendliche Routine ihren Gang.

Dan hat seinen Job gewechselt, seit wir zusammen sind. Früher war er bei einer großen Immobilienfirma angestellt. Der Job war lukrativ, aber ziemlich aufreibend, also hat er jedes Jahr Geld beiseitegelegt (wie der Vater, so der Sohn) und hatte schließlich genug beisammen, um seine eigene Firma zu gründen. Dort stellen sie autonome, nachhaltige Büros in Fertigbauweise her. Seine Firma liegt direkt an der Themse, im Osten von London, und er bringt die Mädchen oft zur Schule, weil das auf seinem Weg liegt.

Als ich in der Haustür stehe und ihnen hinterherwinke, sehe ich, wie unser Nachbar Professor Russell gerade seine Zeitung aufhebt. Er hat einen lustigen weißen Haarschopf, der mich jedes Mal zum Lachen bringt, wenn ich ihn sehe, mache allerdings eilig ein ernstes, erwachsenes Gesicht, als er sich abrupt umdreht.

Professor Russell ist erst dieses Jahr eingezogen. Ich schätze, er wird wohl so etwa Mitte siebzig sein. Früher hat er an der Oxford University Botanik unterrichtet, und soweit ich weiß, ist er der weltweit führende Experte für einen bestimmten Farn. Sein Garten besteht aus einem massiven Gewächshaus, und dort sehe ich ihn oft zwischen lauter Farnwedeln herumwuseln. Er lebt mit einem anderen weißhaarigen Mann zusammen, der uns als Owen vorgestellt wurde, und ich denke, die beiden sind ein Paar, aber sicher bin ich mir nicht.

Ich bin etwas vorsichtig mit den beiden, denn kaum waren sie eingezogen, hatte Tessa schon einen Fußball über den Zaun geschossen, und der landete oben auf dem Gewächshaus. Dan musste ihn holen und hat beim Raufklettern eine Glasscheibe zerbrochen. Wir haben den Schaden bezahlt, aber es war nicht gerade der *allerbeste* Einstieg. Jetzt warte ich nur darauf, dass sie sich über das Geschrei der Mädchen beschweren. Aber vielleicht sind sie ja taub. Hoffen wir das Beste.

Nein, das nehme ich zurück. Ich hoffe *nicht*, dass sie taub sind. Natürlich nicht. Ich denke nur … es wäre von Vorteil.

»Hallo«, rufe ich fröhlich.

»Hallo.« Professor Russell schenkt mir ein freundliches Lächeln, wirkt aber etwas abwesend, leicht distanziert.

»Wie macht sich das Leben in der Canville Road?«

»Oh, sehr gut, sehr gut.« Er nickt. »Sehr gut.«

Schon schweift sein Blick wieder ab. Vielleicht langweilt er sich. Oder vielleicht ist er auch geistig nicht mehr so ganz auf der Höhe. Ich kann es wirklich nicht sagen.

»Nach Oxford ist es hier sicher seltsam, oder?« Ich habe so ein Bild vor Augen, wie Professor Russell im wallenden schwarzen Gewand über einen dieser mittelalterlichen Innenhöfe schlendert und einer kleinen Schar von Erstsemestern Vorträge hält. Offen gesagt passt dieses Bild besser zu ihm als das, was ich vor mir sehe: wie er hier in einer kleinen Straße von Wandsworth vor seiner Haustür steht und aussieht, als wüsste er nicht mal, welcher Tag heute ist.

»Ja.« Er scheint zum ersten Mal darüber nachzudenken. »Ja, ja, etwas seltsam ist es schon. Aber besser. Man muss Veränderungen doch akzeptieren.« Plötzlich mustert er mich eingehend, und ich sehe seine Augen blitzen. »Viele Kollegen bleiben einfach zu lange. Wer sich im Leben nicht verändert, muss verkümmern. *Vincit qui se vincit*.« Er macht eine Pause, als wollte er die Worte atmen lassen. »Wie Sie sicher aus eigener Anschauung wissen.«

Okay, offenbar ist er geistig doch noch auf der Höhe.

»Absolut!« Ich nicke. »*Vincit* … äh …« Zu spät merke ich, dass es ein Fehler war, das Zitat wiederholen zu wollen. »Definitiv«, korrigiere mich.

Ich frage mich, was dieses *Vincit*-Dings bedeuten mag und ob ich es schnell mal googeln sollte, als eine andere Stimme laut wird.

»Toby, hast du mich gehört? Du sollst den Müll rausbringen! Und falls du auch mal was tun möchtest, könntest du kurz rüber zum Laden und uns für heute Mittag einen Salat holen. Und wo sind alle unsere Becher? Ich sag dir, wo: in deinem Zimmer auf dem Fußboden!«

Ich wende mich um und sehe Tilda, unsere andere Nachbarin, aus dem Haus kommen. Sie wickelt sich ein endlos langes, farbenfrohes Tuch um den Hals und schimpft dabei mit ihrem Sohn Toby. Der ist vierundzwanzig und hat vor zwei Jahren sein Examen an der Uni in Leeds gemacht. Seitdem wohnt er zu Hause und arbeitet an seinem Start-up. (Jedes Mal, wenn er mir erklären will, was er da genau macht, wird es neblig in meinem Hirn, aber es hat irgendwas mit »Digital Capability« zu tun. Was auch immer das bedeuten mag.)

Schweigend lauscht er seiner Mutter, im Türrahmen lehnend, die Hände in den Hosentaschen, gedankenverloren. Toby könnte richtig gut aussehen, aber er trägt einen von diesen Bärten. Es gibt sexy Bärte, und es gibt doofe Bärte, und seiner ist doof. Er ist struppig und so ungepflegt, dass mir fast der Atem stockt. Ich kann nur denken: Stutz ihn! Trimm ihn! Mach *irgendwas* damit …

»… und wir müssen dringend über Geld reden«, endet Tilda unheilvoll, dann strahlt sie mich an. »Sylvie! Bist du so weit?«

Tilda und ich gehen morgens immer zusammen zum Bahnhof Wandsworth, schon seit sechs Jahren. Allerdings fährt Tilda gar nicht mit dem Zug, denn sie arbeitet von zu Hause aus als virtuelle Assistentin für mindestens sechs verschiedene Leute, aber sie mag den Spaziergang und das Plaudern.

Erst seit drei Jahren sind wir direkte Nachbarn, aber bevor Dan und ich hier eingezogen sind, hatten wir eine

Wohnung gegenüber und kennen Tilda seitdem. Sie war auch diejenige, die uns erzählt hat, dass ihr Nachbarhaus zum Verkauf stand, und unbedingt wollte, dass wir dort einziehen. So ist sie einfach. Sie ist impulsiv und auffällig und eigensinnig (im guten Sinne), und so ist sie meine beste Freundin geworden. »Auf Wiedersehen!« Ich winke Professor Russell und Toby und mache mich mit ihr auf den Weg. Ich trage Sportschuhe, habe meine Kitten Heels in der Tasche dabei, außerdem mein türkises Samthaarband, das ich im Büro anlegen werde. Mrs Kendrick liebt türkise Samthaarbänder und hat mir dieses zu Weihnachten geschenkt. Und obwohl ich lieber tot umfallen würde, als es zu Hause zu tragen … Wenn es sie glücklich macht, warum nicht?

»Hübsche Strähnchen«, sage ich mit Blick auf Tildas Haare. »Ziemlich … hell.«

»Ich wusste es.« Betrübt fasst sie sich an den Kopf. »Sie sind zu grell.«

»Nein!«, sage ich eilig. »Sie lassen dein Gesicht strahlen.«

»Hmm.« Zweifelnd zupft Tilda an ihren Haaren herum. »Vielleicht gehe ich noch mal hin und lasse sie dunkler tönen.«

Tilda ist etwas widersprüchlich, was ihr Äußeres angeht. Sie macht einen echten Kult ums Haarfärben, schminkt sich aber so gut wie nie. Immer trägt sie farbenfrohe Tücher, aber fast nie Schmuck, weil es sie an all die Geschenke erinnert, die ihr Ex-Mann ihr aus schlechtem Gewissen gekauft hat. Zumindest ist ihr jetzt klar, dass er ein schlechtes Gewissen hatte. (»Ich wünschte, er hätte mir eine vernünftige Küchenausstattung gekauft!«, meinte sie irgendwann mal wütend. »Dann hätte ich jetzt vielleicht eine KitchenAid!«)

»Also …«, sage ich, als wir um die Ecke kommen. »Dieses Quiz.«

»O mein Gott.« Entsetzt verdreht Tilda die Augen. »Ich weiß *nichts*.«

»Ich weiß *weniger* als nichts«, entgegne ich. »Das wird eine Katastrophe.« Tilda, Dan und ich haben uns freiwillig für ein Wohltätigkeitsquiz morgen Abend angemeldet. Es findet einmal jährlich im Pub am Ende unserer Straße statt. Simon und Olivia von gegenüber haben unser Team organisiert und uns überredet, indem sie meinten, die Ansprüche seien »lächerlich gering«.

Doch dann haben Tilda und ich gestern Morgen Simon auf der Straße getroffen, und da klang er völlig anders. Er meinte, die Runden seien doch »ziemlich knifflig«, aber keine Sorge, wir bräuchten nur »ein bisschen Allgemeinwissen«.

Als er ging, standen Tilda und ich eine Weile wie erstarrt da. »Ein bisschen Allgemeinwissen?«

Möglicherweise habe ich mal so etwas wie Allgemeinwissen besessen. Einmal musste ich in der Schule sogar für einen Wettbewerb hundert Hauptstädte auswendig lernen. Aber seit ich kleine Kinder habe, kann ich mir nur noch ganz bestimmte Informationen merken: 1. dieses Rezept für Hähnchensticks, 2. die Titelmelodie von *Peppa Pig* und 3. an welchem Tag die Mädchen Schwimmunterricht haben (dienstags). Und ehrlich gesagt bringe ich die Titelmelodie von *Peppa Pig* und die von *Charlie und Lola* oft genug durcheinander. Tja. Hoffnungslos.

»Ich habe Toby gesagt, dass er in unser Team kommen soll«, meint Tilda. »Zum Glück schmeckt ihm das Essen im Pub, also musste ich ihn nicht lange überreden. Er kennt sich mit Musik aus, solche Sachen. Und außerdem kommt er so mal vor die Tür. Dieser *Junge*!« Sie gibt einen vertrauten, frustrierten Laut von sich.

Zu sagen, Tilda und Toby würden sich auf die Nerven gehen, wäre eine Untertreibung. Beide arbeiten von zu Hause aus, aber nach allem, was ich so mitbekommen habe, prallen da zwei unterschiedliche Arbeitsauffassungen aufeinander. Tildas Auffassung ist: Arbeite geordnet und selbstständig von deinem Heimbüro aus. Wohingegen Tobys Auffassung darin besteht, sein Zeug überall im Haus zu verteilen, zur Inspiration laut Musik zu hören, mit seinem Geschäftspartner mitternächtliche Sessions in der Küche abzuhalten und kein Geld zu verdienen. Zumindest *noch* nicht.

Noch ist Tobys Lieblingswort. Alles, was er jemals vorhatte, was er unbedingt machen wollte, hat er *noch* nicht gemacht. Ich habe es ihn sogar schon mal durch unsere gemeinsame Wand rufen hören: »Ich hab die Küche noch nicht aufgeräumt! *Noch* nicht! Ich mach's ja, Mum!«

Noch hat er keine Finanzierung für sein Start-up gefunden. Er hat sich *noch* keinen anderen Beruf überlegt. Er hat *noch* nicht vor, sich eine eigene Wohnung zu suchen. Er hat *noch* nicht gelernt, wie man Lasagne zubereitet.

Neben Toby hat Tilda auch eine ältere Tochter namens Gabriella, und mit vierundzwanzig arbeitete die schon bei einer Bank, wohnte mit ihrem Freund zusammen und gab Tilda Ratschläge zu kreativem Küchenzubehör. Da sieht man es mal wieder. Was auch immer.

Aber eins habe ich über Tilda gelernt: Wenn sie anfängt, sich über Toby zu ereifern, sollte man schnell das Thema wechseln. Und außerdem möchte ich sie was fragen. Ich brauche ihre Meinung zum Thema Ehe.

»Tilda, als du geheiratet hast …«, sage ich beiläufig, »… was dachtest du, wie lange es dauern würde? Ich meine, ich weiß ja: ›ewig‹.« Ich mache Gänsefüßchen in der Luft. »Und ich weiß natürlich, dass du geschieden bist, aber …« Ich zögere. »Bei deiner Hochzeit, als du das alles noch nicht kommen sahst, was hast du gedacht, was ›ewig‹ bedeutet?«

»Du willst die Wahrheit?«, fragt Tilda und schüttelt ihr Handgelenk. »Mist. Mein Fitbit geht nicht mehr.«

»Also … ja. Ich denke schon.«

»Ob es die Batterie ist?« Tilda schnalzt genervt mit der Zunge. »Wie viele Schritte haben wir gemacht?« Sie klopft an ihren Fitness-Tracker. »Nur was mein Fitbit speichert, zählt. Da hätte ich mir die Lauferei auch sparen können.«

Tildas Fitbit ist ihr neuester Spleen. Eine Weile war es Instagram, sodass sie auf unseren täglichen Spaziergängen endlos viele Fotos von Regentropfen auf Laub machte. Jetzt sammelt sie Schritte.

»Selbstverständlich zählt das! Ich sag dir, wie viele wir haben, wenn wir am Bahnhof sind, okay?« Ich versuche, sie wieder auf mein Thema zu lenken. »Also, als du geheiratet hast …«

»Als ich geheiratet habe …«, wiederholt Tilda, als hätte sie die Frage vergessen.

»Was dachtest du, was ›ewig‹ bedeutet? Dreißig Jahre vielleicht?«, frage ich. »Oder … fünfzig?«

»Fünfzig Jahre?« Tilda gibt einen sonderbaren Laut von sich, halb Schnauben, halb Lachen. »Fünfzig Jahre mit Adam? Glaub mir, fünfzehn waren mehr als genug, und es war ein Wunder, dass wir so lange durchgehalten haben.« Sie wirft mir einen strengen Blick zu. »Warum fragst du?«

»Ach, ich weiß nicht«, sage ich vage. »Musste nur gerade daran denken, wie lange eine Ehe wohl so dauern mag.«

»Wenn du *wirklich* meine Meinung hören willst«, sagt Tilda und legt einen Schritt zu, »hat das System einen grundlegenden Fehler. Mal ehrlich: *ewig*? Wer kann sich schon auf ewig binden? Menschen ändern sich, das Leben ändert sich, Umstände ändern sich …«

»Na ja …« Ich weiß nicht, was ich sagen soll. Ich habe mich auf ewig an Dan gebunden.

Hab ich doch, oder?

»Was ist damit, dass man zusammen alt werden möchte?«, frage ich schließlich.

»Das habe ich *nie* verstanden«, sagt Tilda aufgebracht. »Das ist ja wohl das gruseligste Lebensziel, das man sich vorstellen kann. ›Zusammen alt werden.‹ Das klingt, als würde man sich schon auf seine dritten Zähne freuen.«

»Das ist doch nicht dasselbe!«, halte ich lachend dagegen, aber sie hört mir gar nicht zu. Hin und wieder redet Tilda sich in Rage.

»Diese ganze Sache mit der Ewigkeit Na ja, meinetwegen. Aber ist ›bis dass der Tod uns scheidet‹ nicht etwas überambitioniert? Ist das nicht ein ziemliches Wagnis? Da gibt es doch erheblich wahrscheinlichere Szenarien. ›Bis dass die allmähliche Entfremdung uns scheidet.‹ ›Bis dass die Langeweile uns scheidet.‹ In meinem Fall: ›Bis dass der Wanderpenis meines Mannes uns scheidet.‹«

Ich versuche zu lächeln. Tilda spricht nicht oft über Adam, ihren Ex-Mann, aber einmal hat sie mir die ganze Geschichte erzählt, die komisch und zugleich herzzerreißend war und einfach furchtbar traurig.

Er ist wieder verheiratet, dieser Adam. Mit seiner neuen Frau hat er drei kleine Kinder. Und er sieht wohl immer ziemlich fertig aus.

»Tja, da wären wir.« Am Bahnhof angekommen schlägt Tilda mit der Faust auf ihren Fitbit ein. »Elendes Scheißding. Und was hast du heute Morgen so vor?«

»Ach, Kaffeetrinken mit einer Sponsorin.« Ich zeige ihr die Pedometer-App auf meinem Handy. »Hier, guck mal: 4.458 Schritte.«

»Ja, aber wahrscheinlich bist du sechsmal die Treppe rauf und runter gerannt, bevor wir losgegangen sind«, erwidert Tilda. »Wo geht ihr denn Kaffee trinken?«, fügt sie hinzu und sieht mich mit derart hochgezogenen Augenbrauen an, dass ich direkt lachen muss. »Wo denn? Und tu nicht so, als wäre es Starbucks.«

»Claridge's«, gebe ich zu.

»Claridge's!«, ruft Tilda. »Ich wusste es!«

»Bis morgen«, sage ich lächelnd und gehe in den Bahnhof. Ich bin schon dabei, nach meiner Oyster-Card zu suchen, da höre ich sie noch hinter mir rufen:

»Das ist mal wieder typisch, Sylvie! Claridge's! Ich meine: *Claridge's*!«

Mein Job ist wirklich Zucker. Das lässt sich nicht bestreiten.

Im wahrsten Sinne des Wortes. Ich sitze an einem Tisch im Claridge's Hotel, vor mir Kuchen und Croissants mit Aprikosenmarmelade. Mir gegenüber sitzt eine junge Frau namens Susie Jackson. Ich habe sie schon ein paarmal getroffen, und ich erzähle ihr gerade von unserer kommenden Ausstellung, bei der es um Fächer aus dem 19. Jahrhundert geht.

Ich arbeite für ein kleines Museum mit Namen Willoughby House. Es ist schon sehr lange im Besitz der Familie Kendrick, eine georgianische Stadtvilla in Marylebone, vollgestopft mit Kunstschätzen und – leicht bizarr – Cembalos. Sir Walter Kendrick war von diesen Instrumenten geradezu besessen und begann seine Sammlung 1894. Darüber hinaus hortete er Zeremonienschwerter, und seine Frau hortete Miniaturen. Im Grunde ist es eine Familie von Messies. Nur würden wir deren Kram nicht als »Müll« bezeichnen. Wir bezeichnen ihn als »Sammlung unersetzbarer Kunstgegenstände und Artefakte von nationalem und historischem Interesse« und veranstalten Ausstellungen und Vorträge und kleine Konzerte.

Das ist ganz in meinem Sinne, denn mit Kunstgeschichte kenne ich mich aus. Ich habe das Fach an der Uni studiert und bin immer froh und glücklich, wenn ich von Dingen umgeben bin, die hübsch oder historisch bedeutend oder beides sind, was auf so manches im Willoughby House zutrifft. (Außerdem gibt es da so einige Stücke, die hässlich und historisch gänzlich irrelevant sind, die wir aber trotzdem ausstellen, weil sie sentimentale Bedeutung besitzen. Was in Mrs Kendricks Welt weit mehr zählt.)

Vor Willoughby House war ich bei einem angesehenen Auktionshaus beschäftigt und habe geholfen, die Kataloge zusammenzustellen, aber weil ich in einem separaten Gebäude untergebracht war, habe ich kein einziges Kunstwerk zu Gesicht bekommen. Offen gesagt war es ein ziemlich trostloser Job. Also habe ich die Chance genutzt, zu einem kleineren Laden zu wechseln, mehr Verantwortung zu übernehmen und außerdem Erfahrungen in der Projektentwicklung zu sammeln. Projektentwicklung bedeutet »Geld auftreiben«, nur nennen wir es nicht so. Bei der bloßen Erwähnung des Wortes »Geld« verzieht Mrs Kendrick angewidert das Gesicht, so wie auch bei den Worten »Toilette« und »Website«. Mrs Kendrick hat eine ganz bestimmte »Art«, etwas zu tun, und nach sechs Jahren im Willoughby House kenne ich die Regeln in- und auswendig. Sprich nie das Wort »Geld« laut aus. Nenne niemanden beim Vornamen. Schüttle nie Sammelbüchsen vor potentiellen Förderern. Bitte niemals um finanzielle Unterstützung. Stattdessen: *Pflege Beziehungen.*

Und genau das tue ich heute. Ich pflege meine Beziehung zu Susie, die für eine große, wohltätige Stiftung arbeitet, die Wilson-Cross-Foundation, die es sich zum Ziel gesetzt hat, Kultur und Künste zu fördern. (Wenn ich »groß« sage, meine ich etwa 275 Millionen Pfund schwer. Und davon spenden sie jedes Jahr einen ganzen Batzen.) Sanft locke ich sie in den Dunstkreis von Willoughby House. Mrs Kendrick ist es wichtig, unaufdringlich vorzugehen und langfristig zu planen. Sie verbietet es uns regelrecht, gleich um Spenden zu bitten. Ihr Argument ist: Je länger man den Gönner kennt, desto mehr wird er geben, wenn die Zeit reif ist.

Insgeheim träumen wir alle von der nächsten Mrs Pritchett-Williams. Im Willoughby House ist sie legendär. Sie kam zu jedem Event, zehn Jahre lang. Sie trank den Champagner, futterte die Kanapees, lauschte den Vorträgen, gab aber nie auch nur einen Penny.

Als sie dann starb, stellte sich heraus, dass sie dem Museum fünfhunderttausend Pfund vermacht hatte. Eine halbe Million!

»Nehmen Sie doch noch Kaffee!« Ich lächle Susie an. »Also, hier ist Ihre Einladung zur Eröffnung unserer Ausstellung ›Famose Fächer‹. Hoffentlich können Sie kommen!«

»Sieht super aus.« Susie nickt mit vollem Mund. Sie dürfte wohl so Ende zwanzig sein und trägt jedes Mal ein anderes Paar bezaubernder Schuhe. »Leider ist am selben Abend eine Veranstaltung im V & A, zu der ich eingeladen bin.«

»Ach so?« Mein Lächeln wankt nicht, obwohl ich innerlich brodle. Immer ist irgendwas im verdammten Victoria & Albert Museum. Die Hälfte unserer Förderer fördert auch das V & A. Vielleicht sogar mehr als die Hälfte. Wir verbringen unser ganzes Leben damit, unseren Veranstaltungskalender so einzurichten, dass sich die Termine nicht überschneiden. »Was gibt's denn?«, füge ich freundlich hinzu. »Davon weiß ich ja gar nichts.«

»Irgendwas mit Textilien. Ich glaube, sie verschenken Tücher an die Gäste«, fügt sie hinzu und sieht mich herausfordernd an. »So was wie einen Goodie-Bag.«

Tücher? Verdammt. Okay, denk nach, schnell!

»Ach, hatte ich es noch nicht erwähnt?«, sage ich leichthin. »Wir schenken unseren Förderern zur Ausstellungseröffnung etwas ganz Besonderes. Nämlich eine … Handtasche.«

Abrupt blickt sie auf. »Eine Handtasche?«

»Selbstverständlich inspiriert von der Ausstellung«, füge ich hinzu, ohne rot zu werden. »Die sind besonders hübsch.«

Woher ich dreißig Handtaschen nehmen will, die aussehen, als wären sie von antiken Fächern inspiriert, weiß der Teufel. Aber ich möchte Susie Jackson keinesfalls ans V & A verlieren, von unseren anderen Förderern ganz zu schweigen.

Ich kann förmlich sehen, wie Susie ihre Optionen abwägt. Tuch vom V & A gegen Handtasche vom Willoughby House. Eine Handtasche *muss* doch schwerer wiegen, oder?

»Na, vielleicht kann ich es ja doch noch schaffen«, meint sie.

»Wunderbar!« Ich strahle sie an. »Dann nehme ich das als Zusage. Es wird ein zauberhafter Abend.«

Ich bitte um die Rechnung und esse den Rest von meinem Croissant, hake dieses Treffen insgeheim als »gelungen« ab. Sobald ich ins Büro komme, werde ich meinen Bericht schreiben und Mrs Kendrick über die Terminüberschneidung in Kenntnis setzen. Und dreißig passende Handtaschen zum Verschenken auftreiben.

Vielleicht versuche ich es mal im Museums-Shop vom V & A.

»Also …!«, sagt Susie plötzlich seltsam gut gelaunt,

als die Rechnung kommt. »Was machen Ihre Kinder? Von denen habe ich ja schon ewig nichts mehr gehört. Haben Sie ein Foto dabei? Darf ich mal sehen?«

»Oh«, sage ich etwas überrascht. »Denen geht's gut, danke.«

Ich werfe einen Blick auf die Rechnung und reiche dem Kellner meine Karte.

»Zwillinge sind doch bestimmt supersüß!«, plappert Susie. »Ich hätte auch so gern welche … eines Tages. Dafür müsste ich natürlich erst mal einen Mann finden …«

Ich höre ihr nur halb zu, während ich in meinem Handy ein Foto von den Mädchen suche, aber irgendetwas nagt an mir … Und plötzlich weiß ich es. *Wie* hoch ist diese Rechnung? Ich weiß ja, wir sind im Claridge's, aber trotzdem …

»Dürfte ich wohl die Rechnung noch mal sehen?«, frage ich den Kellner. Ich nehme sie entgegen und inspiziere sie.

Kaffee. Stimmt.

Kuchen. Und wie.

Kaffeetorte für fünfzig Pfund? *Wie bitte?*

»Oh«, sagt Susie mit merkwürdiger Stimme. »Oh. Ich wollte eigentlich … also …«

Langsam blicke ich auf. Sie sieht mich herausfordernd an, doch ihre Wangen werden immer röter. Allerdings begreife ich noch nicht, was eigentlich los ist. Da tritt ein weiterer Kellner an unseren Tisch und überreicht Susie eine riesige Schachtel mit einer Schleife drumherum.

»Ihre Torte, Madame.«

Sprachlos starre ich die Schachtel an.

Das *gibt's* doch nicht.

Sie hat sich eine ganze Torte bestellt und mit auf *unsere gemeinsame Rechnung* setzen lassen? Allen Ernstes? Im Claridge's?

Das ist dreist. Das ist wirklich unfassbar dreist. Deshalb fing sie auch an zu plappern. Sie wollte mich von der Rechnung ablenken. Fast hätte es auch geklappt.

Ich halte mein Lächeln aufrecht. Mir ist etwas unwirklich zumute, und doch zögere ich keinen Moment. Die sechs Jahre bei Mrs Kendrick haben mich gelehrt, wie in einem solchen Fall weiter vorzugehen ist. Ich tippe meine PIN ein und lächle Susie an, während der Kellner mir eine Quittung gibt.

»Es war wirklich schön, Sie mal wieder zu treffen«, sage ich so charmant, wie es mir möglich ist. »Dann sehen wir uns also bei der Eröffnung von ›Famose Fächer‹.«

»Okay …« Susie wirkt betreten. Sie betrachtet die Torte, dann blickt sie langsam auf. »Also, was diese Torte angeht … Ich weiß selbst nicht, warum man die mit auf die Rechnung gesetzt hat!« Sie versucht sich an einem wenig überzeugenden Lachen.

»Kein Problem!«, sage ich, als wäre es nicht der Rede wert. Als würden wir ständig überteuerte Torten an irgendwelche Leute verschenken. »Das ist doch selbstverständlich! Fühlen Sie sich eingeladen! Viel Spaß damit!«

Als ich aus dem Claridge's komme, koche ich vor Wut. Wir leben von Spenden! Von *Spenden*! Doch als ich zwanzig Minuten später beim Willoughby House ankomme, habe ich mich wieder etwas beruhigt. Fast kann ich schon darüber lachen. Und außerdem ist Susie uns jetzt definitiv was schuldig.

Ich bleibe vor der Tür stehen, lege mein Samthaarband an und ziehe den pinken Lippenstift nach. Dann betrete ich die geflieste Eingangshalle, in der Isobel und Nina, zwei unserer Freiwilligen, ihren Dienst tun. Sie plaudern miteinander, als ich hereinkomme, sodass ich zum Gruß nur eine Hand hebe und mich gleich auf den Weg rauf zum Büro im obersten Stockwerk mache.

Wir haben viele Freiwillige – meist Frauen in einem gewissen Alter. Sie sitzen da, trinken Tee, plaudern und blicken hin und wieder auf, um Besuchern Ausstellungsstücke zu erläutern. Manche sind schon seit Jahren dabei und mittlerweile eng befreundet, und wir sind hier sozusagen ihr gesamtes Sozialleben. Manchmal drängeln sich im Museum so viele Freiwillige, dass wir einige nach Hause schicken müssen, weil sonst kein Platz mehr für Besucher ist.

Die meisten treiben sich im Salon herum, wo auch dieses berühmte Gemälde von Gainsborough hängt und das goldene Buntglasfenster so hübsches Licht macht. Am liebsten ist mir allerdings die Bibliothek mit den alten Wälzern und den Tagebüchern verstorbener Familienmitglieder, alles in alter, kritzeliger Handschrift. In der Bibliothek hat sich seit hundert Jahren nichts verändert, und so ist sie wie eine Zeitmaschine, mit all den gläsernen Bücherschränken und den antiken Vorrichtungen für Gaslaternen. Und dann gibt es da auch noch einen Keller, in dem die alte Dienstbotenküche untergebracht ist, gänzlich unverändert, mit uralten Töpfen, langem Tisch und einem furchteinflößenden Herd. Da bin ich gern. Manchmal gehe ich nach unten, sitze einfach nur da und stelle mir vor, wie es gewesen sein mag,

Köchin in einem solchen Haus zu sein. Einmal habe ich Mrs Kendrick eine Ausstellung zum Leben der Dienerschaft vorgeschlagen, aber sie meinte nur: »Ich glaube kaum, meine Liebe«, und damit hatte sich die Sache erledigt.

Die Treppen kommen einem manchmal endlos vor, denn sie gehen über fünf Stockwerke, aber mittlerweile habe ich mich daran gewöhnt. Es gibt wohl einen klapprigen, alten Fahrstuhl, aber ich bin kein Freund von klapprigen, alten Fahrstühlen, die kaputtgehen könnten, sodass man ganz oben im Schacht festsitzt und nicht mehr rauskommt …

Wie dem auch sei. Jedenfalls renne ich tagein, tagaus die Treppen rauf und runter. Das hält mich fit. Oben angekommen betrete ich das lichtdurchflutete Büro im Dachgeschoss und begrüße Clarissa.

Clarissa ist meine Kollegin und siebenundzwanzig. Sie ist für die Verwaltung zuständig und hilft auch bei der Sponsorensuche. Wir sind nur zu zweit – plus Mrs Kendrick –, also nicht gerade ein großes Team, aber wir funktionieren, weil wir alle auf derselben Wellenlänge sind. Wir kennen Mrs Kendricks Schrullen. Vor Clarissa hatten wir eine Weile ein Mädchen namens Amy, aber die war etwas zu laut. Und etwas zu keck. Sie stellte Abläufe infrage, kritisierte unsere Methoden und »passte nicht so recht dazu«, um Mrs Kendricks Formulierung zu verwenden. Also flog sie raus.

Clarissa hingegen passt perfekt dazu. Sie trägt gern geblümte Kleider und Schuhe mit Knöpfen, die sie in einem Laden für Tanzbekleidung kauft. Sie hat lange, dunkle Haare, große graue Augen und eine ernsthafte, liebenswerte Art an sich. Als ich eintrete, ist sie gerade dabei, die Pflanzen mit Wasser zu besprühen, was wir jeden Tag tun müssen. Mrs Kendrick regt sich schrecklich auf, wenn wir es mal vergessen.

»Morgen, Sylvie!« Clarissa dreht sich um und schenkt mir ihr strahlendstes Lächeln. »Ich komme gerade von einem Arbeitsfrühstück. Es war so was von erfolgreich! Da waren sechs Interessenten, die alle versprochen haben, Willoughby House in ihrem Testament zu bedenken. *Total nett.*«

»Sehr schön! Bravo!« Ich würde sie gern abklatschen, aber das ist nicht so Mrs Kendricks Ding, und die könnte jeden Moment hereinkommen. »Mein Tag war bisher leider nicht ganz so gut. Ich habe mit Susie Jackson von der Wilson-Cross-Foundation Kaffee getrunken, und sie hat mir erzählt, dass das V & A am selben Abend eine Veranstaltung hat, wenn wir unsere Ausstellung über famose Fächer eröffnen.«

»Ach du je!« Betroffen verzieht Clarissa das Gesicht.

»Ist schon okay. Ich habe gesagt, wir verschenken Handtaschen, und sie meinte, dann kommt sie zu uns.«

»Genial«, haucht Clarissa. »Was denn für Handtaschen?«

»Ich weiß noch nicht. Wir müssen welche auftreiben. Wo würdest du nach so was suchen?«

»Im V & A-Shop?«, schlägt Clarissa nach kurzer Überlegung vor. »Die haben *wirklich* hübsche Sachen.«

Ich nicke. »Das dachte ich auch schon.«

Ich hänge meine Jacke auf und lege die Quittung für das Kaffeetrinken in »Die Kiste«. Dabei handelt es sich um eine große Holzkiste, die auf dem Regal steht, nicht zu verwechseln mit der »Roten Kiste« daneben, die aus Pappe ist und früher mit rotem Blümchenpapier bezogen war. (Auf dem Deckel klebt noch ein Schnipsel, daher der Name.)

In der Kiste sammeln wir Quittungen, in der Roten Kiste Faxe. Und dann gibt es noch die »Kleine Kiste« für Post-its und Heftklammern, aber *nicht* für Büroklammern, denn die kommen in die »Schale«. (Eine Töpferschale auf dem Regal darüber.) Stifte hingegen kommen in den »Topf«.

Es klingt wahrscheinlich etwas kompliziert, ist es aber nicht, wenn man sich erst mal daran gewöhnt hat.

»Das Faxpapier ist fast alle«, sagt Clarissa und rümpft die Nase. »Da muss ich nachher noch mal los.«

Wir verbrauchen in unserem Büro große Mengen von Faxpapier, weil Mrs Kendrick gern von zu Hause aus arbeitet und dann per Fax mit uns kommuniziert. Was ein bisschen altmodisch klingt. Na gut, es *ist* altmodisch. Aber so möchte sie es eben haben.

»Wer waren denn deine Interessenten?«, frage ich, als ich mich hinsetze, um meinen Bericht zu schreiben.

»Sechs freundliche Typen von der HSBC. Die waren noch ziemlich jung.« Clarissa zwinkert mir zu. »Frisch von der Uni. Aber *total* süß. Alle meinten, sie wollten uns was vererben. Die spenden bestimmt Tausende!«

»Fantastisch!«, sage ich und öffne ein neues Dokument. Kaum jedoch habe ich angefangen zu tippen, da höre ich fremde Schritte auf der Treppe.

Ich erkenne Mrs Kendrick sofort. Sie kommt rauf ins Büro. Doch da ist auch noch jemand anders. Schwerer. Rhythmischer.

Die Tür geht auf, als ich denke: *Das ist bestimmt ein Mann.*

Und es ist ein Mann.

Er ist so etwa Mitte dreißig. Dunkler Anzug, hellblaues Hemd, breite, muskulöse Brust, Kurzhaarfrisur. So einer mit behaarten Handgelenken und etwas zu viel Aftershave. (Das rieche ich von hier.) Wahrscheinlich muss er sich zweimal am Tag rasieren. Wahrscheinlich stemmt er im Fitnessstudio Gewichte. Seinem schicken Anzug nach zu urteilen, fährt er ein entsprechendes Auto. Er entspricht so sehr nicht der Sorte Mann, mit der wir es hier üblicherweise zu tun haben, dass ich ihn offen anstarre. Er passt einfach nicht hierher, wie er da mit seinen polierten Schuhen auf dem abgewetzten grünen Teppich steht und mit dem Kopf fast an den Türrahmen stößt.

Wenn ich ehrlich sein soll, kommen kaum jemals irgendwelche Männer hierher. Und wenn doch, dann eher grauhaarige Ehemänner von Freiwilligen. Bei Veranstaltungen tragen sie altmodische Samtjacketts. Sie stellen Fragen zu Barockmusik. Sie süffeln Sherry. (Bei allen unseren Veranstaltungen gibt es Sherry. Auch das hat bei Mrs Kendrick Tradition.)

Doch niemals kommen sie rauf in den obersten Stock, blicken ungläubig in die Runde wie dieser Typ und sagen dann: »Das soll ein *Büro* sein?«

Augenblicklich stellen sich mir die Nackenhaare auf. Das »soll« kein Büro sein, das *ist* ein Büro.

Ich sehe Mrs Kendrick an, die ein geblümtes Kleid mit hohem Rüschenkragen trägt, die grauen Haare so gepflegt wie eh und je. Ich warte darauf, dass sie diesen Mann mit einem ihrer scharfen, kleinen Aperçus zurechtweist. (»Meine liebe Amy«, meinte sie mal, als Amy sich eine Dose Cola mitgebracht hatte und diese an ihrem Schreibtisch aufriss, »wir sind hier nicht an einer amerikanischen Highschool.«)

Doch scheint sie mir heute nicht so bissig wie sonst. Ihre Hand flattert auf zur violetten Kamee-Brosche, die sie immer trägt, dann sieht sie den Mann an.

»Nun«, sagt sie mit nervösem Lachen. »Wir fühlen uns hier so weit ganz wohl. Lass mich dir unser Personal vorstellen! Meine Damen, das ist mein Neffe Robert Kendrick. Robert, das sind Clarissa, unsere Verwalterin, und Sylvie, unsere Projektbeauftragte.«

Wir reichen uns die Hand, doch Robert blickt dabei noch immer kritisch in die Runde.

»Hm«, sagt er, »ganz schönes Chaos hier drinnen, was? Sie sollten eine *Clean Desk Policy* einführen.«

Mir wird ganz kribbelig. Für wen hält sich dieser Typ? Ich mache den Mund auf, um etwas Scharfes zu entgegnen – doch dann kneife ich und klappe ihn wieder zu. Vielleicht sollte ich lieber erst mal rausfinden, was hier eigentlich los ist. Clarissas Blick geht von mir zu Mrs Kendrick, mit ausdrucksloser Miene, und da erst scheint Mrs Kendrick plötzlich klar zu werden, dass wir keine Ahnung haben, was hier vor sich geht.

»Robert hat beschlossen, sich im Willoughby House einzubringen«, sagt sie mit angestrengtem Lächeln. »Schließlich wird er es eines Tages erben, gemeinsam mit seinen beiden älteren Brüdern.«

Mir wird ganz flau im Magen. Ist er der böse Neffe, der kommt, um das Museum seiner Tante zu schließen und es in Zwei-Zimmer-Apartments zu verwandeln?

»Wie denn einbringen?«, erkundige ich mich.

»Unvoreingenommen«, sagt er scharf. »Wozu meine Tante anscheinend nicht in der Lage ist.«

O mein Gott, er *ist* der böse Neffe.

»Sie dürfen uns nicht schließen!«, platze ich heraus, bevor ich mir überlegt habe, ob das eigentlich klug ist. »Das dürfen Sie nicht! Willoughby House ist ein Stück Geschichte. Eine Zuflucht für kulturliebende Londoner!«

»Eher eine Zuflucht für tratschende Schnorrer«, sagt Robert. Er spricht mit tiefer, angenehmer Stimme. Er könnte vielleicht sogar attraktiv sein, wenn er nicht so ungeduldig wäre. Jetzt mustert er mich mit unfreundlichem Stirnrunzeln. »Wie viele Freiwillige braucht dieser Laden? Es kommt einem vor, als hätten Sie die Hälfte aller Londoner Renterinnen da unten.«

»Die Freiwilligen halten den Laden am Leben«, erkläre ich.

»Die Freiwilligen stopfen sich mit Keksen voll«, erwidert er. »Und dann noch Kekse von Fortnum & Mason. Ist das nicht etwas extravagant für ein Museum, das von Spenden lebt? Wie hoch sind Ihre Kekskosten?«

Wir sind alle etwas still geworden. Mrs Kendrick untersucht den Knopf an ihrer Manschette, und ich tausche unstete Blicke mit Clarissa. Die Kekse von Fortnum sind tatsächlich ein kleiner Luxus, aber Mrs Kendrick findet sie »angemessen«. Eine Weile haben wir es mit Duchy Originals versucht, sind dann aber wieder bei denen von Fortnum gelandet. (Uns gefallen auch die Dosen so gut.)

»Ich möchte eine vollständige Buchführung sehen«,

sagt Robert. »Ich muss wissen, was rein- und rausgeht … Sammeln Sie Ihre Belege?«

»Selbstverständlich sammeln wir unsere Belege!«, sage ich frostig.

»Die sind in der Kiste«, bestätigt Clarissa eifrig nickend.

»Bitte?« Robert scheint nicht zu verstehen, und Clarissa tritt eilig an das Bücherregal.

»Das ist ›Die Kiste‹ …« Sie deutet darauf. »Das hier ist die ›Rote Kiste‹ und das hier die ›Kleine Kiste‹.«

»Die was, die was und die *was*?« Roberts Blick geht von Clarissa zu mir. »Muss ich das irgendwie verstehen?«

»Im Grunde ist es ganz vernünftig«, sage ich, doch er schleicht schon wieder im Büro herum.

»Warum gibt es hier nur *einen* Computer?«, will er plötzlich wissen.

»Den teilen wir uns«, erkläre ich.

Auch das ist ein wenig unkonventionell, aber wir kommen gut zurecht.

»Sie teilen ihn sich?« Er starrt mich an. »Wie kann man sich denn einen Computer *teilen*? Das ist doch Irrsinn!«

»Wir kriegen es hin.« Ich zucke mit den Schultern. »Wir wechseln uns einfach ab.«

»Aber …« Fast scheint es ihm die Sprache zu verschlagen. »Aber womit schicken Sie sich E-Mails?«

»Wenn ich mit den Mädels von zu Hause aus korrespondieren möchte, schicke ich ein Fax«, sagt Mrs Kendrick und klingt, als müsste sie sich rechtfertigen. »Sehr praktisch.«

»Ein *Fax*?« Mit schmerzverzerrter Miene sieht Robert

erst mich an, dann Clarissa. »Sagen Sie mir, dass das ein Scherz ist!«

»Wir faxen viel«, sage ich und deute auf das Faxgerät. »Wir verschicken auch Faxe an Sponsoren.«

Eine Weile steht Robert schwer atmend vor dem Ding und starrt es nur an.

»Schreiben Sie auch noch mit Feder und Tinte?«, fragt er schließlich und blickt auf. »Arbeiten Sie bei Kerzenschein?«

»Ich weiß, unsere Arbeitsmethoden mögen etwas seltsam wirken«, sage ich trotzig, »aber sie funktionieren.«

»Schwachsinn«, sagt er scharf. »So kann man kein modernes Büro führen.«

Ich wage nicht, Mrs Kendrick anzusehen. »Schwachsinn« ist ganz und gar kein Wort, das Mrs Kendrick gutheißen dürfte.

»Das ist unser System«, sage ich. »Es ist eigenwillig.«

Bei allem Trotz fühle ich mich doch ein wenig unwohl. Denn als ich zum ersten Mal ins Willoughby House kam und man mir die Kisten und das Faxgerät vorführte, habe ich ganz ähnlich reagiert. Ich wollte das alles loswerden und papierlos arbeiten und noch vieles andere mehr. Ich hatte diverse Vorschläge. Aber Mrs Kendricks Vorgehensweise war damals Gesetz und ist es heute noch. Alle meine Ideen wurden abgeschmettert. Also habe ich mich langsam aber sicher an die Kisten und das Faxen und all das andere gewöhnt. Vermutlich hat man mich einfach konditioniert.

Aber was macht es schon? Macht es was, dass wir ein bisschen altmodisch sind? Welches Recht hat dieser Typ, sich hier so aufzuspielen und uns zu erzählen, wie man ein Büro führt? Schließlich sind wir ein erfolgreiches Museum, oder etwa nicht?

Er blickt noch einmal in die Runde. »Ich komme wieder«, sagt er unheilschwanger. »Dieser Laden muss unbedingt in Form gebracht werden. Anderenfalls …«

Anderenfalls?

»Nun!«, sagt Mrs Kendrick leicht erschüttert. »Nun. Robert und ich gehen jetzt etwas essen, und wir drei reden später weiter. Über alles.«

Die beiden wenden sich zum Gehen, während Clarissa und ich nur schweigend dastehen.

Als ihre Schritte verklungen sind, sieht Clarissa mich an. »Anderenfalls *was*?«, fragt sie.

»Ich weiß nicht.« Ich blicke vom Teppich auf, der noch immer einen Abdruck seiner großen, schweren Männerschuhe zeigt. »Und ich weiß auch nicht, welches Recht er hat, hier so reinzuspazieren und uns dermaßen herumzukommandieren.«

»Vielleicht will Mrs Kendrick sich zur Ruhe setzen, und er wird unser neuer Chef«, meint Clarissa.

»Nein!«, sage ich entsetzt. »O mein Gott, stell dir nur mal vor, wie der mit den Freiwilligen umgeht! ›Danke fürs Kommen, und jetzt verpisst euch!‹«

Clarissa fängt leise an zu lachen, wird immer lauter, kann gar nicht mehr aufhören, sodass ich unwillkürlich mitlachen muss. Meine finsteren Gedanken behalte ich lieber für mich, dass nämlich Robert nie im Leben dieses Museum übernehmen wird, dass dieser Bau eine erstklassige Londoner Immobilie ist und dass es am Ende immer ums Geld geht.

Endlich beruhigt Clarissa sich und kündigt an, uns

einen Kaffee zu kochen. Ich setze mich an meinen Schreibtisch, mache mich an meinen Bericht, versuche, die Ereignisse des Morgens hinter mir zu lassen. Aber ich kann nicht. Ich bin total aufgewühlt. Meine Befürchtungen wollen sich einfach nicht abschütteln lassen. Warum kann das hier nicht die letzte schrullige Ecke der Welt sein? Warum sollten wir uns beugen? Es ist mir egal, wer dieser Typ ist oder welchen Anspruch er auf Willoughby House hat. Wenn er diesen besonderen Ort zerstören und in Apartments umwandeln will, dann wird er erst an mir vorbeimüssen.

Nach der Arbeit muss ich zu einem Vortrag über italienische Malerei, den einer unserer Sponsoren hält, also komme ich erst um acht nach Hause. Es ist ganz still, was bedeutet, dass die Mädchen schlafen. Ich springe kurz nach oben und küsse sie auf die Wangen, decke sie zu und drehe Anna um. (Ihre Füße landen früher oder später immer auf dem Kissen, wie bei Pippi Langstrumpf.) Dann gehe ich nach unten und sehe Dan am Küchentisch vor einer Flasche Wein sitzen.

»Hi«, begrüße ich ihn. »Wie war dein Tag?«

»Ganz gut.« Dan zuckt mit den Schultern. »Und deiner?«

»Irgend so ein Bürohengst meint, er kann uns rumkommandieren«, sage ich finster. »Mrs Kendricks Neffe. Offenbar will er sich ›einbringen‹. Was wahrscheinlich heißt, dass er den Laden zumachen und in Apartments umwandeln will.«

Entsetzt blickt Dan auf. »Hat er das gesagt? Du meine Güte.«

»Na ja, nein«, räume ich ein. »Aber er meinte, wir müssten uns verändern, *anderenfalls* …« Ich versuche, die ominöse Drohung hervorzuheben, die in diesem Wort liegt, aber Dans Miene hat sich schon wieder entspannt.

»Wahrscheinlich meinte er: ›Anderenfalls kriegt ihr keine Weihnachtsfeier‹«, sagt er. »Möchtest du?« Bevor ich antworten kann, hat er mir schon ein Glas Wein eingeschenkt. Als er es über den Tisch in meine Richtung schiebt, mustere ich erst ihn, dann die Flasche. Sie ist halbleer. Und Dan wirkt so nachdenklich.

»Hey«, sage ich vorsichtig. »Alles okay?«

Eine Weile starrt er nur ins Leere. Plötzlich wird mir bewusst, dass er betrunken ist. Ich wette, er war nach der Arbeit im Pub. Das macht er manchmal, wenn ich nicht da bin und Karen auf die Kinder aufpasst. Und dann ist er nach Hause gekommen und hat den Wein aufgemacht.

»Heute saß ich bei der Arbeit«, sagt er schließlich. »Und ich dachte: Will ich das wirklich noch achtundsechzig Jahre machen? Büros bauen, Büros verkaufen, Büros bauen, Büros verkaufen, Büros bauen …«

»Ich hab's verstanden.«

»… Büros verkaufen.« Er sieht mich an. »Bis in alle Ewigkeit.«

»Nicht bis in alle Ewigkeit.« Ich lache, um ihn etwas aufzuheitern. »Und du musst nicht arbeiten, bis du tot umfällst.«

»Es kommt mir aber vor wie eine Ewigkeit. Wir sind unsterblich, das sind wir, Sylvie!« Mürrisch nimmt er mich ins Visier. »Und weißt du, was Unsterbliche sind?«

»Götter?«, schlage ich vor.

»Gearscht. Das sind sie.«

Er langt über den Tisch, nimmt die Flasche und schenkt sich nach.

Okay, das ist kein gutes Zeichen.

»Dan, hast du eine Midlife-Crisis?«, frage ich, bevor ich es verhindern kann.

»Wie kann ich eine Midlife-Crisis haben?«, poltert Dan. »Von der Mitte meines Lebens bin ich weit entfernt! *Weit* entfernt! Ich bin gerade mal im Vorgebirge!«

»Aber das ist doch *gut*!«, rufe ich begeistert. »Wir haben so viel *Zeit*!«

»Aber was wollen wir damit anfangen, Sylvie? Wie sollen wir die endlosen Jahre im Hamsterrad ausfüllen? Wo ist da die *Freude* im Leben?« Er sieht sich in der Küche um, als stünde dort irgendwo eine Dose mit der Aufschrift »Freude«, gleich neben »Kurkuma«.

»Wie ich heute Morgen schon gesagt habe: Wir brauchen einen Plan! Wir müssen unser Leben in die Hand nehmen. *Vincit qui se vincit*«, füge ich stolz hinzu. »Es bedeutet: ›Es siegt, wer sich selbst besiegt.‹« (Ich habe es vorhin bei der Arbeit gegoogelt, als ich mit dem Computer an der Reihe war.)

»Und wie besiegen wir uns selbst?«

»Ich weiß es nicht!«

Ich nehme einen Schluck Wein, und der schmeckt so gut, dass ich gleich noch einen nehme. Ich hole ein paar Teller aus dem Schrank, löffle Hühnereintopf aus unserem Schongarer und streue etwas Koriander darüber, während Dan das Besteck aus der Schublade kramt.

»Ganz zu schweigen von … Du weißt schon.« Er knallt das Besteck auf den Tisch.

»Was?«

»Du weißt schon.«

»Weiß ich nicht!«

»Sex«, sagt er, als läge das doch nahe.

Du meine Güte. Schon wieder Sex? *Im Ernst?*

Warum dreht sich bei Dan am Ende immer alles um Sex? Ich weiß ja, dass Sex wichtig ist, aber es gibt doch auch noch anderes im Leben, was er nicht mal zu *sehen* scheint, geschweige denn zu *schätzen*. So wie Raffhalter für Gardinen. Oder diese angesagte Back-Show im Fernsehen.

»Was meinst du mit ›Sex‹?«, entgegne ich.

»Ich meine …« Er stockt.

»Was?«

»Ich meine Sex mit demselben Menschen bis ans Ende aller Zeiten. Und noch länger. Jahrmillionen.«

Wir schweigen. Ich bringe unsere Teller zum Tisch, stelle sie hin und bleibe stehen. Alles dreht sich in meinem Kopf. *So* sieht er das? Verheiratet bis ans Ende aller Zeiten? Und ich muss an Tilda denken: »Ist *bis dass der Tod euch scheidet* nicht etwas überambitioniert? Ist das nicht ein ziemliches Wagnis?«

Ich betrachte Dan, den Mann, mit dem ich dieses Wagnis eingegangen bin. Damals schienen unsere Chancen gut zu stehen. Doch jetzt benimmt er sich, als wäre es so etwas wie eine Strafe, bis ans Ende aller Zeiten mit mir Sex haben zu müssen, und mir scheint, dass unsere Chancen schwinden.

»Vielleicht könnten wir ja so was wie ein Sabbatjahrzehnt einlegen«, sage ich, ohne eigentlich zu wissen, was ich damit meine.

Dan blickt auf und sieht mich an. »Ein Sabbatjahrzehnt?«

»Ein Beziehungs-Sabbatjahrzehnt. Zeit ohne einander. Um mit anderen zusammen zu sein. Das könnten wir zehn Jahre lang machen.« Ich zucke mit den Schultern, gebe mich ungerührt. »Ist nur so ein Gedanke.«

Ich klinge wesentlich zuversichtlicher, als mir zumute ist. Ich möchte nicht, dass Dan zehn Jahre lang mit anderen Frauen ins Bett geht. Ich möchte nicht, dass er mit irgendeiner anderen als mit mir zusammen ist. Aber ebenso wenig möchte ich, dass er sich vorkommt, als trüge er einen orangefarbenen Overall und blickte einer lebenslangen Strafe ins Auge.

Fassungslos starrt Dan mich an. »Also, was? Zehn Jahre sprechen wir Italienisch, zehn Jahre vögeln wir mit anderen und dann – was war da noch? Wir ziehen nach Südamerika?«

»Ich weiß es doch auch nicht!«, erwidere ich hilflos. »Ich überleg doch nur!«

»*Willst* du denn ein Sabbatjahrzehnt?« Dan blickt mir tief in die Augen. »Versuchst du, mir irgendwas zu sagen?«

»Nein!«, rufe ich frustriert. »Ich will nur, dass du glücklich bist! Ich dachte eigentlich, du wärst glücklich. Aber jetzt willst du uns verlassen …«

»Nein, will ich nicht!«, ruft er empört. »*Du* willst doch, dass *ich* weggehe! Soll ich lieber gleich gehen?«

»Ich will doch gar nicht, dass du gehst!«, kreische ich fast.

Wie konnte dieses Gespräch nur so aus dem Ruder laufen? Ich kippe meinen Wein herunter und greife nach der Flasche, spule kurz zurück. Okay, vielleicht bin ich zu vorschnellen Schlussfolgerungen gekommen. Aber er vielleicht auch.

Schweigend essen wir eine Weile, und ich trinke meinen Wein mit großen Schlucken, in der Hoffnung, dass ich so klarer denken kann. Langsam wird mir warm, und mit der Zeit werde ich etwas ruhiger. Mit »ruhiger« meine ich natürlich »betrunkener«. Jetzt merke ich die beiden Proseccos, die ich bei dem Vortrag getrunken habe. Trotzdem leere ich mein Glas ein zweites Mal. Der Wein ist lebensnotwendig. Er hat heilende Wirkung.

»Ich wünsche mir doch nur eine lange, glückliche Ehe«, sage ich leicht lallend. »Und dass wir uns nicht langweilen oder uns vorkommen, als würden wir Overalls tragen und eine Strichliste in die Wand ritzen. Und ich will auch kein Sabbatjahrzehnt«, füge ich hinzu. »Was den Sex angeht, müssen wir eben einfach …« Hilflos zucke ich mit den Schultern. »Ich meine, ich könnte mir ja auch neue Unterwäsche kaufen …«

»Entschuldige.« Dan schüttelt den Kopf. »Ich wollte nicht … Der Sex mit dir ist echt gut, das weißt du doch.«

Echt gut?

Ich hätte *phänomenal fantastisch* vorgezogen, aber lassen wir das.

»Schon gut«, sage ich. »Wir haben doch Fantasie, oder? Wir können glücklich sein, oder etwa nicht?«

»Natürlich können wir glücklich sein. O *Gott*, Sylvie. Ich liebe dich so sehr, ich liebe die Mädchen so sehr …« Offenbar ist Dan von streitlustig-betrunken direkt zu sentimental-betrunken übergegangen. (Dafür habe ich auch ein Wort: *lullerig*.) »An dem Tag, an dem wir die

Zwillinge bekommen haben, ist mein Leben … Es ist einfach …« Dan rollt mit den Augen, während er nach dem richtigen Wort sucht. »Es hat sich geweitet. Mein Herz hat sich geweitet. Ich hätte nie gedacht, dass ich so sehr lieben könnte. Weißt du noch, wie winzig sie waren? In ihren kleinen Gitterbettchen?«

Wir schweigen, und ich weiß, dass wir beide an diese furchtbaren ersten vierundzwanzig Stunden denken, in denen Tessa künstlich beatmet werden musste. Es kommt mir vor, als wäre es hundert Jahre her. Heute ist sie ein kräftiges, gesundes Mädchen. Aber trotzdem.

»Ich weiß.« Plötzlich treibt mir der Alkohol Tränen in die Augen. »Ich weiß.«

»Erinnerst du dich noch an ihre klitzekleinen Söckchen?« Dan nimmt einen Schluck Wein. »Soll ich dir was sagen? Mir fehlen diese kleinen Söckchen.«

»Die hab ich noch!« Eifrig stehe ich vom Tisch auf, bleibe fast am Stuhlbein hängen. »Neulich habe ich Schränke aufgeräumt und einen ganzen Haufen Babysachen beiseitegepackt, für … ach, keine Ahnung. Vielleicht kriegen die Mädchen ja eines Tages selbst Kinder …«

Ich gehe raus in den Flur, öffne den Schrank unter der Treppe und schleife einen Plastiksack voller Babykleidung herein. Dan hat noch eine Flasche Wein aufgemacht und stellt mir ein volles Glas hin, während ich ein Bündel von Stramplern auspacke. Sie riechen nach Waschpulver, so ein typischer Babyduft, der mir direkt ins Herz geht. Unsere ganze Welt bestand einmal aus Babys, doch diese Welt existiert nicht mehr.

»O mein Gott.« Wie in Trance starrt Dan die kleinen Strampler an. »Die sind so unglaublich *winzig*.«

»Ich weiß.« Ich nehme einen großen Schluck Wein. »Guck mal, der hier mit den Entchen.«

Diesen Strampler mochte ich immer am liebsten, mit diesen gelben Entenküken drauf. Manchmal haben wir die beiden Mädchen »unsere Entchen« genannt. Manchmal haben wir gesagt, wir bringen sie jetzt in ihr Nest. Komisch, wie einem alles wieder einfällt.

»Erinnerst du dich noch an dieses Teddybär-Mobile mit der Spieluhr?« Ziellos schwenkt Dan sein Weinglas herum. »Wie ging das noch?«

»La-la-la …«, probiere ich, kann mich aber nicht mehr an die Melodie erinnern. Verdammt. Dieses Lied war uns in Fleisch und Blut übergegangen.

»Das haben wir als Film.« Dan klappt seinen Computer auf und öffnet kurz darauf einen Video-Ordner: *Mädchen: Erstes Jahr*. Ohne Vorwarnung sehe ich plötzlich Aufnahmen von vor fünf Jahren, und die gehen mir so nah, dass ich kein Wort herausbekomme.

Auf dem Bildschirm sitzt Dan auf unserem Sofa und hält an seiner nackten Brust die kleine Anna, kaum eine Woche alt. Sie sieht so dürr aus mit ihren winzigen Beinchen in dieser Froschhaltung, die Neugeborenen eigen ist. Sie wirkt so verletzlich. Man bekommt gesagt, dass man vergessen wird, wie klein sie sind, und man will es nicht glauben, aber dann vergisst man es doch. Und Dan sieht so zärtlich aus, so behütend. So stolz. So väterlich.

Ich merke ihm an, dass er mit seinen Gefühlen ringt. »*Das* ist es«, sagt er mit gepresster Stimme, als müsste er gleich weinen. »Das ist der Sinn des Lebens. Das ist es.« Er deutet auf den Bildschirm. »Genau das.«

»Genau das.« Ich wische mir die Augen.

»Genau das«, wiederholt er mit starrem Blick auf die kleine Anna.

»Du hast recht.« Ich nicke heftig. »Du hast ja so, so, *so*, so, so …« Mit einem Mal ist mein Kopf wie leergefegt. »Genau. *Genau*.«

»Mal ehrlich, was denn sonst?« Wild rudert er mit seinem Weinglas herum. »Nichts.«

»Nichts«, stimme ich zu, während ich mich an meinem Stuhl festhalte, damit sich die Welt nicht so sehr dreht. Mir ist nur ein *ganz* klein wenig … Sagen wir es mal so: Mir gegenüber scheinen zwei Dans zu sitzen.

»*Nichts*.« Offenbar möchte Dan seinem Argument zusätzlichen Nachdruck verleihen. »Nichts auf der ganzen Welt. Nichts.«

Ich nicke. »Nichts.«

»Und weißt du was? Wir sollten *mehr* kriegen!« Eindringlich deutet Dan auf den Bildschirm.

»*Ja*«, stimme ich aus vollem Herzen zu, bevor ich merke, dass ich gar nicht weiß, was er eigentlich meint. »Mehr was?«

»*So* geben wir unserem Leben einen Sinn. *So* füllen wir die endlosen Jahre aus.« Dan kommt richtig in Fahrt. »Wir sollten mehr Babys kriegen! *Viel* mehr, Sylvie. So etwa …«, er blickt sich um, »*zehn!*«

Sprachlos starre ich ihn an. Mehr Babys.

Und schon wieder merke ich, wie mir die Tränen kommen. O mein Gott, er hat recht, *das* ist die Lösung.

Benebelt sehe ich zehn zuckersüße Babys vor mir, aufgereiht in ihren hölzernen Wiegen. *Natürlich* sollten wir mehr Babys bekommen! Wieso haben wir nicht früher daran gedacht? Ich werde Mutter Erde sein. Ich werde mit ihnen Fahrradtouren unternehmen, alle gleich gekleidet, und wir werden fröhliche Lieder singen.

Eine leise Stimme in meinem Hinterkopf scheint zu protestieren, aber ich kann sie gar nicht richtig hören, und ich will auch nicht. Ich will kleine Füßchen und daunenweiche Köpfe. Ich will Babys, die mich »Mama« nennen und *mich* am allerliebsten haben.

Zehnfach.

Unwillkürlich greife ich nach dem Strampler mit dem Entchenmuster, um ihn hochzuhalten, und wir betrachten ihn eine Weile. Ich weiß, dass wir uns beide ein nagelneues, zappelndes Baby darin vorstellen. Abrupt lasse ich den Strampler auf den Tisch fallen.

»Lass es uns tun!«, sage ich atemlos. »Jetzt und hier.« Ich beuge mich vor, um ihn zu küssen, rutsche aber aus Versehen vom Stuhl auf den Boden. Mist. *Autsch.*

»Jetzt und hier.« Eifrig gesellt sich Dan zu mir auf den Boden und fängt an, mich auszuziehen.

Es ist nicht sonderlich bequem hier auf den kalten Fliesen, aber das ist mir egal, denn wir fangen ein neues Leben an! Wir beginnen ein neues Kapitel! Wir haben einen Plan, ein Ziel, ein süßes, kleines Baby im Moseskörbchen … Und mit einem Mal ist alles rosig.

KAPITEL VIER

O MEIN GOTT, WAS HABEN WIR GETAN?

Bin ich schwanger?

Bin ich?

Am nächsten Morgen liege ich mit Kopfschmerzen im Bett. Mir ist übel. Ich habe Angst. Bin ich schwanger?

Ich kann nicht glauben, dass ich mich in so einer Situation wiederfinde. Ich komme mir vor wie in einem Aufklärungsfilm, der Teenager vor ungewollter Schwangerschaft bewahren soll. Wir haben gestern Abend keinen einzigen Gedanken an Verhütungsmittel verschwendet.

Moment, oder doch?

Nein. Nein. Definitiv nicht.

Vorsichtig stiehlt sich meine Hand zum Unterleib. Da ist noch alles beim Alten. Auch wenn das nichts heißen muss. In mir könnte ohne Weiteres das Wunder der menschlichen Empfängnis stattgefunden haben. Oder es könnte genau jetzt stattfinden, in diesem Augenblick, während Dan selig schlummert und dabei sein Kissen umarmt, als wäre unser Leben nicht zerstört.

Nein, nicht zerstört.

Doch, *zerstört*. In so vielerlei Hinsicht.

Morgendliche Übelkeit, Rückenschmerzen. Schlafmangel. Babypfunde. Diese schrecklichen Schwangerschaftshosen. Kein Geld. Kein Schlaf.

Ich weiß, es scheint, als wäre ich vom Schlaf besessen. Aber schließlich ist Schlafentzug ja auch eine Form der Folter. Ich schaff das nicht noch mal. Außerdem betrüge der Altersunterschied zu den Mädchen sechs Jahre. Bräuchten wir dann ein viertes Kind, damit das Baby sich nicht so allein fühlt? Aber vier? *Vier Kinder*? Was für ein Auto bräuchten wir da? Bestimmt einen von diesen Minivans. Wo sollen wir in unserer kleinen Straße einen Minivan parken? Ein Albtraum.

Muss ich meine Arbeit aufgeben, um die Brut durchzubringen? Aber ich *möchte* meine Arbeit nicht aufgeben. Es läuft so gut, und alle sind glücklich ...

Ein neuer, grässlicher Gedanke lässt mich aufstöhnen. Was ist, wenn wir ein Baby bekommen und es danach noch ein viertes Mal probieren ... und dann *Drillinge* kriegen? Kommt vor. So was gibt es. Diese Familie in Stoke Newington, die Tilda mal kennengelernt hat. Drei Kinder hatten sie schon – und dann BAMM! Drillinge. Ich würde sterben. Ich würde buchstäblich zusammenbrechen. O Gott, warum haben wir das nicht zu Ende gedacht? Sechs Kinder? *Sechs?* Wo sollen wir die bloß alle unterbringen?

Ich hyperventiliere. Eben bin ich noch Mutter zweier Mädchen, die sich gerade so über Wasser hält, schon bin ich ertrinkende Mutter von sechs Kindern, mit strähnigen Haaren und Flip-Flops an den schwangerschaftsgeschädigten Füßen und einem Ausdruck gottergebener Erschöpfung ...

Moment. Ich muss mal eben zur Toilette.

Ich steige aus dem Bett, schleiche ins Bad, ohne Dan zu wecken, und merke sofort: Ich bin nicht schwanger. Ganz und gar nicht.

Mir fällt ein Stein vom Herzen. Ich sinke auf die Schüssel und sacke in mich zusammen, halte meinen Kopf in den Händen. Ich fühle mich, als wäre ich kurz vor einem Abgrund im letzten Moment zum Stehen gekommen. Ich bin froh und glücklich, so wie wir sind. Zu viert. Perfekt.

Aber was wird Dan dazu sagen? Was ist mit dem Entchen-Strampler und den süßen, kleinen Strümpfen und »So geben wir unserem Leben einen Sinn«? Was ist, wenn er sechs Kinder *will* und es mir nur noch nie gesagt hat?

Eine Weile sitze ich da und überlege, wie ich ihm beibringen soll, dass wir nicht nur dieses Baby nicht bekommen werden, sondern überhaupt keine mehr?

»Sylvie?«, ruft er mich aus dem Schlafzimmer. »Alles okay?«

»Oh, hi! Du bist wach!« Meine Stimme klingt etwas gepresst. »Ich bin nur … also …«

Ich kehre zwar ins Schlafzimmer zurück, weiche Dans Blicken aber aus.

»Also … ich bin nicht schwanger«, sage ich zum Boden gewandt.

»Oh.« Er räuspert sich. »Okay. Na, das ist …«

Er stockt und macht eine schwergewichtige Pause. Ich wage nicht zu atmen. Ich komme mir vor wie bei *Deal or No Deal*. Wie wird er seinen Satz beenden?

»Das ist … schade«, sagt er schließlich.

Ich gebe einen Laut von mir, der nach Zustimmung klingen könnte, obwohl das Gegenteil der Fall ist. Mir zieht sich direkt der Magen zusammen. Wird das hier zum *Deal Breaker* unserer Ehe? Mehr noch als das grüne

Samtsofa? (Lange Geschichte. Am Ende haben wir uns auf Grau geeinigt. Aber das grüne hätte so viel besser gepasst.)

»Wir können es ja nächsten Monat noch mal probieren«, sagt Dan nach einer Weile.

»Ja.« Ich schlucke und denke: Scheiße, Scheiße, Scheiße, er will tatsächlich sechs Kinder …

»Wahrscheinlich bräuchtest du … Wie heißt das Zeug? Folsäure?«, sagt er.

Nein. Das geht mir viel zu schnell. Folsäure? Soll ich auch gleich ein paar Säuglingswindeln besorgen, wenn ich schon dabei bin?

»Na gut.« Ich starre die Kommode an. »Ich meine, ja, könnte ich machen.«

Ich komme nicht darum herum, es ihm zu sagen. Es ist, als müsste ich in einen Pool springen. Tief Luft holen und los.

»Dan, es tut mir leid, aber ich *möchte* nicht noch mehr Kinder haben«, platze ich heraus. »Ich weiß, wir sind gestern Abend ganz sentimental geworden wegen der Söckchen, aber wenn man es recht bedenkt, sind es nur Söckchen, wohingegen ein Baby einen massiven Eingriff in den Alltag darstellt, und ich habe mein Leben gerade erst wieder auf die Reihe gekriegt, und wahrscheinlich müssten wir noch ein viertes Kind bekommen, was am Ende vielleicht sechs bedeuten könnte, und wir haben einfach nicht genug Platz in unserem Leben für sechs Kinder! Mal ehrlich …«

Als mir die Luft ausgeht, merke ich, dass Dan gleichzeitig redet, genauso eindringlich wie ich, als wäre auch er in einen Pool gesprungen.

»… überleg mal die Kosten«, sagt er gerade. »Was ist mit Studiengebühren? Was ist mit dem zusätzlichen Schlafzimmer? Was ist mit unserem Auto?«

Augenblick mal.

»Was sagst du gerade?« Verwundert mustere ich ihn.

»Es tut mir leid, Sylvie.« Er blickt mir tief in die Augen. »Ich weiß, wir haben uns gestern hinreißen lassen. Und es kann ja sein, dass du dir eine größere Familie wünschst, worüber wir erst mal reden müssten, und ich bin bereit, deine Meinung zu respektieren, aber ich will nur sa…«

»Ich möchte keine größere Familie!«, fahre ich ihm über den Mund. »Du bist doch derjenige, der sechs Kinder haben will!«

»Sechs?« Er glotzt mich an. »Spinnst du? Wir hatten ein einziges Mal ungeschützten Sex. Wie kommst du auf ›sechs Kinder‹?«

Also echt. Begreift er denn nicht? Das ist doch offensichtlich!

»Wir kriegen erst noch eins und wollen dann ein Viertes, damit das Baby einen Freund hat, und plötzlich kriegen wir Drillinge«, erkläre ich. »So was kommt vor. Wie bei dieser Familie in Stoke Newington!«

Bei dem Wort »Drillinge« sieht Dan mich entsetzt an. Unsere Blicke treffen sich, und ich merke, wie ernst es ihm ist. Er will keine Drillinge. Er will keinen Minivan. Er will das alles nicht.

»Ich glaube, noch ein Baby wäre nicht der richtige Weg«, sagt er schließlich. »Das ist keine Lösung für irgendwas.«

»Wir waren gestern Abend wohl beide ziemlich blau.«

Ich beiße mir auf die Lippe. »Man sollte nicht fürs eigene Fortpflanzungssystem verantwortlich sein.«

Ich muss an den kleinen Entchen-Strampler denken. Gestern Abend war ich zu allem bereit. Ich wollte unbedingt ein neues Baby darin sehen. Jetzt möchte ich ihn nur noch zusammenfalten und wegpacken. Wie kann es sein, dass sich meine Meinung so schnell geändert hat?

»Und was ist mit dem Entchen-Strampler?«, dränge ich Dan, um sicherzugehen, dass er mir nicht irgendeine verborgene Sehnsucht verheimlicht, die dann in einem Strudel der Verachtung aus ihm hervorbricht, wenn alles zu spät ist und wir ein welkes, ältliches Paar sind, das an einem See in Italien lebt, und wir uns fragen, was in unserem Leben schiefgelaufen ist. (In unserem Buchclub haben wir gerade einen Roman von Anita Brookner gelesen.)

»Es ist ein Strampler.« Er zuckt mit den Schultern. »Punkt.«

»Und was ist mit den nächsten achtundsechzig Jahren?«, hake ich nach. »Was ist mit den unendlichen, leeren Jahrzehnten, die noch vor uns liegen?«

Dan schweigt – dann blickt er auf und sieht mich mit schrägem Grinsen an.

»Na ja, wie der Arzt schon sagte … Es gibt so viele gute Serien auf DVD.«

Fernsehserien auf DVD. Ich glaube, da fällt uns noch was Besseres ein.

Als ich am Abend in den Pub komme, um am Quiz teilzunehmen, bin ich ziemlich aufgedreht, voller Adrenalin, schäume fast. Was, wie ich fairerweise sagen muss, an allem Möglichen liegt, nicht ausschließlich daran, dass ich damit fertigwerden muss, bis in alle Ewigkeit (und darüber hinaus) mit Dan verheiratet zu sein.

Es war vor allem mein Arbeitstag, der mich so aufgewühlt hat. Ich weiß überhaupt nicht, was im Willoughby House los ist. Nein, das stimmt nicht, ich weiß genau, was los ist: Der böse Neffe ist los. Damit will ich sagen: Er muss irgendwas zu Mrs Kendrick gesagt haben, denn sie hat sich über Nacht total verändert, und nicht zum Besseren.

Bisher war Mrs Kendrick immer unsere Bannerträgerin. Sie bot Orientierung, wenn man wissen wollte, wie etwas zu regeln war, zumindest ihrer Ansicht nach. Sie wusste es einfach. Sie hatte ihre ganz besondere Art, an der ihr nie auch nur der geringste Zweifel kam, und wir alle hielten uns daran.

Doch nun wankt ihre eiserne Hand. Sie wirkt schreckhaft und eingeschüchtert. Ist sich ihrer eigenen Prinzipien nicht mehr sicher. Heute Morgen lief sie eine halbe Stunde im Büro herum, als sähe sie es mit völlig anderen Augen. Sie nahm die Kiste und betrachtete sie, als gefiele sie ihr plötzlich nicht mehr. Sie warf ein paar alte Ausgaben von *Country Life* in den Papiercontainer. (Die sie später wieder rausgeholt hat. Ich habe sie dabei beobachtet.) Eine Weile betrachtete sie sehnsuchtsvoll das Faxgerät. Dann wandte sie sich ab, trat an den Computer und sagte hoffnungsvoll: »Ein Computer ist doch so etwas Ähnliches wie ein Faxgerät, oder, Sylvie?«

Ich versicherte ihr, ja, ein Computer sei in mancher Hinsicht wie ein Faxgerät, insofern als er eine gute Möglichkeit biete, mit anderen Menschen zu kommunizieren. Das war jedoch ein Riesenfehler, denn sie setzte sich hin und meinte: »Ich denke, ich werde ein paar E-Mails schreiben«, mit draufgängerischer Miene, dann versuchte sie, über den Bildschirm zu wischen wie über ein iPad.

Also ließ ich bleiben, was ich gerade tat, und half ihr. Und als Mrs Kendrick bald darauf gereizt sagte: »Meine liebe Sylvie, Sie reden *wirr*!«, gesellte sich auch Clarissa zu uns.

O mein Gott. Am Ende stellte sich heraus – nach reichlich Frust und Bestürzung auf allen Seiten –, dass Mrs Kendrick dachte, die Betreffzeile *sei* bereits die E-Mail. Ich musste ihr erklären, dass man jede Mail öffnen muss, um den Inhalt lesen zu können. Woraufhin sie erstaunt aufblickte und meinte: »Ah, *verstehe*.« Als ich die Mails dann wieder schloss, stöhnte sie auf und fragte jedes Mal: »Wo ist sie hin?«

Mindestens zwanzig Mal.

Mit der Zeit kam sie reichlich unter Druck, also bereitete ich ihr eine schöne Tasse Tee und zeigte ihr einen Dankesbrief, den wir von einem Förderer bekommen hatten. (Auf Papier, mit Tinte geschrieben.) *Das* machte sie glücklich. Wahrscheinlich hat ihr Neffe gesagt: »Du musst mit der Zeit gehen, Tante Margaret, du musst E-Mails schreiben!«, doch ich würde erwidern: »Gott im Himmel, lass sie doch Faxe verschicken, was ist denn so schlimm daran?«

Offenbar kommt er wieder, um die Lage zu »evaluieren«. Na, »evaluieren« kann ich auch. Und sollte ich »evaluieren«, dass er seine Tante grundlos unter Druck setzt, werde ich es ihn wissen lassen, das ist mal sicher.

(Wahrscheinlich mit einer netten, höflichen E-Mail, wenn er nicht mehr da ist. Ehrlich gesagt bin ich nicht besonders gut, wenn es um direkte Konfrontation geht.)

Ich streiche meine Haare glatt, dann betrete ich den Pub, wobei ich jetzt schon weiß, dass dieses Quiz keine gute Idee war, aber daran lässt sich jetzt nichts mehr ändern.

Der Pub wurde für den Abend umgestaltet. Da hängt ein glitzerndes Banner mit der Aufschrift »ROYAL TRINITY HOSPIZ QUIZ«, und in der Ecke wurde eine kleine Bühne samt Lautsprecheranlage aufgebaut. Die Leute sitzen schon in Grüppchen beisammen, vor ihren Gläsern mit Wein und Bier, und studieren irgendwelche Zettel. Ich sehe Simon und Olivia mit Tilda und Toby um einen Tisch versammelt und gehe hinüber, begrüße jeden mit einem Küsschen.

»Dan kommt nach«, sage ich, während ich mir einen Stuhl heranziehe. »Er wartet noch auf den Babysitter.«

Angesichts der Kosten für Babysitter, Eintrittskarten und Getränke wird es ein ziemlich teurer Abend, wenn man bedenkt, wie sehr uns davor graut. Als ich losging, meinte Dan allen Ernstes: »Warum spenden wir nicht einfach fünfzig Pfund, bleiben zu Hause und gucken *Veep*?«

Das behalte ich jedoch lieber für mich. Ich versuche, positiv zu denken.

»Das wird ein Spaß, was?«, füge ich fröhlich hinzu.

»Genau!«, sagt Olivia sofort. »Man darf solche Spiele nicht zu ernst nehmen. Wir sind hier, um Spaß zu haben!«

Ich kenne Simon und Olivia nicht sonderlich gut. Sie

sind etwa in Tildas Alter, und ihre Kinder sind schon auf der Uni. Er ist ein netter Onkeltyp, stets vergnügt, ein bebrillter Lockenkopf, aber sie wirkt ziemlich nervös und angestrengt. Unablässig scheint sie ihre Hände zu ringen, dass sich die Haut weiß über ihre Knöchel spannt. Und sie hat diese irritierende Angewohnheit, sich mitten im Gespräch abzuwenden, wobei sie sich jedes Mal wegduckt, als hätte sie Angst, man wollte zuschlagen.

Es heißt, letztes Jahr sei die Rede von Scheidung gewesen, weil Simon eine Affäre mit seiner Assistentin hatte, und Olivia hätte ihn zu einer einwöchigen Paartherapie in die Cotswolds geschleift, wo sie Kerzen abbrennen und seine Untreue mit speziellen, magischen Reisigbesen »abbürsten« mussten. Das alles weiß ich von Toby, der es wiederum vom Au-pair-Mädchen ihrer Nachbarn hat.

Aber natürlich gebe ich nichts auf irgendwelche Gerüchte. Und ich habe auch nicht jedes Mal, wenn sie mir über den Weg laufen, plastisch vor Augen, wie die beiden seine Untreue mit einem Reisigbesen abbürsten. (Wenn es um Dans Untreue ginge, würde ich mich bestimmt nicht damit zufriedengeben, sie mit einem Reisigbesen abzubürsten. Eher würde ich mit einem Holzhammer draufhauen.)

»Was ist dein Spezialthema, Sylvie?«, will Tilda wissen, als ich mich setze. »Ich habe Hauptstädte gebüffelt.«

»Oh, nein!«, sage ich. »Hauptstädte sind doch *mein* Gebiet!«

»Hauptstadt von Lettland?«, fragt Tilda und reicht mir ein Glas Wein.

Optimistisch macht sich mein Hirn auf die Suche.

Weiß ich das? Lettland. Lettland. Budapest? Nein, das ist Prag. Ich meine *Ungarn*.

»Okay, Hauptstädte machst du«, sage ich großzügig. »Ich konzentriere mich auf Kunstgeschichte.«

»Gut. Und Simon weiß alles über Fußball.«

»Letztes Jahr wären wir als Sieger nach Hause gegangen, wenn wir unseren Joker in der Fußballrunde noch gehabt hätten«, erklärt Olivia plötzlich. »Aber Simon bestand ja darauf, ihn zu früh einzusetzen.« Mit eisigem Blick betrachtet sie Simon, und Tilda sieht mich kurz an. Um Spaß zu haben, ist Olivia *ganz und gar* nicht hier.

»Unser Team heißt *Canville Conquerer*«, erklärt mir Tilda. »Weil wir in der Canville Road wohnen.«

»Sehr gut.« Ich nehme einen Schluck Wein und will eben Tilda von meinem Tag im Büro erzählen, als Olivia sich vorbeugt.

»Sylvie, sieh dir diese Sehenswürdigkeiten an!« Sie schiebt mir einen Zettel mit etwa zwanzig körnigen, fotokopierten Bildern zu. »Kannst du eine davon benennen? Das ist die erste Runde.«

Stirnrunzelnd betrachte ich den Zettel. Die Fotos sind so schlecht kopiert, dass ich rein gar nichts erkennen kann, ganz zu schweigen von …

»Eiffelturm!«, sage ich, als ich ihn entdecke.

»Alle haben den Eiffelturm«, sagt Olivia ungeduldig. »Hier, wir haben es schon eingetragen. *Eiffelturm.* Erkennst du keine andere Sehenswürdigkeit?«

»Äh …« Mein Blick schweift über den Zettel, streift Stonehenge und Ayers Rock, die auch schon eingetragen sind. »Ist das da das Chrysler Building?«

»Nein«, fährt Olivia mich an. »Es sieht nur ein bisschen aus wie das Chrysler Building, ist es aber nicht.«

»Okay«, sage ich kleinlaut.

Ich werde jetzt schon langsam leicht hysterisch. Ich weiß rein gar nichts, ebenso wenig wie Tilda, und mit ihren spitzen Lippen wird Olivia einer strengen Lehrerin immer ähnlicher. Plötzlich setzt sie sich auf und stößt Simon an. »Wer sind die denn?«

Ein Team von jungen Männern in roten Polohemden kommt herein und sucht sich einen Tisch. Die Hälfte trägt einen Bart, die meisten haben Brillen, und alles in allem sehen sie beklemmend klug aus.

»Wollen wir nicht lieber gleich aufgeben?«, frage ich Tilda nur halb im Scherz. »Wollen wir nicht einfach nur zugucken?«

»Herzlich willkommen, liebe Leute!« Ein älterer Mann mit Oberlippenbärtchen erklimmt das kleine Podium und spricht ins Mikrofon. »Mein Name ist Dave. Ich bin heute Abend euer Quizmaster, hab so was allerdings noch nie gemacht. Ich bin nur eingesprungen, weil Nigel krank ist, also seid nicht zu streng mit mir ...« Er lacht etwas verlegen, dann räuspert er sich. »Also, lasst uns fair spielen, lasst uns ein bisschen Spaß haben! Eure Handys macht ihr bitte *aus* ...« Ernst blickt er in die Runde. »Kein Googeln. Keine Mails an Freunde. *Tabu!*«

»Toby!« Tilda stößt ihn an. »Untersteh dich!«

Toby zwinkert ihr zu, dann steckt er sein Handy weg. Mir fällt auf, dass er seinen Hipster-Bart getrimmt hat. Sehr gut. Jetzt muss er nur noch seine hunderttausend schmuddeligen Lederarmbänder loswerden.

»Hey, das ist der Iguaçu National Park«, sagt er plötzlich und deutet auf eines der körnigen Fotos. »Da war ich schon.«

»Schscht!«, zischt Olivia böse. »Leise! Schrei nicht so rum! Muss ja nicht gleich jeder mitkriegen!«

Am Nachbartisch höre ich jemanden sagen: »Schreib ›Iguaçu National Park‹!«, und Olivia platzt fast vor Wut.

»Siehst du?«, sagt sie zu Toby. »Sie haben es gehört! Wenn du eine Antwort weißt, schreib sie auf!« Ärgerlich tippt sie auf den Zettel. *»Aufschreiben!«*

»Ich hol uns ein paar Chips«, sagt Toby, ohne auf Olivia einzugehen. Als er aufsteht, werfe ich Tilda einen verschwörerischen Blick zu, doch sie erwidert ihn nicht.

»Dieser *Junge*!«, schimpft sie. Sie presst die Hände fest an ihre Wangen und bläst Luft aus. »Was soll ich nur mit ihm machen? Du ahnst nicht, was er jetzt wieder angestellt hat. Im Leben nicht.«

»Was denn jetzt?«

»Leere Pizzakartons. Er hat sie im Wäschetrockenschrank gestapelt! Kannst du das glauben? Im Trockenschrank! Bei der sauberen Bettwäsche!« Tilda ist dermaßen entrüstet, dass ich lachen möchte, aber irgendwie bringe ich es fertig, keine Miene zu verziehen.

»Das ist nicht so gut«, sage ich.

»Da hast du recht!«, sagt sie empört. »Ist es nicht! Immer wenn ich den Schrank aufgemacht habe, roch es nach Kräutern. Nach Oregano. Ich dachte: Das muss wohl unser neuer Weichspüler sein. Aber heute roch es dann irgendwie eklig und verdorben, und da habe ich mal genauer nachgesehen, und was habe ich gefunden?«

»Pizzakartons?«, vermute ich.

»Allerdings! Pizzakartons.« Vorwurfsvoll mustert sie

Toby, der gerade zurückkommt und drei Tüten Chips auf den Tisch legt. »Er hat sie im Schrank bei der Bettwäsche gestapelt, weil er zu faul war, sie nach unten zu bringen.«

»Ich wollte sie nicht in den Müll werfen«, antwortet Toby lakonisch. »Mum, ich habe es dir doch schon erklärt. Sie waren nur zwischengelagert. Ich wollte sie zum Papiercontainer bringen.«

»Nein, wolltest du nicht!«

»Wollte ich wohl.« Giftig starrt er sie an. »Ich hatte sie nur *noch* nicht hingebracht.«

»Na, selbst wenn du sie nur zwischengelagert hättest, kann man doch kein Zwischenlager in einem Trockenschrank einrichten!« Vor lauter Empörung fängt Tilda fast an zu kreischen. *»Einem Wäschetrockenschrank!«*

»So, weiter geht's mit der nächsten Runde zum Thema *Raum und Zeit*!« Daves muntere Stimme plärrt aus den Lautsprechern. »Und die erste Frage lautet: Wer war der dritte Mann auf dem Mond? Ich wiederhole: Wer war der *dritte* Mann auf dem Mond?«

Überall um uns herum wird geraschelt und gemurmelt. »Weiß das jemand?«, fragt Olivia und blickt am Tisch in die Runde.

»Der *dritte* Mann auf dem Mond?« Ich ziehe eine Grimasse und sehe Tilda an.

»Nicht Neil Armstrong«, zählt sie an ihren Fingern ab. »Nicht Buzz Aldrin.«

Um mich herum nur fragende Blicke. Überall höre ich die Leute flüstern: »*Nicht* Neil Armstrong …«

»Dass der es nicht war, wissen wir selbst!«, schimpft Olivia. »Aber wer *war* es? Toby, du kennst dich doch in Mathe und Physik aus. Weißt du es?«

»Die Mondlandungen waren ein Fake, also stellt sich diese Frage gar nicht«, sagt Toby wie aus der Pistole geschossen, und Tilda entfährt ein verzweifeltes Quieken.

»Das war kein Fake. Hör gar nicht hin, Olivia!«

»Ihr müsst es ja nicht glauben.« Toby zuckt mit den Schultern. »Lebt ruhig weiter in eurer Seifenblase. Glaubt an die Lügen.«

»Wie kommst du darauf, dass es ein Fake ist?«, frage ich neugierig, doch Tilda wirft mir kopfschüttelnd einen bösen Blick zu.

»Lass ihn bloß nicht davon anfangen!«, sagt sie. »Er hat zu allem eine Verschwörungstheorie. Lippenpflegestifte, Paul McCartney …«

»Lippenpflegestifte?« Mein Mund bleibt offen stehen.

»Diese Stifte trocknen die Lippen überhaupt erst aus«, sagt Toby sachlich. »Da sind Suchtmittel drin. Sie sind extra so gemacht, dass man sie immer wieder kaufen muss. Benutzt du so was etwa? Dann bist du auch nur eine Marionette der Pharmakonzerne.« Wieder zuckt er mit den Schultern, und ich bin direkt etwas beunruhigt. Einen Lippenpflegestift habe ich immer in meiner Handtasche.

»Und Paul McCartney?«, kann ich mir nicht verkneifen.

»Ist 1966 gestorben«, sagt Toby knapp. »Ersetzt durch einen Doppelgänger. In den Songs der Beatles finden sich überall Hinweise, wenn man weiß, wo man suchen muss.«

»Siehst du?«, sagt Tilda. »Siehst du, womit ich leben muss? Pizzakartons, Verschwörungstheorien, das ganze Haus neu verdrahtet …«

»Nicht neu verdrahtet«, sagt Toby geduldig. »Neu verkabelt.«

»Zweite Frage!«, sagt Dave ins Mikrofon. »Harrison Ford spielte in *Star Wars* den Han Solo. Aber wen spielte er in dem Film *Der Einzige Zeuge* von 1985?«

»Er war dieser Amish!«, sagt Simon, der plötzlich unruhig wird und nachdenklich mit seinem Stift herumspielt. »Oder … Augenblick mal. Er selbst war nicht Amish, das Mädchen war eine Amish.«

»O mein Gott!«, stöhnt Olivia. »Dieser Film ist steinalt. Kennt den noch jemand?« Sie wendet sich Toby zu. »Das war vor deiner Zeit, Toby. Da geht es um … Worum geht es?« Sie runzelt die Stirn. »Das Zeugenschutzprogramm. Irgend so was in der Art.«

»Das ›Zeugenschutzprogramm‹«, wiederholt Toby sarkastisch und macht Gänsefüßchen mit den Fingern.

»Toby, fang jetzt *nicht* auch noch damit an!«, sagt Tilda drohend. »Nicht das jetzt!«

»Was denn?«, frage ich, da meine Neugier geweckt ist. »Erzähl mir nicht, du hast auch eine Verschwörungstheorie über das Zeugenschutzprogramm in petto.«

»Weiß jemand die Antwort auf die eigentliche Frage?«, sagt Olivia genervt, aber keiner beachtet sie.

»Willst du es wirklich wissen?« Toby richtet seinen Blick auf mich.

»Ja! Sag es mir!«

»Sollten sie dir jemals einen Platz im Zeugenschutzprogramm anbieten, lauf um dein Leben!«, sagt Toby ungerührt. »Die wollen dich nur abservieren.«

»Was meinst du damit?«, frage ich. »Wer will das?«

»Die Regierung bringt alle um, die im Zeugenschutzprogramm sind.« Er zuckt mit den Achseln. »Das ist ökonomisch sinnvoll.«

»Sie bringen alle um?«

»Die könnten es sich nie leisten, so viele Zeugen zu ›schützen‹.« Er macht schon wieder diese Gänsefüßchenfinger. »Das ist ein Mythos. Ein Märchen. In Wahrheit macht man sie kalt.«

»Aber man kann doch die Leute nicht so einfach ›kaltmachen‹! Deren Familien würden doch bestimmt …« Ich komme ins Stocken. »Oh.«

»Siehst du?« Vielsagend zieht er die Augenbrauen hoch. »Sie verschwinden von der Bildfläche, so oder so. Wer merkt schon den Unterschied?«

»Totaler Quatsch!«, fährt Tilda ihn an. »Du verbringst eindeutig zu viel Zeit im Internet, Toby. Ich muss mal eben zur Toilette.«

Als sie ihren Stuhl zurückschiebt, verschränke ich meine Arme und mustere Toby. »Du glaubst den ganzen Unsinn doch nicht wirklich, oder? Du willst nur deine Mum auf die Palme bringen.«

»Möglich.« Er zwinkert mir zu. »Oder vielleicht auch nicht. Nur weil einer paranoid ist, heißt das noch lange nicht, dass sich niemand gegen ihn verschworen hat. Hey, mögen deine Mädchen Origami?« Er nimmt ein Blatt Papier und fängt an, es mit flinken Händen zusammenzufalten. Im nächsten Augenblick hat er einen Vogel gebastelt.

»Wow!«

»Schenk ihn Anna. Hier ist noch eins für Tessa.« Jetzt faltet er eine Katze mit kleinen, spitzen Ohren. »Bestell ihnen einen Gruß von Tobes.« Unvermittelt lächelt er mich an, und ich merke, dass ich ihn mag. Ich kannte Toby schon, als er noch in Schuluniform herumlief und jeden Morgen seine Posaune mitschleppen musste.

»Harrison Ford!« Olivia schlägt mit der flachen Hand auf den Tisch. »Etwas mehr Konzentration, bitte! Welche Rolle hat er gespielt?«

»Ich glaube, ich habe eben Dan da drüben gesehen!« Ich stehe auf, muss hier dringend raus. »Ich geh nur eben, um … äh … Bin gleich wieder da.«

Okay, so ein Pub Quiz mache ich nie wieder mit. Es ist das Böse, das uns der Teufel geschickt hat. *Das* ist mal eine Verschwörungstheorie!

Fast zwei Stunden sind vergangen. Es gab noch etwa hundert weitere Runden (so kommt es mir zumindest vor), und inzwischen haben wir endlich mit der Auflösung angefangen. Alle sind sehr müde und gelangweilt. Der Ablauf wurde unterbrochen, weil es Streit gibt. Die Frage ist: Wie buchstabiert man »Rachmaninow?«, und ein russisches Mädchen an einem anderen Tisch hat den Namen kyrillisch aufgeschrieben. Im Moment gibt Dave sich alle Mühe, den Disput zwischen ihr und dem Team in roten Hemden zu schlichten, deren Argument lautet: Wenn unter den Anwesenden sonst niemand der kyrillischen Schrift mächtig ist, woher soll man da wissen, ob die Russin recht hat oder nicht?

Mal ehrlich: *Was macht das schon?* Gebt ihr doch den Punkt. Gebt ihr *zehn* Punkte. Ist doch egal. Weiter im Text.

Nicht nur unsere Ehe dauert ewig. Auch dieses Quiz. Wir werden bis ans Ende aller Zeiten an diesem Tisch festsitzen, billigen Chardonnay trinken und versuchen, uns daran zu erinnern, wer 2008 in Wimbledon gewonnen hat, bis wir grau und schrumplig sind.

»Übrigens, Sylvie, ich habe in der Zeitung einen Artikel über deinen Vater gelesen«, sagt Simon leise, an mich gewandt. »Über seine Wohltaten. Gewiss bist du sehr stolz auf ihn.«

»Das bin ich.« Dankbar strahle ich ihn an. »Sehr stolz sogar.«

Mein Vater hat viel Zeit damit verbracht, Spenden für den Kampf gegen Leberkrebs zu sammeln. Das war sein großes Thema. Und da Daddy besonders gut Kontakte knüpfen konnte, war ihm einiger Erfolg vergönnt. Er rief einen jährlichen Ball im Dorchester ins Leben, für den er einen Haufen Prominente mobilisieren konnte, und einmal war sogar ein Mitglied der Königsfamilie involviert.

»Da stand, dass die neue Röntgenabteilung im New London Hospital nach ihm benannt werden soll.«

Ich nicke. »Das stimmt. Fantastisch, nicht? In zwei Wochen gibt es eine große Eröffnungsfeier. Sinead Brook wird die Gedenktafel enthüllen, du weißt schon – diese Nachrichtensprecherin. Es ist eine solche Ehre. Ich soll sogar eine Rede halten.«

Da fällt mir ein, dass ich die noch schreiben muss. Allen möglichen Leuten erzähle ich davon, aber aufgeschrieben habe ich bisher nur: »Verehrte Frau Bürgermeisterin, meine Damen und Herren, herzlich willkommen zu diesem ganz besonderen Anlass.«

»Nun, er scheint mir ein wirklich großer Mann gewesen zu sein«, sagt Simon. »So viel Geld zu sammeln und jedes Jahr wieder die Leute zu mobilisieren …«

»Er hat den Mount Everest bestiegen, zweimal. Und er hat am Fastnet-Race, dieser Segelregatta, teilgenommen. Dabei ist viel zusammengekommen.«

Simon zieht die Augenbrauen hoch. »Wow. Beeindruckend.«

»Sein bester Schulfreund ist an Leberkrebs gestorben«, sage ich. »Er wollte immer gern etwas für Menschen tun, die daran erkrankt sind. In seiner Firma durften keine Spenden für irgendwas anderes gesammelt werden!«

Ich lache, als wäre das ein Witz, ist es aber gar nicht. Daddy konnte ziemlich … wie sagt man? … resolut sein. Wie damals, als ich mir die Haare abschneiden wollte, mit dreizehn. Er wurde schon böse, weil ich es nur vorgeschlagen hatte. Immer wieder meinte er: »Dein Haar ist deine Pracht, Sylvie, deine Pracht und Herrlichkeit.« Und da hatte er tatsächlich recht. Ich hätte es bereut, wahrscheinlich.

Instinktiv fahre ich mit der Hand durch meine langen blonden Haare. Inzwischen könnte ich sie unmöglich abschneiden. Ich käme mir vor, als würde ich ihn hintergehen.

»Bestimmt vermisst du ihn«, sagt Simon.

»Sehr sogar. Das tue ich wirklich.« Ich spüre die Tränen, die in meinen Augen glänzen, schaffe es aber, mein Lächeln aufrechtzuerhalten. Ich nehme einen Schluck Wein – dann kann ich nicht anders, als einen Blick auf Dan zu werfen. Und tatsächlich wirkt er neinisch. Er mahlt mit den Zähnen und runzelt die Stirn. Ich sehe ihm an, dass er auf das Ende unserer Unterhaltung über meinen Vater wartet, so wie man darauf wartet, dass eine dunkle Wolke vorüberzieht.

Herrgott nochmal, hat er denn so wenig Selbstvertrauen? Der Gedanke kommt mir in den Sinn, bevor ich es verhindern kann. Ich weiß ja, dass es unfair ist. Mein Vater war immer so energisch. So beeindruckend. Sicher ist es nicht einfach, sein Schwiegersohn zu sein und mit anhören zu müssen, wie die Leute meinen Vater über den grünen Klee loben, wenn man selbst nur …

Nein. Stopp. Ich meinte nicht *nur*. Dan ist in keiner Hinsicht *nur*.

Aber im Vergleich mit Daddy …

Okay, ich will absolut ehrlich sein. Da niemand hören kann, was ich denke, muss ich hier ja kein Blatt vor den Mund nehmen: Für die Leute um uns herum spielt Dan nicht in derselben Liga wie mein Vater. Er hat weder das Charisma noch das Geld, das Format und auch nicht die wohltätigen Erfolge vorzuweisen.

Und das *möchte* ich auch gar nicht. Ich liebe Dan genau so, wie er ist. Wirklich wahr. Aber könnte er nicht ein einziges Mal zugeben, dass mein Vater ganz erstaunliche Qualitäten besaß – und daran arbeiten, dass er diesen Umstand nicht ständig als Bedrohung empfindet?

Er reagiert wie ein Uhrwerk, jedes Mal. Und nachdem das Thema nun glücklich abgehakt ist, weiß ich, dass er sich entspannen, auf seinem Stuhl zurücklehnen, die Arme ausstrecken und kurz gähnen wird.

Leicht ungläubig sehe ich, wie Dan genau das tut. Dann trinkt er von seinem Wein, was ich schon vorher wusste. Dann nimmt er sich eine Erdnuss, was ich schon vorher wusste. Vorhin hat er sich einen Lamm-Burger bestellt, was ich auch schon vorher wusste. Er bat darum, die Mayonnaise wegzulassen, was ich schon vorher wusste, und sagte im Scherz zum Barkeeper: »Ist das echtes Londoner Lamm?«, was ich auch schon vorher wusste.

Okay, ich mach mich verrückt. Es kann ja sein, dass ich die Hauptstadt von Lettland nicht kenne und nicht weiß, wie lang eine Elle ist, aber über Dan weiß ich alles.

Ich weiß, was er denkt, was ihm wichtig ist und wie seine Gewohnheiten sind. Ich weiß, was er als Nächstes tun wird, selbst hier, in diesem Pub. Gleich wird er Toby nach seiner Arbeit fragen, weil er es jedes Mal tut, wenn wir ihn treffen. Ich weiß es, ich weiß es, ich weiß es …

»Sag mal, Toby«, meint Dan freundlich. »Wie läuft es denn mit deinem Start-up?«

O mein Gott! Ich bin allwissend.

Irgendwas Seltsames passiert in meinem Kopf. Ich weiß nicht, ob es am Chardonnay liegt, an diesem quälenden Quiz oder an meinem anstrengenden Tag … aber die Wirklichkeit entgleitet mir. Es ist, als würden das Geplapper und Gelächter im Pub immer leiser. Die Lichter würden dunkler. Ich starre Dan an, mit so einer Art Tunnelblick, und da habe ich eine Eingebung. Mir kommt eine Erleuchtung.

Wir wissen zu viel.

Das ist das Problem. Darum geht es. Ich weiß alles über meinen Mann. Alles! Ich kann seine Gedanken lesen. Ich kann vorhersehen, was er tun wird. Ich könnte sein Essen bestellen. Wir sprechen in Steno, und niemals muss er nachfragen: »Wie meinst du das?« Er weiß es schon.

Wir leben einen ehelichen Murmeltiertag. Kein Wunder, dass wir den Gedanken an die endlose, monotone

Zukunft miteinander nicht ertragen können. Wer will denn schon achtundsechzig weitere Jahre mit jemandem verbringen, der seine Schuhe immer an dieselbe Stelle stellt, Abend für Abend für Abend?

(Dabei weiß ich eigentlich gar nicht, was er sonst mit seinen Schuhen machen sollte. Auf keinen Fall möchte ich, dass er sie überall herumstehen lässt. Es ist also vielleicht nicht das beste Beispiel. Aber trotzdem – das ändert nichts an den Tatsachen.)

Ich nehme einen Schluck Chardonnay, während meine Gedanken auf eine Schlussfolgerung zusteuern. Denn im Grunde ist es ganz einfach. Wir brauchen Überraschungen. Das brauchen wir. Überraschungen. Wir müssen mit vielen kleinen Überraschungen wachgerüttelt, aufgeheitert und herausgefordert werden. Dann vergehen die kommenden achtundsechzig Jahre wie im Fluge. Ja. Das ist es!

Ich werfe einen Blick zu Dan hinüber, der mit Toby plaudert und nicht ahnt, was in mir vor sich geht. Er wirkt etwas mitgenommen. Müde sieht er aus. Er braucht ein wenig Aufheiterung, irgendwas, das ihn zum Lächeln bringt, vielleicht sogar zum Lachen. Was Ungewöhnliches. Irgendwas Lustiges. Oder Romantisches.

Hm. Aber was?

Es ist zu spät, um ein *Strip-o-gram* zu organisieren (was ihm im Übrigen auch gar nicht gefallen würde). Aber kann ich nicht irgendwas anderes tun? Jetzt, in diesem Moment? Irgendwas, das uns aus der Klemme hilft? Ich nehme noch einen Schluck Chardonnay, dann kommt mir die Idee. O mein Gott, genial. Simpel, aber genial, wie alle guten Pläne.

Ich nehme ein Blatt Papier und fange an, ein kleines Liebesgedicht zu komponieren.

Du magst dich wundern.
Das musst du nicht.
Ich will nur dich und werd dich immer wollen.
Nehmen wir uns einen Augenblick.
Nur wir zu sein.
Nur wir zwei zu sein.
Nur

Ich stutze, starre das Blatt Papier an. Mir geht der Schwung aus. Mit Gedichten war ich noch nie so gut. Wie könnte es enden?

Nur zu sein schreibe ich schließlich. Ich male ein Herz und füge zur Sicherheit noch ein paar Küsschen hinzu. Dann falte ich das Blatt zu einem kleinen Rechteck.

Jetzt die Übergabe. Ich warte, bis Dan woanders hinsieht, dann stecke ich ihm das Briefchen in die Tasche seines Jacketts, das über seinem Stuhl hängt. Er wird es später finden und sich wundern, was das ist, es langsam auseinanderfalten, und anfangs wird er es nicht verstehen, doch dann wird ihm warm ums Herz werden.

Also, *möglicherweise* wird ihm warm ums Herz werden.

Wahrscheinlich würde ihm noch wärmer werden, wenn ich besser dichten könnte, aber was soll's, die gute Absicht zählt, oder?

»Nimm doch ein Toffee!«, sagt Toby und hält mir eine Tüte hin. »Hab ich selbst gemacht. Die sind super.«

»Danke.« Ich lächle ihn an, nehme eins und stecke es

mir in den Mund. Was ich schon im nächsten Augenblick bereue. Meine Zähne kleben zusammen. Ich kann nicht kauen. Ich kann nicht sprechen. Mein ganzes Gesicht fühlt sich an wie gelähmt. Was *ist* das für ein Zeug?

»Ja, die sind etwas schwer zu kauen«, sagt Toby, als er meine Miene bemerkt. »Echte Plombenzieher.«

Ich werfe ihm einen Blick zu, der ihm sagen soll: *Schönen Dank auch.*

»Toby!«, schimpft Tilda. »Du musst die Leute doch vor diesen Dingern warnen! Keine Sorge«, fügt sie an mich gewandt hinzu, »in zehn Minuten ist es weggelutscht.«

Zehn Minuten?

»Okay, Leute!«, sagt Quizmaster Dave und tippt an sein Mikrofon, um die Aufmerksamkeit auf sich zu lenken. Seine muntere Art ist ihm im Laufe des Abends vergangen. Mittlerweile sieht er aus, als wollte er das Ganze möglichst bald beenden. »Kommen wir nun zur nächsten Frage: ›Wie viele Schauspieler haben Doctor Who gespielt? Und die richtige Antwort lautet: dreizehn.«

»Nein, stimmt nicht!«, ruft ein dicklicher Mann im roten Polohemd. »Es waren vierundvierzig.«

Dave mustert ihn verwundert. »Das kann nicht sein«, sagt er. »Das sind zu viele.«

»Doctor Who kommt nicht nur in der BBC-Serie vor«, sagt der Typ im roten Hemd großspurig.

»Vierzehn ist richtig«, ruft ein Mädchen am Nachbartisch. »Es gab da noch einen. Den Kriegsdoktor. John Hurt.«

»Na gut«, sagt Dave, der etwas überfordert wirkt.

»Das ist aber nicht das, was hier auf meinem Antwortzettel steht …«

»Stimmt alles nicht«, ruft Toby laut. »Es ist eine Fangfrage. ›Doctor Who‹ heißt die Serie, die Figur selbst heißt nur ›der Doktor‹. *Tschackaboom!*«, fügt er ein wenig selbstgefällig hinzu. »Schön blöd, wer eine Zahl aufgeschrieben hat!«

»Das ist ein weit verbreitetes Missverständnis«, sagt der Mann im roten Hemd und wirft Toby einen drohenden Blick zu. »Wie gesagt, die richtige Antwort ist vierundvierzig. Soll ich sie aufzählen?«

»Hat jemand *dreizehn*?«, beharrt Dave, doch keiner nimmt von ihm Notiz.

»Wer zum Teufel seid ihr eigentlich?«, ruft ein Mann im geblümten Hemd mit knallrotem Kopf. Streitlustig schüttelt er die Faust nach dem Mann im roten Poloshirt. »Das ist hier ein freundliches Nachbarschaftsquiz, und ihr kommt hier einfach reinmarschiert mit euren roten Hemden und sucht Streit …«

»Ach, du hast was gegen Fremde, ja?« Der Mann im roten Polohemd nimmt ihn finster ins Visier. »Na, das tut mir aber leid, *Adolf*.«

»Wie hast du mich genannt?« Der Mann im geblümten Hemd kommt schwer atmend auf die Beine.

»Du hast mich schon verstanden.« Auch der Kerl im roten Shirt steht auf und tritt drohend auf den Mann im Blumenhemd zu.

»Ich kann das nicht ertragen«, sagt Olivia. »Ich geh raus, eine rauchen.« Sie nimmt Dans Jacke und zieht sie an – dann fällt ihr Blick auf Simons Jacke, die fast genauso aussieht. »Moment mal, Simon, ist das deine?«

»Du hast Simons Jacke an«, sagt Dan freundlich. »Wir haben Stühle getauscht. Er wollte lieber eine niedrigere Lehne.«

Es dauert etwa fünf Sekunden, bis mir die Bedeutung dieses Umstands bewusst wird. Simons Jacke? Das ist Simons Jacke? Ich habe mein Liebesgedicht in *Simons* Jacke gesteckt?

»Hast du ein Feuerzeug?« Olivia greift in die Tasche und holt meinen gefalteten Zettel hervor. »Was ist das?«, fragt sie und entfaltet ihn. Als sie das Herzchen sieht, wird sie totenbleich.

Nein. Neeeiiiin. Ich muss es ihr erklären. Ich versuche, meine Zähne auseinanderzubekommen, aber das verdammte Toffee ist zu stark. Ich krieg es nicht hin. In Panik winke ich Olivia, aber sie starrt nur mein Gedicht an, mit einem Ausdruck abgrundtiefer Verachtung im Gesicht.

»Schon *wieder*, Simon?«, sagt sie schließlich.

»Was meinst du mit ›schon wieder‹?«, fragt Simon, der wie gebannt beobachtet, wie die beiden Streithähne einander beschimpfen.

»Du hast es versprochen!«, sagt Olivia mit schneidender Stimme. »Du hast es mir versprochen, Simon, nie wieder!« Sie wedelt mit dem Gedicht in Simons Richtung, und als er es liest, wird auch er kreidebleich.

Ich versuche, den Zettel an mich zu reißen und sie auf mich aufmerksam zu machen, aber Olivia nimmt mich gar nicht wahr. Ihre Augen sprühen Funken.

»Diesen Zettel habe ich noch nie gesehen!«, stottert Simon. »Olivia, du musst mir glauben! Ich habe keine Ahnung, was … wer …«

»Ich glaube, wir wissen alle, wer«, faucht Olivia. »Wenn man sich dieses primitive Geschwafel ansieht, ist doch offensichtlich, dass es nur deine ehemalige ›Freundin‹ sein kann. *Ich will nur dich und werd dich immer wollen*«, deklamiert sie mit zuckersüßer Stimme. »*Nehmen wir uns einen Augenblick. Nur wir zu sein.* Hat sie das von einer Glückwunschkarte?«

Sie klingt so spöttisch, dass ich puterrot anlaufe. Und plötzlich kriege ich die Zähne wieder auseinander und reiße ihr den Zettel aus der Hand.

»Das ist mein Gedicht!«, rufe ich heiter. »Es war für Dan gedacht. Falsche Jacke. Also. Es war … Es *ist* unsers. Meins. Nicht Simons. Du musst dir keine Sorgen machen … oder sonst was. Also. Jedenfalls …«

Endlich höre ich auf zu plappern und merke, dass mich alle am Tisch sprachlos anstarren. Der Ausdruck des Entsetzens auf Olivias Gesicht ist dermaßen unbezahlbar, dass ich lachen würde, wenn mir das alles nicht dermaßen peinlich wäre.

»Tja, also. Hier – für dich, Dan«, sage ich verlegen und reiche ihm den Zettel. »Du könntest es jetzt lesen … oder später … Es ist ziemlich kurz«, füge ich hinzu, für den Fall, dass er sechs Strophen und Kriegsmetaphern oder irgendwas erwartet.

Wenn ich ehrlich sein soll, scheint mir Dan nicht eben begeistert zu sein, ein Liebesgedicht überreicht zu bekommen. Er wirft einen Blick darauf, räuspert sich und steckt es ein, ohne es gelesen zu haben.

»Ich meinte nicht …« Olivia krampft ihre Hände ineinander. »Sylvie, es tut mir so leid. Ich wollte dich nicht kränken.«

»Macht nichts, ehrlich …«

»Ihr seid eine Schande für jedes Quiz!« Die Stimme des Mannes im Blümchenhemd lässt uns alle zusammenzucken. »Ihr hattet die ganze Zeit ein Handy unterm Tisch!«

»Hatten wir nicht!«, brüllt der Mann in Rot zurück. »Das ist eine gemeine Verleumdung!«

Grob rammt er den Tisch, hinter dem der Mann im Blümchenhemd steht, sodass die Gläser klirren.

»Gib's ihm! Immer auf die Zwölf!«, ruft Toby fröhlich.

»Sei *still*, Toby!«, fährt Tilda ihn an.

»So!«, sagt Dave verzweifelt ins Mikrofon, in dem Versuch, das allgemeine Stimmengewirr zu übertönen. »Machen wir weiter! Die nächste Frage lautete: Welcher Brite gewann Gold im Eisschnelllauf bei der …«

Er bricht ab, als der Mann im Blümchenhemd auf das Team in Rot losgeht. Einer von ihnen nimmt ihn in den Schwitzkasten, und die anderen feuern ihren Kumpanen lauthals an. Überall im Pub geht das Geschrei los. Die junge Russin kreischt, als hätte man mit einem Messer auf sie eingestochen.

»Leute!«, fleht Dave. »Leute, bitte beruhigt euch! Bitte!«

O mein Gott, sie prügeln sich. Sie prügeln allen Ernstes aufeinander ein. Ich war noch nie bei einer Kneipenschlägerei dabei.

»Sylvie«, flüstert mir Dan ins Ohr. »Hauen wir ab?«

»Ja«, sage ich sofort. »*Ja.*«

Auf dem Heimweg holt Dan mein Liebesgedicht hervor. Er liest es. Er dreht den Zettel um, als würde er mehr erwarten. Dann liest er es noch mal. Schließlich steckt er den Zettel weg. Er wirkt gerührt. Und etwas verwirrt. Okay, vielleicht etwas mehr verwirrt als gerührt.

»Hör zu«, sage ich eilig. »Ich muss es dir unbedingt erklären.«

Fragend sieht Dan mich an. »Dein Gedicht?«

»Ja! Natürlich mein Gedicht!« Was hat er denn gedacht, Thermolumineszenz?

»Das musst du mir nicht erklären. Ich habe es verstanden. Es war nett«, fügt er nach kurzer Überlegung hinzu. »Danke.«

»Nicht das Gedicht selbst«, sage ich leicht ungeduldig. »Ich meine die Idee hinter dem Gedicht. Den *Umstand,* dass es dieses Gedicht gibt. Es gehört alles zu meiner genialen Idee, die unsere Probleme lösen wird.«

»Okay.« Er nickt, dann nimmt er das Gedicht hervor und betrachtet es noch einmal im Lichtschein einer Straßenlaterne. »Gibt es noch irgendwo eine zweite Strophe?«

»Nein«, sage ich trotzig. »Es ist kurz und bündig.«

»Ah.«

»Und das ist erst der Anfang. Ich hatte eine Idee, Dan. Wir sollten einander *überraschen*. Es könnte so etwas wie ein gemeinsames Projekt werden. Wir nennen es …«, ich überlege kurz, »*Projekt Surprise*.«

Zu meiner Genugtuung ist Dan überrascht. Ha! Es geht schon los! Ich hatte gehofft, dass Dan gleich auf die Idee einsteigt, aber er wirkt ein wenig verunsichert.

»Okay …«, sagt er. »Wieso?«

»Natürlich um uns die endlosen, ermüdenden Jahrzehnte zu vertreiben! Stell dir unsere Ehe als filmisches

Epos vor! In einem Film herrscht schließlich niemals Langeweile, oder? Und warum? Weil hinter jeder Ecke eine Überraschung lauert.«

»Bei *Avatar* bin ich eingeschlafen«, sagt er prompt.

»Ich meine einen spannenden Film«, erkläre ich. »Und außerdem hast du nur mittendrin geschlafen. Weil du müde warst.«

Mittlerweile stehen wir vor der Tür, und Dan holt seinen Schlüssel hervor. Bei einem Blick über meine Schulter verzieht sich sein Gesicht mit einem Mal zu einer Fratze des Entsetzens. »O Gott. O mein Gott. Was ist *das*? Sylvie, guck nicht hin, es ist *grässlich* …«

»Was denn?« Ich fahre herum, mit klopfendem Herzen. »Was ist los?«

»Überraschung!«, sagt Dan und drückt die Tür auf.

»Nicht *solche* Überraschungen!«, sage ich wütend. »*Solche* doch nicht!«

Ehrlich. Er hat *kein bisschen* begriffen, worum es geht. Ich meinte nette Überraschungen, nicht dumme Streiche.

Unser Babysitter für heute Abend heißt Beth und war noch nie bei uns. Als wir in die Küche kommen, lächelt sie freundlich, mir dagegen fällt das Lächeln schwer. Überall liegt Spielzeug herum. Es sieht aus wie ein Schlachtfeld.

Wir mögen ja nicht die ordentlichste Familie auf der Welt sein, aber ich habe es doch gern, wenn man in meinem Haus wenigstens ein *bisschen* was vom Fußboden sehen kann.

»Äh … hi, Beth«, sage ich mutlos. »War alles okay?«

»Ja, super!« Schon zieht sie ihre Jacke über. »Die beiden Mädchen sind wirklich süß. Sie konnten nicht schlafen, also habe ich sie noch eine Weile spielen lassen. Wir hatten echt Spaß!«

»Gut«, presse ich hervor. »Ja, das ist … nicht zu übersehen.«

Alles liegt voller Legosteine. Puppenkleider sind weiträumig verstreut. Überall liegen Möbel der kleinen Häschenfamilie herum.

»Bis dann«, sagt Beth ungerührt und nimmt das Geld, das Dan ihr hinhält. »Danke.«

»Okay. Also … bis dann …«

Kaum habe ich die Worte ausgesprochen, da fällt die Tür auch schon hinter ihr ins Schloss.

»Wow«, sage ich bei einem Blick in die Runde.

»Das machen wir nicht jetzt«, sagt Dan. »Lass uns lieber früh aufstehen. Dann können uns die Mädchen helfen …«

»Nein.« Ich schüttle den Kopf. »Morgens sind alle immer so in Hetze. Ich möchte lieber jetzt schon ein bisschen was zusammenräumen.«

Ich knie mich hin und sammle Tisch und Stühle vom Häschenpuppenhaus zusammen. Ich stelle sie ordentlich zusammen und lege kleine Müslipackungen darauf. Es dauert nicht lange, da höre ich Dan seufzen, und er fängt an, Legosteine einzusammeln, mit der Schicksalsergebenheit eines Kettensträflings, der sich für den Tag bereit macht.

»Wie viele Stunden unseres Lebens …«, beginnt er.

»Nicht jetzt.«

Ich stelle drei winzige Töpfe auf einen winzigen Herd und streiche darüber. Puppenhäuser mag ich wirklich sehr. Ich setze mich hin.

»Ich meine es ernst«, sage ich. »Wir sollten uns gegenseitig überraschen. Damit es nie langweilig wird.« Ich warte, bis er die Legokiste in den Schrank gestellt hat. »Was meinst du? Bist du dabei?«

»Wobei genau?« Er mustert mich mit denkbar fragsamer Miene. »Ich weiß immer noch nicht so recht, was von mir erwartet wird.«

»Darum geht es doch gerade! Es gibt keine ›Erwartung‹. Nur … deine Fantasie. Probier was aus! Amüsier dich!« Ich gehe zu Dan hinüber, lege meine Arme um seinen Hals und lächle liebevoll zu ihm auf. »Überrasch mich!«

KAPITEL FÜNF

Ich bin ganz schön aufgeregt.

Dan meinte, er könnte nicht so ohne Weiteres ein Überraschungsprogramm für mich aus dem Ärmel schütteln, da müsste er erst mal nachdenken. Also haben wir uns eine Woche Vorbereitungszeit gegeben. Es ist ein bisschen wie Weihnachten. Ich weiß, dass er irgendwas vorhat, denn er war viel im Internet. Ich selbst habe mich inzwischen voll auf das Projekt eingeschossen. Ich habe ein spezielles Notizbuch, auf dem *Projekt Surprise* steht. Dan wird gar nicht wissen, wie ihm geschieht.

Gerade betrachte ich zufrieden die Seite mit der Überschrift *Projekt Surprise: Masterplan,* als ich Mrs Kendrick auf der Treppe höre. Eilig klappe ich mein Notizbuch zu, widme mich wieder dem Bürocomputer und tippe weiter Bildunterschriften für den kleinen Katalog unserer *Famose-Fächer*-Ausstellung. Wir wollen ihn auf cremefarbenem Papier drucken und die Schildchen von Hand mit schwarzblauer Tinte beschriften. (Kugelschreiber sind ganz und gar nicht Mrs Kendricks Ding.)

Fächer aus dem 19. Jahrhundert, von Pariser Künstler handbemalt (unbekannt).

»Guten Morgen, Mrs Kendrick.« Lächelnd blicke ich auf.

»Guten Morgen, Sylvie.«

Mrs Kendrick trägt ihr hellblaues Kostüm, dazu die Kamee-Brosche und ihre übliche Sorgenmiene. Üblich zumindest, seit der böse Neffe da ist. Offenbar wohnt er momentan bei ihr, was auch erklärt, warum sie dermaßen bekümmert wirkt. Vermutlich hält er ihr jeden Morgen schon beim Frühstück Vorträge über moderne Arbeitstechniken. Wie immer lässt sie ihren Blick traurig einmal durch den Raum schweifen, als wollte sie sagen: »Irgendwas stimmt hier nicht, aber ich weiß nicht, was.« Dann wendet sie sich mir zu.

»Sylvie«, sagt sie, »haben Sie schon mal vom ›Museum Selfie Day‹ gehört?« Sie spricht das Wort mit größter Sorgfalt aus, als käme es aus einer fremden Sprache.

»Ja«, sage ich argwöhnisch, »habe ich. Wieso?«

»Ach, nur weil Robert ihn erwähnt hat. Er meint, wir sollten daran teilnehmen.«

»Okay.« Ich zucke mit den Schultern. »Könnten wir machen. Ich bin mir nur nicht sicher, ob unsere Sponsoren wirklich begeistert wären. Ich glaube, damit soll eine ganz bestimmte Altersgruppe angesprochen werden. Ehrlich gesagt fürchte ich, Selfies könnten einige unserer Förderer abschrecken.«

»Ah.« Mrs Kendrick nickt. »Stimmt. Stimmt. Gutes Argument.« Dann macht sie eine Pause, wirkt immer bedrückter. »Sylvie, darf ich Sie ...« Sie wird immer leiser, bis sie nur noch flüstert. »Was *ist* ein ›Selfie‹? Ständig höre ich dieses Wort, wusste aber noch nie so ganz genau ... und Robert konnte ich ja schlecht danach fragen ...«

O Gott. Ich beiße mir auf die Lippe, als ich mir vorstelle, wie die arme, alte Mrs Kendrick sich über den

»Selfie Day« unterhält, ohne die leiseste Ahnung zu haben, was ein Selfie eigentlich ist.

»Es ist ein Foto«, sage ich freundlich. »Ein Foto von einem selbst. Man macht es mit seinem Telefon.«

Ich weiß, dass Mrs Kendrick mit dieser Aussage nicht viel anfangen kann. In ihrer Welt ist ein Telefon etwas, das auf einem Beistelltischchen steht und ein geringeltes Kabel hat. Leicht orientierungslos schleicht sie wieder aus dem Büro, wohl um deprimiert die Supermarkt-Kekse zu inspizieren, die wir mittlerweile anbieten, und ich tippe die nächste Bildunterschrift.

Gefiederter Fächer.

Während ich so tippe, bin ich hin und her gerissen. Selbstverständlich ist dieser Robert nach wie vor nicht mein Fall, nachdem er so in unsere Welt getrampelt kommt und seine Tante einschüchtert. Wenn er allerdings vorschlägt, dass wir am Selfie Day teilnehmen, hat er ja womöglich doch nicht vor, das Haus in Apartments umzuwandeln. Will er uns vielleicht tatsächlich helfen?

Sollten wir am Selfie Day teilnehmen?

Ich stelle mir vor, wie einer unserer Förderer versucht, ein Selfie zu machen – und daran scheitert. Ich verstehe, was Robert vorhat, tu ich wirklich, aber hat er denn nicht mitbekommen, wie es hier läuft? Hat er sich unsere Klientel überhaupt schon mal angesehen?

Trotzdem schreibe ich *Selfie Day?* auf einen Klebezettel und seufze. Es ist eine zeitgemäße Idee, über die ich mich sicher gefreut hätte, als ich damals ins Willoughby House kam. Ich habe sogar mal eine komplette *Digitale Strategie* ausformuliert, als ich neu war, in meiner Freizeit. Die habe ich gestern Abend rausgesucht, um zu sehen, ob irgendwas Brauchbares darin steht. Als ich sie dann gelesen habe, bin ich richtig zusammengeschreckt. Die ganze Strategie kam mir so altbacken vor. Sie bezog sich auf Websites, die es gar nicht mehr gibt.

Es muss wohl nicht erst erwähnt werden, dass Mrs Kendrick meinen Vorschlag seinerzeit mit einem charmanten: »Gewiss nicht, meine Liebe« abtat. Entsprechend wurde keine einzige meiner Ideen umgesetzt. Willoughby House machte einfach weiter, auf seine ganz eigene, verschrobene Art und Weise. Und wir sind froh und glücklich damit. Brauchen wir Veränderung? Ist auf dieser Welt denn kein Platz für einen letzten Ort, an dem es nicht wie überall sonst ist?

Seufzend werfe ich einen Blick auf die getippten Notizen, die einer von Mrs Kendricks Lieblingsexperten für uns zusammengestellt hat – leider gibt es über diesen Fächer keinerlei Informationen. Mal ehrlich. Es muss doch was zu sagen geben. Ich will nicht nur *Gefiederter Fächer* schreiben. Das klingt total lahm. Im Katalog vom V & A stünde auch nicht nur *Gefiederter Fächer*.

Ich sehe mir das Foto näher an. Da dieser Fächer groß und ein wenig extravagant ist, füge ich hinzu: *vermutlich aus dem Besitz einer Kurtisane.*

Was sogar stimmen könnte. Da summt mein Handy, und ich sehe *Tilda* auf dem Display.

»Hey!« Ich klemme mir das Handy ans Ohr und tippe weiter. »Was gibt's?«

»Ich habe eine hypothetische Frage an dich«, sagt Tilda ohne Vorrede. »Angenommen, Dan würde dich mit einem Kleidungsstück überraschen, das du nicht leiden magst …«

Augenblicklich überschlagen sich meine Gedanken. Dan hat mir was gekauft! Tilda weiß davon. Wieso? Vielleicht weil er sie um Rat gebeten hat. Was stimmt damit nicht? Was könnte damit nicht stimmen?

Was *ist* es?

Nein, ich will es nicht wissen. Schließlich soll es eine Überraschung sein, und die will ich ihm nicht verderben.

Und außerdem gehöre ich nicht zu den Leuten, die an Geschenken herummäkeln, weil sie nicht *perfekt* sind, was immer das bedeuten mag. Ich bin kein miesepetriger Kontrollfreak, und mir gefällt die Vorstellung, dass Dan losgegangen ist, um mir was auszusuchen, und bestimmt ist das Geschenk ganz toll, was es auch sein mag.

»Ich würde mich auf jeden Fall darüber freuen«, sage ich ein wenig scheinheilig. »Ich wäre dankbar dafür, dass er mir etwas gekauft hat, und wüsste seine Mühe und die gute Absicht zu schätzen. Denn darum geht es bei Geschenken. Es geht nicht um die Dinge selbst, sondern um die *Emotionen*, die dahinter stehen.«

Mit großer Geste tippe ich meinen Satz zu Ende und fühle mich ausgesprochen edel, weil ich so wenig materialistisch denke.

»Okay«, sagt Tilda, klingt aber nicht sonderlich überzeugt. »Kann ja sein. Aber angenommen, es wäre sehr teuer und sehr hässlich?«

Meine Finger halten mitten im Worte *bestickt* inne. »Wie teuer?«, frage ich schließlich. »Wie hässlich?«

»Na ja, ich will nichts verraten«, sagt Tilda vorsichtig. »Es soll doch eine Überraschung werden.«

»Verrate mir nur ein bisschen«, schlage ich vor und spreche instinktiv leiser. »Ich verrate auch nichts.«

»Okay.« Jetzt flüstert auch Tilda. »Angenommen, es wäre Kaschmir, aber eine völlig abwegige Farbe?«

Und wieder überschlagen sich meine Gedanken. Kaschmir! Dan hat mir Kaschmir gekauft! Aber – o Gott – welche Farbe? Tilda ist eigentlich eher experimentierfreudig, was Farben angeht, und wenn *sie* schon findet, dass …

»Woher weißt du, welche Farbe es ist?«, kann ich mir nicht verkneifen.

»Dan hat mich gebeten, das Päckchen für ihn anzunehmen, und die Schachtel stand ein bisschen offen, also habe ich einen Blick hineingeworfen und …« Sie atmet aus. »Ich weiß es natürlich nicht genau … aber ich kann mir nicht vorstellen, dass es dir gefällt.«

»Welche Farbe ist es?«

Tilda seufzt. »Es ist dieses komische Petrolblau. Fürchterlich. Soll ich dir den Link schicken?«

»Bitte!«

Ungeduldig warte ich auf ihre Mail, klicke den Link an und blinzle entsetzt. »O mein *Gott*!«

»Ich weiß«, höre ich Tilda sagen. »Grässlich.«

»Wie hat man diese Farbe überhaupt hingekriegt?«

»Ich weiß es nicht!«

Der Pulli selbst ist ganz hübsch, wenn auch von der Form her etwas langweilig. Aber dieses *Blau*! Auf der Website trägt eine atemberaubende Asiatin diesen Pulli, dazu Lippenstift in derselben Farbe, was ihr so weit ganz gut steht. Aber mir? Mit meiner blassen Haut und den blonden Haaren? In diesem *Ding*?

»Die haben Dan den Pulli aufgeschwatzt«, erklärt Tilda. »Da bin ich mir ganz sicher. Er hat mir erzählt, sie wären am Telefon ›sehr hilfreich‹ gewesen. Das kann ich mir vorstellen. Die hatten eine ganze Ladung hässlicher blauer Pullis zu verkaufen, und da kommt Dan wie ein unschuldiges Lämmchen mit seiner Kreditkarte und ohne eine Ahnung …«

»Was soll ich tun, Tilda?« Langsam kriege ich Panik. »Was?«

Ich fühle mich nicht mehr ganz so edel wie gerade eben noch. Ich weiß ja, dass die Absicht zählt und alles … aber ich möchte wirklich keinen teuren petrolfarbenen Kaschmirpulli in meinem Schrank liegen haben, der mich immer vorwurfsvoll anstarrt, wenn ich ihn nicht trage. Oder ihn jedes Mal anziehen müssen, wenn wir mal zum Essen ausgehen.

Oder sagen müssen, dass er mir gefällt, und dann kauft Dan mir zu Weihnachten Schal und Handschuhe in derselben Farbe, und bei denen muss ich dann auch sagen, wie gut sie mir gefallen, und dann kauft er mir einen Mantel und sagt: »Das ist *deine* Farbe, Liebling …«

»Umtauschen?«, schlägt Tilda vor.

»Oh, aber …« Ich verziehe das Gesicht. »Ich kann ja schlecht sagen: ›Dan, Liebster, der Pulli ist ganz toll, eigentlich perfekt, aber ich tausche ihn doch lieber um.‹«

»Soll ich mit ihm reden?«

»*Würdest* du?« Vor Erleichterung lehne ich mich zurück.

»Ich werde sagen, ich habe den Pulli zufällig gesehen und kenne die Firma, und bei denen gibt es was, das dir viel besser stehen würde. Kleiner Vorschlag am Rande.«

»Tilda, du bist die Größte.«

»Und was soll ich ihm vorschlagen?«

»Oooh! Keine Ahnung. Ich war noch nie auf dieser Website.«

Im Grunde bin ich direkt beeindruckt, dass Dan diese Website überhaupt gefunden hat. Der Pulli ist kein Sonderangebot, er ist aus edelstem schottischen Kaschmir.

Ich klicke ein bisschen herum und stoße plötzlich auf einen Cardigan mit dem Namen »Nancy«. Traumhaft. Lang, figurbetont, mit Gürtel. Sieht zu Jeans bestimmt fantastisch aus.

»Hey, guck dir mal die Strickjacke Nancy an«, sage ich aufgeregt.

»Okay, Moment …« Gleich darauf ruft Tilda: »Oh, die ist perfekt für dich! Ich werde Dan gleich sagen, dass er sie bestellen soll. Aber nicht in diesem fiesen Blau. Welche Farbe möchtest du?«

Ich scrolle mich durch die Farboptionen, fühle mich wie ein Kind im Schokoladenladen. Sich sein Überraschungsgeschenk selbst auszusuchen, macht richtig *Spaß*.

»Meeresgrün«, sage ich schließlich.

»Sehr schön. Und welche Größe?«

»Oh.« Unsicher betrachte ich die Website. »Vielleicht 38. Oder 40. Welche Größe hat der Pulli?«

»Das ist Größe 38«, erklärt Tilda. »Scheint aber klein auszufallen. Weißt du was? Ich sage Dan, er soll beide bestellen, dann sehe ich sie mir an und entscheide. Die andere Jacke kann er ja zurückschicken. Ich meine, wenn es das Richtige sein soll, kannst du ebenso gut dafür sorgen, dass es auch das Richtige wird.«

»Tilda, ich danke dir!«

»Ach, das macht mir keine Mühe. Es ist doch ganz lustig, wenn so geheime Päckchen kommen …« Sie zögert, dann fügt sie hinzu: »Wirklich nett von Dan, dir einfach so einen Kaschmirpulli zu schenken. Gibt es dafür einen Anlass oder irgendwas?«

»Ähm …« Ich weiß nicht so ganz, was ich darauf antworten soll. Ich habe bisher noch niemandem von unserem kleinen Projekt erzählt. Aber vielleicht ziehe ich Tilda ins Vertrauen. »Mehr oder weniger«, sage ich schließlich. »Ich erzähl es dir, wenn wir uns sehen.«

Ich gehe nicht davon aus, an diesem Tag noch mal von Tilda zu hören, doch als ich zwei Stunden später gerade dabei bin, einen Newsletter zu schreiben, ruft sie wieder an.

»Sie sind da!«

»Wer ist da?«, frage ich verwundert.

»Deine Strickjacken! Dan hat die Bestellung geändert, die haben einen Fahrradkurier geschickt und den Pulli gleich wieder mitgenommen. Ich muss schon sagen, das ist mal ein guter Service.«

»Wow. Und was meinst du?«

»Zauberhaft!«, sagt Tilda begeistert. »Das einzige Problem ist die Größe. Kann ich nicht einschätzen. Und deshalb dachte ich, ob du nicht schnell mal rüberkommen willst, um sie anzuprobieren.«

Anprobieren? Ungläubig starre ich das Telefon an. Sein eigenes Überraschungsgeschenk auszusuchen, ist das eine. Aber geht es nicht zu weit, wenn ich es auch noch anprobiere?

»Sollte ich nicht ein bisschen von dem Geheimnis wahren?«, frage ich.

»Geheimnis?« Tilda klingt spöttisch. »Es gibt kein Geheimnis! Probier die Jacken an, nimm die, die passt, und fertig! Sonst suche ich nur die falsche aus, und das Ganze wird ein Riesenaufwand.«

Das klingt so vernünftig, dass ich überzeugt bin.

»Okay.« Ich werfe einen Blick auf meine Uhr. »Es ist sowieso Mittagspause. Bin schon unterwegs!«

Bei Tildas Haus angekommen höre ich ein Wummern aus dem Obergeschoss. Tilda macht mir auf und nimmt mich in die Arme, dann kreischt sie über ihre Schulter hinweg: »Was soll das werden?«

Im nächsten Moment erscheint Toby auf der Treppe. Er trägt ein altes weißes T-Shirt und schwarze Jeans und hält einen Hammer in der Hand.

»Hallo, Sylvie, wie geht's?«, sagt er höflich, doch bevor ich etwas antworten kann, wendet er sich schon Tilda zu. »Was glaubst du denn, was das werden soll? Du weißt doch, was ich mache. Wir haben drüber gesprochen.«

Tilda atmet langsam ein und wieder aus.

»Ich meinte: ›Warum machst du solchen Lärm?‹«

»Ich baue *Lautsprecher* auf«, sagt Toby, als wäre das doch offensichtlich.

»Aber wieso dauert das so lange?«

»Mum, hast du schon mal Lautsprecher aufgebaut?« Toby klingt genervt. »Nein. Also. Das dauert nun mal seine Zeit. Bye, Sylvie. Immer schön, dich zu sehen«, fügt er auf seine höfliche Toby-Art hinzu, die mich unwillkürlich lächeln lässt. Er macht kehrt und marschiert wieder die Treppe hinauf. Mit finsterer Miene blickt Tilda ihm hinterher.

»Lass die Wände heil!«, ruft sie. »Mehr verlange ich nicht. Lass ja die Wände heil!«

»Ich werd schon nichts kaputt machen«, ruft Toby beleidigt zurück. »Warum sollte ich was kaputt machen wollen?«

Man hört eine Tür klappen, und Tilda hält sich den Kopf. »O Gott, Sylvie. Er weiß doch überhaupt nicht, was er da tut. Er hat sich einfach von irgendwem eine Bohrmaschine geliehen …«

»Keine Sorge«, sage ich tröstend. »Das geht bestimmt gut.«

»Ja.« Tilda klingt nicht gerade überzeugt. »Ja, vielleicht. Wie dem auch sei.« Sie mustert mich, als würde sie mich jetzt erst richtig wahrnehmen. »Cardigans.«

»Cardigans!«, wiederhole ich entzückt. Ich folge Tilda in ihr gelb gestrichenes Büro, das voller Bücher steht und eine Terrassentür hat, die hinaus in den Garten führt. Sie langt unter ihren Schreibtisch und holt eine flache, teuer aussehende Schachtel hervor.

»Die Jacke ist perfekt«, sagt sie, als ich den Deckel abnehme. »Fraglich ist nur die Größe.«

Seufzend nehme ich die Cardigans heraus. Die Farbe ist wunderschön, und der Kaschmir ist superweich. Wie um alles in der Welt ist Dan nur auf diese fürchterliche Farbe gekommen …

Egal. Das ist nicht die Frage.

Ein allmächtiges Heulen und Bohren kommen von oben, was Tilda zusammenzucken lässt. »Was macht er denn jetzt wieder?«

»Wird schon gehen!«, sage ich beschwichtigend. »Er bohrt nur Halterungen an oder so was.«

Ich probiere die Größe 38, dann Größe 40 und dann noch mal Größe 38, wobei ich mich in Tildas großem Spiegel betrachte.

»Steht dir.« Tilda mustert mich neugierig. »Aber du hast mir immer noch nicht erzählt, wofür das Geschenk sein soll. Weder hast du Geburtstag, noch ist Weihnachten und soweit ich weiß, habt ihr auch keinen Hochzeitstag, oder?«

»Oh.« Ich unterbreche meine selbstverliebte Begutachtung. Ich habe keine Bedenken, Tilda davon zu erzählen, obwohl unser kleines Vorhaben doch eher privat ist. »Na ja, Dan und ich haben beschlossen, uns gegenseitig zu überraschen.«

»Ach so?« Tildas wissbegieriger Blick bleibt unverwandt auf mich gerichtet. »Und warum?«

Ich beschließe, lieber gar nicht erst auf diese Sache mit den achtundsechzig Ehejahren einzugehen. Es könnte etwas seltsam klingen.

»Weil … Warum denn nicht?«, rede ich mich raus. »Um unsere Ehe lebendig zu halten. Um dem Ganzen etwas Würze zu verleihen. Weil es lustig ist.«

»Lustig?«, sagt Tilda entgeistert. »Überraschungen sind doch nicht lustig!«

»Sind sie wohl!« Unwillkürlich muss ich lachen, weil sie mich so ansieht.

»Ich verstehe ›unsere Ehe lebendig halten‹. Das verstehe ich. Aber ›Überraschungen‹?« Heftig schüttelt sie den Kopf. »Überraschungen haben die unangenehme Angewohnheit, schiefzugehen.«

»Ach was!«, erwidere ich ärgerlich. »Jeder mag Überraschungen.«

»Das Leben legt einem oft genug Steine in den Weg. Warum sollte man das noch fördern? Es wird kein gutes Ende nehmen«, fügt sie düster hinzu, und ich bin direkt vor den Kopf gestoßen.

»Wieso sollte es kein gutes Ende nehmen? Hör mal, nur weil du zufällig keine Überraschungen magst …«

»Da hast du recht.« Sie nickt. »Ich mag keine Überraschungen. Meiner Erfahrung nach plant man eine Überraschung, und am Ende kommt was völlig anderes dabei raus. Zu meinem achtundzwanzigsten Geburtstag hat mein damaliger Freund – Luca hieß er, Italiener – eine Überraschungsparty für mich organisiert. Die größte Überraschung war allerdings, dass er am Ende mit meiner Cousine rumgeknutscht hat.«

»Oh«, sage ich kleinlaut.

»Während alle anderen ›Happy Birthday‹ gesungen haben.«

»O Gott.«

»Sie sind nicht zusammengeblieben oder so. Haben vielleicht ein paar Mal gevögelt.«

»Okay.« Ich ziehe eine Grimasse. »Das ist wirklich …«

»Aber bis dahin waren wir glücklich gewesen«, fährt sie unbeirrt fort. »Wir hatten drei tolle Jahre zusammen. Hätte er nicht diese Überraschungsparty für mich organisiert, hätte ich vielleicht Luca statt Adam geheiratet, und mein Leben wäre nicht der monströse Scherbenhaufen, der es ist. Stellt sich raus, er ist wieder nach Italien gezogen. Ich habe ihn bei Facebook gefunden. Toskana, Sylvie. Ich glaube, du brauchst Größe 38«, fügt sie hinzu, ohne zwischendurch Luft zu holen. »Sitzt besser an den Schultern.«

»Okay.« Ich gebe mir Mühe, alles mitzubekommen, was sie sagt. Tilda ist genial im Multitasking, aber manchmal multitaskt sie im Gespräch doch etwas *zu* viel. »Hättest du Adam nicht geheiratet, hättest du Gabriella und Toby nicht bekommen«, erkläre ich. Eben will ich diesen Gedanken weiter ausführen, als ein Trampeln auf der Treppe laut wird. Die Tür von Tildas Büro fliegt auf, und Toby stürzt herein, mit vorwurfsvoller Miene. Er hat ein großes Stück Putz in den Haaren, Staub im Bart und einen Schlagbohrer in der Hand.

»Diese Wände sind scheiße«, verkündet er. »Totaler Schrott. Wie viel hast du für dieses Haus bezahlt?«

»Was hast du getan?«, will Tilda wissen.

Er zieht ein finsteres Gesicht und ignoriert die Frage. »Die sind total dünn. Wände sollten dick sein. Und sie sollten nicht bröckchenweise zerbröseln.«

»Bröckchenweise zerbröseln?«, wiederholt Tilda besorgt. »Wie meinst du das – ›bröckchenweise zerbröseln‹? Was hast du getan?«

»Ich kann nichts dafür, okay?«, ruft Toby trotzig. »Wenn dieses Haus etwas besser gebaut wäre …« Er deutet mit dem Bohrer auf den Türrahmen und kommt aus Versehen gegen den roten Knopf, sodass sich die Maschine lautstark in den Rahmen bohrt.

»Toby!«, kreischt Tilda gegen den Lärm an. »Hör auf! Mach das Ding aus!«

Eilig stellt Toby den Bohrer ab und zieht ihn aus dem Loch im Türrahmen.

»Keine Ahnung, wie das passiert ist«, sagt er mit unbeteiligtem Blick auf die Bohrmaschine. »Das war so nicht gedacht.«

»*Was hast du getan?*«, sagt Tilda zum dritten Mal, und dieses Mal klingt sie ziemlich scharf.

»Da ist jetzt ein … kleines Loch«, sagt Toby. Er sieht Tildas Blick und schluckt, ist sich seiner Sache plötzlich gar nicht mehr so sicher. »Ich denke, das lässt sich ausbessern. Ich mach das schon. Ich besser das aus. Bye, Sylvie«, fügt er hinzu und zieht sich eilig zurück.

»Bye-bye!«, rufe ich ihm hinterher und beiße mir auf die Lippe. Ich weiß, ich sollte nicht lachen, aber Tildas Gesichtsausdruck ist wirklich zu komisch.

»Wie anders könnte mein Leben doch sein!«, sagt sie zur Wand gewandt. »Ich könnte in der Toskana leben und mein eigenes Olivenöl pressen.«

»Hey, Dan kommt den Weg rauf«, ruft Toby von oben. »Soll ich ihn reinlassen?«

Vor lauter Schreck geht ein Ruck durch meinen ganzen Körper. Dan? Dan? *Hier?*

Tilda und ich starren uns an. Dann ruft Tilda: »Nein, keine Sorge, Tobes!«, mit leicht erstickter Stimme. »Schnell, nach oben!«, zischt sie. »Ich wimmle ihn ab.«

Ich haste die Treppe hinauf, mit rasendem Herzen, hoffe inständig, dass er mich nicht durch das Riffelglas von Tildas Haustür erkennt oder einen Blick durch das darüber liegende Oberlicht wirft. Was *macht* er hier?

»Hallo, Dan!« Von meinem Aussichtspunkt auf dem Treppenabsatz kann ich sehen, wie Tilda ihn begrüßt. »Welch freudige Überraschung!«

»Ich bin gerade auf dem Weg nach Clapham, um mir eine Baustelle anzusehen«, sagt Dan. »Da dachte ich, vielleicht hole ich das Päckchen lieber schon mal ab, solange Sylvie nicht da ist.«

»Gute Idee!«, sagt Tilda begeistert. »Sehr gute Idee! Dann komm doch mal eben mit in mein Büro.«

Mein Herz beruhigt sich etwas. Okay. Kein Grund zur Panik. Er wird einfach die Schachtel nehmen und wieder gehen, ohne je zu erfahren, dass ich hier war. Im Grunde ist es ganz lustig, wie wir beide umeinander herumschleichen.

Tilda führt Dan in ihr Büro, und ich schleiche auf Zehenspitzen ein Stück die Treppe hinunter, um zu lauschen.

»… sehr schön«, sagt Dan. Ich kann ihn kaum verstehen. »Du hast recht, das Blau war etwas zu … blau. Was meinst du also, welche Größe ich behalten sollte?«

»Definitiv Größe 38«, sagt Tilda. »Die passt ihr mit Sicherheit besser.«

»Wunderbar.« Es entsteht eine kurze Pause, dann fragt Dan verwundert: »Und … wo ist Größe 38?«

Mist! Mist! Mist!

Siedend heiß fällt mir ein, dass ich Größe 38 *anhabe*.

»Oh!«, sagt Tilda mit einem Quieken der Verzweiflung. »Oh. Aber natürlich! Ich habe sie mit nach oben genommen, um … um Toby nach seiner Meinung zu fragen. Ich gehe sie schnell holen. Warte hier!«, fügt sie schrill hinzu.

Sie stürzt auf den Flur hinaus und fuchtelt stumm mit den Händen herum. In aller Eile knöpfe ich die Strickjacke auf, verfange mich mit den Fingern in den Knopflöchern, dann werfe ich sie ihr eilig zu.

»Verschwinde!«, zischt Tilda.

Als ich mich eben auf den oberen Treppenabsatz zurückziehe, kommt Dan auf den Flur hinausspaziert, mit der Schachtel in Händen, und mir wird ganz flau. Das war knapp.

»Hier, bitte schön«, sagt Tilda und reicht ihm die Jacke mit starrem Lächeln.

»Sie ist ganz warm.« Dan klingt verwundert, was man ihm wohl nicht verdenken kann.

»Lag in der Sonne«, entgegnet Tilda, ohne mit der Wimper zu zucken. »Was für ein zauberhaftes Geschenk! Sylvie wird begeistert sein. Aber ich fürchte, ich muss ganz dringend wieder zurück an die Arbeit.«

Ich spüre, dass sich hinter mir etwas bewegt, und als ich mich umdrehe, sehe ich Toby aus seiner Tür treten, von oben bis unten voller Putz von den Wänden.

»Oh«, sagt er überrascht, »hi ...«

Bevor er »Sylvie« sagen kann, halte ich ihm schon den Mund zu, wie ein Einbrecher.

»Nicht!«, fauche ich ihm so eindringlich ins Ohr, dass er erschrocken blinzelt. Er wehrt sich ein wenig, aber ich lasse nicht los. Erst wenn die Luft rein ist.

»Okay«, sagt Dan unten im Flur. »Und vielen Dank noch mal, Tilda. Ich weiß es sehr zu schätzen.«

»Jederzeit.« Tilda sieht ihn fragend an. »Gibt es einen besonderen Anlass? Oder ist das nur mal eine kleine Überraschung zwischendurch?«

»Nur eine kleine Überraschung zwischendurch.« Dan lächelt sie an. »Mir war so danach.«

»Gute Idee! Es geht doch nichts über eine tolle Überraschung.« Tilda wirft einen kurzen Blick in meine Richtung. »Bis dann, Dan.« Sie gibt ihm Küsschen auf die Wangen, dann fällt die Tür hinter ihm ins Schloss, und endlich lasse ich Toby los.

»Aua!«, sagt er, wirft mir einen empörten Blick zu und reibt sich den Mund. »Aua!«

»Tut mir leid«, sage ich, ohne es zu meinen. »Aber ich konnte nicht riskieren, dass du mich verrätst.«

»Was ist hier eigentlich los?«, fragt er.

»Ach … nichts weiter«, sage ich auf dem Weg die Treppe hinunter. »Überraschungsgeschenk. Erzähl Dan bloß nicht, dass du mich gesehen hast.« Ich spähe durch das Oberlicht. »Was macht er? Ist er weg? Kannst du was sehen?«

»Er fährt weg«, berichtet Tilda, die durch den Briefschlitz späht. Schnaufend steht sie auf. »Was für ein Theater! Siehst du? Am Ende bringt ihr euch nur in Schwierigkeiten.«

»Gar nicht!«, sage ich empört. »Es macht Spaß.«

Tilda rollt mit den Augen. »Und was hast du jetzt mit Dan vor? Willst du ihm Kaschmirsocken kaufen?«

»Oh … ich habe so einiges vor.« Meine Gedanken schweifen zu den Plänen für morgen, und ich lächle zufrieden. »So einiges.«

KAPITEL SECHS

Mein Überraschungscoup beginnt gleich am frühen Morgen, und zum Glück spielt meine innere Uhr mit, denn ich bin vor Dan wach. Ich kann hören, dass die Mädchen in ihrem Zimmer miteinander flüstern, aber eine halbe Stunde müssten wir noch haben, bis sie anfangen, sich kreischend ihre Teddys gegenseitig an den Kopf zu werfen.

Als ich nach unten schleiche und einen Blick zur Tür hinauswerfe, sehe ich, wie gerade der Mann von *Room Service London* auf seinem Motorrad vorfährt.

»Hi«, rufe ich nicht allzu laut und winke ihm. »Hier drüben!«

Ich bin ausgesprochen zufrieden mit mir. Frühstück kann jeder. Jeder kann Croissants aufbacken oder Eier mit Speck braten. Ich treibe es einen Schritt weiter. Ich habe Dan ein internationales Überraschungsfrühstück zubereitet, bei dem ihm vor Staunen die Spucke wegbleiben wird!

Okay, »zubereitet« ist vielleicht das falsche Wort. »Zusammengestellt« wäre vielleicht treffender. Ich habe es über diese Website gemacht, bei der man einfach anklickt, was man möchte, wie auf einer Speisekarte vom Zimmerservice, und die liefern dann alles in zwei Thermokisten (heiß und kalt), komplett auf einem Silbertablett. (Man hinterlegt eine Kaution für das Tablett, denn anscheinend wollen viele Leute es behalten.)

»Schscht!«, mache ich, als der Bote den kleinen Weg entlanggestampft kommt, noch mit seinem Motorradhelm auf dem Kopf. Er balanciert zwei Boxen mit der Aufschrift *Room Service London* auf etwas, bei dem es sich um das eingewickelte Tablett handeln muss. »Es soll doch eine Überraschung werden!«

»Okay.« Der Typ nickt desinteressiert, als er die Lieferung abstellt und mir sein Gerät zum Unterschreiben hinhält. »Überraschungen haben wir oft.«

»Oh.«

»Ja, wir haben viele Ehefrauen in Südwest-London, die für ihre Männer bestellen. Vierzigster Geburtstag, stimmt's?«

»Nein!«, sage ich und werfe ihm einen empörten Blick zu. Erstens hatte ich mich für einzigartig und individuell gehalten, nicht für eine Ehefrau von vielen in Südwest-London. Und zweitens: Vierzigster Geburtstag? Wie bitte? Warum sollte ich mit einem Vierzigjährigen verheiratet sein? Ich bin erst zweiunddreißig und sehe viel jünger aus. Viel, *viel* jünger. Immerhin habe ich Zwillinge zur Welt gebracht.

Soll ich sagen: »Eigentlich ist das Frühstück für meinen zwanzigjährigen Toy Boy?«

Nein. Denn ich bin eine erwachsene Frau, der es egal ist, was Lieferboten von ihr denken. (Außerdem könnte Dan jeden Moment im Morgenmantel hinter mir stehen.)

»Großbestellung.« Der Mann nickt zu den Boxen. »Alle seine Lieblingsspeisen?«

»Nein, keineswegs«, schnauze ich ihn fast an. »Das ist ein maßgeschneidertes Überraschungsfrühstück.«

Ha! Wohl *doch* kein so offensichtliches Südwest-Londoner Klischee!

Der Bote macht sich wieder auf den Weg zu seinem Motorrad, und ich trage die Kisten in die Küche. Dort reiße ich die Verpackung von dem hübschen, matten Silbertablett mit der Gravur *RSL* und stelle die Gerichte zusammen. Alles wird auf schlichtem weißen Porzellan geliefert (auch dafür muss man eine Kaution hinterlegen), und es gibt sogar Besteck und Servietten. Das Ganze sieht fantastisch aus. Leises Unbehagen bereitet mir nur, dass ich mir nicht ganz sicher bin, was davon *was* sein soll.

Na gut, wie dem auch sei. Ich stecke die Speisekarte in die Tasche meines Morgenmantels und beschließe, dass wir das auch alles beim Essen klären können. Die Hauptsache ist, dass ich das Zeug nach oben schaffe, solange es noch heiß ist. Es fällt mir nicht ganz leicht, das Tablett die Treppe hinaufzubugsieren, ohne aus dem Gleichgewicht zu kommen, aber ich kriege es hin und schiebe mich ins Schlafzimmer.

»Überraschung!«

Dans Kopf kommt zwischen den Kissen hoch. Er sieht mich mit dem Tablett in Händen und strahlt übers ganze Gesicht. »Das gibt's doch nicht!«

Ich nicke begeistert. »Frühstück! Überraschungsfrühstück!«

Ich gehe zu ihm und stelle das Tablett etwas zu schwungvoll auf dem Bett ab, weil es mit der Zeit doch schwer wurde.

»Guck dir das an!« Dan setzt sich vorsichtig auf, um das Tablett nicht umzukippen, dann starrt er es an, reibt sich die Augen. »Was für eine tolle Idee!«

»Ein *Überraschungs*frühstück«, sage ich noch einmal, betone *Überraschung*, weil ich denke, dieser Umstand sollte Beachtung finden.

»Wow.« Dans Blick schweift über die Teller und bleibt an einem Glas mit pinkfarbener Flüssigkeit hängen. »Das ist also …«

»Grapefruitsaft«, erkläre ich zufrieden. »Ist total angesagt. Kein Mensch trinkt heute noch Orangensaft.«

Dan nippt an dem Glas und spitzt die Lippen.

»Super!«, sagt er. »Sehr … mh … erfrischend.«

Im positiven Sinne?

»Lass mich mal probieren«, sage ich und nehme das Glas. Als ich daran nippe, spüre ich, wie meine Geschmacksknospen welken. Sauer ist gar kein Ausdruck. Daran muss man sich erst gewöhnen.

Aber bestimmt gewöhnen wir uns schnell daran.

»Und was ist das jetzt alles?« Dan lässt die weißen Teller nicht aus den Augen. »Gibt es hier ein Motto?«

»Es ist ein Frühstücksmix«, sage ich stolz. »International. Ich habe die Gerichte alle selbst ausgesucht. Manche europäisch, manche amerikanisch, manche asiatisch …« Ich zücke die Speisekarte. »Es gibt marinierten Fisch, es gibt eine deutsche Fleischspezialität …«

»Ist das hier Kaffee?« Dan greift nach der Tasse.

»Nein!« Ich lache. »Kaffee wäre doch keine *Überraschung*, oder? Das ist Artischocken-Löwenzahn-Tee aus Südamerika.«

Dan nimmt die Hand von der Tasse und greift stattdessen nach seinem Löffel. »Dann ist das hier ...« Er rührt in einer Porridge-ähnlichen Substanz. »Das ist kein Birchermüsli, oder?«

»Nein.« Ich konsultiere meine Liste. »Das ist Congee. Chinesischer Reisbrei.«

Das Zeug sieht nicht *ganz* so ansprechend aus, wie ich erwartet hatte. Schon gar nicht mit dem glibberigen Ei obendrauf – bei dessen Anblick sich mir ehrlich gesagt der Magen umdreht. Offenbar essen die Chinesen das jeden Morgen. Milliarden Menschen können doch nicht irren, oder?

»Okay«, sagt Dan langsam und wendet sich einem anderen Gericht zu. »Und das hier?«

»Ich glaube, das könnte indischer Linseneintopf sein.« Ich werfe noch einen Blick auf meine Speisekarte. »Es sei denn, es wäre die Maisgrütze mit Käse.«

Als ich mir das Tablett zum ersten Mal so richtig ansehe, wird mir etwas bewusst: Ich habe viel zu viele Gerichte bestellt, die nur irgendwelche Pampe sind. Aber woher sollte ich das wissen? Wieso hat diese Website keinen »Pampe«-Algorithmus? Es sollte eine hilfreiche Pop-up-Nachricht geben: Möchten Sie wirklich so viel Pampe bestellen? Vielleicht schlage ich es denen mal vor, per Mail.

»Du hast noch gar nichts gegessen!«, sage ich und reiche Dan ein kugelförmiges, knödelähnliches Objekt. »Das ist ein *idli*. Aus Indien. Aus fermentiertem Teig.«

»Okay.« Dan betrachtet das *idli*, dann legt er es weg. »Wow. Das ist wirklich ...«

»Das ist mal was anderes, oder?«, sage ich eifrig. »Damit hättest du jetzt nicht gerechnet, was?«

»Absolut nicht«, sagt Dan aus vollem Herzen. »Damit habe ich ganz und gar nicht gerechnet.«

»Also, hau rein!« Ich breite die Arme aus. »Ist alles für dich!«

»Mach ich! Mach ich!« Er nickt ein paarmal, fast als müsste er sich überwinden. »Ich weiß nur nicht, wo ich anfangen soll. Es sieht alles so …« Er stutzt. »Was ist das hier?« Er tippt an das deutsche Fleischgericht.

»*Leberkäse*«, entnehme ich der Speisekarte. »Es bedeutet so viel wie: *Käse aus Leber*.«

Dan gibt einen schluckenden Laut von sich, und ich schenke ihm mein strahlendstes Lächeln, obwohl ich jetzt schon bereue, dass ich ihm das mit dem Käse und der Leber erklärt habe. Es ist vielleicht doch nicht unbedingt das, was man am Morgen als Erstes essen möchte – *Käse aus Leber*.

»Hör mal«, sage ich. »Du magst doch Roggenbrot. Wieso fängst du nicht damit an?«

Ich schiebe ihm den skandinavischen Teller hin. Er besteht aus mariniertem Fisch mit Roggenbrot und Sour Cream. Perfekt. Dan nimmt etwas davon auf seine Gabel, und ich sehe ihm erwartungsvoll dabei zu, wie er es in den Mund nimmt.

»O mein Gott!« Er schlägt die Hand vor den Mund. »Ich kann nicht …« Zu meinem Entsetzen fängt er an zu würgen, dann zu röcheln. »Ich glaub, ich muss mich …«

»Hier!« In Panik werfe ich ihm eine Serviette zu. »Spuck's schnell aus!!«

»Tut mir leid, Sylvie.« Als Dan schließlich seinen Mund abwischt, schüttelt er sich. Er ist aschfahl im Gesicht, und auf seiner Stirn sehe ich eine Schweißperle.

»Es ging einfach nicht. Das schmeckt wie fauliges, eitriges … Was *ist* das?«

»Nimm etwas Leberkäse, um den Geschmack wegzubekommen«, sage ich und schiebe hastig den entsprechenden Teller in seine Richtung, doch Dan sieht mich nur an, als müsste er gleich wieder würgen.

»Vielleicht später«, sagt er und lässt seinen Blick über das Tablett schweifen. »Gibt es auch irgendwas … Du weißt schon … was Normales?«

»Tja … also …« Panisch überfliege ich die Speisekarte. Ich bin mir sicher, dass ich Erdbeeren bestellt habe. Wo mögen die nur sein?

Da bemerke ich einen kleinen Hinweis ganz unten auf der Karte: *Wir bitten um Entschuldigung. Die Erdbeerschale ist momentan nicht verfügbar, daher haben wir ersatzweise ägyptische Saubohnen beigefügt.*

Saubohnen? Ich will keine verdammten Saubohnen. Ich sehe mich auf dem Tablett um, und mich packt die Verzweiflung. Dieses ganze Frühstück ist ungenießbar. Es ist glibberig und eklig. Ich hätte einfach Croissants kaufen sollen. Ich hätte Pancakes machen sollen.

»Tut mir leid.« Betrübt beiße ich mir auf die Lippe. »Dan, es tut mir so leid. Das ist ein schreckliches Frühstück. Lass es stehen.«

»Es ist nicht schrecklich!«, sagt Dan sofort.

»Doch, ist es wohl.«

»Es ist nur …«, er sucht nach dem richtigen Wort, »… eine Herausforderung, wenn man nicht daran gewöhnt ist.« Inzwischen hat er wieder Farbe im Gesicht, und er drückt mich aufmunternd an sich. »Es war eine wirklich hübsche Idee.« Er nimmt ein *idli* und knabbert daran. »Soll ich dir was sagen? Das schmeckt ganz gut.« Er nimmt einen Schluck vom Artischocken-Tee und verzieht das Gesicht. »Wohingegen das hier scheußlich ist.« Er zieht eine dermaßen komische Grimasse, dass ich unwillkürlich lachen muss.

»Soll ich dir einen Kaffee kochen?«

»Ein Kaffee wäre wunderbar.« Er zieht mich wieder an sich. »Und vielen Dank. Ehrlich.«

Ich brauche fünf Minuten für den Kaffee und streiche etwas Marmelade auf zwei Scheiben Toast. Als ich wieder nach oben komme, sind Tessa und Anna inzwischen zu Dan ins Bett gekrabbelt, und das Frühstückstablett wurde diskret in der anderen Ecke vom Zimmer abgestellt, wo man es nicht ansehen muss.

»Kaffee!«, ruft Dan wie ein Schiffbrüchiger, der am Horizont ein Segel sieht. »Und Toast auch noch!«

»Überraschung!« Ich schwenke den Teller mit dem Toast in seine Richtung.

»Ich habe auch eine Überraschung für *dich*!«, stimmt Dan grinsend mit ein.

»Es ist ein Karton«, erklärt Tessa hastig. »Es ist ein Karton mit Schleifen dran. Er steht unterm Bett.«

»Das sollst du Mummy doch nicht verraten!«, sagt Anna empört. »Daddy! Tessa hat es verraten!«

Tessa läuft knallrot an. Sie mag ja erst fünf Jahre alt sein, aber sie ist stahlhart, meine Tochter. Sie erklärt nichts, sie entschuldigt sich nicht, und sie gibt niemals nach, nur unter extremem Druck. Wohingegen Anna, die Ärmste, schon bei einem ernsten Blick zusammenbricht.

»Mummy wusste es längst«, erklärt Tessa dreist. »Mummy *wusste* Bescheid. Stimmt's, Mummy?«

Mir bleibt das Herz stehen, bis mir klar wird, dass Tessa nur irgendwas erfindet, um sich rauszureden. (Wie sollen wir bloß mit ihr fertig werden, wenn sie fünfzehn ist? O Gott. Den Gedanken sollte ich erst mal irgendwo parken.)

»*Was* wusste ich?« Selbst in meinen Ohren klinge ich total unglaubwürdig. »Du meine Güte, ein Karton? Was könnte da wohl drin sein?«

Dankenswerterweise hat Dan sich unters Bett gebeugt und kriegt von meiner erbärmlichen Schauspielerei nichts mit. Er holt die Schachtel hervor, und ich wickle sie aus, wähle meine Reaktionen mit Bedacht, versuche, echt zu wirken, denn ich bin mir sehr wohl bewusst, dass Tessa mich genau beobachtet. Irgendwie macht mir dieser durchdringende Blick meiner Kinder noch mehr zu schaffen als Dans vertrauensvoller Dackelblick.

»O mein GOTT!«, rufe ich. »Wow! Kaschmir? Ist das eine … Strickjacke? Die ist einfach … o mein Gott! Und die Farbe ist perfekt, und dieser *Gürtel* …«

Zu viel?

Nein, nicht zu viel. Dan sieht überglücklich aus – und je lauter ich werde, desto glücklicher wirkt er. Er ist so leicht zu täuschen. Eine Woge der Zuneigung kommt über mich, wie er da so sitzt, mit seiner Scheibe Toast, dermaßen ahnungslos, dass ich ihm offen ins Gesicht lügen kann.

Ich glaube nicht, dass es auch umgekehrt möglich wäre. Dan ist durchschaubar. Er ist arglos. Wenn er mich anlügen würde, wüsste ich es. Ich *wüsste* es einfach.

»Tilda hat mir geholfen, sie auszusuchen«, sagt er bescheiden.

»Gibt's ja nicht!« Ich stöhne auf. »Tilda? Du steckst mit Tilda unter einer Decke? Du!« Ich boxe ihn sanft an den Arm.

Zu viel?

Nein, nicht zu viel. Dan ist total begeistert. »Gefällt sie dir auch wirklich?«

»Und wie! Eine wundervolle Überraschung!«

Ich gebe ihm einen dicken Kuss und bin voll zufrieden mit mir. Wir tun es! Der Plan funktioniert! Wir geben unserer Ehe etwas Würze. Okay, das Frühstück war ein kleiner Flop, aber ansonsten: Volltreffer. Ich könnte mit Leichtigkeit noch achtundsechzig Jahre verheiratet sein, wenn jeder Tag damit beginnen würde, dass Dan mir eine Strickjacke aus Kaschmir schenkt.

Nein, okay, noch mal zurück. Das habe ich natürlich nicht wörtlich gemeint. Dan kann mir ja nicht jeden Tag eine Kaschmirjacke schenken, was für eine alberne Idee. (Obwohl – alle sechs Monate vielleicht? Ist nur so ein Gedanke.) Aber eigentlich wollte ich sagen, ich könnte mir leicht vorstellen, noch achtundsechzig Jahre verheiratet zu sein, wenn alle Tage anfingen wie der heutige. Voller Glück und Harmonie.

Okay. Ich bin mir nicht sicher, wohin es uns führen wird, aber es fühlt sich so an, als würde ich mich mit unseren Problemen auseinandersetzen, was doch gut ist, oder?

»Okay.« Dan trinkt seinen Kaffee aus und stellt die Tasse entschlossen ab. »Ich muss los. Ich hab noch was Geheimes zu erledigen.« Seine Augen blitzen, und ich strahle ihn an.

»Na, ich hab auch was Geheimes zu tun. Kommst du

heute Mittag nach Hause?«, füge ich beiläufig hinzu. »Ich dachte, wir könnten mal wieder Nudeln mit Pesto essen, nichts Aufregendes …«

Ha! Ha! Von wegen.

Dan nickt. »Na, klar. Gegen zwölf bin ich wieder da.«

»Super!« Ich wende mich Tessa und Anna zu. »Okay! Wer möchte Frühstück?«

Der Samstagmorgen ist freudloser Hausarbeit vorbehalten, während Tessa und Anna sich mit dem Spielzeug beschäftigen, für das sie unter der Woche keine Zeit haben. Danach essen wir meist früh zu Mittag, und um zwei bringe ich die Mädchen zu ihrer Ballettstunde.

Ganz anders heute!

Sobald Dan das Haus verlassen hat, lege ich los. Ich will schon seit einer halben Ewigkeit neue Vorhänge in der Küche haben, und dies ist nun *die* Gelegenheit. Dafür habe ich das passende Tischtuch gekauft, ein paar neue Kerzenständer und eine Lampe. Ich verpasse der Küche eine Komplettrenovierung, so wie in dieser Einrichtungsshow, die ich mir immer im Bett ansehe, wenn Dan unten Rugby guckt. Unsere neue Küche wird sich hell und frisch und neu anfühlen. Dan wird begeistert sein!

Als alles fertig ist, bin ich schweißnass. Es hat etwas länger gedauert als erwartet, und mir blieb nichts anderes übrig, als die Mädchen CBeebies gucken zu lassen, aber die Küche sieht fantastisch aus. Die Vorhänge haben ein freches Muster von John Lewis, und die Neon-Kerzenständer fügen dem Ganzen einen peppigen Farbakzent hinzu. (Das habe ich aus dieser Sendung. Ein

»peppiger Farbakzent« ist von entscheidender Bedeutung.)

Als Karen kommt, unsere Nanny, lehne ich lässig am Küchentresen und warte auf ihren Aufschrei der Bewunderung. Karen steht total auf Design und solche Sachen. Immer trägt sie bunte Sportschuhe oder Nagellack in interessanten Farben, und wenn ich meine *Livingetc* durchhabe, liest Karen sie. Sie ist halb Schottin, halb Guyanerin und hat lange, dunkle Locken, die Anna gern mit ihren Haarspangen verziert. Und wie zu erwarten, bemerkt sie die Renovierung sofort.

»Geil!« Sie blickt sich um, lässt alles auf sich wirken. »Ich mag diese Vorhänge! Echt geil!«

Karen hat die Gewohnheit, sich ein Wort anzueignen und etwa eine Woche lang zu benutzen, dann geht sie zum nächsten über. Letzte Woche war es »heftig«, diese Woche ist es »geil«.

»Geile Kerzenständer!«, sagt sie und nimmt einen in die Hand. »Sind die von Habitat? Die habe ich letzte Woche da gesehen.«

»Ich finde, sie fügen dem Ganzen einen peppigen Farbakzent hinzu«, sage ich beiläufig.

»Geil.« Karen nickt und stellt den Kerzenständer weg. »Also, was *genau* ist heute los?«

Sie klingt etwas verwundert, und ich kann es ihr nicht verdenken. Normalerweise brauchen wir sie am Samstag nicht, und normalerweise schicke ich ihr auch keine Nachricht, die mit den Worten beginnt: *Kein Wort zu Dan, dass ich dir schreibe!!!*

»Ich möchte Dan überraschen«, erkläre ich. »Ihn zum Essen ausführen.«

»Okay.« Karen macht den Mund auf, als wollte sie etwas sagen – dann schließt sie ihn wieder. »Okay. Geil.«

»Könntest du den Kindern heute Mittag was zu essen machen, sie zum Ballett bringen und danach vielleicht mit ihnen in den Park gehen? So gegen vier sind wir zurück.«

»Okay«, sagt Karen langsam. Und wieder sieht sie aus, als wollte sie noch etwas sagen, wüsste aber nicht, wo sie anfangen sollte. Sie will doch nicht etwa fragen, ob wir etwas früher wieder zurück sein könnten, oder? Dafür habe ich jetzt wirklich keine Zeit.

»Wie dem auch sei!«, sage ich munter. »Ich muss mich fertig machen. Danke, Karen!«

Ich springe kurz unter die Dusche, bevor ich in Capri-Hosen steige und meinen neuen Cardigan überziehe. Als dann ein Minicar draußen vor unserem Haus hält, freue ich mich wie ein Schneekönig. Dan wird so was von überrascht sein! Ich glaube, da kommt er schon. Ich sollte mich beeilen.

Ich brauche nur vier Minuten für mein Make-up und noch eine Minute, um mir einen Knoten in die Haare zu drehen. Ich haste die Treppe hinunter und bleibe auf halber Höhe stehen, werfe einen Blick aus dem Fenster. Zu meiner Überraschung steht da ein zweites Taxi neben dem ersten.

Zwei?

O mein Gott. Sag nicht …

Während ich die Taxis anstarre, kommt Dan aus dem Wohnzimmer. Er trägt ein smartes blaues Hemd mit einem Leinen-Sakko, und seine Augen leuchten.

»Du siehst wunderschön aus!«, sagt er. »Was ausgesprochen passend ist, weil … Trommelwirbel … wir nun doch nicht zu Hause Nudeln mit Pesto essen werden!«

»Dan«, sage ich langsam, »hast du was vorbereitet? Denn ich habe auch etwas vorbereitet.«

»Wie meinst du das?«, fragt Dan verdutzt.

»Guck mal raus«, sage ich und gehe den Rest der Treppe hinunter. Dan macht die Haustür auf, und ich sehe ihn verwundert die Taxis betrachten. Ich bin mir ziemlich sicher, dass sie beide von *Asis Taxi* kommen, weil wir immer bei denen anrufen.

»Das kann doch nicht *wahr* sein!«

»Eins davon ist meins«, sage ich. »Erzähl mir nicht, das andere ist deins. Haben wir beide eine Überraschung vorbereitet?«

»Aber …« Dan starrt die beiden Taxis an, runzelt die Stirn, zutiefst fragsam. »Aber *ich* wollte doch fürs Essen sorgen!«, sagt er schließlich.

»Nein, ich!«, erwidere ich fast scharf. »Es sollte eine Überraschung werden. Ich habe ein Taxi bestellt, ich habe Karen bestellt …«

»Ich auch!«, sagt Dan erhitzt. »Vor Tagen schon.«

»Ihr habt mich beide herbestellt!«, hören wir Karens Stimme hinter uns und fahren herum. Sie mustert uns leicht verunsichert. »Ihr habt mir beide so seltsame Nachrichten geschickt, ob ich am Samstag Zeit hätte und dass es ›geheim‹ sei. Ich konnte es mir nicht erklären. Also dachte ich, ich komme am besten her und … guck mal.«

»Okay«, sage ich. »Verständlich.«

Wir hätten wissen sollen, dass so was passieren kann. Wir hätten es planen sollen. Nur wäre es dann keine Überraschung mehr gewesen.

»Na ja, wir können wohl schlecht beides machen ...« Abrupt wendet sich Dan mir zu. »Was ist denn deine Überraschung?«

»Das werde ich dir auch gerade noch verraten! Es ist eine *Überraschung*!«

»Tja, also, meine verrate ich dir jedenfalls nicht«, sagt er entschlossen. »Es würde alles verderben.«

»Tja.« Ich verschränke die Arme, ebenso entschlossen.

»Was machen wir also? Eine Münze werfen?«

»Ich werfe doch keine Münze!«, gebe ich zurück. »Ich denke, das Beste wäre, wenn wir *meine* Überraschung machen. Die ist wirklich gut. Deine kommt dann irgendwann anders dran.«

»Nein!« Dan wirkt gekränkt. »Gehst du etwa davon aus, dass deine Überraschung besser ist als meine?«

»Tickets zu einer ausverkauften Mittags-Veranstaltung von Tim Wender beim Barbican Comedy Festival?«, möchte ich sagen. »Unser Lieblings-Comedian *und* feine Speisen? Meinst du, dagegen kommst du an?«

Aber natürlich weiß ich mich zu beherrschen, also sage ich es nicht. Ich schenke ihm nur ein kleines Lächeln und sage achselzuckend: »Meine ist ziemlich gut.«

»Tja, *meine auch*.« Dan sieht mich grimmig an.

»Lasst *mich* entscheiden!«, schlägt Karen mit einem Mal vor. »Ihr weiht mich in eure Pläne ein, und ich entscheide, was ihr unternehmt.«

Wie bitte? Was für eine dämliche Idee.

»Superidee!«, sagt Dan. »Ich zuerst.« Und irgendwie hat seine überschwängliche Art so etwas an sich, dass ich mich zum ersten Mal frage: Was hat er vor? »Wir gehen ins Wohnzimmer, damit Sylvie uns nicht hören kann«, sagt er zu Karen. »Da kann ich dir meine Idee unterbreiten. Und nicht an der Tür lauschen, Sylvie!«

Seine Idee unterbreiten? Wo sind wir denn hier, in der *Höhle des Löwen*?

Als er mit Karen im Wohnzimmer verschwindet, sehe ich ihm misstrauisch hinterher. Dann schlurfe ich ratlos in die Küche, wo die Mädchen Nudeln mit Tomatensoße in sich reinschaufeln und geflissentlich ihre Karottensticks links liegen lassen.

»Was ist eine ›Jungfer‹?«, sagt Tessa plötzlich.

Ich starre sie an. »Jungfer?«

»Jungfer.« Sie blickt zu mir auf. »Ich weiß nicht, was das ist.«

»Oh. Ach, du je. Okay.« Ich schlucke. Meine Gedanken rotieren. »Na ja, also … das ist ein Mensch, der noch nie … äh …« Mein Satz erstirbt, und ich schnappe mir einen Karottenstick, um Zeit zu schinden.

»Es kann kein Mensch sein«, hält Tessa dagegen. »Wie soll der da reinpassen?«

»Der wäre zu groß«, stimmt Anna zu. Sie misst ihre eigene Breite mit den Händen, dann presst sie sich zusammen. »Siehst du?« Sie wirft mir einen Blick zu, als wäre das doch wohl offensichtlich. »Zu groß.«

»Reinpassen«? »Zu groß«? Entgeistert klopfe ich die möglichen Interpretationen dieser Worte ab. Aber wie kommt Tessa überhaupt darauf?

»Tessa«, sage ich vorsichtig. »Haben die Kinder auf dem Spielplatz über … *erwachsene* Sachen gesprochen?«

Muss ich dieses ganze Gespräch führen, hier und jetzt? Welches Gespräch überhaupt? O Gott. Ich weiß ja, dass man früh damit anfangen soll, und ich werde so unverblümt sein wie die Holländer, aber auf keinen Fall werde ich in Gegenwart meiner Fünfjährigen das Wort »Kondom« aussprechen, auf keinen Fall werde ich …

»Ich glaube, es bedeutet Tomate«, merkt Anna an.

»Doch nicht Tomate«, sagt Tessa scharf. »Es ist grün. *Grün.*«

Plötzlich begreife ich, was die beiden sich ansehen. Auf dem Tisch steht eine Flasche Olivenöl.

»Ach, *olio vergine*!«, sage ich, wobei sich meine Stimme vor Erleichterung fast überschlägt. »Jungfernöl! Das bedeutet … sehr frisch. Schöne, frische Oliven. Mmm. Lecker. Esst, Kinder!«

Ich werde unverblümt sein, wenn die Zeit reif ist. Ich werde holländisch sein. Ich werde sogar das Wort »Kondom« laut aussprechen. Nur nicht heute.

»Fertig!« Dan kommt in die Küche marschiert, ganz genau so wie jemand, der eben in der *Höhle des Löwen* eine Millioneninvestition ergattert hat. »Jetzt du.«

Ich gehe ins Wohnzimmer und sehe Karen auf einem Lehnstuhl sitzen, mitten im Zimmer, mit Stift und Block in der Hand.

»Hallo, Sylvie«, sagt sie freundlich, wenn auch förmlich. »Willkommen. Fang an, wann immer du bereit bist.«

Schon jetzt stellen sich mir die Nackenhaare auf. Willkommen in meinem eigenen Wohnzimmer? Und was schreibt sie da überhaupt? Ich habe doch noch gar nicht angefangen.

»Wann immer du bereit bist«, wiederholt Karen, und eilig ordne ich meine Gedanken.

»Okay«, beginne ich. »Also, ich habe vor, Dan zu

einem absolut einmaligen Ereignis zu entführen. Wir sehen uns unseren Lieblings-Comedian Tim Wender an, in einer speziellen Mittagsvorstellung im Rahmen des Barbican Comedy Festivals. Essen und Wein inklusive.«

Ich klinge wie diese Leute im Nachmittagsfernsehen. Als Nächstes lege ich noch fünfhundert Pfund zum Shoppen im exklusiven West End drauf.

»Sehr schön«, sagt Karen mit demselben freundlichen, unverbindlichen Ton. »Das ist alles?«

Ob das *alles* ist? Ich will schon erwidern: »Weißt du eigentlich, was ich alles anstellen musste, um an diese Tickets ranzukommen?«, doch das wäre vermutlich nicht sehr hilfreich. (Und außerdem war es Clarissa, die ihre Beziehungen nutzen konnte, weil sie mal im Barbican gearbeitet hat.)

»Ja. Das ist alles«, sage ich.

»Nun denn. Ich werde euch meine Entscheidung in Kürze mitteilen.« Sie lächelt, als sollte ich mich entfernen. Ich gehe wieder raus auf den Flur, ärgerlich und aufgebracht. Das Ganze ist doch lächerlich.

Dan kommt aus der Küche, mit einem Karottenstick in der Hand. »Wie ist es gelaufen?«

Ich zucke mit den Schultern. »Gut.«

»Super!« Schon wieder grinst er mich so überschwänglich an, da geht die Tür auf. Karen tritt heraus und blickt von mir zu Dan, mit ernster Miene.

»Ich bin zu einer Entscheidung gelangt.« Sie legt eine kleine Pause ein, genau wie einer dieser Juroren im Fernsehen. »Und heute werdet ihr … Dans Plan in die Tat umsetzen. Tut mir leid, Sylvie«, fügt sie an mich gewandt hinzu, »aber Dans Plan hatte einfach dieses gewisse Etwas.«

Dans Plan?

Dans Plan?

Ich kann es nicht glauben. Besser gesagt: Ich glaube es nicht. *Mein* Plan hatte das gewisse Etwas. Aber wie eine brave Fernsehkandidatin schaffe ich es, meine wahren Gefühle hinter einem munteren Lächeln zu verbergen.

»Bravo!« Ich gebe Dan ein Küsschen. »Du hast es bestimmt verdient.«

»Ich wünschte, wir hätten beide gewinnen können«, sagt er großmütig.

»Du hast dich wirklich gut geschlagen, Sylvie«, sagt Karen freundlich. »Aber Dan hat besonderen Wert auf die Details gelegt.«

»Natürlich!« Mein Lächeln wird sogar noch breiter. »Ich kann es kaum erwarten, sie mir näher anzusehen!«

Ich will ja keinen Druck machen, aber ich habe die Latte ziiiiiiemlich hoch gehängt.

»Sylvie hat mich heute Morgen mit einem Frühstück überrascht«, erzählt Dan Karen. »Insofern ist es doch nur fair, wenn ich sie mit dem Mittagessen überrasche.«

»Hey, du hast noch gar nichts zu meiner *anderen* Überraschung gesagt«, erkläre ich, als es mir plötzlich bewusst wird. Dan kam eben gerade aus der Küche. Er muss doch gesehen haben, dass ich renoviert habe. Warum hat er keine Lobeshymnen angestimmt?

»Welche andere Überraschung?«

»Die Küche …?«, antworte ich, aber Dan versteht noch immer nicht. »Die Küche!«, fahre ich ihn an. »Küche!«

»Entschuldige, hätte mir in der Küche was auffallen sollen?«, fragt Dan verwundert.

Ich atme tief ein und wieder aus.

»Die Vorhänge?«, sage ich ganz ruhig.

Panik blitzt in seinen Augen auf. »Natürlich«, sagt er hastig. »Die Vorhänge. Die wollte ich gerade erwähnen.«

»Was noch?« Ich halte ihn am Arm fest, damit er mir nicht weglaufen kann. »Sag mir, was ich da drinnen noch verändert habe.«

Dan schluckt. »Die … äh … Schränke.«

»Nein.«

»Tisch… äh … Tischtuch?«

»Das hast du geraten.« Ich mustere ihn böse. »Dir ist rein gar nichts aufgefallen, stimmt's?«

»Lass mich noch mal nachsehen«, fleht Dan. »Ich war abgelenkt von der ganzen Sache mit dem Mittagessen.«

»Okay.« Ich folge ihm in die Küche, die – wie ich zugeben muss – einfach fantastisch aussieht. Wie konnte ihm das nicht auffallen?

»Wow!«, ruft er pflichtschuldig. »Diese Vorhänge sind super! Und das Tischtuch …«

»Was noch?«, dränge ich gnadenlos. »Was ist noch anders?«

»Mm …« Ratlos blickt Dan sich um. »Das!« Plötzlich greift er nach dem Kochbuch, das auf dem Tisch liegt. »Das ist neu.«

Tessa prustet vor Lachen. »Das ist doch nicht neu, Daddy!«

»Es sind die Kerzenständer«, erkläre ich ihm. »Die *Kerzenständer.*«

»Natürlich!« Dan richtet seinen Blick darauf, und ich

sehe ihm an, dass er nach Worten sucht. »Absolut! Die hätte ich … So bunt, wie sie sind!«

»Sie verleihen dem Ganzen einen peppigen Farbakzent«, erkläre ich.

»Definitiv«, sagt Dan unsicher, als wüsste er nicht genau, was mit einem »peppigen Farbakzent« gemeint ist, traute sich aber nicht zu fragen.

»Ich wollte den Raum etwas aufhellen. Ich dachte, es würde dir gefallen …« Ich lasse zu, dass meine Stimme einen leicht märtyrerischen Unterton annimmt.

»Gefällt mir. Gefällt mir sehr«, wiederholt Dan leidenschaftlich. »Und nun, Mylady …«, er verneigt sich kurz, »Eure Kutsche wartet.«

Glücklicherweise zeigte der Mann am Telefon beim Barbican Comedy Festival Verständnis und hatte auch schon gleich ein anderes Pärchen auf der Warteliste, das sich über die Tim-Wenders-Tickets freute. (Was ich mir gut vorstellen kann.) Das zweite Taxi war nicht sonderlich begeistert, dass wir es nun doch nicht brauchten, aber wir rufen oft bei denen an, also haben sie uns den Fahrpreis erlassen.

Außerdem steckt Dan mich mit seiner Begeisterung an, und als wir in *seinem* Taxi durch die Stadt fahren, bin ich richtig gespannt. Er hat bestimmt was ganz Großes vor, ich weiß es genau.

Allerdings fahren wir seltsamerweise nicht ins Stadtzentrum, womit ich eigentlich gerechnet hätte. Wir steuern auf eine Gegend von Clapham zu, in der ich mich nicht auskenne. Was soll das werden?

Das Taxi hält vor einem kleinen Restaurant in einer

Seitenstraße. Es heißt *Munch,* und ich spähe nach draußen. Munch? Müsste ich davon gehört haben? Ist das einer von diesen fantastischen, kleinen Läden, in denen man auf unbequemen Bänken preisgekrönte Speisen präsentiert bekommt?

»Okay.« Als Dan sich mir zuwendet, strahlt er vor Freude. »Du wolltest doch gern überrascht werden, nicht?«

»Ja«, sage ich und lache über seinen Gesichtsausdruck. »Ja!«

Okay, jetzt bin ich so richtig gespannt. Was hat das alles zu bedeuten?

Der Taxifahrer hält uns die Tür auf, und Dan bedeutet mir auszusteigen. Während er den Fahrer bezahlt, überfliege ich die Tafel mit der Speisekarte draußen vor dem Laden und merke, dass es sich um ein veganes Restaurant handelt. Interessant. Hätte ich nicht erwartet. Es sei denn …

»O mein Gott.« Beunruhigt fahre ich herum. »Bist du Veganer geworden? Ist *das* deine Überraschung? Ich meine, falls ja … wunderbar!«, füge ich eilig hinzu. »Bravo!«

Dan lacht. »Nein, ich werde nicht vegan.«

»Ach so. Dann … war dir einfach mal danach zumute, dich gesund zu ernähren?«

»Nein, das auch nicht.«

Dan geleitet mich zum Eingang, und ich drücke die Tür auf. Es ist einer dieser erdverbundenen Läden. Alles voller Terrakotta. Hölzerne Deckenventilatoren. Eine Pfefferminzpflanze zum Selberpflücken. (Das ist eigentlich ganz lustig. Vielleicht klaue ich die Idee für Dinnerpartys.)

»Wow!«, sage ich. »Das ist …«

»Oh, das ist noch nicht die Überraschung«, fällt mir Dan ins Wort und platzt beinahe vor Stolz. »*Das* ist die Überraschung!«

Er deutet auf einen Tisch hinten in der Ecke, und ich folge seinem Blick. Da sitzt eine junge Frau. Eine junge Frau mit langen dunkelbraunen Haaren und sehr dünnen Beinen in schwarzer Jeans. Wer ist das? Kenn ich die? Ich *meine*, mich zu erinnern …

O mein Gott, na klar! Das ist diese Frau von der Uni. Sie studierte … Chemie? Biochemie? Wie hieß sie noch?

Plötzlich merke ich, dass Dan auf eine Reaktion von mir wartet. Und nicht auf irgendeine Reaktion.

»Das … gibt's doch nicht!«, sage ich und sammle meine ganze Energie. »Das kann nicht wahr sein!«

»Doch, kann es!« Dan strahlt mich an, als würde er alle meine Träume auf einmal erfüllen.

Meine Gedanken rasen. Was zum Teufel geht hier vor sich? Warum sitzt irgendeine Bekannte von der Uni an unserem Tisch? Und wie finde ich heraus, wie sie heißt?

»Toll!«, sage ich, als wir unsere Jacken einem Mädchen mit etwa sechzehn Ringen im rechten Ohr übergeben. »Wirklich toll! Wie hast du … was …?«

»Wie oft hast du gesagt, du wünschtest, du hättest den Kontakt zu Claire gehalten?« Dan hat ganz rote Wangen vor Begeisterung. »Und da dachte ich mir: Machen wir es wahr!«

Claire. Sie heißt Claire. Jetzt weiß ich es wieder. Aber das ist doch irre! Seit der Uni habe ich nicht mehr an diese Claire gedacht. Was um alles in der Welt …

O mein Gott. *Claire.*

Er meint die Claire aus dem Kunstkurs.

Irgendwie schaffe ich es, mein Lächeln aufrechtzuerhalten, während die Kellnerin uns an den Ecktisch führt. Es gab da mal diese Claire, die ich in einem Malkurs kennengelernt hatte, vor Jahren. Die war echt klasse und hatte einen tollen Humor, und wir waren ein paar Mal zusammen essen, aber dann ist der Kontakt irgendwie eingeschlafen. *Die* meinte ich.

Nicht diese Claire.

Mist, *Mist* …

Als wir zum Tisch kommen, fühlt sich mein Gesicht ganz starr an. Was soll ich tun? »Endlich lernen wir uns mal kennen!« Dan begrüßt Claire wie eine alte Freundin. »Vielen Dank, dass du bei meinen heimlichen Plänen mitgemacht hast …«

»Kein Problem«, sagt Claire mit ausdrucksloser Stimme. Sie hatte schon immer etwas Ausdrucksloses an sich. »Hi, Sylvie.« Sie schiebt ihren Stuhl zurück und steht auf, größer als ich und ungeschminkt. »Ist lange her.«

Ich werfe einen Blick zu Dan. Er betrachtet uns beide liebevoll, als würde er erwarten, dass wir uns in die Arme fallen wie in diesem YouTube-Video von dem Löwen, der seine Ziehmutter wiedersieht.

»Claire!«, rufe ich mit der exaltiertesten Stimme aus, die ich zustande bringe. »Na, das ist ja … viel zu lange her!« Ich drücke ihren knochigen, widerborstigen Körper an mich. »Ich dachte schon … und da bist du! Ich weiß gar nicht, was ich sagen soll!«

»Tja.« Claire zuckt mit den Achseln. »Uni ist lange her.«

»Eigentlich sollte eine Flasche Schampus auf dem Tisch stehen«, sagt Dan mürrisch. »Ich kläre das mal eben … Claire hat das Restaurant ausgesucht«, fügt er an mich gewandt hinzu. »Ist es nicht toll?«

»Super!«, sage ich und nehme auf einem besonders unbequemen, angemalten Holzstuhl Platz.

»Das war ja eine Überraschung«, sagt Claire tonlos.

»Ja! Wie ist es denn eigentlich dazu gekommen?« Ich gebe mir Mühe, beiläufig zu klingen. »Wie habt ihr das alles organisiert?«

»Dein Mann hat mir eine Nachricht bei Facebook geschickt und meinte, du würdest mich gern wiedersehen.« Claire nimmt mich ins Visier. »Er meinte, du sagst immer wieder, wie schade es ist, dass wir keinen Kontakt mehr haben.«

»Stimmt.«

Ich lächle noch, während ich in Windeseile meine Optionen bedenke. Sage ich ihr die Wahrheit, wir lachen gemeinsam darüber, und ich bitte sie, es für sich zu behalten? Nein. Dafür ist sie nicht die Richtige. Sie würde es bestimmt sofort ausplaudern, und Dan wäre am Boden zerstört.

Ich muss mitspielen.

Irgendwie.

»Ehrlich gesagt fand ich es eher sonderbar«, sagt Claire. »Von dir zu hören.«

»Ach, weißt du …«, sage ich ein wenig zu munter. »Irgendwann kommt man in dieses Alter, da blickt man zurück und denkt: Was mag wohl aus *Claire* geworden sein und aus … unserer Gang?«

»Unserer Gang?« Claire mustert mich fragend.

»Du weißt schon!«, sage ich, »alle! Alle unsere Freunde! Wie zum Beispiel … äh …«

Ich kann mich an keinen einzigen Namen von Leuten erinnern, die Claire kennen könnte. Wir haben uns in völlig unterschiedlichen Kreisen bewegt. Ja, wir waren in denselben Räumlichkeiten – und einmal haben wir ein gemeinsames Korbballspiel bestritten, als ich in ihr Team gewählt wurde. Vielleicht hat Dan die beiden Claires deshalb verwechselt. Vielleicht hat er im Internet ein altes Foto gesehen. Aber das war unsere einzige Verbindung. Befreundet waren wir *ganz bestimmt nicht.*

»Ich habe noch Kontakt zu Husky«, sagt Claire.

»Husky!«, rufe ich schrill. »Wie geht es …?«

Ihm? Ihr? Wer zum Teufel war Husky? Ich sollte mich etwas intensiver mit Facebook befassen. Aber ehrlich, seit die Zwillinge da sind, fehlt mir einfach die Zeit, mich ständig um meine 768 »Freunde« zu kümmern. Ich habe ja kaum Zeit für meine echten Freunde.

»Ich habe noch Kontakt zu Sam … Phoebe … Freya … die ganze Bande aus der Kunstgeschichte«, berichte ich. »Phoebe hat übrigens gerade geheiratet.«

»Aha«, sagt Claire mit einem bedrückenden Mangel an Interesse. »Mit denen habe ich mich nie so gut verstanden.«

Meine Güte, ist das quälend! Wo bleibt eigentlich der Schampus?

»Du und dein Mann, ihr wollt mir nicht irgendwie was *verkaufen*, oder?« Claire mustert mich argwöhnisch.

»Nein!«

»Oder wollt ihr mich zu irgendwas bekehren? Seid ihr Mormonen?«

»Nein.« Ich könnte heulen und möchte gleichzeitig hysterisch auflachen. *Wir hatten Tickets für Tim Wender …*

»Guck mal, da kommt Dan mit dem Schampus! Trinken wir was!«

Es ist eine Qual. Das Essen (größtenteils Bohnen) ist trocken und schmeckt nach nichts, der Cava ist sauer. Das Gespräch ist harte Arbeit, wie das Ausgraben von Wurzeln in steinhartem Boden. Claire trägt nicht viel dazu bei. Sie macht es uns *echt* schwer. Wie um alles in der Welt motiviert sie ein Forschungsteam bei GlaxoSmithKline? Der einzige Vorteil dieser Erfahrung ist, dass ich gern mal wieder meine *richtigen* Freunde anrufen würde, um mich dankbar auf ihre Sprechpausen zu stürzen.

Schließlich steigen wir in unser Taxi, um nach Hause zu fahren, und winken ihr zum Abschied. (Wir hatten Claire angeboten, sie ein Stück mitzunehmen, was sie zum Glück ablehnte.) Dann sinkt Dan zufrieden in die Polster.

»Das war schön«, sage ich eilig. »Sehr schön!«

Er grinst. »Hat dir gefallen, hm?«

»Es hat mich total umgehauen«, sage ich wahrheitsgemäß. »Wenn ich denke, dass du das alles extra für mich organisiert hast … Ich bin gerührt.« Ich beuge mich zu ihm und gebe ihm einen Kuss. »Überwältigt.«

Denn das bin ich wirklich. Ein Wiedersehen zu arrangieren, war wirklich sehr aufmerksam von ihm. Er hätte sich nichts Schöneres ausdenken können. (Außer vielleicht, wenn es mit jemandem gewesen wäre, den ich mag.)

»Sie ist ganz anders, als ich sie mir vorgestellt hatte«, sagt Dan neugierig. »War sie an der Uni auch so eine militante Veganerin?«

»Na ja …« Ich habe keine Ahnung. »Vielleicht nicht *ganz* so militant.«

»Und ihre Ansichten zum Kompostieren.« Er macht große Augen. »Sie ist ziemlich laut, findest du nicht?«

Dan beging den Fehler, beiläufig irgendeine Bemerkung fallen zu lassen, und musste sich eine freudlose Predigt anhören, was er bestmöglich über sich ergehen ließ. Alles für mich. Ich konnte sehen, wie er Claire beobachtete und dachte: Warum nur sucht Sylvie den Kontakt zu ihr?

Ich beiße mir auf die Lippe, um nicht laut aufzulachen. Eines Tages werde ich ihm die Wahrheit erzählen. In einem Jahr vielleicht. (Vielleicht auch in fünf.)

»Wie dem auch sei«, sagt Dan, als das Taxi um eine Ecke biegt. »Eine Überraschung habe ich noch.«

»Ich auch.« Ich fasse ihm ans Knie. »Meine ist eine sexy Überraschung. Und deine?«

»Auch ganz schön sexy.« Unsere Blicke treffen sich, ich sehe das Funkeln in seinen Augen, und schon küssen wir uns leidenschaftlich, so wie wir es früher immer in Taxis getan haben, bevor »Rücksitz« bedeutete: zwei Kindersitze und Feuchttücher für alle Fälle.

Meine Überraschung ist prickelndes Massageöl. Angeblich ist es »superstimulierend«, auch wenn Dan nicht den Eindruck macht, als bräuchte er heute zusätzliche Stimulation. Ich frage mich, was wohl seine Überraschung sein mag. Dessous vielleicht? Von *Agent Provocateur?*

»Ich kann es kaum erwarten«, murmle ich an seinem Hals und schmiege mich auf dem ganzen Heimweg an ihn.

Zu Hause in der Küche kommen die Mädchen angerannt, um uns zu begrüßen, und kreischen irgendwas von einer Ballettaufführung. Karen folgt ihnen mit erwartungsvoll leuchtenden Augen.

»Und war es geil?«, will sie wissen. Dann sieht sie mich an. »Jetzt wisst ihr, warum ich mich für Dans Überraschung entschieden habe! Ein Wiedersehen! Eine *Wiedersehensfeier*!«

»Ja!« Ich gebe mir Mühe, ihrer Begeisterung zu entsprechen. »Es … Es hat mich direkt umgehauen!«

Dans Handy piept, und seine Augen leuchten. »Doch schon!«, sagt er, dann blickt er auf. »Karen, du kannst ruhig gehen. Vielen Dank, dass du kommen konntest.«

»Aber gern!«, sagt Karen. »Jederzeit!«

Da merke ich, dass Dan mit einem Mal ganz aufgeregt wirkt. So richtig aufgeregt. Sobald Karen zum Abschied winkt und die Tür hinter sich schließt, fängt er an, eine Nachricht in sein Handy zu tippen. Geht es um die sexy Überraschung?

»Wollen wir den Rest des Tages planen?«, frage ich. »Oder …?«

»Einen Moment«, sagt Dan, als würde er mich gar nicht hören. »Einen Moment.«

Die Stimmung ist seltsam aufgeladen. Immer wieder zucken Dans Mundwinkel zu einem Lächeln. Ständig sieht er auf sein Handy und rennt zur Haustür. Er ist dermaßen in Aufruhr, dass ich selbst ganz unruhig werde. Was um alles in der Welt mag seine sexy Überraschung sein? Hätten wir vielleicht für die Nacht in ein Hotel gehen sollen?

Als es plötzlich an der Tür klingelt, zucken wir beide zusammen.

»Was ist das?«, frage ich.

»Eine Lieferung.« Dans Mundwinkel wollen nicht aufhören zu zucken. »Eine ganz besondere Lieferung.« Er macht die Tür auf, und ein Mann im schwarzen Anorak nickt ihm zu.

»Okay? Dan Winter, oder?«

»Ja!«, sagt Dan. »Alles bereit.«

»Dann holen wir es aus dem Wagen. Kommen wir da zurecht, vom Platz her?« Der Mann tut einen Schritt ins Haus und blickt sich um.

Dan nickt. »Davon gehe ich aus. Es müsste eigentlich durch den Flur passen.«

Erschrocken starre ich die beiden an. Was passt durch den Flur? Es sind gar keine Dessous von *Agent Provocateur*, oder? Es ist irgendwas, das von zwei erwachsenen Männern aus einem Lieferwagen gehievt werden muss.

O mein Gott, doch wohl nicht so eine spezielle … *Vorrichtung*. Sollte ich die Mädchen schnell in Sicherheit bringen, bevor sie etwas zu sehen bekommen, von dem sie Narben fürs Leben davontragen?

»Könntest du bitte mit den Mädchen nach oben gehen, Sylvie?«, sagt Dan in undefinierbarem Ton, und mir will das Herz stehen bleiben. »Nur bis ich sage, dass es okay ist.«

»Okay!«, sage ich mit erstickter Stimme. Was hat Dan *getan*?

Ich bringe die Mädchen in ihr Zimmer und lese ihnen mit bebender Stimme eine Winnie-Puh-Geschichte vor, während ich die ganze Zeit denke: Sexmöbel? Sex ... O Gott, was gibt es da noch? Eine Sexschaukel? (Nein, das kann nicht sein. Unsere Deckenbalken tragen nie im Leben eine Schaukel.)

Zu gern möchte ich *großes Sexspielzeug, das per Lkw geliefert werden muss,* mit meinem Handy googeln, aber das würden die Mädchen mitbekommen. (Das ist das Problem, wenn Kinder lesen lernen.) Also bin ich gezwungen, dazusitzen und von Heffalumps zu erzählen ... als endlich die Haustür ins Schloss fällt. Dann höre ich Dans Schritte auf der Treppe.

»Kommt runter!«, ruft er mit leuchtenden Wangen, als er hinter der Tür hervorblickt. »Hier wartet eine echte Überraschung!«

»Überraschung!«, kreischt Tessa begeistert, und ich betrachte sie voll Sorge.

»Dan, sollten die Mädchen ...« Ich werfe ihm einen vielsagenden Blick zu. »Ist das *kindgerecht*?«

»Selbstverständlich!«, sagt Dan. »Guckt mal in der Küche, ihr zwei. Ihr werdet euren Augen nicht trauen!«

In der Küche?

Okay, da komm ich nicht mehr mit.

»Dan«, sage ich, als wir nach unten gehen und die Mädchen uns ein Stück voraus sind, »ich verstehe nicht. Ist *das* jetzt deine sexy Überraschung?«

»Allerdings.« Er nickt selig. »Aber nicht nur sexy ... auch schön. Sie ist wunderschön.«

Sie?

»Iiiiiihh! Eine Schlange!« Tessa kommt aus der Küche

gestürmt und schlingt ihre Arme um meine Beine. »Da ist eine Schlange in der Küche!«

»Was?« Mit klopfendem Herzen schlittere ich in die Küche, blicke mich um und schrecke zurück. O mein Gott. O mein Gott.

An der Wand, wo sonst die Spielzeugkiste steht, befindet sich ein gläserner Tank. In diesem Tank liegt eine Schlange. Sie ist orange und braun und hat schwarze Schlangenaugen, und es könnte sein, dass ich mich gleich übergeben muss.

»W-w-w-w…«, stottere ich sprachlos. »W-w-w…«

»Überraschung!« Dan steht direkt hinter mir. »Ist sie nicht hübsch? Sie ist eine Kornnatter und für die Gefangenschaft gezüchtet. Du musst dir also keine Sorgen machen, dass sie sich eingesperrt fühlen könnte.«

Das war nicht meine Sorge.

»Dan.« Endlich finde ich meine Stimme wieder und greife ihn mir. »Wir können hier keine Schlange halten!«

»Wir halten schon eine Schlange«, korrigiert mich Dan. »Wie wollen wir sie nennen, Mädels?«

»Schlangi«, sagt Tessa.

»Nein!« Plötzlich hyperventiliere ich. »Ich will keine Schlange! Nicht in meinem Haus! Das mach ich nicht mit, Dan!«

Endlich sieht Dan mich mal richtig an, die Augenbrauen hochgezogen. Als wäre *ich* diejenige, die hier übertreibt. »Was ist denn schon dabei?«

»Du hast gesagt, wir kriegen was, das sexy ist!«, zische ich wütend. »Sexy, Dan!«

»Sie ist sexy! Sie ist exotisch … geschmeidig … das musst du zugeben.«

»Nein!« Ich schüttle mich. »Ich kann sie mir nicht mal ansehen … dieses Tier«, verbessere ich mich eilig. »Sie ist ein *es*.«

»Können wir einen Hund haben?«, meldet Anna sich zu Wort, die ein gutes Gespür für günstige Gelegenheiten besitzt und uns aufmerksam zugehört hat. »Statt einer Schlange?«

»Nein!«, kreischt Tessa. »Unsere liebe Schlangi soll hierbleiben!« Sie versucht, den Glastank zu umarmen, woraufhin sich die Schlange entrollt.

O Gott. Ich kann nicht hinsehen. Wie kommt Dan nur darauf, dass eine Schlange eine sexy Überraschung sein könnte? *Wie* nur? *Wie?*

Bis die Mädchen im Bett sind, haben wir zu einem Kompromiss gefunden. Wir werden der Schlange eine Chance geben. Allerdings muss ich sie weder füttern noch anfassen oder auch nur ansehen. Ich rühre die Tiefkühltruhe, in der ihre Nahrung verwahrt wird, nicht an. (Sie frisst Mäuse, *echte* Mäuse.) Und ich nenne sie auch nicht Dora, wie die Mädchen sie getauft haben. Für mich ist sie »Die Schlange«.

Es ist acht Uhr. Wir sind erschöpft von unseren Verhandlungen. Die Mädchen liegen im Bett und kommen auch endlich nicht mehr herausgeschlichen, um nachzusehen, »ob es Dora auch gut geht«.

»Ich dachte, sie würde dir gefallen«, sagt Dan betrübt. Dass es ein Fehler war, dürfte ihm mittlerweile bewusst geworden sein. »Ich meine, wir haben doch davon gesprochen, eine Schlange anzuschaffen …«

»Das war ein Scherz«, sage ich müde. »Wie ich dir

schon mindestens hundert Mal erklärt habe.« Es ist mir nie in den Sinn gekommen, dass er es ernst meinen könnte. Mal ehrlich: eine Schlange?

Seufzend lehnt sich Dan an die Kopfplatte des Bettes, mit den Armen hinter dem Kopf. »Na, aber überrascht habe ich dich doch.« Mit schiefem Grinsen sieht er zu mir herüber.

»Jep.« Und da muss ich selbst lächeln. »Das hast du.«

»Und deine Strickjacke mochtest du auch.«

»Die ist wirklich schön!«, sage ich begeistert, um die Sache mit der Schlange auszugleichen. »Ehrlich, Dan, ich finde sie ganz wundervoll.« Ich streiche über den Stoff. »Und so weich.«

»Gefällt dir die Farbe?«

»Ich liebe diese Farbe.« Ich nicke heftig. »So viel besser als das Bl…«

Ich bremse mich mitten im Wort. *Scheiße.*

»Was hast du gesagt?«, fragt Dan langsam.

»Nichts!« Ich setze mein strahlendes Lächeln auf. »Wollen wir denn jetzt noch ein bisschen fernsehen oder …?«

»Du wolltest ›Blau‹ sagen.«

»Nein, wollte ich nicht!«, sage ich, wenn auch nicht überzeugend genug. Ich sehe Dan an, wie es in ihm arbeitet. Er ist ja nicht blöd.

»Tilda hat dich angerufen.« Ich sehe, dass ihm ein Licht aufgeht. »*Natürlich* hat sie dich angerufen. Ihr zwei sprecht über alles.« Ärgerlich sieht er mich an. »Die Strickjacke war gar keine Überraschung, stimmt's? Wahrscheinlich hast du …« Er stockt, als käme ihm eine gänzlich neue Theorie in den Sinn. Ich habe das schreckliche Gefühl, es könnte die Wahrheit sein. »War sie deshalb noch warm?« Er ist richtig geufft, das ist nicht zu übersehen. Er starrt mich an, als würde die Welt über ihm zusammenbrechen. »Warst du bei Tilda *zu Hause*?«

»Hör mal …« Ich kratze mich an der Nase. »Hör mal, es tut mir leid. Aber sie wusste nicht, welche Größe sie nehmen sollte, und so musstest du keine Zeit damit vergeuden … Es war einfach sinnvoll.«

»Aber es sollte doch eine *Überraschung* sein!«, bellt er beinah.

Da hat er recht.

Eine Weile schweigen wir beide und starren an die Decke.

»Mein Überraschungsfrühstück hat nichts getaugt«, sage ich düster. »Und dass ich die Küche renoviert habe, hast du nicht mal *gemerkt*.«

»Hab ich wohl!«, sagt Dan sofort. »Die … äh … Kerzenständer. Hübsch.«

»Danke.« Ich bringe ein schiefes Lächeln zustande. »Aber das musst du nicht sagen. Ich habe mir was vorgemacht, als ich dachte, du könntest dich über eine renovierte Küche freuen, ausgerechnet …«

Vielleicht habe ich mir was vorgemacht, denke ich im Stillen … aber vielleicht habe ich auch nur eine Ausrede gesucht, um mir was Neues für die Küche kaufen zu können.

»Tja«, gibt Dan zurück und spreizt die Hände. Und ich weiß, dass wir beide denken: Dasselbe gilt auch für die Schlange.

»Und wir waren nicht bei Tim Wender …«, füge ich traurig hinzu.

»Tim *Wender*?« Dan fährt herum. »Was meinst du damit?«

O mein Gott. Bei dem ganzen Tohuwabohu wegen der Schlange hat er das gar nicht mitbekommen.

»Ich hatte Tickets!« Ich platze fast vor Frust. »Eine exklusive Mittagsvorstellung! Es sollte angeblich ...« Ich lasse es sein. Hat doch keinen Sinn, noch Salz in die Wunde zu streuen. »Ist ja auch egal. Wir gehen ein andermal.« Unvermittelt gurgelt ein Lachen aus mir hervor. »Was für ein Fiasko!«

»Vielleicht sind Überraschungen der falsche Weg«, sagt Dan. »Es war eine lustige Idee, aber vielleicht sollten wir es lieber lassen.«

»Nein!«, entgegne ich. »So schnell gebe ich nicht auf. Wart's ab, Dan, ich habe noch eine grandiose Überraschung für dich.«

»Sylvie ...«

»Ich gebe nicht auf«, wiederhole ich störrisch. »Und außerdem habe ich tatsächlich noch eine Überraschung in petto.« Ich ziehe die Schublade meines Nachtschränkchens auf, nehme mein prickelndes Massageöl heraus und werfe es Dan zu.

»*Das* ist doch mal ein Wort.« Seine Augen leuchten auf, als er das Etikett liest, und ich weiß, dass ich einen Volltreffer gelandet habe. Der Weg zu Dans Herz führte schon immer über Sex. Also ...

Moment. Augenblick mal.

Ich muss direkt zwinkern, während sich meine Gedanken sortieren. Warum habe ich mir mit all dem anderen so viel Mühe gemacht? Warum habe ich gedacht, er würde ein neues Tischtuch bemerken oder sich dafür interessieren, was es zum Frühstück gibt? Ich war so dämlich. Sex ist die Antwort. Wie man so sagt: Alles dreht sich um Sex, Dummchen. *Damit* halten wir unsere Ehe lebendig.

Schon jetzt kommt mir die eine oder andere Idee. Eine neue Strategie bildet sich heraus. Ich habe die perfekte Überraschung für Dan. Den perfekten Plan. Und er wird begeistert sein. Ich weiß es genau.

KAPITEL SIEBEN

Ich komme nicht gleich zu meinem Sex-Plan, denn erstens haben wir uns darauf geeinigt, mit den Überraschungen ein paar Tage Pause einzulegen, und zweitens muss ich mich erst noch um einiges kümmern. Wie etwa, den Mädchen Frühstück zu machen und ihnen Zöpfe zu flechten und die Spülmaschine einzuräumen, ohne die Schlange zu beachten. Wenn ich die Schlange ansehe, hat die Schlange gewonnen, so kommt es mir zumindest vor.

Wobei ich weiß, dass es irrational ist. Aber was ist schon so toll daran, rational zu sein? Wenn man mich fragt, ist »rational« nicht unbedingt dasselbe wie »richtig«. Fast fühle ich mich versucht, Dan meine kleine Maxime anzuvertrauen, doch er starrt mürrisch in die Sonntagszeitung, damit ich ihn nicht störe.

Ich weiß, warum er schlechte Laune hat. Es liegt daran, dass wir heute Morgen meine Mutter besuchen. Langsam geht er mir damit etwas auf die Nerven. Es ist genauso wie mit Daddy. Früher war alles gut zwischen Dan und Mummy, aber jetzt – vergiss es. Jedes Mal, wenn wir sie besuchen, braut sich vorher schon diese düstere Wolke über ihm zusammen. Wenn ich frage: »Was ist los?«, guckt er finster und sagt: »Was meinst du? Nichts ist los.« Also dränge ich ihn: »Wohl ist irgendwas los. Du bist total knurrig«, woraufhin er knurrt: »Das bildest du dir ein. Alles ist gut.«

Und ich kann es schlecht ertragen, wenn wir uns schlimm streiten, besonders am kostbaren Wochenende (und es ist immer das kostbare Wochenende), also belassen wir es dabei.

Und, okay, es ist nur eine kleine Delle in unserem Glück – aber wir werden noch Millionen Jahre verheiratet sein, das kriegen wir noch ausgebügelt. Es kann nicht sein, dass Dan jedes Mal zusammenzuckt, wenn ich sage: »Lass uns doch am Wochenende mal meine Mutter besuchen.« Bald kriegen die Mädchen es mit und fragen: »Wieso kann Daddy eigentlich Granny nicht leiden?«, und das wäre *wirklich* schlimm.

»Dan …«, beginne ich.

»Ja?«

Er blickt auf, noch immer stirnrunzelnd, und augenblicklich verlässt mich der Mut. Wie gesagt, Konfrontation ist nicht gerade meine Stärke. Ich weiß nicht mal, wie ich anfangen soll.

Und da beschließe ich, die Sache anzugehen. Vielleicht muss ich dabei im Verborgenen vorgehen. Vertrauen und Zuneigung zwischen meiner Mutter und Dan aufbauen, ganz subtil, ohne dass die beiden etwas davon merken. Ja. Guter Plan.

»Wir müssen los«, sage ich und verlasse die Küche, meide den Anblick der Schlange, indem ich bewusst in die andere Richtung starre.

Während Dan uns nach Chelsea fährt, blicke ich stur geradeaus, denke über die Ehe und das Leben nach und wie unfair alles ist. Wenn jemand dafür gemacht war, eine lange und perfekte Ehe zu führen, dann waren das meine Eltern. Die beiden waren einfach genau richtig füreinander. Sie hätten ohne Weiteres sechshundert Jahre verheiratet sein können, kein Problem. Daddy hat Mummy angebetet, und sie ihn genauso, und sie waren immer ein tolles Paar, auf dem Tanzparkett oder auf ihrem Boot, in ihren pastellfarbenen Polohemden, oder wenn sie gemeinsam bei den Elternabenden in der Schule auftauchten, lächelnd mit den Augen blitzten und jedermann mit ihrem Charme für sich gewannen.

Mummy blitzt immer noch mit den Augen. Aber es ist dieses grelle, beunruhigende Blitzen, das jeden Moment erlöschen könnte. Alle sagen, wie »erstaunlich« sie damit fertiggeworden ist, dass Daddy auf einmal nicht mehr da war. Mit Sicherheit ist sie damit besser fertiggeworden als ich.

(Nein. Nicht »besser«. Es ist kein Wettbewerb. Sie ist einfach anders damit fertiggeworden.)

Sie spricht immer noch von Daddy. Offen gesagt spricht sie nur zu gern über ihn. Das geht uns beiden so. Nur muss das Gespräch immer nach ihren Vorstellungen laufen. Sobald man das »falsche« Thema anspricht, atmet sie schneidend ein, ihre Augen fangen an zu glänzen, sie blinzelt empört und starrt aus dem Fenster, sodass man gleich ein schlechtes Gewissen bekommt. Problematisch ist, dass man nie wissen kann, was ein »falsches« Thema ist. Ein Hinweis auf Daddys farbenfrohe Taschentücher, seine abergläubischen Vorstellungen beim Golfen, unsere Ferien, die wir meist in Spanien verbracht haben: Themen, die einem eigentlich harmlos erscheinen … es aber nicht sind. Jedes Einzelne hat schon mal eine Attacke empörten Blinzelns und Aus-dem-Fenster-Starrens ausgelöst, woraufhin ich immer verzweifelt versuche, das Thema zu wechseln.

Was vermutlich nur Trauer ist. Ich bin zu dem Schluss gekommen, dass es mit der Trauer so ähnlich ist wie mit einem Neugeborenen. Es reißt einem den Boden unter den Füßen weg. Es bestimmt das Denken mit unaufhörlichem Klagen. Es sorgt dafür, dass man weder schlafen noch essen noch funktionieren kann, und alle sagen: »Halte durch, es wird bald besser!« Was sie einem aber nicht sagen, ist: Zwei Jahre später *glaubt* man, es ginge einem schon besser damit, bis man im Supermarkt aus heiterem Himmel eine bestimmte Melodie hört und losschluchzt.

Mummy schluchzt nicht, das ist nicht ihr Stil, aber sie blinzelt. Ich schluchze manchmal. Andererseits vergehen hin und wieder Stunden oder sogar ganze Tage, ohne dass ich an Daddy denken muss. Und dann habe ich natürlich wieder ein schlechtes Gewissen.

»Warum fahren wir zum Brunch?«, fragt Dan, als wir an einer Ampel halten müssen.

»Um gemeinsam zu essen!«, sage ich etwas scharf. »Um eine Familie zu sein!«

»Kein anderer Grund?« Er zieht die Augenbrauen hoch, und mir kommen leise Zweifel. Ich glaube nicht, dass es noch einen anderen Grund gibt. Gestern Abend am Telefon habe ich sie mindestens dreimal gefragt: »Wir kommen doch einfach nur zum Brunch, stimmt's? Oder ist da … noch was?« Und sie meinte: »Nein, natürlich nicht, Schätzchen!«, und klang richtig gekränkt.

Das Ganze hat allerdings eine Vorgeschichte. Sie weiß

es, und ich weiß es, und Dan weiß es. Sogar die Mädchen wissen es.

»Sie wird es wieder tun«, sagt Dan ganz ruhig, als er vor ihrem Wohnblock einparkt.

»Das weißt du doch gar nicht«, erwidere ich.

Doch als wir ihre geräumige, herrschaftliche Wohnung betreten, schweift mein Blick in die Runde, auf der Suche nach Hinweisen, in der Hoffnung, keine zu finden …

Da sehe ich es durch die Doppeltüren. So ein weißes Küchengerät, das auf ihrem goldbronzenen Kaffeetisch steht. Es ist groß und glänzend und wirkt komplett fehl am Platze, wie es da auf ihren alten, zerlesenen Büchern über impressionistische Malerei steht.

Verdammt. Er hat recht.

Ich nehme das Gerät bewusst nicht wahr. Ich erwähne es nicht. Ich gebe Mummy zur Begrüßung einen Kuss, Dan tut es mir nach, dann befreien wir die Mädchen von ihren Mänteln und Schuhen und gehen in die Küche, wo der Tisch gedeckt ist. (Endlich konnte ich Mummy dazu bewegen, uns nicht mehr im Esszimmer zu bewirten, wenn wir die Mädchen dabeihaben.) Doch sobald ich eintrete, hole ich tief Luft. Ach, du meine Güte. Was hat sie vor?

Mummy lässt sich selbstverständlich nichts anmerken.

»Nimm doch Crudités, Sylvie!«, sagt sie mit dieser hellen, glitzernden Stimme, die einmal echt war – sie hatte allen Grund zu glitzern –, doch jetzt ein wenig hohl klingt. »Mädchen, ihr mögt doch Möhren, nicht wahr? Seht euch diese hier mal an! Sind die nicht lustig?«

Auf dem Küchentresen stehen vier riesige Teller, allesamt randvoll mit merkwürdig geformtem Gemüse. Es gibt Zucchini-Stäbchen mit schraffiertem Muster. Muschelartige Gurkenscheibchen. Karottensterne. Radieschenherzen (die zugegebenermaßen wirklich supersüß aussehen). Und als Krönung eine Ananas, aus der eine Blume geschnitzt wurde.

Dan wirft mir einen Blick zu. Wir wissen beide, was passieren wird. Und halbwegs möchte ich mich dagegen abschotten, brutal sein, das seltsam geformte Gemüse nicht mal erwähnen. Aber ich kann nicht. Ich muss mitspielen.

»Wow!«, sage ich pflichtschuldig. »Die sind ja hübsch!«

»Hab ich alle selbst gemacht«, sagt Mummy triumphierend. »Hat nur eine halbe Stunde gedauert, wenn überhaupt.«

»Eine halbe Stunde?«, wiederhole ich und komme mir vor wie der Co-Moderator einer Verkaufssendung von QVC. »Du meine Güte. Wie hast du das denn hingekriegt?«

»*Tja.*« Mummys Miene leuchtet auf. »Ich habe mir diese wunderbare Maschine gekauft! Mädchen, möchtet ihr sehen, wie Grannys neue Maschine funktioniert?«

»Ja!«, rufen Tessa und Anna im Chor, die so leicht zu begeistern sind. Wenn ich sie im richtigen Ton fragen würde: »Wollt ihr QUANTENPHYSIK studieren?«, würden beide »Ja!« kreischen. Und dann würden sie darum streiten, wer von beiden zuerst Quantenphysik studieren darf. Dann würde ich sagen: »Wisst ihr denn, was Quantenphysik ist?«, und Anna würde mich mit leerem Blick mustern, während Tessa trotzig sagen würde: »Das ist so was wie Paddington Bear«, weil sie auf alles eine Antwort haben muss.

Als Mummy zur Tür hinauseilt, wirft Dan mir einen beunruhigenden Blick zu. »Was es auch sein mag, wir kaufen es nicht«, sagt er leise.

»Okay, aber sei nicht so …« Ich gestikuliere herum.

»Wie?«

»So negativ.«

»Ich bin nicht negativ!«, gibt Dan zurück, was eine glatte Lüge ist, denn er könnte kaum negativer aussehen. »Aber ich werde auch nicht deiner Mutter zuliebe noch mehr Geld ausgeben für …«

»Schscht!«, mache ich.

»… irgendwelchen Scheiß«, endet er. »Diese Apfelmuspresse …«

»Ich weiß, ich weiß.« Ich ziehe eine Grimasse. »Es war ein Fehler. Das habe ich längst zugegeben.«

Nicht dass man mich falsch versteht: Ich bin ein großer Fan dieser schwergewichtigen, amerikanischen Retro-Geräte. Aber unsere »traditionelle Apfelmuspresse« ist *gigantisch*. Und dabei essen wir fast nie Apfelmus. Und ebenso wenig verwenden wir sie für »all die praktischen Pürees«, von denen Mummy bei ihrem Verkaufsgespräch immer wieder anfing. (Was die »Flüssigkräuter«-Tütchen angeht … Darüber breitet man am besten den Mantel des Schweigens.)

Jeder geht auf seine Weise mit der Trauer um. Das weiß ich. Ich ging damit um, indem ich zusammenbrach. Mummy geht damit um, indem sie wie wild blinzelt und Freunden und Familie ein absurdes Gerät nach dem anderen verkauft.

Als sie anfing, Schmuck-Partys abzuhalten, war ich begeistert. Ich dachte, es wäre ein schönes Hobby und würde sie von ihrer Trauer ablenken. Ich habe mitgespielt, habe mit ihren Freundinnen Sekt getrunken und eine Halskette und ein Armband gekauft. Es gab noch eine zweite Schmuck-Party, bei der ich keine Zeit hatte, aber die lief offenbar auch gut.

Dann gab sie eine Verkaufsparty für ätherische Öle, und ich habe Weihnachtsgeschenke für Dans gesamte Familie gekauft, was praktisch war. Auch die Party für spanische Töpferwaren war okay. Ich habe Tapas-Schalen gekauft und sie vielleicht einmal benutzt.

Dann kam die *Trendieware*-Party.

O Gott. Der bloße Gedanke daran lässt mich erschauern. Trendieware ist eine Firma, die Kleidung aus dehnbaren Stoffen mit »modernen, lebendigen« (gruseligen) Mustern verkauft. Jedes Stück kann man auf sechzehn verschiedene Weisen tragen, und man muss seine Persönlichkeit wählen (ich war »frühlingsfrisch extrovertiert«), und dann versucht die Verkäuferin (Mummy), dich zu überreden, alle deine alten Sachen wegzuwerfen und nur noch Trendieware zu tragen.

Es war das Grauen. Mummy hat eine für ihr Alter grazile Figur, sodass sie ohne Weiteres einen Stretch-Schlauch als Kleid tragen kann. Aber ihre Freundinnen? Hallo? In der Wohnung drängten sich Mittsechzigerinnen, die sich mürrisch alle Mühe gaben, grellpinke Stretch-Tops über ihre praktischen BHs zu zerren oder zu verstehen, wie die Drei-Wege-Jacke funktionierte (man bräuchte ein Diplom in Mechanik), oder sie weigerten sich rundweg mitzumachen. Ich habe als Einzige etwas gekauft – das *Signature*-Kleid – und es kein einziges Mal getragen. Schon gar nicht auf sechzehn verschiedene Weisen.

So konnte es nicht überraschen, dass viele von Mummys Freundinnen danach wegblieben. Bei der nächsten Schmuck-Party waren wir nur ein halbes Dutzend. Bei der Duftkerzen-Party war ich allein mit Lorna, Mummys ältester und treuester Freundin. Lorna und ich hatten ein kurzes Gespräch, als Mummy draußen war, und kamen zu dem Schluss, dass die Verkaufsveranstaltungen Mummy eine harmlose Möglichkeit boten, mit ihrer Trauer fertigzuwerden, und dass sie irgendwann von selbst damit aufhören würde. Das hat sie aber nicht getan. Immer wieder findet sie irgendwas Neues zu verkaufen. Und die einzige Person, die dumm genug ist, es ihr abzukaufen, bin ich. (Lorna hat erklärt, in ihrer Wohnung sei »kein Platz mehr«, was schlau von ihr war. Wenn ich das versuche, kommt Mummy vorbei, räumt einen Schrank aus und schafft Platz.)

Ich weiß, wir müssen einschreiten. Dan hat es vorgeschlagen, ich habe zugestimmt, und oft genug haben wir schon im Bett gesessen und es laut ausgesprochen: »Wir werden mit ihr reden.« Als wir das letzte Mal bei ihr waren, hatte ich mich schon voll darauf vorbereitet. Doch dann stellte sich heraus, dass sie einen schlechten Tag hatte. Endloses Blinzeln. Endloses Aus-dem-Fenster-Starren. Sie sah so erbärmlich und zerbrechlich aus, dass ich nichts lieber wollte, als ihr beizustehen … und so habe ich dann eine Apfelmuspresse bestellt. (Es hätte schlimmer kommen können. Es hätte auch der vierhundert Kilo schwere Special Edition Retro-Schinkenschneider werden können: *ein einzigartiger und markanter Mittelpunkt einer jeden Küche.* Kein Wunder.)

»So!« Mummy kommt wieder in die Küche, mit dem weißen Gerät im Arm, das mir vorhin schon aufgefallen ist. Ihre Wangen sind gerötet, und sie hat diesen konzentrierten Blick, den sie immer bekommt, wenn sie ihr Sprüchlein aufsagen möchte. »Ihr mögt vielleicht glauben, das hier sei eine gewöhnliche Küchenmaschine. Aber ich kann euch versichern: Der Gemüse-Kreateur ist mit nichts zu vergleichen.«

»Der ›Gemüse-Kreateur‹?«, wiederholt Dan. »Willst du mir erzählen, er *kreiert* das Gemüse?«

»Wir alle haben manchmal genug vom Gemüse«, fährt Mummy fort, ohne Dan zu beachten. »Aber stellt euch nur mal vor, es gäbe eine völlig neue Art, es zu präsentieren! Stellt euch zweiundfünfzig verschiedene Schneidevorlagen vor, alle in derselben, praktischen Maschine, außerdem weitere zwölf lustige Vorlagen in unserem Weihnachtspaket, das es kostenlos dazugibt, wenn ihr heute noch bestellt!« Mit jedem Wort wird ihre Stimme lauter. »Der Gemüse-Kreateur macht Spaß, ist gesund und so einfach zu bedienen. Anna, Tessa, wollt ihr es mal probieren?«

»Ja!«, kreischt Tessa erwartungsgemäß. »Ich!«

»Ich!«, jammert Anna. »Ich!«

Mummy setzt das Gerät auf dem Tresen ab, greift sich eine Möhre und steckt diese in den Apparat. Sprachlos sehen wir dabei zu, wie sie sich in kleine Teddybären verwandelt.

»Teddys!«, stöhnen die Mädchen. »Teddymöhrchen!«

Typisch. Ich hätte mir denken können, dass sie die

Mädchen auf ihre Seite bringt. Aber ich werde standhaft bleiben.

»Ich glaube, wir haben jetzt schon zu viele Gerätschaften«, sage ich traurig. »Aber gut aussehen tut das Ding ja.«

»Eine Studie hat ergeben, dass der Besitz eines Gemüse-Kreateurs den Gemüseverzehr von Kindern um dreißig Prozent steigern kann«, erklärt Mummy fröhlich.

Blödsinn! Was für eine »Studie« denn? Allerdings werde ich ihr lieber nicht widersprechen, sonst fängt sie nur an, einen Schwall erfundener Zahlen aus dem »Gemüse-Kreateur-Labor mit echten Wissenschaftlern« zu zitieren.

»Ziemliche Verschwendung«, merke ich an. »Guck dir mal die ganzen Möhrenreste an.«

»Mach Suppe daraus!«, erwidert Mummy wie aus der Pistole geschossen. »So nahrhaft. Mädchen, wollen wir Gurkensternchen machen?«

Ich werde das Ding nicht kaufen. Ich weiß ja, ich bin ihre einzige Kundin, aber trotzdem werde ich es nicht kaufen. Resolut wende ich mich ab, auf der Suche nach einem anderen Thema.

»Was gibt es bei dir denn so Neues, Mummy?«, frage ich. Ich gehe hinüber zu ihrer kleinen Pinnwand und sehe mir die Notizen und Eintrittskarten an. »Oh, ein Zumba-Kurs. Das klingt gut.«

»Alle ungenutzten Stücke sammeln sich in diesem praktischen Behälter …« Mummy lässt sich nicht von ihrem Verkaufsgespräch abbringen.

»Oh, *Durchs Hohe Labyrinth*«, rufe ich, als ich ein gebundenes Buch auf dem Küchentresen bemerke. »Das haben wir in unserem Literaturclub behandelt. Mochtest du es? Ich fand es etwas langatmig.«

Ehrlich gesagt habe ich *Durchs Hohe Labyrinth* nur halb gelesen, obwohl es so ein Buch ist, das alle kennen, und demnächst soll es sogar verfilmt werden. Es ist von dieser Joss Burton, die nach überwundener Essstörung eine Parfum-Firma namens Labyrinth gegründet hat (Achtung Wortspiel!). Sie ist umwerfend schön, mit kurzen schwarzen Haaren und einer weißen Strähne als Erkennungszeichen. Und ihre Parfums sind wirklich gut, besonders der Rosenduft. Mittlerweile erklärt sie Managern, wie man Erfolg hat, und vermutlich ist das Buch wohl auch ganz inspirierend – aber ich musste feststellen, dass man nicht unendlich viel Inspiration ertragen kann.

Immer wenn ich was über superinspirierende Leute lese, fange ich voller Bewunderung an und denke irgendwann: Warum habe *ich* eigentlich keine Wüste durchwandert oder eine bedrückende Kindheit hinter mich gebracht? Ich bin ein Nichts.

Mummy hat auf meinen Trick nicht reagiert, aber wenigstens hat sie ihr Geplapper über diese Schnippelmaschine eingestellt, also setze ich das Gespräch fort.

»Du gehst ins Theater!«, rufe ich, als ich die Tickets an der Wand hängen sehe. »*Dealer's Choice.* Da geht es um Glücksspiel, stimmt's? Gehst du mit Lorna hin? Da könntet ihr ja vorher noch einen Happen essen gehen.«

Nach wie vor kommt keine Reaktion von Mummy, was mich überrascht – und als ich mich umblicke, erschrecke ich. Was habe ich gesagt? Was ist los? Ihre Hände sind wie erstarrt, und sie hat so einen sonderbaren Ausdruck im Gesicht, als wäre ihr Lächeln versteinert. Ich sehe, dass sie aus dem Fenster starrt und blinzelt, ganz schnell.

Mist. Offensichtlich habe ich mal wieder ein »falsches« Thema angeschnitten. Aber welches? Theater? *Dealer's Choice*? Bestimmt nicht. Ich werfe Dan einen Hilfe suchenden Blick zu, doch der ist ebenso versteinert. Er kneift den Mund zusammen, macht große Augen. Er starrt erst Mummy an. Dann mich.

Was? Was hat das zu bedeuten? Habe ich irgendwas nicht mitbekommen?

»Wie dem auch sei!«, sagt Mummy, und ich merke ihr an, wie sehr sie sich zusammenreißen muss. »Genug davon. Ihr habt doch sicher Hunger. Ich will nur kurz ein wenig Ordnung schaffen …«

Sie fängt an, wahllos Zeugs auf dem Tresen zusammenzuräumen: den Gemüse-Kreateur, einen Stapel Tupperware-Dosen, die sie schon bereitgestellt hatte (bestimmt um ihre Gemüsekreationen darin aufzubewahren), und ihre Ausgabe von *Durchs Hohe Labyrinth*. Sie verstaut alles in ihrem winzigen Hauswirtschaftsraum, doch als sie zurückkommt, ist ihr Gesicht noch röter als vorher.

»Buck's Fizz?«, ruft sie fast schrill. »Dan, du möchtest doch sicher einen Buck's Fizz! Wollen wir rüber ins Wohnzimmer gehen?«

Ich bin baff. Will sie denn nicht mal versuchen, mir dieses Schnippeldings zu verkaufen? Sie scheint völlig aus dem Konzept zu sein, und ich kann mir nicht erklären, wieso.

Ich folge ihr ins Wohnzimmer, wo schon Sekt und

Orangensaft auf dem Art-déco-Schränkchen aus Walnussholz warten. (Daddy war ein großer Freund von Cocktails. Zu seinem sechzigsten Geburtstag hat er von fast jedem Gast einen Cocktailshaker geschenkt bekommen. Das war ziemlich lustig.)

Dan macht den Sekt auf, Mummy bereitet den Buck's Fizz, und die Mädchen rennen rüber zu dem großen Puppenhaus am Fenster. Alles ist wie immer – aber eben doch nicht. Irgendwas hat sich gerade verändert.

Mummy stellt Dan unzählige Fragen zu seiner Arbeit, eine nach der anderen – fast als wollte sie auf keinen Fall eine Gesprächspause entstehen lassen. Sie leert ihren Drink in einem Zug und schenkt sich gleich den nächsten ein (Dan und ich haben unseren kaum angefangen), dann lächelt sie mich an und sagt: »Ich mach uns gleich ein paar Pancakes.«

»Mädels, kommt Hände waschen!«, rufe ich und bringe die beiden in Mummys Badezimmer, wo der übliche Streit darum entbrennt, wer zuerst mit der teuren Seife herumspritzen darf. Tessas Haare sind total verfilzt, und ich gehe in die Küche, um die Haarbürste aus meiner Tasche zu holen. Auf dem Rückweg werfe ich einen kurzen Blick ins Wohnzimmer und sehe etwas, das mich stutzen und stehen bleiben lässt.

Mummy und Dan stecken die Köpfe zusammen und sprechen leise miteinander. Und ich kann nicht anders – ich trete etwas näher heran, achte darauf, dass sie mich nicht sehen.

»… Sylvie das *jetzt* rausfindet …«, sagt Dan gerade, und mir wird ganz flau im Magen. Sie reden über mich!

Mummy antwortet so leise, dass ich nichts verstehen kann – doch das muss ich auch nicht. Ich weiß, was hier passiert. *Jetzt* begreife ich. Es geht um eine Überraschung, die Dan für mich bereithält! Die beiden planen irgendwas!

Auf keinen Fall möchte ich, dass Dan denkt, ich würde lauschen, also mache ich mich eilig wieder auf den Weg zurück in den Schutz des Badezimmers. Es ist eine Überraschung. Was für eine Überraschung? Da zähle ich eins und eins zusammen. Sehen Dan und ich uns *Dealer's Choice* an? Das würde Mummys erstarrte Miene erklären. Wahrscheinlich hat sie die Eintrittskarten, ohne weiter darüber nachzudenken, an ihre Wand gepinnt, und ich bin hier reingeplatzt und habe sie gleich darauf angesprochen.

Okay, von jetzt an wird mir nichts Ungewöhnliches mehr auffallen. *Rein gar nichts.*

Ich kämme Tessas Haare und bringe die Mädchen wieder raus in den Flur, wo mein Blick auf ein großes, gerahmtes Foto von Daddy fällt, das wie ein Wächter auf dem Tischchen steht. Mein schmucker, charmanter Vater. In seinen besten Jahren aus dem Leben gerissen. Bevor er Gelegenheit hatte, seine Enkelkinder richtig kennenzulernen, dieses Buch zu schreiben, seinen Ruhestand zu genießen …

Unwillkürlich fange ich an, schwerer zu atmen. Meine Fäuste sind geballt. Ich weiß, ich muss loslassen, und ich weiß, es wurde nie bewiesen, ob er am Handy war oder nicht, aber diesen Gary Butler werde ich bis ans Ende aller Zeiten hassen. *Bis ans Ende aller Zeiten.*

Das ist der Name des Lkw-Fahrers, der Daddy auf dem Gewissen hat. Gary Butler. (Am Ende wurde er nicht verurteilt. Aus Mangel an Beweisen.) Auf dem Höhepunkt meiner »dunklen Zeit«, als welche ich sie in Erinnerung habe, habe ich seine Adresse herausgefunden, bin hingefahren und habe draußen vor seinem Haus gestanden. Ich habe nichts getan, nur dagestanden. Aber offensichtlich darf man nicht einfach grundlos vor anderer Leute Haus herumstehen und ihnen auch keine Briefe schreiben. Seine Frau fühlte sich von mir »bedroht«. (Von mir? Das soll ja wohl ein Witz sein.) Dan hat nach mir gesucht und mich überredet, mit nach Hause zu kommen. Das war der Moment, in dem alle anfingen, sich Sorgen zu machen, in den Ecken herumzustehen und zu flüstern: »Sylvie verkraftet es nicht so gut.«

Besonders Dan drehte richtig auf. Er ist von Natur aus der Beschützertyp – immer hält er mir die Tür auf oder hilft mir in die Jacke –, doch das nahm plötzlich völlig neue Dimensionen an. Er ließ eine Woche seine Arbeit ruhen, um für die Mädchen da zu sein. Er hat mir bei Mrs Kendrick etwas Sonderurlaub verschafft. Er wollte, dass ich mit einem Therapeuten spreche. (Ganz und gar nicht mein Ding.) Ich weiß noch, dass der Arzt zu Dan sagte, ich bräuchte Schlaf (natürlich, ich schlief ja auch nicht, wie sollte ich *schlafen*?), und Dan betrachtete es als seine Pflicht, dunkle Jalousien und CDs mit beruhigender Musik anzuschaffen und die Leute auf der Straße zu bitten, etwas leiser zu sein. Noch heute fragt er mich jeden Morgen, ob ich geschlafen habe. Es ist eine richtige Angewohnheit geworden, als wäre er mein persönlicher Schlafmonitor.

Mummy dagegen wollte davon nichts wissen. Ich

möchte nicht bitter klingen. Sie hat ja selbst getrauert, wie sollte sie sich da auch noch Sorgen um mich machen? Und außerdem ist sie nun mal so. Sie kommt mit befremdlichem Verhalten nicht gut zurecht. Einmal hatten wir einen Gast zum Mittagessen, der so betrunken war, dass er vom Sofa fiel, was ich zum Schreien komisch fand (ich war neun). Als ich am nächsten Tag etwas dazu sagen wollte, beendete sie das Gespräch. Es war, als wäre nichts geschehen.

Und als ich dann draußen vor Gary Butlers Haus stand, war Mummy ganz und gar nicht beeindruckt. (»Was sollen denn die Leute denken?«) Sie war es, die mir unbedingt irgendwelche Pillen verabreichen wollte. Oder dass ich für einen Monat irgendwohin fahre und geheilt wieder zurückkomme.

(Sie selbst schien ihre Trauer zu verarbeiten wie eine Raupe im Kokon. Nach der Beerdigung verschwand sie in ihrem Schlafzimmer und ließ zwei Wochen niemanden herein, dann trat sie heraus, voll bekleidet, voll geschminkt, blinzelnd. Nie weinend, immer blinzelnd.)

»Grandpa ist im Himmel«, erklärt Tessa bei einem Blick auf Daddys Foto. »Er sitzt auf einer Wolke, nicht, Mummy?«

»Vielleicht«, sage ich vorsichtig.

Was weiß ich denn schon? Vielleicht sitzt Daddy wirklich da oben auf einer Wolke.

»Aber was ist, wenn er runterfällt?«, fragt Anna ängstlich. »Mummy, was ist, wenn Grandpa runterfällt?«

»Der hält sich bestimmt fest«, sagt Tessa, »oder, Mummy?« Und schon blicken beide erwartungsvoll zu mir auf, mit abgrundtiefem Vertrauen darauf, dass ich eine Antwort parat habe. Weil ich Mummy bin, die alles weiß.

Plötzlich werden meine Augen ganz heiß. Ich wünschte, ich wäre, wofür mich meine beiden kleinen Mädchen halten. Ich wünschte, ich wüsste auf alles eine Antwort. Wie alt werden sie sein, wenn sie merken, dass das nicht der Fall ist? Dass niemand auf alles eine Antwort weiß. Als ich ihre fragenden Gesichter sehe, kann ich den Gedanken kaum ertragen, dass meine süßen, kleinen Mädchen eines Tages von dem ganzen Scheiß erfahren werden, den es auf der Welt so gibt, und dass sie damit fertigwerden müssen und ich nicht alles wiedergutmachen kann.

»Alles in Ordnung?«, fragt Dan, als er mit Mummy aus dem Wohnzimmer kommt. Er wirft einen kurzen Blick auf Daddy, und ich merke, dass er weiß, was ich denke. Fotos von Daddy neigen dazu, mich kalt zu erwischen.

Ehrlich gesagt kann mich alles kalt erwischen.

»Gut!« Ich zwinge mich, froh zu klingen. »Also, Kinder, was wollt ihr auf eure Pancakes haben?«

Ablenkung ist von entscheidender Bedeutung, denn auf keinen Fall möchte ich in Mummys Gegenwart mit Tessa darüber sprechen, dass ihr Grandpa auf einer Wolke sitzt.

»Ahornsirup!«

»Schokoladensoße!«

Anna und Tessa rennen in die Küche, kein Gedanke mehr an ihren Opa. Als ich ihnen folge, werfe ich einen Blick auf Dan, der immer noch an Mummys Seite geht, und dieser Anblick heitert mich auf. Sollte das Projekt Surprise einen unerwartet positiven Nebeneffekt haben?

Sollte es Dan und Mummy einander näherbringen? Als ich die beiden vorhin gesehen habe, wie sie im Wohnzimmer die Köpfe zusammensteckten, wirkten sie so offen und direkt miteinander, wie ich die beiden noch nie erlebt habe.

Ich meine, sie kommen miteinander aus, für gewöhnlich. Tun sie wirklich. Mehr oder weniger. Es ist nur …

Na ja. Wie gesagt, Dan kann mimosig reagieren, was Daddy angeht. Und Geld und … alles Mögliche. Aber vielleicht ist er darüber hinweg. Ich denke optimistisch. Vielleicht hat sich da ja was getan.

Oder vielleicht auch nicht. Nach dem Essen scheint mir Dan mimosiger zu sein als je zuvor, besonders als Mummy das mit der Schlange herausfindet und ihn damit aufzieht. Ich sehe ihm an, dass er sich anstrengen muss, freundlich zu bleiben, und ich kann es ihm nicht verdenken. Mummy hat die lästige Angewohnheit, ihre Witze totzureiten. Fast fühle ich mich bemüßigt, diese vermaledeite Schlange in Schutz zu nehmen. (Fast.)

»Als ich klein war, habe ich mir immer ein Haustier gewünscht«, sage ich den Mädchen in dem Versuch, den Gesprächsrahmen zu erweitern. »Nur wollte ich keine Schlange, ich wollte ein Kätzchen.«

»Ein Kätzchen«, haucht Tessa.

»Eure Schlange würde das Kätzchen wahrscheinlich fressen!«, sagt Mummy fröhlich. »Damit füttert man Schlangen doch, oder, Dan? Lebende Kätzchen?«

»Nein«, sagt Dan ausdruckslos, »tut man nicht.«

»Sei nicht albern, Mummy«, sage ich und werfe ihr einen strengen Blick zu, bevor sie den Mädchen Angst macht. »Granny macht Witze. Schlangen fressen keine Kätzchen! Also, jedenfalls …«, fahre ich fort, »… durfte ich kein Haustier haben, und ich hatte auch keine Brüder oder Schwestern … und wisst ihr was? Ich habe mir einfach eine Freundin ausgedacht. Sie hieß Lynn.«

Ich habe den beiden noch nie von meiner imaginären Freundin erzählt. Ich weiß gar nicht, wieso.

Quatsch, natürlich weiß ich, wieso. Es liegt daran, dass meine Eltern mir das Gefühl gegeben haben, ich müsste mich dafür schämen. Es kostet mich direkt Mut, sie in Mummys Gegenwart zu erwähnen.

Im Nachhinein – besonders da ich jetzt selbst Kinder habe – begreife ich, wieso meine Eltern die ganze Sache mit der imaginären Freundin nicht gut geregelt bekamen. Sie waren wunderbare Eltern, wirklich wahr, aber diese eine Sache, da lagen sie falsch.

Ich meine, ich verstehe ja. Damals war alles anders. Die Menschen waren nicht so aufgeschlossen wie heute. Außerdem waren Mummy und Daddy superkonventionell. Wahrscheinlich fürchteten sie, wenn ich Stimmen in meinem Kopf hörte, bedeutete das, ich würde verrückt werden oder so. Dabei sind imaginäre Freunde völlig normal und gesund für Kinder. Ich habe es gegoogelt. (Mehrmals sogar.) Sie hätten nicht so ablehnend sein sollen. Immer wenn ich Lynn erwähnte, erstarrte Mummy auf diese bedrückende Weise, und Daddy sah Mummy missbilligend an, als wäre es ihre Schuld, und mit einem Mal war die Stimmung total angespannt. Es war schrecklich.

Also wurde Lynn nach einer Weile zu meinem Geheimnis, was aber nicht bedeutete, dass ich von ihr abließ. Der bloße Umstand, dass meine Eltern eine derart extreme Reaktion auf sie zeigten, ließ mich an ihr festhalten. Sie ausschmücken. Manchmal hatte ich ein schlechtes Gewissen, wenn ich in meinem Kopf mit ihr sprach – und manchmal war ich trotzig –, aber immer habe ich mich schrecklich geschämt. Ich bin zweiunddreißig Jahre alt, aber selbst jetzt läuft es mir kalt über den Rücken, wenn ich den Namen »Lynn« laut ausspreche.

Neulich habe ich sogar von ihr geträumt. Oder mich vielleicht an sie erinnert. Ich konnte ihr fröhliches Lachen hören. Dann sang sie dieses Lied, das ich so gern mochte: »Kumbaya.«

»Hast du im echten Leben mit ihr gesprochen?«, fragt Tessa verwundert.

»Nein, nur in meinem Kopf.« Ich lächle sie an. »Ich habe sie mir ausgedacht, weil ich mich ein bisschen einsam gefühlt habe. Das ist völlig normal. Viele Kinder haben imaginäre Freunde«, füge ich hinzu, »aber irgendwann brauchen sie die nicht mehr.«

Das Letzte ist ein kleiner Seitenhieb gegen Mummy, aber sie tut so, als würde sie nichts merken, was wieder mal typisch ist.

Ich habe mir vorgenommen, mich eines Tages mit Mummy auszusprechen. Ich werde sagen: »Weißt du eigentlich, was für ein schlechtes Gewissen du mir gemacht hast?« und »Wo war denn das Problem? Dachtest du, ich bin *verrückt*, oder was?« Ich habe meinen Text parat – ich hatte nur noch nie so recht den Mumm, ihn vorzutragen. Wie gesagt, ich bin nicht so gut, was Konfrontationen angeht, vor allem, seit Daddy tot ist. Das

Familienboot ist auch so schon wacklig genug, da muss ich es nicht noch mehr ins Schaukeln bringen.

Und tatsächlich ignoriert Mummy das gesamte Gespräch und wechselt jetzt komplett das Thema.

»Guckt mal, was ich gefunden habe«, sagt sie, während sie den Fernseher an der Wand anstellt. Nach wenigen Sekunden erscheint auf dem Bildschirm ein Familienvideo. Es ist von meinem sechzehnten Geburtstag, der Teil, wo mein Vater aufsteht, um eine Rede über mich zu halten.

»Das habe ich ewig nicht gesehen«, flüstere ich, und wir alle sitzen schweigend davor. Daddy wendet sich an die Gäste im Ballsaal des Hurlingham Club, in dem meine Party stattfand. Er trägt eine schwarze Krawatte, Mummy schimmert in Silber, und ich habe mein rotes Minikleid an, nach dem Mummy und ich wochenlang gesucht hatten.

(Wenn ich mir dieses Kleid jetzt so ansehe, steht es mir nicht *wirklich*. Aber ich war sechzehn. Was wusste ich denn schon?)

»Meine Tochter ist schlagfertig wie Lizzy Bennet …«, sagt Daddy gerade auf seine bestimmende Art. »Stark wie Pippi Langstrumpf … kühn wie Jo March … und elegant wie Scarlett O'Hara.« Auf dem Bildschirm bricht Applaus aus. Daddy zwinkert mir zu, und ich blicke zu ihm auf, sprachlos.

Ich erinnere mich an diesen Moment. Es hat mich richtig umgehauen. Daddy hatte sich heimlich alle Bücher in meinem Zimmer angesehen, auf der Suche nach meinen Heldinnen, und dann eine Rede drum herum geschrieben. Ich sehe zu Mummy hinüber, mit leicht feuchten

Augen, und sie lächelt zurück. Meine Mutter kann mich in den Wahnsinn treiben – aber dann gibt es immer wieder Momente, in denen niemand mich versteht wie sie.

»Gute Rede«, sagt Dan bald darauf, und ich werfe ihm einen dankbaren Blick zu.

Mit einem Mal aber wird das Bild verschwommen, und die Stimmen klingen ganz verzerrt, und man kann sich das Video nicht mehr ansehen.

»Was ist passiert?«, fragt Tessa.

»Ach, herrje!« Mummy drückt auf der Fernbedienung herum, doch das Bild wird nicht besser. »Diese Kopie muss wohl irgendwie beschädigt sein. Egal. Wenn alle so weit sind, können wir rüber ins Wohnzimmer gehen und uns etwas anderes ansehen.«

»Die Hochzeit!«, sagt Anna.

»Die Hochzeit!«, kreischt Tessa.

»Im Ernst?«, fragt Dan ungläubig. »Haben wir denn keine Familienvideos gemacht?«

»Wieso können wir uns nicht die Hochzeit ansehen?«, frage ich. Und sollte ich dabei etwas empört klingen, dann, weil ich es bin.

Noch etwas, das man über meine Familie wissen sollte: Wir sehen uns unsere Hochzeits-DVD oft an. *Sehr* oft. Wahrscheinlich jedes zweite Mal, wenn wir Mummy besuchen. Die Mädchen finden sie toll, Mummy findet sie toll und – wie ich zugeben muss – ich auch.

Nur Dan findet es seltsam, sich immer wieder diesen einen Tag in unserem Leben anzusehen. Im Grunde hasst Dan unsere Hochzeits-DVD – vermutlich aus demselben Grund, aus dem Mummy sie so gern mag. Denn während es in den meisten Hochzeitsvideos um das glückliche Paar geht, dreht sich unseres im Grunde nur um Daddy.

Anfangs ist es mir überhaupt nicht aufgefallen. Ich fand, es ist ein hübsches, gut gemachtes Video. Erst etwa ein Jahr nach unserer Hochzeit ist Dan auf dem Heimweg von einem Besuch bei Mummy plötzlich ausgeflippt und meinte: »Begreifst du nicht, Sylvie? Das ist nicht unser Video, es ist seins!«

Und als ich es mir das nächste Mal ansah, war das natürlich offensichtlich. Es ist die Daddy-Show. Die allererste Einstellung des Films zeigt Daddy, der in seinem Cutaway ganz fabelhaft aussieht, wie er da neben dem Rolls-Royce steht, mit dem wir zur Kirche gefahren sind. In weiteren Einstellungen ist zu sehen, wie er mir in mein Hochzeitskleid hilft … dann er im Wagen … dann wie er mit mir zum Altar schreitet …

Das Bewegendste an der ganzen DVD ist nicht unser Treueschwur, sondern der Moment, in dem der Priester sagt: »Wer übergibt diese Frau in die Ehe?«, und Daddy sagt: »Ich«, wobei seine sonore Stimme ganz erstickt klingt. Dann schwenkt die Kamera während der Zeremonie immer wieder zu Daddy, der mit einem herzzerreißenden Ausdruck von wehmütigem Stolz dasitzt.

Dan glaubt, Daddy hat sich beim Filmschnitt eingemischt und dafür gesorgt, dass er häufig genug im Bild ist. Schließlich hat er dafür bezahlt – er war derjenige, der darauf bestand, ein teures Video-Team anzuheuern –, damit es genau so wurde, wie er es haben wollte.

Ich war unglaublich empört, als Dan es das erste Mal behauptete. Dann akzeptierte ich, dass es wohl möglich sein mochte. Daddy war … nicht wirklich eingebildet, aber er hatte ein gesundes Selbstwertgefühl. Er stand gern im Mittelpunkt. Zum Beispiel war er *verzweifelt* darauf erpicht, zum Ritter geschlagen zu werden. Freunde sprachen ihn darauf an, und er winkte mit einer unbeschwerten Bemerkung ab – aber wir wussten alle, dass er es wollte. Und warum auch nicht, nach all dem Guten, das er getan hat? (Mummy ist sehr empfindlich, was den Umstand angeht, dass es nicht mehr dazu gekommen ist. Ich habe gesehen, wie sie blinzelte, als sie die Ehrenliste in der Zeitung las. Sagen wir es, wie es ist: Hätte man ihn zum Ritter geschlagen, wäre sie jetzt »Lady Lowe«, was ziemlich gut klingt.)

Dennoch habe ich eine ganz andere Theorie, was unseren Hochzeitsfilm angeht. Ich glaube, das Video-Team fühlte sich wie selbstverständlich zu Daddy hingezogen, denn er wirkte wie ein Filmstar. Er sah gut aus und war so geistreich, er wirbelte Mummy derart souverän auf der Tanzfläche herum, dass der Kameramann oder der Cutter oder wer es auch gewesen sein mag, gar nicht anders konnte, als sich auf ihn zu konzentrieren.

Alles in allem ist Dan kein Fan davon. Die Mädchen dagegen können sich die Hochzeit gar nicht oft genug ansehen – mein Kleid vor allem und natürlich meine Haare. Daddy bestand darauf, dass ich meine Haare – meine »Pracht« – für die Hochzeit offen trug, und sie sahen wirklich ziemlich spektakulär und prinzessinnenmäßig aus, wunderschön wallend und schimmernd und blond, mit Zöpfchen und eingeflochtenen Blumen. Die Mädchen nennen es »Mamas Hochzeitshaare« und versuchen oft, ihre Puppen entsprechend zu frisieren.

Wie dem auch sei. Normalerweise läuft es so, dass

Dan sich verdrückt, sobald wir die DVD starten, und es dauert nie lange, bis auch den Mädchen langweilig wird und sie spielen gehen. Was zur Folge hat, dass Mummy und ich schweigend vor dem Fernseher sitzen und Daddys Anblick in uns aufsaugen. Das ist für uns das Dessert. Unsere Dose *Quality Street*.

Heute allerdings möchte ich nicht, dass Mummy und ich uns ganz allein Daddy ansehen. Heute soll es anders sein. Gemeinsamer und entspannter und eher … ich weiß nicht. Vereinter. Familienmäßiger. Auf dem Weg ins Wohnzimmer hake ich mich bei Dan unter.

»Guck es dir heute mit uns an«, versuche ich, ihn zu überreden. »Bleib hier bei uns.«

Mummy hat bereits auf Start gedrückt – keiner verliert ein Wort darüber, dass die DVD bereits im Player lag –, und schon bald sehen wir uns an, wie Daddy und ich aus meinem Elternhaus in Chelsea treten. (Mummy hat es vor einem Jahr verkauft und ist in diese Wohnung in der Nähe gezogen, weil sie einen »Neubeginn« wollte.)

»Gestern hatte ich die Lokalzeitung am Telefon«, sagt Mummy, während wir sehen, wie Daddy mit mir vor dem Rolls-Royce posiert. »Die wollen bei der Eröffnung der neuen Röntgenabteilung Fotos machen. Denk daran, dir die Haare frisieren zu lassen, Sylvie«, fügt sie hinzu.

»Hast du Esme schon Bescheid gesagt?«, frage ich. »Das solltest du tun.«

Esme ist die junge Krankenhausmitarbeiterin, die den Festakt organisiert. Sie ist ziemlich neu im Job, und es ist ihr erstes Event. Fast täglich bekomme ich besorgte Mails von ihr, die meist beginnen mit: *Ich glaube, ich habe alles geplant, aber …* Selbst am Wochenende. Gestern wollte sie wissen: *Wie viele Parkplätze werden Sie benötigen?* Heute war es: *Brauchen Sie für Ihre Rede Powerpoint?* Mal ehrlich – Powerpoint? Im Ernst?

»Dan, du *kommst* doch zu diesem Festakt?«, fragt Mummy und wendet sich uns abrupt zu.

Ich stoße Dan an, der aufblickt und sagt: »Ja, klar.«

Er könnte ruhig begeisterter klingen. Schließlich kommt es nicht jeden Tag vor, dass eine ganze Krankenhausstation nach deinem verstorbenen Schwiegervater benannt wird, oder?

»Als ich dem Reporter erzählt habe, was Daddy in seinem Leben alles erreicht hat, konnte er es kaum glauben«, fährt Mummy zittrig fort. »Dass er sein Geschäft von null aufgebaut hat, die vielen Spendenaktionen, dass er diese wundervollen Feste organisiert hat, dass er den Mount Everest bestiegen hat ... Der Reporter meinte, seine Überschrift würde lauten: ›Ein bemerkenswerter Mann.‹«

»Er fing ja nun nicht wirklich bei null an«, sagt Dan.

»Bitte?« Mummy mustert ihn.

»Na ja, dieser ziemlich warme Geldregen hat Marcus schon dabei geholfen, oder? Also nicht ganz bei ›null‹.«

Ich werfe Dan einen scharfen Blick zu – und tatsächlich ist er ganz neinisch. Er wirkt total verspannt, als stünde er extrem unter Druck.

Immer wenn ich Zeit mit Dan und Mummy verbringe, gehen meine Sympathien zwischen den beiden hin und her wie ein Pendel. In diesem Augenblick gehören sie Mummy. Wieso kann Dan Mummy nicht mal in Erinnerungen schwelgen lassen? Ist es nicht egal, ob sie sich hundertprozentig präzise ausdrückt? Was macht es schon, wenn sie ihren toten Mann romantisiert?

»Das ist wunderbar, Mummy«, sage ich, ohne auf Dan einzugehen. Ich drücke ihre Hand und achte argwöhnisch darauf, ob sie wieder blinzelt. Doch obwohl ihre Stimme ein wenig bebt, scheint sie doch gefasst.

»Weißt du noch, wie er damals mit uns nach Griechenland gefahren ist?«, fragt sie mit entrücktem Blick. »Da warst du noch ganz klein.«

»Na klar!« Ich wende mich Dan zu. »Es war unglaublich. Daddy hatte eine Jacht gechartert, und wir sind an der Küste entlanggesegelt. Jeden Abend haben wir bei Kerzenschein am Strand gegessen. Krebse … Hummer …«

»Und jeden Abend hat er einen neuen Cocktail erfunden«, fügt Mummy verträumt hinzu.

»Klingt super«, sagt Dan tonlos.

Mummy blinzelt ihn an, als käme sie zu sich. »Wohin fahrt ihr dieses Jahr in den Urlaub?«

»Lake District«, sage ich. »Holzhütte.«

»Schön.« Mummy lächelt entrückt, und ich seufze im Stillen. Ich weiß, sie will nicht abfällig klingen, aber sie begreift einfach nicht, wie wir leben. Sie begreift nicht, dass wir sparen müssen, dass wir die Mädchen erden wollen, dass wir uns an den einfachen Dingen freuen. Als ich ihr mal die Broschüre von einem französischen Campingplatz gezeigt habe, wurde sie leichenblass und meinte: »Aber Liebchen, wieso mietet ihr euch keine hübsche Villa in der Provence?«

(Hätte ich geantwortet »wegen des Geldes«, hätte sie gesagt: »Aber Liebchen, ich *gebe* euch das Geld!« Und dann wäre Dan wieder ganz mimosig geworden. Also lasse ich es lieber sein.)

»Oh, guck mal!« Mummy deutet auf den Bildschirm. »Gleich macht Daddy diese lustige, kleine Bemerkung, bevor ihr in die Kirche geht. Dein Vater war immer so geistreich«, fügt sie wehmütig hinzu. »Alle meinten, seine Rede sei der *Höhepunkt* der ganzen Feier gewesen, der absolute *Höhepunkt*.«

Ich spüre eine Bewegung neben mir auf dem Sofa, und plötzlich ist Dan aufgestanden.

»Entschuldigt mich«, sagt er und geht zur Tür, wobei er meinem Blick ausweicht. »Ich muss noch einen dringenden Anruf für die Arbeit erledigen. Hätte ich fast vergessen.«

Ja, genau. Eigentlich kann ich ihm keinen Vorwurf machen. Aber ich mache ihm doch einen Vorwurf. Könnte er sich nicht wenigstens *einmal* darauf einlassen?

»Geh nur.« Ich gebe mir Mühe, freundlich zu klingen, als wäre ich mir nicht darüber im Klaren, dass er diesen Anruf erfunden hat. »Wir sehen uns gleich.«

Dan geht hinaus, und Mummy sieht zu mir herüber.

»Oje«, sagt sie, »der arme Dan scheint mir doch ein wenig angespannt. Ich frage mich, wieso.«

So nennt sie ihn oft: den »armen« Dan. Und sie klingt dabei dermaßen herablassend – auch wenn sie es nicht so meint –, dass mein Pendel augenblicklich in die andere Richtung schwingt. Ich muss Dan beistehen. Denn er hat wohl recht.

»Ich glaube, er fühlt sich … Er denkt …« Ich hole tief Luft. Ich werde es jetzt angehen, ein für alle Mal. »Mummy, ist dir jemals aufgefallen, dass es in unserem Hochzeitsvideo ziemlich oft um … also … Daddy geht?«

Mummy blinzelt mich an. »Wie meinst du das?«

»Im Vergleich mit … anderen Leuten.«

»Aber er war der Vater der Braut.« Mummy ist nach wie vor perplex.

»Ja, schon …«, wende ich ein, und mir wird ganz heiß, »… aber Daddy ist öfter zu sehen als Dan! Dabei ist es *seine* Hochzeit!«

»Oh.« Mummys Augen werden groß. »Oh, ich verstehe! Ist der arme Dan deshalb so mimosig?«

»Er ist nicht mimosig«, sage ich und fühle mich unwohl. »Du musst seinen Standpunkt verstehen.«

»Gar nichts muss ich!«, sagt Mummy aufgebracht. »Das Video gibt die Atmosphäre der Hochzeit perfekt wieder, und ob es dir nun gefällt oder nicht: Dein Vater war der Mittelpunkt der Feier. Es ist doch kein Wunder, dass die Videofilmer die unterhaltsamste Person im Raum ins Visier genommen haben. Der arme Dan ist ein netter Kerl, du weißt, ich liebe ihn über alles, aber er ist nicht gerade eine Stimmungskanone, oder?«

»Ist er wohl!«, erwidere ich empört, obwohl ich genau weiß, was sie meint. Dan ist wirklich lustig und unterhaltsam, wenn man ihn näher kennt, aber er ist längst nicht so *präsent*. Er zieht nicht unter dem Jubel der Umstehenden drei Frauen gleichzeitig auf die Tanzfläche, so wie Daddy es getan hat.

»Wie absurd, sich darum Gedanken zu machen«, sagt Mummy mit einem Hauch von Missbilligung in der Stimme. »Aber der arme Dan *ist* ja auch etwas empfindlich, besonders was Marcus und seine Errungenschaften angeht.« Sie seufzt. »Obwohl … kann man es ihm vorwerfen?« Sie schweigt einen Moment, und ihre Miene wird sanfter und verträumter. »Eines darfst du nicht vergessen, Sylvie: Dein Vater *war* ein bemerkenswerter Mann, und wir können uns glücklich schätzen, ihn gehabt zu haben.«

»Ich weiß.« Ich nicke. »Ich weiß es ja.«

»Selbstverständlich hat Dan auch viele gute Gaben«, fügt sie nach kurzer Pause hinzu. »Er ist sehr ... loyal.« Ich weiß, dass sie was Nettes sagen möchte, obwohl »loyal« in ihrer Vorstellung um einiges niedriger einzustufen ist als »bemerkenswert«.

Wir schweigen, während der Film weiterläuft, und mir schnürt sich die Kehle zu, als ich Daddy auf dem Bildschirm sehe, wie er dasteht, während ich Dan heirate. Sein Gesicht ist so edel und so würdevoll. Ein Lichtstrahl fällt genau an der richtigen Stelle auf sein Haar. Dann blickt er in die Kamera und zwinkert, wie er es oft tat.

Und obwohl ich diese DVD schon so oft gesehen habe, tut es mir doch plötzlich weh. Mein Leben lang hat Daddy mir zugezwinkert. Bei Schulkonzerten, bei langweiligen Abendessen, wenn er sich zurückzog, nachdem er allen eine gute Nacht gewünscht hatte. Und ich weiß, es klingt nicht nach viel – jeder kann zwinkern –, aber Daddys Zwinkern war besonders. Es war wie ein Energieschub. Ein unmittelbarer Stimmungsaufheller.

Mein inneres Pendel steht still. Sprachlos starre ich den Bildschirm an. Mein Kopf ist völlig leer, bis auf die eine große Schlagzeile: Mein Vater ist tot, und er kommt nie wieder. Alles andere ist irrelevant.

KAPITEL ACHT

Am nächsten Morgen spielt mein Pendel wieder verrückt. Im Grunde spielt die ganze Welt verrückt. Ich kann mir im Leben nicht mehr vorstellen, noch achtundsechzig Jahre mit Dan verheiratet zu sein. Die letzten achtundsechzig Minuten waren schlimm genug.

Ich weiß nicht, was ihm gestern bei Mummy dermaßen unter die Haut gegangen ist. Jedenfalls ist er seitdem mürrisch und maulig und einfach ... aaaah! Gestern Abend im Wagen auf dem Heimweg fing er davon an, dass meine Familie zu viel in der Vergangenheit lebt, was angeblich nicht gut für die Mädchen ist. Er meinte sogar, ob ich denn unbedingt meine imaginäre Freundin erwähnen musste? Was zum Teufel ist schlimm daran, wenn ich meine imaginäre Freundin erwähne?

Ich weiß, was Dan durch den Kopf geht, obwohl er es nie zugeben würde. Er macht sich Sorgen darüber, dass ich psychisch labil bin. Oder potentiell labil. Nur weil ich das eine Mal vor Gary Butlers Haus gestanden habe. Und einen klitzekleinen Brief in den Schlitz geworfen habe. (Was ich zugegebenermaßen nicht hätte tun sollen.) Aber entscheidend ist doch, dass es sich um eine Ausnahmesituation handelte. Ich war in tiefer Trauer, als ich meine »depressive Episode« hatte oder wie man es nennen will.

Wohingegen es lange her ist, dass ich Lynn erfunden habe. Da war ich noch ein Kind, und es war ganz normal und natürlich, denn das habe ich gegoogelt, wie er sehr wohl weiß, und *was hat er eigentlich für ein Problem?*

Was mehr oder weniger eine Zusammenfassung dessen ist, was ich zu ihm gesagt habe. Nur habe ich es leise gefaucht, damit die Mädchen mich nicht hören, und ich weiß gar nicht, ob er alle meine ausgefeilten Argumente eigentlich mitbekommen hat.

Als ich dann heute Morgen aufwachte, dachte ich: Egal, neuer Tag, neues Glück, und ich war entschlossen, guter Dinge zu sein. Ich habe sogar der Schlange hallo gesagt, über die Schulter hinweg, mit geschlossenen Augen. Doch Dan schien sich noch tiefer in seinem Unglück zu suhlen. Schweigend saß er am Frühstückstisch, spielte mit seinem Telefon herum und meinte dann plötzlich: »Wir haben übrigens ein Angebot bekommen, nach Europa zu expandieren.«

»Ach ja?« Ich blickte von der Buchstabierübung der Mädchen auf. »Maus.«

»Em-ah-uh-es«, intonierte Anna.

»In Kopenhagen sitzen Leute, die so was Ähnliches machen wie wir. Die haben einen Haufen Projekte, für die sie sich mit uns zusammentun wollen, für ganz Nordeuropa. Wir könnten unseren Umsatz verdreifachen.«

»Aha. Und wäre das was Gutes?«

»Ich weiß nicht. Vielleicht. Es birgt ein gewisses Risiko.« Dan hatte so einen verknoteten, unglücklichen Gesichtsausdruck, dass in meinem Kopf die Alarmsirenen losgingen. »Aber *irgendwas* müssen wir tun.«

»Was meinst du?«

»Das Geschäft kann nur wachsen, wenn wir …«

Er stockte und trank von seinem Kaffee, und ich betrachtete ihn voll Sorge. Wie gesagt, ich kenne Dan ziemlich gut, ich weiß, wann er sich auf neue, machbare Ideen einlässt, und ich weiß, wann er festsitzt. Und in diesem Augenblick sah er aus, als würde er festsitzen. Er sah nicht danach aus, als *gefiele* ihm der Gedanke zu expandieren. Er sah aus, als stünde er schrecklich unter Druck.

»Haus«, sagte ich zu Tessa, und sie fing an zu buchstabieren.

»Ha-ah-uh-es.«

»Wenn du ›wachsen‹ sagst …«, begann ich über ihren Singsang hinweg, »… was genau …?«

»Wir sollten fünfmal so groß sein, wie wir sind.«

»Fünfmal?«, wiederholte ich erstaunt. »Wer sagt das? Es geht dir doch gut! Du hast viele Projekte, verdienst reichlich …«

»Ach, komm schon, Sylvie«, knurrte er fast. »Das Kinderzimmer ist winzig. Früher oder später werden wir in ein neues Haus umziehen wollen.«

»Wer sagt das? Dan, wo kommt das alles her?«

»Es geht nur darum, vorausschauend zu handeln«, sagte Dan, ohne mir in die Augen zu sehen. »Es geht nur darum, einen Plan zu schmieden.«

»Okay, und was würde dieser Plan beinhalten?«, blaffte ich ihn an. »Müsstest du reisen?«

»Natürlich«, sagte er gereizt. »Es würde ein ganz anderes Maß an Einsatz, an Investitionen erforderlich machen …«

»Investitionen?« An diesem Wort blieb ich hängen. »Dann müsstest du dir also Geld leihen?«

Er zuckte mit den Schultern. »Wir müssten unsere Position stärken.«

»Position stärken.« Ich hasse diese Formulierung. Das ist nur Schönfärberei. Es klingt so einfach. Man stellt es sich bildlich vor und denkt: Ja, das klingt sinnvoll. Ich habe lange gebraucht, bis mir klar wurde, dass es in Wahrheit bedeutet: »einen Riesenbatzen Geld borgen, zu beklemmend hohen Zinsen.«

»Ich weiß nicht«, sagte ich. »Es klingt riskant. Wann haben diese Leute aus Kopenhagen angefragt?«

»Vor zwei Monaten«, sagte Dan. »Wir haben abgelehnt. Aber im Moment bin ich gerade dabei, es mir noch mal zu überlegen.«

Und da ist mir richtig der Kragen geplatzt. Warum überlegt er es sich gerade jetzt noch mal? Weil wir gestern bei meiner Mutter waren und sie von unseren Ferien auf einer Jacht in Griechenland erzählt hat?

»Dan.« Ich sah ihm eindringlich in die Augen. »Wir haben ein wunderbares Leben. Wir haben ein wunderbar ausgeglichenes Verhältnis zwischen Berufs- und Privatleben. Deine Firma muss nicht fünfmal so groß werden. Die Mädchen haben dich gern um sich. Wir wollen nicht, dass du in Kopenhagen bist. Und ich liebe dieses Haus! Wir haben uns hier ein Zuhause geschaffen! Wir *brauchen* kein neues Haus, und wir *brauchen* nicht noch mehr Geld ...«

Ich war ganz schön in Fahrt. Wahrscheinlich hätte ich zwanzig Minuten so weiterreden können, aber Annas kleines Stimmchen meldete sich zu Wort und sagte: »Sieben Uhr zweiundfünfzig.« Sie las die Uhr am Herd ab, was ihr neues Hobby ist. Mein Wortschwall erstarb abrupt. »*Wie* spät? Sch…eibenkleister!«, und es war eine ziemliche Aktion, die Mädchen für die Schule fertig zu machen.

Und ich habe mit den beiden auch nicht Buchstabieren geübt. Na toll. Bestimmt kriegen sie jetzt eine schlechte Note. Und wenn die Lehrerin fragt: »Was ist denn los mit euch diese Woche?«, wird Tessa mit klarer Stimme verkünden: »Wir konnten unsere Wörter nicht lernen, weil Mummy und Daddy sich wegen Geld gestritten haben.« Und dann werden sich die Lehrer im Lehrerzimmer das Maul über uns zerreißen.

Seufz.

Doppelseufz.

»Sylvie!«, ruft Tilda, als sie sich am Gartentor zu mir gesellt. »Was ist los? Ich hab schon dreimal hallo gesagt. Du bist ja ganz woanders!«

»Entschuldige!« Ich begrüße sie mit einem Küsschen, und wir machen uns auf unseren üblichen Weg.

»Was ist denn mit dir?«, sagt sie bei einem Blick auf ihren Fitbit. »Der übliche Montagmorgen-Blues?«

»Ach, du weißt schon.« Ich stoße gleich den nächsten schweren Seufzer aus. »Eheleben.«

»Ach, *Eheleben*.« Sie schnaubt. »Hast du den Beipackzettel nicht gelesen? ›Kann Kopfschmerzen, Angstzustände, Stimmungsschwankungen, Schlafstörungen und den Drang, jemanden zu ermorden, auslösen‹?« Ihr Gesichtsausdruck ist so komisch, dass ich lachen muss. »Oder Pickel«, fügt Tilda hinzu. »Ich krieg davon Pickel.«

»Pickel habe ich keine«, vertraue ich ihr an. »Das ist schon mal ein Vorteil.«

»Und ein weiterer Vorteil dürfte vermutlich wohl deine zauberhafte, neue Kaschmirjacke sein …«, meint Tilda augenzwinkernd. »Lief alles nach Plan?«

»O Gott.« Ich schlage mir mit der flachen Hand an die Stirn. »Es kommt mir vor, als wäre das alles schon ewig her. Ehrlich gesagt lief überhaupt nichts nach Plan. Dan hat herausgefunden, dass ich die Jacke vorher anprobiert habe. Und wir hatten beide mittags einen Tisch reserviert. Und am Ende haben wir eine Schlange bekommen.«

»Eine *Schlange*?« Sie starrt mich an. »Das kam jetzt aber *doch* überraschend.«

Ich berichte Tilda alles, was am Samstag passiert ist, und wir müssen schrecklich lachen. Inzwischen bin ich eigentlich wieder ganz guter Dinge, doch dann fällt mir Dans Kratzbürstigkeit ein, und schon ist meine Laune wieder im Keller.

»Und woher der Morgenblues?«, will Tilda wissen, denn sie ist so eine Freundin, die gern sicher ist, dass es dir gut geht, und sich weder abschütteln lässt noch jemals gekränkt ist. Die beste Art von Freundin, die man haben kann. »Wegen der Schlange?«

»Nein, nicht wegen der Schlange«, sage ich offen und ehrlich. »An die Schlange könnte ich mich vielleicht gewöhnen. Es ist nur …« Ich breite die Arme aus und lasse sie herabsinken.

»Dan?«

Ich gehe ein paar Schritte, sortiere meine Gedanken. Tilda ist weise und loyal. Im Laufe der Zeit haben wir einander schon einiges anvertraut. Möglicherweise sieht sie die Situation etwas anders.

»Ich habe dir doch schon mal von Dan und meinem Vater erzählt«, sage ich schließlich. »Und die ganze …«

»Finanzielle Mimosigkeit?«, schlägt Tilda taktvoll vor.

»Genau. Finanzielle Mimosigkeit. Ich dachte ja, es würde besser werden, aber es wird immer schlimmer.« Ich spreche leiser, obwohl kein Mensch auf der Straße ist. »Dan plant, mit seiner Firma zu expandieren. Ich *weiß*, dass er es nur tut, weil er sich mit Daddy messen muss, aber ich will das alles nicht!« Ich blicke auf und sehe, dass Tilda mich aufmerksam mustert. »Ich will nicht, dass er sich totarbeitet, nur um so was Ähnliches wie mein Vater zu werden. Er ist nicht mein Vater, er ist Dan! Dafür liebe ich ihn. Weil er *Dan* ist, nicht weil …« Ich weiß nicht genau, was ich eigentlich sagen will.

Eine Weile gehen wir schweigend nebeneinanderher.

»Vor einiger Zeit habe ich eine interessante Doku über Löwen gesehen«, sagt Tilda schließlich. »Über die jungen Löwen, die der älteren Generation die Vormacht abnehmen. Die gehen aufeinander los und fügen sich gegenseitig furchtbare Verletzungen zu. Aber sie müssen es auskämpfen. Sie müssen festlegen, wer der Boss ist.«

»Du meinst, Dan ist ein Löwe?«

»Vielleicht ist er ein junger Löwe, der niemanden hat, gegen den er kämpfen kann«, sagt Tilda und wirft mir einen kryptischen Blick zu. »Überleg mal. Dein Vater ist auf dem Höhepunkt seines Lebens gestorben. Er wird niemals alt und gebrechlich sein. Er wird niemals Platz für Dan machen. Dan möchte König des Dschungels sein.«

»Aber er *ist* der König unseres Dschungels!«, sage ich frustriert. »Zumindest … regieren wir gemeinsam«, verbessere ich mich, weil unsere Ehe definitiv eine gleichberechtigte Partnerschaft ist, was ich den Mädchen unbedingt als positiv-feministisches Vorbild vermitteln möchte. (Sofern ich nicht gerade mit Dan streite und ihr Buchstabieren vernachlässige.) »Wir sind beide Könige«, erläutere ich.

»Vielleicht fühlt er sich nicht wie ein König.« Tilda zuckt mit den Schultern. »Ich weiß nicht. Da müsstest du David Attenborough fragen.« Schweigend geht sie ein paar Schritte, dann fügt sie hinzu: »Oder vielleicht sollte Dan nicht so einen Affentanz davon machen und sich endlich mal am Riemen reißen. Entschuldige die harsche Wortwahl«, fügt sie hinzu. »Du weißt, was ich meine.«

»Allerdings«, sage ich nickend. Mittlerweile sind wir beim Bahnhof angekommen, und wie üblich strömen von allen Seiten Pendler und Schulkinder darauf zu. »Wie dem auch sei«, sage ich über das Stimmengewirr hinweg, »ich habe schon einen neuen Plan, und ich werde definitiv dafür sorgen, dass Dan sich wie der König des Dschungels fühlt. Das ist auch eine Überraschung«, füge ich hinzu, und Tilda stöhnt.

»Nein! Nicht noch mehr von diesem Blödsinn! Ich dachte, du bist kuriert. Am Ende kriegt ihr *noch* eine Schlange. Oder Schlimmeres.«

»Nein, kriegen wir nicht«, sage ich stur. »Diesmal ist es eine *gute* Idee. Sie hat mit Sex zu tun, und Sex ist in jeder Hinsicht von entscheidender Bedeutung, hab ich recht?«

»Sex?« Tilda wirkt gleichermaßen entsetzt wie fasziniert. »Erzähl mir nicht, du hast dir eine neue Stellung ausgedacht, bei der Dan sich fühlt wie der König des Dschungels. Bei dem Gedanken wird einem ja ganz schwindlig.«

»Es ist keine sexuelle Praktik. Es ist ein erotisches Geschenk.« Ich lege eine dramatische Pause ein. »Ich spreche von *Boudoir-Fotografie*.«

»Bitte?« Tilda versteht kein Wort. »Was ist das?«

»Boudoir-Fotos! Das nennt man so. Man macht sie, bevor man heiratet. Man lässt sexy Fotos von sich machen, in Netzstrümpfen oder was auch immer, und dann schenkt man sie seinem Mann in Buchform. Damit er sich in späteren Jahren daran erinnern kann, wie scharf man früher war.«

»Und dann stehst du irgendwann vorm Spiegel und vergleichst?« Tilda klingt erschüttert. »Na, vielen Dank auch! Ich würde sagen, darüber sollte man lieber den Schleier der Erinnerung ausbreiten.«

»Na, egal, das habe ich jedenfalls vor«, erwidere ich etwas trotzig. »Ich werde es heute googeln. Es gibt spezielle Fotostudios dafür.«

»Wie viel verlangen die?«

»Ich weiß nicht«, räume ich ein. »Aber wie viel ist eine glückliche Ehe wert?«

Tilda rollt mit den Augen. »Wenn du willst, mach ich das«, sagt sie. »Und ich verlange auch nichts dafür. Du kannst mir eine Flasche Wein spendieren. Guten Wein«, präzisiert sie.

»*Du* würdest es machen?« Mir entfährt ein ungläubiges Lachen. »Du hast doch gerade gesagt, du findest die Idee absurd!«

»Für mich. Aber für dich – warum nicht? Könnte lustig werden.«

»Aber du bist doch gar keine Fotografin!« Noch beim Sprechen fallen mir plötzlich ihre vielen Instagram-Bilder ein. »Ich meine, keine *richtige* Fotografin«, füge ich vorsichtig hinzu.

»Ich habe ein Auge dafür«, sagt Tilda selbstbewusst. »Das ist die Hauptsache. Meine Kamera ist gut genug, und Licht und so was kann man mieten. Ich wollte mich schon längst näher mit der Fotografie befassen. Was Requisiten angeht … Irgendwo habe ich noch eine Reitgerte rumliegen.« Sie wackelt mit den Augenbrauen und bringt mich zum Lachen.

»Okay. Vielleicht. Ich denk drüber nach, aber jetzt muss ich los!«

Ich drücke sie an mich, und als ich in den Bahnhof haste, lache ich immer noch über Tildas Idee.

Obwohl … im Grunde hat sie recht. Um zehn Uhr habe ich gut eine Stunde damit verbracht, mir auf dem Bürocomputer »Boudoir-Fotografie«-Websites anzusehen. Ich habe Clarissa losgeschickt, unsere freiwilligen Helfer zum Grad ihrer Jobzufriedenheit zu befragen, um sie für eine Weile loszuwerden. Zuerst einmal kosten diese Shootings alle mehrere Hundert Pfund. Und zweitens wird mir bei manchen Seiten ganz anders: *Kevin, unser Fotograf, wird seine langjährigen Erfahrungen* (Playboy, Penthouse) *nutzen, um Sie einfühlsam durch eine Reihe von erotischen Posen zu geleiten, einschließlich einiger Vorschläge zur Handplatzierung.* (Handplatzierung?). Und drittens: Wäre es nicht viel lustiger und entspannter mit Tilda?

Aber ich sammle schon mal ein paar Ideen. Es gibt da ein Foto von einem Mädchen im weißen Negligee auf einem Stuhl, der genauso aussieht wie einer unserer Küchenstühle. Das könnte ich machen. Eben bin ich dabei, es mir genauer anzusehen, um mir ihre Haltung einzuprägen, als ich schwere Schritte auf der Treppe höre.

Mist. Das ist er. Der Neffe. Robert. *Mist!*

Ich habe mindestens dreißig Fenster auf dem Bildschirm offen, von denen jedes eine Frau im Korsett oder in Netzstrümpfen zeigt, auf einem Bett liegend, bekleidet nur mit falschen Wimpern und einem Hochzeitsschleier.

Klopfenden Herzens fange ich an, die Bilder zu schließen, aber ich bin zu nervös und klicke immer wieder daneben. Dieses dämliche Weib will nicht aufhören, mich anzuschmollen mit ihren roten Lippen und dem Spitzen-BH und den Händen provokant vor ihrem Tanga. (Inzwischen begreife ich auch den Sinn von *Vorschlägen zur Handplatzierung*.)

Als ich in Panik das letzte Foto schließe, wird mir bewusst, dass keine Schritte mehr von der Treppe zu hören sind. Er ist hier. Aber das macht nichts: Ich habe alle noch rechtzeitig schließen können. Ich bin mir sicher. Er hat nichts gesehen.

Oder doch?

In meinem Nacken kribbelt es vor lauter Verlegenheit. Ich bringe mich nicht dazu, mich umzudrehen. Soll ich so tun, als wäre ich derart in meine Arbeit vertieft, dass ich ihn gar nicht bemerkt habe? Ja. Guter Plan.

Ich nehme den Hörer ab und wähle irgendeine Nummer.

»Hallo?«, improvisiere ich. »Hier ist Sylvie vom Willoughby House. Ich rufe an, um mit Ihnen über unsere Veranstaltung zu sprechen. Wären Sie wohl so nett, mich bei Gelegenheit zurückzurufen? Vielen Dank.«

Ich lege den Hörer auf, wende mich um und gebe mich überrascht, als ich Robert dort in seinem dunklen Anzug vor mir aufragen sehe, mit einer Aktentasche in der Hand.

»Oh, hi!«, rufe ich aufgekratzt. »Tut mir leid, ich habe Sie gar nicht bemerkt!«

Seine Miene bleibt ausdruckslos, aber sein Blick geht zum Computerbildschirm, dann zum Telefon und wieder zu mir zurück. Seine Augen sind so dunkel und undurchdringlich, dass ich sie nicht lesen kann. Sein ganzes Gesicht strahlt so etwas Abweisendes, Verschlossenes aus. Als sähe man nur die Spitze eines Eisbergs.

Nicht wie bei Dan. Dan ist geradeheraus. Seine Augen sind offen und ehrlich. Wenn er die Stirn runzelt, ahne ich normalerweise, warum. Wenn er lächelt, weiß ich, was der Witz war. Diesem Mann könnte man es nicht mal ansehen, wenn er abgetrennte Köpfe in seinem Kohlenkeller versteckt hätte.

Augenblicklich bremse ich mich. Übertreib nicht. So schlimm ist er gar nicht.

»Die meisten Telefonnummern fangen mit einer Null an«, sagt er trocken.

Verdammt.

Was fällt ihm ein? Er hat mir gleich auf die Finger geguckt, als würde er davon ausgehen, dass ich was zu verheimlichen habe. Das zeigt, wie hinterlistig er ist. Ich muss auf der Hut sein.

»Manche nicht«, sage ich vage und rufe wahllos irgendein Dokument auf. Es ist das Budget für ein Cembalo-Konzert im letzten Jahr, wie mir etwas zu spät bewusst wird, aber wenn er mich darauf anspricht, werde ich einfach sagen, ich bereite mich schon mal auf eine Bilanzprüfung vor. Genau.

Ich bin ganz verunsichert, wenn er mich so ansieht – und ich komme zu dem Schluss, dass es seine Schuld ist. Er dürfte keine derart furchteinflößende Ausstrahlung haben. Das ist nicht gerade förderlich für … irgendwas. In diesem Augenblick höre ich Clarissa auf der Treppe. Als sie eintritt, gibt sie bei seinem Anblick ein leises Quieken der Bestürzung von sich.

»Gut, dass Sie da sind«, sagt er zu ihr. »Ich möchte Sie beide sprechen. Ich möchte, dass man mir einiges erklärt.«

Genau das meinte ich. Wie aggressiv klingt das denn?

»Gut«, sage ich kühl. »Clarissa, wärst du wohl so nett, uns einen Kaffee zu holen? Ich mach das hier nur eben fertig.«

Ich werde nicht springen, nur weil er es sagt. Wir haben viel zu tun. Es muss einiges erledigt werden. Was glaubt er eigentlich, was wir den ganzen Tag so treiben? Ich schließe die Budgetberechnung für das Cembalokonzert, sortiere ein paar Dokumente, die den Bildschirm unübersichtlich machen (Clarissa lässt immer alles auf dem Desktop), dann klicke ich, ohne weiter nachzudenken, ein minimiertes Foto an.

Augenblicklich erscheint das Bild einer Frau mit riesigem Schmollmund und durchsichtigem BH, die ihre Hände auf den Brüsten spreizt (ausgezeichnete Handplatzierung). Vor Schreck will sich mir fast der Magen umdrehen. *Scheiße. Ich bin ein solcher IDIOT!* Ich laufe puterrot an, während ich wie verrückt auf meiner Maus herumklicke, um dieses Foto endlich loszuwerden. Schließlich verschwindet es, und ich fahre mit schrillem Lachen auf meinem Stuhl herum.

»Haha! Vermutlich werden Sie sich wundern, warum ich dieses Foto aufgerufen habe! Ich war eigentlich gerade bei ...«, verzweifelt überlege ich, was ich sagen könnte, »... Recherchen. Für eine mögliche Ausstellung von ... Erotika.«

Mir wird ganz heiß. Ich hätte das Wort »Erotika« nicht laut aussprechen sollen. Erotika ist ein schlimmes Wort, fast so schlimm wie »feucht«.

»Erotika?« Robert klingt verwundert.

»Historisch. Im Laufe der Jahrhunderte. Viktorianisch, edwardianisch, im Vergleich mit der modernen ... äh ... ich bin noch in der Planungsphase«, ende ich lahm.

Schweigen macht sich breit.

»Besitzt Willoughby House denn Erotika?«, fragt Robert schließlich stirnrunzelnd. »Ich hätte nicht gedacht, dass meine Tante einen Sinn dafür hat.«

Selbstverständlich hat sie keinen Sinn dafür! Aber ich muss irgendwas sagen und fische ein Bild aus den Tiefen meiner Erinnerung.

»Es gibt da ein Bild von einem Mädchen auf einer Schaukel in der Sammlung alter Drucke«, erkläre ich.

»Ein Mädchen auf einer Schaukel?« Er zieht die Augenbrauen hoch. »Klingt nicht gerade ...«

»Sie ist nackt«, erläutere ich. »Und ganz schön ... na ja ... üppig. Für einen Mann in viktorianischer Zeit war das wohl ziemlich ansprechend.«

»Und für einen modernen Mann?« Seine dunklen Augen blitzen mich an.

Ist es angemessen, dass seine Augen blitzen? Ich werde so tun, als hätte ich es nicht gemerkt. Oder die Frage nicht gehört. Oder dieses Gespräch überhaupt erst angefangen.

»Worüber wollten Sie denn mit uns sprechen?«, frage ich stattdessen. »Was genau möchten Sie wissen?«

»Ich möchte wissen, was Sie eigentlich den ganzen Tag über so treiben«, sagt er freundlich, und sofort stellen sich mir die Nackenhaare auf.

»Wir kümmern uns um die Verwaltung und Finanzierung von Willoughby House«, sage ich knapp.

»Gut. Dann können Sie mir sicher sagen, was das hier ist.«

Er deutet auf »Die Leiter«. Es handelt sich um eine hölzerne Bibliotheksleiter, die an der Wand lehnt. Auf den drei Stufen stehen Schachteln mit Grußkarten. Als ich seinem Blick folge, schlucke ich. Ich muss zugeben, dass die Leiter doch etwas eigenwillig ist, selbst für uns.

»Das ist unser Weihnachtskartensystem«, erkläre ich. »Weihnachtskarten sind Mrs Kendrick sehr wichtig. Auf der obersten Stufe stehen die Karten, die wir letztes Jahr bekommen haben, auf der mittleren stehen unsere noch nicht unterschriebenen Karten für dieses Jahr, und auf der untersten die schon unterschriebenen. Jeder unterschreibt fünf pro Tag.«

»Damit verbringen Sie Ihre Zeit?« Entsetzt wendet er sich von mir zu Clarissa, die gerade drei Becher Kaffee bringt. »Weihnachtskarten unterschreiben? Im *Mai*?«

»Das ist doch nicht *alles*, was wir tun!«, entgegne ich empört, als ich meinen Becher entgegennehme.

»Was ist mit sozialen Medien, Marketingstrategien, Positionierung?«, wirft er mir unvermittelt an den Kopf.

»Oh«, sage ich überrumpelt. »Na ja. Unsere Präsenz in den sozialen Medien ist eher … subtil.«

»*Subtil?*«, wiederholt er fassungslos. »*So* nennen Sie das?«

»Diskret«, wirft Clarissa ein.

»Ich habe mal einen Blick auf die Website geworfen«, sagt er nüchtern. »Ich dachte, ich trau meinen Augen nicht.«

»Ach.« Ich überlege, was man darauf erwidern könnte. Ich hatte gehofft, er würde die Website ignorieren.

»Gibt es irgendeine vernünftige Erklärung dafür?«, fragt er in einem Ton, der mir sagen soll: »Ich gebe mir hier Mühe, sachlich zu bleiben.«

»Mrs Kendrick war nicht sonderlich begeistert von der Vorstellung, eine Website anzulegen«, entgegne ich. »Sie hatte am Ende die Idee für das … Konzept.«

»Wollen wir uns die Seite mal gemeinsam ansehen?«, sagt Robert unheilschwanger. Er greift sich einen Stuhl und setzt sich hin. Dann holt er ein Notebook aus seiner Aktentasche, klappt es auf, gibt die Webadresse ein – und nach wenigen Sekunden erscheint unsere Homepage. Man sieht eine hübsche Strichzeichnung von Willoughby House, und auf der Eingangstür steht ganz klein: *Bei Anfragen wenden Sie sich bitte schriftlich an Willoughby House, Willoughby Street, London W1.*

»Wissen Sie …«, sagt Robert in demselben angestrengt ruhigen Ton, »… ich vermisse die Seiten mit den Informationen, die Fotogalerie, die Sektion *Häufig gestellte Fragen*, das Beitrittsformular, im Grunde die ganze gottverdammte Website!« Abrupt bricht es aus ihm hervor. »Das ist doch keine *Website*!« Er deutet auf den Bildschirm. »Das hier sieht aus wie eine Kleinanzeige in der *Times* von 1923! ›Bei Anfragen wenden Sie sich bitte schriftlich an Willoughby House‹? *Schriftlich?*«

Unwillkürlich zucke ich zusammen. Er hat recht. Er hat wirklich recht. Unsere Website ist ein Witz.

»Mrs Kendrick mochte die Formulierung *Wenden Sie sich bitte schriftlich an Willoughby House*«, wirft Clarissa ein, die auf der Ecke vom Computertisch hockt. »Sylvie hat versucht, sie zu einem E-Mail-Formular zu überreden, aber …« Sie wirft mir einen Blick zu.

»Wir haben uns bemüht«, bestätige ich.

»Dann haben Sie sich nicht genug bemüht!« Robert lässt nicht locker. »Was ist mit Twitter? Sie haben einen Account, das habe ich gesehen, aber wo sind die Tweets? Wo sind die Follower?«

»Für Twitter bin ich verantwortlich«, flüstert Clarissa. »Ich hab mal was getwittert, aber ich wusste nicht, was ich sagen sollte, also habe ich nur ›Hallo‹ geschrieben.«

Robert sieht sie sprachlos an.

»Ich glaube nicht, dass unsere Klientel twittert«, sage ich zu Clarissas Verteidigung. »Unsere Förderer bevorzugen Briefe.«

»Ihre Klientel stirbt aus«, entgegnet Robert unbeeindruckt. »Und Willoughby House wird mit Ihren Förderern sterben. Dieses ganze Unternehmen stirbt, und Sie merken es nicht mal. Sie leben hier alle in einer Seifenblase, meine Tante eingeschlossen.«

»Das ist nicht fair!«, sage ich aufgebracht. »Wir leben nicht in einer Seifenblase. Wir interagieren mit externen Organisationen, mit Stiftern ... und wir sterben nicht! Wir sind ein florierendes, pulsierendes, aufregendes ...«

»Sie sind nicht florierend!«, platzt Robert mit einem Mal heraus. »Sie sind *nicht* florierend!« Seine Stimme klingt laut in unserem niedrigen Büro, und wir starren ihn beide an. Er reibt sich den Nacken, verzieht das Gesicht, weicht unseren Blicken aus. »Meine Tante gibt sich alle Mühe, die Wahrheit vor Ihnen zu verbergen«, fährt er mit ruhigerer Stimme fort. »Aber Sie sollten wissen: Dieses Haus steckt in großen finanziellen Schwierigkeiten.«

»*Schwierigkeiten*?«, stöhnt Clarissa.

»In den letzten Jahren hat meine Tante das Haus mit eigenem Geld subventioniert. Das kann so nicht weitergehen. Und deshalb bin ich hier.«

Ich starre ihn an, finde keine Worte. Der Schock schnürt mir die Kehle zu. Mrs Kendrick hat uns *subventioniert*?

»Aber wir sammeln doch Spenden!«, sagt Clarissa mit roten Wangen. Sie quiekt förmlich. »Wir hatten ein richtig gutes Jahr!«

»Genau!« Ich finde meine Stimme wieder. »Wir sammeln ununterbrochen Spenden!«

»Nicht genug«, sagt Robert nur. »Dieses Haus zu unterhalten, kostet ein Vermögen. Heizung, Strom, Versicherung, Kekse, Gehälter ...« Er wirft mir einen strengen Blick zu.

»Aber Mrs Pritchett-Williams!«, sagt Clarissa. »Sie hat uns eine halbe Million vermacht!«

»Genau!«, sage ich. »Mrs Pritchett-Williams!«

»Längst aufgebraucht«, sagt Robert und verschränkt die Arme.

Längst aufgebraucht?

Ich bin erschüttert. Das wusste ich nicht. Ich hatte ja keine Ahnung.

Mrs Kendrick *war* wohl immer etwas zugeknöpft, was unsere finanzielle Situation anging. Aber sie ist gern mal zugeknöpft. (Zum Beispiel weigert sie sich standhaft, die Adresse von Lady Chapman, einer unserer Sponsorinnen, für die Datenbank herauszurücken. Sie meint, es wäre Lady Chapman »nicht lieb«. Also schreiben wir jedes Mal *per Bote* auf den Umschlag, wenn wir Lady Chapman etwas zukommen lassen wollen, und Mrs Kendrick gibt den Brief dann persönlich ab.)

Während ich Robert anstarre, wird mir bewusst, dass ich nie an der finanziellen Absicherung von Willoughby House gezweifelt habe. Mrs Kendrick ließ uns immer in dem Glauben, es ginge uns blendend. Und die Zahlen der letzten Jahre waren gut. Es ist mir nie in den Sinn gekommen, dass Mrs Kendrick etwas dazugezahlt haben könnte.

Und plötzlich ergibt das alles einen Sinn. Roberts misstrauisches Stirnrunzeln. Mrs Kendricks verunsicherte Art. Alles.

»Sie wollen also das Museum schließen und in Apartments umwandeln.« Der Gedanke platzt aus mir heraus, bevor ich es verhindern kann, und Robert widmet mir einen langen Blick.

»Das glauben Sie?«, fragt er schließlich.

»Und wollen Sie?«, dränge ich, doch er schweigt. Mir

wird ganz flau. Es fühlt sich an wie eine echte Bedrohung. Ich weiß gar nicht, worüber ich mir mehr Sorgen mache: um Mrs Kendrick, die Kunstsammlung, die freiwilligen Helfer, die Sponsoren oder meinen Job. Okay, ich gebe es zu: um meinen Job. Auch wenn ich viel weniger verdiene als Dan, können wir das Geld trotzdem gut brauchen.

»Vielleicht«, sagt Robert. »Ich will nicht so tun, als wäre das keine Option. Aber es ist nicht die Einzige. Mir wäre es am liebsten, das Haus würde sich selbst tragen. Die ganze Familie denkt so, aber …«

Er deutet in die Runde, und plötzlich begreife ich seine Sicht der Dinge. Ein schrulliges Museum ist das eine. Ein schrulliges Groschengrab ist etwas ganz anderes.

»Wir können das Haus retten«, sage ich und gebe mir Mühe, entschlossen zu klingen. »Es hat doch großes Potential! Wir können das Ruder herumreißen!«

»Das ist die richtige Einstellung«, sagt Robert. »Aber wir brauchen mehr als das. Wir brauchen praktikable Ideen, damit Geld fließt. Ihre Erotika-Ausstellung könnte vielleicht ein Anfang sein«, fügt er an mich gewandt hinzu. »Das ist die erste gute Idee, die ich in diesem Laden bisher gehört habe.«

»Erotika-Ausstellung?« Clarissa starrt mich an.

Ich versuche eine Kehrtwende. »Es war nur so ein Gedanke.«

»Als ich hereinkam, hat Sylvie erotische Bilder recherchiert«, wirft Robert ein. Er klingt dermaßen staubtrocken, dass ich argwöhnisch aufblicke – und weiß augenblicklich: Er hat die Boudoir-Fotos auf meinem Bildschirm gesehen. Alle dreißig.

Na super.

»Tja.« Ich räuspere mich. »Ich arbeite eben gern gewissenhaft.«

»Offensichtlich.« Er zieht die Augenbrauen hoch, sodass ich mich eilig abwende. Ich wühle in meiner Tasche nach dem Lippenpflegestift-Etui und tue so, als wäre ich damit vollauf beschäftigt. Dan hat mir dieses rosafarbene Etui geschenkt, denn – offen gesagt – bin ich süchtig nach diesen Pflegestiften. (Woran Tobys Meinung nach nur die bösen Pharmakonzerne schuld sind. Das muss ich irgendwann mal googeln. Vielleicht gibt es eine Sammelklage, und wir kriegen alle Millionen.)

»*P.S.*« Robert liest die goldgeprägten Buchstaben auf meinem Etui laut vor. »Wofür steht *P.S.*?«

»Für ›Prinzessin Sylvie‹«, sagt Clarissa fröhlich. »Das ist Sylvies Spitzname.«

Das ist mir jetzt aber doch peinlich. Wieso musste sie dieses kleine Detail einfach so ausplaudern?

»Prinzessin Sylvie?«, wiederholt Robert amüsiert, was mir einen Stich versetzt.

»So nennt mein Mann mich manchmal«, sage ich eilig. »Es ist albern. Es ist … nichts.«

»Prinzessin Sylvie«, wiederholt Robert noch einmal, als hätte ich gar nichts gesagt. Er betrachtet mich einen Moment. Ich spüre förmlich, wie er meine geblümte Seidenbluse, meine Perlenkette und die hüftlangen blonden Haare in Augenschein nimmt. Dann nickt er langsam. »Jep.«

Jep? Was meint er mit *jep*? Das will ich jetzt wissen. Aber ich will es doch lieber nicht wissen. Also sage ich: »Wie lange bleibt uns noch? Ich meine, wann wollen

Sie eine Entscheidung treffen, was Willoughby House angeht?«

Schon als ich es ausspreche, rotieren meine Gedanken vor Sorge. Was soll ich machen, wenn ich meinen Job verliere? Wo soll ich mich bewerben? Ich habe mich *kein bisschen* darum gekümmert, was da draußen momentan so im Angebot ist. Ich wollte nicht. Ich fühlte mich hier sicher und geborgen.

»Weiß nicht«, sagt Robert. »Mal sehen, was Ihnen so einfällt. Vielleicht gelingt Ihnen ja ein Wunder.«

Dabei klingt er nicht besonders zuversichtlich. Wahrscheinlich sucht er heimlich schon die Küchenausstattung für seine Luxus-Apartments aus. Ich merke, dass er sich unsere selbst gebastelte Homepage noch einmal ansieht, mit ausdruckslosem Blick, und ich schäme mich in Grund und Boden.

»Wir haben versucht zu modernisieren«, sage ich. »Aber Mrs Kendrick wollte einfach nicht.«

»Ich fürchte, meine Tante besitzt den ökonomischen Verstand einer Teekanne«, sagt Robert trocken. »Dafür können Sie nichts, aber es trägt auch nicht eben zur Verbesserung der Lage bei.«

»Wo ist Mrs Kendrick eigentlich?«, fragt Clarissa scheu, und Robert verzieht das Gesicht. Ich weiß nur nicht, ob er sich amüsiert oder ärgert.

»Sie hat einen Computer-Lehrer eingestellt.«

»*Wie bitte?*«, rufe ich, bevor ich es verhindern kann – und auch Clarissa ist die Kinnlade heruntergefallen. »Was genau lernt sie denn?«, füge ich hinzu, und wieder verzieht sich Roberts Gesicht. Ich glaube, er möchte lachen.

»Ich war dabei, als er ankam«, sagt er. »Sie meinte: ›Junger Mann, ich wünsche, modern zu sein.‹«

Ich bin ebenso belustigt wie beschämt. Mrs Kendrick hat mehr Initiative ergriffen als wir alle zusammen. Hätte ich gewusst, wie schlimm die Lage ist, hätte ich unsere schlichte Website und die kauzigen Methoden nicht so vehement verteidigt. Ich hätte …

Was genau?

Ich beiße mir auf die Lippe und überlege. Ich weiß noch nicht. Ich muss mir schnell was einfallen lassen. Ich brauche Ideen. Wenn Mrs Kendrick sich modernisieren kann, dann können wir anderen das auch.

Toby, denke ich plötzlich. Ich frage Toby. Der weiß bestimmt was.

»Das ist also der Beitrag meiner Tante zur angespannten Situation.« Robert betrachtet erst Clarissa, dann mich. »Was ist mit Ihnen? Irgendwelche Ideen, abgesehen von Erotika?«

»Na ja.« Fieberhaft martere ich mein Hirn. »Offensichtlich ist die Website ein Thema.«

»Das wussten wir schon«, sagt Robert ungeduldig. »Noch was?«

»Wir brauchen ein vernünftiges Werbeschild.« Ich grabe einen alten Gedanken wieder hervor. »Die Leute laufen draußen am Haus vorbei und wissen gar nicht, dass es uns gibt. Wir hatten es Mrs Kendrick vorgeschlagen, aber …«

»Das kann ich mir vorstellen.« Robert rollt mit den Augen.

»Und vielleicht könnten wir ja was Kreatives machen.« Langsam taste ich mich vor. »Wie etwa … einen Podcast, der hier im Willoughby House spielt. Eine Geistergeschichte!«

»Eine Geistergeschichte.« Fragend sieht er mich an. »Wollen *Sie* die etwa schreiben?«

»Na gut, okay … wahrscheinlich nicht«, räume ich ein. »Dafür müssten wir uns jemanden suchen.«

»Was würde es uns an Einnahmen bringen? Oder an Publicity?«

»Ich weiß nicht«, gebe ich zu und habe den Glauben daran schon verloren. »Aber das ist nur eine Idee von vielen. Von vielen, vielen Ideen«, erkläre ich, als wollte ich mir Mut machen.

»Gut«, sagt Robert wenig überzeugt. »Ich freue mich auf Ihre vielen Ideen.«

»Gut.« Ich gebe mir Mühe, energisch zu klingen. »Sie werden … beeindruckt sein.«

KAPITEL NEUN

Alles wurde dermaßen *stressig*. Es ist drei Tage später, und mir reicht es bald. Warum ist das Leben nur so? Immer wenn man sich mal entspannt und langsam besser drauf kommt, wenn man lacht und seinen Spaß hat … ragt plötzlich das Leben über einem auf wie ein böser Lehrer, der auf dem Spielplatz brüllt: »Genug gespielt!«, woraufhin alle traurig nach drinnen trotten, um sich wieder zu langweilen.

Dan ist ständig angespannt, will mir aber nicht sagen, was los ist. Neulich kam er um Mitternacht nach Hause und roch nach Whisky. Oft sitzt er nur da und starrt die Schlange im Terrarium an, immer mit bekümmerter Miene.

Gestern Morgen meinte ich im Scherz: »Keine Sorge, nur noch siebenundsechzig Jahre und fünfzig Wochen«, aber er sah nur mit leerem Blick auf, als hätte er mich gar nicht verstanden. Als ich dann etwas sanfter sagte: »Komm schon, Dan, was ist los mit dir?«, sprang er auf und ging raus, sagte nur »nichts«, ohne sich noch mal umzudrehen.

Wie viele Ehen zerbrechen an dem Wort »nichts«? Ich glaube, das wäre eine ausgesprochen interessante Statistik. Wenn Dan »nichts« sagt, packt mich sofort heftiger Fruster. Das ist mein Wort für den heiligen Zorn, den nur der eigene Ehemann auslösen kann. Man ist nicht nur zornig, sondern hat außerdem das Gefühl, dass er es darauf angelegt hat, einen zu *quälen*.

Diese Theorie habe ich auch einmal Dan gegenüber erwähnt. Im Nachhinein muss ich zugeben, dass ich damals wohl etwas gestresst war. Zu meiner Rechtfertigung sei gesagt, dass die Babys die ganze Nacht wach gewesen waren. Und ich habe geschrien: »Sagst du eigentlich mit Absicht immer das Nervigste, was dir gerade einfällt?« Woraufhin er ganz gehetzt aussah und meinte: »Nein. Ich weiß nicht. Ich hab nicht richtig zugehört. Du siehst echt toll aus in diesem Kleid.«

Was mich irgendwie besänftigte und gleichzeitig auch nicht besänftigte. Ich meine, ich war vom Thema abgekommen. Zugegeben. Das tue ich manchmal. Aber konnte er denn nicht einsehen, dass unsere Urlaubspläne und das Problem mit der grünen Mülltonne und dem Geburtstagsgeschenk für seine Mutter *ein und dasselbe Problem* waren?

(Außerdem war es gar kein Kleid, es war eine schlichte Stilltunika, die ich schon hundert Mal getragen hatte. Wie um alles in der Welt konnte er also sagen, dass ich darin *hübsch* aussah?)

Wahrscheinlich sollten wir für unsere Streitereien Termine festlegen. Wahrscheinlich sollten wir vereinbaren, jeden Donnerstag zu streiten, uns was zu knabbern kaufen und einen Mediator engagieren. Wir sollten unsere Auseinandersetzungen besser organisieren. Bis dahin allerdings kommen wir keinen Schritt weiter, weil Dan einfach »nichts« sagt und ich schäume und die Luft vor Unmut knistert.

Wie dem auch sei. Ich hoffe, dass sich durch meine Boudoir-Fotos alles ändert. Oder zumindest manches.

Und auch im Büro ist es momentan ziemlich stressig. Robert sitzt jeden Tag bei uns herum, geht die Zahlen und Akten durch und macht so ziemlich alles nieder, was wir jemals getan haben. Dabei ist er nicht wirklich aggressiv, immer sachlich. Er stellt kurze, knappe Fragen. Er erwartet kurze, knappe Antworten. Die arme Clarissa kommt damit überhaupt nicht zurecht und kommuniziert im Flüsterton. Ich lasse mich da nicht so leicht unterkriegen, aber ist es ihm denn nicht klar? Wir treffen hier schließlich nicht die großen Entscheidungen. Es war nicht *unsere* Idee, letztes Jahr einen speziellen »Willoughby House Christmas Pudding« an unsere Sponsoren zu verschenken (Gesamtkosten: 379 Pfund). Es war Mrs Kendricks Idee.

Beschämt von Mrs Kendricks optimistischer Anpassungsfähigkeit habe ich einige Recherchen zu Websites und Online-Shops und all den Dingen angestellt, um die wir uns hätten kümmern sollen. Jeden wachen Augenblick habe ich nach kreativen Ideen gesucht, die nichts mit dem Geistergeschichten-Podcast zu tun haben. (Das Problem ist nur, wenn man nach Ideen sucht, fliegen sie einem alle davon.) Ich war auch bei Toby, aber der war nicht da, also habe ich ihm eine Mail geschrieben, leider aber noch nichts von ihm gehört.

Außerdem ruft Mum mich dauernd wegen der Eröffnungszeremonie an. Mit ihren endlosen Fragen ist sie fast so schlimm wie Esme. Heute wollte sie wissen: 1. Welche Farbe sollten ihre Schuhe haben? Und 2. Wie soll sie sich nur alle Namen merken? (Antworten: 1. Niemand wird auf ihre Schuhe achten, und 2. Namensschildchen.) Esme hingegen wollte wissen: 3. Brauche ich ein Funkmikrofon? Und 4. Was für Snacks hätte ich gern im »Green Room«? (Antworten: 3. Das ist mir total egal, und 4. eine Schale mit M&Ms, aber keine von den blauen. *Scherz*.)

Zur angespannten Atmosphäre trägt auch bei, dass Tilda und Toby gestern Abend einen Riesenstreit hatten. Ich konnte sie durch die Wand hören und bin direkt zusammengezuckt. (Außerdem kam ich zu dem Schluss, dass es taktlos wäre, kurz reinzuschneien und zu sagen: »Ach, Toby, da du gerade da bist: Hast du meine Mail bekommen?« Also habe ich eine halbe Stunde gewartet, aber da war er dann schon wieder weg. Typisch.)

Ich weiß, dass Toby kämpfen muss und dass seine Generation es schwer hat. Ich weiß das alles. Aber ich glaube, Tilda sollte standhaft bleiben. Er muss sich einen Job besorgen. Ein eigenes Dach über dem Kopf. Im Grunde ein eigenes Leben.

Ich habe direkt ein ungutes Gefühl, als ich am Donnerstagabend bei ihr anklopfe, aus Sorge, ich könnte sie und Toby wieder mitten in einem Streit erwischen. Doch als sie zur Tür kommt, wirkt sie total entspannt – direkt heiter, und im Hintergrund läuft Musik.

»Er ist nicht da«, sagt sie knapp. »Übernachtet bei Freunden. Alles gut. Bist du bereit?«

»Glaub schon!« Mir entfährt ein nervöses Lachen. »So bereit, wie es mir möglich ist.«

»Und Dan?« Sie späht nach nebenan, als könnte er plötzlich auftauchen.

»Er denkt, ich bin beim Literaturclub.« Ich grinse.

»Möglicherweise musst du ihm was über unsere interessante Diskussion zu Flaubert vorflunkern.«

»Flaubert!« Sie lacht kurz auf. »Tretet ein, Madame Bovary!«

Ich habe die letzten drei Tage mehr oder weniger durchgehend »Boudoir-Fotos« gegoogelt und bin entsprechend ausgerüstet. Mehr als ausgerüstet. Ich habe in eine Maniküre investiert, in eine Pediküre, in Bräunungsspray, eine Föhnfrisur, falsche Wimpern, eine Tasche voll hübscher Dessous, eine Tasche voll gewagter Dessous, eine Tasche voll supergewagter/nuttiger Dessous und eine ultralange Pseudoperlenkette von Topshop. Darüber hinaus habe ich noch einige Accessoires dabei, die in einer unauffälligen Schachtel kamen – Dan habe ich erzählt, es wären neue Ballettschuhe für die Mädchen –, aber bei diesen Accessoires bin ich mir nicht ganz sicher. (Die »Vintage Hasenfellmaske« war definitiv ein Fehlgriff.)

Bei jeder Gelegenheit habe ich vor dem Spiegel posiert, meinen Hintern inspiziert und verführerische Posen geprobt, obwohl ich vorher bestimmt ein Glas Prosecco brauche gegen die Anspannung. (Den habe ich auch dabei.)

»Na, was sagst du dazu?« Tilda schiebt mich in ihr Wohnzimmer, und ich staune nicht schlecht. Sie hat die Hälfte ihrer Möbel rausgeräumt. Jetzt sieht es hier aus wie in einem Fotostudio. Da stehen gewaltige Scheinwerfer, ein großes weißes, regenschirmartiges Ding und mitten im Raum ein einzelnes Sofa.

»Toll!«

»Ja, nicht?« Tilda wirkt zufrieden. »Wenn das hier gut

wird, könnte ich vielleicht richtig in die Branche einsteigen. Boudoir-Fotografie ist ein einträgliches Geschäft.«

»Hast du so eine Ausrüstung schon mal benutzt?«, frage ich und betaste neugierig diesen komischen Schirm …

»Nein, aber es erklärt sich alles mehr oder weniger von selbst.« Tilda winkt ab. »Ich hab's gegoogelt. Ist es dir hier im Haus warm genug?«

»Es ist richtig heiß!« Noch nie war bei Tilda so eine Bullenhitze. Normalerweise ist sie von der Sorte »Heizung ist was für Weicheier«.

»Dir sollte schön kuschlig warm sein. Schicke Wimpern übrigens«, fügt Tilda bewundernd hinzu. »Und was hast du da mitgebracht?« Sie greift in eine meiner Taschen und holt die Perlenkette hervor. »Ah, sehr gut! Ein Klassiker des Boudoirs. Der *Draping Shot*, wie wir Fotografen sagen.«

Sie klingt so fachkundig, dass ich lachen möchte. Außerdem bin ich direkt gerührt, wie ernst sie das alles nimmt.

»Hinter dem Wandschirm kannst du dich umziehen«, fährt sie fort, während sie uns Prosecco einschenkt. »Und dann nehmen wir gleich mal unsere erste Pose ein.« Sie reicht mir ein Glas und wirft einen Blick auf eine handschriftliche Liste mit der Überschrift *Sylvie – Posen.* »Setz dich aufs Sofa, dann lass dich langsam abwärtsgleiten. Kopf im Nacken, das rechte Bein gebeugt, das linke Bein entspannt, Rücken gekrümmt, baumelnder Schuh …«

»Aha«, sage ich skeptisch. »Könntest du es mir vormachen?«

»Ich?« Tilda ist entsetzt. »Na gut, ich kann es versuchen, aber ich bin nicht besonders gelenkig.«

Sie setzt sich aufs Sofa und lässt sich hinuntergleiten. Auf halbem Weg hält sie inne, ein Bein auf dem Boden, das andere baumelnd abgespreizt, den Kopf zurückgeworfen, mit einem Ausdruck starren Schmerzes. Sie sieht aus, als würde sie ein Kind gebären. Das *kann* nicht richtig sein.

»Autsch.« Sie setzt am Boden auf. »Siehst du?«

»Na ja … so ungefähr«, sage ich nach kurzer Pause.

»Das kriegst du hin!«, sagt sie munter. »Ich werde dich anleiten. Also, was willst du zuerst anziehen?«

Das erste Outfit auszusuchen, ist ein Riesenspaß und dauert fast eine halbe Stunde. Ich habe es mit den Dessous ein wenig übertrieben, sodass die Auswahl unüberschaubar ist, aber schließlich entscheiden wir uns für weiße Spitze, dazu weiße Nahtstrümpfe mit Strumpfhaltern. Als ich hinter dem Wandschirm hervortrete, fühle ich mich echt sexy und bin total aufgeregt. Dan wird seinen Augen nicht trauen!

»Toll!«, sagt Tilda, die gerade an ihrer Lichtanlage herumfummelt. »Wenn du jetzt deine Pose einnehmen würdest …«

Ich setze mich aufs Sofa, lasse mich hinuntergleiten und erstarre genau so, wie Tilda es mir vorgemacht hat. Augenblicklich fangen meine Oberschenkel an zu brennen. Ich hätte vorher etwas Boudoir-Gymnastik machen sollen.

»Fertig?«, frage ich nach gefühlten zehn Minuten.

»Entschuldige«, sagt Tilda und blickt auf. »Oh, du siehst atemberaubend aus! Sehr schön!«

Sie macht ein paar Bilder, peilt mich zwischendurch immer wieder an.

»Wirklich? Bist du sicher?«

Am liebsten möchte ich sie fragen: »Sehe ich nicht aus, als würde ich ein Kind gebären?«, aber das könnte vielleicht komisch klingen.

»Versuch mal, die Hände hinter den Kopf zu nehmen«, schlägt Tilda vor, während sie vor sich hin knipst. »Ja, genau! Jetzt wirf deinen Kopf in den Nacken. Wunderbar! Mach das noch mal!«

Zwanzig Haarwürfe später können meine Beine nicht mehr, und ich sinke auf den Boden.

»Großartig!«, sagt Tilda. »Wollen wir mal gucken?«

»Ja!« Ich komme auf die Beine und haste zur Kamera. Nachdem Tilda sich rückwärts durch die Fotos gescrollt hat, betrachten wir sie schweigend.

Die Bilder sind so weit von dem entfernt, was ich mir vorgestellt hatte, dass es mir glatt die Sprache verschlägt. Von meinem Gesicht ist kaum was zu erkennen. Von meinen sexy Dessous ist kaum was zu erkennen. Das gesamte Foto wird dominiert von meinen Beinen in weißen Nylons, die dermaßen grell angestrahlt sind, dass sie wie leuchtende Kompressionsstrümpfe wirken. Auf der Hälfte der Fotos hängen mir die Haare ins Gesicht, was aber irgendwie nicht sexy aussieht, sondern eher ungepflegt. Und ich sehe tatsächlich aus, als würde ich ein Kind gebären.

»Meine Beine wirken ziemlich …«, sage ich schließlich.

Ich will nicht »dick und fett und weiß« sagen. Aber das ist die Wahrheit.

»Das Licht ist noch nicht ganz richtig«, sagt Tilda nach längerer Pause. Ihr Überschwang hat etwas nachgelassen, und sie runzelt die Stirn. »Noch nicht so *ganz*. Egal. Wechseln wir zur zweiten Pose.«

Ich habe ein neues Outfit angelegt – einen roten Spitzenbody – und gehe, Tildas Anweisungen folgend, auf alle viere.

»Jetzt beug dich auf den Knien vor ... Beine auseinander ... weiter auseinander ...«

»Die gehen nicht weiter auseinander«, ächze ich. »Ich bin doch kein Bodenturner!«

»Okay, jetzt heb dein Kinn«, sagt Tilda ungerührt. »Stütz dich auf einem Arm ab, wenn du kannst ... schieb deine Möpse mit dem anderen Arm zusammen ... und jetzt guck mal sexy!«

Meine Knie bringen mich um. Mein Arm bringt mich um. Und jetzt soll ich auch noch sexy gucken? Ich klimpere mit den Wimpern, und die Kamera blitzt ein paarmal. »Hmmm«, sagt Tilda mit skeptischem Blick auf ihren Bildschirm. »Könntest du vielleicht den Hintern ein bisschen anheben?«

Unter größten Mühen versuche ich, den Rücken durchzudrücken und meinen Po in die Luft zu recken.

»Hmmm«, macht Tilda wieder. »Nein. Vielleicht meinte ich doch eher, heb den Kopf. Könntest du deinem Hintern irgendwie mehr Rundung geben?«

Meinem Hintern »mehr Rundung« geben? Was soll das denn heißen? Mein Hintern ist, wie er ist.

»Nein.« Ich richte mich auf und reibe mir die Knie. »Aua. Ich brauche Kniepolster.« Ich stehe auf und reibe an meinen Beinen herum. »Darf ich mal sehen?«

»Nein«, sagt Tilda eilig, als ich auf sie zukomme. »Die solltest du lieber nicht sehen. Ich meine, sie sind *zauberhaft*, absolut *hinreißend*, aber vielleicht sollte ich sie doch lieber löschen …« Eilig tippt sie auf ihre Kamera ein, dann blickt sie mit strahlendem Lächeln auf. »Diese Pose hat nicht so richtig funktioniert. Aber ich hab noch eine andere Idee. Wir versuchen mal den Türrahmen.«

Der Türrahmen ist das Allerletzte. Diesmal bestehe ich darauf, die Bilder zu begutachten, und ich sehe aus wie ein Gorilla. Ein blasser, haarloser Gorilla mit blonder Perücke, der in schwarzem BH und Höschen von einem Türrahmen baumelt. Diesmal sammelt sich das ganze Licht harsch auf meinem Bauch. Zu erkennen bin ich nicht, aber dafür sieht man die Schwangerschaftsstreifen in allen Details. Sollte Dan dieses Foto jemals zu Gesicht bekommen, werden wir vermutlich nie wieder Sex haben.

»Das lässt sich alles *ohne Weiteres* mit Photoshop bearbeiten«, sagt Tilda immer wieder, während wir uns durchscrollen, aber ich merke doch, dass sie langsam den Mut verliert. »Es ist schwieriger, als ich dachte«, sagt sie seufzend. »Die Fotos zu machen, ist ja einfach, aber sie so zu machen, dass sie *gut* aussehen, ist schwierig.« Sie betrachtet ein besonders gruseliges Bild von mir, verzieht das Gesicht und schenkt uns Prosecco nach.

Beide nehmen wir einen großen Schluck, und Tilda experimentiert mit meinem schwarzen Korsett aus Satin herum, hält es sich vor den Bauch.

»Vielleicht brauchen wir was Simpleres«, sagt sie schließlich. »Wir probieren die idiotensichere Pose.«

»Wie geht die idiotensichere Pose?«

»Die eignet sich für alle Formen und Größen«, sagt sie

zuversichtlicher. »Ich habe im Internet darüber gelesen. Du liegst auf dem Sofa, legst die Beine übereinander und blickst zur Kamera auf. Dafür habe ich sogar konkrete Beleuchtungsanweisungen.«

Auf dem Sofa liegen klingt erheblich besser, als auf dem Boden zu knien oder kopfüber von einer Stuhllehne zu baumeln, was ihre andere Idee war.

»Okay«, sage ich nickend. »Was soll ich anziehen?«

Doch Tilda ist nach wie vor mit meinem Korsett beschäftigt. »Wie funktioniert dieses Ding?«, sagt sie plötzlich. »Ich kann es mir nicht erklären. Wo ist oben? Wo kommen die Möpse rein?«

»Nirgendwo«, erkläre ich ihr. »Es ist ein Unterbrustkorsett. Man kann dazu einen BH tragen. Oder auch nicht.«

»Oh, *verstehe*. Na gut, perfekt!« Ihre Fantasie scheint geweckt. »Zieh das an, dazu ein Höschen und sonst nichts. Leg dich aufs Sofa. Spiel mit deinen Perlen. Das sieht bestimmt super aus. Dan werden die Augen übergehen!«

»Okay.« Ich zögere. »Also … du meinst ›oben ohne‹?«

»Genau! Das wird super!«

Ich bin mir da nicht so sicher. In Unterwäsche posieren ist das eine. Aber oben ohne? Vor Tilda?

»Wäre dir das nicht unangenehm?«, frage ich.

»Natürlich nicht!«, sagt sie leichthin. »Ich hab deine Möpse doch schon gesehen, oder?«

»Hast du?«

»Hab ich nicht?« Sie runzelt die Stirn. »Beim Shoppen oder so? Hab ich nicht in der Umkleidekabine einen kurzen Blick darauf geworfen?«

Ich bin mir ziemlich sicher, dass Tilda meine Brüste in keiner Umkleidekabine zu sehen bekommen hat. Und diese Idee ist mir nicht geheuer. Ich meine, ich bin ja nicht *prüde*. Bin ich nicht. Ehrlich. Es ist nur …

»Ist es dir unangenehm?« Tilda mustert mich, als würde sie es erst jetzt merken.

»Na ja …« Verlegen zucke ich mit den Schultern.

»Und was wäre, wenn ich dir meine zeige? Wäre ja nur fair.« Sprachlos stehe ich da, als sie ihr Top abstreift, ihren BH vorne aufhakt und zwei ziemlich große, aderige Brüste freilegt. »Scheußlich, oder?«, fügt sie gleichmütig hinzu. »Blöd wie ich war, habe ich Toby zwei Jahre lang gestillt. Kein Wunder, dass er nie wieder ausziehen will.«

Ich weiß nicht, wie ich darauf reagieren soll. Oder wohin ich gucken soll. Soll ich sagen: »Die sind hübsch?« Was sagt man über die Brüste einer Freundin? Die Wahrheit ist, dass sie nicht im konventionellen Sinn hübsch sind, aber sie sind hübsch, weil sie genau wie Tilda aussehen. Trostspendend, weich und üppig, eben tilda-ig.

Glücklicherweise scheint sie keine Antwort zu erwarten. Sie schnallt ihren BH wieder um, zieht das Hemd darüber und grinst. »Okay, Sexy Sylvie«, sagt sie. »Jetzt du.«

Und plötzlich kommt mir mein Zögern richtig blöd vor. Das ist Tilda. Und es sind doch nur Brüste.

»Okay!« Ich schnappe mir das Korsett. »Tun wir's!«

»Ich gehe nur eben ein paar Farbfilter holen«, sagt Tilda. »Bin gleich wieder da.«

Eilig streife ich den BH ab, den ich gerade trage, lege das Korsett aus Satin an und ziehe es so fest, dass ich kaum noch Luft bekomme. Ich steige in meine höchsten

Stripper-Heels, drapiere die Perlen um meinen Hals und betrachte mich im Spiegel. Ich muss schon sagen, dieses Korsett ist ausgesprochen vorteilhaft. Ich sehe ziemlich scharf aus. Meine Brüste sind … na ja, sie sind okay. Wenn man bedenkt, was sie alles schon mitgemacht haben. Immer noch ganz ansprechend. Als ich Tilda wieder hereinkommen höre, stolziere ich zur Tür.

»Was sagst du *dazu*?«, frage ich und reiße die Tür auf, mit einer Hand an der Hüfte.

Vor mir steht Toby. In dem Sekundenbruchteil, bevor ich reagieren kann, sehe ich, wie sich sein Blick auf meine Nippel richtet, wie sich seine Pupillen weiten und das Kinn herabsinkt.

»Aaah!«, höre ich jemanden kreischen, bevor ich merke, dass ich es selbst bin. »Aaah! Entschuldige!« Ich schlage meine Hände vor die nackten Brüste, was vermutlich *genau* wie ein Boudoir-Foto aussieht.

Auch Toby entfährt ein heiserer Laut. »Oha!« Er klingt noch entsetzter als ich, hält sich die Augen zu. »Sylvie, es tut mir leid! Aaah! Mum …«

»Toby!« Fluchend kommt Tilda in den Flur. Sie nimmt so ein großes, indisches Tuch vom Treppengeländer und wirft es mir zu. Eilig wickle ich mich darin ein. »Was machst du hier? Ich hab dir doch gesagt, dass Sylvie rüberkommt!«

»Ich dachte, ihr wolltet nur Wein trinken, so wie sonst!«, verteidigt sich Toby. »Nicht …« Er späht an mir vorbei. »Macht ihr *Fotos*?«

»Sag bloß Dan nichts davon!«, platze ich heraus.

»Ach so.« Sein Blick wandert abwärts zu meinen sexy High Heels und dann wieder aufwärts. »Ach so.«

Es ist entsetzlich. Nie habe ich mich mehr wie eine tragische Vorstadt-Mutti gefühlt, die verzweifelt versucht, das Interesse ihres Mannes wiederzubeleben, weil er sonst seine Sekretärin vögelt, was er vermutlich längst tut, denn die trägt im Bett nur seine Boxershorts, aber schließlich ist sie auch erst einundzwanzig und hat Körbchengröße 75D.

(Okay, das war kein sonderlich hilfreicher Gedanke.)

»Wie dem auch sei!«, sage ich mit brüchiger Stimme. »Also. Mm. Wir sind hier auch mehr oder weniger fertig, oder, Tilda? Schön, dich zu sehen, Toby.«

»Ja, es war auch schön, dich zu sehen, Sylvie«, sagt Toby höflich. »Ach, und ich hab deine Mail wegen der Website bekommen. An was für ein CMS hattet ihr gedacht?«

»CMS?«, wiederhole ich ahnungslos.

»Content Management System? Denn ihr müsstet euch Gedanken machen um Skalierbarkeit, Plug-Ins, E-Commerce … wisst ihr, welche Art der Funktionalität euch vorschwebt?«

»Sollten wir das nicht vielleicht ein andermal besprechen?«, frage ich schrill. *Zum Beispiel, wenn ich bekleidet bin?* »Das wäre nett.«

»Kein Problem«, sagte Toby entspannt. »Jederzeit.«

Er stampft die Treppe hinauf, und Tilda wirft mir einen Blick zu. Plötzlich entfährt ihr ein Prusten, sie hält sich den Mund zu und versucht, sich das Lachen zu verkneifen.

»Du musst zugeben …«, sagt sie, als sie sich wieder gefangen hat, »… das ist ziemlich komisch.«

»Nein, ist es nicht!«, sage ich empört. »Ich bin traumatisiert! Toby ist traumatisiert! Danach müssen wir alle therapiert werden!«

»Ach, Sylvie.« Tilda gluckst ein letztes Mal. »Sei nicht traumatisiert. Und was Toby angeht, tut es ihm nur gut, wenn er sieht, dass die ältere Generation noch was zu bieten hat. Komm, machen wir noch ein Foto von dir in diesem Korsett. Du siehst fantastisch aus.«

»Nein.« Mutlos ziehe ich das indische Tuch fester um mich. »Ich bin nicht mehr in der Stimmung. Ich fühle mich alt und blöd und … Du weißt schon. Verzweifelt.«

Tilda schweigt einen Moment, betrachtet mich mit klugen, freundlichen Augen.

»Geh nach Hause«, sagt sie. »Sylvie, du brauchst kein Buch mit Boudoir-Fotos. Und ich bin sowieso eine beschissene Fotografin.«

»Nein, bist du nicht«, sage ich höflich, doch Tilda gibt ein Schnauben von sich.

»Ich hätte dich kaum unvorteilhafter darstellen können! Und wozu willst du überhaupt Fotos machen? Geh nach Hause, in diesem Aufzug.« Sie nickt in meine Richtung. »Glaub mir, wenn *das* Dan nicht glücklich macht, hat er ein echtes Problem.«

Ich werfe einen Blick auf unsere gemeinsame Wand und stelle mir Dan auf der anderen Seite vor, wie er einsam in der Küche sitzt, sein Lachsfilet isst und dabei Sport guckt und ehrlich glaubt, Tilda und ich diskutieren über Flaubert.

»Du hast recht.« Mit einem Mal bin ich voller Zuversicht und Adrenalin. »Du hast recht!«

Plötzlich kommt mir dieses ganze Unterfangen aufgesetzt und schräg und irgendwie *drüber* vor.

»Lass dein Zeug ruhig hier«, sagt Tilda. »Hol es morgen.« Sie reicht mir meine Handtasche. »An deiner Stelle würde ich auf direktem Weg nach Hause gehen, in diesem indischen Tuch, es abstreifen und Dan vernaschen. Ich stell den Fernseher laut«, fügt sie augenzwinkernd hinzu. »Dann können wir euch nicht hören.«

Dan sitzt am Küchentisch, als ich eintrete, genau wie ich es mir vorgestellt hatte. Leerer Teller mit Lachshaut. Im Fernsehen Fußball. Offene Flasche Bier. Füße auf dem Stuhl. Würde Vermeer noch leben, könnte er ein perfektes Stillleben von ihm malen: *Mann mit Frau beim Buchclub.*

»Hi.« Mit abwesendem Lächeln blickt er auf. »Du bist schon wieder da.«

Ich lächle zurück. »Wir haben Feierabend gemacht. So viel gibt es über Flaubert nicht zu sagen.«

»Mmm.« Seine Aufmerksamkeit wandert wieder zum Bildschirm zurück, und er nimmt einen Schluck Bier.

Will er nicht fragen: »Warum trägst du nur ein indisches Tuch und High Heels?«

Offensichtlich nicht. Offensichtlich hält er das Tuch für ein Kleid.

»Dan.« Ich platziere mich in seinem Blickfeld und fange an, das indische Tuch auf meine verführerischste, Boudoir-Foto-mäßigste Weise abzustreifen.

»Schieß doch!«

Ich glaube es nicht. Er späht um mich herum zum Fernseher, als wäre ich nicht mehr als ein ärgerliches Hindernis, weil auf dem Bildschirm offenbar etwas weitaus Spannenderes passiert. *»Schieß doch!«* Er ballt eine Faust. *»Jetzt schieß endlich!«*

»Dan!«, fahre ich ihn an und lasse das Tuch gleichzeitig zu Boden gleiten.

Okay, jetzt habe ich seine Aufmerksamkeit.

Alles ist still, bis auf das Tosen der Fußballfans. Dan glotzt mich an. Es hat ihm buchstäblich die Sprache verschlagen. Er hebt eine Hand, um meine Brüste zu streicheln, als hätte er sie noch nie gesehen.

»Ja, also …«, sagt er schließlich mit belegter Stimme. »Das ist interessant.«

Ich zucke lässig mit den Schultern. »Überraschung.«

»Das sehe ich.«

Langsam fängt er an, mit der Perlenkette herumzuspielen. Er rollt die Perlen über mein Dekolleté, reibt damit über meine Nippel, streicht über meine Haut, blickt mir dabei tief in die Augen. Ich weiß ja, dass die Perlenkette so was wie ein Boudoir-Foto-Klischee ist, aber eigentlich finde ich sie ganz sexy. Es ist alles ziemlich sexy. Die Stripper Heels, das Korsett – besonders aber Dans Gesichtsausdruck. So hat er mich schon lange nicht mehr angesehen: als käme etwas Mächtiges, Gewaltiges über ihn, was nichts und niemand aufhalten kann.

»Die Kinder schlafen«, sage ich heiser, greife nach der Fernbedienung und stelle die Glotze aus. »Wir haben freie Bahn. Wir können machen, was wir wollen, was uns gefällt, was uns anmacht.«

Dan hat schon einen der Barhocker ins Auge gefasst. Er ist immer ganz scharf darauf, es auf diesen Barhockern zu treiben. Ich nicht so sehr. Am Ende klemmen mir die Dinger immer die Oberschenkel ab.

»Vielleicht was anderes«, sage ich eilig. »Irgendwas,

das wir noch nie gemacht haben. Ein Abenteuer! Überrasch mich!«

In der spannungsgeladenen Stille klicken nur die Perlen zwischen seinen Fingern. Er blickt ins Leere. Ich sehe ihm an, dass er tief in Gedanken versunken ist. Meine eigenen Gedanken kreisen um diverse köstliche Möglichkeiten und konzentrieren sich auf diese Schokoladenfarbe, die ich mal zum Valentinstag gekauft habe … hmm … wo die wohl sein mag … da reißt Dan die Augen auf.

»Okay«, sagt er, »zieh deinen Mantel an. Ich frage Tilda, ob sie Babysitten kann.«

»Was hast du vor?«

»Du wirst es schon noch erfahren!« Er wirft mir einen Blick zu, bei dem mir ganz heiß wird.

»Soll ich mir was überziehen?«

»Nur den Mantel.« Er wirft einen Blick auf mein schwarzes Spitzenhöschen. »Das wirst du nicht brauchen.«

Okay, das ist *deutlich* besser als ein Buch mit Boudoir-Fotos. Nachdem ich aus meinem Slip gestiegen bin, meinen aufreizendsten Mantel ausgesucht und sichergestellt habe, dass auf der Straße niemand sehen kann, wie nackt ich darunter bin, kommt Dan zurück, mit Tilda im Schlepptau.

»Wie ich höre, wollt ihr essen gehen?«, fragt Tilda, als könnte sie kein Wässerchen trüben. »Oder doch eher ein Dessert an der frischen Luft?« Sie wirft einen so schrägen Blick auf meine High Heels, dass ich mir auf die Lippe beißen muss.

»Dan ist der Boss.« Auch ich lasse mir nichts anmerken. »Also, wer weiß?«

»Guter Mann.« Ihre Augen blitzen mich verschlagen an. »Na, dann viel Spaß. Lasst euch Zeit.«

Dan ruft ein Taxi und nennt dem Fahrer eine Adresse, die ich leider nicht verstehen kann. Wir fahren schweigend, und mein Puls rast, während Dans Hand sich heimlich unter meinem Mantel zu schaffen macht. Fast könnte ich vor Lust in Ohnmacht fallen. So was haben wir schon ewig nicht mehr gemacht. Vielleicht noch nie. Und dabei bin ich mir nicht mal sicher, was dieses »so was« eigentlich ist.

Nach kurzer Fahrt steigen wir an einer Straßenecke in Vauxhall aus. Vauxhall? Das ist doch alles sehr merkwürdig.

»Wie …?« Ich sehe mich um. »Wo sind wir?«

»Schscht«, macht Dan. »Hier entlang!«

Eilig führt er mich durch einen kleinen, mir unbekannten Park zwischen den Häusern, als wäre er schon hunderttausend Mal hier gewesen. An der einen Ecke steht eine Kirche, deren Friedhof wir überqueren, bis wir vor einem Holztor stehen bleiben. In der Mauer daneben befindet sich ein Tastenfeld.

»Okay«, sagt Dan. »Jetzt ist die Frage: Haben sie den Code geändert?«

Ich bin zu verwirrt, um irgendwas darauf zu antworten. Wo zum Teufel sind wir?

Dan tippt einen Code ein, und man hört, wie sich das Schloss öffnet. Langsam drückt er das Tor auf. Und ich kann es nicht glauben: Dahinter liegt ein Garten. Ein einsamer, kleiner Garten. Mit offenem Mund stehe ich da, und Dan betrachtet mich mit zufriedenem Blitzen in den Augen.

»Überraschung«, sagt er.

Ich folge ihm hinein, sehe mich staunend um. Was ist das hier? Da gibt es Hochbeete. Rankgerüste. Knorrige Apfelbäume. Eine kleine Oase im Herzen Londons. Und in der Mitte stehen fünf moderne, abstrakte Skulpturen – sinnliche, sich windende Hartholzbögen.

Dorthin führt mich Dan, als gehörte ihm das alles hier. Schweigend schiebt er mich gegen eine der Skulpturen und fängt an, mich zielstrebig zu küssen, streift meinen Mantel ab. Umfasst meine nackten Brüste, noch immer ohne ein Wort. Die sanfte Form der Skulptur verschmilzt mit mir. Die Luft ist kühl auf meiner Haut. Ich rieche die Rosen, höre das Gelächter der Passanten auf der anderen Seite der Mauer. Die haben keine Ahnung, was wir hier treiben. Es ist total unwirklich.

Ich möchte fragen: »Wo sind wir?« und »Woher weißt du von diesem Garten?« und »Wieso waren wir noch nie hier?«, doch schon zieht mich Dan auf eine andere der Skulpturen. Er schmiegt meine Glieder an deren Form, als wäre sie dafür gemacht. Eine halbe Minute lang starrt er mich nur an, wie ich da auf dem Holz liege, wie sein eigenes, privates Boudoir-Foto. Meilenweit entfernt von weißen Strumpfhaltern und Prosecco.

Dann zieht er sich aus, wild entschlossen, ohne Zögern, ohne Zweifel, mit konzentriertem Gesichtsausdruck. Sachlich. Ernst. Ist diese Skulptur extra für Sex *gemacht*? Die Frage stellt sich. Und woher weiß Dan davon? Und was … wieso …?

Im nächsten Augenblick stockt mir der Atem, als Dan mich auf eine dritte, noch seltsamere Skulptur hebt. Mit festem Griff, noch immer schweigend, manövriert er mich auf das allerseltsamste … Moment, was will er? Mir wird ganz schwindlig. Meine Glieder zucken in dieser ungewohnten Haltung. Ich hab noch nie … Wie *kommt* er überhaupt darauf … Wenn die Boudoir-Fotos noch »jugendfrei« waren, dann ist das hier definitiv ab achtzehn …

Ich hatte ja keine Ahnung, dass Dan überhaupt …

O mein Gott. Ich kann nicht mehr denken. Ich höre mich stöhnen. Ich halte mich am Holz fest. Gleich explodiere ich. Das ist keine »Überraschung«. Das ist ein »Beben«.

Ich glaube, ich war in meinem ganzen Leben noch nie so selig. Ich zittere fast. Was *war* das?

Wir kuscheln in der Biegung einer der Skulpturen (die sind so was von für Sex gemacht) und blicken zum Himmel auf. Sterne sind kaum welche zu sehen – zu bedeckt –, doch ich rieche den blumigen, erdigen Duft des Gartens und höre das Plätschern eines kleinen Springbrunnens, das mir vorher gar nicht aufgefallen war.

»Wow«, sage ich schließlich. »Beste Überraschung aller Zeiten. Du hast gewonnen.«

»Na, wenn du dich wie eine Edelnutte anziehst.« Ich spüre, dass Dan im Dunkeln grinst.

»Und was ist das hier?« Mit nacktem Arm deute ich in die Runde. »Woher wusstest du davon?«

»Ich wusste es einfach. Es ist genial, oder?«

Ich nicke, während mein Herz langsam wieder etwas ruhiger schlägt. »Fantastisch.« Noch immer leuchte ich rosig vor mich hin, spüre die Endorphine durch meinen Körper fließen. (Oder meine ich Pheromone? Jedenfalls sexy Liebeshormone.) Mir ist ziemlich euphorisch zumute. Endlich wirkt es! Unser Projekt Surprise hat mir diesen grandiosen, überirdischen Abend beschert, den wir sicher nie vergessen werden. Ich fühle mich Dan dermaßen *verbunden*. Wann haben wir das letzte Mal nackt in der kühlen Nachtluft gelegen? Das sollten wir öfter tun. Immer eigentlich.

Aber woher wusste er denn jetzt von diesem Garten?, denke ich so bei mir. Er hat die Frage nicht wirklich beantwortet.

Ich stoße Dan an. »Und woher wusstest du nun davon?«

»Ach«, sagt Dan gähnend. »Also, um die Wahrheit zu sagen, habe ich geholfen, diesen Garten anzulegen.«

»Du hast *was*?« Ich stütze mich auf einen Ellenbogen, um ihn anzusehen.

»Als ich an der Uni war, im Sommer nach meinem ersten Jahr. In den Ferien habe ich ehrenamtlich gearbeitet.« Er zuckt mit den Schultern. »Es ist so was wie ein Gemeindegarten. Sie lassen Schülergruppen rein, um denen Gartenbau, Kräuterkunde und solche Sachen beizubringen.«

»Aber … wieso das? Warum ein Garten?«

»Na ja«, sagt Dan, als wäre das doch naheliegend, »du weißt doch, dass ich eine Schwäche fürs Gärtnern habe.«

Was weiß ich?

»Nein, das wusste ich nicht.« Staunend mustere ich ihn. »Wie meinst du das: ›eine Schwäche fürs Gärtnern‹? Du hattest noch nie eine Schwäche fürs Gärtnern. Zu Hause gärtnerst du nie.«

»Stimmt.« Dan macht ein zerknirschtes Gesicht. »Bin wohl zu sehr mit der Arbeit beschäftigt. Und den Zwillingen. Und inzwischen ist unser Garten sowieso nur noch ein Spielplatz, mit den beiden Wendy-Häusern, die da stehen.«

»Okay.« Ich ziehe meinen Mantel fester um die Schultern, lasse den Gedanken erst mal sacken. »Mein Mann, der Gärtner. Wer hätte das gedacht?«

»Nicht der Rede wert.« Dan zuckt mit den Schultern. »Vielleicht fange ich wieder damit an, wenn ich mich zur Ruhe setze.«

»Aber … Moment mal.« Da kommt mir ein ganz anderer Gedanke. »Woher wusstest du eigentlich, dass diese Skulpturen dermaßen … *zweckdienlich* sind?«

»Wusste ich nicht«, sagt Dan. »Aber immer wenn ich hier war, habe ich mich das gefragt.« Er zwinkert mir zu. »Und ich habe es mich *oft* gefragt.«

»Ha.« Ich lächle zurück und streiche liebevoll über seine Schulter. »Ich wünschte, wir wären damals schon zusammen gewesen. Aber in dem Jahr …« Ich runzle die Stirn, versuche, mich zu erinnern. »Ja, da war ich liiert.«

»Ich auch«, sagt Dan. »Und ich wünschte nicht, wir hätten uns damals schon gekannt. Ich glaube, wir sind uns genau im richtigen Moment begegnet.« Er küsst mich zärtlich, und ich lächle ihn nachdenklich an. Irgendetwas nagt an mir. Er war mit jemandem liiert?

»Mit wem warst du liiert?«, frage ich verwundert. Schon gehe ich die Folge von Dans früheren Freundinnen durch. (Ich habe ihn zu dem Thema ausgiebig befragt.) »Charlotte? Amanda?«

Die können es beide nicht gewesen sein, zeitlich gesehen.

»Nein, die nicht.« Er reckt sich gähnend, dann zieht er mich näher an sich heran. »Ist es denn wichtig, wer es war?«

Ich ringe mit zwei möglichen Antworten. Entweder rette ich den schönen Augenblick und sage: *Nein.* Oder ich kann es nicht auf sich beruhen lassen, dann sage ich: *Ja.*

»Also, *wichtig* ist es nicht«, sage ich schließlich beschwingt. »Ich würde nicht behaupten, dass es *wichtig* ist. Ich frage mich nur … wer es war.«

»Mary.«

Er lächelt mich an und küsst mich auf die Stirn, doch ich reagiere nicht. Mein inneres Radar ist angesprungen. Mary? Mary?

»Mary?« Ich probiere ein kleines Lachen. »Ich kann mich nicht erinnern, dass du schon mal eine Mary erwähnt hättest.«

»Bestimmt habe ich dir von ihr erzählt«, sagt er entspannt.

»Nein, hast du nicht.«

»Doch, bestimmt.«

»Hast du *nicht.*« Meine Stimme klingt leicht stählern. Ich habe Dans ehemalige Freundinnen allesamt fest abgespeichert, so wie FBI-Agenten die meistgesuchten Verbrecher Amerikas aufsagen können. Es gibt keine und gab nie eine Mary. Bis jetzt.

»Na, vielleicht habe ich sie vergessen«, sagt Dan. »Ehrlich gesagt hatte ich diesen Garten auch schon völlig vergessen. Die ganze Phase meines Lebens hatte ich vergessen. Erst als du meintest, du wolltest ein Abenteuer …« Er beugt sich wieder zu mir, mit schelmischem Blick. »Das hat etwas in mir geweckt.«

»Offensichtlich!«, sage ich bemüht freundlich und beschließe, das Thema Mary fallen zu lassen. »Na, komm, zeig mir alles!«

Als Dan mich auf den Wegen herumführt und mir die einzelnen Pflanzen erklärt, staune ich über sein umfangreiches Wissen. Ich dachte, ich kenne Dan in- und auswendig. Und plötzlich taucht da aus dem Nichts diese Leidenschaft für etwas auf, in das er mich bisher nie eingeweiht hat.

Ich meine, es ist ja toll, denn wir könnten definitiv mehr aus unserem Garten machen. Wir könnten daraus ein Familien-Hobby machen. Wir könnten den Mädchen beibringen, wie man Unkraut jätet … wie man harkt … Und Geschenke! Ja! Ich muss mich direkt zusammenreißen, um keine Siegerfaust zu ballen. Seine Geschenke für die nächsten zwanzig Jahre sind gesichert! Ich kann ihm Gartengeräte und Pflanzen und all diese lustigen Sachen schenken, auf denen »Chefgärtner« steht.

Aber ich muss mich auch ein bisschen schlaumachen, was die Gartenarbeit angeht. Je weiter wir voranschreiten, desto bewusster wird mir, wie wenig Ahnung ich habe. Ich denke immer noch, er redet von einem Busch, wenn er längst von einer Kletterranke erzählt, oder umgekehrt. (Die lateinischen Namen sind da keine große Hilfe.)

»Hübscher Baum«, sage ich, als wir zur hinteren Ecke kommen. (Einen Baum kann ich gerade noch erkennen.)

»Der war Marys Idee.« Dans Blick wird ganz verträumt. »Sie hatte ein Faible für Weißdorn.«

»Aha«, sage ich und zwinge mich zu einem höflichen Lächeln. Jetzt hat er Mary schon zum zweiten Mal erwähnt. »Sehr schön. Und diese Gartenlaube – zauberhaft! Die ist mir gar nicht aufgefallen, so versteckt hier hinten.«

»Die habe ich gemeinsam mit Mary gebaut«, erinnert sich Dan und klopft an die Laube. »Wir haben aufgearbeitetes Altholz verwendet. Ein ganzes Wochenende haben wir gebraucht.«

»Bravo, Mary!«, sage ich sarkastisch, bevor ich es verhindern kann, und Dan sieht mich überrascht an. »Ich meine … toll!«

Ich hake mich bei Dan unter und blicke lächelnd zu ihm auf, um den Umstand zu vertuschen, dass die zahllosen Erwähnungen dieser Mary für mich wie kleine Stiche sind. Für eine Frau, von der ich bis vor drei Minuten noch nie etwas gehört habe, scheint sie mir in unserem Gespräch doch bemerkenswert präsent zu sein.

»Und war es etwas Ernstes zwischen dir und Mary?«, kann ich mir nicht verkneifen.

Dan nickt. »War es, eine Weile zumindest. Aber sie hat in Manchester studiert, und ich denke, deshalb haben wir uns am Ende wohl getrennt.« Er zuckt mit den Schultern. »Zu weit weg von Exeter.«

Sie haben sich nicht getrennt, weil es einen schlimmen Streit gab oder einer fremdgegangen ist, registriere ich im Stillen. Es war die Logistik.

»Wir hatten alle möglichen Träume«, fährt Dan fort. »Wir wollten zusammen einen kleinen Bauernhof betreiben. Organisches Gemüse und so. Die Welt verändern. Wie gesagt, ich war damals ein anderer Mensch.« Dan sieht sich im Garten um und schüttelt den Kopf, lächelt etwas verkniffen. »Hierherzukommen, ist schon seltsam. Es hat mich daran erinnert, was für ein Mensch ich damals war.«

»Warst du denn *so* anders?«, frage ich betroffen. Er hat so ein Leuchten in den Augen, wie ich es bei ihm noch nie gesehen habe. Wehmütig und irgendwie voller Sehnsucht. Sehnsucht wonach? Es sollte doch ein grandioser, übersinnlicher Abend werden, an dem es um *uns* ging, nicht um irgendeine frühere Beziehung.

»Oh, ich war schon wirklich anders.« Er lacht. »Warte. Vielleicht habe ich ein Foto …«

Eine Weile sucht er in seinem Handy, dann hält er es mir hin. »Hier.« Ich nehme es und sehe mich einer Website mit der Überschrift *St Philip's Garden: Wie alles begann* ausgesetzt.

»Siehst du?« Dan deutet auf ein altes Foto von jungen Leuten in Jeans, mit schmutzigen Harken und Spaten in Händen. »Das ist Mary … und das bin ich.«

Ich habe schon Bilder aus Dans Jugend gesehen. Aber noch nicht aus *dieser* Zeit. Er sieht so mager aus. Er trägt ein kariertes Hemd und so ein merkwürdiges Tuch um den Kopf, und mit einem Arm drückt er Mary fest an sich. Ich zoome näher heran und mustere sie kritisch. Sieht man mal von ihren krausen Haaren ab, ist sie hübsch. Sehr hübsch sogar. Auf so eine gesunde, biodynamische, grübchenmäßige Art. Sehr lange, schlanke Beine, wie mir auffällt. Sie hat ein strahlendes Lächeln, ihre Wangen sind gerötet und die Jeans dreckig. Ich kann mir nicht vorstellen, dass sie Boudoir-Fotos von sich machen würde. Aber ich kann mir auch Dan nicht als Gärtner vorstellen.

»Was sie heute wohl treiben mag?«, überlegt Dan. »Es ist doch verrückt, wenn ich mir vorstelle, dass ich sie *vergessen* habe. Immerhin waren wir eine Weile …« Er stockt, als würde er merken, wo das enden wird. »Egal.«

»Verrückt!«, sage ich mit schrillem Lachen. »Tja, man wundert sich. Wird dir kalt?«

Ich halte ihm sein Handy hin, aber er nimmt es nicht. Wie hypnotisiert starrt er die Gartenlaube an. Er scheint sich verloren zu haben in … was? Gedanken? Erinnerungen? Erinnerungen an ihn und Mary, neunzehn Jahre alt und voller Ideale, als sie hier ihre zauberhafte Altholzlaube gebaut haben?

Die in dieser Laube *gevögelt haben*? Wenn alle anderen nach Hause gegangen waren?

Nein. Untersteh dich.

»Was denkst du gerade?«, frage ich und gebe mir Mühe, sorglos zu klingen, während ich selbst denke: »Wenn er jetzt *Mary* sagt, werde ich …«

»Ach.« Dan kommt zu sich und wirft mir einen ausweichenden Blick zu. »Nichts. Wirklich. Nichts.«

KAPITEL ZEHN

Es hat etwas in mir geweckt.

Immer wieder muss ich an Dans Worte denken, und jedes Mal überkommt mich eine dunkle Ahnung. Ich kann nicht aufhören, mir seinen entrückten Gesichtsausdruck vorzustellen. Weit weg von mir, entrückt in andere goldene, glücklichere Tage voll duftender Blumen und ehrlicher Arbeit und neunzehnjähriger Mädchen mit strahlendem Lächeln und Grübchen.

Was dieser Garten auch in ihm »geweckt« haben mag – es wäre mir doch lieb, wenn es demnächst mal wieder einschlafen könnte, wirklich wahr. Es wäre mir lieb, wenn er diesen Garten, diese Mary und diesen »völlig anderen Menschen«, der er damals war, vergessen würde. Denn – und jetzt kommt's! – heute ist nicht damals. Er ist nicht mehr neunzehn. Er ist verheiratet und hat Kinder. Hat er das alles vergessen?

Ich weiß, ohne Beweise sollte ich keine voreiligen Schlüsse ziehen. Aber es *gibt* Beweise! Ich weiß, dass Dan in den fünf Tagen, seit wir in diesem Garten waren, von Mary geradezu besessen war. *Heimlich* besessen, sollte ich dazusagen. Im stillen Kämmerlein. Wenn ich nicht dabei bin.

Eigentlich bin ich kein eifersüchtiger Mensch. Bin ich nicht. Es ist völlig normal, dass ich mir den Browserverlauf meines Mannes ansehe. Das gehört zum internen Gezeitenstrom des Ehelebens. Er sieht meine vollgerotzten Taschentücher im Mülleimer – ich sehe, was in seinem Kopf vorgeht, alles frei zugänglich auf seinem Computer.

Ehrlich. Man sollte doch meinen, er würde diskreter vorgehen.

Ich bin unentschlossen, ob ich mich freuen soll, dass er seinen Browserverlauf nicht gelöscht hat. Auf der einen Seite könnte es bedeuten, dass er nichts zu verbergen hat. Auf der anderen Seite könnte es bedeuten, dass er kein Gespür für Frauen hat, oder Gespür für irgendwas, oder überhaupt ein Gehirn. Was denkt er sich? Dass ich mich nicht in seinem Laptop umsehe, nachdem er mir von einer geheimen, lang verlorenen Freundin mit Grübchen erzählt hat, die mir bisher gänzlich unbekannt war?

Echt jetzt.

Er hat auf unterschiedlichste Weise nach ihr gesucht: *Mary Holland, Mary Holland Job, Mary Holland Ehemann.* Man könnte fragen: Was muss er über Mary Hollands (wie sich herausstellt, nicht existenten) Ehemann wissen? Aber ich werde nicht so würdelos sein, dieses Thema anzusprechen. So verzweifelt bin ich nicht. So eine Ehefrau bin ich nicht.

Stattdessen habe ich *meine* alten Freunde gegoogelt – ich habe *Matt Quinton toller Job großes Auto echt sexy* eingegeben – und meinen Computer aufgeklappt auf dem Küchentisch stehen lassen. Soweit ich es erkennen konnte, hat Dan davon überhaupt nichts mitbekommen. Er ist *unmöglich*.

Daraufhin habe ich mir eine andere Strategie überlegt. Ich habe eine Gartenzeitschrift gekauft und versucht, ihn in ein Gespräch über unseren Garten und die Frage zu verstricken, ob wir winterfeste Einjährige pflanzen sollten. Fast zehn Minuten lang habe ich es probiert und sogar ein paar lateinische Namen einfließen lassen, aber am Ende meinte Dan nur: »Hmm, vielleicht«, auf seine abwesende Art.

Hmm, vielleicht?

Ich dachte, er liebt das Gärtnern. Ich dachte, es sei seine heimliche Leidenschaft. Er hätte sich auf die Chance *stürzen* sollen, mit mir über winterfeste Einjährige zu sprechen.

Und es weckte eine brennende Frage in mir. Eine besorgniserregende Frage. Wenn er neulich Abend nicht wehmütig an Gartenarbeit gedacht hat … woran dann?

Ich habe es nicht angesprochen. Nicht direkt. Ich habe nur gesagt: »Ich dachte, du wolltest wieder mehr gärtnern, Dan?«, und Dan meinte: »Doch, doch, das möchte ich auch. Wir sollten es uns mal vornehmen«, und ging, um E-Mails zu schreiben.

Und jetzt hat er natürlich schlechte Laune, weil heute Nachmittag die Eröffnungszeremonie im Krankenhaus stattfindet und er sich bei der Arbeit frei nehmen und supersmart anziehen und nett zu meiner Mutter sein und mehr oder weniger all das tun muss, was ihm im Leben am allermeisten missfällt.

Die Mädchen waren früher als gewöhnlich wach und wollten vor der Schule unbedingt noch im Garten spielen, und so ist es ungewöhnlich still, als Dan und ich beim Frühstück sitzen und ich meine Rede über Daddy durchgehe. Ich kann mich nicht entscheiden, ob sie zu sentimental oder nicht sentimental genug ist. Wenn ich sie mir durchlese, kriege ich jedes Mal feuchte Augen, aber ich habe mir fest vorgenommen, bei der Feier nicht zu weinen. Ich werde eine würdige Repräsentantin meiner Familie sein.

Aber es ruft alles wieder wach. Das Leben mit Daddy war irgendwie golden. Oder meine ich gülden? Ich erinnere mich nur an endlose Sommer und Sonnenschein und daran, auf dem Boot zu sein und an kleinen Ecktischen in Restaurants zu sitzen, wenn man den Spezial-Eisbecher für »Miss Sylvie« brachte. Daddys Zwinkern. Daddy, der mich fest bei der Hand hält. Daddy, der alles wiedergutmacht.

Ich meine, okay, er hatte ein paar unmissverständliche politische Ansichten, mit denen ich nicht *unbedingt* übereinstimmte. Und er war kein Freund davon, wenn ihm widersprochen wurde. Ich weiß noch, wie ich ihn als Kind einmal mit Mummy in seinem Büro besucht habe und mitbekam, wie er einen armen Mitarbeiter niedermachte. Ich war so schockiert, dass mir die Tränen in die Augen schossen.

Mummy brachte mich eilig weg und erklärte mir, alle Chefs müssten ihre Mitarbeiter hin und wieder ausschimpfen. Und dann kam Daddy zu uns und küsste und knuddelte mich, und ich durfte mir zwei Schokoladenriegel aus dem Automaten ziehen. Dann nahm er mich mit in den Konferenzraum und erklärte dem versammelten Personal, dass ich eines Tages die Welt regieren würde, und alle klatschten, und Daddy hob meine Hand wie die von einem Champion. Es ist eine der schönsten Erinnerungen meiner Kindheit.

Und was das Schimpfen angeht – nun, jedem reißt

mal der Geduldsfaden. Es ist einfach ein menschlicher Makel. Aber ansonsten war Daddy eine unglaublich positive Kraft. Hell wie die Sonne.

»Dan«, sage ich plötzlich, nachdem ich die Anekdote über Daddy und den Golfwagen noch mal gelesen habe, »lass uns nächstes Jahr Urlaub in Spanien machen.«

»Spanien?« Er verzieht das Gesicht. »Warum?«

»Ich möchte noch mal nach Los Bosques Antiguos«, erkläre ich. »Oder zumindest in die Nähe.«

Wir könnten es uns nie im Leben leisten, in Los Bosques Antiguos zu wohnen. Ich habe mal nachgesehen – die Häuser dort sind für uns unerschwinglich. Aber wir könnten uns irgendwo ein kleines Hotel suchen und zumindest einen Tag in Los Bosques Antiguos verbringen. Zwischen den weißen Häusern umherschlendern. Die Füße im Teich baumeln lassen. Über die duftenden Pinienzapfen im angrenzenden Wald laufen. Meiner Vergangenheit einen Besuch abstatten.

»Warum?«, fragt Dan noch einmal.

»Viele Leute machen da Urlaub«, versichere ich ihm.

»Ich finde einfach, das ist keine gute Idee.« Seine Miene ist verschlossen und neinisch. Kein Wunder. »Es ist zu heiß, zu teuer …«

Er redet Unsinn. Es ist nur teuer, wenn wir irgendwo teuer wohnen.

»Flüge nach Spanien sind billig«, erwidere ich. »Bestimmt könnten wir einen Campingplatz finden. Und ich könnte noch einmal zurück nach Los Bosques Antiguos. Mir ansehen, wie es heute ist.«

»Ist nicht so mein Ding«, sagt Dan schließlich, und plötzlich platzt mir der Kragen.

»Was ist dein *Problem?*«, schreie ich, und Anna kommt aus dem Garten hereingelaufen.

»Mummy!« Mit großen Augen steht sie da. »Nicht schreien! Du machst Dora Angst.«

Ich starre sie an. Dora? Ach, die verfluchte *Schlange*. Na, ich will doch hoffen, dass ich ihr Angst mache. Ich hoffe, sie kriegt einen Herzinfarkt vor Angst.

»Keine Sorge, Schätzchen!«, sage ich so beruhigend, wie es mir möglich ist, »ich versuche nur gerade, Daddy etwas zu erklären. Und da bin ich ein wenig lauter geworden. Geh und spiel mit eurer *Stomp Rocket*.«

Anna rennt wieder raus, und ich schenke uns Tee ein. Noch immer hängen meine Worte unbeantwortet in der Luft. *Was ist dein Problem?*

Und natürlich weiß ich tief in mir drin, was sein Problem ist. Wir werden zwischen diesen großen weißen Häusern herumspazieren, und Dan wird merken, wie viel Geld wir hatten, als ich klein war, und irgendwie wird es alles verderben. Nicht mir, aber ihm.

»Ich wollte nur mal wieder dorthin, wo ich als Kind war«, sage ich mit starrem Blick auf die Tischdecke. »Sonst nichts. Ich will kein Geld zum Fenster rauswerfen, ich will nicht jedes Jahr dorthin, ich möchte es mir nur mal ansehen.«

Im Augenwinkel merke ich, dass Dan sich sammelt.

»Sylvie«, sagt er und muss sich offensichtlich Mühe geben, die Ruhe zu bewahren. »Du kannst dich unmöglich an Los Bosques Antiguos erinnern. Mit vier warst du zum letzten Mal da.«

»Selbstverständlich erinnere ich mich!«, protestiere ich empört. »Es hat einen tiefen Eindruck bei mir hinterlassen. Ich erinnere mich an unser Haus mit der Veranda, an den Teich mit dem kleinen Anleger, an den duftenden Wald und den Ausblick aufs Meer …«

Am liebsten möchte ich hinzufügen, was ich wirklich denke, nämlich: »Ich wünschte, Daddy hätte dieses Haus damals nicht verkauft«, aber das würde vermutlich nicht so gut ankommen. Und ebenso wenig werde ich einräumen, dass meine Erinnerungen leicht verschwommen sind. Entscheidend ist, dass ich noch mal dorthin möchte.

Dan schweigt mit starrer Miene. Es ist, als könnte er mich nicht hören. Oder vielleicht *kann* er mich hören, aber irgendwas in seinem Kopf ist lauter und beharrlicher.

Langsam geht mir die Luft aus. Man kann es nicht unendlich oft versuchen. Manchmal empfinde ich sein Problem mit meinem Vater wie einen riesengroßen Stein, den ich durch unsere Ehe schleppen muss.

»Gut«, sage ich schließlich. »Wohin *wollen* wir denn nächstes Jahr fahren?«

»Ich weiß nicht«, sagt Dan, und ich merke, dass er meint, sich verteidigen zu müssen. »Vielleicht irgendwo in England.«

»In einen biodynamischen Garten?«, entgegne ich, bin mir aber nicht sicher, ob Dan meine kleine Anspielung versteht. Schon will ich hinzufügen: »Ich hoffe, du hast einen Schlangen-Sitter parat«, als Tessa hereingelaufen kommt, ihr Mund ein »O« des Entsetzens.

»Mummy!«, heult sie, »Mummy! Unsere Stomp Rocket ist weg!«

Als Professor Russell an die Tür kommt, scheint in seinen Augen der Schalk zu blitzen, und plötzlich frage ich mich: Hat er eben gehört, wie ich Dan angeschrien habe? O Gott, natürlich hat er das! Die beiden sind ganz und gar nicht taub, oder? Wahrscheinlich sitzt er mit Owen da und lauscht Dan und mir wie einem Hörspiel im Radio.

»Hallo«, begrüße ich ihn höflich. »Verzeihen Sie die Störung, aber ich glaube, die Rakete meiner Tochter ist auf Ihrem Gewächshaus gelandet. Tut mir leid.«

»Meine Stampfrakete«, präzisiert Tessa, die mich unbedingt begleiten wollte und meine Hand hält.

»Ach, du je.« Professor Russells Blick trübt sich, und ich sehe ihm an, dass er sich daran erinnert, wie Dan raufgeklettert ist und eine Scheibe zerbrochen hat.

»Ich habe das hier dabei«, sage ich eilig und deute auf den Teleskopbesen in meiner Hand. »Ich bin ganz vorsichtig. Versprochen Und wenn ich nicht rankomme, rufen wir den Fensterputzer.«

»Na gut.« Die Miene des Professors entspannt sich zu einem Lächeln. »Dann wollen wir mal ›unser Glück versuchen‹, wie man so sagt.«

Als er uns durchs Haus führt, sehe ich mich neugierig um. Wow. Viele Bücher. *Viele* Bücher. Wir kommen durch eine kahle, kleine Küche und einen winzigen Wintergarten mit zwei altmodischen Stühlen und einem Radio. Und dort, mitten im Garten, steht das Gewächshaus. Es ist eine moderne Konstruktion aus Glas und Metall, und würde man eine Küche einbauen, könnte sie sich glatt in einer Zeitschrift wiederfinden.

Ich kann unsere Rakete schon sehen, wie sie da so deplatziert und kindisch auf dem Glasdach liegt, aber ich interessiere mich mehr für das, was drinnen ist. Es sieht nicht aus, wie Gewächshäuser normalerweise aussehen. Da gibt es weder Tomaten noch Blumen oder schmiedeeiserne Möbel. Es ist eher wie ein Labor. Ich sehe zweckmäßige Tische und reihenweise Töpfe, in denen überall dieselbe Sorte Farn in unterschiedlichen Wachstumsstadien steht, und dazu einen Computer. Nein, zwei Computer.

»Ist ja irre«, sage ich, als wir uns dem Gewächshaus nähern. »Sind das alles dieselben Pflanzen?«

»Es sind verschiedenste Farne«, sagt Professor Russell mit leisem Lächeln, als vertraute er jemandem einen privaten Scherz an. (Seinen Pflanzen wahrscheinlich.) »Farnen gilt mein besonderes Interesse.«

»Guck mal, Tessa!« Ich deute durch die Glasscheiben. »Professor Russell hat sogar Bücher über die Farne geschrieben. Er weiß alles darüber.«

»Weiß alles darüber?«, wiederholt Professor Russell. »Ach, du meine Güte. Oh nein, nein, nein. Ich bin gerade erst dabei, ihre Geheimnisse auszuloten.«

»Pflanzen habt ihr in der Schule doch auch schon behandelt, oder?«, frage ich Tessa. »Ihr habt Kresse gezogen, stimmt's?« Plötzlich frage ich mich, ob wir Professor Russell dazu bewegen könnten, in der Grundschule der Mädchen einen Vortrag zu halten. Das würde mir *viele* Fleißsternchen einbringen.

»Pflanzen brauchen Wasser«, erklärt Tessa wie aufs Stichwort. »Pflanzen wachsen zum Licht hin.«

»Das stimmt.« Professor Russell lächelt sie wohlwollend an, und ich bin ganz stolz. Da diskutiert meine Fünfjährige mit einem Oxford-Professor über Botanik!

»Wachsen Menschen auch zum Licht hin?«, fragt Tessa wie im Scherz.

Schon will ich sagen: »Selbstverständlich nicht, Schätzchen!«, und Professor Russell einen amüsierten Blick zuwerfen. Doch der sagt nur milde: »Ja, mein Kind. Das glaube ich wohl.«

Oh, okay. Wieder was gelernt.

»Natürlich gibt es unterschiedliche Sorten von Licht«, fährt Professor Russell fast verträumt fort. »Manchmal mag unser Licht ein Glaube sein oder eine Ideologie oder auch ein Mensch, und wir wachsen zu ihm hin.«

»Wir wachsen zu einem *Menschen* hin?« Tessa findet das urkomisch. »Zu einem *Menschen*?«

»Aber sicher.« Sein Blick richtet sich auf etwas hinter meiner Schulter, und ich sehe Owen den Weg entlangkommen.

Ich habe Owen schon seit einer Weile nicht mehr aus der Nähe gesehen, und er hat etwas an sich, bei dem mir der Atem stockt. Irgendwie sieht er durchscheinend aus. Gebrechlicher, als ich ihn in Erinnerung habe. Seine weißen Haare sind spärlich und die knochigen Hände auffällig dürr.

»Guten Morgen«, sagt er mit charmanter, heiserer Stimme. »Ich wollte nur fragen, ob unser Besuch gern einen Kaffee hätte.«

»Oh, nein danke«, sage ich eilig. »Wir sind nur hier, um unser Spielzeug zu holen. Entschuldigen Sie all den Lärm«, füge ich hinzu. »Ich weiß, wir sind nicht immer die Leisesten.«

Ich sehe, wie der Professor Owen einen Blick zuwirft, und plötzlich bin ich mir ohne jeden Zweifel sicher, dass die beiden den Streit zwischen Dan und mir mitbekommen haben. *Na toll.* Im selben Moment jedoch lächelt Owen mich freundlich an.

»Ganz und gar nicht. Kein Grund, sich zu entschuldigen. Wir freuen uns, die Kinder beim Spielen zu hören.« Er betrachtet den Besen in meiner Hand. »Ach. Das ist ja raffiniert.«

»Na ja«, sage ich skeptisch. »Wir werden sehen.«

»Warte nicht hier draußen.« Professor Russell streichelt Owens Hand. »Du kannst unsere Bemühungen vom Wintergarten aus beobachten.«

Als Owen sich zum Haus zurückzieht, fahre ich den Besen aus und strecke mich, und nach ein paar Schubsern fällt mir die Rakete in die Arme.

»Bravo!«, lobt Professor Russell. Dann wendet er sich Tessa zu. »Und nun, mein Kind, darf ich dir eine kleine Pflanze als Andenken mitgeben? Aber du musst sie gießen und gut für sie sorgen.«

»Ach, das wäre nett!«, rufe ich aus. »Danke!«

Ich denke: Ich werde Dan bitten, die Pflanze zu versorgen. Sofern er sich wirklich für Gärtnerei interessiert und nicht nur für Ex-Freundinnen mit süßen Grübchen.

Professor Russell schlurft ins Gewächshaus und kommt mit einem kleinen, farnigen Ding im Topf wieder heraus.

»Gib ihm etwas Licht, aber nicht zu viel«, sagt er mit blitzenden Augen. »Und sieh dir an, wie er wächst.«

Tessa nimmt den Topf, dann blickt sie erwartungsvoll zu ihm auf. »Aber wir brauchen auch einen für Anna«, sagt sie.

»Tessa!«, rufe ich entsetzt. »So was sagt man nicht!

Man sagt: ›Vielen Dank für den hübschen Farn!‹ Anna ist ihre Zwillingsschwester«, erkläre ich Professor Russell. »Sie passen aufeinander auf. Du kannst ihn dir mit Anna teilen«, füge ich an Tessa gewandt hinzu.

»Aber nicht doch!«, sagt Professor Russell sofort. »Tessa hat ganz recht! Wie konnte ich Anna nur vergessen?«

Er hastet noch einmal ins Gewächshaus und kommt mit einer zweiten kleinen Pflanze wieder.

Ich verziehe das Gesicht. »Es tut mir so leid. Tessa, du sollst doch nicht betteln.«

»Unsinn!« Professor Russell zwinkert Tessa zu. »Wenn wir nicht für unsere Lieben einstehen, wozu sind wir dann nütze?«

Als Tessa in die Hocke geht, um die Farne genauer zu betrachten, driftet Professor Russells Blick wieder über meine Schulter hinweg. Ich drehe mich um und sehe, dass er Owen beobachtet, der sich auf einem der altmodischen Stühle im Wintergarten niedergelassen hat, mit einer Decke um die Knie. Ich sehe, wie Professor Russell lautlos »Alles in Ordnung?« fragt und Owen nickt.

»Wie lange sind Sie beide schon …«, frage ich leise, weiß nicht recht, wie ich es formulieren soll. Ich bin mir *ziemlich* sicher, dass sie mehr als nur Freunde sind, aber da kann man nie ganz sicher sein.

»Wir kannten uns schon auf der Schule«, sagt Professor Russell sanft.

»Ach so«, sage ich erstaunt. »Wow. Das ist aber lange. Also …«

»Damals war sich Owen seiner … wahren Natur nicht bewusst. Sagen wir es so.« Professor Russell zwinkert mir zu. »Er hat geheiratet … Ich habe mich der Forschung gewidmet … Vor acht Jahren sind wir uns wieder begegnet. Um zu beantworten, was Sie vermutlich fragen wollen: Ich liebe ihn seit neunundfünfzig Jahren. Die meiste Zeit natürlich aus der Ferne.« Wieder sieht er mich mit diesem leisen Lächeln an.

Mir fehlen die Worte. *Neunundfünfzig Jahre?* Während ich sein faltiges Gesicht betrachte, scheint Professor Russell mich in jeder Hinsicht zu überragen. Nicht nur sein Intellekt ist überragend. Auch seine Liebe. Ich spüre den Drang, hierzubleiben und ihn ganz viel zu fragen, um seine Weisheit in mich aufzusaugen.

Da merke ich plötzlich, dass Tessa dabei ist, einen Farnwedel zu zerrupfen. Mist. So viel zum intellektuellen Wissensdurst Fünfjähriger.

»Ich glaube, wir sollten jetzt wirklich los«, sage ich eilig. »Wir haben Ihre Zeit schon viel zu lange in Anspruch genommen. Ich danke Ihnen sehr, Professor Russell.«

»Bitte.« Er strahlt mich an. »Nennen Sie mich John.«

»John.«

John führt uns durchs Haus, und wir verabschieden uns mit reichlich warmem Händeschütteln und dem Versprechen, irgendwann mal zusammen einen Tee zu trinken. Als ich unsere Haustür aufmache, bin ich so damit beschäftigt, mir Owen und ihn als schlaksige Teenager vorzustellen, dass Tildas Stimme mich richtig zusammenzucken lässt.

»Sylvie!« Sie kommt den Weg entlang, in einem altmodischen dunkelbraunen Kostüm, und winkt mich aufgeregt zu sich. »Wie sieht's aus?«

»Oh, hi!«, begrüße ich sie. »Ich war gerade in Professor Russells Garten. Er ist wirklich nett. Wir sollten mal zusammen einen Drink nehmen oder so.« Ich lasse Tessas Hand los. »Geh und zeig Anna ihre Pflanze, Schätzchen. Und hol deinen Ranzen. Ich komm gleich nach.«

»Also?« Tildas Augen blitzen mich an, als Tessa ins Haus flitzt. »Wie war das Dessert an der frischen Luft? Ich hab noch gar keine ausführliche Rückmeldung bekommen.«

Das stimmt. Wir haben uns nur einmal kurz gesehen, gleich nach diesem Ausflug in den Skulpturengarten. Sie arbeitet für einen Klienten vor Ort in dessen Büro in Andover, sodass wir auf unsere Morgenspaziergänge verzichten mussten. Was bedeutet, dass sie keine Ahnung hat, was los ist. Ich werfe einen vorsichtigen Blick zum Haus hinüber, aber von Dan ist nichts zu sehen. Um sicherzugehen, ziehe ich die Haustür ins Schloss.

»Musst du denn nicht nach Andover?«, frage ich und mustere ihr Kostüm.

»Ich fahre etwas später.« Tilda winkt ab. »Spuck's aus.«

»Tja.« Ich lehne mich an ihre Gartenmauer und schlinge die Arme um mich. »Es war ein Schuss in den Ofen, wenn du es genau wissen willst.«

»Wirklich?« Sie klingt überrascht. »Dan machte auf mich einen ziemlich aufgedrehten Eindruck. Mochte er das Korsett nicht?«

»Das war es nicht.« Ich schüttle den Kopf. »Der *Sex* war gut. Wir sind zu diesem Skulpturengarten gefahren, und eigentlich war es ziemlich spektakulär.«

»Was ist dann das Problem?«

Ich schweige einen Moment. Obwohl ich mich bemühe, sachlich und unbeschwert zu klingen, merke ich doch, dass ich mir ehrlich Sorgen mache. Und es laut auszusprechen, wird es noch zwanzigmal schlimmer machen.

»Es hat etwas in Dan ›geweckt‹«, sage ich schließlich. »Anscheinend.«

Tilda starrt mich an. »Was geweckt?«

»Das Ganze hat ihn an diese Ex-Freundin erinnert. Eine Ex-Freundin, von der er mir noch nie was erzählt hatte. Und dann hat er sie gegoogelt. Oft.« Ich spreche ganz ruhig, aber ich spüre ein Zittern in meinem Gesicht, als könnte ich meine Sorgen nicht bändigen. »Heimlich.«

»Oh.« Tilda wirkt für einen Moment verstört, dann sammelt sie sich. »Ach, aber etwas zu googeln, heißt doch nichts. Alle Welt googelt. Ich google Adam dreimal die Woche. Ich quäle mich gern«, fügt sie achselzuckend hinzu.

»Aber vorher hat er sie nie gegoogelt. Er hat noch nicht mal an sie gedacht. Und das ist alles meine Schuld!«, füge ich selbstkasteiend hinzu. »Ich habe es mir selbst eingebrockt!«

»Nein, hast du nicht!« Tilda lacht ungläubig. »Indem du dich sexy angezogen hast, oder was?«

»Indem ich unsere Ehe wachgerüttelt habe! Indem ich Dan zu einem Abenteuer überredet habe! Das hat ihn zum *Nachdenken* gebracht. Und gedacht hat er an seine Ex!«

»Ah.« Tilda zieht eine komische Grimasse. »Na ja. Vielleicht war es wirklich keine so gute Idee. Es ist besser, wenn Ehemänner nicht allzu viel nachdenken.«

»Du hast mich gewarnt«, sage ich betrübt. »Du hast

gesagt: ›Überraschungen haben die unangenehme Angewohnheit schiefzugehen.‹ Tja, du hattest wohl recht.«

»Sylvie, so habe ich das doch nicht gemeint!«, sagt Tilda erschrocken. »Und du musst dir keine Sorgen machen. Sieh dir die Fakten an. Dan liebt dich, und ihr hattet tollen Sex. Viele Paare würden für guten Sex sterben«, erklärt sie.

»Ja, aber selbst der Sex …« Ich beiße mir auf die Lippe und sehe wieder zu unserer Haustür hinüber.

»Was?« Tilda beugt sich vor, fasziniert, und ich zögere. Ich bin wirklich kein Mensch, der intime Details verrät. Aber seit den Boudoir-Fotos scheint es mir doch eher unsinnig, mich vor Tilda zu zieren.

»Na ja«, sage ich, flüstere fast, »es war wild, aber es war auch … anders. *Er* war anders. In dem Moment dachte ich noch: Gut so, ich mache ihn scharf. Aber jetzt denke ich: War es die Erinnerung an sie?« Ich schüttle mich. »Ging es nur um *sie*?«

»Ich bin mir sicher, dass es nicht …«

»Ich habe gesagt, ich wollte eine Überraschung«, falle ich ihr aufgeregt ins Wort. »Was ist, wenn seine Überraschung darin besteht, mit einer anderen ins Bett zu gehen?«

»Genug!«, sagt Tilda scharf und legt eine Hand auf meinen Arm. »Sylvie, du überreagierst. Dan hat nichts weiter getan, als seine Ex zu googeln. Wenn du mich fragst, wird er vermutlich nie wieder ein Wort über sie verlieren. In einem Monat hat er sie ganz vergessen.«

»Meinst du wirklich?«

»Ganz bestimmt. Wie heißt sie?«, fügt Tilda beiläufig hinzu.

»Mary.«

»Na, da hast du es doch!« Tilda rollt mit den Augen. »Nie im Leben würde er dich mit einer Frau betrügen, die Mary heißt.«

Da muss ich doch lachen. Tilda hat eine echte Gabe, mich aufzuheitern, in jeder Situation.

»Wie kommt ihr zwei ansonsten klar?«, erkundigt sie sich.

»Ach, weißt du.« Ich zucke mit den Schultern. »Auf und ab …« Ihr Gesichtsausdruck hat jedoch so etwas Fragendes, was mich hinzufügen lässt: »Hast du heute Morgen mitbekommen, wie ich ihn angeschrien habe?«

»War nicht zu überhören.« Tilda kneift den Mund zusammen, als wollte sie verhindern, dass sie lächelt. Oder loslacht.

Na super. Dann sind Dan und ich also tatsächlich die aktuelle Seifenoper in unserer Straße.

»Es wird schon werden.« Tilda tätschelt meine Hand. »Aber eins musst du mir versprechen. Keine Überraschungen mehr.«

Sie fügt nicht hinzu: »Ich hab's dir ja gleich gesagt«, aber der Satz steht unausgesprochen in der Luft. Und sie hat es mir ja auch gleich gesagt.

»Keine Sorge«, sage ich. »Mit Überraschungen bin ich fertig. *Endgültig.*«

Ich habe Esme noch nie persönlich kennengelernt. Ich erwarte jemand Kleines, Dünnes, im schmalen Kostüm, auf Pumps. Doch das Mädchen, das mich im New London Hospital erwartet, ist groß und blond und kindlich gekleidet – ein niedlicher Rock mit Schafmuster, dazu

Mary Janes mit Gummisohle. Sie hat ein breites, wohlgeformtes Gesicht, das von Haus aus fröhlich aussieht, doch runzelt sie die Stirn.

»Ich *glaube*, ich habe alles bedacht«, sagt sie auf unserem Weg durch die Lobby mindestens fünfmal. »Also, im Green Room gibt es Kaffee, Tee, Wasser, Snacks …« Sie zählt alles an den Fingern ab. »Kekse … Croissants … ach, und natürlich Mineralwasser …«

Ich beiße mir auf die Lippe, um nicht laut loszukichern. Wir reden hier von einer kleinen Sitzecke, die wir kaum länger als eine halbe Stunde nutzen werden, wenn überhaupt. Sie klingt, als gingen wir auf Polarexpedition.

»Das ist sehr freundlich«, sage ich.

»Und Ihr Mann kommt nach?« Sorgenvoll blinzelt sie mich an. »Denn wir *haben* ihm einen Parkplatz reserviert.«

»Danke. Ja, er bringt unsere Mädchen und seine Eltern mit.«

Dans Eltern haben vor drei Tagen plötzlich beschlossen, dass sie dem heutigen Ereignis beiwohnen möchten. Dan hatte es am Telefon seiner Mutter gegenüber erwähnt, und anscheinend war sie ganz pikiert und fragte, wieso sie und Neville denn nicht eingeladen seien. Gehörten sie denn nicht auch zum erweiterten Kreis der Familie? Sei es Dan denn gar nicht in den Sinn gekommen, dass sie meinem Vater vielleicht auch die Ehre erweisen wollten? (Was komisch ist, weil sie Daddy zu Lebzeiten nie besonders mochten.) Dan kam richtig unter Druck, und ich hörte ihn sagen: »Mum, es ist keine … Nein, es ist keine *Party* … Ich dachte einfach nicht, dass ihr extra von Leicester anreisen wolltet … Aber natürlich dürft ihr dabei sein. Wir würden uns freuen!«

Dans Eltern können etwas schwierig sein. Obwohl ich fairerweise zugeben muss, dass meine Mutter auch schwierig sein kann. Vermutlich finden die Zwillinge auch Dan und mich schwierig. Wenn ich es recht bedenke, sind wahrscheinlich alle Menschen schwierig. Punkt. Manchmal frage ich mich, wie wir als menschliche Rasse jemals irgendwas geschafft kriegen, bei all den Missverständnissen und Empfindlichkeiten und Leuten, die an irgendetwas Anstoß nehmen.

Ich bin derart in Gedanken versunken, dass ich einen Moment brauche, bis ich merke, dass Esme mir etwas mitteilt.

»Ich bringe Sie erst mal in den Green Room«, sagt sie und zeigt mir den Weg. »Dann gibt es eine kurze Probe und den Soundcheck, und Sie können sich die Haare kämmen oder sonst was … Nicht dass Sie es nötig hätten«, fügt sie mit kurzem Seitenblick hinzu. »Ihre Haare sind wirklich *beeindruckend*!«

Ich sehe tatsächlich ziemlich spektakulär aus. Ich habe mir extra freigenommen, um mir beim Friseur Locken zaubern zu lassen, so wie Daddy sie am liebsten hatte.

»Danke.« Ich lächle sie an.

»Es dauert doch bestimmt *ewig*, die zu waschen«, sagt sie dann erwartungsgemäß.

»Ach, das ist gar nicht so schlimm«, erwidere ich und ahne im Stillen ihre nächste Bemerkung voraus. *Wie lange hat es gedauert, bis sie so lang waren?*

»Wie lange hat es gedauert, bis sie so lang waren?«, fragt sie atemlos, als wir um eine Ecke biegen.

»Ich hatte schon immer so lange Haare. Genau wie Rapunzel!«, füge ich eilig hinzu, um etwaige Rapunzel-Bemerkungen im Keim zu ersticken. »Und ist Sinead Brook schon da?«

»Noch nicht, aber sie hat auch einen sehr vollen Terminkalender. Sie ist nett«, fügt Esme hinzu. »Wirklich nett. Sie tut viel für das Krankenhaus. Sie hat hier drei Kinder bekommen, daher die Verbindung.«

»Im Fernsehen wirkt sie jedenfalls nett«, sage ich höflich.

»Oh, in Wirklichkeit ist sie noch viel netter«, entgegnet Esme so hastig, dass ich mich augenblicklich frage, ob diese Sinead Brook in Wahrheit ein zickiges Miststück ist. »Also, ich *glaube,* ich habe an alles gedacht …« Als sie mich einen Flur voll bunter Gemälde entlangführt, in dem es stark nach Desinfektionsmittel riecht, runzelt sie aber schon wieder die Stirn. »Das ist also der Green Room …« Sie schiebt mich in einen kleinen Raum, an dessen Tür »BESUCHER« steht. »Hier können Sie Ihre Sachen lassen.«

Ich habe eigentlich keine »Sachen«. Um Esme jedoch das Gefühl zu geben, dass alles nach Plan läuft, ziehe ich meine Jacke aus und hänge sie über einen Stuhl. Ich sehe ihr an, wie sie im Stillen »Sachen im Green Room lassen« abhakt und sich ein wenig entspannt. Arme Esme. Ich habe selbst schon Veranstaltungen organisiert. Ich weiß, wie das ist.

»Gut!«, sagt sie und schiebt mich wieder auf den Flur hinaus. »Dann also hier entlang … und da ist es auch schon!« Als wir in einen runden Bereich kommen, fällt mein Blick auf ein Paar Doppeltüren, vor denen ein

Podium mit einem Mikrofon aufgebaut ist, darüber ein Schild, auf dem »Marcus-Lowe-Station« steht, in schlichter blauer Krankenhausschrift. Sobald ich es sehe, schnürt sich mir die Kehle zu.

Ich dachte, ich wäre für den heutigen Tag bereit. Ich dachte, ich hätte mir eine mentale Rüstung zugelegt. Aber ich hatte nicht damit gerechnet, wie es sein würde, Daddys Namen da oben stehen zu sehen.

»Das alles haben wir Ihrem Vater zu verdanken«, sagt Esme sanft, und ich nicke. Ich traue mich nicht, etwas zu sagen.

Ich wollte nicht emotional werden, aber wie könnte man nicht emotional werden, wenn der eigene Vater eine Krankenhausstation gestiftet hat, in der Menschenleben gerettet werden, nur um kurz darauf das eigene Leben zu verlieren? Der scharfe Krankenhausgeruch überall erinnert an diese schreckliche Nacht, drei Tage nach dem Unfall, als klar wurde, dass »Katastrophe« in diesem Fall tatsächlich »Katastrophe« bedeutete.

Nein, ich darf nicht daran denken. Nicht jetzt.

»Liebchen. Du willst doch wohl nicht *ärmellos* gehen?« Mummys Stimme grüßt mich, und im selben Moment entschnürt sich meine Kehle. Man kann sich immer darauf verlassen, dass Mummy in einem solchen Augenblick hereinplatzt.

Sie kommt den Korridor entlang, in Begleitung eines geschmeidigen Mannes im Anzug, dem ich schon einmal begegnet bin. Er heißt Cedric und ist verantwortlich für sämtliche Bauprojekte im Krankenhaus, somit vermutlich also Esmes Chef. Offenbar hat er Mummy einen Kaffee spendiert.

»Nein«, sage ich. »Ich habe meine Jacke nur kurz ausgezogen.«

Warum sollte ich *nicht* ärmellos gehen?, möchte ich hinzufügen. Willst du mir damit sagen, ich müsste mich für irgendwas schämen? Was ist, wenn die Mädchen dich hören und Komplexe kriegen? Doch das verschiebe ich lieber auf ein andermal.

»Deine Haare sehen gut aus«, räumt Mummy ein, und instinktiv fahre ich mit der Hand durch meine Locken.

»Danke, du siehst auch sehr hübsch aus«, gebe ich zurück – und es stimmt, ganz in *Mauve,* mit dazu passenden Schuhen. Ich selbst bin ganz in Taubenblau, weil Daddy diese Farbe so sehr mochte. »Alles in Ordnung?«, füge ich besorgt hinzu, denn heute ist ein ziemlich bedeutsamer Tag, und wenn *ich* schon das Gefühl habe, ich könnte vielleicht zusammenbrechen, wie mag sie sich dann wohl fühlen?

Sie nickt mit resolutem Lächeln. »Es geht mir gut, Schätzchen. Wirklich gut. Alles gut. Auch wenn ich mich *sehr* auf ein Gläschen Sekt freue.«

»Gefällt Ihnen das Podium so?«, fragt Esme unsicher.

»Es ist perfekt.« Ich strahle sie an, um sie ein wenig zu unterstützen. »Alles sieht wundervoll aus.« Ich steige auf das Podium, stelle das Mikro an und sage »Einszwei-eins-zwei.« Unüberhörbar tönt meine Stimme aus den Lautsprechern.

»Ausgezeichnet.« Esme kontrolliert ihre Liste. »Danach tritt Sinead vor, um die Gedenktafel zu enthüllen.« Sie deutet auf zwei kleine rote Vorhänge an der Wand neben den Doppeltüren. Zwei Kordeln mit Quasten hängen daran, eine davon mit einem rosa Schleifchen.

»Wofür ist das Schleifchen da?«, frage ich neugierig.

»Damit Sinead weiß, an welcher Kordel sie ziehen muss«, erklärt Esme. »Das System ist etwas verwirrend. Könnten Sie vielleicht mal Sinead spielen und ausprobieren, ob alles funktioniert?«

»Gern.« Ich trete an den Vorhang, dann werfe ich einen Blick zu Cedric hinüber, um sicherzugehen, dass er auch zuhört. »Zuerst aber, Esme, möchte ich Ihnen danken. Sie haben jedes Detail dieses Events so fabelhaft organisiert. Sie waren *mehr* als gewissenhaft.«

»Na ja.« Esme errötet bescheiden. »Ich *glaube*, ich habe alles bedacht ...«

»Das haben Sie ganz sicher.« Ich greife nach der Kordel. »Okay, tun Sie so, als wäre ich Sinead. Hiermit erkläre ich die Röntgenabteilung für eröffnet!«

Ich ziehe an der Kordel mit dem Schleifchen, der rote Samtvorhang geht auf, und wir alle sehen ... nichts.

Eine kahle Wand.

Ich werfe einen Blick zu Esme hinüber, die mit großen Augen die kahle Wand anstarrt. Ich ziehe den Vorhang zu und dann wieder auf, als würde sich die Gedenktafel irgendwo verstecken – doch da ist nichts.

»Es dürfte Sinead Brook ein *wenig* schwerfallen, eine nicht vorhandene Plakette zu enthüllen«, sagt Mummy auf ihre liebenswert pointierte Art, die sie haben kann, wenn sie will.

»Esme!«, bellt Cedric. »Wo ist die Gedenktafel?«

»Ich weiß es nicht!«, flüstert Esme mit starrem Blick auf die Wand, als sähe sie eine Fata Morgana. »Sie müsste da sein. Der Hausmeister sollte ...« Fieberhaft tippt sie auf ihr Handy ein. »Trev? Hier ist Esme. Trev, wo ist die Gedenktafel? Die Gedenktafel! Für die neue Röntgenabteilung. Sie wird heute Morgen gebraucht. Sie soll enthüllt werden. Ja! Ja, das *wussten* Sie!« Ihre Stimme wird beinah zu einem Kreischen. Dann, mit seltsamer, übertrieben ruhiger Geste steckt sie ihr Handy weg und wendet sich uns anderen zu. »Sie suchen danach.«

»Sie *suchen* danach?«, zetert Cedric. »Wann beginnt die Zeremonie?«

»In zwanzig Minuten.« Esme schluckt. Ihr Gesicht ist irgendwie ganz grün geworden, und ich habe schreckliches Mitleid mit ihr, denke aber gleichzeitig – Hallo? Ist es ihr denn gar nicht in den Sinn gekommen, mal nachzusehen, ob die Gedenktafel auch da ist?

»Was passiert, wenn sie nicht zu finden ist?«, fährt Cedric sie an. »Esme, sind Sie sich darüber im Klaren, dass Sinead Brook extra kommt, um diese Gedenktafel zu enthüllen?«

»Äh … äh …«, Esme schluckt verzweifelt, »wir könnten … ein Provisorium basteln?«

»Ein Provisorium?«, brüllt er. »Wie? Mit Pappe und Filzer?«

»Sylvie!« Ich höre Dan, und da kommt er auch schon mit Tessa, Anna und seinen Eltern um die Ecke. Jetzt begrüßen sich erst mal alle, geben einander Küsschen und rufen, wie lange es schon wieder her ist, dass man sich getroffen hat. Dans Mutter Sue war für den heutigen Anlass offenkundig beim Friseur, denn ihre Haare sind ein Traum – so kastanienbraun und schimmernd. Mittlerweile sieht sich Dans Vater Neville um, auf seine typisch bedächtige Art. Als er noch Buchhalter war, hat er die Bilanzen großer Firmen geprüft, und noch heute hat er die Angewohnheit, alles zu beurteilen. Bei jeder Gelegenheit lässt er sich zurückfallen, inspiziert alles ganz genau und schätzt ein, was er sieht, bevor er weitergeht. Auch jetzt merke ich ihm an, dass er es tut. Er mustert das Schild mit Daddys Namen. Er wirft einen Blick auf das Podium, den kleinen Samtvorhang und dann auf Cedric, der etwas abseits auf Esme einredet.

»Gibt's Probleme?«, fragt er schließlich.

»Kleines Drama«, sage ich. »Am besten ziehen wir uns einen Moment zurück.« Auf dem Weg zum Green Room wird mir mal wieder bewusst, dass Sue und Neville seit achtunddreißig Jahren verheiratet sind. Und ich *weiß*, dass Dan sagt, sie sind »wohl kaum ein gutes Beispiel«, und ich *weiß*, sie hatten es nicht immer leicht miteinander … aber sie sind noch zusammen, oder? Irgendwas müssen sie wohl richtig machen. Vielleicht können wir von ihnen lernen.

Aber, o mein Gott.

Ich hatte es schon vergessen. Ich vergesse es immer wieder. Die Atmosphäre zwischen Dans Eltern. Sie ist wie eine knisternde, aufgeladene Aura von … *Spannungen*. Es ist nicht so, als würden sie nicht lächeln und lachen und scherzen. Aber alles ist dermaßen bissig. Ständig blitzen Hohn und unterschwelliger Zorn auf. Es ist anstrengend. Sie reden über ihre letzte Reise in die Schweiz, was unverfänglich genug sein sollte. Doch nein.

»Dann kamen wir nach Lausanne«, sagt Neville gerade zu Tessa (als hätte sie auch nur den leisesten Schimmer, was Lausanne ist), »und wir stiegen diesen Berg hinauf, doch dann hat Granny Sue es sich plötzlich anders überlegt. Das war doch schade, nicht? Grandpa musste ganz allein raufklettern.«

»Granny Sue hat es sich nicht ›plötzlich anders überlegt‹.« Sue wird richtig kratzbürstig. »Grandpa hat das alles falsch in Erinnerung, wie üblich. Granny Sue wollte von vornherein gar nicht auf den Berg klettern. Granny Sue hatte nämlich einen schlimmen Fuß, was Grandpa immer wieder vergisst!« Sie wirft Anna einen mitleidheischenden Blick zu. »Arme Granny, nicht?«

Schweigend sehen sich die Mädchen das Theater ihrer Großeltern an. Sie spüren den feindseligen Unterton, selbst wenn sie nicht wissen, was Lausanne ist. Auch Dan verliert langsam den Mut, und man sollte doch meinen, er hätte sich inzwischen daran gewöhnt. Er zieht die Schultern an und sieht zu mir herüber, als müsste ich ihn retten.

»Nun!«, sage ich fröhlich, »vielleicht sollten wir uns langsam auf den Weg zur Feier machen. Die hat bestimmt schon angefangen. Mädchen, esst eure Kekse auf!«

Mummy ist schon rausgegangen. Sie hat nur einmal kurz an einer Weintraube geknabbert, dann wollte sie sich auf die Suche nach der Damentoilette machen. In Wahrheit kann sie mit Neville und Sue nichts anfangen. Sie versteht deren Sorgen nicht, und die verstehen ihre nicht. Besonders Sue war richtig eingeschnappt, nachdem sie extra zu einer von Mummys Schmuckpartys gekommen war, den ganzen Weg von Leicester, und dann gab es irgendein Missverständnis, was den Preis einer Halskette anging.

Unglücklicherweise war es diese eine Party, bei der ich keine Zeit hatte, und so konnte ich die Wogen auch nicht glätten. Ich bin mir sicher, dass es Mummys Schuld war. Sue ist nicht umsonst mit einem Buchhalter verheiratet – sie wird sich den Preis genau gemerkt haben. Aber Mummy dürfte gedacht haben: »Ach, was sind schon zwanzig Pfund mehr oder weniger?«, und vermutlich hat sie überhaupt nicht *mitbekommen*, dass es da ein Problem gab. Mit ihrer Unbedarftheit kann sie einen manchmal in den Wahnsinn treiben.

»Das steht dir, Sylvie«, sagt Sue, als ich meine taubenblaue Jacke überziehe. »Wirklich kleidsam. Und deine *Haare* …« Bewundernd schüttelt sie den Kopf. »Dein Vater wäre stolz auf dich, Liebes. Ich weiß, wie sehr er deine Haare mochte. Deine ›Pracht‹.«

Bei Sue muss man wissen, dass sie zu jedem charmant ist, außer zu ihrem Mann. Neville umgekehrt genauso.

»Danke, Sue«, sage ich lächelnd. »Du siehst aber auch schick aus.« Ich streiche über ihren cremefarbenen Seidenärmel. »Sehr hübsch.«

»Du siehst *wirklich* gut aus, Mum«, stimmt Dan mit ein, und Sue wird vor Freude ganz rot.

»Na denn«, sagt Neville, während sein Blick über sie hinwegstreift, ohne sie zu beachten. »Auf ins Getümmel!«

Er sieht sie nie richtig an, denke ich bei mir. Und plötzlich wird mir bewusst, was sich alles hinter dieser Aussage verbirgt. Oder vielleicht ist es eine Theorie. Eine Hypothese. *Neville sieht sie nie richtig an.* Immer scheint sein Blick über sie hinwegzugehen, wie von einem Magneten abgelenkt. Ich kann mir kaum vorstellen, dass die beiden sich mal tief in die Augen blicken. Neville, der Mann, der alles so eingehend begutachtet, hat keine

Augen für seine Frau. Ist das nicht etwas seltsam? Etwas traurig?

Und dann plagt mich ein neuer Gedanke: Werden Dan und ich eines Tages auch so sein? Dass wir den anderen im Stillen verfluchen, während wir Schweizer Berge erklimmen?

Nein.

Nein, definitiv nicht. So weit werden wir es nicht kommen lassen.

Aber denkt das nicht jedes Paar, und schon – zack! – sind sie alt und verbittert und können nicht mal mehr den Anblick des anderen ertragen? Nach Dans Aussage hatten Neville und Sue früher eine glückliche Beziehung. Sie haben viel gelacht und waren begeisterte Tänzer und was weiß ich noch alles.

O Gott. Wie können wir nur verhindern, dass es so weit kommt? Was sollen wir tun? Einander zu überraschen, ist offenbar keine Lösung. Was also?

Als wir zum Eingangsbereich der Röntgenabteilung kommen, haben sich dort bereits einige Krankenhausmitarbeiter versammelt, und Kellnerinnen verteilen Drinks. Mir fällt eine Dame in roter Jacke mit schwerer Goldkette um die Schultern auf, die mit Mummy plaudert und vermutlich unsere Bürgermeisterin ist. Ein Mann im Overall steht auf einer Leiter und bohrt lautstark Löcher in die Wand. Die Gedenktafel lehnt zu seinen Füßen an der Wand, was alle Anwesenden höflich ignorieren, während sie versuchen, sich bei dem Lärm zu unterhalten. Esme steht am Fuß der Leiter und ruft: »Schnell! Schnell!«, und ich werfe ihr einen mitfühlenden Blick zu.

Ich nehme ein Glas Wasser, trinke einen Schluck und entfalte den Zettel mit meiner Rede. Ich muss mich konzentrieren. Ich muss diesem Anlass gerecht werden und aufhören, mir ständig Gedanken um meine Ehe zu machen, denn darum geht es heute nicht, es geht um Daddy. Endlich hat der Hausmeister die Gedenktafel an die Wand geschraubt, und aus dem Flur werden aufgeregte Stimmen laut, was darauf hindeutet, dass Sinead Brook eingetroffen ist. Jeden Moment bin ich dran.

Ich überfliege die Worte, die ich aufgeschrieben habe, und frage mich, ob sie wohl angemessen sind, wohl wissend, dass sie es nicht sind, aber mir ist klar, dass ich Daddy in einer sechsminütigen Rede ohnehin nicht gerecht werden kann. Es ist alles so willkürlich. Drei DIN-A4-Seiten. Ein winzig kleiner Abriss eines Mannes und seines Lebens und all dessen, was er geleistet hat.

Hätte ich seine Kindheit erwähnen sollen? Oder die Geschichte mit den Pferden?

Zu spät. Plötzlich steht eine vertraut wirkende, promimäßige Frau im engen roten Kleid vor mir und schüttelt meine Hand, während Esme ehrfurchtsvoll sagt: »Sylvie, es ist mir ein Vergnügen, Ihnen Sinead Brook vorzustellen«, und uns bleibt kaum Zeit, ein Wort zu wechseln, da steigt Cedric bereits aufs Podium und tippt ans Mikrofon.

»Verehrte Frau Bürgermeisterin, meine Damen und Herren«, beginnt er, »herzlich willkommen zu diesem ganz besonderen Anlass!«

Hmpf. Er hat mir meinen Einstieg geklaut.

»Viele von Ihnen, die sich heute hier versammelt haben, kannten Marcus Lowe«, fährt er feierlicher fort.

»Andere traurigerweise nicht. Wir alle hier im New London Hospital haben ihn als entschlossenen, charmanten, hochintelligenten Mann kennengelernt, der sich nie entmutigen ließ.« Seine Augen blitzen, und einige Gäste lachen vielsagend. »Allein dank seiner bewundernswerten Beharrlichkeit kamen genügend Spenden für diese Röntgenabteilung zusammen. Ohne ihn gäbe es in diesem Krankenhaus nach wie vor keine Radiologie. Und damit übergebe ich das Wort nun an seine Tochter Sylvie Winter.«

Ich steige auf das Podium und blicke in die Gesichter – einige bekannt, die meisten nicht –, dann hole ich tief Luft.

»Hallo, alle zusammen«, sage ich nur. »Vielen Dank, dass Sie heute hierhergekommen sind, um diese wundervolle Röntgenabteilung und meinen Vater zu feiern, dem es eine dringende Herzensangelegenheit war, sie ins Leben zu rufen. Diejenigen unter Ihnen, die meinen Vater kannten, wissen, dass er ein bemerkenswerter Mann war. Er sah aus wie Robert Redford … war schneidig wie Errol Flynn … und beharrlich wie Kolumbus. Oder vielleicht meine ich auch Columbo. Oder beide.«

Schon als ich mit meiner Rede fertig bin, weiß ich, dass sie grottenschlecht war.

Nein, da bin ich zu streng mit mir. Sie war nicht grottenschlecht, aber auch nicht das, was sie hätte sein können. Die Leute haben genickt und gelächelt und sogar gelacht, aber sie waren nicht hingerissen. Sie haben nicht begriffen, *wer Daddy war*. Plötzlich möchte ich nichts lieber, als mir eine Woche freizunehmen und meine Gedanken umzuformulieren, bis ich zu seinem wahren, *wahren* Kern vorgedrungen bin ... Und dann lade ich alle noch mal ein und erkläre es ihnen richtig.

Doch die Leute klatschen und lächeln wohlwollend, und Mummy hat ganz glänzende Augen, und wenn ich ehrlich sein soll, interessiert sich niemand für Daddys wahren Kern, oder? Die wollen nur Sekt trinken und röntgen und Leben retten. Die Welt dreht sich weiter. Wie man es mir schon 56 000 Mal versichert hat.

Ich glaube, ich brauche was zu trinken. Sobald der Vorhang auf ist, besorge ich mir einen Drink.

Alle stehen da und sehen sich an, wie die Bürgermeisterin das Podium erklimmt und Sinead Brook vorstellt, wobei sie deren Namen zweimal falsch ausspricht. (Ganz offensichtlich hat sie keine Ahnung, wer das ist.) Sinead Brook spricht ein paar Standardworte über das Krankenhaus, dann zieht sie an der Kordel, und diesmal ist die Tafel da. Noch einmal gibt es Applaus, und es wird fotografiert. Dann endlich machen wieder Sektgläser die Runde, und man zerstreut sich zu kleinen Grüppchen.

Die Kinder amüsieren sich mit einigen jüngeren Mitarbeitern, die ihnen Einweghandschuhe aufblasen. Cedric erzählt mir von der Kampagne für einen Ausbau der Kinderabteilung, was ein großartiges Projekt zu sein scheint, und ich trinke drei Gläser Sekt in schneller Folge. Dan hat versprochen, dass er nachher fährt. Also darf ich.

Apropos, wo ist Dan eigentlich?

Ich sehe mich unter den Leuten um und finde ihn bei

Mummy, mit der er sich da drüben in die Ecke drückt. Augenblicklich erstarre ich. Warum stecken sie die Köpfe zusammen? Worüber reden die beiden?

Ich kann Cedrics stetem Strom von Fakten zum Mangel an Kinderkrankenhausbetten in London nicht entkommen, und ich interessiere mich auch *wirklich* für das, was er mir da erzählt. Indem ich jedoch nach einem Schnittchen greife, kann ich mich außerdem unauffällig zu Dan und Mummy hinüberbewegen. Darüber hinaus bin ich in der Lage, meinen Kopf zu neigen und Bruchstücke ihres Gesprächs aufzuschnappen.

»... sicher, dass das der richtige Weg ist?«, fragt sie in scharfem Ton.

»... das ist die Situation der ...« Den Rest kann ich nicht verstehen, aber auch Dan klingt ziemlich angespannt.

»... verstehe wirklich nicht, wieso ...«

»... das besprochen ...«

»... und was genau ...«

Das Gespräch scheint zu enden, und als ich mich umdrehe, kann ich Dan gerade noch von den Lippen ablesen, dass er »eine Million Pfund, vielleicht zwei« zu meiner Mutter sagt.

Mir wird ganz kalt. Im nächsten Moment verschlucke ich mich an meinem Sekt. *Eine Million Pfund, vielleicht zwei?* Was bedeutet das? Was für »eine Million Pfund, vielleicht zwei«?

»Sylvie!« Cedric stockt in seiner Faktenflut. »Ist alles in Ordnung?«

»Alles gut!« Ich drehe mich wieder um. »Tut mir leid. Hab nur was ins falsche Halsloch bekommen. Bitte fahren Sie fort.« Ich lächle Cedric an, aber in meinem Kopf fliegen die Gedanken wild durcheinander.

Will Dan sich Geld leihen? Will Dan sich Geld leihen, ohne es mir zu sagen, und dann noch *von meiner Mutter? Eine Million Pfund, vielleicht zwei?*

Ich möchte kein misstrauisches Eheweib sein. Möchte ich nicht. Bin ich auch nicht. Es gibt eine Erklärung. Ich weiß es genau. Vielleicht hat er im Lotto gewonnen.

Nein. Mummy und er sahen nicht aus wie Lottogewinner. Eigentlich ganz im Gegenteil.

Endlich reicht mir Cedric seine Visitenkarte und verabschiedet sich. Ich werfe einen Blick zu den Mädchen hinüber, die mit Esme spielen, dann wieder zu Dan. Er ist jetzt allein, zieht die Schultern an, wirkt bedrückt, starrt auf sein Handy.

»Hi«, sage ich betont ahnungslos. »Ich habe gesehen, wie du da eben mit Mummy geplaudert hast.«

Dan blickt zu mir auf, und kurz – ganz kurz nur – erkenne ich unverstellte Angst in seinen Augen. Doch schon ist der Moment vorbei. Sein Blick hat sich verschlossen. Habe ich mir das nur eingebildet?

»Stimmt«, sagt er mit entmutigendem Stirnrunzeln.

Ich probiere es noch mal. »Schön zu sehen, dass ihr zwei euch versteht.«

»Okay. Sylvie, ich muss mal eben telefonieren. Tolle Rede übrigens«, sagt er noch über die Schulter hinweg, als er mich einfach stehen lässt.

Ein paar Sekunden lang starre ich ihm nur hinterher, versuche, ruhig zu atmen, während mein Hirn anfängt zu schimpfen wie ein pöbelndes Fischweib. Er hat mir nicht mal in die Augen gesehen. Er ist einfach abgehauen. Er hatte kaum etwas zu meiner Rede zu sagen, die schließlich für mich eine große Sache war, selbst wenn sie grottenschlecht gewesen sein mag. Er war total finster und neinisch, als ich sie hielt. (Ist mir aufgefallen.) Und außerdem hat er auch nicht besonders laut geklatscht, als ich fertig war. (Auch das ist mir aufgefallen.)

Schließlich fahre ich herum, trete an den Tisch mit den Getränken und schnappe mir eine Flasche Sekt. Dann gehe ich dorthin, wo man drei knallrot gepolsterte Plastikstühle zu einer Art Sofa zusammengeschoben hat. Sue sitzt da (mir fällt auf, dass ihre Schuhe unbequem hohe Absätze haben), und ihre Wangen sind ganz rosig. Ich schätze, sie hat sich wohl auch das eine oder andere Gläschen genehmigt.

»Hi«, sage ich und lasse mich neben ihr nieder. »Wie geht es dir, Sue?«

»Oh, Sylvie.« Sie betrachtet mich mit leicht blutunterlaufenen Augen. »Was für eine Rede! Mir kamen richtig die Tränen.«

»Danke«, sage ich gerührt.

»Sicher ist es nicht leicht für dich.« Sie tätschelt mein Knie. »Bestimmt ist es schwer. Dan sagt, du hältst dich wunderbar, wie du das alles verkraftest.«

Das sagt *Dan*? Ich blinzle sie an, gebe mir Mühe, meine Überraschung zu verbergen. Mein Zorn verraucht. Eigentlich war ich davon ausgegangen, dass Dan mich für ein psychisches Wrack hält. Jetzt möchte ich mehr wissen. Ich möchte fragen: »Was sagt Dan noch so über mich?« und: »Weißt *du* was von einer Million Pfund, vielleicht zwei?« Aber das könnte Probleme geben. Also schenke ich ihr stattdessen nach und lehne mich seufzend zurück.

»Es ist schwer«, sage ich nickend. »Ist es. Es ist schwer.«

Als ich noch einen Schluck Sekt nehme, spüre ich, wie meine Gehirnzellen sanft von »angenehm entspannt« zu »leicht angetrunken« hinübergleiten. Ein Blick zu Sue verrät mir, dass es ihr genauso geht. Ist das ein guter Moment für klare Worte?

»Die Sache ist …«, beginne ich nachdenklich, dann bremse ich mich. Es gibt da so viele Sachen. Ich suche mir eine aus. Sache Nummer eins. »Die Sache ist doch: *Wie* bleibt man für immer verheiratet?«, frage ich klagender als beabsichtigt.

Sue lacht. »Für immer?«

»Für lange Zeit. Achtundsechzig Jahre«, erkläre ich. Sue wirft mir einen verwunderten Blick zu, doch ich lasse mich nicht beirren. »Dan und ich sehen unsere Zukunft vor uns, und wir denken … Wir machen uns *Sorgen,* weißt du?« Ich gestikuliere wild mit meinem Glas, und Sekt schwappt heraus. »Wir überlegen, wie man es durchhält. Und wir sehen euch, nach all der Zeit immer noch verheiratet, und wir denken …« Mein Satz stirbt vor Verlegenheit. (Natürlich kann ich nicht sagen, was wir *wirklich* denken, nämlich: O mein Gott, wie haltet ihr das aus?)

Aber ich muss gar nichts mehr sagen. Sue hat sich abrupt aufgesetzt, wirkt plötzlich hellwach. Als hätte ich sie nach all den Jahren endlich mal auf ihr Lieblingsthema angesprochen.

»Entscheidend ist der Ruhestand«, sagt sie und kippt ihren Sekt mit neuerlicher Entschlossenheit. »Entscheidend ist der Ruhestand.«

»Okay«, sage ich unsicher. Das hatte ich irgendwie nicht erwartet. »Was genau …«

»Wenn er in Rente geht …«, sie nimmt mich ins Visier, »… lass ihn nicht ins Haus!«

»Bitte?« Ich starre sie an.

»Hobbys. Aufgaben. Männer brauchen Aufgaben. Und Reisen. Auf Reisen kann man es aushalten. Aber reist getrennt!«, fügt sie hinzu. »Such dir ein paar Freundinnen. Wochenenden in Dublin und so was.«

»Aber …«

»Golf!«, fällt sie mir ins Wort. »Neville wollte nie mit Golf anfangen. Warum nicht? Das möchte ich mal wissen. Was gibt es an Golf auszusetzen?« Sie verzieht den Mund, und ihre Augen blicken ins Leere, als würde sie im Stillen einen Streit um Golf führen und gewinnen. Dann kommt sie zu sich. »Pass bloß auf, dass er nicht zu Hause rumlungert und alle halbe Stunde fragt, was es zu essen gibt. Daran scheitert es letztendlich. Alle meine Freundinnen sagen das. Fatal. Fatal!«

Ich bin baff. An Rente hatte ich noch nie einen Gedanken verschwendet. Und außerdem, wieso sollte ich Dan nicht im Haus haben wollen?

»Ich freue mich doch darauf, mehr von Dan zu haben, wenn er sich zur Ruhe setzt«, sage ich. »Ich meine, das ist natürlich noch lange hin …«

Sie mustert mich einen Moment, dann bricht sie in lautes Gelächter aus. »Ach, Sylvie, ich vergesse immer, wie jung du noch bist.« Wieder tätschelt sie mein Knie. »Aber denk an meinen Rat, wenn die Zeit gekommen ist. Nur so kann es funktionieren.«

Entspannt lehnt sie sich zurück und nimmt einen

Schluck Sekt. Es ist so eine Sache mit ihr. (Sache Nummer zwei). Ich habe es hier mit meiner Schwiegermutter zu tun. Ich sollte einfach nicken. Ich sollte sagen: »Da hast du sicher recht, Sue« und das Thema wechseln. Das wäre höflich. Es wäre einfach.

Doch das kann ich nicht. Ich kann mich nicht mit dieser Version von Ehe oder Ruhestand oder was es auch sein mag, worüber wir hier reden, abfinden. Nicht dass man mich falsch versteht. Gegen Mädchenwochenenden in Dublin mit Tilda und meinen Freundinnen vom Schultor ist natürlich absolut nichts einzuwenden (ausgezeichnete Idee). Aber Dan aus dem Haus zu scheuchen, wenn er sich nach dem Essen erkundigt? Im *Ernst*? Erstens werde ich wohl eher *ihn* fragen, was es zu essen gibt. Er ist der bessere Koch. Und zweitens schmiert sich ohnehin wahrscheinlich jeder sein eigenes Sandwich. Und drittens: Warum sollte ich wollen, dass mein Mann einen Sport betreibt, an dem er keinen Spaß hat?

»Aber geht das nicht auf Kosten der Vertrautheit?«, überlege ich laut. »Treibt das nicht Keile zwischen die Menschen?«

»Keile? Was denn für *Keile*?«, fragt Sue argwöhnisch, als meinte ich Klassenkeile.

»Du weißt schon.« Verzweifelt sucht mein Hirn nach einer Erklärung. »Dinge, die einem das Leben schwer machen. Dinge, die einen daran hindern, so partnerschaftlich miteinander umzugehen, wie man es tun sollte. Beziehungstechnisch.«

»Tja …«, Sue klingt fast patzig, »was ist denn eine Partnerschaft? Was ist eine Beziehung? Was ist eine Ehe? Darauf gibt es tausend verschiedene Antworten.« Sie nimmt noch einen großen Schluck Sekt, und eine Weile schweigen wir beide. Ich habe an dem zu kauen, was sie da eben gesagt hat. Ich schließe die Augen und sehe mich in meinem Hinterstübchen um, versuche herauszufinden, was ich darüber denke.

Was ich über die Kardashians denke, kann ich sofort in Worte fassen. Was eine Beziehung für mich ist, eher nicht so. Das Thema habe ich vernachlässigt. Oder vielleicht war mir nie klar, dass ich darüber mal nachdenken sollte.

»Ich glaube, eine Beziehung ist wie zwei Geschichten«, sage ich schließlich, taste mich vorsichtig durch meine Gedanken. »Wie … zwei offene Bücher, die zusammengepresst werden, sodass sich alle Wörter zu einer einzigen, epischen Geschichte vermischen. Wenn sie *aufhören*, sich zu vermischen …«, ich hebe mein Glas, um meine Worte zu betonen, »dann werden sie wieder zu zwei Geschichten. Und da ist es dann vorbei.« Ich klatsche in die Hände, verschütte Sekt. »Die Bücher klappen zu. Das Ende.«

Wir schweigen ziemlich lange, und ich frage mich, ob ich so betrunken bin, dass ich Unsinn rede. Doch als ich mich schließlich umwende, sehe ich zu meinem Entsetzen Tränen auf Sues Wangen. Mist. Wo kommen *die* denn jetzt her?

»O mein Gott!«, rufe ich, »Sue! Es tut mir leid! Was habe ich gesagt?«

Sue schüttelt nur den Kopf. Sie holt ein Taschentuch aus ihrer ledernen Handtasche mit dem Schnappverschluss und putzt sich damit laut die Nase.

Eine Weile sagen wir beide nichts, dann lege ich Sue

spontan einen Arm um die Schultern und drücke sie an mich.

»Wir sollten mal zusammen essen gehen«, sage ich. »Irgendwann.«

»Ja«, sagt Sue, »das sollten wir.«

Der Empfang will kein Ende nehmen. Leute aus den unterschiedlichsten Krankenhausabteilungen wollen mir und Mummy Hallo sagen und davon erzählen, wie sie Daddy damals bei der einen oder anderen Spendenveranstaltung kennengelernt haben und er so charmant und brillant war und so fabelhaft Darts spielen konnte. (Darts? Davon wusste ich ja gar nichts.)

Zwischendurch bin ich mit Mummy einen Moment allein, nur wir zwei. Mummy ist auch leicht gerötet, aber ob vom Sekt oder von Gefühlen, kann ich nicht sagen.

»Das war eine schöne Rede, Sylvie«, sagt sie. »Sehr schön.«

»Danke.« Ich beiße mir auf die Lippe. »Ich hoffe, Daddy wäre stolz.«

»Ach, Schätzchen, er blickt in diesem Moment auf dich herab.« Mummy nickt, als müsste sie sich selbst überzeugen. »Tut er wirklich. Er blickt auf seine hübsche Tochter herab, und er ist so, *so* stolz …« Sie nimmt eine meiner blonden Locken in die Hand. »Er hat deine Haare so geliebt«, sagt sie gedankenverloren.

»Ich weiß.« Ich nicke. »Das weiß ich.«

Wir schweigen, und meine innere Stimme sagt mir, ich sollte es dabei belassen. Eine andere Stimme jedoch drängt mich, mehr herauszufinden. Das ist *die* Gelegenheit.

»Ich habe gesehen, wie du dich mit Dan unterhalten hast.« Ich gebe mir alle Mühe, so zu klingen, als wollte ich nur plaudern.

»Oh, ja.« Ihr Blick schweift ab. »Der arme Dan. Ein echter Halt für uns alle.«

»Worüber habt ihr geredet?«

»Worüber wir geredet haben?« Mummy blinzelt mich an. »Schätzchen, ich habe keine Ahnung. Dies und das.«

Mich sticht der Frust. »Dies und das?« *Ach ja?* Ich habe mitbekommen, wie er »eine Million Pfund, vielleicht zwei« zu ihr gesagt hat. In welchem Universum fällt so was unter »dies und das«?

»Nichts Wichtiges also?«, frage ich unverblümter. »Nichts, was ich wissen sollte?«

Mummy sieht mich mit entnervend großen Augen an. Ich weiß, dass sie etwas vor mir verbirgt. Ich weiß es genau. Nur was? O Gott, *sie* wird doch keine Schulden haben, oder? Unvermittelt bricht die Idee über mich herein. Hat sie so viele unsinnige Geräte zum Weiterverkauf angeschafft, dass sie QVC eine Million Pfund, vielleicht zwei schuldet?

Hör auf damit, Sylvie. Sei nicht albern. Also irgendwas anderes?

Spielschulden?

Der Gedanke blitzt in mir auf. Ich erinnere mich, dass Mummy wie wild geblinzelt hat, nachdem ich das Theaterstück *Dealer's Choice* erwähnt hatte. O Gott. Sag nicht, dass sie sich damit von ihrer Trauer abgelenkt hat.

Aber … nein. Bestimmt nicht. Ich kann mir Mummy nicht beim Zocken vorstellen. Selbst als wir damals in Monte Carlo waren, zeigte sie kein Interesse am Casino.

Sie zog es vor, Cocktails zu trinken und sich die Leute auf den Jachten anzusehen.

Ich nehme einen Schluck Sekt, weiß nicht, was ich denken soll. Will ich eine Antwort erzwingen? Will ich meine Mutter bei einem Empfang zu Ehren ihres toten Mannes bloßstellen?

Nein, das will ich sicher nicht.

»Es war eine schöne Zeremonie«, sage ich, ziehe mich auf Plattitüden zurück. »Wirklich schön.«

Mummy nickt. »Sinead Brook sah *älter* aus, als ich sie mir vorgestellt hatte. Ging dir das nicht auch so? Oder lag es an dem vielen Make-up?«

Ein paar Minuten lang lästern wir fröhlich über Sinead Brooks Make-up, dann kommt Mummys Taxi, um sie abzuholen, und ich sehe mich nach meiner Familie um, die sich über die Liebesknochen hermacht, sogar Dan. Ich treibe alle zusammen, nehme die aufgeblasenen Handschuhe an mich, die die Zwillinge auf die Namen »Handi« und »Schuhi« getauft haben und die offenbar ihre neuesten, allerliebsten Freunde sind. (Gott weiß, was passiert, sollten die heute Abend platzen. Na gut, das sehen wir dann.) Schließlich wird es Zeit, sich zu verabschieden und zu bedanken, und langsam merke ich auch, dass es mir reicht.

Endlich kommen wir raus an die frische Luft. Ich bin ziemlich benebelt, und es wummert in meinem Kopf. Das waren zu viele grelle Lichter und Stimmen und Gesichter und Erinnerungen. Ganz zu schweigen von emotionalen Begegnungen. Ganz zu schweigen von geheimnisvollen Gesprächen, bei denen es um eine Million Pfund, vielleicht zwei, ging.

Ewig lange stehen wir vor dem Krankenhaus herum, überlegen, ob wir noch irgendwo auf einen Tee einkehren wollen, und suchen mit unseren Handys nach Cafés, bis Sue und Neville beschließen, doch lieber den früheren Zug nach Leicester zu nehmen. Daraufhin folgen unzählige Umarmungen und Verabredungen für die Zukunft, und auch das dauert ewig.

Als wir endlich in unseren Wagen steigen, bin ich fix und fertig. Aber ich bin auch aufgedreht. Ich kann es kaum erwarten, mit Dan allein zu sein. Ich muss dieser Sache auf den Grund gehen.

»Du hast dich lange mit meiner Mutter unterhalten!«, sage ich leichthin, als wir an einer roten Ampel halten. »Und ich meine, gehört zu haben, dass ihr über ... Geld gesprochen habt.«

»Geld?« Dave wirft mir einen kurzen, undurchschaubaren Blick zu. »Nein.«

»Ihr habt nicht über Geld gesprochen?«

»Ganz und gar nicht.«

»Na gut«, sage ich nach langer Pause. »Da muss ich mich wohl getäuscht haben.«

Ich starre aus dem Fenster. Mir wird ganz schwer ums Herz. Er lügt. Dan lügt mich allen Ernstes an. Was soll ich tun? Soll ich ihm die Pistole auf die Brust setzen? Soll ich sagen: »Tja, ich habe aber gehört, wie du *eine Million Pfund, vielleicht zwei* gesagt hast« und abwarten, wie er reagiert?

Nein. Weil ... nein.

Wenn er lügen will, wird er lügen, selbst wenn ich ihm »eine Million Pfund, vielleicht zwei« an den Kopf werfe. Er wird sagen, dass ich falsch von seinen Lippen abgelesen habe. Oder er wird sagen: »Ach, *das*. Wir haben über die öffentliche Finanzlage gesprochen.« Er wird irgendeine Erklärung suchen. Und von da an wird er auf der Hut sein. Und ich bin noch verzweifelter als vorher. Eben ringe ich den Drang nieder zu heulen: »Oh Dan, bitte, *bitte* erzähl mir, was los ist!«, als er auf seinem Sitz herumrutscht und sich räuspert.

»Übrigens kommen demnächst ein paar alte Freunde zum Essen. Aber keine Sorge, ich habe den Termin auf deinen Pilates-Abend gelegt, damit wir dich nicht langweilen.«

Er lacht kurz auf, was nicht ganz echt klingt, und ich starre ihn an. Die Million Pfund (vielleicht zwei) kommen mir mit einem Mal gar nicht mehr so dringend vor. Noch mehr beunruhigen mich diese alten Freunde. Was für alte Freunde?

»Ach was!«, sage ich und bemühe mich, unbeschwert zu klingen. »Ich sage Pilates ab. Deine alten Freunde würde ich gern kennenlernen! Welche alten Freunde sind das?«

»Ach, nur … Freunde eben«, sagt Dan vage. »Von damals. Du kennst sie nicht.«

»Und ich kenne *keinen* davon?«

»Nein, ich glaube nicht.«

»Wie heißen die denn?«

»Wie gesagt, du kennst sie nicht.« Stirnrunzelnd blickt Dan in den Rückspiegel, als er die Spur wechselt. »Adrian, Jeremy … da waren so einige. Wir waren alle Freiwillige im St. Philip's Garden.«

»Ach so!« Ich schenke ihm ein grimmiges Lächeln. »Der St. Philip's Garden. Wunderbar. Was für eine *schöne*

Idee, alle mal zu uns einzuladen, nach so vielen Jahren.« Und ich lasse mir volle fünf Sekunden Zeit, bis ich betont beiläufig hinzufüge: »Und Mary? Hast du die auch eingeladen?«

»Na klar«, sagt Dan, der sich offenbar auf die Straße konzentrieren muss. »Na klar.«

»Na klar!« Mein grimmiges Lächeln wird immer grimmiger. »Na klar hast du Mary eingeladen! Warum auch nicht?«

Ich hätte es mir denken können.

KAPITEL ELF

Jetzt ist es offiziell: Wir haben ein Eheproblem. Und ich stehe total neben mir, was ich so nie erwartet hätte.

Es kommt mir vor, als hätte ich während unserer gesamten Ehe mit den Sorgen nur herumgespielt. Das waren Amateursorgen. Minisorgen. Früher habe ich mit den Augen gerollt und gestöhnt: »Ich bin so *gestresst*!«, ohne zu wissen, was »gestresst« wirklich bedeutet.

Jetzt ragt echte, bedrohliche Sorge über mir auf wie der Mount Everest. Zehn Tage sind seit der Zeremonie im Krankenhaus vergangen. Die Lage hat sich nicht gebessert. Und ich darf nicht seufzen oder mit den Augen rollen oder stöhnen: »Ich bin so *gestresst*!«, weil man das – wie mir jetzt klar wird – nur tut, wenn man gar keine echten Sorgen hat. Wenn man echte Sorgen hat, schweigt man und knabbert an den Fingernägeln und vergisst, Lippenstift aufzutragen. Man starrt seinen Mann an und versucht, seine Gedanken zu lesen. Man googelt Mary Holland hundert Mal am Tag. Dann googelt man: *Ehemann lügt was bedeutet das?* Dann googelt man *Ehemann Affäre wie verbreitet?* Und man verzieht das Gesicht, wenn man die Antworten liest, die man bekommt.

Wie ich das Internet hasse.

Besonders hasse ich dieses Foto von Mary Holland, das jedes Mal auftaucht, wenn ich sie google. Sie sieht aus wie ein Engel. Sie ist schön, erfolgreich und rundum perfekt. Sie arbeitet bei einer Beratungsfirma für Umweltfragen und hat schon einen TED-Talk zum Thema Emissionen gehalten, und sie sitzt in irgendeinem Unterhaus-Komitee, *und* sie ist schon dreimal den Londoner Marathon mitgelaufen. Auf allen Bildern, die ich von ihr finden kann, trägt sie Öko-Kleidung – Leinenhosen und folkloristisch anmutende Baumwoll-Tops. Sie hat helle, reine Haut, ein etwas ausdrucksloses und dennoch schönes Gesicht, das von dunklen, gewellten Haaren wie eine präraffaelitische Wolke umrahmt wird – die krausen Locken sind nicht mehr. Aber die Grübchen natürlich, wenn sie lächelt. Außerdem trägt sie einen einzelnen Silberring, und zwar *nicht* an der linken Hand.

Bisher hätte ich vielleicht gedacht: Diese Frau ist nicht Dans Typ. Alle seine anderen Ex-Freundinnen sind eher wie ich – mit schmalem Gesicht, eher normal hübsch und meist blond. Aber offensichtlich *ist* sie sein Typ. Offensichtlich kenne ich meinen Mann weit weniger, als ich dachte. Er steht auf Gartenarbeit. Er hat einen ganzen Haufen alter Freunde, von denen ich noch nie gehört habe. Er mag dunkelhaarige Frauen in Öko-Klamotten. Was noch?

Allerdings kriegt Dan nichts von dem mit, was ich hier durchmache. Er scheint in seiner eigenen kleinen Welt zu leben, ist voll mit sich selbst beschäftigt und geradezu abweisend. Also habe ich gestern Abend beschlossen, etwas zu unternehmen. Ich musste diese seltsame Spannung zwischen uns überwinden. Beim Abendessen habe ich Stifte und Zettel verteilt und so munter wie möglich gesagt: »Jeder überlegt sich jetzt ein neues Hobby für das nächste Jahr. Danach vergleichen wir.«

Ich dachte, es könnte vielleicht Spaß machen. Ich dachte, es könnte vielleicht ein freundliches Gespräch anstoßen oder wenigstens die Atmosphäre etwas auflockern.

Es hat nicht funktioniert. Dan hat mich nur finster angesehen und gemeint: »Ist das dein Ernst, Sylvie? Ich bin total erledigt.« Dann hat er sein Abendessen mit vor den Computer genommen, was wir eigentlich unbedingt vermeiden wollen, weil wir immer gesagt haben, Paare, die nicht gemeinsam essen …

Egal.

Ich weine nicht oft. Aber die eine oder andere Träne habe ich wohl weggeblinzelt, weil er dermaßen feindselig klang. So ungeduldig. So un-Dan-mäßig.

Und jetzt ist Freitag, und wir sitzen beim Frühstück, und Dan hat mir eben eröffnet, dass er das ganze Wochenende über arbeiten muss.

»Das *ganze* Wochenende?«, frage ich, bevor ich es verhindern kann. Mir ist klar, dass ich jammerig klinge. Vielleicht sogar ein wenig weinerlich, obwohl ich mir immer geschworen hatte, nie so zu sein.

»Riesenprojekt«, sagt Dan und trinkt seinen Kaffee aus. »Ich muss mich voll darauf konzentrieren.«

»Ist das diese Limehouse-Sache?«, frage ich, um Interesse zu zeigen. »Die Zeichnungen würde ich gern sehen.«

»Nein.« Dan zieht seine Jacke über.

Nein. Einfach nur *nein*. Sehr charmant, Dan.

»Ach, und ich habe eine Bestellung beim Supermarkt

aufgegeben«, fügt er hinzu. »Für dieses Abendessen, das ich am Dienstag gebe.«

»Ach so?« Ich mustere ihn überrascht. »Wie vorausschauend von dir.«

»Es wird alles am Montag geliefert«, fährt er fort, als hätte ich gar nichts gesagt. »Ich mache das Ottolenghi-Lamm. Du weißt schon, diesen Braten mit all den Gewürzen.«

Der Ottolenghi-Lammbraten. Das Rezept, das er auspackt, wenn er jemanden beeindrucken will. Und ich weiß, Tilda würde sagen, dass ich überreagiere, aber ich kann nicht anders. Mir brennt das Herz vor Schmerz. Er hat keine Zeit für seine Familie, aber er hat die Zeit, ein Abendessen zu planen und einen Ottolenghi-Lammbraten zuzubereiten?

»Das wird bestimmt nett.« Ich gebe mir Mühe, freundlich zu klingen. »Aber auch ein ziemlicher Aufwand für ein paar alte Freunde, die man seit Ewigkeiten nicht mehr gesehen hat.«

»Macht keine Mühe.« Seine Augen sind hell und undurchschaubar. »Bis später.«

Er gibt mir einen flüchtigen Kuss und ist schon auf dem Weg zur Tür, als Tessa hereingestürmt kommt.

»Was wünschst du dir?«, fragt sie und hält ihm ein Blatt Papier hin. »Was wünschst du dir? *Was*, Daddy?«

O Gott, das hatte ich ja völlig vergessen. Bei den Hausaufgaben der Mädchen geht es heute um Wünsche. Anna fing an mit: *Meine Mummy wünscht sich …* Und ich habe ihr ganz langsam das Wort »Weltfrieden« buchstabiert, was besser war, als »zu wissen, was zum Teufel mit meinem Mann los ist«.

»Was wünschst du dir, Dan?«, frage ich. »Wir warten schon alle ganz gespannt.«

Und sollte sich ein herausfordernder, fast scharfer Unterton in meine Stimme eingeschlichen haben, dann sei es. Soll er es ruhig mitbekommen, wenn er will. (Wenn ich ehrlich bin, wird er nichts dergleichen mitbekommen. Er kriegt nie was mit, wenn es um scharfe Untertöne geht oder um schräge Seitenblicke oder vielsagende Sprechpausen. Ich mach das alles nur für mich.)

Dan nimmt den Zettel und überfliegt ihn kurz.

»Oh, verstehe. Na gut. Ich wünsche mir …« Er stutzt, als sein Handy summt, wirft einen Blick darauf, dann verzieht er das Gesicht und steckt es wieder weg. Normalerweise würde ich fragen: »Was ist los?«, aber das hat heute keinen Sinn. Ich weiß schon, was er antworten würde: »Nichts.«

»Was wünschst du dir, Daddy?«, will Tessa wissen. »Was *wünschst* du dir?« Sie sitzt am Küchentisch, mit ihrem Bleistift in der Hand.

»Ich wünschte … ich könnte …« Dan spricht ganz langsam, als hätte er mit einem völlig anderen Problem zu kämpfen.

»Wie buchstabiert man ›könnte‹?«, fragt Tessa prompt, und ich sage es ihr, weil Dan ganz offensichtlich gar nicht zuhört. Die Morgensonne fällt auf die feinen Fältchen um seine Augen. Er starrt ins Leere.

»Könnte was?« Tessa tippt mit ihrem Bleistift auf das Blatt. »Könnte was?«

»Ausbrechen«, sagt Dan so abwesend, dass ich mich schon frage, ob er eigentlich merkt, was er da sagt. Der Magen krampft sich mir zusammen. *Ausbrechen?*

»Ausbrechen?« Tessa mustert ihn, als erwartete sie einen Erwachsenenscherz. »Du steckst doch nicht in einem Käfig, Daddy! Man kann nur ausbrechen, wenn man eingesperrt ist.«

»Ausbrechen.« Dan kommt zu sich und sieht, dass ich ihn anstarre. »Ausbrechen!«, wiederholt er etwas lebhafter. »Ausbrechen, um mir im Dschungel die Löwen anzusehen. Ich muss los.«

»Das ist ein doofer Wunsch!«, ruft Tessa ihm hinterher, als er schon auf dem Weg zur Haustür ist.

»Schreib einfach *Löwen sehen*«, erkläre ich Tessa und versuche, die Ruhe zu bewahren. Doch meine Stimme bebt. Mein ganzes Ich bebt. Dan möchte ausbrechen? Schön, dass ich das auch erfahre.

Heute Morgen bin ich an der Reihe, die Kinder zur Schule zu fahren, und bin dermaßen abgelenkt, dass ich falsch abbiege, zweimal.

»Warum fahren wir hier lang, Mummy?«, fragt Tessa aufmerksam von der Rückbank.

»Manchmal ist es eben schön, auch mal was anderes auszuprobieren«, rechtfertige ich mich. »Sonst wird das Leben langweilig.«

Im selben Moment, als diese Worte heraus sind, wird mir deren schreckliche Bedeutung bewusst. Probiert Dan mal was anderes aus? Ist Mary »mal was anderes«?

Ich weiß gar nicht, was mit mir los ist. Ich fühle mich wie ein Flipperautomat. Ahnungen und Sorgen und Theorien taumeln in meinem Kopf herum wie noch nie. Ich habe Dan vertraut. Ich *kannte* Dan. Wir waren *wir*. Unzertrennlich. Was hat sich verändert?

Oder bilde ich mir die Probleme nur ein? Der Gedanke

kommt mir, als ich im Stau stehe, auf dem Weg zur Schule. Es wäre absolut möglich. Vielleicht bin ich Othello, besessen von einem Taschentuch. Dan ist völlig unschuldig, und meine irrationale Eifersucht ist eine unaufhaltsame Macht, doch das wird mir erst quälend bewusst, nachdem ich ihn gemeuchelt habe. (Nur dass ich mich von ihm scheiden lasse, die Kinder und das Haus bekomme und sich das ganze Drama in Wandsworth abspielt.)

In meinem Kopf dreht sich alles. Was würde Tilda dazu sagen? »Konzentriere dich auf das, was du wirklich *weißt.*« Also gut. Okay. Los geht's. Ich weiß, dass ich Dan zu Abenteuern angestiftet habe. (Schwerer Fehler. Was habe ich mir nur dabei gedacht?) Ich weiß, dass etwas »in ihm geweckt wurde«. Ich weiß, dass er Mary sein aufwendigstes Lamm-Rezept kocht und mich an diesem Abend lieber nicht zu Hause haben möchte. Ich weiß, dass ich *Mary Holland Ehemann* gegoogelt habe. Und jetzt weiß ich auch noch, dass er »ausbrechen« möchte.

Das ist mehr als ein Taschentuch.

Oder?

Oder nicht?

Ich halte an einer Ampel, mit rasendem Herzen und gerunzelter Stirn. Meine Hände krallen sich ins Lenkrad. Mein ganzer Körper ist an diesem Denkprozess beteiligt.

Okay, Folgendes: Ich sage nicht, dass er eine Affäre hat. Aber. Was ich sage, ist: Er steht kurz davor. Er ist bereit. Er ist empfänglich. Vielleicht merkt er es selbst noch nicht mal, aber das ist er.

»Mummy! Mummyyy! Die Autos tuten!« Plötzlich merke ich, dass man mich anhupt. Mist. (Typisch, dass Tessa es als Erste merkt.)

Eilig fahre ich weiter und fange an, nach einem Parkplatz zu suchen, was vorübergehend alle anderen Gedanken aus meinem Kopf verbannt. London ist das Allerletzte. Man kann nirgends parken. Man kann überhaupt nichts machen. Warum sind nur so viele Leute auf der Straße unterwegs? Was *wollen* die alle hier?

Endlich finde ich einen Platz, drei Straßen von der Schule entfernt, und treibe die Mädchen an, mit ihren Ranzen, Blockflöten und Turnsachen in der Hand. Als wir über den Spielplatz laufen, winke ich lächelnd einigen Müttern zu, die ich kenne und die plaudernd beieinanderstehen. Es gibt mehr oder weniger drei Kategorien von Müttern vor der Schule. Es gibt die arbeitstätigen Mütter. Es gibt die Zu-Hause-Mütter. Und dann gibt es die Fitness-Mütter, die nie etwas anderes tragen als Leggings und Sportschuhe.

Wie mögen deren Ehen sein?, frage ich mich, als ich ihre fröhlichen Gesichter sehe. Wie viele von denen verbergen Sorgen hinter ihrem Lächeln?

»Oh, Sylvie!«, ruft Jane Moffat, unsere Elternsprecherin, als ich an ihr vorbeikomme. »Darf ich Sie für eine Quiche eintragen? Für das Jahrgangs-Picknick?«

»Gern«, sage ich abwesend und verfluche mich gleich darauf. Quiche ist umständlich zuzubereiten. Und wer will beim Picknick denn schon Quiche? Die lässt sich doch unmöglich essen. Ich schreibe ihr nachher gleich eine Mail und schlage stattdessen Sushi vor, was den Vorteil hat, dass niemand von einem erwartet, dass man das Sushi selbst zubereitet.

Tessa und Anna stehen schon an der Tür zu ihrem Klassenzimmer, das sich im Erdgeschoss befindet, direkt beim Spielplatz. Ich gehe hinüber und helfe ihnen, die Turnbeutel an ihre Haken zu hängen, die Ranzen in den Korb zu stellen und die Blockflöten auf das spezielle Flötenregal zu legen.

»Ach, Mrs Winter«, sagt Mrs Pickford, ihre Lehrerin. Sie ist eine sanfte, freundliche Frau mit kurzen grau melierten Haaren und zahllosen, wallenden Strickjacken in verschiedensten Farben. »Die Mädchen haben erzählt, Sie hätten jetzt eine Schlange in der Familie! Wie aufregend!«

Eins sollte man über fünfjährige Kinder wissen: Sie erzählen ihren Lehrern *alles*.

»Das stimmt!« Ich gebe mir Mühe, positiv zu klingen. »Wir haben tatsächlich eine Schlange in der Familie.«

»Wir hatten überlegt, ob Sie die wohl einmal mitbringen könnten. Die Kinder würden sie bestimmt gern sehen … Es ist doch eine *sie*, oder?«

»Möglich«, sage ich nach kurzer Überlegung. »Das Tier gehört eigentlich eher meinem Mann. Er füttert es und kümmert sich.«

»Ich verstehe.« Mrs Pickford nickt. »Nun, würden Sie ihn vielleicht mal fragen?« Sie zögert. »Ich meine, wäre es denn *sicher*? Ist das eine *sichere* Schlange?«

Ich widerstehe der Versuchung zu antworten: »Nein, es ist eine drei Meter lange Boa Constrictor. Deshalb halten wir sie ja auch bei uns im Haus.«

»Ziemlich sicher.« Ich nicke beschwichtigend.

»Offenbar war es eine echte Überraschung«, fügt Mrs Pickford hinzu. »Tessa hat uns allen erzählt, dass Sie doch sehr schockiert waren! Ich weiß nicht, wie ich reagieren würde, wenn mein Mann aus heiterem Himmel eine Schlange mit nach Hause brächte!«

Sie lacht kurz auf, und ich weiß, dass sie nur plaudern möchte, aber es trifft mich ins Mark.

»Unsere Ehe ist sehr gefestigt«, sage ich, bevor ich mich bremsen kann. »Sehr gefestigt und glücklich. Sehr stabil. Es geht uns tatsächlich sehr gut. So etwas wie eine Schlange kann uns nicht aus der Bahn werfen …« Ich räuspere mich.

Als ich fertig bin, sehe ich einen etwas seltsamen Ausdruck auf Mrs Pickfords Gesicht.

O Gott. Ich bin total drüber.

»Schön«, sagt sie etwas zu fröhlich. »Nun, geben Sie mir doch Bescheid, was die Schlange angeht. Mädchen, sagt eurer Mummy auf Wiedersehen.«

Ich drücke die beiden, dann mache ich mich auf den Weg, mit kreiselnden Gedanken. Ich winke und lächle die anderen Mütter an und wirke vermutlich entspannt und guter Dinge, genau wie sie, aber innerlich nimmt die Spannung zu. Was ich im Moment am dringendsten bräuchte, wäre eine Ablenkung.

Okay, Toby ist definitiv eine Ablenkung. Als ich bei der Arbeit ankomme, wartet er schon, schlendert in der Eingangshalle umher, späht die Treppe hinauf, wirkt in seinem schäbigen schwarzen T-Shirt absolut deplatziert.

Zum Glück ist er da. Zweimal hat er mich schon hängen lassen. Immer mit einer guten Ausrede, aber trotzdem.

»Hi, Toby!«, sage ich, begrüße ihn mit Handschlag – und für einen kurzen Augenblick ist da so eine seltsame, kleine Spannung zwischen uns. Bei meiner letzten Begegnung mit Toby war ich halbnackt, und ich sehe ihm an, dass er sich auch daran erinnert, so wie sein Blick an mir auf und wieder ab fährt. Dann sammelt er sich und unternimmt im nächsten Moment einen wackeren Versuch, »Hallo, Sylvie!« zu sagen.

»Vielen Dank, dass du gekommen bist. Ich nehme immer die Treppe, ist das okay?«

»Kein Problem«, sagt er und folgt mir hinauf, nimmt immer zwei Stufen auf einmal. »Dieser Laden ist der Wahnsinn! All die Rüstungen!«

Ich nicke. »Beeindruckend, nicht? Du solltest mal den Keller sehen.«

»Ich wusste nichts von diesem Haus«, fährt Toby unbekümmert fort. »Hab noch nicht mal was davon gehört. Ich bin bestimmt schon Millionen Mal daran vorbeigelaufen, aber es ist mir nie aufgefallen, und auch meinen Freunden ist es nie aufgefallen ... Ich wusste im wahrsten Sinne des Wortes gar nicht, dass es existiert. Hättest du ›Willoughby House‹ zu mir gesagt, hätte ich echt nur blöd geguckt.«

Muss er denn *ganz* so ungestüm klingen? Glücklicherweise sind weder Robert noch Mrs Kendrick in der Nähe. Und außerdem haben wir zum Glück schon ein großes Schild mit der Aufschrift »Willoughby House Museum« bestellt, das wir draußen anbringen wollen. Es ist aus grau gestrichenem Holz und sehr geschmackvoll, und es hat uns eine volle Woche konzentrierter Diskussionen gekostet, um Mrs Kendrick auf den Stil und die Schrift festzunageln.

Wie sollen wir uns jemals auf ein komplettes Website-Design einigen?

Nein. Denk nicht so. Bleib positiv.

»Deine Mutter hat dieses Museum doch bestimmt hin und wieder erwähnt, oder?«, sage ich. Tilda war schon zu vielen Veranstaltungen hier. Sie ist sehr loyal.

»Ja, vielleicht hat sie das«, sagt er freundlich. »Aber es ist nie hängen geblieben. Es ist nicht *berühmt*, oder? Nicht so wie das V & A.«

»Stimmt.« Ich versuche mich an einem Lächeln. »Und das ist genau das Problem. Das ist das Problem, das wir hier lösen müssen.«

Clarissa hat heute Morgen frei, und Robert ist auch noch nicht aufgetaucht, sodass wir das Büro für uns haben. Ich zeige Toby, dass auf unserer Website *Anfragen bitte schriftlich* steht, und er bricht in schallendes Gelächter aus.

»Das gefällt mir«, sagt er mindestens fünfzig Mal. »Das gefällt mir. Das ist so cool.« Er macht ein Foto von der Website, teilt es mit allen seinen Computerfreunden und liest mir deren Kommentare vor, die augenblicklich eintrudeln. Und ich weiß gar nicht, ob ich stolz darauf sein soll, etwas so Einzigartiges geschaffen zu haben, oder ob ich mich schämen soll, dass uns ein ganzer Trupp von Computerfreaks auslacht.

»Wie dem auch sei«, sage ich schließlich. »Du siehst, wir hängen etwas hinterher. So können wir nicht weitermachen. Also … was sollen wir tun? Was sind unsere Möglichkeiten?«

»Hm«, macht Toby, während er immer noch über einen Kommentar auf seinem Handy lacht. »Davon gibt es haufenweise. Kommt drauf an, was ihr erreichen wollt. Eine Datenbank verwalten, ein interaktives Erlebnis, einen E-Shop, was?«

»Ich weiß nicht!«, sage ich, und mein Appetit ist geweckt. »Zeig es mir!«

»Ich habe mir ein paar Websites von Museen angesehen«, sagt er und holt sein Notebook hervor. »Weltweit. Das war ziemlich interessant.«

Er fängt an, Websites zu öffnen, eine nach der anderen. Ich dachte, ich hätte ganz gut recherchiert, aber einige davon sind mir entgangen. Und die sind *fantastisch*. Da gibt es Fotos, die lebendig werden, 360°-Videos, interaktive Apps, atemberaubende Grafik, Audio-Führungen von Prominenten …

»Wie gesagt«, kommt Toby zum Schluss, »nichts ist unmöglich. Ihr könnt haben, was ihr wollt. Hängt davon ab, was ihr möchtet. Was eure Prioritäten sind. Ach, und euer Budget«, fügt er noch hinzu.

Budget. *Damit* hätte ich anfangen sollen.

»Okay.« Ich reiße mich von der Website eines amerikanischen Museums los, auf der es fantastische 3-D-Fotos von Ausstellungsstücken gibt, die langsam über den Bildschirm kreiseln. Die sehen so echt aus, dass es einem vorkommt, als könnte man danach greifen. Wenn ich mir vorstelle, so was könnten wir auch machen! »Also, die hier zum Beispiel … wie viel mag die wohl gekostet haben?«

»Über die habe ich zufällig was in einer Fachzeitschrift gelesen«, sagt Toby nickend. »Das war eine halbe Million. Aber keine Sorge«, fügt er hinzu, als er meinen Gesichtsausdruck sieht. »Nicht Pfund. Dollar.«

»Eine halbe *Million*?« Ich fühle mich, als hätte ich einen Schlag vor die Brust bekommen.

»Aber das war mit dem ganzen Rebranding und

allem«, fügt er hastig hinzu. »Wie gesagt, das hängt davon ab, was ihr wollt.«

Ich fühle mich betrogen. Überall sieht man Anzeigen, in denen steht, wie billig und einfach es ist, eine eigene Website zu erstellen. »Ich dachte, heutzutage kann man Websites zu Hause im Schlafzimmer erstellen, praktisch für lau«, sage ich fast vorwurfsvoll. »Ich dachte, das ist der *Sinn* der Sache.«

»Kann man auch!« Toby nickt ernst. »Absolut. Die funktionieren dann nur nicht so wie die hier. Aber ihr müsst auch keine halbe Million investieren.« Offensichtlich will er mich beruhigen. »Ihr könnt auch nur hunderttausend ausgeben, fünfzig-, zehn-, tausend …« Sein Blick schweift zurück zu unserer Website. »Ich meine, *das* ist cool«, sagt er. »Nur eine Zeichnung. Das ist subversiv.«

Mrs Kendrick subversiv? Ich würde lachen, wenn mir die halbe Million nicht noch immer die Kehle zuschnüren würde.

»Vielleicht ist es das.« Ich seufze. »Aber es bringt uns keine Besucher ein. Es bringt uns kein *Geld*.«

»Und woher kriegt ihr eure Besucher?«

»Unterschiedlich. Hier und da kleine Anzeigen. Oder Mund-zu-Mund-Propaganda.«

»Ah, Mund-zu-Mund-Propaganda.« Toby richtet sich auf. »Das ist der Heilige Gral. Das ist das, was alle wollen.«

»Ja, aber es sind nicht genug Münder.« Sehnsüchtig betrachte ich die amerikanische Website eine Weile. »Im Grunde brauchen wir also Geld, um uns eine Website leisten zu können, die wir bräuchten, um Geld zu verdienen?«

Toby nickt weise. »Die Gans, die goldene Eier legt. Nein, ich meinte Henne und Ei. Und habt ihr euch schon Gedanken über eine Plattform gemacht?«

Ich wische mir übers Gesicht, spüre, wie mir die Puste ausgeht. Warum ist im Leben eigentlich immer alles schwieriger als gedacht? Kuchen glasieren. Kinder kriegen, Ehen zusammenhalten, Museen retten, Websites basteln. Alles schwierig. Das Einzige, was sich als einfacher als erwartet entpuppte, war meine Italienisch-Prüfung. (Ach, und mir die Beine lasern zu lassen, das war ein Klacks.)

»Ich denke, ich sollte besser erst mal ein Budget zusammenstellen«, sage ich schließlich. »Dann können wir über Plattformen und dergleichen sprechen.«

»Ein Budget zusammenstellen.« Welch hübsche Umschreibung. Es klingt, als müsste ich nur das Nötige einsammeln und ordnen. Aber ich habe überhaupt nichts zu ordnen. Ich habe rein gar nichts.

Mir kommt in den Sinn, dass wir ein paar Ausstellungsstücke verkaufen könnten. Aber würde Mrs Kendrick sich jemals dazu durchringen?

»Na klar, Sylvie. Wann immer ihr so weit seid«, sagt Toby, und man sieht ihm sein Mitgefühl an. »Ganz schön schwierig, was?«, fügt er hinzu und klingt plötzlich ernster, als würde er das Problem jetzt wirklich verstehen.

Natürlich versteht er es. Schließlich versucht er, ein Start-up auf die Beine zu stellen. Er hat selbst ständig mit Widrigkeiten zu kämpfen.

Ich schenke ihm ein schräges Lächeln und klappe sein Notebook zu. »Ja. Ja, das ist es. Es ist alles ziemlich schwierig.«

KAPITEL ZWÖLF

Es war alles ziemlich schwierig. Und es ist nicht einfacher geworden.

Es ist der folgende Dienstag, und die positivste Entwicklung in meinem Leben ist das »Willoughby House«-Schild, das geliefert wurde und wunderschön aussieht. Viel schöner als erwartet. Immer wieder gehen wir raus, um es zu bewundern. Unsere freiwilligen Helfer sind davon überzeugt, dass es uns jetzt schon mehr Besucher bringt, und selbst Robert gab so etwas wie ein anerkennendes Knurren von sich, als er es sah.

Aber zu Hause, vergiss es. Ich weiß gar nicht, wer im Moment gestresster ist, Dan oder ich. Er ist ständig angespannt, wüterich, neinisch und ganz allgemein schwer zu ertragen. Wenn sein Handy geht, greift er so schnell danach, dass ich direkt zusammenzucke. Zweimal kam ich nach Hause, als er in der Küche auf und ab lief und eindringliche Telefonate führte, die er sofort abbrach. Wenn ich dann frage: »Worum ging's?«, antwortet er abweisend: »Nichts weiter«, als würde ich irgendwie in seine Privatsphäre eindringen. Woraufhin mich ein solcher Fruster packt, dass ich was *kaputt* schlagen möchte.

Mir ist, als wüsste ich überhaupt nichts mehr. Ich weiß nicht, was Dan denkt. Ich weiß nicht, was er will. Ich weiß nach wie vor nicht, was es mit dieser »Million, vielleicht zwei« auf sich hat. Ich weiß nicht, wieso meine Mutter und er die Köpfe zusammenstecken. Wenn er mich überraschen will, wo bleibt dann die Überraschung?

Ich dachte immer, unsere Ehe sei eine feste Größe, sicher und solide, mit dem einen oder anderen Knackpunkt. Aber sind diese Knackpunkte schlimmer als gedacht? Sind es Gräben? Und wenn es so ist, *wieso kann ich sie dann nicht sehen?*

Manchmal komme ich mir vor wie farbenblind. Als könnten alle etwas sehen, was mir verborgen bleibt. Selbst Mummy. Manchmal holt sie Luft, als wollte sie mir etwas anvertrauen, dann bremst sie sich und meint: »Ach, jetzt habe ich glatt vergessen, was ich sagen wollte«, auf wenig überzeugende Weise, und dann wendet sie sich von mir ab, und ich denke: Was? *Was* denn?

Anderseits bin ich vielleicht nur paranoid. Möglich wäre es.

Ich könnte wirklich gut eine vernünftige Freundin brauchen, aber die Einzige, die Bescheid weiß, ist Tilda, und die pendelt nach wie vor nach Andover. Gestern war ich so verzweifelt, dass ich gegoogelt habe *Wie man seinen Ehemann hält*, und die Antwort, die ich bekam, lautete mehr oder weniger: *Kannst du nicht. Wenn er dich verlassen will, wird er es tun.* (Ich hasse das Internet.)

Heute findet das gefürchtete Abendessen statt, und Dan ist wie besessen – was den Braten angeht, den Wein, selbst die Kaffeetassen. (Hat er je einen Gedanken an Kaffeetassen verschwendet?)

Ich dagegen bin bissig und schnippisch und kann es kaum erwarten, dass es endlich vorbei ist. Immer wieder sage ich mir: *So schlimm kann es nicht werden.* Dann: *Doch, kann es.* Und dann: *Es kann sogar noch schlimmer werden.* (Ich bin mir nicht sicher, was »schlimmer« in diesem Fall bedeuten könnte, aber bestimmt nichts Gutes, oder?)

Dan ist meine Anspannung nicht entgangen. Wie auch? Wobei ich sie auf meine Probleme bei der Arbeit geschoben habe, die nach wie vor massiv sind, trotz des Schildes. Mein nicht vorhandenes Website-Budget ist immer noch nicht vorhanden. Ich habe jeden einzelnen Förderer, Mäzen und Philanthropen angesprochen, der mir einfiel. Bisher jedoch haben wir nichts bekommen, bis auf hundert Pfund in bar, die jemand anonym in einem Umschlag in unseren Briefkasten gesteckt hat (ich habe Mrs Kendrick in Verdacht) und eine Kiste mit Keksen von Fortnum's. Offenbar hat einer unserer Freiwilligen »ein paar Fäden gezogen«. (Roberts Gesichtsausdruck war ziemlich lustig, als er sie sah. Tatsächlich war es das Einzige, worüber ich seit Langem mal wieder lachen konnte.)

Und jetzt muss ich mich meinem Schicksal beim Ottolenghi-Lammbraten stellen.

Nein. Ich habe keinen *Beweis* dafür, dass sie mein Schicksal ist. Das darf ich nicht vergessen.

Als ich in die Küche komme, bin ich leger und doch elegant gekleidet – enge weiße Hose und ein gemustertes Top mit Ausschnitt –, und ich dufte nach Parfum. Ich hoffe, Dan wird sich vom Herd abwenden, und seine Augen leuchten auf, und wir nehmen uns in die Arme, auf eine verbindende, prägende Weise, die ihn gegen Mary immunisieren wird.

Aber er steht gar nicht am Herd. Ich sehe ihn durchs

Fenster draußen im Garten, wo er Minze von unserem wuchernden Busch bei einem der Wendy-Häuser pflückt. (Minze erkenne ich. Minze und Rosmarin. Alle anderen Kräuter – vergiss es. Ich müsste sie abgepackt im Supermarkt sehen, um sie identifizieren zu können.)

Ich gehe zur Hintertür hinaus und laufe über unseren struppigen Rasen, überlege verzweifelt, was ich sagen könnte. Bei ihm angekommen plappere ich los: »Minze ist toll, nicht?«

Was eine dermaßen nichtssagende Bemerkung ist, dass ich sie augenblicklich bereue – aber ich bin auch gar nicht sicher, ob Dan mich überhaupt gehört hat. Er reibt ein Minzeblatt zwischen seinen Fingern und hat schon wieder diesen abwesenden Blick. Wo ist er gerade? In seiner Jugend? Bei ihr?

Und wieder sticht mich die Sorge. Okay, ich habe keinen Beweis für irgendwas, aber darum geht es nicht. Es geht darum, dass Dan empfänglich ist. Das glaube ich mehr als je zuvor. Irgendwas ist in diesem Skulpturengarten passiert. Irgendwas hat sich in ihm gerührt. Und jetzt kommt diese Frau hierher (und wenn sie auch nur im Entferntesten so aussieht wie auf dem Foto, dann ist sie nach wie vor eine Schönheit), um ihn daran zu erinnern, wie sein Leben vor unserer Ehe und den Kindern und den Schwangerschaftsstreifen war. (Wobei es natürlich sein könnte, dass sie auch Schwangerschaftsstreifen hat. Aber ich bezweifle es.)

Ich helfe Dan, Minze einzusammeln, und wir kehren wieder ins Haus zurück, während ich belangloses Zeug vor mich hin plaudere – doch meine Gedanken rotieren.

»Erzähl mir von deinen Freunden«, sage ich, während er die Minze wäscht. »Erzähl mir von ...« Ich unternehme einen heroischen Versuch, beiläufig zu klingen. »... Mary.«

»Na ja, Jeremy und Adrian habe ich seit *Jahren* nicht gesehen«, sagt Dan, und innerlich kreische ich vor Frust. *Verdammt, ich will nichts über Jeremy und Adrian wissen. Hast du nicht gehört, dass ich Mary gesagt habe? Mary?*

»Jeremy macht in Steuerrecht, soweit ich weiß«, fährt Dan fort, »und ich glaube, Adrian unterrichtet irgendwas, aber das war bei LinkedIn nicht klar ersichtlich ...«

Ich höre gar nicht richtig zu, während er mir von Jeremy und Adrian erzählt und wie viel Spaß sie miteinander hatten und von der Wanderung, die sie mal durch den Nationalpark Brecon Beacons gemacht haben.

»Und Mary?«, frage ich, sobald ich Gelegenheit dazu bekomme. »Wie ist sie so? Muss ich mir Sorgen machen? Thema ›Alte Freundinnen‹ und so? Haha!« Erfolglos versuche ich mich an einem heiteren, natürlichen Lachen.

»Sei nicht albern«, fährt Dan mich so harsch an, dass ich ihn plötzlich ängstlich anstarre. Augenscheinlich merkt er, dass er überreagiert hat, denn im nächsten Moment blickt er von seiner Minze auf und lächelt, wie ein liebender Ehemann es tun würde, und sagt: »Ich mache mir ja auch keine Sorgen, dass dir Nick Reese jeden Tag über den Weg läuft, oder?«

Ich lächle immer weiter, doch innerlich schäume ich. Nick Reese ist *was völlig anderes*. Ja, er ist mein Ex-Freund, und ja, ich treffe ihn ziemlich oft, weil seine Tochter mit unseren Mädchen in dieselbe Klasse geht. Ich begegne ihm bei Schulveranstaltungen, weil ich muss. Nicht weil ich ihn zu uns nach Hause eingeladen habe, auf ein spezielles Ottolenghi-Lamm, wobei ich besonderes Augenmerk auf meine Kleidung gelegt habe. (Ja, mir ist *sehr wohl* aufgefallen, dass Dan sein vorteilhaftestes Hemd trägt. Es *ist* mir aufgefallen.)

Lässig zucke ich mit den Schultern. »Ich habe mich nur gefragt, wie sie wohl sein mag.«

»Ach, sie ist …«, Dan hält inne und blickt ins Leere, »sie ist eine Bereicherung. Sie ist klug. Gelassen. Manche Leute haben einfach diese Gabe, weißt du? So eine Art von Güte. So eine Art Erdverbundenheit … tröstlich … Sie ist wie ein stiller See.«

Hilflos starre ich ihn an. Mary ist ein stiller See. Ich dagegen bin *was*? Ein reißender, schäumender Fluss mit Stromschnellen hinter jeder Biegung?

Hat er einfach genug von mir? Möchte er lieber einen See, keinen Fluss? Ist *das* der große Graben in unserer Ehe, den ich nicht erkennen kann? Plötzlich kommen mir die Tränen, und ich wende mich ab. Ich *muss* mich zusammenreißen. Was würde Tilda sagen? Sie würde sagen: »Übertreib's nicht mit dem Grübeln, du Dussel. Trink ein Glas Wein.«

»Ich trinke ein Glas Wein«, sage ich und mache den Kühlschrank auf. »Möchtest du auch?«

»Ich mach nur schnell die Minze fertig«, sagt Dan bei einem Blick auf seine Uhr. »Die müssten gleich hier sein.«

Ich schenke mir ein Glas Sauvignon ein und betrachte den Tisch, versuche, mich zu beruhigen. Und während ich ihn umrunde und Servietten zurechtrücke, die gar nicht zurechtgerückt werden müssen, fällt mir etwas anderes ein. Ich habe mich komplett auf ihn konzentriert. Was ist mit *ihr*? Ihrem Foto nach zu urteilen, scheint sie ein guter Mensch zu sein. Sie sieht nicht aus wie eine Frau, die einer Freundin den Mann ausspannen würde. Also sollte ich mich vielleicht am besten mit ihr anfreunden. Mich mit ihr verbünden. Ihr zeigen, dass ich ein echt netter Mensch bin. Ihr zeigen, dass ich mein Bestes gebe, selbst wenn Dan sagt: »Meine Frau versteht mich nicht« – was zugegebenermaßen hin und wieder der Fall ist.

(Zu meiner Verteidigung muss man sagen, dass er wirklich ziemlich schwer zu verstehen ist. Diese Manie, ständig alle Heizungen runterzudrehen: Das werde ich nie begreifen.)

Eben bin ich dabei, mir zu sagen, dass es eine gute Strategie ist, als es an der Tür läutet und ich so heftig zusammenfahre, dass ich fast meinen Sauvignon verschütte.

»Da ist sie!«, sage ich schrill. »Ich meine … da sind sie. Da ist irgendwer.«

Dan geht zur Haustür, und schon bald höre ich tiefe Männerstimmen.

»Adrian! Jeremy! Lange nicht gesehen! Kommt rein!«, sagt Dan, und mein Herz entkrampft sich ein wenig. Sie ist es nicht. Noch nicht.

Lächelnd blicke ich auf, als Adrian und Jeremy hereinkommen – beide normal nette Typen mit stoppeligen Bärten. Adrian hat eine Brille, Jeremy trägt rote Wildlederschuhe, aber davon abgesehen kann ich keinen Unterschied erkennen. Dan schenkt Drinks ein und reicht Chips herum, während ich mit halbem Ohr ihrem

Gespräch lausche, das sich um Leute dreht, von denen ich noch nie gehört habe ... doch dann geht es um Mary.

»Sie arbeitet bei einer Beratungsfirma für Umweltfragen?«, sagt Adrian gerade. »Das klingt sinnvoll.«

»Ich weiß gar nicht, wieso wir alle den Kontakt verloren haben.« Dan schüttelt den Kopf. »Wart ihr mal wieder im Garten?«

Jeremy nickt. »Ein paarmal. Weißt du ...« Er stockt, als es an der Tür klingelt, und ich schwöre, uns allen läuft ein kalter Schauer über den Rücken. Das ist sie. Das ist Mary.

»Okay!«, sagt Dan, und an seiner Stimme merke ich, wie nervös er ist. »Das muss sie sein. Dann gehe ich mal eben und ...«

Weicht er absichtlich meinem Blick aus, als er raus in den Flur geht? Ich kann es nicht sagen. Ich schenke allen Wein nach, besonders mir selbst. Ich denke, wir werden ihn brauchen.

Und dann ist sie plötzlich da, kommt mit Dan in die Küche, und mein Herz geht in die Knie. Sie ist ein Traum, ein absoluter Traum, größer, als ich erwartet hatte, mit vollem, dunklem Haar, freundlichen Augen und diesen zauberhaften Grübchen.

»Hallo!«, sagt sie mit strahlendem Lächeln und reicht mir die Hand. »Sylvie? Ich bin Mary.«

Ich blinzle sie an, fühle mich überwältigt. Sie ist atemberaubend. Sie sieht wirklich aus wie ein Engel. Ein Engel im weißen Hemd mit übergroßem Kragen und weiten Leinenhosen.

»Hi!« Ich greife nach ihrer Hand und schüttle sie. »Ja. Ich bin Dans Frau.«

»Wie nett von euch, uns alle einzuladen«, sagt Mary, dann fügt sie an Dan gewandt hinzu. »Oh, einen Weißwein, bitte. Wie schön! Jeremy, Adrian, ihr seht ja beide toll aus!«

Ich spüre gleich, dass sie diese Gabe besitzt, anderen die Befangenheit zu nehmen. Mein Blick gleitet an ihr herab, und ich bewundere ihre traumhaften grauen Leder-Pumps, ethisch einwandfrei, modisch und teuer, ohne dabei angeberisch zu wirken.

Ich trage meine Riemchenpumps, wie immer bei Dinner Partys. Vor zehn Minuten gefielen sie mir noch, aber jetzt kommen sie mir billig und aufdringlich vor.

»Ich liebe eure Küche!«, sagt Mary mit sanfter Stimme. »Sie strahlt so etwas wunderbar Familiäres aus. Und dieses Blau ist zauberhaft. Hast du das ausgesucht?«

Sie hat so eine besänftigende Stimme. Sie ist tatsächlich ein stiller See. O Gott, ich glaube, *ich* habe mich in diese Frau verguckt.

»Wir haben viele verschiedene Blautöne ausprobiert, bis es passte«, sage ich, und schon breitet sich auf ihrem Gesicht das nächste Grübchenlächeln aus.

»Das kann ich mir vorstellen. Und euer Garten erst! Die hübschen Wendy-Häuschen!«

Sie tritt an die Hintertür, um besser sehen zu können, und ich staune über ihren geschmeidigen Gang. Sie ist nicht schmal, aber sie weiß sich zu bewegen. Ich kann sie mir im Alter von neunzehn Jahren sehr gut vorstellen, ihre wallenden Haare um die Schultern, ihre helle Haut und die perfekten …

Nein. *Schluss* damit. Ich muss mich mit ihr verbünden. Ich werde mich mit ihr über Gärtnerei unterhalten.

»Komm, ich zeig dir den Garten!«, sage ich, öffne die Hintertür und schiebe Mary auf die winzige Terrasse hinaus. »Ich meine, es gibt nicht allzu viel zu sehen, aber … Hast du einen Freund?«

O Gott. Das ist mir einfach so rausgerutscht. Klang es unnatürlich?

Nein. Geht schon. Es ist eine ganz normale Frage. So was fragt man, wenn man Leute kennenlernt. Man erkundigt sich nach ihnen.

»Nein.« Mary verzieht reumütig das Gesicht und schlendert hinüber zu unserem einzigen Baum, einer Weißbirke. »Schon eine Weile nicht.«

»Ach.« Ich gebe mir Mühe, verständnisvoll zu klingen, wie eine Schwester im Geiste, nicht wie die misstrauische Ehefrau, die im Stillen *kein Freund* notiert.

»Männer können einen so furchtbar enttäuschen«, fährt Mary mit ihrer melodiösen Stimme fort. »Oder vielleicht auch nur die Männer, die mir über den Weg laufen. Sie scheinen eine besonders betrügerische Ader zu haben. Der ist hübsch«, fügt sie hinzu und streichelt den Baum.

Sie hat sich das *Einzige* in unserem Garten ausgesucht, das man als hübsch bezeichnen könnte.

»Und Schafgarbe!«, ruft sie aus und greift nach einer unscheinbaren Pflanze, die mir noch nie aufgefallen ist. »Wundervoll. So heilsam. Hast du schon mal damit gebadet?«

»Äh … nein«, räume ich ein. Mit diesem Gestrüpp baden?

»Lass dir bloß nicht erzählen, das sei Unkraut. Aus den Blüten kann man eine wunderbare Tinktur herstellen. Schafgarbe hilft bei Schlafstörungen … Fieber … bei allem eigentlich.« Sie blickt auf, mit glänzenden Augen, und fasziniert starre ich sie an. »Ich habe ein Faible für Naturheilkunde. Und Energieheilung.«

»Energieheilung?«

»Den Energiekörper nutzen, um den Menschen als Ganzes ins Gleichgewicht zu bringen.« Mary schenkt mir ein strahlendes Lächeln. »Ich bin noch Anfängerin, aber ich glaube fest an die Körper-Geist-Verbindung. Alles fließt.« Mit hübscher Geste deutet sie an sich herab.

»Da seid ihr ja!« Dans Stimme unterbricht uns, woraufhin wir uns beide umdrehen und sehen, wie er aus der Hintertür tritt. »Worüber plaudert ihr zwei?«

Mir fällt auf, wie unsicher er klingt, viel zu begeistert.

»Sylvie hat sich nach meinem Liebesleben erkundigt«, sagt Mary mit demselben reumütigen Gesichtsausdruck wie vorhin, und Dan wirft mir einen scharfen Blick zu.

Na super. Jetzt sieht es so aus, als hätte ich Mary nach draußen gelockt, fort von den anderen, um herauszufinden, ob sie Single ist.

Was absolut nicht das ist, was ich getan habe.

Ich meine, es ist nicht das, was ich tun *wollte*. Es hat sich einfach so ergeben.

»Hab ich gar nicht!«, sage ich etwas schrill. »Ich meine … wer will das schon wissen?« Ich probiere ein Lachen, was mir nicht so recht gelingen will. »Egal, erzähl Dan von deiner Naturheilkunde, Mary! Das ist total interessant!«

Okay. Das war berechnend, denn wenn ich den Menschen wählen sollte, der am allerwenigsten auf alternative Medizin steht, dann wäre das Dan, und zwar mit Abstand. Medizin bedeutet für ihn »Paracetamol nehmen und nur im äußersten Notfall zum Arzt gehen«. Er verweigert Vitamintabletten, er meditiert nicht, und Homöopathie hält er für reine Augenwischerei.

Als wir uns alle an den Tisch setzen, hoffe ich daher, dass Mary von so was wie dem »Körper-Geist-Fluss« und dem »Lösen von Energieblockaden« erzählt, Dan daraufhin wie üblich seine zynischen Kommentare abgibt und die beiden sich am Ende in die Haare kriegen. Oder zumindest verschiedener Meinung sind. (Traumszenario: Mary stampft aus dem Haus und schreit: »Wie kannst du es wagen, Reiki als Quacksalberei zu bezeichnen!«)

Aber so kommt es nicht. Während Dan das Lamm verteilt, berichtet Mary dermaßen mitreißend von ihren Heilmethoden, dass wir ihr alle wie gebannt lauschen. Sie klingt wie eine Shakespeare-Darstellerin. Und sie sieht sogar so aus. Langsam glaube ich selbst, dass an ihren Methoden tatsächlich was dran ist, und sogar Dan klingt einigermaßen aufgeschlossen. Dann geht sie zu Yoga über und bringt uns allen am Tisch eine Schulterdehnübung bei. Und dann erzählt sie lustige Geschichten, zum Beispiel, wie sie mal bei einem Kräuterkunde-Kurs Likör aus Buchenblättern hergestellt haben und am Ende alle sturzbetrunken waren.

Sie ist nicht nur engelsgleich, sondern sie hat auch Witz. Sie strahlt positive Energie aus. Alle sind verzaubert. *Ich* bin verzaubert. Ich möchte ihre Freundin sein.

Je weiter der Abend fortschreitet, desto entspannter werde ich. Meine Ängste scheinen sich zu verflüchtigen. Ich merke nichts von einer besonderen Verbindung zwischen Dan und ihr. Auch Dan wirkt entspannter und will sich offenbar genauso mit Jeremy und Adrian unterhalten wie mit Mary. Als wir bei der guten Bioschokolade angekommen sind, denke ich: Das sollten wir wieder machen, und: Was für nette, neue Freunde, und: Ich werde Mary fragen, woher sie diese grauen Pumps hat.

Gerade bin ich dabei, frischen Pfefferminztee auszuschenken, als eine schrille Stimme »Mummy! Mummy!« ruft und ich mich entschuldige. Draußen steht Anna auf der Treppe, klammert sich weinend ans Geländer und schluchzt: »Es war hinter mir her, es kam immer näher und näher …«

Arme Anna. Nach einem Albtraum braucht sie immer ewig lange, um sich wieder zu beruhigen, also richte ich mich schon mal darauf ein, die nächsten zwanzig Minuten auf ihrer Bettkante zu sitzen, sie zu trösten und zu streicheln. Als sie gerade einzudämmern scheint, reißt sie plötzlich in Panik die Augen auf, um sich zu vergewissern, dass ich noch da bin … Dann dämmert sie wieder ein … Schon reißt sie die Augen wieder auf … während ich geduldig dasitze und warte. Und schließlich ist sie doch richtig eingeschlafen, atmet tief, die kleinen Finger in die Decke gekrallt.

Am liebsten würde ich mich zu ihr ins Bett legen. Mit einem Mal bin ich ziemlich erledigt. Aber schließlich haben wir noch Gäste, und die gute Bioschokolade verteilt sich nicht von selbst. Also stehe ich schließlich auf, gehe aus dem Zimmer und … erstarre. Vom oberen Treppenabsatz aus kann ich den Spiegel im Flur sehen, und darin spiegelt sich das Wohnzimmer.

Und dort sind Dan und Mary. Nur die beiden.

Allem Anschein nach haben sie keine Ahnung, dass ich sie sehen kann, dass irgendwer sie sehen kann. Sie sind allein und stehen ganz nah beieinander. Mary lauscht Dan, neigt den Kopf mit aufmerksamer, verständnisvoller Miene. Er spricht ganz leise mit ihr – so leise, dass ich kein Wort verstehen kann. Aber ich nehme die Atmosphäre zwischen den beiden wahr. Eine Atmosphäre von Nähe. Von Vertrautheit. Von allem, wovor ich Angst hatte.

Für ein paar Sekunden rühre ich mich nicht, während sich meine Gedanken überschlagen. Ich möchte die beiden zur Rede stellen. Nein, das traue ich mich nicht. Vielleicht irre ich mich ja. Wobei denn eigentlich? Was stelle ich mir vor, was hier passiert? Könnten sie nicht einfach zwei alte Freunde sein, die einen stillen Moment miteinander genießen?

Aber warum verstecken sie sich dann vor den anderen?

Lautes Männerlachen aus der Küche unterbricht meine trüben Gedanken, und instinktiv laufe ich los. Ich kann ja nicht ewig hier oben bleiben. Auf dem Weg nach unten knarrt die Treppe, und schon erscheint Dan in der Wohnzimmertür.

»Sylvie!«, ruft er zu laut, »ich zeige Mary gerade …« Sein Satz erstirbt, als würde ihm keine überzeugende Geschichte einfallen. Da erscheint auch Mary in der Tür – und bei dem Blick, mit dem sie mich ansieht, wird mir ganz kalt. Er ist unmissverständlich. Voller Mitleid.

Einen Moment lang starren wir einander an. Ich schlucke, mir schnürt sich die Kehle zu, ich kriege kein Wort heraus.

»Ich muss dann jetzt auch los«, sagt Mary mit dieser sanften Stimme.

»Schon?«, sagt Dan, aber er klingt nicht so, als würde es ihm allzu leidtun, und als wir wieder in die Küche kommen, sind die anderen beiden auch schon aufgestanden, reden von U-Bahnen und Ubers und bedanken sich bei uns für den wundervollen Abend.

Dieser Abend ist mir entglitten. Ich möchte ihn anhalten. Die Pausentaste drücken. Ich muss meine Gedanken sortieren. Doch bevor ich Gelegenheit dazu bekomme, stehen wir schon an der Tür, suchen die Mäntel und tauschen Küsschen. Mary weicht meinem Blick aus. Am liebsten würde ich sie zur Seite nehmen und fragen: »Worüber hast du eben mit Dan gesprochen?« Und: »Wieso hast du dich mit ihm zurückgezogen?« Doch dafür fehlt mir der Mut.

Oder?

»Mummy! Ich bin aufgeweckt!«

Tessas schrille Stimme reißt mich aus meinen Gedanken. Damit hat sich das auch erledigt.

»Tessa! Nicht du auch noch!«

Instinktiv eile ich nach oben und greife sie mir, bevor sie sich noch der Party anschließt. Für Kinder, die nachts aufstehen, gilt die Fünf-Sekunden-Regel – man muss schnell sein. Ich bringe sie wieder ins Bett und sitze bei ihr, bis sie die Augen schließt, lausche den letzten Abschiedsgrüßen unten im Flur und dann dem Klappen der Tür. Als Tessa leise schnarcht, schleiche ich auf die Treppe hinaus. Schon will ich runtergehen, als mich eine schmerzhafte Eingebung innehalten lässt. Also schleiche ich leise ins Bad, von dessen Fenster aus man unseren

Hauseingang sehen kann, und spähe hinaus. Dan und Mary stehen auf dem Bürgersteig und reden, die beiden ganz allein.

Woher ich wusste, dass sie dort sein würden?

Ich wusste es einfach.

Ein furchtbarer Druck lastet auf meiner Brust, als ich am Fenster in die Hocke gehe und es einen Spalt weit öffne. Mary hat sich ein Tuch umgelegt, und im Licht der Straßenlaterne spricht tiefe Sorge aus ihrem Blick.

Ich lehne meinen Kopf gegen die Fensterbank und versuche, Gesprächsfetzen aufzufangen.

»*Jetzt* verstehst du«, sagt Dan mit leiser Stimme. »Ich fühle mich … in die Enge getrieben.«

Schockiert halte ich die Luft an. In die Enge getrieben? *In die Enge getrieben?*

»Ja, ich verstehe das«, sagt Mary. »Wirklich. Es ist nur …«

»… herausfinden …«

»… wird sie nicht …«

»… sei vorsichtig …«

Mir schlägt das Herz bis zum Hals, als ich wieder aus dem Fenster blicke und sehe, dass Mary ihre Arme um Dan geschlungen hat. Fest und leidenschaftlich.

Ich sinke wieder in die Hocke. Mir ist schwindlig. Dunkle Schatten streichen über meine Gedanken. Bin ich die dümmste Gans der Welt? Haben mich die beiden den ganzen Abend über vorgeführt? Ich denke an Marys freundliche, charmante Art. Ihre sanfte Stimme. Die Hand, die sie mir immer wieder auf den Arm legte. War das alles nur gespielt? »Männer scheinen eine besonders betrügerische Ader zu haben«, sagte sie – und jetzt erinnere ich mich an den Blick, mit dem sie mich dabei angesehen hat. War das ein Hinweis? Eine Warnung?

Ich höre die Haustür ins Schloss fallen, und als ich eilig aus dem Badezimmer trete, steht Dan unten im Flur und starrt zu mir herauf. Sein Gesicht liegt im Halbdunkel, sodass seine Miene nicht zu erkennen ist, und ich kann nichts anderes denken als: Er fühlt sich in die Enge getrieben.

»Geh ruhig schon ins Bett«, sagt er. »Ich räume nur ein paar Teller zusammen. Den Rest können wir morgen machen.«

Normalerweise würde ich sagen: »Sei nicht albern, ich helfe dir!«, und wir würden gemeinsam aufräumen und über den Abend sprechen und miteinander lachen.

Nicht so heute Abend.

Benommen mache ich mich bettfertig und liege nur da, starr und steif, und frage mich, wie es weitergehen soll, was um alles in der Welt ich jetzt machen soll … als Dan endlich zu mir ins Bett kommt.

»Na, das lief doch gut«, sagt er.

»Ja.« Irgendwie bringe ich es fertig zu sprechen. »Das Lamm war köstlich.«

»Das sind echt nette Leute.«

»Ja.«

Was folgt, ist betretenes Schweigen, dann sagt Dan plötzlich: »Oh. Ich muss noch eine Mail schreiben. Entschuldige.«

Er steigt aus dem Bett und tappt barfuß aus dem Zimmer. Zehn Sekunden liege ich nur da, versuche, mich zu beruhigen. Dan schreibt andauernd Mails. Ständig steigt er aus dem Bett, weil ihm mitten in der Nacht noch was einfällt. Er ist ein vielbeschäftigter Mann. Das hat nichts zu bedeuten. Das hat *wirklich* nichts zu bedeuten …

Aber ich kann nicht anders. Mein Misstrauen lässt mich nicht ruhen. Ich muss mich ihm beugen. Ohne einen Laut schwinge ich die Beine aus dem Bett, stehe auf und schleiche auf den Flur. Die Tür von Dans Arbeitszimmer steht offen, und das Licht ist an. Lautlos beuge ich mich vor, bis ich ihn sehe, und kriege gleich den nächsten Schock.

Er steht mitten in seinem Zimmer und tippt auf ein Handy ein, das ich noch nie gesehen habe. Ein Samsung. Was ist das für ein Handy? Wozu braucht er zwei Handys? Ich beobachte, wie er es in eine Schublade legt und diese mit einem kleinen Schlüssel abschließt. Der hängt am selben Ring wie seine Hausschlüssel. Ich wusste gar nicht, dass er diesen kleinen Schlüssel hat. Ich wusste auch nicht, dass er eine Schublade von seinem Schreibtisch abschließt.

Wozu muss er eine Schublade abschließen? Was verbirgt er vor mir? Was?

Für einen Moment rühren wir uns beide nicht. Dan scheint in Gedanken versunken. Ich starre ihn nur an. Dann dreht er sich plötzlich um, und vor Schreck mache ich einen Satz rückwärts. Leise stehle ich mich davon. Zehn Sekunden später liege ich im Bett, habe mir die Decke übergezogen, und mein Herz pocht wie verrückt.

»Alles okay?«, frage ich, als er wieder ins Bett kommt.

»Ja, klar.«

Und ich weiß nicht, ob sich mein verzweifelter Optimismus meldet oder meine Überzeugung, dass jeder eine faire Chance verdient hat, aber ich finde erst Ruhe, wenn ich ihm Gelegenheit gegeben habe, alles wiedergutzumachen.

»Dan, hör mal.« Ich tippe ihm an die Schulter, bis er sich umdreht, mit müden Augen, schlafbereit. »Jetzt mal ehrlich. Ist wirklich alles okay? Bitte. Du siehst so gestresst aus. Wenn irgendwas, *irgendetwas* dir Sorgen macht ... Ich meine, du würdest es mir doch erzählen, oder? Du bist doch nicht krank, oder?«, frage ich entsetzt. »Denn wenn es so wäre ...« Mir kommen die Tränen. Verdammt noch mal. Ich bin ein Nervenbündel.

»Selbstverständlich bin ich nicht *krank*.« Er starrt mich an. »Wieso sollte ich krank sein?«

»Du wirkst immer so ...« Verzweifelt ringe ich mit den Worten.

Weil du Mary umarmt hast. Weil du was vor mir verbirgst. Weil du dich in die Enge getrieben fühlst. Weil ich nicht weiß, was ich denken soll.

Schweigend starre ich ihn an, will, dass er mir ansieht, was ich denke. Dass er reagiert. Meinen Schmerz spürt. Ich dachte, wir könnten unsere Gedanken lesen. Ich dachte, er würde alle meine Ängste erkennen und sie mir nehmen. Doch er wirkt undurchdringlich.

»Mir geht's gut«, sagt er knapp. »Alles super. Lass uns schlafen.«

Er dreht sich um, und bald darauf atmet er schwer und gleichmäßig, als wäre er so müde, dass er sich einfach nicht mehr wach halten kann.

Ich nicht. Ich liege da mit offenen Augen, während in mir ein Entschluss heranreift. Denn ich weiß jetzt, was ich tun werde. Ich weiß es genau.

Morgen klaue ich ihm die Schlüssel.

KAPITEL DREIZEHN

Ich habe noch nie etwas geklaut. Ich fühle mich so schuldig, dass ich gar nicht weiß, wie mir zumute ist. Ich habe mir Dans Schlüssel geschnappt, als er unter der Dusche war, und habe sie hinten in meiner Unterwäsche-Schublade versteckt. Jetzt drücke ich mich in der Küche herum, wische Sachen ab, die gar nicht abgewischt werden müssen, rede mit unnatürlich hoher Stimme auf die Mädchen ein und lasse alle fünf Minuten einen Löffel fallen.

»Wo sind meine Schlüssel?« Mit finsterer Miene kommt Dan in die Küche. »Ich kann sie nirgends finden. Tessa? Anna? Habt ihr Daddys Schlüssel genommen?«

»Natürlich nicht!«, entgegne ich empört. »Wahrscheinlich hast du sie einfach … verlegt. Hast du schon in deinen Jackentaschen nachgesehen?«

Eilig wende ich mich ab, bevor er die verräterische Rötung meiner Wangen bemerkt. Ich habe so was von *überhaupt keine* kriminelle Begabung.

»Ich hatte sie irgendwo!« Dan wühlt in der Obstschale herum. »Ich weiß es *genau!*«

»Ja, aber wir waren auch ziemlich abgelenkt von unseren Gästen, oder?«, sage ich, um ihm einen plausiblen Grund zu liefern, warum er sie verlegt haben könnte. »Nimm doch deine Ersatzschlüssel. Die richtigen werden sich schon wieder finden.«

»Das will ich aber nicht«, sagt Dan verärgert. »Ich muss meinen *Schlüsselbund* finden!«

»Es ist doch nur vorübergehend«, sage ich beschwichtigend. »Guck mal, hier im Schrank sind deine Ersatzschlüssel.«

Ich habe extra noch mal nachgesehen, ob sie auch wirklich da sind, bevor ich seine Schlüssel entwendet habe. In gewisser Hinsicht kann man bei mir also doch von einer kriminellen Begabung sprechen.

Dan ist förmlich anzumerken, dass er zwischen zwei großen, wenn auch gegensätzlichen Prinzipien hin und her gerissen ist: Gib die Suche nie auf, wenn du was verloren hast, und: Komm nie zu spät zur Arbeit. Schließlich schnaubt er ungeduldig und nimmt die Ersatzschlüssel. Gemeinsam ziehen wir den Mädchen ihre Schulpullis über und packen ihre Ranzen, und endlich sind alle drei aus dem Haus. Als Dan die Autotür zuschlägt, rufe ich ihm hinterher: »Ich guck auch noch mal nach deinen Schlüsseln, bevor ich losgehe«, was ein genialer Schachzug ist, denn 1.) falls Dan unerwartet zurückkommen sollte, kann ich so erklären, was ich in seinem Arbeitszimmer zu suchen habe, 2.) lenkt es den Verdacht von mir ab und 3.) kann ich sie jetzt »finden« und auf den Küchentisch legen, sobald ich fertig bin.

Schauen wir den Tatsachen ins Gesicht: Meine kriminelle Begabung ist geradezu überdurchschnittlich.

Ich sehe unser Auto wegfahren und warte noch fünf Minuten, für alle Fälle. Dann schleiche ich wie umnebelt auf Zehenspitzen nach oben, wobei ich gar nicht weiß, wieso ich eigentlich auf Zehenspitzen laufe. Einen Moment lang stehe ich zögernd auf dem Treppenabsatz, versuche, die Ruhe zu bewahren. Langsam betrete ich Dans Arbeitszimmer.

Ich weiß genau, wo es mich hinzieht, gaukle mir aber vor, ich wollte mich nur umsehen. Ich blättere in ein paar Planungsunterlagen herum. Ich betrachte die Broschüre eines konkurrierenden Bürobauunternehmens. Ich entdecke ein altes Zeugnis von Anna in Dans Eingangskorb und lese den Kommentar zu ihrer Handschrift.

Dann endlich nehme ich klopfenden Herzens den kleinen Schlüssel an seinem Ring. Einen Moment lang starre ich ihn an und denke: Will ich das wirklich tun? Was ist, wenn ich etwas finde, das …?

In Wahrheit habe ich keine Ahnung, was ich finden werde. Ich möchte es mir gar nicht vorstellen.

Aber ich bin hier. Ich habe etwas vor. Ich werde es tun. Endlich bücke ich mich und schließe seine geheime Schreibtischschublade auf, wobei meine Hände dermaßen zittern, dass ich drei Anläufe brauche. Aber dann kriege ich sie auf und starre an, was darin liegt.

Ich bin mir nicht sicher, was ich erwartet hatte – aber vor mir liegt dieses Telefon. Dieses Samsung-Handy, das ich gestern Abend gesehen habe. Nur das, sonst nichts. Ich nehme es heraus, denke kurz: »Warte, was ist mit Fingerabdrücken?«, und dann: »Sei nicht albern, du bist hier nicht bei *CSI*.« Ich versuche es mit Dans üblichem Passwort und komme gleich rein. Offensichtlich rechnet er nicht damit, dass ich es finde. Was mich irgendwie tröstet. Aber irgendwie auch nicht.

Das Telefon ist ziemlich neu. Es sind nur vierundzwanzig Nachrichten darauf, alles in allem. Als ich sie durchgehe, wird klar, dass sie alle derselben Person gelten – *Mary*. Und ich kann nur starren, kann die Ungeheuerlichkeit dessen, was ich da sehe, nicht fassen. Es ist ein Albtraum, das Schlimmste, was passieren konnte.

Schwer atmend starre ich es an. Mein Hirn ruft mir panische Botschaften zu, etwa: *Wie bitte?* Und: *Soll das heißen …?* Und: *Bitte nicht! Das kann nicht wahr sein! Das darf nicht wahr sein!*

Und am schlimmsten: *Hatte Tilda etwa von Anfang an recht? Habe ich mir das alles selbst zuzuschreiben?*

Ich merke, dass mir die Tränen kommen und Fassungslosigkeit von mir Besitz ergreift. Und Angst. Ich bin nicht sicher, was überwiegt. Oder eigentlich doch. Die Fassungslosigkeit wiegt schwerer und verbündet sich mit Zorn. »›Ist das dein Ernst?‹« Mir ist zum Schreien zumute. »*Ist das wirklich dein Ernst, Dan?*«

Alles andere könnte ich mir rational erklären. Die Launen … die Vertrautheit zwischen Dan und Mary … selbst die Umarmung. Aber nicht das hier. Nicht Nachrichten wie diese, schwarz auf weiß.

Kann in 5 Minuten sprechen
Um 10 bei Starbucks?
Alles okay, habe S. abgelenkt
Heute war schwierig
Bin zu Hause kann nicht sprechen
Bedenke PS-Faktor
Dreh noch durch, sie ist IRRE
11 Uhr Villandry
Komm zu spät, tut mir leid
Vielen Dank für alles

Ich habe alle vierundzwanzig Nachrichten zweimal gelesen. Ich habe alles mit meinem Handy fotografiert, weil … einfach so. Könnte nützlich werden. Dann habe ich das Samsung mit spitzen Fingern zurückgelegt, als wäre es kontaminiert. Ich schließe die Schreibtischschublade, schließe sie sorgfältig ab, gehe noch mal sicher, dass sie wirklich zu ist, und ziehe mich zurück wie von einem Tatort.

Auf dem Treppenabsatz blicke ich mich um, fühle mich benommen, als sähe ich unser Haus zum ersten Mal. Unser Zuhause. Unser kleines Nest mit all den Hochzeitsgeschenken, den Kunstdrucken, die wir von all den Reisen mitgebracht haben, und den zahllosen Fotos von den Mädchen. Die ganze Zeit gebe ich mir Mühe, es uns gemütlich zu machen, uns einen Ort zu schaffen, an dem wir uns als Paar von der Welt zurückziehen können. Jetzt sehe ich mir meine dämlichen Kerzen und Deckchen und sorgsam platzierten Kissen an … und möchte alles zerfetzen. Ich möchte alles kaputt schlagen, raus auf die Straße werfen und schreien: »Okay, dann *leck mich doch am Arsch, Dan, LECK MICH AM ARSCH!*«

Dan will sich nicht mit mir zurückziehen. Er will sich *von* mir zurückziehen. Möglicherweise war es unser Abend in dem geheimen Garten, der sein latentes Verlangen nach Mary ausgelöst hat. Vielleicht ist das alles für ihn ganz neu und aufregend. Oder aber sie ist die Letzte einer langen Reihe außerehelicher Affären, für die ich blind war. So oder so: noch achtundsechzig Jahre? Noch achtundsechzig Jahre mit Dan? Das Ganze ist ein Witz, ein grausamer Scherz, aber ich lache nicht. Ich weine.

Eine Weile stehe ich reglos da und sehe Staubpartikelchen vorüberschweben. Dann blinzle ich, eine halbe Stunde ist vergangen, und ich muss dringend zur Arbeit. Auch wenn die für mich momentan keineswegs höchste Priorität hat.

Wie ferngesteuert packe ich meine Sachen zusammen, überprüfe noch mal, ob der Herd auch wirklich aus ist (zwanghaft, ich weiß), und klebe sogar einen kleinen Zettel an Dans Schlüsselbund, auf dem steht: *Hab sie gefunden!*

Denn was sollte ich auch sonst schreiben? *Hab sie gefunden und auch deine heimlichen Nachrichten an Mary, du verlogener Scheißkerl*?

Als ich die Haustür hinter mir schließe, sehe ich Toby aus Tildas Haus kommen, in schwarzen Jeans, mit einem Hut auf dem Kopf. Er schleppt einen riesigen, vor Klamotten überquellenden Wäschesack und hat sich eine Zeitschrift zwischen die Zähne geklemmt wie ein Hund.

»Toby, kann ich dir helfen?«

Fröhlich schüttelt er den Kopf und läuft die Straße entlang, wobei er eine Spur von T-Shirts, Unterhosen und Vinyl-Schallplatten hinter sich zurücklässt.

»Toby!« Unwillkürlich muss ich grinsen. »Deine Sachen! Es fällt alles raus!«

Ich sammle sein Zeug ein und folge ihm zu einem weißen Lieferwagen. Er wirft seinen Wäschesack hinten rein, wo schon andere Wäschesäcke warten, sowie ein Schreibtisch samt Stuhl und Computer.

»Wow«, sage ich, »was ist los?«

»Ich ziehe aus«, sagt er mit leuchtenden Augen. »Ich zieh *aaahahauuus! Yeah!*«

»O mein Gott!« Ich starre ihn an. »Unglaublich! Wohin denn?«

»Hackney. Mein neuer Job ist in Shoreditch. Ganz praktisch.«

Ich glotze ihn an. »Du hast einen *Job*?«

»Job, Wohnung, Katze«, sagt er zufrieden. »Halbe Katze«, räumt er ein. »Sie heißt Treacle. Gehört Michi.«

»Michi?«

»Michiko. Meine Freundin.«

Toby hat eine Freundin? Seit wann?

»Na … Glückwunsch!«, sage ich, stopfe seine Hose in den Wäschesack und ziehe ihn zu. »Aber was ist mit deinem Start-up?«

»Hat irgendwie den Start verpasst«, sagt Toby ganz offen. »Das war das Problem.«

Eben kehren wir dem Lieferwagen den Rücken, als Tilda aus dem Haus kommt und ich ihr zuwinke, um sie auf mich aufmerksam zu machen. Plötzlich fällt mir ein, dass sie mir gestern Abend geschrieben hat, dass sie vorerst nicht mehr nach Andover pendeln muss, aber ich habe ihr gar nicht geantwortet.

Als ich näher komme, fällt mir auf, dass ihre Wangen leicht gerötet sind und irgendwie so eine merkwürdige Energie von ihr ausgeht. Sie bebt förmlich. Was ich gut verstehen kann. Bestimmt ist sie begeistert. *Endlich* zieht er aus! Und er hat einen Job! Und eine Freundin! Kein Lärm mehr, kein Streit, keine mitternächtlichen Pizzalieferungen … Ich bin richtig erleichtert. Wie muss es da erst Tilda gehen?

»Was für wunderbare Neuigkeiten!«, begrüße ich sie. »Toby wirkt mit einem Mal so *aufgeräumt*.«

»Ich weiß.« Tilda nickt heftig. »Er hat es mir erst vorgestern beim Abendessen mitgeteilt: ›Ich ziehe aus.‹ Ohne Ansage, ohne Vorwarnung, einfach nur: ›*Boom*, ich bin weg.«

»Ich freue mich so für dich! Gott, es hat aber auch gedauert!« Ich beuge mich vor, um Tilda zu umarmen – da sehe ich genauer hin. Bebt sie vor Freude? Oder …

Ihre Augen sind blutunterlaufen, wie mir plötzlich auffällt. O mein Gott.

»*Tilda?*«

»Geht schon. Alles gut. Bescheuert.« Sie winkt ab, als sie meinen bedrückten Blick sieht.

»Ach, Tilda.« Voll Sorge blicke ich in ihr liebes, verknittertes Gesicht, und da sehe ich ihn natürlich, den Kummer. Weil sie ihren Sohn loslassen muss. Nun doch.

»Es ist mir eben erst bewusst geworden«, sagt sie leise und lehnt sich an die Gartenmauer. »Völlig albern! Ich habe ihn doch angefleht auszuziehen, aber …«

»Er ist immer doch dein kleiner Junge«, sage ich leise und setze mich neben sie. Gemeinsam betrachten wir Toby, der einen weiteren Gang zum weißen Lieferwagen antritt, mit einem Wasserkocher, einem Sandwich-Toaster und einem Smoothie-Mixer, deren Kabel allesamt über den Gehweg schleifen.

»Das ist *mein* Mixer!«, ruft Tilda, und ich kann mir das Lachen nicht verkneifen, als ich ihr Gesicht sehe. »Ich weiß ja, dass er ausziehen muss«, fügt sie hinzu, ohne sich von ihm abzuwenden. »Ich weiß, dass er erwachsen werden muss. Ich weiß, dass ich ihn dazu gedrängt habe. Aber …« Tränen laufen ihr über die Wangen. »Albern«, sagt sie kopfschüttelnd. »Total albern.«

Ich sehe mir an, wie Toby wieder zum Haus zurückkommt. Ohne die Tränen seiner Mutter zu bemerken, läuft er in seinen hippen Sportschuhen beschwingt an uns vorbei und summt ein fröhliches Lied vor sich hin, endlich bereit, sein Leben richtig anzugehen.

»Die Mädchen werden auch eines Tages ausziehen«, sage ich betrübt. »Eines Tages ziehen sie aus und blicken nicht mehr zurück.«

Plötzlich habe ich Tessa und Anna als Erwachsene vor Augen. Wunderschöne, langbeinige Frauen von Anfang zwanzig. Lebensfroh. Dauernd mit ihrem Telefon beschäftigt. Widersprechen allem, was ich sage, weil ich ihre Mutter bin, denn was weiß ich denn schon?

Halb hoffe ich, Tilda sagt etwas Tröstendes wie: »Keine Sorge, deine Mädchen sind bestimmt anders«, aber sie schüttelt nur den Kopf.

»So einfach geht das nicht. Sie fordern dich heraus. Hassen dich. Schreien dich an. Brauchen dich. Verstricken dein Herz mit ihrem. Dann erst ziehen sie aus, ohne einen Blick zurück.«

Eine Weile schweigen wir. Sie hat recht. Aber ich wünschte, ich könnte dem entgehen.

»Bei manchen Leuten sieht es so *einfach* aus«, sage ich schließlich seufzend. Doch Tilda schüttelt nur den Kopf.

»Wenn Liebe einfach ist, macht man irgendwas falsch.«

Beide sehen wir uns an, wie Toby mit einer extragroßen Bettdecke aus dem Haus kommt.

»Hey, wolltest du eigentlich noch über eure Website reden, Sylvie?«, fragt er, als er näher kommt, und ich schüttle den Kopf.

»Wir sind noch nicht so weit. Aber danke.«

»Klar«, sagt Toby und läuft weiter die Straße entlang, schleift die Ecken über den staubigen Boden.

»Vorsicht mit der *Decke*!«, schreit Tilda ihm hinterher – dann schüttelt sie den Kopf. »Egal. Er hat ja eine Waschmaschine.«

»Ich glaube, Dan hat eine Affäre«, sage ich mit starrem Blick und seltsam ruhiger Stimme. »Ich habe Nachrichten gefunden. Geheime Nachrichten. Eine abgeschlossene Schublade. Die ganze Nummer.«

»Ach du Scheiße.« Tilda greift nach meinem Arm. »*Scheiße*. Sylvie, hättest du doch was gesagt …«

»Ach, geht schon. Geht schon. Ich werde …« Als ich das sage, wird mir bewusst, dass ich nicht den leisesten Schimmer habe, was ich machen soll. »Geht schon«, sage ich noch einmal. »Wird schon gehen.«

»Ach, meine Süße.« Tilda nimmt mich in den Arm und drückt mich fest. »Das ist richtig scheiße. Ihr zwei wart immer so … Bei jedem anderen Paar hätte ich gesagt …«

»Ich weiß!« Ich lache bebend. »Wir waren *das Paar*. Und weißt du, was besonders komisch ist? Ich dachte, ich kenne ihn *zu* gut.« Ein freudloses Lachen entfährt mir. »Ich dachte, wir stünden uns *zu* nah. Ich wollte, dass er mich überrascht. Tja, was soll ich sagen? Das ist ihm gelungen.«

»Sag mal …«, Tilda seufzt, »bist du dir denn sicher? Könnte es noch einen anderen … Hast du mit Dan darüber gesprochen?«

»Nein, noch nicht.« Bei dem bloßen Gedanken daran, mit Dan darüber zu sprechen, will sich mir der Magen umdrehen. »Wahrscheinlich weiß man wohl nie alles über einen Menschen.«

»Aber Dan …« Fassungslos schüttelt Tilda den Kopf. »*Dan.* Der liebevollste, fürsorglichste … Ich weiß noch, wie er zu uns rüberkam, nachdem dein Vater gestorben war. Er machte sich solche Sorgen um dich. Er wollte jedes Geräusch vermeiden, damit du schlafen konntest. Hat uns gebeten, auf Strümpfen zu laufen. Was wir auch getan haben«, fügt sie grinsend hinzu.

Ich verziehe das Gesicht. »Tut mir leid.« Da kommt mir ein deprimierender, neuer Gedanke, und ich sinke in mich zusammen. »Vielleicht ist das Dans Problem. Mein Zusammenbruch war zu viel für ihn.«

Was folgt, ist langes, drückendes Schweigen. Ich sehe, dass Tilda die Stirn runzelt.

»Hm«, sagt sie schließlich, »dein ›Zusammenbruch‹.«

»Meine Episode«, räume ich verlegen ein. »Wie man es auch nennen will.«

»Ja, ich habe dich von deiner ›Episode‹ sprechen hören. Aber …« Tiefe Falten ziehen sich über Tildas Stirn. »Ich meine … hattest du nicht einfach nur mit deiner Trauer zu kämpfen?«

»Na ja, sicher«, sage ich verwundert. »Aber ich habe das alles nicht gut verkraftet.«

»Das hast du immer gesagt. Und ich wollte dir nie widersprechen, aber …« Tilda seufzt und wendet sich mir zu. »Sylvie, ich weiß nicht, ob das jetzt eine große Hilfe ist, aber weißt du was? Ich glaube nicht, dass du einen Nervenzusammenbruch hattest. Ich glaube, du hast getrauert, wie jeder normale Mensch es tun würde.«

Verunsichert starre ich sie an.

»Aber ich habe diesen Brief geschrieben«, sage ich schließlich. »Ich war bei Gary Butlers Haus.«

»Na und? Nur ein paar unbeherrschte Momente.«

»Aber … Dan. Meine Mutter. Beide haben gesagt … Sie haben einen Arzt gerufen …«

»Ich würde nicht gerade sagen, dass deine Mutter besonders gut darin ist, irgendetwas zu beurteilen«, fällt Tilda mir ins Wort. »Und Dan … Dan wollte dich immer nur beschützen. Vielleicht zu sehr. Hat er schon mal jemanden verloren? Musste er um jemanden trauern?«

»Also … nein«, sage ich, denke laut. »Nein, hat er nicht. Niemand, der ihm nahestand.«

»Dann fehlt ihm einfach das Verständnis. Er war nicht vorbereitet. Er konnte es nicht ertragen, dich leiden zu sehen, und er wollte dich heilen, Sylvie. Trauern ist schwer und schlimm und dauert lange … aber es ist keine Krankheit. Und man verkraftet so was, wie man es eben verkraftet. Da gibt es kein ›gut oder schlecht‹.«

Sie hakt sich bei mir ein, und schweigend sitzen wir eine Weile da. Und trotz allem fühle ich mich gestärkt von dem, was sie eben gesagt hat. Es fühlt sich richtig an.

»Ich weiß nicht, ob das hilft«, sagt sie schließlich. »Wahrscheinlich nicht.«

»Doch, tut es«, sage ich. »Tut es. Du bist mir immer eine Hilfe.« Ich drücke sie fest an mich und gebe ihr spontan einen Kuss, dann stehe ich auf. »Ich muss los. Ich bin spät dran.«

»Soll ich mitkommen?«, bietet Tilda sofort an, und ich merke einmal mehr, wie gern ich sie habe.

»Nein, nein.« Ich klopfe ihr auf die Schulter. »Bleib hier. Sag Toby ordentlich auf Wiedersehen. Er wird schon wiederkommen«, füge ich hinzu. »Er wird wiederkommen, um dich zu besuchen. Wart's ab.«

KAPITEL VIERZEHN

Auf dem Weg zur Arbeit kommt der Mahlstrom in meinem Kopf langsam, aber sicher zur Ruhe. Als ich die Londoner Straßen entlanglaufe, fühle ich mich, als würde ich meine Probleme mit jedem Schritt in den Boden stampfen. Ich muss doch mein Leben weiterleben, oder? Ich kann ja nicht heulend und zitternd bei der Arbeit sitzen.

Als ich Willoughby House betrete, steht überraschenderweise Mrs Kendrick in der Eingangshalle, zusammen mit Robert und einem mir unbekannten Mann mit blauem Anzug und rasiertem Schädel. Der Mann sieht sich mit geübtem Blick in der großen Halle um, und ich weiß sofort, dass er in Immobilien macht.

»Hallo, Mrs Kendrick!«, sage ich. »Wie schön, Sie hier zu sehen. Ist schon eine Weile her!«

»Sylvie, es tut mir so leid.« Sie legt eine Hand auf meinen Arm. »Ich weiß, ich habe Sie in letzter Zeit vernachlässigt. Ich hatte besonders viel zu tun.«

»Robert hat erzählt, Sie lernen, mit einem Computer umzugehen?«

»Allerdings! Ich habe einen Apple Mac.« Sie spricht die Worte mit Bedacht aus, wie eine fremde Sprache. *A-pple Mac.*

»Wow!«, sage ich. »Toll!«

»Oh, man kann alles Mögliche damit machen. Sie

müssen wissen, ich habe ihn ›online‹ bestellt.« Sie zupft an ihrer Rüschenbluse herum. »Verstehen Sie? Man hat ihn mir direkt aus dem Laden nach Hause geliefert. Ich musste nur meine Kreditkartennummer eingeben. So praktisch.« Sie nickt, zufrieden mit sich. »Und dann habe ich ihn bei *Bewerten Sie Ihren Kauf* besprochen. Vier von fünf Sternen. Gutes Material, aber die Knöpfe sind etwas billig. Sie können meine Kritik lesen, wenn Sie möchten.«

Mir fehlen die Worte. Eben hatte Mrs Kendrick noch keine Ahnung von Computern, und schon schreibt sie Online-Bewertungen über Produkte?

»Gut«, sage ich schließlich, »auch wenn ich diese spezielle Website jetzt nicht kenne …«

»Ach, das sollten Sie aber, das *sollten* Sie!« Sie fixiert mich mit funkelnden Augen. »Bewerten ist ein fabelhaftes Hobby. Man kann alles bewerten. Gestern habe ich den Polizisten bewertet, der draußen vor unserem Haus stand.«

Robert dreht sich um und starrt sie ungläubig an.

»Tante Margaret, man kann doch keine *Polizisten* bewerten!«

»Aber sicher kann man das«, sagt Mrs Kendrick forsch. »In der Kategorie ›Allgemeines‹ kann man bewerten, was man möchte. Teebeutel … Urlaubsflüge … Polizisten. Ich fürchte, ich konnte ihm nur drei Sterne geben. Er wirkte etwas verschlafen um die Augen und trug seine Uniform mehr schlecht als recht.«

Während sie spricht, wirft sie dem kahlköpfigen Mann einen eindringlichen Blick zu, und ich beiße mir auf die Lippen. Mrs Kendrick ist wieder in Form. Gott sei Dank. Ich will mir unbedingt ein paar von ihren Bewertungen ansehen. Mir gefällt die Vorstellung, dass Mrs Kendricks Sicht der Dinge im Internet Verbreitung findet.

Der kahlköpfige Mann geht zum hinteren Ende der Halle, und ich frage leise: »Wer ist das?«

»Das ist Roberts Gast. Ich glaube, er heißt ›Mike‹.« Sie spricht den Namen mit leiser Verachtung aus.

»Du weißt genau, dass er Mike heißt«, sagt Robert geduldig.

»Wirklich, Robert, das hat alles nichts mit mir zu tun«, sagt Mrs Kendrick frostig. »Du kannst tun und lassen, was du möchtest. Wenn ich tot bin, gehört sowieso alles dir.«

»Wollen Sie verkaufen?« Ich starre Robert an. »Wollten Sie uns nicht noch eine Chance geben?«

»Ich versuche nur, unsere Optionen auszuloten«, sagt er leicht gereizt. »Ich sammle Informationen.«

»Manche Menschen geben lieber auf.« Mrs Kendrick wirft Robert einen bohrenden Blick zu. »Andere denken über den Tassenrand hinaus.«

»Über den Tassenrand hinaus?« Robert scheint mir unter Druck zu stehen, und ich frage mich, ob diese Auseinandersetzung schon den ganzen Morgen so geht. »*Über den Tassenrand hinaus* ist noch nicht mal die richtige Redewendung. Wie ich dir bereits versichert habe, will ich lediglich eine Einschätzung …«

»Und wie ich *dir* bereits gesagt habe, Robert«, erwidert Mrs Kendrick barsch, »habe ich mir einen genialen Plan einfallen lassen, an dem du kein Interesse zu haben scheinst. Du magst mich für einen Dinosaurier halten, aber ich kann sehr wohl mit der Zeit gehen.«

Robert seufzt. »Hör zu, natürlich interessiere ich mich dafür, aber vorher muss ich das hier geklärt haben …«

»Es ist eine zukunftsträchtige Idee.« Mrs Kendrick wendet sich mir zu. »Es hat mit einem Smartphone zu tun.«

Ich kneife die Lippen zusammen, um nicht zu grinsen. Mrs Kendrick spricht das Wort »Smartphone« mit derselben Sorgfalt aus wie »Apple Mac«, betont »Phone« statt »Smart«. Smart*phone.*

»Mavis, wo ist das Smart*phone*?«, ruft sie. »Wir brauchen das Smart*phone*!«

Mavis ist eine unserer treuesten Freiwilligen, eine mollige Dame mit dunklem Bubikopf, formlosen Kleidern und robusten Schuhen, die sie das ganze Jahr hindurch trägt. Sie hält ein iPhone in der Hand und schwenkt es in Mrs Kendricks Richtung. »Hier ist es, Margaret. Sind Sie bereit?«

»Nun, noch nicht ganz.« Mrs Kendricks Blick schweift durch die Eingangshalle, als sähe sie die Tischchen und Porzellan-Urnen und Gemälde aus dem 18. Jahrhundert zum ersten Mal.

Was um alles in der Welt hat sie vor? Will sie ein Selfie machen? Ein Foto vom Willoughby House online stellen? Eine Bewertung schreiben?

»Wo soll ich stehen?« Mavis blickt sich um. »Ein paar Schritte zurück vielleicht?«

»Ja.« Mrs Kendrick nickt. »Perfekt.«

Fasziniert sehe ich, wie sie sich durch die Halle manövrieren. Mavis hält ihr iPhone hoch, als würde sie Mrs Kendrick suchen, und die beiden scheinen etwas ganz Bestimmtes im Sinn zu haben.

»Robert, nach links«, sagt Mrs Kendrick plötzlich. »Nur ein wenig. Und ›Mike‹?« Selbst wenn sie ihn direkt anspricht, bringt sie es fertig, seinen Namen lächerlich klingen zu lassen. »Würden Sie sich wohl freundlicherweise auf die Treppe stellen? Und jetzt Ruhe! Ich werde filmen.«

Bevor irgendwer protestieren kann, holt sie Luft, strahlt das iPhone an und fängt an zu sprechen, während sie sich rückwärts über den schwarz-weiß gefliesten Boden bewegt wie eine Fernsehmoderatorin.

»Willkommen im Willoughby House«, sagt sie mit klarer, deutlicher Stimme. »Einem verborgenen Juwel in London. Einer Schatztruhe der Kunstwerke und Antiquitäten. Und ein Schnappschuss dessen, wie das Leben einmal wirklich … Aaah!«

»Scheiße!«

»O mein Gott!«

Alle schreien vor Schreck auf, als Mrs Kendrick auf den Fliesen ins Wanken gerät, stolpert, mit voller Wucht auf einen kleinen runden Tisch kracht und dabei eine blau-weiße Urne in die Luft schleudert. Fast scheint sie innezuhalten, für einen kurzen Augenblick, bevor Robert sich wie ein Rugbyspieler darauf stürzt. Er packt die Urne, rollt auf den harten Boden, und es knackt hörbar, als er mit dem Kopf gegen das Treppengeländer schlägt.

»Robert!«, kreischt Mrs Kendrick. »Du hast gerade zwanzigtausend Pfund gerettet!«

»Zwanzig Riesen?« Robert starrt die Urne mit einem Ausdruck solchen Entsetzens an, dass ich laut loslachen möchte. »Was ist los mit der Welt? Wer würde *dafür* zwanzigtausend Riesen bezahlen?«

»Alles in Ordnung, Mann?« Mike kommt die Treppe herunter.

»Ja, alles gut.« Robert kommt langsam auf die Beine.

»Und *Sie,* Mrs Kendrick? Bei Ihnen alles in Ordnung?«, frage ich, denn schließlich hat sie sich auch ordentlich gestoßen.

»Selbstverständlich ist alles in Ordnung«, sagt Mrs Kendrick ungeduldig. »Spulen Sie zurück, Mavis! Sehen wir es uns an!«

Alle recken die Hälse über Mavis' Schulter hinweg und sehen sich an, wie Mrs Kendrick rückwärts über die Fliesen läuft, klar und deutlich etwas sagt, stolpert ... und dann das darauf folgende Chaos. O Gott, es ist zum Schreien komisch!

»Nächstes Mal solltest du versuchen vorwärtszugehen«, erklärt Robert seiner Tante, als es vorbei ist.

»Na, wenigstens ist die Urne nicht kaputt gegangen«, sage ich.

»Zwanzig Riesen.« Noch immer starrt Robert die Urne fassungslos an. »Für einen Topf. Ist das Ding auch richtig versichert? Sollte es nicht in einer Vitrine stehen?«

Doch Mrs Kendrick hört auf keinen von uns. Sie sagt: »Posten Sie das bei Twitter, Mavis! Und bei YouTube. Laden Sie es hoch! Jetzt gleich!« Sie sieht mich an, dann Robert. »Wir brauchen eine Twitterung!«, sagt sie entschlossen. »Teilung. Wie man es auch nennen mag.«

»Bitte?«, frage ich ratlos.

»Twitterung! Wenn wir viral gehen wollen, müssen wir twittern. Also, wie wollen wir es nennen?«

Viral?

Ein plötzlicher Verdacht wächst in mir heran – und als ich Robert ansehe, scheint er dasselbe zu denken.

»Tante Margaret«, sagt er ganz ruhig, »war das alles nur *gespielt*?«

»Selbstverständlich war es gespielt«, sagt Mrs Kendrick schroff. »Wie gesagt, Robert, ich bin kein Dinosaurier. Je mehr Leute dieses Video sehen, desto mehr Leute werden den Namen Willoughby House kennen.«

»Ich habe eben meinen Enkelsohn um Rat gefragt«, verkündet Mavis atemlos, als sie von ihrem Telefon aufblickt. »Er schlägt vor: ›Der peinliche Moment, in dem deine unbezahlbare Urne in Scherben geht.‹«

»Fabelhaft.« Mrs Kendrick nickt Mavis zu. »Tippen Sie es ein, meine Liebe.«

»Du hast dich darauf verlassen, dass ich sie auffange? Ich habe mir heftig den Kopf gestoßen!« Robert klingt ziemlich verärgert.

Mrs Kendrick schenkt ihm ein eisiges Lächeln. »Ich fürchtete schon, du würdest nicht reagieren.«

»Und wenn die Urne zerbrochen wäre?«, will er wissen. »Das wären zwanzig Riesen gewesen. Du hast zwanzig Riesen für ein virales Video riskiert?«

»Ach, Robert.« Mrs Kendrick betrachtet ihn mitleidig. »Mach dich nicht lächerlich. Sie ist selbstverständlich keine zwanzigtausend Pfund wert. Ich habe sie aus dem Kaufhaus.«

Am liebsten möchte ich loslachen. Robert sieht aus, als würde er gleich an die Decke gehen, obwohl ich nicht sagen könnte, ob es daran liegt, dass seine Tante ihn vorgeführt hat oder weil ihm der Kopf wehtut oder weil Mike plötzlich schnaubt vor Lachen.

»Dann will ich Ihnen das Feld mal überlassen«, sage ich diplomatisch und mache mich auf den Weg die Treppe hinauf zum Büro. Die ganze Sache hat mich fast, irgendwie, mehr oder weniger aufgeheitert.

Und tatsächlich findet sich das Video bald bei YouTube, und immer wenn ich die Seite aktualisiere, haben es sich wieder fünfzig Leute mehr angesehen. Es ist nicht gerade ein niesender Panda, aber mir scheint, Mrs Kendrick hatte die richtige Idee.

Aber auch ein virales Video kann meine Stimmung auf Dauer nicht retten. Wie auf Autopilot bringe ich den Tag hinter mich, und nachmittags um vier bin ich völlig erledigt. Clarissa trifft sich mit einem potentiellen Sponsor, mittlerweile hat es angefangen zu regnen, und ich sitze am Computertisch, den Kopf in die Hände gestützt, als ich Robert auf der Treppe höre. Ich setze mich auf und mache mich wieder an die E-Mail, die ich vor ungefähr drei Stunden angefangen habe.

»Oh, hallo«, sage ich, als er hereinkommt, mit irgendwie abwesender Stimme, als müsste ich mich gerade sehr konzentrieren. »›Mike‹ ist schon wieder weg?« Ich kann nicht anders, als ihn höhnisch »Mike« zu nennen, genau wie Mrs Kendrick.

»Ja. ›Mike‹ ist wieder weg.« Robert klingt amüsiert.

»Und haben Sie den Bau für zwanzig Millionen verkauft?«, füge ich hinzu, ohne aufzublicken.

»Oh, mindestens.«

»Gut. Denn ich möchte ja nicht, dass Sie hungern müssen.« Forsch beende ich meine Mail.

»Ist schon okay«, sagt er trocken. »Die Waisenkinder, die ich beiseitetreten muss, um meinen unrechtmäßig erworbenen Reichtum zu feiern, dürfen mir ein Spanferkel grillen, während sie meine kapitalistischen Schornsteine fegen.«

Unwillkürlich breitet sich ein kleines Lächeln auf

meinen Lippen aus. Robert ist witziger, als ich dachte. Schließlich blicke ich auf und verziehe das Gesicht, als ich die Beule an seiner Stirn sehe.

»Sie haben sich verletzt!«, sage ich.

»Ja! Danke«, sagt er mit gespieltem Ärger. »Was Sie nicht sagen.«

»Ist Mrs Kendrick auch gegangen?«

»Ja, sie trifft sich mit Elon Musk«, sagt er, und fast rufe ich: »Wirklich wahr?«, da merke ich, dass es ein Witz ist.

»Ha«, sage ich.

»Positiv zu vermerken wäre«, sagt Robert, »dass wir, als ich Mike herumgeführt habe, auf das hier gestoßen sind.« Er hält mir eine Flasche Wein hin.

»Oh ja«, sage ich ohne großes Interesse, »das ist der Weihnachtswein. Den schenken wir jedes Jahr unseren freiwilligen Helfern.«

»Château Lafite«, wiederholt Robert, und ich merke, dass er mich auf etwas hinweisen möchte. »*Château La*-fucking-*fite*!«

»Na, Sie wissen ja …« Ich zucke mit den Schultern. »Für Mrs Kendrick nur das Beste.«

Robert sieht mich an, dann die Flasche Wein, dann schüttelt er fassungslos den Kopf. »Immer wenn ich denke, dieser Laden könnte nicht verrückter sein, ist er es doch. Dann wollen wir doch mal sehen, ob das wirklich der Beste ist. Haben Sie Gläser?«

Ich nehme zwei Kristallgläser vom Teewagen, auf dem wir unseren Sherry, die Nüsse und die Chips aufbewahren.

»Sie sind ja bestens ausgestattet«, sagt Robert, der mich beobachtet. »Erzählen Sie mir nicht, Mrs Kendrick …«

»Sie gönnt sich gern ein Gläschen Sherry, wenn wir lange arbeiten«, erkläre ich.

»Wie könnte es auch anders sein.« Robert schenkt zwei Gläser Château Lafite ein, und obwohl ich keine Weinkennerin bin, merke ich doch schon am Bouquet, dass er etwas Besonderes ist.

»Cheers!« Robert erhebt sein Glas, ich stoße mit ihm an, und plötzlich brauche ich so dringend was zu trinken, dass ich gleich das halbe Glas in mich reinschütte.

»Nehmen Sie was zu knabbern!«, sage ich und schütte ein paar Käsekräcker in eine Kristallschale. Robert nimmt sich einen Bürostuhl, und wir trinken schweigend, knabbern Käsekräcker. Nach einer Weile reiße ich das nächste Päckchen auf, und Robert schenkt uns nach. Er wirkt hier oben nach wie vor fehl am Platze, mit seinen großen Schuhen, der tiefen Stimme und dieser Art und Weise, Dinge beiseitezuschieben, ohne es überhaupt zu merken.

»Vorsicht!«, sage ich, als er sich zurücklehnt, den Ellenbogen lässig auf dem Computertisch abstützt und dabei Clarissas Stapel ledergebundener Notizbücher umstößt. »Das sind die ›Bücher‹.«

»Die ›Bücher‹?«

»Wir führen Protokoll über unsere Sponsorengespräche«, erkläre ich. »Zeitpunkt, Person, Thema. Das ist ungeheuer nützlich. Die reichen viele Jahre zurück.«

Robert sammelt die Bücher auf. Er blättert in einem davon herum, liest ein paar von Clarissas sorgfältigen, mit Füllfederhalter verfassten Einträgen, dann legt er das Buch seufzend zurück.

»Das alles hier geht mir unter die Haut. Die ›Schale‹,

die ›Leiter‹, die ›Bücher‹, der ›Wein‹ … Hier oben ist es wie bei *Alice im Wunderland*.« Er scheint sich mit aufrichtiger Reue im Büro umzusehen. »Ich *möchte* diesem Laden nicht mit Gewalt die Realität aufzwingen. Aber ich muss. Wir können die Realität nicht ewig abwehren.«

»Ich sehe mir Websites an«, sage ich eilig. »Ich habe unsere Sponsoren angeschrieben. Wir könnten ein paar Ausstellungsstücke verkaufen, um Geld lockerzumachen …« Mein Satz endet, als Robert den Kopf schüttelt.

»Damit kommen wir nicht weit«, sagt er. »Was machen wir dann? Sollen wir drei Bilder pro Jahr verkaufen, bis alle weg sind? Dieses Museum muss nachhaltig arbeiten.«

»Es braucht eine Finanzspritze«, entgegne ich. »Eine hübsche Summe würde uns schon helfen …«

»Es *hat* Finanzspritzen bekommen!« Robert klingt frustriert. »Jahr für Jahr! Das hat seine Grenzen! Ist Ihnen klar, wie viel meine Tante …?« Er stockt, und es ist mir etwas unangenehm. Ich habe keine Ahnung, wie viel Mrs Kendrick ausgegeben hat, um uns am Leben zu halten.

»Dann wollen Sie also wirklich verkaufen?« Meine Stimme klingt ganz belegt. »Sie haben doch gemeint, Sie geben uns eine Chance.«

»Ich sage nicht, dass ich das nicht tue«, erklärt Robert nach kurzer Überlegung. »Da ist noch nichts in Stein gemeißelt. Es ist nur …« Er seufzt schwer. »Es ist eine große Aufgabe. Größer, als ich gedacht hatte. Es geht nicht nur darum, den Dampfer auf hoher See zu wenden. Es geht darum, den Dampfer zu wenden und dabei zu verhindern, dass der Dampfer untergeht. YouTube-

Videos können uns nicht retten. Eine neue Website … na ja, vielleicht. Aber vielleicht auch nicht.«

Regen tropft an die Fenster, während er mir nachschenkt. Trauer legt sich über mich wie eine Wolke. Das war es also. Das Ende einer Ära. Auch zu Hause ist es vielleicht das Ende einer Ära. Und plötzlich kann ich nicht verhindern, dass mir Tränen über die Wangen laufen. Ich war so *glücklich*. Mein Leben hatte einen Sinn. Jetzt kommt es mir vor, als wäre alles in Auflösung begriffen. Job, Einkommen, Ehemann …

»O Gott, Sylvie, es tut mir leid …« Robert wirkt verstört. »Hören Sie, wie gesagt, es ist nichts in Stein gemeißelt … und das wird es auch noch eine Weile bleiben … Wir werden Ihnen helfen, eine neue Stellung zu finden …«

»Das ist es nicht.« Ich hole mein Taschentuch hervor und wische mir übers Gesicht. »Tut mir leid. Es ist … was Persönliches.«

»Aha«, sagt er – und augenblicklich ändert sich die Atmosphäre. Ich spüre förmlich, wie sich die Moleküle umwandeln. Es ist, als wäre mein berufliches Leben ein Glas mit klarem Wasser gewesen, und nachdem ich jetzt einen Tropfen Familienleben hineingegeben habe, breitet sich dieser nun langsam überall aus.

Ich blicke auf und gehe davon aus, dass Robert kein Interesse an meinen Privatangelegenheiten hat, doch er beugt sich vor, legt die Stirn in Falten, als *würde* er sich interessieren. Sehr sogar.

Seine Haare sind viel voller als Dans, wie mir mit einem Mal auffällt. Voll und dunkel und schimmernd. Und ich kann sein Aftershave riechen. Es ist teuer. Riecht gut.

»Ich will nicht drängen«, sagt Robert nach langer Pause.

»Es ist nicht …« Ich wische mir die Nase, versuche, mich zusammenzureißen. »Sind Sie verheiratet?«, höre ich mich fragen, obwohl ich gar nicht weiß, wieso.

»Nein.« Er seufzt. »Ich war mit jemandem zusammen.«

»Oh.«

»Und schon das war schwierig genug. Eine Ehe …« Er zuckt mit den Achseln.

»Jep.«

»Aber eins muss ich sagen …« Robert trinkt seinen Wein aus. »Ich sollte es vermutlich nicht tun, aber ich tue es trotzdem. Sollte Ihr Mann in irgendeiner Weise … Sollte er auch nur einen Augenblick … Wenn er nicht merkt, was er an Ihnen hat …« Schweigend sieht er mich an, die Augen dunkel und unergründlich. »Dann ist er verrückt. Er ist verrückt.«

Ich spüre, wie meine Haut unter Roberts Blick zu kribbeln anfängt. Seine Augen faszinieren mich. Sein schimmerndes Haar. Seine direkte Art. Er ist so anders als Dan. Ein ganz anderer Typ Mann. Eine völlig andere Geschmacksrichtung.

Wenn das Leben eine Schachtel Pralinen ist, dann ist das Heiraten, als würde man sich für eine Praline entscheiden und sagen: »Das war's, fertig«, und die Schachtel zuklappen. Wenn man sich ewige Treue schwört, sagt man im Grunde: »Das ist alles, was ich will, für immer. Diese eine Geschmacksrichtung. Auch wenn der Geschmack raus ist. Lecker. Alle anderen interessieren mich gar nicht mehr, la-la-la.«

Und selbst wenn es die Lieblingssorte ist. Und man sie wirklich liebt. Kann man sich denn dagegen wehren, wenn der Blick hin und wieder rüber zum knusprigen Honigkaramell hinüberschweift und man denkt … *mmmh*?

»Er ist verrückt«, wiederholt Robert und blickt mir tief in die Augen. »Hätten Sie Lust, was essen zu gehen?«, fügt er vorsichtig hinzu.

Schlagartig scheint in meinem Kopf eine Tür aufzugehen. Dahinter sehe ich eine glitzernde, verlockende Kette von Ereignissen, die genau in diesem Augenblick beginnen. Abendessen. Drinks. Gelächter und Benommenheit und eine Art von *Leck-mich-Dan*-Begeisterung. Eine Hand an meinem Arm, leise Worte in meinem Ohr … ein Tanz? Ein Taxi? Ein schummriger Hotelflur … Hände, die mich aus meinen Kleidern schälen … ein neuer Körper, der sich an mich schmiegt.

Es wäre wundervoll.

Und es wäre fürchterlich.

Es würde mich aus der Bahn werfen. Dem wäre ich einfach nicht gewachsen. Ich weiß nicht, *wem* ich gewachsen wäre … aber *dem* nicht.

»Nein, danke«, sage ich schließlich, und mein Atem geht ein wenig ungleichmäßig. »Ich sollte besser gehen … Aber danke. Vielen Dank. Wirklich. Danke.«

Ich bin vor Dan zu Hause, verabschiede Karen mit fröhlichem Lächeln, bringe die Kinder ins Bett, dann warte ich in der Küche, komme mir vor wie ein Bond-Bösewicht.

Ich habe Sie bereits erwartet, Mr Winter. Damit werde ich ihn empfangen. Nur dass es gar nicht stimmt. Bis gestern Abend habe ich nichts von alledem erwartet. Außereheliche Affären? Geheimschubladen? Kurznachrichten? Wer erwartet denn so was? Tausendmal habe ich mir die Fotos auf meinem Handy heute angesehen. Immer und immer wieder habe ich Dans Nachrichten gelesen. Sie klingen so vertraut. So Dan-mäßig. Als hätte er sie mir geschrieben … Hat er aber nicht.

Die Nachricht, die mir am meisten Bauchschmerzen bereitet, ist *Bedenke PS-Faktor*. Den »Prinzessin Sylvie«-Faktor. Ich bin nicht seine geliebte Ehefrau, ich bin ein Faktor. Ganz abgesehen von der Tatsache, dass Prinzessin Sylvie ein sehr privater Kosename ist, der mir aus vielerlei Gründen unangenehm ist, und jetzt benutzt er ihn ihr gegenüber.

Ich begreife es einfach nicht. Der Dan, den ich kenne, ist fürsorglich und bemüht. Darauf bedacht, uns zu beschützen, all das, was wir geschaffen haben. Unser Zuhause. Unsere Familie. Unsere Welt. Kann es denn wirklich sein, dass man jemanden so wenig kennt, der einem so nahesteht? Kann man wirklich so blind sein?

Ich weiß nicht genau, was ich sagen werde. Ich weiß nur, dass ich ihn nicht damit begrüßen werde, ihm gleich Beweise unter die Nase zu reiben. Denn was brächte mir das? Nichts, außer vielleicht dem kurzen Vergnügen süßer Rache. (Was mir in diesem Moment allerdings ziemlich verlockend erscheint.)

Aber was dann? Ich habe ihn erwischt. Ich habe gewonnen. Nur fühle ich mich kein bisschen als Siegerin.

Ein Sieg wäre: Er beschließt, alles zu gestehen, total spontan, und es tut ihm alles furchtbar leid, und er hat eine Erklärung, die alles wieder geraderückt. (Was für eine Erklärung? Keine Ahnung. Nicht meine Aufgabe.)

Oder noch besser: Wir drehen die Zeit zurück, und nichts von alledem ist passiert.

Sein Schlüssel im Schloss lässt mich zusammenfahren. Mist. Ich bin noch nicht so weit. Eilig streiche ich meine Haare glatt und hole ein paarmal tief Luft. Mein Herz schlägt so laut, dass man es vermutlich hören kann, doch als Dan hereinkommt, scheint er nichts davon zu merken. Und auch sonst nichts. Er sieht erschöpft aus, und seine Stirn liegt in tiefen Falten, als ließen ihn seine Gedanken nicht zur Ruhe kommen. Schwer seufzend stellt er seinen Aktenkoffer ab. An jedem anderen Abend würde ich fragen: »Wie war dein Tag?«, und ihm eine Tasse Tee oder einen Drink anbieten.

Nicht so heute Abend. Wenn er dermaßen erschöpft ist, *dann sollte er vielleicht sein Privatleben weniger kompliziert gestalten.* Ich spucke die Worte im stillen Kämmerlein meines Kopfes aus und wünschte fast, er könnte mich hören.

»Geht's gut?«, frage ich knapp.

»Hatte schon bessere Tage.« Dan wischt sich die Stirn, und ich merke, dass ich meinen Zorn zügeln muss.

»Ich glaube, wir müssen reden«, sage ich.

»Sylvie ...« Dan blickt auf, als wäre das der Tropfen, der das Fass zum Überlaufen bringen könnte. »Ich bin völlig erledigt. Es war ein mörderischer Tag, und ich muss noch ein paar Anrufe erledigen ...«

»Oh, *Anrufe*«, rutscht mir sarkastischerweise heraus.

Er starrt mich an. »Ja, Anrufe.«

»Was für Anrufe denn?«

»Anrufe eben.«

Ich atme schwer. Meine Gedanken jagen hin und her. Ich muss mich sammeln.

»Ich denke nur … Wir sollten … ehrlich miteinander sein«, sage ich, taste mich vor. »Wirklich, wirklich ehrlich. Lass uns ein neues Projekt starten, bei dem wir alles beichten. Projekt Weiße Weste.«

»Himmelarsch«, knurrt Dan, »ich brauch was zu trinken.« Projekt Weiße Weste scheint das Allerletzte zu sein, was er in seinem Leben jetzt noch brauchen kann, aber ich lasse nicht locker. Dan holt sich ein Bier aus dem Kühlschrank.

»Wir müssen wieder eine Verbindung zueinander herstellen. Und dafür musst du absolut aufrichtig sein und darfst nichts verbergen. Zum Beispiel …« Eilig suche ich nach einem Beispiel. »Ich habe einen Zettel gefunden, auf dem ich mir neulich was notiert hatte. Deine Mum hat angerufen, und ich habe *total* vergessen, es dir zu sagen. Tut mir leid.«

Wir schweigen, und ich sehe Dan erwartungsvoll an.

»*Was?*«, fragt er.

»Jetzt du! Projekt Weiße Weste! Es muss doch irgendwas geben, das du … irgendwas, das du mir noch nie erzählt hast … könnte alles Mögliche sein …«

Mein Herz schlägt immer schneller. Ich weiß schon jetzt, dass es nicht klappen wird. Es war eine dämliche Idee. Ich gestehe ihm einen vergessenen Anruf, und er gesteht mir im Gegenzug eine Affäre?

»Sylvie, dafür habe ich *wirklich* keine Zeit«, sagt Dan, und irgendwas an seinem lapidaren, abschätzigen Ton lässt mich rotsehen.

»Du hast keine Zeit für unsere Ehe?«, platze ich heraus. »Du hast keine Zeit, über unsere Beziehungsprobleme zu reden?«

»Was denn für Beziehungsprobleme?« Dan klingt gereizt. »Wieso erfindest du ständig irgendwelche Probleme?«

Erfinden?, möchte ich schreien. *Habe ich deine Kurznachrichten etwa erfunden?*

Totenstill ist es in der Küche, abgesehen vom Ticken unserer Wanduhr. Wir haben sie gemeinsam bei Ikea gekauft, bevor wir verheiratet waren. Wir mussten nicht mal darüber sprechen. Wir fühlten uns beide sofort zu derselben Uhr hingezogen, mit breitem schwarzen Rand und ohne Ziffern. Ich weiß noch, wie ich dachte, mein Gott, wir sind so im Einklang miteinander.

Was für ein Witz.

Dan setzt sich auf einen Stuhl und sieht aus wie der Mann, den ich schon so lange kenne und liebe, nur ist er es nicht, oder? Er ist voller Geheimnisse.

Schon laufe ich wieder heiß. Ich muss ihn damit konfrontieren. Wenn ich mich schon nicht dazu bewegen kann, ihm seine Nachrichten an Mary um die Ohren zu hauen, dann haue ich eben etwas anderes.

»Ich weiß, dass du bei der Arbeit irgendwas ausheckst«, knalle ich ihm an den Kopf. »Ich habe gehört, wie du im Krankenhaus mit meiner Mutter gesprochen hast. ›Eine Million Pfund, vielleicht zwei‹, hm, Dan? Leihst du dir so viel? Ohne mir davon zu erzählen? Ist das für diese Sache mit Kopenhagen?«

Dan macht große Augen. »Himmelherrgott nochmal!«

»Ich habe dich gehört!« Ich weiß, meine Stimme klingt

schrill, aber das ist jetzt eben so. »›Eine Million, vielleicht zwei!‹ Dan, du setzt unsere Zukunft aufs Spiel! Und ich weiß genau, worum es dir eigentlich geht …«

»Ach ja?«, sagt Dan mit Unheil verheißender Stimme. »Worum geht es mir denn eigentlich?«

Im Ernst? Fragt er mich das?

»Um meinen Vater!«, schreie ich fast. »Was denkst *du* denn? Es geht immer um meinen Vater! Du kannst es nicht ertragen, dass Daddy reich und erfolgreich war, du kannst es nicht ertragen, dass er bewundert wurde. Du siehst immer dermaßen bedrückt aus, sobald mal jemand was Nettes über ihn sagt …«

»Tu ich nicht«, fährt Dan mich an.

»O mein Gott, Dan, ist das dein Ernst?« Fast möchte ich lachen, aber es nicht lustig. »Du müsstest dich mal sehen! Es ist doch offensichtlich. Nur darum willst du mit deiner Firma expandieren – nicht weil es gut für uns ist, als Familie, sondern weil du in Konkurrenz zu meinem Vater stehst, der übrigens tot ist. *Tot.* Du bist immer dermaßen *bockig*! Und mir reicht's langsam!«

Keuchend komme ich ins Stocken, mit Tränen in den Augen. Ich kann nicht fassen, dass ich Dan »bockig« genannt habe. Das ist ein Wort, das ich für meinen Mann niemals benutzen wollte. Und doch habe ich es getan. Ich habe eine Grenze überschritten.

Eine Ader zuckt an Dans Stirn. Schweigend betrachtet er mich eine Weile, und ich sehe in seinen Augen, dass ihm Millionen Gedanken durch den Kopf gehen, kann aber keinen davon lesen.

»Ich kann das nicht«, sagt er abrupt und schiebt seinen Stuhl zurück.

»Du kannst *was* nicht?«, rufe ich ihm hinterher, aber er antwortet nicht, sondern stampft durch den Flur und dann die Treppe hinauf.

»Dan!« Wütend laufe ich ihm hinterher. »Komm zurück! Wir müssen reden!«

»Meine Güte, Sylvie!« Dan bleibt auf der halben Treppe stehen und fährt herum. »Ist das denn *dein* Ernst? Wir müssen nicht reden. Ich weiß nichts zu sagen. Ich kann mich nicht mehr rühren. Ich brauche etwas Freiraum. Um nachzudenken. Um … Ich brauche einfach Freiraum.« Er fasst sich an den Kopf. »Freiraum!«

»Ach, *Freiraum*«, sage ich so schneidend wie möglich, denn innerlich rast mein Herz vor Panik.

Das Ganze ist viel schlechter gelaufen als erwartet, und alles ging viel zu schnell. Ich möchte einen Rückzieher machen. Ich möchte sagen: »Bitte, bitte, Dan. Sag mir, dass du sie nicht liebst!« Aber ich habe schreckliche Angst vor dem, was er vielleicht sagen könnte. So viel dazu, dass ich ihn in- und auswendig kenne, dass ich seine Gedanken lesen und seine Sätze beenden kann. Ich habe keine Ahnung mehr, was er als Nächstes sagen wird.

Mir wird ganz schwindlig vor Angst, so wie ich hier in unserem vertrauten Flur stehe und meinen mir fremd gewordenen Mann anstarre. Er sieht mich mit einem Blick an, bei dem es mir kalt den Rücken hinunterläuft, denn so sehen wir einander nicht an. So würde er höchstens einen Fremden ansehen.

»Ich wollte es dir schon längst sagen«, erklärt er schließlich mit einer Stimme, die nicht besonders aufrichtig klingt. »Ich bin ab morgen unterwegs. Ich fliege rauf nach … Glasgow. Vielleicht übernachte ich heute am besten in einem Flughafenhotel.«

»Glasgow?« Ich starre ihn an. »Wieso Glasgow?«

»Potentieller neuer Zulieferer«, sagt er und wendet sich ab. Mein Herz geht in die Knie. Er lügt. Ich weiß es genau.

Er fährt zu ihr.

»Gut.« Ich presse diese Silbe hervor, obwohl sich meine Lungen anfühlen, als würden sie gleich kollabieren.

»Sag den Mädchen, dass ich bald wieder da bin. Gib ihnen einen Kuss.«

»Gut.«

Er dreht sich um und stapft die Treppe hinauf, und ich stehe da, reglos, gehe unser Gespräch im Stillen immer wieder durch, fühle mich, als könnte jede Bewegung die falsche sein. Ein paar Minuten später kommt er wieder, mit seiner ledernen Reisetasche, die ich ihm zu unserem ersten gemeinsamen Weihnachtsfest geschenkt habe.

»Dan, hör mal.« Ich schlucke und gebe mir Mühe, nicht allzu verzweifelt zu klingen. »Warum bleibst du nicht heute Nacht noch hier? Könntest du nicht auch morgen früh zum Flughafen fahren?«

»Ich hab noch ein paar Sachen zu erledigen«, sagt er und blickt stur an mir vorbei. »Da ist es einfacher, wenn … Ich schreibe Karen eine Nachricht. Bestimmt macht sie für uns ein paar Extrastunden und bringt die Mädchen zur Schule …«

Zur Schule? Das ist das Einzige, worum er sich Sorgen macht? Wie die Mädchen *zur Schule* kommen?

»Okay.« Ich bringe das Wort kaum heraus.

»Ich bleibe ein, zwei Tage weg. Ich halte dich auf dem Laufenden.« Er küsst mich auf die Stirn, dann steuert er zielstrebig auf die Haustür zu. Zehn Sekunden später ist er weg, aber ich stehe immer noch da, reglos, benommen vom Schock. Was war das denn jetzt?

Da kommt mir plötzlich ein Gedanke, und ich haste hinauf in sein Arbeitszimmer. Ich reiße die oberste Schreibtischschublade auf – und da liegt sein Reisepass, wo er immer liegt. Es ist total untypisch für Dan, seinen Reisepass zu vergessen. Er fliegt nirgendwohin.

Ich nehme den Pass, klappe ihn auf und starre Dans ausdrucksloses Fotogesicht an. Mir wird ganz übel. Der Mann, von dem ich dachte, er könnte keine Geheimnisse vor mir haben, entpuppt sich als ziemlich guter Lügner.

Und die Kränkung legt sich über mich wie eine erstickende Decke. Es ist so schäbig. So durchschaubar. Mein Mann fährt zu seiner Geliebten und lässt mich mit den Kindern allein. Da gibt es nichts zu beschönigen. Ich dachte, wir wären anders. Besonders. Aber unsere Ehe ist genauso langweilig und kaputt wie alle anderen in Südwest-London. Halb schluchzend, halb schreiend greife ich mir mein Telefon und tippe wutentbrannt drauflos:

Dann geh doch und amüsier dich. Das überrascht mich nicht. Du bist so ein beschissenes, durchschaubares Klischee.

Ich schicke die Nachricht ab, dann breche ich auf dem Boden zusammen. Ich kann nicht mal mehr weinen. Ich kann nichts mehr denken.

Wir waren das Paar. Wir waren immer das *Paar*.

Jetzt sind wir *das* Paar.

KAPITEL FÜNFZEHN

Ich kenne das noch von damals, als Daddy starb – erst ist man wie betäubt. Man funktioniert perfekt. Man lächelt und macht Witze. Man denkt: Wow, ist doch alles in Ordnung. Anscheinend bin ich ein besonders starker Mensch, wer weiß? Erst später verschlingt einen der Schmerz, und man findet sich würgend über der Spüle wieder.

Ich bin noch in der Betäubungsphase. Ich habe die Mädchen für die Schule bereit gemacht. Ich habe mit Karen geplaudert und erwähnt, dass Dan bis zum Hals in Arbeit steckt. Ich habe Professor Russell – John – durchs Fenster zugewunken.

Ich hätte die Mädchen ohne Weiteres zur Schule bringen können, aber Dan hat Karen offenbar noch gestern Abend eine Nachricht geschickt und einen Notfall vorgeschoben, denn um sieben Uhr stand sie schon vor der Tür. Die drei sind gerade los, und im Haus herrscht diese ganz besondere Stille, die nur entsteht, wenn die Kinder nicht da sind. Ich bin ganz allein mit der Schlange, die zum Glück in den nächsten fünf Tagen nicht gefüttert werden muss. Wenn Dan bis dahin nicht zurück ist, gebe ich sie dem Tierschutzverein.

Ich trage mehr Make-up auf als sonst, pinsle wie wild an meinen Augen herum. Ich steige in ein Paar High Heels, weil ich das Gefühl habe, ein wenig Überblick kann nicht schaden. Gerade will ich mich auf den Weg zur Arbeit machen, als die Post klappernd durch den Briefschlitz fällt und ich sie aufhebe. Was soll ich tun, wenn Post für Dan dabei ist? Sie ihm nachsenden? Wohin?

Aber es sind nur ein paar Kataloge und ein handschriftlicher Umschlag. Cremefarben und teuer. Hübsche Schrift, leicht geneigt und elegant. Mit wachsendem Argwohn starre ich ihn an. Der wird doch wohl nicht von … Sie würde doch nicht …

Ich reiße ihn auf und könnte schreien. Es stimmt tatsächlich. Er ist von ihr. Sie hat uns allen Ernstes einen Dankesbrief geschrieben. Ich überfliege die süßlichen Worte, doch sie kommen gar nicht bei mir an. Ich schaffe es nicht, mich zu konzentrieren. Ich denke immer nur: *Wie kannst du es wagen? Wie könnt ihr es wagen?*

Alle beide.

Er.

Sie.

Mit ihren kleinen Nachrichten und heimlichen Umarmungen. Die mich zum Trottel machen.

Und ich merke, wie mich eine neue Energie durchströmt. Neu aufflammender Zorn. Gestern Abend habe ich es falsch angestellt. Ich habe völlig falsch angefangen. Nicht schnell genug reagiert. Ich habe nicht gesagt, was ich hätte sagen sollen. Immer wieder führe ich mir die Szene vor Augen und wünschte, ich hätte Dan mit seinen Kurznachrichten konfrontiert, hätte alles rausgelassen. Was habe ich mir nur dabei gedacht, darauf zu warten, dass er alles von sich aus gesteht? Warum hätte er das tun sollen?

Also nehme ich das Steuer heute in die Hand. Die

Geliebte meines Mannes mag ja mit manchem durchkommen. Aber sie schreibt mir keinen verlogenen Dankesbrief und lacht dann hinter meinem Rücken über mich. Damit kommt sie nicht durch.

Ich schicke Clarissa eine Nachricht: *Muss kurz zur Recherche in die London Library*, dann google ich Marys Firma Green Pear Consulting. Die sitzt in Bloomsbury. Das ist nicht weit. Als ich an der Goodge Street aus der U-Bahn komme, marschiere ich forschen Schrittes los. Meine Fäuste sind geballt. Ich bin wild entschlossen. Bereit, auf sie loszugehen.

An der angegebenen Adresse steht eines dieser hohen Londoner Häuser mit zehn Firmen auf fünf Etagen und einem klapprigen Fahrstuhl und einer Empfangsdame, die es offenbar darauf anlegt, mich ständig falsch zu verstehen. Endlich jedoch, nach einem quälenden Telefonat zwischen der Empfangsdame und jemandem bei Green Pear Consulting – »Nein, sie hat keinen Termin. Nein. Keinen Termin. Sie heißt Sylvie. Syl-veee Winter. Für Mary. Maaa-ry« –, mache ich mich auf den Weg die Treppe hinauf in den vierten Stock. Eigentlich bin ich ziemlich fit, aber mein Herz rast jetzt schon, und ständig kriege ich Gänsehaut. Mir ist so unwirklich zumute. Endlich, *endlich* kriege ich ein paar Antworten. Oder Gelegenheit, es ihr heimzuzahlen. Oder *irgendwas* …

Oben angekommen schiebe ich mich durch die schwere Feuertür. Und da steht Mary, erwartet mich bereits auf einem kleinen Treppenabsatz, wunderschön wie eh und je, im grauen Leinenkleid. Sie scheint erschrocken, mich zu sehen, wie ich zufrieden feststelle. *Gar* nicht mehr so gelassen.

»Sylvie!«, sagt sie. »Am Telefon sagte man mir, jemand namens Sylvie sei hier, aber ich wusste nicht ... Ich meine ...«

»Du wusstest nicht, was ich hier will?«, fahre ich sie an. »Tatsächlich? Du hast keine Ahnung?«

Mary schweigt, und in ihren dunklen Augen sehe ich es arbeiten. Dann sagt sie: »Vielleicht sollten wir lieber in mein Büro gehen.«

Sie führt mich in ein winziges Zimmer und deutet auf einen Stuhl vor ihrem Schreibtisch. Der Raum ist ziemlich kahl – alles aus hellem Holz, an den Wänden Plakate zu Umweltthemen und ein beeindruckendes, abstraktes Gemälde, auf das ich sie unter anderen Umständen bestimmt ansprechen würde.

Mary setzt sich hin, ich nicht. Ich will den Überblick behalten. »Also«, sage ich mit meiner schneidendsten Stimme. »Vielen Dank für deinen *Brief.*« Ich hole ihn aus der Tasche und werfe ihn auf den Schreibtisch. Erschrocken zuckt sie zurück.

»Okay.« Verwundert nimmt sie den Umschlag, dann legt sie ihn wieder hin. »Gibt es ein ... Bist du ...« Sie versucht es ein drittes Mal. »Sylvie ...«

»Ja?«, sage ich so erbarmungslos, wie es mir möglich ist. Ganz sicher werde ich es ihr nicht leicht machen.

»Ist irgendwas ... nicht in Ordnung?«

Ob irgendwas nicht *in Ordnung* ist?

»Ach, komm, Mary!«, fahre ich sie an. »Dann hast du eben was mit ihm. Eine kleine Affäre. Er ist bei dir eingezogen. Meinetwegen. Aber schick mir keinen Dankesbrief für einen netten Abend, okay?« Schnaufend stehe ich da, und Mary starrt mich an mit offenem Mund.

»Bei mir *eingezogen*? Was um alles …?«

»Netter Versuch.«

»Moment.« Mary fasst sich an den Kopf. »Eins nach dem anderen. Sylvie, ich *habe* keine Affäre mit Dan, und er ist auch nicht bei mir *eingezogen*, okay?«

»Ja, genau«, sage ich eisig. »Dann hat er dir wahrscheinlich auch keine heimlichen Nachrichten geschickt, was? Und dir nicht erzählt, dass er sich ›in die Enge getrieben‹ fühlt? Ich habe doch gesehen, wie ihr geredet habt, Mary. Ich habe gesehen, wie ihr euch umarmt habt. Du kannst dir die Schauspielerei sparen, okay? Ich weiß *Bescheid*.«

Mary schweigt, und ich merke, dass ich zu ihr durchgedrungen bin. Langsam bröckelt ihre Fassade der Gelassenheit. Sie wirkt ziemlich mitgenommen – für einen Engel.

»Wir haben an diesem Abend geredet«, sagt sie schließlich. »Und ja, wir haben uns auch umarmt. Aber wie alte Freunde, nicht mehr. Dan wollte sich mir anvertrauen … also habe ich ihm zugehört, und wir haben geredet.« Abrupt kommt sie von ihrem Stuhl hoch, sodass wir auf Augenhöhe sind. »Aber Dan und ich haben keine Affäre. Ganz ehrlich nicht! Bitte glaub mir!«

»Wie alte Freunde«, wiederhole ich sarkastisch.

»Ja!« Plötzlich wird sie ganz rot im Gesicht. »Nicht mehr und nicht weniger. Ich habe keine Affären mit verheirateten Männern. So was mache ich nicht.«

»Was ist mit den Kurznachrichten?«, lege ich nach.

»Davon habe ich ihm nur ganz wenige geschrieben. Völlig belanglos. Ich schwöre.«

»Aber ihr habt euch getroffen. Bei Starbucks. Und im Villandry.«

»Nein.« Sie schüttelt den Kopf. »Bei euch zu Hause haben wir darüber gesprochen, dass wir uns vielleicht mal treffen wollen … Mehr nicht. Er wollte nur mit mir reden. Sich aussprechen. Das war alles.«

»Worüber aussprechen?« Meine Stimme bekommt einen scharfen Unterton. »Darüber, wie ›gaga‹ ich bin?«

»Was?« Entsetzt blinzelt sie mich an. »Nein!«

»Hör auf, es abzustreiten!«, platze ich heraus. »Ich habe die Nachrichten gelesen. ›Komm zu spät.‹ ›Alles okay, habe S abgelenkt.‹« Ich deute bei jedem Zitat mit dem Finger auf sie. »›Bedenke PS-Faktor‹. Ich habe sie alle gelesen! Leugnen ist zwecklos!«

»Ich weiß überhaupt nicht, wovon du redest!« Sie ist total verwirrt. »Was ist der PS-Faktor? Und Dan kam auch nie ›zu spät‹, weil wir uns nie getroffen haben!«

Mein Atem geht schwer. *Im Ernst?*

»Hier.« Ich rufe die Fotos auf, die ich von Dans geheimem Handy gemacht habe, und halte sie ihr unter die Nase. »Du erinnerst dich?«

Mary sieht sie sich an, legt ihre Stirn in zarte Falten, dann schüttelt sie den Kopf. »Diese Nachrichten habe ich in meinem ganzen Leben noch nie gesehen.«

»Was?« Fast schreie ich sie an. »Aber sie sind an ›Mary‹! Hier! ›Mary‹!«

»Kann ja sein. Aber damit hab ich nichts zu tun.«

Einen Moment starren wir uns nur an. Meine Gedanken rotieren auf der verzweifelten Suche nach einer Erklärung. Dann greift Mary nach dem Telefon. Sie geht die Fotos durch, bis sie zu einer Nachricht von »Mary«

kommt, in der steht: *Neue Mobilnummer ab morgen* – gefolgt von einer Zahlenreihe.

»Das ist nicht meine Nummer«, sagt sie ruhig. »Und das sind nicht meine Nachrichten. Ich zeige dir mein Handy. Du kannst die Nachrichten lesen, die Dan mir geschickt hat, alle drei, und du wirst sehen, dass sie harmlos sind.« Sie greift sich ein iPhone von der Ladestation und wischt darüber.

Im nächsten Augenblick lese ich drei Nachrichten von Dan, die alle mit *Hi, Mary* beginnen und in denen mehr oder weniger steht: *Wie schön, dass wir wieder Kontakt haben*. Mary hat recht. Die sind alle harmlos und sogar etwas förmlich. Nicht zu vergleichen mit der Vertrautheit dieser anderen Nachrichten.

»Ich weiß nicht, wer diese Frau ist …« Sie deutet auf mein Handy. »Aber du hast die falsche.«

»Aber …«

Ich sinke auf einen Stuhl, mit zitternden Beinen. Ich fühle mich geufft. Ich bin so geufft, dass mir der Atem stockt. Wer ist diese andere Mary? Wie viele Marys gibt es in Dans Leben? Mary scheint mir genauso perplex zu sein. Sie wischt sich durch meine Fotos und verzieht das Gesicht.

»Ich kann verstehen, wieso du … alarmiert bist«, sagt sie. »Was hast du jetzt vor?«

»Keine Ahnung.« Hilflos hebe ich eine Hand und lasse sie sinken. »Dan ist gestern Abend irgendwohin abgehauen. Er meinte, er müsste auf Geschäftsreise, aber ich glaube ihm nicht. Ist er bei *ihr*?«

»Nein«, sagt Mary sofort. »Das kann ich nicht glauben. Das würde er nicht tun. Ich glaube eher …« Sie stutzt, als wäre ihr gerade etwas eingefallen, und ich setze mich auf.

»Was?«, frage ich. »Was hat er dir erzählt? Hat er dir was anvertraut?«

»Nicht so richtig. Er fing an … aber dann hat er es sich anders überlegt«, seufzt Mary. »Er tat mir leid. Er steht im Moment wirklich sehr unter Druck.«

»Ich *weiß*, dass er unter Druck steht!«, rufe ich frustriert. »Er will mir nur nicht sagen, *warum*. Ich weiß gar nicht, wo ich anfangen soll. Es ist, als hätte er ein Riesengeheimnis zu verbergen. Aber wie kann ich ihm helfen, wenn ich nicht weiß, was los ist?«

Mary wischt sich weiter durch die Fotos, liest die Nachrichten noch mal. Sie wirkt bedrückt. Sie sieht aus, als würde sie in einer Zwickmühle stecken. Sie sieht aus, als würde sie …

»O mein Gott.« Ich starre sie an. »Er hat dir *doch* was erzählt, stimmt's? *Was?*«

Mary blickt auf, und ich merke, dass ich ins Schwarze getroffen habe. Sie kneift die Lippen zusammen. Ich sehe Schmerz in ihren Augen. Offensichtlich hat er ihr etwas anvertraut, und sie schützt ihn, weil sie ein guter Mensch sein möchte und glaubt, dass sie das Richtige tut. Aber es ist das *Falsche*.

»Bitte, Mary!« Ich beuge mich vor, um ihr die Dringlichkeit der Lage zu vermitteln. »Ich weiß, ihr seid befreundet und du möchtest Dans Vertrauen nicht missbrauchen. Aber vielleicht hilfst du ihm am meisten, indem du es doch tust. Ich verrate auch nicht, dass ich es von dir habe«, füge ich eilig hinzu. »Und ich würde für dich dasselbe tun. Versprochen.«

Ich wüsste zwar nicht, wie eine umgekehrte Situation entstehen sollte, aber ich meine es ernst. Falls doch, werde ich Mary *auf jeden Fall* alles erzählen.

»Er hat mir keine Einzelheiten anvertraut«, gibt Mary widerstrebend preis. »Nicht so richtig. Aber ja, es gibt da … was. Er meinte, es mache ihm das Leben zur Hölle. Er nannte es seinen ›nicht enden wollenden Albtraum‹.«

»Seinen ›nicht enden wollenden Albtraum‹?«, wiederhole ich bestürzt. Dan hat einen nicht enden wollenden Albtraum, von dem ich nichts weiß? Aber wie kann das sein? Was ist es? Was verheimlicht er mir?

»Das war die Formulierung, die er benutzt hat. Einzelheiten hat er nicht genannt bis auf …« Sie beißt sich auf ihre weiche, rosige Unterlippe.

»*Was?*« Ich platze fast vor Frust.

»Okay.« Sie seufzt. »Was es auch sein mag … es hat mit deiner Mutter zu tun.«

Ich starre sie an. »Mit meiner Mutter?«

»Ich würde mal mit ihr reden. Frag sie. Ich habe das Gefühl …« Wieder stockt sie. »Sprich mit ihr.«

Ich kann jetzt unmöglich wieder an die Arbeit gehen. Ich schreibe Clarissa: *Bin noch bei der Recherche. Bis später*, und fahre direkt nach Hause. Bis ich in Wandsworth ankomme, habe ich drei Nachrichten auf Mummys Mailbox hinterlassen, mehrere Kurznachrichten geschrieben und ihr eine E-Mail mit dem Betreff *Wir müssen reden!!!* geschickt, habe aber noch keine Antwort bekommen. Im Moment jedenfalls brauche ich etwas Zeit, um zu verdauen, was ich gerade gehört habe. Ein »nicht enden wollender Albtraum«. Wie lange hat Dan schon mit einem nicht enden wollenden Albtraum zu kämpfen?

Mary meinte, es hätte etwas mit meiner Mutter zu tun. Sind das die »eine Million Pfund, vielleicht zwei«? O Gott, was ist los, *was?*

Und – schlimmer noch – was ist, wenn Mary sich irrt? Was ist, wenn *ich* der nicht enden wollende Albtraum bin? Bei dem Gedanken wird mir ganz kalt. Ich erinnere mich noch genau an Dans Gesicht gestern Abend. Als er sagte: »Ich kann das nicht«, als wäre er am Ende seiner Fahnenstange angekommen.

Immer wenn ich an gestern Abend denke, krümme ich mich innerlich zusammen. Ich habe ihn ein »beschissenes, durchschaubares Klischee« genannt. Ich bin einfach davon ausgegangen, dass es ist, wie es so oft ist: Mann trifft alte Flamme wieder und belügt seine Frau. Aber da ist noch irgendwas. Irgendwas anderes. Im Gehen nehme ich mein Telefon und will ihm noch mal schreiben, um mich zu entschuldigen. Ich komme sogar bis *Lieber Dan,* doch dann stutze ich. Was soll ich schreiben? Mir fällt alles Mögliche ein, aber ich verwerfe eins nach dem anderen.

Sag mir, wer diese andere Mary ist. Bitte schließ mich nicht mehr aus. Ich weiß, dass du unter einem nicht enden wollenden Albtraum leidest. Was ist los?

Wenn er es mir erzählen wollte, dann hätte er es mir schon erzählt. Was wieder diese dunkle Ahnung in mir weckt: Bin *ich* sein nicht enden wollender Albtraum?

Als ich in unsere Straße einbiege, laufen mir Tränen über die Wangen, doch dann sehe ich Toby und wische sie eilig weg. Er steht vor Tildas Haus, mit Rollerblades und einem Helm unterm Arm.

»Hi, Toby!«, sage ich. »Ich wusste doch, dass du wiederkommst.«

Er nickt. »Hol nur meine Blades. Hatte vergessen, sie einzupacken.« Er wirft sie in den Kofferraum eines Corsa, den ich nicht kenne.

»Ist das dein Auto?«, frage ich neugierig.

»Michis. Apropos, ich sollte ihr lieber Bescheid sagen, dass ich es mir geliehen habe.« Er lehnte sich an die Gartenmauer und schreibt ihr eine Nachricht. Die Sonne ist herausgekommen, und als er fertig ist, schließt er die Augen, genießt die Wärme, scheint alle Zeit der Welt zu haben.

»Musst du denn nicht arbeiten?«

»Ich geh später hin. Das macht nichts.« Er zuckt mit den Schultern. »Wir arbeiten normalerweise so von Mittag bis Mitternacht.«

Mitternacht? Plötzlich komme ich mir uralt vor.

»Aha. Na, vergiss nicht, deiner Mutter Hallo zu sagen, wenn du schon mal da bist. Ist sie zu Hause?«

»Ja, sie kocht mir Spaghetti Bolognese.« Er strahlt übers ganze Gesicht und bringt mich damit zum Grinsen. Bestimmt freut sich Tilda, dass er sie schon so bald besuchen kommt. Entweder das, oder sie schreien sich wieder an.

»Möchtest du mitessen?«, fügt er höflich hinzu. »Wir haben bestimmt genug.«

»Nein, danke.« Ich versuche zu lächeln. »Ich hab noch einiges zu … Ich bin … Es ist alles ein bisschen …« Und ohne es zu wollen, seufze ich schwer und lehne mich neben ihm an die Mauer. »Hast du auch manchmal das Gefühl, dass sich alles gegen dich verschworen hat?«

Ich erwarte eigentlich keine Antwort, aber Toby nickt feierlich. »Und genau so ist es. Ich habe es dir ja gesagt, Sylvie. *Alles* ist eine große Verschwörung.«

Mir wird richtig warm in der Sonne. Er muss doch schwitzen unter seinem Bart. Ich setze meine dunkle Brille auf und hole mein rosa Etui aus der Tasche. Als ich es öffne, deutet Toby wie zum Beweis auf meinen Lippenpflegestift und sagt: »Die großen Pharmafirmen. Siehst du?«

Ich reagiere nicht. Ich starre die goldene Gravur *P.S.* an. Nicht zu fassen, dass Dan meinen Kosenamen einer anderen Frau verraten hat. Nicht zu fassen, dass ich für ihn ein »Faktor« bin. Der »Prinzessin-Sylvie-Faktor«. Die bloße Vorstellung, dass mich eine andere Frau so nennen könnte, ist mir ein Grauen. Das ist fast das Schlimmste.

Wer ist sie? Wer *ist* sie?

»Was würdest du tun, wenn du einen ganzen Schwung Nachrichten auf einem Handy gefunden hättest und wissen wolltest, an wen sie sind?«, frage ich und blicke zum blauen Himmel auf.

»Ich würde die Nummer in den Kontakten suchen«, sagt Toby achselzuckend.

»Mit der Nummer allein kann man nichts anfangen«, entgegne ich.

»Dann google sie. Vielleicht findest du was.«

Ich starre ihn an. Google? Auf die Idee bin ich überhaupt noch nicht gekommen.

»Handynummern findet man bei Google nicht«, sage ich skeptisch.

»Manchmal doch. Wäre einen Versuch wert. Wessen

Handy denn?«, fragt er interessiert, und augenblicklich werde ich wachsam.

»Ach, nur eine Frau bei der Arbeit«, sage ich. »Ihre Cousine«, füge ich zur Sicherheit hinzu. »Halb-Cousine. Ist kein großes Ding.«

Ich könnte die Telefonnummer googeln. Plötzlich bin ich ganz zappelig. Ich muss an einen Computer, *sofort*!

»Okay, mach's gut, Tobes«, sage ich im Aufstehen. »Bring Michi doch mal mit! Wir würden sie gern kennenlernen.«

»Klar. Bis dann, Sylvie.«

Ich haste zum Haus, fummle umständlich mit dem Schlüssel herum. Dann dauert es ewig, bis mein Computer hochgefahren ist, und ich feuere ihn allen Ernstes leise an. *Mach schon, mach schon!*

Ich gebe die Nummer aus der Kurznachricht ein und warte atemlos auf die Ergebnisse, doch wenn ich gehofft habe, dass mir die Antwort entgegenspringen würde, war ich schiefgewickelt. Ich muss mich durch eine Menge Datenmüll arbeiten. Einträge von Fahrgestellnummern und Telefonbuchseiten, die keinerlei brauchbare Informationen zu bieten haben. Auf der fünften Seite dann finde ich etwas, das ich mir genauer anschaue.

St Saviours's School Rugby Club. Elternvertreterin: Mary Smith-Sullivan.

Das ist sie. Dieselbe Handynummer. Derselbe Vorname. O Gott, sie existiert. Kann ich noch was über sie rausfinden? Hat sie vielleicht einen Job?

Mein Herz rast. Ich suche Mary Smith-Sullivan bei LinkedIn. Und da ist sie. *Mary Smith-Sullivan, Partner, Avory Milton. Spezialisiert auf: Diffamierung, Privatsphäre und andere medienbezogene Zivilverfahren.* Sie sieht aus wie Anfang fünfzig, mit kurzen, dunklen Haaren und klobigem Blazer. Minimales Make-up. Sie lächelt, aber nicht herzlich, eher so geschäftsmäßig, als bliebe ihr für das Foto nichts anderes übrig.

Ihr schreibt Dan eine Nachricht nach der anderen?

Mir der hätte Dan doch keine Affäre. Das kann nicht sein. Ich meine …

Das *kann* nicht sein.

Ich starre die Seite an, kann es mir einfach nicht erklären. Dann endlich greife ich mit zitternder Hand nach meinem Telefon und wähle.

»Avory Milton, was kann ich für Sie tun?«, begrüßt mich eine freundliche Singsang-Stimme.

»Ich möchte gern einen Termin mit Mrs Smith-Sullivan vereinbaren«, sage ich hastig. »Am liebsten heute. So bald wie möglich, bitte.«

Avory Milton ist eine mittelgroße Anwaltskanzlei abseits der Chancery Lane, mit einem Empfangsbereich im vierzehnten Stock, dessen große Fenster vom Boden bis zur Decke reichen und einen eindrucksvollen Blick über London bieten. Fast hätten meine Beine unter mir nachgegeben, als ich aus dem Fahrstuhl trat. Man sollte dort nicht so furchteinflößende Fenster einbauen dürfen.

Irgendwie schaffte ich es zum Empfangstresen und holte meinen Besucherausweis hervor. Und jetzt sitze ich im Wartebereich und wende dem Ausblick resolut den Rücken zu.

Während ich da sitze und so tue, als würde ich in einer Zeitschrift blättern, sehe ich mich aufmerksam um. Ich begutachte die schiefergrauen Sofas, die durchmarschierenden Anzugträger und sogar den Wasserspender … finde aber keinerlei Hinweis. Ich habe keine Ahnung, was dieser Laden mit Dan zu tun hat. Außerdem bin ich nicht eben beeindruckt, was ihre Pünktlichkeit angeht. Ich sitze hier schon mindestens eine halbe Stunde.

»Mrs Tilda?«

Mir wird ganz eng ums Herz, als ich eine Frau auf mich zukommen sehe. Das ist sie. Sie hat genauso kurze Haare wie bei LinkedIn. Sie trägt eine dunkelblaue Jacke und eine blau gestreifte Bluse, die ich von Zara kenne. Teure Schuhe. Ehering.

»Ich bin Mary Smith-Sullivan.« Sie lächelt professionell und reicht mir ihre manikürte Hand. »Verzeihen Sie, dass Sie warten mussten. Wie geht's?«

»Oh hi.« Ich habe einen Frosch im Hals und kann nur quaken. »Hi«, versuche ich es noch mal und komme auf die Beine. »Gut, danke. Und Ihnen?«

Mein Pseudonym ist Mrs Tilda. Was nicht ideal ist, aber ich war so aufgeregt, als ich den Termin vereinbart habe, dass ich nicht richtig denken konnte. Als man mich fragte: »Und der Name?«, bin ich in Panik geraten und habe »Tilda« gesagt. Und dann eilig ergänzt: »Äh … Mrs Penelope Tilda.«

Penelope Tilda? Was habe ich mir dabei gedacht? Kein Mensch heißt Penelope Tilda. Aber bisher bin ich damit gut durchgekommen. Als wir jedoch einen nichtssagenden Flur mit blassem Teppich entlanglaufen, wirft mir Mary Smith-Sullivan einen seltsam musternden Blick zu. Ich habe am Telefon nicht gesagt, warum ich einen Termin wollte. Ich habe nur immer wieder beteuert, es sei

»streng geheim« und »sehr dringend«, bis die Frau am Telefon meinte: »Natürlich, Mrs Tilda. Ich habe Sie für 14:30 Uhr eingetragen.«

Mary Smith-Sullivan führt mich in ein ziemlich großes Büro mit beruhigend kleinem Fenster, und ich nehme auf einem blauen Sessel Platz. Unerträgliche Stille herrscht, während sie uns Wasser einschenkt.

»Nun.« Endlich sieht sie mich an und setzt wieder so ein professionelles Lächeln auf. »Mrs Tilda. Was kann ich für Sie tun?«

Ich habe geahnt, dass sie genau das sagen würde, und habe meinen Text bereit, um ihn ihr vor den Latz zu knallen wie die Heldin einer Seifenoper: *Ich will wissen, wieso mein Mann dir Kurznachrichten schreibt, SCHLAMPE!*

(Okay, nicht »Schlampe«. Nicht im echten Leben.)

»Mrs Tilda?«, sagt sie freundlich.

»Ich möchte wissen ...« Ich schlucke. *Mist.* Ich habe mir vorgenommen, die Ruhe zu bewahren, aber meine Stimme zittert jetzt schon.

Okay. Lass dir Zeit. Keine Eile.

Doch Eile ist geboten. Vermutlich kostet diese Frau tausend Pfund die Stunde, und die stellt sie mir selbst in Rechnung, wenn sie Dans Geliebte ist. Dann erst recht. Und ich weiß noch nicht mal, ob ich mir das alles leisten kann. Mist. Warum habe ich nicht nach den Kosten gefragt? Schnell, Sylvie, *sag was*.

Ich hole tief Luft, sammle meine Gedanken und werfe noch einen Blick durch die gläserne Bürotür. Und bei dem, was ich dort sehe, bleibt mir fast das Herz stehen.

Da kommt Mummy.

Sie trägt ein rosa Kostüm und marschiert zielstrebig auf dieses Büro zu, während sie auf einen dicken, fetten Mann im Nadelstreif einredet, der sich ihr aufmerksam zuneigt.

Was zum Henker macht meine Mutter hier?

Schon befördern mich meine Beine zur Tür von Mary Smith-Sullivans Büro. Wie eine Irre reiße ich am Türgriff.

»Mummy!«, kreische ich empört. »*Mummy?*«

Abrupt bleiben Mummy und der dicke Mann im Nadelstreif stehen. Bestürzt starrt sie mich an.

»Du *bist* es«, sagt sie.

»Ich *bin* es?« Ich starre sie an, dann den dicken Mann. »Was soll das heißen ›Ich *bin* es‹? Selbstverständlich bin ich es. Mummy, was machst du hier?«

»Ich habe Ihre Mutter angerufen, Sylvie«, sagt Mary Smith-Sullivan hinter mir, und ich fahre herum.

»Sie *kennen* mich?«

»Ich dachte mir gleich, dass Sie es sind, als ich Sie am Empfang gesehen habe. Ich kenne Fotos von Ihnen, und Ihre Haare sind doch ziemlich auffällig. Obwohl natürlich, der falsche Name ...« Sie zuckt mit den Schultern. »Trotzdem war ich mir sicher, dass Sie es sind.«

»Schätzchen, was tust du hier?«, fragt Mummy fast vorwurfsvoll. »Warum bist du hier?«

»Weil ...« Verdutzt starre ich sie an, dann Mary Smith-Sullivan. »Ich möchte wissen, warum mein Mann Ihnen Nachrichten schreibt.«

Endlich bringe ich es heraus. Aber es hat seinen Biss verloren. Alles hat seinen Sinn verloren. Ich komme mir vor, als wäre ich in einem Theaterstück und wüsste meinen Text nicht.

»Ja, das kann ich mir vorstellen«, sagt Mary und betrachtet mich irgendwie mitleidig. So mitleidig wie Dan. »Ich habe gleich gesagt, Sie sollten es wissen, aber …«

»Mrs Winter«, sagt der dicke Mann im Nadelstreif mit sonorer Stimme, als er auf mich zutritt. »Verzeihen Sie, ich möchte mich vorstellen. Ich bin Roderick Rice, und ich bearbeite die Angelegenheit, gemeinsam mit Mary natürlich …«

»Welche Angelegenheit?« Ich möchte schreien. Oder jemanden ermorden. *»Welche verdammte Angelegenheit?«* Mein Blick geht von Mary Smith-Sullivan zu Roderick zu Mummy mit ihrem ausweichenden Mummy-Blick. »Was ist denn? *Was?*«

Ich sehe die Blicke, die sie einander zuwerfen. Lautlose Konsultationen.

»Hat jemand Kontakt zu Dan?«, fragt Mary schließlich Roderick.

»Er ist in Devon. Um zu sehen, was er da unten ausrichten kann. Ich habe vorhin versucht, ihn anzurufen, aber …« Roderick zuckt mit den Schultern. »Vermutlich kein Netz.«

Devon? Warum ist Dan nach Devon gefahren? Aber Mary nickt, als wäre das total sinnvoll.

»Wir dürfen nur den PS-Faktor nicht außer Acht lassen«, sagt sie leise.

Der PS-Faktor. Schon wieder. Ich kann es nicht ertragen.

»Bitte nennen Sie mich nicht so!« Es schießt aus mir heraus wie eine Rakete. »Ich *bin* keine Prinzessin. Ich bin nicht Prinzessin Sylvie. Ich wünschte, Dan hätte mir diesen dämlichen Namen nicht gegeben.«

Beide Anwälte drehen sich ehrlich überrascht zu mir um.

»›PS‹ steht nicht für ›Prinzessin Sylvie‹«, sagt Mary Smith-Sullivan schließlich. »Jedenfalls nicht in diesem Büro.«

»Aber …« Verwundert starre ich sie an. »Wofür denn dann …?«

Alles schweigt. Und wieder betrachtet sie mich mit diesem mitleidigen Blick, als wüsste sie weit mehr über mich, als ich selbst.

»Projekt Sylvie«, sagt sie. »Es steht für ›Projekt Sylvie‹. Um Sie zu beschützen.«

Einen Moment lang kann ich nicht sprechen. Meine Zunge gehorcht mir nicht. *Beschützen*?

»Wovor?«, bringe ich endlich heraus und wende mich Mummy zu, die immer noch in der Tür steht. »Mummy?«

»Ach, Schätzchen.« Sie fängt an, wie wild zu blinzeln. »Es war so schwer zu entscheiden, was wir machen sollten …«

»Ihr Mann liebt Sie sehr«, sagt Mary Smith-Sullivan. »Und ich glaube, er hat das alles aus den richtigen Gründen getan. Aber …«, sie sieht erst Roderick an, dann Mummy, »das ist doch lächerlich. Sie muss es erfahren.«

Inzwischen haben wir uns in Marys Sitzecke eingerichtet, und eine Assistentin hat uns Tee in richtigen Porzellantassen gebracht. Meine umfasse ich mit beiden Händen, trinke nicht, halte sie nur fest. Sie ist real. Während alles andere in meinem Leben es nicht zu sein scheint.

»Am besten fange ich mit den bloßen Fakten an«, sagt

Mary auf ihre gemessene Art, als die Assistentin endlich hinausgeht. »Ihrem Vater wird vorgeworfen, eine Affäre gehabt zu haben, vor vielen Jahren, mit einem sechzehnjährigen Mädchen.«

Ich betrachte sie schweigend. Ich weiß nicht, was ich erwartet habe. Das jedenfalls nicht.

Daddy? Mit einer Sechzehnjährigen?

Ich sehe zu Mummy hinüber, die in eine ferne Ecke des Zimmers starrt.

»Und … stimmt es?«, bringe ich hervor.

»Selbstverständlich nicht«, fährt Mummy mich an. »Das Ganze ist reine Verleumdung. Bösartige, niederträchtige Verleumdung.« Schon wieder blinzelt sie wie wild. »Wenn ich an deinen Vater denke …«

»Das fragliche Mädchen, das mittlerweile erwachsen ist«, fährt Mary sachlich fort, »hat gedroht, diese Affäre in einem Buch öffentlich zu machen. Das konnte … verhindert werden.«

»Was für ein Buch?«, frage ich verdutzt. »Ein Buch über meinen Vater?«

»Nicht ganz, nein. Haben Sie schon mal von einer Autorin namens Joss Burton gehört?«

»*Durchs Hohe Labyrinth.*« Ich starre sie an. »Das habe ich gelesen. Sie hatte es vor ihrem Erfolg sehr schwer. Sie litt unter einer Essstörung. Sie musste ihr Studium aufgeben …« Ich schlucke, fühle mich krank. »Hat Daddy etwa … *Nein!*«

»Alles Lügen«, sagt Mummy mit Tränen in den Augen. »Das ist alles nur in ihrem Kopf passiert. Sie war in deinen Vater vernarrt, weil er so gut aussah.«

»Ein früher Entwurf des Buches enthielt einen Bericht

über die angebliche Affäre mit Ihrem Vater und welche Auswirkungen diese auf sie hatte«, fährt Mary fort. »Mit sechzehn war sie natürlich kein Kind mehr. Dennoch ist es …«, sie zögert, »nicht eben leichter Stoff.«

Nicht eben leichter Stoff. Mein Verstand registriert diese Phrase und scheut davor zurück. Ich kann nicht alles auf einmal verarbeiten.

»Ihr Vater wurde auf das Buch aufmerksam und hat unsere Kanzlei eingeschaltet. Wir haben in seinem Namen eine richterliche Verfügung erwirkt, aber im Laufe der Auseinandersetzung konnte die Autorin dazu überredet werden, die relevanten Passagen zu streichen.«

»Überredet?«

»Dan war eine große Hilfe«, sagt Mummy und wischt sich die Nase.

»Dan?« Ich blicke von einem Gesicht zum anderen.

»Ihr Vater wollte die Angelegenheit gern innerhalb der Familie halten, also hat er Dan um Hilfe gebeten.« Mary sagt das mit so einem Unterton, der mich scharf aufblicken lässt. »Ich würde sagen, Dan ist für Ihren Vater regelrecht in die Bresche gesprungen«, sagt sie. »Er wurde unser Vermittler. Er hat jedes einzelne Dokument gelesen. Er hat an jedem einzelnen Treffen mit Joss Burton und ihren Anwälten teilgenommen und es geschafft, ausgesprochen … schwierige Gespräche … in etwas Konstruktiveres zu verwandeln. Wie Ihre Mutter schon sagte, war es sein persönliches Eingreifen, durch welches Joss Burton schließlich dazu überredet werden konnte, die relevanten Passagen zu streichen.«

»Dan hat gern geholfen«, sagt Mummy trotzig. »Nur zu gern.«

In meinem Kopf dreht sich alles wie in einem Kaleidoskop. Daddy. Dan. Joss Burton. Dieses Buch, das in Mummys Küche lag. Dans Anspannung. Das ganze Flüstern und Köpfe-Zusammenstecken … Ich wusste, dass da was war. Ich wusste es …

»Warum hast du mir nichts davon erzählt? Warum hat mir *niemand* was erzählt?« Fast schreie ich. »Warum bin ich hier die Einzige, die nichts davon weiß?«

»Schätzchen«, sagt Mummy eilig, »Daddy war empört über dieses … bösartige Geschwätz. Er wollte nicht, dass du dir diese anzüglichen Hirngespinste anhören musst. Also haben wir beschlossen, die ganze Sache für uns zu behalten.«

»Und dann, als gerade alles geklärt war, starb Ihr Vater«, wirft Roderick nachdenklich ein. »Und da änderte sich die Lage wieder.«

»Du warst so zerbrechlich, Sylvie.« Mummy greift nach meiner Hand und drückt sie. »Du warst am Boden zerstört. Wir *konnten* es dir nicht erzählen. Keiner von uns. Und außerdem dachten wir, die Angelegenheit sei geklärt.« Wieder fängt sie an zu blinzeln.

»Aber das ist sie nicht? Nein«, denke ich laut. »Natürlich nicht, sonst wären wir ja nicht hier.« Noch einmal blicke ich in die Runde, und mir kommen so viele Gedanken auf einmal, dass ich sie kaum herausbringe. »Was macht Dan in Devon? Was hat es mit ›einer Million, vielleicht zwei‹ auf sich?« Ich wende mich an Mummy. »Hat es damit zu tun? Was ist los?«

»Ach, Schätzchen«, sagt Mummy vage, ihr Blick schweift in die Ferne, und ich verkneife mir eine scharfe Reaktion. Sie treibt mich in den Wahnsinn.

»Joss Burton hat ein weiteres Buch verfasst«, sagt Mary. »Die ›Vorgeschichte‹, in der sie ihr früheres Leben beschreibt. Sie ist fest entschlossen, diesmal die angebliche Beziehung zu Ihrem Vater zu thematisieren. Angeblich ist es das Schlüsselerlebnis zum Verständnis ihrer Biografie. Das Buch soll in einem Jahr erscheinen, wenn der Film *Durchs Hohe Labyrinth* in die Kinos kommt.«

»Ein Film«, sagt Mummy angewidert. »Wer will schon einen Film über diese Person sehen?«

Ich verkneife mir meine Antwort darauf: »Wer will schon die Geschichte einer Frau sehen, die ihre Dämonen besiegt und eine weltweit erfolgreiche Unternehmerin wird? Bestimmt kein Mensch.«

»Das neue Buch wird einige Bekanntheit erreichen«, fährt Mary fort. »Zweifellos wird es als Fortsetzung in einer landesweiten Tageszeitung erscheinen. Und somit auch der Name Ihres Vaters.«

»Ihr Vorschuss beträgt eine Million«, wirft Roderick ein. »Wobei sie natürlich behauptet, es ginge ihr nicht ums Geld, nur um die Wahrheit.«

»Die Wahrheit!«, sagt Mummy mit scharfer Stimme. »Wenn dieses Buch veröffentlicht wird, wenn dein Vater *dafür* in Erinnerung bleibt … nach all seinen Wohltaten …« Ihre Stimme wird schrill. »Das ist böse! Und außerdem – wie sollte sie sich nach so vielen Jahren noch erinnern …?«

»Und was macht Dan jetzt in Devon?« Ich blicke von einem zum andern. »Ich verstehe nicht …«

»Er spricht noch mal mit Joss Burton«, sagt Mummy und tupft mit einem kleinen Spitzentaschentuch an ihrer Nase herum. »Sie lebt in Devon.«

»Er ist gestern Abend mit dem Nachtzug hingefahren.« Mary sieht mich verständnisvoll an. »Ich glaube, das Schlimmste ist für ihn, dass er Ihnen die ganze Sache verheimlichen muss.«

Der Nachtzug. Und ich dachte, er wäre bei seiner Geliebten. Dabei hat er die ganze Zeit …

Plötzlich schnürt sich mir die Kehle zu, als ich mir vorstelle, wie Dan nachts in einen Zug steigt. Wie er das alles ganz allein auf sich nimmt. Ich starre in meinen Tee, mit feuchten Augen, und versuche, die Ruhe zu bewahren.

»Er hat nie was gesagt«, presse ich schließlich hervor. »Kein Wort.«

»Seine größte Sorge war die ganze Zeit über, dass Sie es möglicherweise herausfinden und nicht ›verkraften‹ würden, wie er es nannte«, sagt Mary.

»Dass Sie eine weitere … ›Episode‹ erleiden könnten«, formuliert Roderick es taktvoll.

»Es war keine ›Episode‹!«, platze ich heraus, und ich sehe, dass Roderick erschrocken meine Mutter ansieht. »Es war keine Episode und auch kein Nervenzusammenbruch oder was auch immer alle behaupten mögen«, sage ich etwas ruhiger. »Es war Trauer. Nur das. Ja, ich war am Boden zerstört. Aber nur weil ich Daddys Tod so unbegreiflich fand … Das heißt nicht, dass ich labil bin. Dan hat sich zu große Sorgen um mich gemacht. Er wollte mich zu sehr beschützen. Viel zu sehr.«

»Wir haben uns alle Sorgen gemacht, Schätzchen!«, sagt Mummy, um sich zu verteidigen.

»Ihr habt euch nur Sorgen darum gemacht, dass ich euch in Verlegenheit bringen könnte«, fahre ich sie an und wende mich Mary zu, von der ich das Gefühl habe, dass sie für das, was ich sage, am ehesten empfänglich ist. »Dan hatte die besten Absichten, und ich mache ihm keinen Vorwurf … aber er hat mein Verhalten falsch verstanden. Ich hätte es verkraftet, und er hätte es mir sagen sollen. *Alle* hätten es mir sagen sollen.« Mit lautem Knall stelle ich meine Tasse auf den Kaffeetisch. »Dann will ich es jetzt aber auch wissen. Alles.«

Mary blickt mir in die Augen, und ich spüre, wie sie mich einschätzt. Schließlich nickt sie.

»Also gut. Ich gebe Ihnen Einsicht in sämtliche Akten. Sie werden sie allerdings hier in der Kanzlei durchgehen müssen, wofür ich Ihnen aber einen Raum zur Verfügung stellen kann.«

»Danke.« Ich bemühe mich, ihrem geschäftsmäßigen Ton zu entsprechen.

»Sylvie, Schätzchen.« Mummy macht ein gequältes Gesicht. »Das solltest du nicht tun. Du musst wirklich nicht wissen …«

»Doch, muss ich!«, falle ich ihr wütend ins Wort. »Ich habe jahrelang in einer Seifenblase gelebt. Die ist jetzt geplatzt. Ich muss nicht beschützt werden. Ich muss nicht abgeschirmt werden. ›Projekt Sylvie‹ hat sich erledigt.« Ich werfe einen wilden Blick in die Runde. *»Erledigt.«*

Ich sitze allein da und lese und lese. Die Schrift verschwimmt vor meinen Augen. Langsam kriege ich Kopfschmerzen. Eine Assistentin bringt noch drei weitere Tassen Tee, aber die werden alle kalt, bleiben ungetrunken, weil ich viel zu beschäftigt bin mit dem, was ich da sehe, was ich erfahre. In meinem Kopf wirbelt alles durcheinander. Wie konnte das alles passieren, ohne dass ich etwas davon mitbekommen habe? Was war ich nur für ein dummes, blindes Huhn!

Joss Burton verbrachte ihre Ferien früher in Los Bosques Antiguos. Da hat sie Daddy kennengelernt. Das alles ist unbestritten. Ihre Familie besaß dort ein Haus, ganz in der Nähe von unserem. Ihre Eltern waren mit Mummy und Daddy gut bekannt. Ich kann mich nicht an sie erinnern, aber schließlich war ich damals auch erst drei oder vier.

Und auf der anderen Seite sind da all ihre Behauptungen: dass Daddy ihr Geschenke gemacht, ihr Cocktails spendiert und sie in den Wald gelockt hat … und ich konnte mich nicht dazu bewegen, es Wort für Wort zu lesen. Bei der bloßen Vorstellung wurde mir schon übel. Ich habe nur ein paar Seiten überflogen, hier und da einen Satz aufgeschnappt, und da wurde mir erst recht schlecht. Mein Vater? Mit einem naiven, unerfahrenen Mädchen, das noch nie …

Mary Smith-Sullivan hatte recht. Es war kein besonders leichter Stoff.

Und so machte ich mich bald an die E-Mails, die aktuelle Korrespondenz, den eigentlichen Fall. In den Akten finden sich Hunderte Mails. Eher Tausende. Daddy an Dan, Dan wieder an Daddy, Roderick an beide, Dan an Mary, Mary wieder an Dan … und je mehr ich lese, desto schockierter bin ich. Daddys Mails klingen schroff. Fordernd. Herablassend. Dan bleibt immer höflich, immer charmant, aber Daddy … Daddy schubst ihn herum. Er erwartet, dass Dan alles stehen und liegen lässt. Er beschimpft ihn, wenn etwas schiefgeht. Er ist ein Tyrann.

Ich kann nicht glauben, dass ich das über meinen Vater denke. Mein charmanter, zwinkernder Vater ein *Tyrann*? Ich meine, ja, manchmal hat er mit seinem Personal die Geduld verloren ... aber doch nie mit seiner Familie.

Oder?

Ich lese weiter, hoffe inständig, auf die Mail zu stoßen, in der er Dans Hilfe zu schätzen weiß. In der er ihm für seine Mühe dankt. In der er sich erkenntlich zeigt. Er war ein charmanter Mensch. Wo ist hier sein Charme geblieben?

Nach 258 Mails habe ich ihn noch nicht gefunden, und ich fühle mich, als hätte ich Blei im Magen. Alles ergibt einen furchtbaren Sinn. Deshalb hat sich Dans Verhältnis zu Daddy so verschlechtert. Weil Daddy ihn in seine Probleme mit hineingezogen und sie zu Dans gemacht hat, nur um ihn dann wie Dreck zu behandeln.

Kein Wunder, dass Dan von einem »nicht enden wollenden Albtraum« gesprochen hat. Daddy war der Albtraum.

Endlich blicke ich auf, mit flammenden Wangen. Ich bin aufgebracht. Ich will mich einmischen. Ich möchte Daddy zur Rede stellen. Ich möchte es austragen. Sätze fliegen in meinem Kopf herum: *Wie konntest du? Entschuldige dich! So kannst du nicht mit Dan umgehen! Er ist mein Mann!*

Aber Daddy ist tot. Er ist tot. Es ist zu spät. Ich kann es nicht mit ihm austragen. Ich kann nicht mit ihm sprechen. Ich kann ihn nicht fragen, warum er sich so benommen hat, kann ihn nicht zur Rede stellen, nichts wiedergutmachen. Es ist zu spät, alles zu spät.

Schuldgefühle treiben mir die Hitze ins Gesicht, denn ich war Dan keine Hilfe, oder? Die ganze Zeit über habe ich Daddys Fehler ausgeblendet. Ich habe ihn glorifiziert, ich habe es Dan unmöglich gemacht, die Wahrheit zu sagen. Und *das* war der Graben zwischen uns.

»Alles okay?«

Ich zucke zusammen, erschrecke über Marys Stimme und merke, dass ich mich auf meinem Stuhl vor und zurück wiege, mit kampfbereit vorgeschobenem Kinn.

»Klar!« Eilig setze ich mich auf. »Alles gut. Das ist … ziemlich schwerer Stoff.«

»Ja.« Verständnisvoll sieht sie mich an. »Vermutlich zu viel, um alles auf einmal zu verdauen.«

»Ich muss sowieso los.« Ich werfe einen Blick auf meine Armbanduhr. »Zeit, die Kleinen von der Schule abzuholen.«

»Okay.« Sie nickt. »Nun, kommen Sie wieder, wenn Sie wollen, jederzeit. Und fragen Sie mich alles, was Sie wissen möchten.«

»Haben Sie was von Dan gehört?« Die Frage platzt aus mir heraus, bevor ich es verhindern kann.

»Nein.« Sie sieht mich offen an. »Ich bin mir sicher, dass er tut, was er kann.«

Ich habe zehntausend Fragen, mit denen ich sie bombardieren möchte, doch als wir zu den Fahrstühlen gehen, kreisen zwei davon über allen anderen.

»Mein Vater«, sage ich, als ich den Fahrstuhlknopf drücke.

»Ja?«

»Hat er … Ist es … Sie denken doch nicht …« Ich kann es nicht laut aussprechen. Aber Mary versteht mich ganz genau.

»Ihr Vater hat immer beteuert, dass Jocelyn Burton eine blühende Fantasie besitzt und die Affäre komplett erfunden war«, sagt sie. »Ihre vollständige Aussage können Sie den Akten entnehmen. Viele Worte. Sehr bildhaft. Allerdings könnten Sie die Lektüre möglicherweise als wenig hilfreich empfinden.«

»Okay«, sage ich. »Na … vielleicht.« Ich lasse die Fahrstuhlanzeige nicht aus den Augen: 26-25-24 … Da halte ich die Luft an. »Mein Vater«, sage ich noch einmal.

»Ja?«

Ich beiße mir auf die Lippe. Ich weiß gar nicht genau, was ich fragen möchte. Ich versuche es noch mal. »Ich habe die Mails zwischen Dan und meinem Vater gelesen. Und …«

»Ja.« Mary sieht mir in die Augen, und ich habe das Gefühl, als wüsste sie genau, worauf ich anspiele. »Dan ist sehr geduldig. Sehr klug. Ich hoffe, Ihr Vater wusste, wie viel er ihm zu verdanken hat.«

»Aber das wusste er nicht, stimmt's?«, sage ich geradeheraus. »Ich habe es an den E-Mails gesehen. Daddy war schrecklich zu ihm. Ich kann gar nicht glauben, dass Dan das mit sich hat machen lassen.« Plötzlich kommen mir die Tränen, als ich mir vorstelle, wie Dan klaglos Daddys wenig charmante Aufträge erledigt. Ohne mir ein Wort zu sagen. »Ich meine, warum sollte er das tun? *Warum*?«

»Ach, Sylvie.« Mary schüttelt den Kopf und lacht so sonderbar. »Wenn Sie das nicht wissen …« Sie stockt, mustert mich mit derart schiefem Blick, dass ich mich fast unwohl fühle. »Wissen Sie, ich war schon die ganze Zeit sehr gespannt darauf, Sie kennenzulernen. Dans Sylvie kennenzulernen.«

»Dans Sylvie?« Ein schmerzliches Lachen steigt in mir auf. »Im Moment empfinde ich mich nicht gerade als Dans Sylvie. An seiner Stelle hätte ich mich schon vor Jahren verlassen.«

Die Fahrstuhltür geht auf, und als ich einsteige, reicht Mary mir die Hand. »Es war schön, Sie endlich kennenzulernen, Sylvie«, sagt sie. »Bitte machen Sie sich keine Sorgen um dieses zweite Buch. Bestimmt findet sich eine Lösung. Und wenn ich Ihnen noch mehr Informationen geben kann, zu Joss ... oder Lynn ...«

»Bitte?« Verdutzt starre ich sie an. »Was meinen Sie mit ›Lynn‹?«

»Oh, Verzeihung. Ich weiß, es ist verwirrend.« Reumütig blickt Mary auf. »Mit ganzem Namen heißt sie Jocelyn, aber als Teenager wurde sie Lynn genannt. Aus rechtlichen Gründen allerdings ...«

»Moment.« Bevor ich überhaupt merke, dass ich reagiere, schlägt meine Hand nach dem Türöffner. »Lynn? Wollen Sie mir erzählen ... Sie wurde *Lynn* genannt?«

»Nun, normalerweise sprechen wir von ihr natürlich als Joss.« Mary scheint sich über meine Reaktion zu wundern. »Aber damals war sie Lynn. Ich dachte, vielleicht könnten Sie sich sogar an sie erinnern. In ihrer Aussage werden Sie jedenfalls erwähnt. Sie hat mit Ihnen gespielt. Mit Ihnen Lieder gesungen. ›Kumbaya‹, solche Sachen.« Mary verzieht das Gesicht. »Sylvie? Geht es Ihnen auch gut?«

Ich habe in einer Seifenblase in einer Seifenblase gelebt. Ich fühle mich so unwirklich. Während ich die Lower Sloane Street entlanglaufe, stellt sich mir immer wieder dieselbe Frage: *Was ist wirklich? Was ist real?*

Als ich endlich aus der Kanzlei Avory Milton kam, habe ich mindestens fünfmal versucht, Dan anzurufen. Aber er ist nicht rangegangen, oder er hatte kein Netz oder was weiß ich. Also habe ich schließlich eine verzweifelte Nachricht auf seiner Mailbox hinterlassen. »Dan, ich habe es eben erfahren. Ich kann es nicht glauben. Hätte ich das doch gewusst. Es tut mir so leid, ich hab alles falsch verstanden. Dan, wir müssen reden. Dan, bitte ruf mich an. Es tut mir so, *so* leid …«

Jetzt bin ich auf dem Weg zu Mummys Wohnung. Ich bin etwas aufgebracht und sollte mir vermutlich die Zeit für einen kleinen Beruhigungsdrink nehmen, doch das werde ich nicht tun. Ich muss mit ihr reden. Ich muss das klären. Ich habe schon in der Schule angerufen und die Mädchen für die Nachmittagsbetreuung angemeldet. (Die haben zum Glück kein Problem mit kurzfristigen Anrufen gestresster Londoner Eltern.)

Ich verschaffe mir mit meinem Schlüssel Zugang zu Mummys Wohnung, schleiche grußlos ins Wohnzimmer und sage anklagend: »Du hast mich belogen!«

Mummy zuckt zusammen und wendet sich mir zu. Sie sieht aus, als hätte sie vor sich hingestarrt, mit einem Kissen vor der Brust. Plötzlich wirkt sie ganz klein und verletzlich auf dem großen Sofa, doch diesen Gedanken verdränge ich.

»Lynn«, sage ich, durchbohre sie mit meinem Blick. »Lynn, Mummy. *Lynn.*«

Man muss ihr wohl zugutehalten, dass sie nicht sagt: »Was meinst du mit ›Lynn‹?« Ihr Blick geht an mir vorbei, als sähe sie ein Gespenst, und langsam verzieht sich ängstlich ihr Gesicht.

»Lynn!«, schreie ich förmlich. »Du hast mir gesagt, ich hätte sie mir eingebildet! Du hast mich total verkorkst! Sie war echt! Sie war *real*!«

»Ach, Schätzchen.« Nervös knüllt Mummy den Stoff ihrer Jacke.

»Warum hast du das getan?« Meine Stimme ist gefährlich nah an einem Jammern, einem kindlichen Jammern. »Warum wolltest du, dass ich mich so schrecklich fühle? Warum durfte ich nicht von ihr erzählen, ich habe mich so schuldig gefühlt … Und dabei wusstest du die ganze Zeit, dass sie real war! Das ist doch kaputt! Das ist total krank!«

Und während ich so rede, sehe ich Tessa und Anna vor meinem inneren Auge. Meine zauberhaften Mädchen mit ihren kostbaren Gedanken und Träumen und Ideen. Die Vorstellung, sie so zu verwirren, so auf sie einzuwirken, dass sie wegen *irgendwas* ein schlechtes Gewissen haben … ist das Schlimmste.

Mummy antwortet nicht. Schwer atmend schleiche ich um das Sofa herum, damit ich ihr ins Gesicht sehen kann. »Warum? *Warum?*«

»Du warst so klein«, sagt Mummy schließlich.

»Klein? Was hat das damit zu tun?«

»Wir dachten, so wäre es einfacher.«

»Warum einfacher?« Ich starre sie an. »Was meinst du mit ›einfacher‹?«

»Weil wir so eilig abreisen mussten. Weil …«

»Warum mussten wir so eilig abreisen?«

»Weil das Mädchen deinen Vater … *beschuldigt* hat!« Plötzlich klingt Mummys Stimme grob und harsch, und ihr Gesicht nimmt den hässlichsten Ausdruck an, den ich je bei ihr gesehen habe, eine Art abgrundtiefer Abscheu, die mir bis ins Mark geht.

Und schon im nächsten Moment ist dieser Ausdruck wieder weg. Aber ich habe ihn gesehen. Ich kann ihn nicht mehr ungesehen machen. Und ich kann auch diese Stimme nicht mehr ungehört machen.

Unser Leben war so glanzvoll. Ich sah nichts anderes als den Glanz, den Spaß, den Luxus. Meinen attraktiven Vater, meine wunderschöne Mutter. Meine bezaubernde, beneidenswerte Familie. Doch nun sehe ich überhebliche Mails. Verlogene Eltern. Die Hässlichkeit, die hinter allem lauert.

»Ist an dem, was sie sagt …«, ich schlucke trocken, »ist da … irgendetwas Wahres dran?«

»Selbstverständlich nicht.« Wieder diese harsche Stimme, die mich zurückschrecken lässt. »Selbstverständlich nicht. *Selbstverständlich* nicht.«

»Und warum …?«

»Wir mussten Los Bosques Antiguos verlassen.« Mummy wendet sich ab, starrt in eine Ecke. »Es war alles so unerfreulich. Unerträglich. Das Mädchen hat seinen Eltern davon erzählt, und offenbar haben sie ihm dieses Schauermärchen geglaubt. Na, du kannst dir ihre Reaktion vorstellen. Und sie haben unter unseren Freunden so böse Gerüchte gestreut … Wir konnten das nicht … Wir mussten da weg.«

»Also habt ihr das Haus verkauft.«

»Ich denke, wir hätten es sowieso verkauft.«

»Und ihr habt mir erzählt, ich hätte mir Lynn ausgedacht. Ihr habt eine Vierjährige manipuliert.« Ich lasse nicht locker.

»Du hast immer wieder nach ihr *gefragt,* Sylvie.« Mummy hat so ein Zucken im linken Auge, und sie wischt mehrmals darüber. »Ständig hast du gefragt: ›Wo ist Lynn?‹ und dann dieses fürchterliche Lied gesungen.«

»Kumbaya«, sage ich leise.

»Das hat deinen Vater verrückt gemacht. Es hat uns beide verrückt gemacht. Wie hätten wir das sonst alles hinter uns lassen sollen? Dein Vater hatte die Idee, dir zu erzählen, dass du dir das alles nur einbildest. Und ich dachte, was macht es schon? Real … imaginär … du würdest sie sowieso nie wiedersehen. Es war eine harmlose Notlüge.«

»Eine *harmlose Notlüge*?«

Ich brenne vor Zorn. Mir gehen Millionen Momente meiner Kindheit durch den Kopf. Ich erinnere mich an Daddys unterschwelligen Ärger, sobald von Lynn die Rede war. Wie Mummy eilig die Situation rettete und das Thema wechselte. Aber so hat sie es ihr Leben lang gemacht, oder? Situationen gerettet, indem sie das Thema wechselte.

Wir schweigen. Ich kann nicht bleiben, aber ich bringe mich auch nicht dazu, mich zu bewegen. Aus unerfindlichem Grund starre ich Mummys Sofa an. Es ist groß und cremefarben, mit Fransenborten und rosa Kissen aus Samt und Seide. Und Mummy sieht so blond und hübsch aus, wie sie da in ihrem rosa Kostüm sitzt. Der Anblick ist bezaubernd. An der Oberfläche.

Und mir wird klar, dass sie das für mich schon immer war. Oberfläche, nichts als Oberfläche. Glanz und Gloria. Strahlendes Lächeln, das dafür da ist abzulenken. Im Laufe der Jahre haben wir einander gegenüber immer dieselben Phrasen wiederholt, ohne sie jemals zu hinterfragen. »Zauberhaftes Kleid.« »Köstlicher Wein.« »Daddy war ein Held.« Wann hatten wir das letzte Mal ein echtes, offenes Gespräch, das tatsächlich zu etwas *geführt* hätte?

Nie.

»Was ist mit Dan?«, sage ich tonlos.

»Dan?« Mummy runzelt die Stirn, als hätte sie vergessen, wer Dan ist, und ich merke, wie ich immer wütender werde.

»Dan, der alles für euch getan hat. Dan, der jetzt in Devon ist und versucht, Daddys Ruf zu retten. Mal wieder. Dan, der eigentliche Held in dieser ganzen Angelegenheit. Aber du behandelst ihn, als wäre er …« Ich komme ins Stottern. »Als wäre er … nur ein Witz.«

Als ich das Wort laut ausspreche, merke ich, dass es genau richtig ist. Mummy hat Dan nie ernst genommen, nie respektiert. Sie ist wohl höflich und charmant, aber immer mit diesem leisen Lächeln um die Mundwinkel. Diesem leicht mitleidigen Blick. *Der arme Dan.*

»Schätzchen, sei nicht albern«, sagt Mummy. »Wir fühlen alle mit dem armen Dan.«

Ich fasse es nicht. Sie tut es schon wieder. »Nenn ihn nicht immer ›armer Dan‹!«, fahre ich sie an. »Du bist so was von herablassend!«

»Sylvie, Liebchen, beruhige dich!«

»Ich beruhige mich, sobald du meinen Mann mit Respekt behandelst! Du bist genauso schlimm wie Daddy! Ich habe seine E-Mails an Dan gelesen, und die waren unverschämt. Richtig unverschämt. Die ganze Zeit haben wir uns aufgeführt, als wäre Daddy ein Heiliger. Als wäre Daddy der Größte. Nein, Dan ist der Größte! Er ist der Allergrößte, ohne dass man es ihm jemals in irgendeiner Form gedankt hätte ...«

Der Ärger sprudelt nur so aus mir hervor, aber ich ärgere mich auch über mich selbst. Mir ist ganz heiß vor Scham und Selbstverachtung. Wenn ich daran denke, wie oft ich Daddy Dan gegenüber in Schutz genommen habe. All die falschen Schlüsse, die ich gezogen habe. Die unverzeihlichen Dinge, die ich zu Dan gesagt habe: »Du kannst es nicht ertragen, dass Daddy wohlhabend und erfolgreich war ... Du bist immer dermaßen bockig, und mir reicht's langsam ...«

Ich habe ausgerechnet Dan, der sich geduldig mit dem ganzen Scheiß abgegeben hat, als *bockig* beschimpft.

Ich kann es nicht ertragen. Ich kann mich selbst nicht ertragen. Kein Wunder, dass er ganz neinisch wurde. Kein Wunder, dass er sich in die Enge getrieben fühlte. Kein Wunder, dass er es nicht ertragen konnte, wenn wir uns die Hochzeits-DVD angesehen und an der Daddy-Show ergötzt haben.

Immer wieder überkommt mich die Scham. Ich hielt mich für so clever. Ich hielt mich für die allwissende Sylvie. Dabei wusste ich *nichts*.

Und selbst jetzt will Mummy es nicht einsehen. Sie will nichts zugeben. Ich merke es an ihrem leeren Blick. Sie dreht sich ihre Erinnerung so hin, wie es ihr gefällt, hat sich ihr eigenes Universum geschaffen. Daddy und sie stehen im Zentrum, alle anderen kreisen drum herum.

»Es war hier in diesem Zimmer«, fahre ich fort. »Ich höre dich noch sagen: ›Dan ist ja nun nicht gerade ein Unterhaltungskünstler, oder?‹ Dabei ist er genau das.« Mit einem Mal bebt meine Stimme. »Er ist sogar der Inbegriff von einem Unterhaltungskünstler. Ohne große Worte, ohne Angeberei … unterhält er seine Familie und ist immer für uns da. Du hast ihn unterschätzt. Ich habe ihn unterschätzt.« Plötzlich merke ich, dass mir die Tränen kommen. »Ich kann nicht fassen, für wie selbstverständlich Daddy ihn vereinnahmt hat. Dass er ihn beschimpft hat. Dass er ihn behandelt hat wie …«

»Sylvie, genug davon!«, fällt Mummy mir ins Wort. »Du steigerst dich da rein. Dan kann sich glücklich schätzen, dass er in diese Familie einheiraten durfte, sehr glücklich sogar …«

»Bitte?« Ich starre sie an, bin mir nicht sicher, ob ich recht gehört habe. *»Wie bitte?«*

»Dein Vater war ein wunderbarer, großzügiger, bemerkenswerter Mann. Denk nur, was er geschaffen hat. Er wäre außer sich, würde er dich so reden hören!«

»Tja, Pech!«, explodiere ich. »Und was soll das heißen: ›Dan kann sich glücklich schätzen‹? Er hätte euer Geld nie angenommen, er sorgt für mich und die Mädchen, er hat es stumm ertragen, in diesem verdammten Hochzeitsfilm ständig mitansehen zu müssen, wie Daddy allen die Show stiehlt … Er kann sich glücklich schätzen? Du und Daddy, *ihr* konntet euch glücklich schätzen, einen so wunderbaren Schwiegersohn zu bekommen! Hast du daran schon mal gedacht?«

Ich keuche. Langsam verliere ich die Kontrolle. Ich weiß nicht, was ich als Nächstes sage. Aber es ist mir auch egal.

»Sprich nicht so von deinem Vater!«, entfährt es meiner Mutter schrill. »Weißt du, wie sehr er dich geliebt hat? Weißt du, wie stolz er auf dich war?«

»Hätte er mich wirklich geliebt, dann hätte er auch den Mann, den ich liebe, respektiert! Er hätte Dan wie ein richtiges Familienmitglied behandelt, nicht wie einen … Untergebenen! Er hätte mich wegen meiner imaginären Freundin nicht belogen, nur weil es für ihn bequemer war!« Ich starre Mummy an. Mir stockt der Atem, als sich meine Gedanken zu einem Muster formen, das einen grausamen Sinn ergibt. »Ich bin nicht mal sicher, ob er mich als eigenständigen Menschen geliebt hat oder als Spiegelbild seiner selbst. Als Teil der Marcus-Lowe-Show. Seine Prinzessin. Die Tochter des Königs. Aber ich bin *ich*. Ich bin *Sylvie*.«

Während ich spreche, sehe ich mich in einem von Mummys goldgerahmten Spiegeln. Meine hüftlangen blonden Haare. So mädchenhaft und wallend und prinzessinnengleich wie eh und je. Es war Daddy, der meine Haare so sehr liebte. Der mich daran hinderte, sie abzuschneiden.

Mag ich eigentlich lange Haare?

Stehen mir lange Haare überhaupt?

Ein paar Augenblicke lang starre ich mich nur an, kann kaum atmen. Ich fühle mich benommen und unwirklich, als ich an Mummys Schreibtisch trete und die handgeschmiedete Schere nehme, die ich ihr mal zu Weihnachten geschenkt habe. Ich greife mir in die Haare und fange an zu schneiden.

Noch nie im Leben habe ich mich so frei gefühlt. Noch *nie.*

»Sylvie?«, ruft Mummy entsetzt. »Sylvie. *Sylvie!*« Ihre Stimme wird zu einem hysterischen Kreischen. »Was *tust* du?«

Ich stutze mitten in der Bewegung. Schon liegen lange blonde Strähnen am Boden. Ungerührt betrachte ich sie, dann blicke ich auf und sehe meiner Mutter in die Augen.

»Ich werde erwachsen.«

KAPITEL SECHZEHN

Den Rest des Tages bringe ich wie ferngesteuert hinter mich. Ich hole die Mädchen von der Schule ab und gebe mir Mühe, ihre Betroffenheit einfach wegzulachen:

»Mummy, was ist mit deinen *Haaren* passiert?«

»Wo sind deine *Haare* hin?«

»Wann machst du sie wieder dran?« (Anna, während sie voll Sorge zu mir aufblickt). »Machst du sie jetzt wieder dran, Mummy? Jetzt?«

Und mein erster Impuls ist, sie irgendwie zu beschützen. Den Schock abzumildern. Ich denke schon: Sollte ich mir eine blonde Langhaarperücke kaufen? Bis es mir wie Schuppen von den Augen fällt: Ich kann die Mädchen nicht ewig beschützen, und das sollte ich auch nicht. Im Laufe ihres Lebens wird einiges passieren, was ihnen nicht gefällt. *Shit happens.* So ist das eben. Und sie werden lernen müssen, es zu verkraften. Wie alle anderen auch.

Wir essen zu Abend, ich bringe sie ins Bett, dann sitze ich auf meinem – unserem – Bett und starre die Wand an, bis die Ereignisse der letzten Tage wie eine Woge über mir zusammenschlagen und ich mich in Tränen auflöse. Ich weine bitterlich, vergrabe meinen Kopf im Kissen, als käme wieder diese Trauer über mich.

Und vermutlich trauere ich irgendwie auch. Aber

worum? Um meine verlorene reale/imaginäre Freundin Lynn? Um den heldenhaften Vater, den ich zu kennen glaubte? Um Dan? Um unsere angeschlagene Ehe? Um die Sylvie, die ich einmal war, so unschuldig und unbeschwert, die ahnungslos durch die Welt stolperte?

Immer wieder schweifen meine Gedanken zu Daddy und Lynn und dem ganzen Problem … Hirngespinst … was es auch sein mag, doch dann reiße ich mich davon los. Ich kann den Gedanken nicht ertragen. Die ganze Sache ist einfach surreal. Unvorstellbar.

Und was mich wirklich bewegt – woran ich mich wie eine Besessene festbeiße –, ist Dan. Als es Nacht wird und ich endlich ins Bett gehe, kann ich nicht schlafen. Ich starre an die Decke, tausend Gedanken kreisen in meinem Kopf. *Es tut mir so leid … Ich wusste nichts davon … Du hättest es mir sagen sollen … Wenn ich das gewusst hätte … Hätte ich es doch nur gewusst …*

Auf meinen Anruf hat er nicht reagiert. Er hat sich überhaupt nicht gemeldet. Ich kann es ihm nicht verdenken.

Irgendwann muss ich dann wohl doch eingedöst sein. Der Wecker klingelt, und ich stehe sofort auf, fühle mich wie gerädert. Mein Gesicht ist totenbleich. Als ich mich für die Arbeit anziehe, greife ich ganz automatisch nach einem meiner Mrs-Kendrick-freundlichen Outfits. Da stutze ich, überlege kurz. Ich schiebe alle meine Kleider beiseite und entscheide mich für meinen engen schwarzen Hosenanzug. Den habe ich seit Jahren nicht getragen. Er trifft ganz und gar nicht Mrs Kendricks Geschmack. Und das ist auch gut so.

Über Nacht ist mir so einiges klar geworden. Im fahlen

Licht des frühen Morgens stellt sich mir manches ganz anders dar. Nicht nur Dan und ich … und Daddy … und unsere Ehe … auch die Arbeit. Wer ich bin. Was ich so treibe.

Das muss anders werden. Keine damenhaften Schritte mehr. Keine Konventionen. Keine falsche Bescheidenheit. Ich muss losmarschieren. Ich muss das Leben bei den Hörnern packen. Ich muss verlorene Zeit gutmachen.

Ich setze die Mädchen an der Schule ab und nicke lächelnd, als alle, die mir gestern nicht begegnet sind, staunend meine neue Frisur anstarren. Eltern, Lehrer – selbst Miss Blake, die Schulleiterin, als sie mir entgegenkommt –, sie alle werden blass vor Schreck, aber als sie mich begrüßen, versuchen sie, sich nichts anmerken zu lassen. Es sieht tatsächlich brutal aus. Ich war selbst schockiert, als ich mich am Morgen im Spiegel betrachtete. Freundlich sage ich: »Ja, ich brauchte eine kleine Veränderung« und »Es muss noch etwas ausgebessert werden«, mindestens sechshundert Mal, dann flüchte ich.

Ich brauche einen richtigen Haarschnitt. Das wird auch passieren. Aber vorher habe ich noch einiges zu erledigen.

Als ich im Willoughby House ankomme, macht Clarissa große Augen.

»Deine Haare, Sylvie!«, ruft sie. »Deine *Haare*!«

»Ja.« Ich nicke. »Meine Haare. Ich habe sie abgeschnitten.«

»Ja. Wow.« Sie schluckt. »Es sieht … gut aus!«

»Du brauchst nicht zu lügen.« Ich lächle, gerührt von ihren Bemühungen. »Es sieht nicht gut aus. Aber es sieht *richtig* aus. Für mich.«

Clarissa hat offensichtlich keine Ahnung, was ich damit meine. Woher auch?

»Robert hat gefragt, wo du gestern warst«, sagt sie und mustert mich verunsichert. »Wir alle haben uns das gefragt.«

»Ich habe mir die Haare abgeschnitten«, sage ich und gehe zum Computertisch. Dort sind die »Bücher« ordentlich gestapelt, und ich greife mir den ganzen Schwung. Sie reichen zwölf Jahre zurück. Das sollte genügen, oder?

»Was tust du?« Clarissa beobachtet mich neugierig.

»Es wird Zeit, dass jemand etwas unternimmt«, sage ich. »Es wird Zeit, dass einer von uns die Sache in die Hand nimmt!« Ich wende mich zu ihr um. »Nicht nur harmlose, kleine Aktionen … sondern groß angelegte Aktionen. Riskante Aktionen, wie wir sie schon lange hätten angehen sollen.«

»Aha«, sagt Clarissa betroffen. »Okay. Ja. Unbedingt.«

»Ich bin nachher wieder da.« Vorsichtig verstaue ich die Bücher in einem Stoffbeutel. »Wünsch mir Glück.«

»Viel Glück«, sagt Clarissa folgsam. »Du siehst heute sehr *geschäftsmäßig* aus«, fügt sie noch hinzu und sieht mich dabei an, als wäre das eine völlig neue, fremde Idee. »Dieser Hosenanzug. Und die Haare.«

»Ja, nun.« Ich schenke ihr ein schiefes Lächeln. »Wurde auch Zeit.«

Als ich bei der Wilson-Cross-Foundation eintreffe, habe ich noch zwanzig Minuten Zeit. Das Büro befindet sich in einem stuckverzierten weißen Altbau in Mayfair und hat etwa zwanzig Mitarbeiter. Ich habe keine Ahnung, was die da alle machen – abgesehen vom Kaffeetrinken mit Idioten wie mir im Claridge's –, aber das ist mir egal. Ich interessiere mich nicht für ihre Mitarbeiter. Ich interessiere mich für ihr Geld.

Die Kuratoriumssitzung beginnt um elf Uhr, wie ich dem Veranstaltungskalender entnehmen konnte, den mir Susie Jackson Anfang des Jahres geschickt hat. Oft genug hat sie mir diese Sitzungen schon beschrieben, was immer ganz lustig ist. Wenn sie erzählt, wie die Kuratoriumsmitglieder den Beginn hinauszögern, weil sie lieber über Schulen und Schulferien plaudern. Wie sie versehentlich Zahlendreher einbauen und dann so tun, als wäre nichts gewesen. Wie sie mal eben, ohne mit der Wimper zu zucken, eine Entscheidung über Millionen Pfund treffen, andererseits aber ewig über eine Fünfhundert-Pfund-Spende streiten, weil sie sich nicht einigen können, ob das Projekt »dem Geist der Stiftung« genügt. So wie sie sich gegeneinander zusammenrotten. Im Vorstand der Wilson-Cross-Foundation sitzen sehr angesehene und wichtige Leute – ich kenne die Liste, und alle sind Sir Soundso oder Lady Sonstwas –, und trotzdem benehmen sie sich immer mal wieder wie kleine Kinder.

Das weiß ich also alles. Außerdem weiß ich, dass sie heute Zuschüsse von bis zu fünf Millionen Pfund verteilen. Und dass sie auf Empfehlungen hören, auch auf die von Susie Jackson.

Aber vor allem weiß ich, dass Susie Jackson uns was schuldig ist.

Ich habe der Frau am Empfang weisgemacht, ich hätte einen Termin. Als Susie nach vorn kommt, mit einem dicken weißen Aktenordner in der Hand, sieht sie mich erstaunt an.

»Sylvie! Hi! Ihre *Haare*!« Angewidert verzieht sie das Gesicht, und im Stillen gebe ich ihr zwei von zehn Punkten in der Kategorie »Taktvolle Reaktion«. (Zehn von zehn Punkten gehen an die Schulleiterin Miss Blake, die offensichtlich schockiert war, als sie mich sah, aber sofort sagte: »Mrs Winter, welch dramatische Frisur, ausgesprochen inspirierend!«)

»Ja. Meine Haare. Egal.«

»Hatten wir einen Termin?« Susie legt die Stirn in Falten, während sie ihr Handy konsultiert. »Nicht dass ich wüsste. Oh, tut mir leid, ich habe noch gar nicht auf Ihre E-Mail geantwortet …«

»Vergessen Sie die E-Mail«, falle ich ihr ins Wort. »Und, nein, wir hatten keinen Termin vereinbart. Ich wollte Sie nur kurz fragen, wie hoch die Spende ausfallen wird, die Sie für Willoughby House heute eingeplant haben.«

»Wie bitte?« Susie ist perplex.

»Es war so schön, Sie im Claridge's zu treffen, und ich hoffe sehr, Sie hatten Freude an Ihrer *Kaffeetorte*«, sage ich bedeutungsvoll, und sie läuft rot an.

»Oh. Ja.« Sie spricht mit dem Boden. »Danke.«

»Ich bin eine große Anhängerin des Quidproquo. Sie doch bestimmt auch, oder?«, füge ich zuckersüß hinzu. »Gefallen erwidern? Ausgleich schaffen?«

»Hören Sie, Sylvie, jetzt ist kein guter Moment«, setzt Susie an, aber ich lasse nicht locker.

»Und mir ist aufgefallen, dass wir schon *ziemlich lange* auf unseren Ausgleich warten.« Ich greife in meine Tasche und hole die »Bücher« hervor. Ich habe sie mit Klebezetteln versehen, bevor ich herkam, und jetzt blättere ich zu einem alten, halb verblassten Eintrag. »Unser erstes Treffen hatten wir mit einer Ihrer Vorgängerinnen. *Vor elf Jahren.* Sie hieß Marian und meinte, Willoughby House sei genau so ein Unternehmen, das sie unterstützen sollten, aber leider sei der Zeitpunkt nicht gut gewählt. Das hat sie drei Jahre lang gesagt.« Ich blättere in einem anderen Buch. »Danach hat Fiona von Marian übernommen. Hier, am 12. Mai 2011 hat Mrs Kendrick sie zum Essen ins Savoy eingeladen.« Ich fahre mit dem Finger an dem Eintrag entlang. »Sie hatten drei Gänge und Wein, und Fiona hat versprochen, die Stiftung würde uns unterstützen. Aber das ist natürlich nie passiert. Und dann haben Sie von Fiona übernommen, und ich habe mich achtmal mit Ihnen getroffen. Sie wurden mit Kaffee, Kuchen, Partys und Empfängen umgarnt. Jedes Jahr bewerben wir uns um eine Unterstützung. Haben aber noch nie auch nur einen Penny gesehen.«

»Okay«, sagt Susie und wird etwas förmlicher. »Gut. Wie Sie wissen, haben wir viele Anfragen zu bewerten, und wir behandeln jede Bewerbung mit großer Sorgfalt …«

»Kommen Sie mir nicht damit!«, sage ich ungeduldig. »Warum haben Sie das V & A, die Wallace Collection, das Handel House, das Museum Van Loon in Amsterdam unterstützt … aber noch nie Willoughby House?«

Ich habe meine Hausaufgaben gemacht und merke, dass es der richtige Ansatz ist. Doch Susie fängt sich gleich wieder.

»Sylvie«, sagt sie etwas gespreizt, »wenn Sie glauben, wir hätten etwas gegen Willoughby House …«

»Nein, das glaube ich nicht«, falle ich ihr ins Wort.

»Aber ich glaube, wir waren zu höflich und bescheiden. Wir haben die Unterstützung verdient wie jedes andere Museum auch, und wir stehen kurz vor der Pleite!«

Ich spüre, wie meine innere Mrs Kendrick bei dem Wort »Pleite« das Gesicht verzieht. Aber es ist an der Zeit, klare Kante zu zeigen. Klare Frisur, klare Worte.

»*Pleite?*« Susie starrt mich an, wirkt ehrlich entsetzt. »Wie können Sie vor der Pleite stehen? Ich dachte, Sie sind bestens versorgt! Haben Sie nicht eine große Privatspende erhalten?«

»Alles weg. Das Museum soll zu Apartments umgebaut werden.«

»Ach, du je.« Sie ist erschüttert. »*Apartments?* Ich wusste nicht ... Ich dachte ... Wir alle dachten ...«

»Tja, wir auch.« Ich zucke mit den Schultern.

Wir schweigen lange. Susie wirkt ehrlich bedrückt. Sie betrachtet den Ordner in ihrer Hand, dann mich, scheint hin und her gerissen.

»Heute kann ich nichts für Sie tun. Die Budgets sind verteilt. Die Empfehlungen wurden ausgesprochen. Alles ist bis auf den letzten Penny verplant.«

»Aber beschlossen wurde noch nichts.« Ich deute auf den weißen Ordner. »Das sind nur Empfehlungen. Sie könnten neu planen. Neu empfehlen.«

»Nein, das könnte ich nicht!«

»Sie könnten einen Nachsatz anhängen. Einen zusätzlichen Vorschlag.«

»Zu spät.« Sie schüttelt den Kopf. »Dafür ist es zu spät.«

»Das Meeting hat doch noch gar nicht begonnen!« Plötzlich sehe ich rot. »Wie kann es da schon zu spät sein? Sie müssen doch nur reingehen und sagen: ›Hey, Treuhänder, ich habe eben die schreckliche Nachricht erhalten, dass Willoughby House demnächst schließen muss. Irgendwie müssen wir es wohl übersehen haben, also lassen wir denen am besten schnell eine ordentliche Spende zukommen. Hand hoch, wer dafür ist!‹«

Ich sehe Susie an, dass sich die Idee in ihrem Kopf einrichtet, auch wenn sie sich noch dagegen wehrt.

»Das wäre das Richtige«, sage ich mit Nachdruck. »Und das wissen Sie. Hier habe ich Ihnen ein paar nützliche Informationen zusammengestellt.« Ich reiche ihr eine Liste mit Stichpunkten rund ums Willoughby House. »Die lasse ich Ihnen hier, Susie, und ich warte auf Ihre Rückmeldung, denn ich vertraue Ihnen. Bis später.«

Irgendwie schaffe ich es, mich umzudrehen und zu gehen, obwohl ich noch hundert weitere Argumente vorzubringen hätte. Weniger ist mehr, und wenn ich bleibe, lasse ich meinem Ärger doch nur freien Lauf, und am Ende ist Susie genervt.

Außerdem bin ich heute auf einer Mission. Das war nur der erste Teil. Jetzt weiter zu Teil zwei, drei und vier.

Um fünf bin ich total erledigt. Aber es läuft richtig gut. In all den Jahren, die ich für dieses Museum arbeite, habe ich mich noch nie so ins Zeug gelegt wie heute. Noch nie habe ich dermaßen viel angepriesen, gebettelt und auf Leute eingeredet. Und jetzt frage ich mich: Was habe ich eigentlich bisher die ganze Zeit gemacht?

Es kommt mir vor, als wäre ich jahrelang schlafgewandelt. Hätte einfach immer alles so gemacht, wie Mrs Kendrick es wollte. Selbst in den letzten Wochen bin ich nicht mutig genug aufgetreten, obwohl wir doch so sehr unter Druck standen. Ich habe nichts *gewagt*. Ich habe nichts *verändert*.

Nun, heute habe ich es getan. Heute lief es so, wie Sylvie es wollte. Und wie sich herausstellt, will Sylvie etwas völlig anderes.

Noch nie habe ich in diesem Haus das Heft in die Hand genommen. Heute aber habe ich Mrs Kendrick und Robert zu einer Besprechung einbestellt, habe Ort und Zeit vorgegeben und mehr oder weniger auch das Sagen. Ich bin am Ball. Den ganzen Tag war ich eisern und konzentriert.

Okay, nicht den »ganzen« Tag. Zugegebenermaßen war ich nur »in Momenten« eisern und konzentriert. Meist habe ich mich aufs Willoughby House konzentriert. Aber zwischendurch habe ich bestimmt fünfhundert Mal auf meinem Handy nachgesehen, ob Dan sich gemeldet hat, und fünftausend Mal habe ich seine Nummer gewählt und mir vorgestellt, was er wohl über mich denken mag, und mir dabei die schlimmstmöglichen Szenarien vorgestellt, mit Tränen in den Augen.

Aber ich kann mir jetzt keine Tränen leisten. Also habe ich Dan irgendwie aus meinem Kopf verbannt. Als ich in die Bibliothek komme, tue ich es erhobenen Hauptes, mit ernstem Blick, und ihren Mienen kann ich entnehmen, dass sowohl Mrs Kendrick als auch Robert angesichts meiner äußeren Erscheinung schockiert sind.

»Sylvie!«, stöhnt Mrs Kendrick entsetzt. »Ihre …«

»Ich weiß«, komme ich ihr zuvor. »Meine Haare.«

»Sieht gut aus«, sagt Robert, und ich werfe ihm einen argwöhnischen Blick zu, aber er verzieht keine Miene.

Ohne weitere Vorrede zücke ich meine handschriftlichen Notizen und baue mich vor dem Kamin auf.

»Ich habe Sie beide herbestellt«, sage ich, »um mit Ihnen über die Zukunft zu sprechen. Willoughby House ist ein wertvolles, einzigartiges, informatives Museum mit ungeheurem Potential. Mit ungeheuren Schätzen. Ungeheuren Möglichkeiten.« Ich blicke den beiden tief in die Augen. »Wir müssen uns dieser Möglichkeiten bewusst werden, das Potential anzapfen und diese Schätze zu Geld machen.« Die Formulierung »zu Geld machen« entspricht so gar nicht Mrs Kendricks Ausdrucksweise, dass ich sie noch einmal wiederhole: »Wir müssen unsere Schätze zu Geld machen, wenn wir überleben wollen.«

»Bravo!«, sagt Robert mit Nachdruck, und ich werfe ihm ein kurzes, dankbares Lächeln zu.

»Ich habe da einige Ideen, die ich gern mit Ihnen besprechen würde«, fahre ich fort. »Erstens: Der Keller wurde sträflich vernachlässigt. Ich schlage eine *Oberschicht/Unterschicht*-Ausstellung vor, um die Faszination der Menschen für das Leben und die Arbeit der verschiedenen gesellschaftlichen Klassen zu nutzen. Zweitens: In der Küche liegt das Tagebuch einer alten Dienstmagd, in dem sie ihren Alltag beschreibt. Ich habe heute zwei Verlage angerufen, und beide äußerten Interesse daran, dieses Tagebuch zu veröffentlichen. Wir könnten es mit der Ausstellung verbinden. Vielleicht finden wir auch noch das Tagebuch ihres Arbeitgebers, dann könnten wir die beiden zusammen veröffentlichen.«

»Das ist genial!«, sagt Robert, aber darauf gehe ich gar nicht ein.

»Drittens müssen wir mehr Schulen ansprechen und unsere pädagogischen Möglichkeiten ausbauen. Viertens brauchen wir einen überzeugenden Internetauftritt. Fünftens vermieten wir das Haus für private Feiern.«

Mrs Kendrick macht ein langes Gesicht. »Für private Feiern?«

»Sechstens vermieten wir es als Filmset.«

»Ja.« Robert nickt. *»Ja.«*

»Siebtens machen wir diese Erotika-Ausstellung und kommen damit groß in die Medien. Und achtens straffen wir unsere Sponsorensuche, denn die ist momentan höchst unkoordiniert. Das war's.« Ich blicke von meiner Liste auf.

»Hut ab.« Robert zieht die Augenbrauen hoch. »Sie waren fleißig.«

»Ich weiß, dass die Immobilienmakler kreisen.« Ich spreche ihn direkt an. »Aber sollten wir dem Haus nicht wenigstens eine *Chance* geben, ein modernes, funktionierendes Museum zu werden?«

»Gefällt mir«, sagt Robert langsam. »Alle Ihre Ideen gefallen mir. Aber noch einmal: keine weiteren Kosten! Du wirst *nicht* noch mehr Geld reinstecken, Tante Margaret«, fügt er eilig an Mrs Kendrick gewandt hinzu, als sie den Mund aufmacht, um etwas einzuwenden. »Du hast schon *genug* getan.«

»Das sehe ich genauso«, sage ich. »Aber wir brauchen das Geld auch nicht.« Unwillkürlich lächle ich die beiden an. »Denn heute haben wir von der Wilson-Cross-Foundation eine Spende über dreißigtausend Pfund zugesprochen bekommen.«

Vor einer Stunde kam die gute Nachricht von Susie.

Und ich will ehrlich sein, meine spontane Reaktion war: Schön und gut, aber … mehr nicht? Insgeheim hatte ich auf eine magische Summe gehofft, die alle Probleme aus der Welt schafft, wie von einer guten Fee, vielleicht *noch* eine halbe Million.

Aber man muss dankbar sein für alles, was man kriegen kann.

»Sehr schön, Sylvie!« Mrs Kendrick klatscht in die Hände.

»Gute Arbeit«, stimmt Robert zu.

»Das hilft uns über die Runden, bis einige dieser Projekte Geld einbringen.«

Robert streckt die Hand nach der Liste aus, und ich reiche sie ihm. Er überfliegt sie und nickt ein paarmal. »Wollen Sie das alles übernehmen?«

Ich nicke heftig. »Kann es kaum erwarten.«

Und das meine ich auch so: Ich kann es kaum erwarten loszulegen. Ich möchte diese Projekte anschieben und sehen, wie sie Früchte tragen. Mehr als das: Ich möchte sehen, wie sie Willoughby House retten.

Gleichzeitig aber wächst den ganzen Tag schon so ein seltsames Gefühl in mir heran. Ein Gefühl, dass sich meine Zeit hier ihrem Ende entgegenneigen könnte. Dass ich mir irgendwann in nicht allzu ferner Zukunft ein neues Umfeld suchen könnte. Um mich noch größeren Herausforderungen zu stellen. Um zu sehen, wozu ich imstande bin.

Ich fange Roberts Blick auf und habe das komische Gefühl, dass er weiß, was ich denke. Eilig wende ich mich ab und konzentriere mich auf den großen Kamin mit den beiden Riesenmuscheln, die Sir Walter Kendrick aus Polynesien mitgebracht hat. An diesem Kamin hängen jedes Jahr die Personal-Weihnachtsstrümpfe von Mrs Kendrick. Sie verpackt kleine Geschenke und backt spezielle Marzipanküchlein …

Gott, dieser Laden geht einem unter die Haut, mit all seinen Marotten und Traditionen. Aber man kann ja nicht allein wegen der Tradition irgendwo bleiben, oder? Man sollte nicht aus sentimentalen Gründen krampfhaft an etwas festhalten.

Denkt Dan dasselbe über mich?

Bin ich ein sentimentaler Grund?

Schon wieder stehen mir die Tränen in den Augen. Es war so ein aufwühlender Tag, dass ich nicht weiß, ob ich die Fassung wahren kann.

»Wenn es Ihnen nichts ausmacht, werde ich jetzt gehen«, sage ich mit heiserer Stimme. »Ich schicke Ihnen noch eine Zusammenfassung aller Punkte per Mail. Aber jetzt … Ich glaube, ich muss nach Hause.«

»Aber natürlich, Sylvie!«, sagt Mrs Kendrick. »Genießen Sie Ihren Feierabend. Gut gemacht!« Noch einmal klatscht sie in die Hände.

Als ich die Bibliothek verlasse, folgt mir Robert.

»Ist alles in Ordnung?«, fragt er leise, und ich verfluche ihn für sein scharfes Auge.

»Ja«, sage ich, »mehr oder weniger. Also, eigentlich nicht.«

Ich bleibe an der Treppe stehen, und Robert starrt mich an, als wollte er noch etwas sagen.

»Was hat er gemacht?«, fragt er schließlich.

Es ist so verquer, dass ich lachen möchte. Nur ist es leider nicht lustig. Was Dan gemacht hat? Er hat sich unermüdlich für meine Familie eingesetzt, ohne dass man es ihm je gedankt hätte, während ich ihn als »bockig« und »beschissenes Klischee« beschimpft und damit vertrieben habe.

»Nichts. Er hat nichts falsch gemacht. Gar nichts. Tut mir leid, aber … ich muss los«, sage ich im Gehen.

Als ich unsere Straße entlanglaufe, bin ich wie betäubt. Leer. Das ganze Adrenalin des Tages ist verflogen. Eine Weile habe ich Ablenkung darin gefunden, *Probleme* anzugehen, *Veränderungen* zu bewirken, *Entscheidungen* zu treffen. Aber das ist jetzt alles verblasst. Es scheint mir keine Bedeutung mehr zu haben. Nur eins ist wichtig. Ein ganz bestimmter Mensch. Aber weder weiß ich, wo er ist, noch was er denkt oder was die Zukunft für uns bereithält.

Zu Hause warten nicht mal meine Mädchen auf mich. Sonst könnte ich sie fest in die Arme schließen und ihren kleinen Scherzen und Geschichten lauschen, ihnen etwas vorlesen, Essen kochen und mich damit ablenken. Aber sie sind mit Karen auf einem Kindergeburtstag.

Gedankenverloren laufe ich vor mich hin, nehme meine Umgebung kaum wahr. Erst als ich fast zu Hause bin, bemerke ich den Krankenwagen vor Johns und Owens Haus. Zwei Sanitäter heben Owen heraus und setzen ihn in einen Rollstuhl. Er wirkt gebrechlicher als je zuvor und hat einen kleinen Plastikschlauch in der Nase.

»O mein Gott.« Eilig laufe ich zu John, der vergeblich versucht, eine Hand auf Owens Arm zu legen – sanft, aber entschieden wird er von den Sanitätern beiseitegeschoben. »Was ist passiert?«

»Owen geht es nicht gut«, sagt John nur. Seine Stimme hat einen fast warnenden Unterton, und ich spüre, dass er nicht mit Fragen nach dem Was, Wie und Wann belästigt werden möchte.

»Das tut mir leid«, sage ich. »Wenn ich irgendetwas tun kann …« Schon als ich es ausspreche, klingen die Worte hohl. Wir alle sagen das, aber was bedeutet es schon?

»Sie sind sehr freundlich.« John nickt und bringt ein kleines Lächeln zustande. »Wirklich sehr freundlich.«

Er folgt Owen und den Sanitätern ins Haus. Ich bin hin und her gerissen, möchte nicht die neugierige Nachbarin sein, aber auch nicht die hartherzige, die sich einfach abwendet.

Und während ich da so stehe, fällt mir ein, dass ich sehr wohl etwas tun kann. Ich laufe nach Hause, direkt in unsere stille, leere Küche, und mache mich über den Kühlschrank her. Wir haben gerade erst eingekauft, sodass er ziemlich voll ist, und mir war noch nie weniger nach Essen zumute.

Ich schnappe mir ein Tablett und lege eine Packung Schinken darauf, außerdem eine Schale Guacamole, einen Beutel mit »perfekt gereiften Pfirsichen«, zwei tiefgefrorene Baguettes, die nur acht Minuten in den Ofen müssen, eine Packung Datteln, die noch von Weihnachten übrig ist, eine Dose mit Nüssen, die auch noch von Weihnachten übrig ist, und eine Tafel Schokolade. Das alles balanciere ich mit einer Hand rüber zu John und Owen. Der Krankenwagen ist weg. Alles ist ruhig.

Sollte ich das Tablett auf die Stufen stellen und die beiden lieber nicht stören? Nein. Womöglich bemerken sie es erst morgen, und bis dahin haben die Füchse schon alles in Stücke gerissen.

Vorsichtig drücke ich auf den Klingelknopf und mache ein betrübtes Gesicht, als John die Tür öffnet. Mir fallen sofort seine geröteten Augen auf. Die hatte er eben noch nicht. Er tut mir so furchtbar leid, dass ich am liebsten weglaufen möchte, um ihm seine Privatsphäre zu lassen. Aber jetzt bin ich schon mal hier. Also räuspere ich mich ein paarmal und sage verlegen: »Ich dachte nur, Sie hätten vielleicht gern … Sie haben vielleicht nicht daran gedacht einzukaufen …«

»Meine Liebe ….«, er lächelt traurig, »meine Liebe, Sie sind wirklich zu freundlich.«

»Soll ich es Ihnen eben reinbringen?«

Leise schiebe ich mich durchs Haus, um Owen nicht zu stören. John nickt zur geschlossenen Wohnzimmertür und sagt: »Er ruht sich aus.«

Ich stelle das Tablett auf den Küchentresen, und alles, was gekühlt werden muss, in den Kühlschrank, wobei mir auffällt, wie leer dieser ist. Ich werde Tilda auch mobilisieren. Wir können gemeinsam darauf achten, dass die beiden immer gut versorgt sind.

Als ich fertig bin, sehe ich John gedankenverloren dastehen. Ich warte schweigend, möchte ihn nicht stören.

»Ihre Tochter …« Plötzlich kommt er zu sich. »Ich glaube, sie hat neulich etwas liegen lassen … ein Kaninchen. Klein … weiß … lange Ohren …« Er beschreibt es mit den Händen. »Keine Art, die mir bekannt wäre …«

»Ach«, Sie meinen ihre Puppenhäschen. Tut mir leid. Sie lässt sie überall liegen.«

»Ich hole es Ihnen.«

»Das kann ich doch machen!«

Ich folge ihm hinaus zu seinem Gewächshaus, in dem ich tatsächlich eins von Tessas Häschen zwischen den Reihen von Farnen stehen sehe. Als ich es an mich nehme, scheint John schon wieder in Gedanken zu sein, diesmal mit starrem Blick auf eine seiner Pflanzen, und mir fällt ein, was Tilda mir neulich erzählt hat. Sie meinte, sie hätte John gegoogelt, und offenbar haben seine Forschungen über Pflanzen zu einem Durchbruch in der Gentherapie geführt, was Millionen Menschenleben retten könnte. (Ich habe keine Ahnung, wie das funktioniert, aber das tut es wohl.)

»Ein bemerkenswertes Lebenswerk haben Sie da geschaffen«, sage ich, auf der Suche nach etwas Positivem.

»Nun, mein Werk wird nie ein Ende haben«, entgegnet er fast amüsiert. Liebevoll reibt er ein Blatt zwischen den Fingern. »Diese Wunderwerke werden ihre Geheimnisse nie gänzlich preisgeben. Schon als kleiner Junge habe ich mich damit befasst. Und jedes Mal, wenn ich sie betrachte, lerne ich wieder etwas Neues. Was zur Folge hat, dass ich sie noch etwas lieber habe.« Zärtlich verschiebt er einen Topf, streicht über die Farnwedel. »Kleine Wunder. Wie die Menschen.«

Ich bin mir nicht ganz sicher, ob er eigentlich mit mir spricht oder mit sich selbst, aber seine Worte kommen mir so weise vor, dass ich mehr davon hören möchte. Ich möchte, dass er mir alle Fragen des Lebens beantwortet.

»Ich weiß nicht, wie Sie …« Ich stocke, kratze mich an der Nase, atme den erdigen Duft der Pflanzen. »Für mich sind Sie unglaublich inspirierend. Dan und ich haben …«, ich schlucke, »ach, das mit uns tut nichts zur Sache. Ich wollte Ihnen nur sagen, wie inspirierend Sie sind. Neunundfünfzig Jahre.« Ich blicke ihm in die Augen. »Neunundfünfzig Jahre denselben Menschen zu lieben. Das ist schon was. Das ist eine Leistung.«

John schweigt einen Moment, während er gedankenverloren seine Pflanzen streichelt.

»Ich bin Frühaufsteher«, sagt er schließlich. »Und so kann ich Owen jeden Morgen aufwachen sehen. Und jeden Morgen entdecke ich etwas Neues. Wie unterschiedlich das Licht auf sein Gesicht fällt, wie er eine Idee hat, wie er sich an irgendwas erinnert. Liebe heißt, einen bestimmten Menschen unendlich faszinierend zu finden.« Wieder scheint sich John in seinen Gedanken zu verlieren. »Insofern ist es keine … Leistung.« Er schenkt mir ein mildes, nachsichtiges Lächeln. »Eher ein Privileg.«

Ich lächle zurück, mit einem Kloß im Hals. Johns Hände zittern, während er ein paar Töpfe umarrangiert. Einen davon stößt er um, dann stellt er ihn wieder auf, und ich merke, dass er nicht recht weiß, was er tut. Ich denke an Owen, blass und eingefallen, mit einem Schlauch in der Nase, und habe plötzlich das schreckliche Gefühl, dass es schlimm um ihn steht.

Spontan nehme ich Johns zitternde Hände und halte sie, bis er sich etwas beruhigt hat.

»Sollten Sie jemals Gesellschaft brauchen«, sage ich, »oder Hilfe. Oder wenn Sie irgendwohin gefahren werden müssen. Egal was. Wir sind da.«

Er nickt und drückt meine Hand. Dann gehen wir ins

Haus zurück, und ich gieße zwei Becher Tee auf. Denn auch das kann ich tun. Und als ich mich mit dem Versprechen verabschiede, morgen wiederzukommen, kann ich an nichts anderes denken als an Dan. Ich muss ihn sprechen. Ich muss kommunizieren. Selbst wenn er noch in Devon ist. Selbst wenn er kein Netz hat. Selbst wenn das Gespräch einseitig ist.

Zu Hause angekommen greife ich schon zum Telefon. Ich wähle seine Nummer, lasse mich auf die unterste Stufe der Treppe sinken, muss es ihn unbedingt wissen lassen, muss unbedingt dafür sorgen, dass er versteht … aber was eigentlich?

»Dan«, sage ich, als es im Handy piept. »Ich bin's. Es tut mir so leid.« Ich muss mich räuspern. »Ich wollte … Ich wünschte … Ich wollte nur …«

O Gott. Schrecklich. Warum kann ich mich nur so verdammt schlecht *ausdrücken*? John schafft es trotz all seiner Sorgen, poetisch zu klingen, wohingegen ich wie eine dumme Kuh herumstottere. Ich lege auf, wähle und fange noch mal von vorn an.

»Dan.« Ich schlucke. »Ich bin's. Ich rufe nur an, um dir zu sagen …« Nein. Das ist ein doofes Klischee. *Mist.* Ich lege auf und versuche es ein drittes Mal.

»Dan, ich bin's. Aber das wusstest du schon, nicht? Weil auf deinem Display *Sylvie* steht. Was bedeutet, dass du dir eine Nachricht von mir anhörst. Was vermutlich wohl ein gutes Zeichen ist …«

Was rede ich da? Ich lege auf, bevor ich mich noch mehr zum Idioten mache, und wähle ein viertes Mal.

»Dan. Bitte vergiss all die anderen Nachrichten. Tut mir leid. Ich weiß nicht, was ich sagen wollte. Aber was ich jetzt sagen *will*, ist ...« Ich mache eine Pause, um meine Gedanken zu entwirren. »Na ja. Ich kann nur noch an dich denken. Daran, wo du sein magst. Was du tust. Was du denkst. Denn ich weiß es nicht mehr. Überhaupt nicht.« Meine Stimme bricht, und ich brauche ein paar Sekunden, um mich zu beruhigen. »Was absurd ist, denn eigentlich dachte ich immer, ich würde dich *zu* gut kennen. Aber jetzt ...« Plötzlich läuft mir eine Träne über die Wange. »Na, egal. Vor allem, Dan ... wobei ich nicht mal weiß, ob du überhaupt noch zuhörst ... aber vor allem wollte ich dir sagen ...«

Die Tür geht auf, und ich erschrecke so sehr, dass mir mein Telefon herunterfällt, weil ich denke: Dan? *Dan?*

Aber es ist Karen, mit Sportschuhen und Ohrhörern und ihrem Fahrradrucksack.

»Oh hi«, sagt sie überrascht, mich auf der Treppe sitzen zu sehen. »Ich hab mein iPad vergessen. Ach, du Scheiße! Sylvie, deine *Haare*!«

»Ja, meine Haare.« Verwundert starre ich sie an. »Aber warte mal, solltest du nicht auf die Mädchen aufpassen?«

»Dan ist bei ihnen«, sagt sie gelassen, doch ihre Miene ändert sich, als sie meine Reaktion sieht. »Oh. Hätte ich das nicht sagen sollen? Er tauchte hier auf und meinte, dass er mit ihnen zur Geburtstagsfeier geht.«

»Dan ist hier?« Mein Herz schlägt so laut, dass ich kaum Luft bekomme. »Er ist hier? Wo? *Wo?*«

»Battersea Park«, sagt Karen und mustert mich seltsam. »Kennst du diesen Klettergarten?«

Schon setzen sich meine Beine in Bewegung. Ich stehe auf. Da muss ich sofort hin.

KAPITEL SIEBZEHN

Battersea Park ist einer der Gründe, warum uns der Südwesten von London so gut gefällt. Der Park ist ein fantastischer Erholungsraum mitten in der Stadt – riesengroß und grün und voller Freizeitangebote. Horden von Menschen sind unterwegs, um sich zu vergnügen. Sie schlendern, fahren auf Rollern, Rollerblades, Liegerädern herum oder schlagen in der Ferne auf Tennisbälle ein. Es ist ein schöner Abend. Alle sind entspannt und lächeln einander an. Nur ich nicht. Ich bin verzweifelt. Ich lächle nicht. Dafür habe ich keine Zeit.

Ich weiß nicht, was mich treibt – vielleicht eine Ehekrisen-Superkraft, die alle Muskeln explodieren lässt? Jedenfalls haste ich voran, vorbei an allen Joggern, auf meinen schwarzen High Heels stöckelnd, keuchend und rotgesichtig. Meine Lungen brennen, und ich habe eine Blase an der Hacke, doch je größer der Schmerz, desto schneller laufe ich. Ich weiß nicht, was ich sagen will, wenn ich vor ihm stehe. Ich bin nicht mal sicher, ob ich einen vollständigen Satz zustande bringe. Während ich renne, blitzen wahllos Wörter in meinem Hirn auf. *Liebe. Ewig. Bitte.*

»Aaaaah!« Plötzlich und ohne Vorwarnung reißt mich etwas von den Beinen. Ich knalle auf den Asphalt und schürfe mir das Gesicht auf. »Autsch! *Auuu!*« Irgendwie schaffe ich es, wieder hochzukommen, und stehe vor einem kleinen Jungen auf einem Liegerad, der mich offensichtlich umgefahren hat, was ihm nicht im Geringsten leidzutun scheint.

»Entschuldigung!« Eine Frau kommt angelaufen. »Josh, ich habe dir doch gesagt, du sollst mit diesem Rad vorsichtig sein …« Betroffen sieht sie mein Gesicht. »Ach, du je. Sie haben sich an der Stirn verletzt. Sie sollten zum Arzt gehen. Gibt es hier eine Erste-Hilfe-Station?«

»Geht schon«, krächze ich und renne weiter. Nachdem sie mich darauf hingewiesen hat, spüre ich jetzt auch, dass mir Blut übers Gesicht läuft. Was soll's? Ich besorg mir später ein Pflaster.

»Kletterland« ist ein weitläufiger Abenteuerspielplatz für Kinder, voller Seile, baumelnder Leitern und gefährlich wankender Brücken. Der bloße Anblick bereitet mir Unbehagen. Warum um alles in der Welt sollte man hier Geburtstag feiern wollen? Was gibt es denn gegen sichere Aktivitäten in Bodennähe einzuwenden?

Als ich näher komme, entdecke ich Dan. Er steht an einer Brücke, oben auf einem Turm, zusammen mit zwei anderen Vätern, alle mit einem Helm auf dem Kopf. Doch während die anderen sich über irgendetwas amüsieren, scheint Dan von der Feier gar nichts mitzubekommen. Mit düsterer Miene steht er da und runzelt die Stirn.

»Dan!«, schreie ich, aber alles ist voll kreischender Kinder, und er reagiert nicht. »Dan! *Dan!*«, schreie ich so laut, dass sich meine Stimme überschlägt, aber er reagiert immer noch nicht. Ich habe keine Wahl. Ich drücke mich an der Eingangsschranke vorbei, ignoriere den Wärter, renne auf das Gerüst zu, werfe meine Schuhe von mir und fange an, eine gewaltige Strickleiter hinaufzusteigen, die mich zu der Plattform führen soll, auf der Dan steht. Ich denke gar nicht darüber nach. Ich nehme einfach den einzig möglichen Weg zu Dan.

Und erst, als ich mich schon gut drei Meter über dem Erdboden befinde, wird mir bewusst, was ich da tue. O Gott. Nein. Ich kann doch nicht … Nein!

Meine Finger krallen sich in die Seile. Ich atme immer schneller. Ich sehe nach unten, und mir wird schlecht. Dan ist noch sechs Meter über mir. Ich muss weiterklettern. Aber ich kann nicht. Aber ich muss.

»Hey!« Eine ärgerliche Stimme ruft mich von unten. »Wer sind Sie? Gehören Sie zu der Geburtstagsgesellschaft? Sie müssen einen Helm aufsetzen!«

Irgendwie bringe ich mich dazu, noch einen Schritt zu tun. Und noch einen. Ich habe Tränen in den Augen. Nicht nach unten sehen. Nur nicht hinsehen. Noch einen Schritt. Die Strickleiter wankt gefährlich, und plötzlich entfährt mir ein Wimmern.

»Sylvie? *Sylvie?*« Dans Stimme dringt an meine Ohren. »Was zum …?«

Ich blicke auf und sehe, dass er ungläubig zu mir herunterstarrt.

»Wo ist der Chef?«, ruft jemand am Boden. »Gavin, du bist sein Stellvertreter. Du kletterst ihr hinterher!«

»Ich klettere ihr bestimmt nicht hinterher!«, erwidert eine empörte Stimme. »Außerdem sollen wir sowieso die Notleiter benutzen. Jamie, du holst die Notleiter!«

Jede Faser meines Körpers fleht mich an aufzuhören. Vor mir dreht sich alles. Und doch kämpfe ich mich irgendwie voran, Schritt für Schritt, immer höher, ignoriere die Tatsache, dass ich sechs Meter über der Erde bin. Sieben Meter. Und ich bin nicht angeseilt. Und trage auch keinen Helm. Wenn ich abstürze … Nein. Hör auf. Nicht ans Abstürzen denken. Immer weiterklettern.

Ich merke, wie es um mich herum still wird. Wahrscheinlich beobachten mich alle. Auch die Mädchen? Meine Hände fangen an zu schwitzen. Mein Atem geht mit schnellem, harschem Schnaufen.

Dann ist es nur noch ein kleines Stück bis zur Plattform. Nur wenige Schritte. Da fange ich plötzlich an zu beben. Meine Beine zittern heftiger als je zuvor. Ich habe keine Kontrolle mehr über meine Glieder. Ich kann das nicht. Ich werde runterfallen, ich werde runterfallen, wie könnte ich *nicht* runterfallen?

»Du hast es fast geschafft.« Plötzlich höre ich Dans Stimme, ganz nah. Vertraut. Verlässlich. Etwas, woran ich mich festhalten kann. »Du hast es fast geschafft«, wiederholt er. »Du fällst nicht runter. Nur einen Schritt noch! Halt dich an der Plattform fest! Du bist gleich da, Sylvie, du bist gleich da.«

Und dann bin ich tatsächlich da, seine starke Hand zieht mich nach oben, und ich sinke auf der hölzernen Plattform in mich zusammen, kann mich erst mal gar nicht rühren. Endlich blicke ich auf und sehe, dass Dan mich mit einer derart fragsamen Miene anstarrt, dass ich lachen möchte, nur kann ich nicht, weil ich so sehr weinen muss.

»Was tust du?«, fährt er mich an und packt mich so fest, dass ich aufstöhne. »Was tust du? Sylvie, du hättest … Was hattest du *vor?*« Entsetzt starrt er mich an. Wahrscheinlich sehe ich schlimm aus, mit den abgeschnittenen Haaren und dem blutigen Gesicht. »Wolltest du mich überraschen? Oder erschrecken? Mir einen Herzinfarkt verpassen? Ist das echt?« Er berührt meine Wange, und als das Blut an seinen Fingern kleben bleibt, sieht er noch schockierter aus. »Du meine Güte!«

»Ich wollte dich nicht überraschen«, bringe ich keuchend hervor. »Darum ging es nicht. Ich musste nur … Ich musste dich nur sehen. Hast du meine Nachrichten denn nicht bekommen?«

»Nachrichten?« Instinktiv greift seine Hand zur Tasche. »Nein. Mein Handy geht nicht. Sylvie … was *soll* das? Du hast doch Höhenangst.« Er wirft einen Blick nach unten, neun Meter unter uns, dann sieht er mich an. »Du kannst doch noch nicht mal auf eine Trittleiter steigen.«

»Tja.« Ich wische mir übers blutige Gesicht. »Sieht so aus, als hätte ich sie überwunden.«

»Aber dein Gesicht. Deine Haare. Was ist *passiert?* Sylvie, was zum Teufel …« Mit einem Mal wird er totenblass. »Bist du überfallen worden?«

»Nein.« Ich schüttle den Kopf. »Die Haare habe ich mir selbst abgeschnitten. Dan, hör zu. Ich weiß Bescheid. Über …« Ich muss es ihm vermitteln, unbedingt. »Ich weiß *Bescheid.*«

»Du weißt ›Bescheid‹?« Auf seinem Gesicht macht sich Skepsis breit, als wäre er darauf gefasst, meine Fragen abzuschmettern. Und in diesem Moment wird mir bewusst, wie viel er vor mir verbirgt. Was für ein immenser Druck auf ihm lasten muss. Kein Wunder, dass es ihm reicht.

»Ich weiß *Bescheid*, okay? Glaub mir. Ich weiß es.«

Die anderen Väter, die mit Dan hier oben waren, haben sich taktvollerweise auf die Plattform der Seilrutsche zurückgezogen, wo sich alle Kinder, einschließlich unserer beiden, um die Spielleiter in Kletterland-T-Shirts drängen. Wir sind allein.

»Worüber *genau* weißt du Bescheid, Sylvie?«, fragt Dan vorsichtig. Und seine Bereitschaft, mich zu schützen, treibt mir die Tränen in die Augen. Während ich ihn anstarre, fliegen die Gedanken nur so in meinem Kopf herum. Was weiß ich eigentlich *genau*? Nichts, so kommt es mir zumindest vor.

»Ich weiß, dass du nicht der Mann bist, für den ich dich gehalten habe.« Ich blicke tief in seine wachsamen blauen Augen, um zu ihm durchzudringen. »Du bist so viel mehr, als mir je bewusst war.« Mir schnürt sich die Kehle zu, aber ich lasse nicht locker. »Ich weiß, was du die ganze Zeit getan hast, Dan. Ich weiß, was das Geheimnis war. Ich weiß über meinen Vater Bescheid. Joss Burton. Die ganze Sache. Ich habe eure Mails gelesen.« Ich hole tief Luft. »Ich weiß, dass mein Vater ein Lügner und ein Scheißkerl war.«

Dan schreckt sichtlich zurück und starrt mich ungläubig an. »*Was* hast du gerade gesagt?«

»Mein Vater war ein Lügner. Und ein Scheißkerl.«

Wir schweigen, während meine Worte in der Luft hängen. Noch nie habe ich Dan dermaßen geufft gesehen. Ich glaube nicht, dass er sprechen kann. Aber das ist okay, denn ich habe noch mehr zu sagen.

»Ich habe in einer Seifenblase gelebt.« Ich muss schlucken. »In einer abgeschirmten, vollklimatisierten Seifenblase. Aber die ist jetzt geplatzt. Der Wind weht herein. Und das ist sehr … belebend.«

Dan nickt langsam. »Verstehe. Dein Gesicht. Es ist so anders.«

»Schlimm anders?«

»Nein. *Echt* anders. Du siehst echter aus.« Er betrachtet mich, als versuchte er, es sich zu erklären. »Deine Augen. Deine Ausstrahlung. Deine *Haare*.«

Ich betaste meinen nackten Nacken. Es fühlt sich immer noch ungewohnt an. Ungeschützt. Es fühlt sich an wie ein neues Ich.

»Prinzessin Sylvie ist tot«, sage ich abrupt, und es muss wohl irgendwas an meinem Ton sein, denn Dan nickt feierlich und sagt: »Abgemacht.«

Da bemerke ich eine ausziehbare Leiter, die an unsere Plattform gelehnt wird. Bald darauf erscheint ein junger Mann mit einem Helm in der Hand. Er sieht mein blutiges Gesicht und schreckt entsetzt zurück.

»Haben Sie sich Ihre Verletzung auf unserem Gelände zugezogen?« Er hat eine nasale Stimme und klingt leicht panisch. »Denn Sie sind keine autorisierte Besucherin, Sie haben sich keiner Sicherheitsbelehrung unterzogen, Sie tragen keinen zugelassenen Kopfschutz …«

»Schon okay.« Ich schneide ihm das Wort ab. »Ich habe mich nicht auf Ihrem Gelände verletzt.«

»Gut.« Er mustert mich abschätzig und hält mir den Helm hin. »Alle Besucher müssen zu jedem Zeitpunkt mit einem Schutzhelm ausgestattet sein. Alle Besucher müssen sich registrieren, bevor sie unsere Geräte benutzen dürfen, und sie müssen mit passendem Gurtzeug angeseilt sein.«

»Tut mir leid«, sage ich kleinlaut. Ich nehme den Helm entgegen und setze ihn auf.

»Bitte steigen Sie vom Gerät«, fügt der Mann derart missbilligend hinzu, dass ich mir das Lachen verkneifen muss. »Unverzüglich.«

Unverzüglich? Ich werfe Dan einen Blick zu und merke, dass auch er ein Lächeln unterdrückt.

»Okay«, sage ich, »ich komme.« Ich werfe einen Blick auf die ausziehbare Leiter und merke, wie mir schlecht wird. »Einen kleinen Augenblick.«

»Ich könnte dir zeigen, wie du leichter wieder runterkommst«, sagt Dan zu mir. »Es sei denn, du möchtest dich lieber kopfüber die Strickleiter runterstürzen.«

»Heute nicht«, entgegne ich genauso trocken wie er. »Ein andermal.«

Ich folge Dan über eine wacklige Seilbrücke zu einer tiefer gelegenen Plattform. Meine Beine zittern wie verrückt, eine Nachwirkung vom Schock. Jedes Mal, wenn ich nach unten sehe, möchte ich mich übergeben. Und doch strahle ich Dan jedes Mal an, wenn er sich umdreht, und irgendwie laufe ich immer weiter, und wir schaffen es. *Vincit qui se vincit* geht mir immer wieder durch den Kopf. *Es siegt, wer sich selbst besiegt.*

Und dann steigen wir eine stabilere Leiter hinab und haben schon bald festen Boden unter den Füßen. Und ich bin wirklich, wirklich froh. Am liebsten würde ich vor Dankbarkeit die ganze Erde umarmen.

Nicht dass ich das jemandem gegenüber zugeben würde.

»Okay.« Abrupt wendet Dan sich mir zu. »Da wir jetzt hier unten sind und du nicht vor Angst abstürzen kannst, frage ich dich noch mal: Was hat das alles zu bedeuten?« Seine Augen sind ganz groß. »Was ist mit deinem Gesicht passiert? Deinen Haaren …? Woher weißt du das von deinem Dad? Kaum lasse ich dich für zwei Nächte allein, bricht gleich das Chaos aus.«

Zwei Nächte? Es kommt mir vor wie eine Ewigkeit.

»Ich wusste, dass die Reise nach Glasgow gelogen war«, sage ich, und wieder zieht sich mir das Herz zusammen. »Ich dachte, du wärst bei … Ich dachte, du wolltest mich verlassen. Du hast gesagt, du bräuchtest Freiraum, du müsstest *ausbrechen* …«

»O Gott. Ja.« Dan schließt die Augen. »Ja, das habe ich doch nicht so gemeint. Ich wollte nur …« Er macht eine Pause, und ich warte ängstlich. »Es wurde alles …« Wieder stockt er, dann blickt er zum Himmel auf.

Ich kann seinen Satz nicht so ohne Weiteres beenden. Die allwissende Sylvie gibt es nicht mehr. Und nachdem sich die Aufregung, neun Meter hoch geklettert zu sein, gelegt hat, kann ich uns als das sehen, was wir sind. Ein Paar aus Südwest-London, dessen Ehe in Schieflage geraten ist. Das sich neu sortieren muss. Das nach neuen Wegen sucht. Das noch nicht angekommen ist.

»Ich weiß, dass es ein ›nicht enden wollender Albtraum‹ war«, sage ich schließlich. »Mary Holland hat es mir erzählt.«

»Ach, ›Albtraum‹ ist wahrscheinlich ein zu starkes Wort.« Dan reibt seine Wangen, wirkt plötzlich müde. »Aber es nimmt kein Ende. Jeden Tag habe ich mit deiner Mutter zu tun. Mails von Anwälten, von Joss Burtons Agenten … Dieses Buch wird erscheinen. Und es wird ein Riesending. Sie ist jetzt berühmt, Sylvie, und ich weiß nicht, ob ich es diesmal verhindern kann.«

Er sieht so bedrückt aus, dass ich vermutlich etwas Mitfühlendes sagen sollte, aber ich kann nicht anders, als auf ihn einzureden: »Wieso hast du mir nichts davon *gesagt*?« Immerhin war es Dan, der Geheimnisse vor mir hatte, der einen Keil zwischen uns getrieben hat, der immer weitergeblättert hat, sobald ich versucht habe, seine Geschichte zu lesen. »Du hättest es mir gleich erzählen sollen! Schon als mein Vater zu dir kam, hättest du sagen sollen: ›Wir müssen Sylvie einweihen.‹ Dann wäre alles anders gekommen.«

Unwillkürlich klinge ich vorwurfsvoll. In meinem Kopf habe ich mir eine andere Version vorgestellt, in der genau das passiert und uns die gemeinsame Bewältigung dieser Situation als Paar nur noch stärker macht.

»Ich hätte es dir *sagen* sollen?« Fassungslos, fast ärgerlich starrt Dan mich an. »Sylvie, hast du überhaupt eine Ahnung … Dein Vater hätte mich umgebracht. Die ganze Sache wurde vor allen geheim gehalten. Nicht mal deine Mutter wollte davon wissen. Wir haben ununterbrochen nichts anderes getan, als alles unter den Teppich zu kehren. Abzuwürgen. Immerhin wollte dein Vater unbedingt zum *Ritter* geschlagen werden. Er bestand darauf, dass niemand von dem Skandal erfahren durfte, vor allem seine Tochter nicht. Und es war ihm bitterernst. Kannst du dir vorstellen, wie wütend er war?«

Schweigend nicke ich. Ich kann mich noch gut an den glühenden Zorn in Daddys Augen erinnern, wenn er böse wurde. Nicht mit mir, nie mit seiner Prinzessin, aber mit anderen. Und die Vorstellung, dass Daddy möglicherweise in einen Skandal verstrickt sein könnte … Ja, ich kann es mir vorstellen.

»Und dann, mittendrin … hatte er diesen tödlichen Unfall.« Dan schweigt, und ich sehe ihm an, dass er sich an den Schock erinnert. »Zu dem Zeitpunkt hätte ich es dir unmöglich sagen können.«

»Doch, hättest du«, sage ich mit Nachdruck. »Das wäre der perfekte Zeitpunkt gewesen.«

»Sylvie, es war doch auch so schon schwer genug für dich!«, platzt Dan wütend heraus. »*Erinnerst* du dich nicht mehr, wie es damals war? Bist du dir eigentlich darüber im Klaren, dass ich mir schreckliche Sorgen um dich gemacht habe? Du warst in einem furchtbaren Zustand! Wenn ich bei dir angekommen wäre und gesagt hätte: ›Hey, weißt du was? Dein heiß geliebter Dad, der Mann, über dessen Tod du hier gerade in Trauer versinkst, hat sich allem Anschein nach an einer Sechzehnjährigen vergriffen, vielleicht aber auch nicht.‹« Dan wischt sich übers Gesicht. »Meine Güte. Du hattest einen kompletten Nervenzusammenbruch, deine Mum war auf einem anderen Planeten, was sollte ich denn anderes machen? *Was* denn?«

Er spricht mich direkt an, verzieht das Gesicht, so neinisch wie noch nie, und ich sehe ihm den jahrelangen Druck an. Ich sehe all die Entscheidungen, mit denen er zu ringen hatte. Ganz allein.

»Es tut mir leid«, sage ich kleinlaut. »Ich weiß. Du hast es so gut gemacht, wie du konntest. Und mir ist klar, dass du es aus Liebe zu mir getan hast. Aber Dan … du wolltest mich zu sehr beschützen.«

Ich sehe ihm an, wie sehr ihn meine Worte treffen.

Die ganze Zeit über dachte er, er täte das Richtige, das Edle, das Bestmögliche. Es ist nicht leicht, sich anhören zu müssen, dass dem nicht so war.

»Kann sein«, räumt er nach einer Weile ein.

»Das wolltest du«, beharre ich. »Und wir sollten aufhören, von meiner ›Episode‹ zu sprechen. Wir sollten akzeptieren, dass Menschen trauern, dass schlimme Dinge passieren. So ist das Leben. Und Trauer zu übertünchen oder als Krankheit abzutun, ist keine Lösung. Lieber sollte man sie sich eingestehen. Sie durchleben und dann gemeinsam die Scherben zusammenkehren.«

Plötzlich habe ich ein Bild vor meinem inneren Auge von Dan und mir, wie wir Seite an Seite arbeiten, mit Besen in Händen, verschwitzt und entschlossen. Es ist nicht gerade das romantischste Postkartenmotiv einer Ehe … aber so möchte ich uns sehen.

Ich merke Dan an, dass er verarbeitet, was ich sage, oder es zumindest versucht. Das wird vermutlich eine Weile dauern.

»Meinetwegen«, sagt er schließlich. »Vielleicht hast du recht.« Dann wird seine Miene ernster. »Hast du gelesen, was sie geschrieben hat?«

»Überflogen«, sage ich und blicke zu Boden.

Die große Frage hängt zwischen uns in der Luft. Ich weiß, dass er sie nie stellen wird, also muss ich es tun. Ich hole tief Luft, bereite mich vor, mache mich für seine Antwort bereit, wie sie auch lauten mag. »Glaubst du, es stimmt?«

Augenblicklich verschließt sich sein Gesicht wie eine Muschel. »Weiß nicht«, sagt er leise. »Sein Wort steht gegen ihres. Das alles ist lange her. Wahrscheinlich lohnt es sich nicht zu spekulieren.«

»Aber du kennst jedes Wort, das sie geschrieben hat.« Ich versuche, in seinem Gesicht zu lesen. »Was *glaubst* du?«

Dan zieht eine Grimasse. »Ich möchte lieber nicht mit dir darüber reden. Es ist ...«

»... schäbig«, sage ich nüchtern. »So sollte meine Familie nicht sein. Wir sind doch angeblich die Edlen, die Makellosen, stimmt's?«

Dan windet sich, widerspricht mir aber nicht. Er hat einen wirklich skurrilen Blick auf meine Familie bekommen. Die absurden Brunch-Besuche bei Mummy. Stunde um Stunde Daddy auf DVD, immer strahlend und charmant. Während Dan sich die ganze Zeit mit Anwälten herumschlagen musste, um unsere schmutzige Wäsche aus der Welt zu schaffen.

»Ich werde mir alle Akten durchlesen«, sage ich. »Alles, was sie aufgeschrieben und ausgesagt hat. Jedes Wort.«

Dan ist wie vom Donner gerührt. »Das ist keine gute Idee ...«

»Das will ich aber«, falle ich ihm ins Wort. »Ich will es wissen. Keine Sorge, ich dreh schon nicht durch. Wusstest du, dass sie ›Lynn‹ war?«, füge ich hinzu und schlinge meine Arme um mich. »Meine Eltern haben mich die ganze Zeit belogen.«

»Ich weiß.« Dan verzieht das Gesicht. »Das war für mich das Schlimmste. Dir zuzuhören, wie du von deiner imaginären Freundin erzählst, und gleichzeitig zu wissen ...« Er schüttelt den Kopf. »Das war so krank.«

»Meine ganze Kindheit über hatte ich Schuldgefühle wegen Lynn. Ich habe mich geschämt und kam mir so dumm vor.« Bei dem Gedanken daran beiße ich unwillkürlich die Zähne zusammen. »Und das werde ich ihm nie verzeihen, *niemals*.« Meine Worte klingen richtig böse, und als ich aufblicke, betrachtet Dan mich mit sorgenvoller Miene.

»Sylvie, übertreib's nicht. Lass das Pendel nicht zu weit in die andere Richtung ausschlagen. Ich weiß, es ist ein Schock für dich. Aber er war immerhin dein Dad. Du hast ihn mal geliebt, oder?«

Ich spüre meinen Gefühlen nach. Meinen Gefühlen für Daddy. Ich warte auf die altbekannte Woge von Liebe, Trauer und Wut über den Verlust. Doch da kommt nichts. Meine Gefühle für ihn sind verebbt.

»Kann sein.« Ich beobachte einen Typen auf Rollerblades, der versucht, rückwärts durch den Park zu fahren. »Vielleicht wird es eines Tages auch wieder so sein. Mehr kann ich im Moment nicht sagen.« Ich werfe ihm einen Seitenblick zu. »Ich habe nie verstanden, was zwischen dir und Daddy schiefgelaufen war. Jetzt verstehe ich.«

Dan schenkt mir ein schiefes Lächeln. »Ich dachte, ich hätte meine Gefühle bestens verborgen.«

»Eher nicht.« Ich erwidere sein Lächeln. Innerlich spule ich die Jahre zurück bis zu dem Moment, in dem Dan alles herausgefunden hat und dadurch unerwartet in eine dunkle Gasse unseres Familienstadtplans gezerrt wurde. »Es muss schrecklich für dich gewesen sein.«

»Toll war es nicht«, sagt Dan mit abwesendem Blick. »Schließlich habe ich deinen Vater auf meine Weise auch verehrt. Er war ein echter Held. Und als diese Anschuldigungen laut wurden, war ich anfangs schockiert. Ich wollte ihn verteidigen. Ich war froh, ihn zu verteidigen. Ich dachte, wir könnten uns auf dem Weg vielleicht näherkommen. Bis …« Er gibt ein freudloses Lachen von sich. »Nun. Sagen wir … dazu kam es nicht.«

Ich nicke düster. »Ich habe seine Mails an dich gelesen. Ich weiß Bescheid.«

»Es gefiel ihm nicht, dass ich hinter seine glänzende Fassade geblickt hatte«, sagt Dan langsam. »Das konnte er nicht ertragen.«

Ein Kreischen kündigt die Kinder an, die vom Klettergerüst zu einem kleinen, mit Luftballons geschmückten Häuschen geführt werden. Als sie an uns vorbeikommen, starren Tessa und Anna herüber, als hätten sie uns seit Tagen nicht gesehen.

»Mummy, du hast Aua!«, ruft Tessa.

»Nur ein bisschen!«, rufe ich zurück. »Ich klebe gleich ein Pflaster drauf, dann wird alles wieder gut.«

»Guckt mal, das ist mein Daddy! Da ist er!« Anna deutet auf Dan, und alle Kinder starren uns an, als wären wir Promis, dabei sehen sie uns doch jeden Tag in der Schule, und alle anderen Eltern sind auch hier.

»Sollten wir mit ihnen reingehen?«, frage ich Dan, da sich mein elterliches Radar meldet. »Wird von uns erwartet, dass wir am Kuchenessen teilnehmen?«

»Nein, die Mädchen kommen auch so zurecht.«

Wir winken ihnen, als sie im Gänsemarsch im Partyraum verschwinden, wobei ich Tessa gerade noch prahlen höre: »Meine Mummy klettert *immer* auf Leitern rauf.« Wir sehen einander an, als wäre alles neu.

Ein weiterer Schleier hebt sich. Der argwöhnische Ausdruck in Dans Augen verschwindet. Als er meinem Blick begegnet, erkenne ich darin eine neue Aufrichtigkeit. Mit jeder Enthüllung verstehe ich Dan besser, erfahre immer mehr über ihn und *möchte* auch immer mehr über ihn erfahren. Ich höre Johns Stimme in meinem Kopf: *Liebe heißt, einen bestimmten Menschen unendlich faszinierend zu finden.*

Er ist mein Mann. Mein Dan. Die Sonne in meinem Herzen. Und ich weiß, er wurde lange von einer größeren, prächtigeren Sonne überstrahlt, und vielleicht war das immer unser Problem. Aber jetzt kann ich überhaupt nicht mehr nachvollziehen, wie ich Dan je mit Daddy vergleichen konnte. Dan ist meine Sonne. Dan gewinnt in jeder, jeder, *jeder* Hinsicht …

»Sylvie?« Dan unterbricht mich in meinen Gedanken, und ich merke, dass Tränen über meine Wangen laufen.

»Entschuldige.« Ich schlucke, wische mir übers Gesicht. »Ich dachte nur gerade an … na ja, du weißt schon. An uns.«

»Ach, an *uns*.« Er blickt mir tief in die Augen, und wieder ist da diese neue Aufrichtigkeit in seinem Blick: ein Bekenntnis. Wir haben eine neue Verbindung. Wir haben uns verändert. Alle beide.

»Und was jetzt?«, bringe ich schließlich hervor.

»Achtundsechzig Jahre minus ein paar Wochen«, sagt Dan schließlich in einem Ton, den ich nicht deuten kann. »Das ist immer noch eine ziemlich lange Zeit.«

Ich nicke. »Ich weiß.«

»Verdammt lange. Ich meine … puh!«

»Jep.«

Dan schweigt einen Moment, und ich halte die Luft an. Als er aufblickt, spricht aus seinen Augen etwas, bei dem sich mir das Herz zusammenkrampft.

»Ich bin bereit, wenn du es bist.«

»Bin ich.« Wieder nicke ich, kann kaum sprechen. »Bin ich. Ich bin bereit.«

»Na dann. Okay.«

»Okay.«

Dan zögert einen Moment, dann hebt er seine Hand. Sanft berühren sich unsere Fingerspitzen, und meine Haut kribbelt, wie ich es jetzt nicht erwartet hätte. Meine Nervenenden spielen verrückt. Was passiert mit mir? Alles fühlt sich so neu an. So unvorhersehbar. Dan küsst meine Hände, ohne mich aus den Augen zu lassen, und ich starre ihn an, gebannt, möchte mehr. Möchte mit ihm allein sein. Möchte diesen Mann, den ich liebe, neu entdecken.

»Sylvie? Dan? Kommt ihr auch?«, ruft uns eine fröhliche Stimme. Beide fahren wir erschrocken herum und sehen, dass uns die Mutter des Geburtstagskinds, eine Frau namens Gill, von der Tür des Partyraums her zuwinkt. »Es gibt auch Knabberkram für die Eltern! Und Prosecco …«

»Vielleicht gleich!«, ruft Dan höflich. »Womit ich sagen will: ›Siehst du nicht, dass wir beschäftigt sind?‹«, fügt er in einer Lautstärke hinzu, die nur ich hören kann.

»Sei nicht so«, sage ich tadelnd. »Sie bietet uns Prosecco an.«

»Ich will keinen Prosecco. Ich will dich. Jetzt gleich.« Er betrachtet mich mit einem Verlangen, wie ich es seit Jahren nicht erlebt habe, mit einer Dringlichkeit, die mir einen warmen Schauer beschert. Schwer atmend packt er mich bei den Hüften, und ich glaube, er würde mich am liebsten hier und jetzt nehmen. Aber wir sind im Battersea Park auf einem Kindergeburtstag. Manchmal denke ich, Dan vergisst so was.

»Wir haben noch siebenundsechzig Jahre und ein bisschen«, rufe ich ihm in Erinnerung. »Wir finden schon noch eine passende Gelegenheit.«

»Ich will keine andere Gelegenheit.« Er vergräbt sein Gesicht an meinem Hals.

»Dan!« Ich gebe ihm einen kleinen Klaps. »Wir werden noch verhaftet.«

»*Na gut.*« Er rollt komisch mit den Augen. »*Okay*. Gehen wir Prosecco trinken. Vielleicht solltest du dir auch mal das Gesicht waschen«, fügt er hinzu, als wir langsam den mit Luftballons geschmückten Weg entlanglaufen. »Nicht dass der blutverschmierte ›Zombie‹-Look dir nicht stehen würde …«

»Oder ich könnte auch die Kinder erschrecken«, schlage ich vor. »Ich könnte den Horror-Zombie-Clown geben.«

»Gefällt mir.« Er nickt und krault meinen Nacken. »Und der gefällt mir auch. Gefällt mir sogar sehr.«

»Gut.«

»*Sehr* sehr.« Es scheint, als könnten seine Finger gar nicht von meinem Nacken lassen. Seine Stimme ist ein dunkles Knurren, und plötzlich schießt mir ein Gedanke durch den Kopf: *O mein Gott, stand Dan die ganze Zeit eigentlich eher auf kurze Haare, und ich wusste nichts davon?*

»Die Mädchen sind natürlich nicht begeistert«, erkläre ich ihm.

»Das kann ich mir vorstellen.« Dan wirkt amüsiert. »Und Mrs Kendrick?«

»Mag es auch nicht. Ach, noch etwas«, füge ich hinzu. »Ich denke daran, den Job zu wechseln.«

»Okay«, sagt er schließlich. »Wo ist meine Frau, und was hast du mit ihr gemacht?«

»Wieso?« Herausfordernd stelle ich mich seinem Blick. »Willst du sie wiederhaben?« Vor meinem inneren Auge sehe ich die wohlbehütete Prinzessin Sylvie, die ich einmal war. Es kommt mir vor, als wäre das alles schon eine Ewigkeit her.

»Nein«, sagt Dan, ohne mit der Wimper zu zucken. »Die kannst du behalten. Ich mag die neue Version.«

»Ich auch.« Noch immer kann er seine Hand nicht von meinem Nacken nehmen, und ich möchte auch nicht, dass er aufhört. Es kribbelt am ganzen Körper. Ich hätte mir die Haare schon vor *Jahren* abschneiden sollen.

Mittlerweile sind wir beim Partyhäuschen angekommen. Ich höre das Kreischen der Kinder, das Plaudern der Eltern und all die Gespräche, die über uns hereinbrechen werden, sobald wir eintreten. Dan bleibt auf der Schwelle stehen, mit der Hand in meinem Nacken. Ein konzentrierter, fragsamer Ausdruck streicht über sein Gesicht.

»Es ist nicht leicht, oder?«, sagt er feierlich, als käme er zu einer allmächtigen Erkenntnis. »Ehe. Liebe. Das ist alles nicht so einfach.«

Und als er das sagt, fallen mir Tildas Worte wieder ein. Wie recht sie doch hatte.

»Wenn Liebe einfach ist …«, ich zögere, »dann macht man irgendwas falsch.«

Schweigend blickt Dan mir in die Augen, und obwohl ich nicht mehr die allwissende Sylvie bin, sind die tiefen Gefühle nicht zu übersehen. Alte Wut. Zärtlichkeit. Liebe.

»Na, dann scheinen wir ja wohl echte Profis zu sein.« Er zieht mich an sich und küsst mich fest, wild entschlossen, wie ein Versprechen. Ein Schwur. Dann schließlich lässt er mich los. »Komm, holen wir uns diesen Prosecco.«

KAPITEL ACHTZEHN

Das Haus steht ganz allein auf einem Kliff. Riesige Fenster umrahmen den Blick aufs Meer. Ein mächtiges u-förmiges Sofa bestimmt den Raum, und hübscher Duft liegt in der Luft. Ich sitze am einen Ende des Sofas und Lynn mir gegenüber.

Jocelyn, meine ich. Ich weiß, sie nennt sich Joss. Aber während ich sie so ansehe, kann ich nichts anderes denken als: *Lynn.*

Es ist, als würde ich ein Magic-Eye-Bild betrachten: Auf den ersten Blick ist da Joss. Die berühmte Joss Burton, Gründerin von *Labyrinth,* wie ich sie aus Büchern und Zeitschriften kenne, mit ihrer markanten weißen Strähne und den dunklen, wachen Augen. Aber darunter schimmert Lynn durch. Spuren meiner Lynn. Vor allem in ihrem Lächeln. Ihrem Lachen. So wie sie nachdenklich die Nase kraus zieht. Wie sie mit den Händen spricht.

Sie ist Lynn. Meine imaginäre Freundin Lynn, aus Fleisch und Blut, ganz und gar nicht irreal. Ich komme mir vor, als würde ich dem Weihnachtsmann und meiner guten Fee zugleich begegnen, vereint im Körper einer eleganten, sehr realen Frau.

Es ist nicht das erste Mal, dass ich ihr als Erwachsene begegne. Vor einem Monat haben wir uns schon einmal getroffen. Trotzdem fühlt es sich noch unwirklich an, hier zu sein. Hier bei ihr.

»Damals habe ich jeden Tag mit dir gesprochen«, sage ich und umfasse meine Tasse Kamillentee mit beiden Händen. »Dir von meinen Problemen erzählt. Oft lag ich im Bett und habe mir dich bildlich vorgestellt … und einfach mit dir geredet.«

»Und war ich dir eine Hilfe?« Joss lächelt so, wie ich sie in Erinnerung habe: warmherzig und immer ein kleines bisschen frotzelnd.

»Ja.« Ich erwidere ihr Lächeln. »Mit dir habe ich mich immer besser gefühlt.«

»Gut. Noch Tee?«

»Danke.«

Während Joss mir frischen Kräutertee einschenkt, schweift mein Blick aus dem Fenster zu den Klippen und dem endlosen Dezemberhimmel mit der aufgewühlten See darunter. Ich gehe absichtlich an meine Grenzen und stelle zufrieden fest, dass mein Puls ziemlich ruhig bleibt. Ich habe eine Therapie angefangen und hatte viel Übung – und auch wenn ich wohl nie fröhlich auf einem Drahtseil balancieren werde, habe ich meine Höhenangst doch schon viel besser im Griff. *Viel* besser.

Ich gehe gern zu meiner Therapeutin. Einmal in der Woche klopfe ich an ihre Tür und freue mich auf die Sitzung, sehr wohl wissend, dass ich das schon vor Jahren hätte machen sollen. Denn wie sich herausstellt, kann man mit ihr auch über viele andere Probleme sprechen. Wie Väter. Imaginäre FreundInnen. Vermeintliche Affären. Solche Sachen.

Natürlich habe ich inzwischen alles gelesen. Zuerst

habe ich *Durchs Hohe Labyrinth* von vorn bis hinten durchgearbeitet, zweimal, auf der Suche nach Hinweisen zwischen den Zeilen. Dann war ich bei Avory Milton und habe Joss' komplette Beschreibung der schrecklichen Verfehlungen meines Vaters gelesen. Es dauerte den ganzen Morgen, weil ich immer wieder Pausen brauchte. Ich konnte es einfach nicht glauben. Ich wollte es nicht glauben. Dann glaubte ich es. Und hasste mich dafür.

Es dauerte Wochen, bis sich in meinem Kopf alles zurechtgerüttelt hatte. Und jetzt denke ich …

Was denke ich?

Ich atme aus, während sich meine Gedanken in demselben Kreis drehen wie immer, seit dem Tag, an dem ich Mary Smith-Sullivan zum ersten Mal aufgesucht habe.

Ich denke, Joss ist ein ehrlicher Mensch. Das denke ich. Ob jedes einzelne Detail stimmt, kann ich nicht beurteilen. Aber sie ist ehrlich. Mary Smith-Sullivan hat da ihre Zweifel. Immer wieder betont sie: »Ihr Wort steht gegen seins.« Was stimmt, und als Anwältin muss sie ihre Klienten schützen. Das verstehe ich.

Aber für mich klingt Joss absolut glaubwürdig. Bei der Lektüre ihrer Beschreibungen sprangen mich immer wieder so kleine Details an – was er gesagt und wie er sich verhalten hatte. Oft dachte ich: Das ist Daddy. Und: Ja, genau so war er. Und schließlich dachte ich: Woher sollte unser sechzehnjähriges Nachbarsmädchen meinen Vater so gut kennen? Und das ließ am Ende nur einen Schluss zu.

Vier Monate ist das nun her. Ich fühlte mich wie betäubt. Nicht mal mit Dan konnte ich darüber sprechen. Aber am nächsten Morgen war mein Kopf wieder ganz klar, und ich habe Joss noch vor der Arbeit einen Brief geschrieben. Sie rief mich an, sobald sie ihn gelesen hatte, und wir haben über eine Stunde telefoniert. Ich habe geweint. Ich weiß nicht, ob es ihr auch so ging, denn sie ist ein eher stiller Mensch, den die Mühsal des Lebens geformt hat (Das ist ein Zitat aus *Durchs Hohe Labyrinth.*). Aber ihre Stimme hat gebebt. Ihre Stimme hat definitiv gebebt. Sie meinte, sie hätte im Laufe der Jahre oft an mich gedacht.

Dann haben wir uns in London getroffen und waren Tee trinken. Wir waren beide nervös, glaube ich, obwohl Joss es besser verbergen konnte als ich. Dan bot an, als moralische Unterstützung mitzukommen, doch das wollte ich nicht. Denn wenn er dabei gewesen wäre, hätte ich nie dieses bemerkenswerte Gespräch mit Joss haben können. Sie sagte, Dan sei das einzig Positive an den ganzen Auseinandersetzungen gewesen. Er hätte sie davon überzeugt, dass die Geschichte von *Durchs Hohe Labyrinth* auch ohne diese Sache mit meinem Vater stark genug sei. Dass sie sogar ablenken könnte.

»Und weißt du was?«, sagte sie dann mit leuchtenden Augen. »Er hatte recht. Ich weiß, er wollte vor allem deinen Vater schützen, aber er hatte gute Argumente. Ich bin froh, dass es kein Buch über meine Pubertät geworden ist.«

Eine Pause entstand, und ich überlegte schon, ob sie gleich sagen würde, dass sie diesen Teil ihrer Geschichte für sich behalten wollte und ich mir keine Sorgen mehr machen müsste. Doch dann holte sie einen dicken Stapel Papier hervor, und als ich ihren unsicheren Blick sah, wusste ich es gleich. »Das ist die Druckfahne von meinem neuen Buch«, sagte sie. »Ich möchte, dass du es liest.«

Und so las ich es.

Ich weiß nicht, wie ich dabei so ruhig bleiben konnte. Hätte ich es vor Monaten gelesen, ohne Vorwarnung, wäre ich ausgeflippt. Wahrscheinlich hätte ich es wütend durchs Zimmer gefeuert. Aber ich habe mich verändert. Alles hat sich verändert.

»Sylvie, ich habe mir ein wenig Sorgen gemacht nach deiner letzten Mail«, sagt Joss, als sie die Teekanne abstellt. Sie hat so eine beruhigende Art zu sprechen. Sie sagt etwas, dann macht sie eine Pause und lässt die Worte wirken, sodass man darüber nachdenken kann.

»Wieso … warum denn?«

Joss nimmt ihre Tasse und blickt einen Moment aufs Meer hinaus. Ihr neues Buch soll *Hinaus ins Freie* heißen, und in diesem Augenblick könnte ich mir keinen besseren Titel vorstellen.

»Es klang, als würdest du die Schuld auf dich nehmen. Als fühltest du dich irgendwie verantwortlich.« Sie mustert mich mit offenem Blick. »Sylvie, ich behaupte nicht, dass dein Vater meine Essstörungen ausgelöst hat, und das werde ich auch nie behaupten.«

»Na ja, vielleicht nicht.« Mein Magen verknotet sich vor schlechtem Gewissen. »Aber bestimmt …«

»Es ist wesentlich komplizierter. Er ist Teil meiner Geschichte, aber er war nicht Verursacher von irgendwas. Das musst du begreifen.« Sie klingt sehr bestimmend, und für einen Augenblick ist sie sechzehn und ich bin vier, und sie ist Lynn, die magische Lynn, die alles weiß.

»Aber die ganze Sache war auch nicht besonders hilfreich.«

»Na ja, nein. Aber das lässt sich über vieles sagen, auch über meine eigenen Macken.« Joss lächelt freundlich. »Es ist schwer für dich. Ich weiß. Alles ist neu. Ich dagegen verarbeite das schon seit Jahren.«

Mein Blick schweift durch den Raum, bleibt an den mächtigen, flackernden Kerzen hängen. Die Dinger kosten ein *Vermögen*, und sie hat acht Stück davon angezündet. Ich sitze erst eine Viertelstunde hier und bin jetzt schon wie hypnotisiert von ihrem Duft. Ich fühle mich, als wäre ich endlich in der Lage, das Thema anzusprechen, das zwischen uns im Raum steht.

»Also, wie ich schon in meiner Mail geschrieben habe … Ich hab das Ding jetzt durchgelesen«, sage ich langsam. »Das neue Buch.«

»Ja«, sagt Joss. Es ist nur eine Silbe, und doch verrät mir ihre Stimme gesteigerte Aufmerksamkeit, und ich sehe, wie sie ihren Kopf neigt wie ein kleiner Vogel.

»Ich finde es … kraftvoll. Inspirierend. Nein …« Mir fehlt das richtige Wort. »Ich verstehe, wieso du es schreiben wolltest. Ich glaube, viele Frauen werden es lesen und begreifen, wie leicht man in so eine schlimme Situation geraten kann, und vielleicht hilft es zu verhindern, dass sie in dieselbe Falle gehen.«

»*Genau.*« Joss beugt sich vor, und ihre Augen leuchten mich an. »Sylvie, ich bin so froh, dass dir klar geworden ist … dass es kein Skandalbuch sein will. Mir geht es nicht darum, deinen Vater bloßzustellen. Wenn ich jemanden bloßstelle, dann mich, mein sechzehnjähriges Ich, meine Komplexe und irrigen Vorstellungen, meine falschen Denkmuster. Und ich hoffe, eine neue Generation von Mädchen kann daraus lernen.«

»Ich finde, du solltest es veröffentlichen.«

Da. Die Worte sind heraus. Seit Wochen tanzen wir darum herum. Ich hatte mit Mummy und den Anwälten und Dan und meiner eigenen, fürchterlichen Verwirrung zu kämpfen. Als Erstes habe ich versucht, mir Gehör zu verschaffen – um mir dann zu überlegen, was ich wirklich denke.

Erst als ich die Druckfahne tatsächlich gelesen habe, wurde mir klar, was Joss tat, was sie sagen wollte, dass ihre Geschichte anderen eine Hilfe sein sollte. Mummy konnte nur denken, dass Daddys Name fiel. Dan konnte nur denken, dass er mich beschützen wollte. Die Anwälte konnten nur denken, dass sie ihren Job machen wollten. Aber ich konnte Lynn sehen. Die weise, gutherzige, humorvolle, talentierte Lynn, die etwas Negatives nahm und es in etwas Inspirierendes verwandelte. Wieso sollte ich Lynn zum Schweigen bringen?

Ich weiß, dass Mummy mich für eine Verräterin hält. Sie wird immer glauben, dass Joss lügt, dass die ganze Geschichte nichts als ein bösartiges Märchen ist, das unsere Familie treffen soll. Als ich Mummy gefragt habe, ob sie Joss' Ausführungen eigentlich gelesen hat, verlor sie die Fassung: »*Wie* könnte auch nur ein Wort davon wahr sein? *Wie?*«

Am liebsten hätte ich entgegnet: »Und was ist mit meiner imaginären Freundin?« Aber das habe ich mir verkniffen.

Joss neigt ihren Kopf. »Danke«, sagt sie leise, und einen Moment lang schweigen wir beide.

»Weißt du noch, wie wir mit dem Boot der Mastersons rausgefahren sind?«, frage ich schließlich.

»Aber ja.« Sie blickt auf, mit leuchtenden Augen. »Oh, Sylvie, du warst so süß in deiner kleinen Rettungsweste.«

»Ich wollte *so* gern einen Delfin sehen«, sage ich lachend. »Hab ich aber nie.«

Ich habe mir in meiner Erinnerung immer ein paar Blitzlichter dieses Tages bewahrt. Blauer Himmel, glitzerndes Wasser, wie ich auf Lynns Schoß sitze, wie sie »Kumbaya« singt. Woraus dann natürlich eine »imaginäre« Erinnerung wurde, an die ich mich nur umso fester geklammert habe. Ich habe Gespräche und Spiele erfunden. Ich habe unsere geheime Freundschaft ausgeschmückt. Ich habe eine ganze Fantasiewelt erschaffen, einen Ort, an den ich mich flüchten konnte.

Der Witz ist, dass ich Lynn vermutlich längst vergessen hätte, wenn mir meine Eltern nicht weisgemacht hätten, dass ich sie mir nur einbilde.

»Ich würde so gern deine Kinder kennenlernen«, sagt Joss in die Stille hinein. »Bring sie doch mal mit.«

»Unbedingt.«

»Manchmal haben wir hier auch Delfine«, fügt sie zwinkernd hinzu. »Ich tu mein Bestes.«

»Ich sollte jetzt besser los.« Widerwillig stehe ich auf. Devon ist weit weg von London, und ich muss heute Abend zurück sein.

»Komm bald wieder. Bring deine Familie mit. Und Samstag viel Glück«, fügt sie hinzu.

»Danke.« Ich lächle. »Tut mir leid, dass ich dich nicht einladen konnte …«

Joss allein zu besuchen, ist das eine. Sie im selben Raum mit Mummy zu haben, würde zu weit gehen. Mummy weiß, dass ich Kontakt zu Joss habe, doch das gehört eindeutig in die Kategorie der Dinge, die sie nicht wahrhaben will.

Joss nickt. »Natürlich. Aber ich werde an dich denken«, sagt sie und drückt mich fest an sich, und ich spüre, dass trotz allem doch etwas Gutes aus dieser Sache erwachsen ist. Eine neue Freundschaft. Eine neue alte Freundschaft.

Aber diesmal real.

Und dann ist plötzlich Samstag, und ich mache mich bereit. Make-up: fertig. Kleid: sitzt. Haare: eingesprüht. Mehr kann man damit nicht machen. Selbst Blumen würden lächerlich aussehen.

Meine Haare sind mittlerweile noch kürzer als vorher. Ich war beim Friseur, und nach anfänglichem Schock wies mich mein Stylist Neil darauf hin, dass er »richtig tief eingreifen« müsste, um es gleichmäßig hinzukriegen. Er nennt es meinen »Twiggy-Look«, was lieb von ihm ist, weil ich Twiggy kein bisschen ähnlich sehe. Aber die Frisur steht mir. Das ist die allgemeine Meinung. Alle, die anfangs blass wurden, als sie mich sahen, sagen jetzt: »Weißt du, eigentlich mag ich es viel lieber so.« Abgesehen von Mummy natürlich.

Ich habe in den letzten sechs Monaten oft versucht, mit Mummy zu reden. Immer wieder habe ich auf ihrem Sofa gesessen und verschiedene Themen angesprochen. Ich habe versucht, ihr zu erklären, warum ich mir die Haare abgeschnitten habe. Und warum ich laut geworden bin. Und warum ich nicht mehr wie ein kleines Kind behandelt werden möchte, das rausgeschickt wird, wenn die Erwachsenen etwas zu besprechen haben. Ich habe versucht, ihr zu erklären, wie falsch es war, mich wegen »Lynn« zu belügen. Ich habe versucht, ihr zu erklären, dass ich nicht mehr weiß, was ich für Daddy empfinden soll. Immer und immer wieder habe ich versucht, ein offenes, aufrichtiges Gespräch mit ihr zu führen, wie wir es schon lange hätten haben sollen.

Aber es prallt alles an ihr ab. Nichts kommt bei ihr an. Weder will sie mir in die Augen sehen noch will sie das Geschehene wahrhaben oder ihre Position auch nur um einen Daumenbreit verändern. Für sie ist Daddy nach wie vor der goldene, unantastbare Held unserer Familie, Joss ist die Böse, und ich die Abtrünnige. Sie ist gefangen in einer verknöcherten Wirklichkeit, umgeben von ihren Fotos von Daddy und dem Hochzeits-Video, das sie immer noch einlegt, wenn die Mädchen sie besuchen kommen. (Ich möchte es mir nicht mehr ansehen. Damit bin ich fertig. Vielleicht sehe es mir später noch mal an, in zehn Jahren oder so.)

Als ich neulich mal allein zum Brunch bei ihr war, haben wir über keines der Themen mehr gesprochen. Wir haben überlegt, wohin Mummy mit Lorna in den Urlaub fliegen könnte, und sie hat Bellinis gemacht, und ich habe ein Set Vorsteckringe gekauft – ach so vielseitig verwendbar – zum absolut einmaligen Sonderpreis von 39,99 Pfund (Einzelpreis für alle fünf: 120,95 Pfund). Und am Ende sagte sie: »Schätzchen, es war wirklich zauberhaft mit dir«, und ich glaube, sie hat es auch so gemeint. Sie mag die Seifenblase, in der sie lebt. Sie ist froh und glücklich damit. Sie hat kein Interesse daran, sie platzen zu lassen.

»Mummy!« Tessa kommt in mein Zimmer gerannt, im Outfit ihrer Wahl – Chelsea-Trikot, Balletträckchen und Glitzer-Sneakers. Eine Nanosekunde lang habe ich überlegt, durchzugreifen und ihr das hübsche rosa Kleidchen von Wild & Gorgeous anzuziehen, das ich im Internet entdeckt habe. Doch das habe ich mir verboten. Ich werde meinen Mädchen keine Kleider aufzwingen, keine Frisuren und auch keine Gedanken, die nicht ihre eigenen sind. Soll jeder sein, wie er sein will. Soll Tessa ihr Chelsea-Trikot und Anna ihr Gruffalo-Kostüm tragen. Sie sind die perfekten Brautjungfern. Oder was auch immer.

»Daddy sagt: ›Wir sehen uns da‹«, verkündet sie.

»Okay.« Ich strahle sie an. »Danke.«

Den alten Brauch, dass man die Nacht vorher nicht zusammen verbringen darf, haben wir uns gespart. Schließlich ist es keine Trauung – wir wollen uns einfach noch mal die Treue schwören. Dafür haben wir beschlossen, getrennt dort anzukommen. Um dem Tag seinen Zauber zu lassen.

Und mein Kleid hat Dan auch noch nicht gesehen, also weiß er nicht, dass ich mir ein superelegantes, trägerloses hellgraues Designerstück von Vera Wang geleistet habe. Wobei ich es mir allerdings nicht selbst geleistet habe. Mummy hatte angeboten, mir für den Anlass ein teures Kleid zu spendieren, und ich habe ohne Zögern angenommen. Es war ja Daddys Geld. Ich dachte, das ist er mir schuldig.

Dan und ich hatten neulich ein kleines Gespräch über Geld. Ich gab zu, dass ich ihn lange für mimosig gehalten hatte, was das viele Geld meines Vaters anging, und er zuckte mit den Schultern, als sei ihm das Thema unangenehm.

»Schon möglich«, sagte er. »Kann sogar sein, dass ich in vielerlei Hinsicht mimosig war, was deinen Vater angeht.« Dann gestand er mir, dass er tatsächlich eine kleine Macke hat, was die Verantwortung für seine Familie angeht, und ich sagte: »Genau wie dein Dad«, und er hat mir nicht widersprochen.

Daraufhin habe ich versucht zu beweisen, dass wir im Grunde von meinem Einkommen leben können (wenn wir so *einiges* ändern würden) und dass die alten Rollenklischees tot sind. Und wenn er ein echter Feminist wäre, sollte er sich nicht verpflichtet fühlen, die Brötchen zu verdienen, sondern könnte die Familie auch auf andere Weise unterstützen. Und Dan hörte mir höflich zu und gab mir in allem recht und sagte dann: »Im Moment haben wir gerade einen Riesenauftrag. Wäre es also okay, wenn ich finanziell ein wenig beisteuere, zumindest vorübergehend?«

Gott sei Dank.

Ich trage etwas *Labyrinth*-Maiglöckchen-Parfum auf – ein Geschenk von Joss –, dann steige ich in meine Schuhe und mache mich auf den Weg nach unten, wo ich die Mädchen bei Dora stehen sehe.

»Ich will, dass sie spricht«, sagt Tessa, die gerade *Harry Potter* zum ersten Mal gesehen hat. »Dora, sprich!«, kommandiert sie. »*Sprich!*«

»Sprechende Schlangen gibt es gar nicht«, sagt Anna und sucht bei mir Bestätigung. »Ausgedachtes gibt es nicht in echt, oder, Mummy?«

»Nein«, sage ich, »gibt es nicht.«

Ich werde ihnen nicht erzählen, dass meine ausgedachte Freundin lebendig wurde. So was Kompliziertes, Seltsames können sie in ihren kleinen Köpfen nicht brauchen. Wenn sie Joss kennenlernen, wird die für sie einfach nur Joss sein.

»Bis dann, Dora«, sage ich und scheuche die Mädchen aus der Küche. Ich kann nicht gerade sagen, dass mir Dora ans Herz gewachsen ist, aber ich kann sie ansehen. Ich kann anerkennen, dass sie ein erstaunliches Wesen ist. Besonders seit ich weiß, dass sie aus der Küche auszieht. *(Grins.)*

Unser Garten wird mehr oder weniger komplett umgestaltet. Die Wendy-Häuser sind schon weg, und die Mädchen haben es kaum mitbekommen. Stattdessen kriegen wir ein neues Gartenhaus für Dan, ganz aus Glas und Holz, in dem er sein Büro und Dora unterbringen will. Und wir werden ein Gemüsebeet anlegen.

»Wenn du so ein toller Gartenexperte bist«, meinte ich eines Abends zu Dan, »wieso essen wir dann eigentlich nicht jeden Abend selbst gezogenen Salat?« Da hat er gelacht und gleich seinen Kumpel Pete angerufen, der Landschaftsgärtner ist, und gemeinsam haben sie einen völlig neuen Garten entworfen. Sie planen sogar, ein paar winterfeste Einjährige anzupflanzen. Woraufhin Dan plötzlich wieder einfiel, dass ich schon einmal sein Interesse an unserem Garten wecken wollte, und er hat sich dafür entschuldigt, dass er damals keinen Sinn dafür hatte. Das musste er nicht. Ich verstehe schon. Ihm gingen ganz andere Sachen durch den Kopf.

Dann haben wir Mary Holland zum Essen eingeladen,

um mit ihr unseren Kräutergarten zu planen. (Auch um ihr – und einander – zu zeigen, dass alle Missverständnisse ausgeräumt sind.) Das war sehr nett, nicht zuletzt weil auch John von nebenan einen Blick über den Zaun warf und sich an der Diskussion beteiligte. Schließlich kam er zu uns rüber, und mit einem Mal hatten wir dieses hoch qualifizierte Expertenforum in unserem Garten versammelt, und alles nur für ein winzig kleines Kräuterbeet.

Seitdem hat uns Mary noch ein paarmal besucht – sie versteht sich auch mit Tilda gut. (»Jetzt sehe ich, wieso du in Sorge warst«, flüsterte mir Tilda ins Ohr, kaum fünf Sekunden, nachdem die beiden einander vorgestellt worden waren.) Mittlerweile hat Dan sich angewöhnt, regelmäßig bei John reinzuschauen und ihn auf seine Arbeit anzusprechen (während er heimlich dafür sorgt, dass immer was im Kühlschrank ist), und es kommt mir so vor, als hätte sich unser Leben ein wenig geöffnet. Wir verbringen etwas weniger Zeit damit, uns unsere Vergangenheit auf DVD anzusehen, und etwas mehr damit, unser gegenwärtiges Leben auszubauen.

Da Dan sein Büro jetzt nicht mehr braucht, konnten die Mädchen eigene Zimmer bekommen. (Nur dass sie keine eigenen Zimmer haben wollten und gleich in Tränen ausbrachen, als wir davon anfingen. Tessa hat geheult: »Aber Anna wird mir doch fehlen!«, und sich an sie geklammert, als müsste ihre Schwester ins Arbeitslager.)

Der Wagen wartet vor der Haustür, und als ich hinter mir abschließe, fällt mir plötzlich unsere Hochzeit ein. Wie Daddy mich aus dem Haus geführt hat. Dass ich aussah wie eine Disney-Prinzessin. Das alles scheint mir schon ewig her zu sein. Ein völlig anderes Ich. Heute führt mich niemand aus dem Haus, und die Mädchen sind schon draußen. Niemand »übergibt« mich jemand anderem. Ich bin kein Ding, das weitergereicht wird, ich bin ein Mensch. Und ich möchte mich zu einem anderen Menschen bekennen. Nicht mehr und nicht weniger.

Allerdings ist es auch ganz nett, in einem schicken Auto kutschiert zu werden. Die Mädchen winken Passanten zu, ich trage mehrmals Lipgloss auf und gehe noch mal durch, was ich gleich sagen werde. Und noch bevor ich dafür bereit bin, halten wir schon vor dem Willoughby House. Obwohl ich weiß, dass es nicht meine eigentliche Hochzeit ist und ich keine echte Braut bin und das Ganze eigentlich keine große Sache ist … werde ich doch mit einem Mal nervös.

Der Fahrer hält mir die Tür auf, und als ich so elegant wie möglich aussteige, bleiben Passanten stehen, um zu fotografieren, besonders als Anna in ihrem Gruffalo-Kostüm herausklettert, mit ihrem Sträußchen in der Hand. Mary hat uns heute Morgen drei mit Efeu gebundene Eukalyptussträußchen vorbeigebracht, zusammen mit einer Knopflochblume für Dan. Alles aus St Philip's Garden. Sie drückte mich fest an sich und sagte: »Ich freue mich so, so sehr für euch«, und es war ihr anzusehen, dass sie es ehrlich meinte.

»Okay, Mädels«, sage ich, als wir bereit sind. »Los geht's!« Und ich drücke die massive Eingangstür zum Willoughby House auf.

Ich bin überwältigt. Alles ist mit Blumen geschmückt,

auch die Treppengeländer. Die Gäste sitzen auf goldenen Stühlen, von der Eingangshalle bis hinein in den Salon. Musik setzt ein, und ich schreite langsam die Stuhlreihen entlang wie durch einen Mittelgang.

Ich sehe viele Freiwillige, die mich mit verträumtem Lächeln betrachten, alle mit pastellfarbenen Hüten auf dem Kopf. Dans Eltern haben sich ordentlich herausgeputzt, und ich strahle Sue an. Vor zwei Wochen war ich mit ihr essen, und wie es scheint, haben Neville und sie wieder mit dem Tanzen angefangen. Sie klang ganz begeistert. Auf jeden Fall sahen die beiden schon lange nicht mehr so entspannt aus.

Da ist Mary, wunderschön in ihrem aquamarinfarbenen Kleid … Tilda mit besticktem Tuch … Toby und Michi … Mummy in einem neuen pinkfarbenen Kostüm, unterhält sich angeregt mit Michi (verkauft ihr wahrscheinlich irgendwelche Ringe). Mein Herz geht auf, als ich John sehe, mit seinem unverkennbaren weißen Haarschopf, ganz allein am Ende einer Reihe. Er ist gekommen. Obwohl es Owen in letzter Zeit wirklich nicht gut geht, ist er doch gekommen.

Clarissa steht am Rand, nimmt alles auf Video auf, während Robert von der anderen Seite aus filmt. Unsere Blicke treffen sich, als ich an ihm vorbeischreite, und er nickt mir zu. Er ist ein feiner Kerl, dieser Robert.

Und dort, ein Stück voraus, auf einem kleinen, mit Teppich ausgelegten Podium, steht Dan. Er trägt einen eleganten blauen Anzug, der seine Augen betont. Seine Haare leuchten im Sonnenschein, der durch das berühmte goldene Buntglasfenster hereinfällt. Und wie er da so steht und stolz beobachtet, wie ich mit den Mädchen auf ihn zukomme, erinnert er mich an einen Löwen. Einen siegreichen Löwen. Glücklich und zufrieden. Der König der Löwen.

(Mit mir als Königin natürlich. Ich denke, da sind wir uns einig.)

Die Idee, Willoughby House für Hochzeiten zu nutzen, stammt von mir. Nachdem Dan und ich beschlossen hatten, unseren Liebesschwur zu erneuern, habe ich gegoogelt, wo man das vielleicht tun könnte, und alle Anbieter warben mit »eleganten Räumen«, einer Halle, die »Geschichte atmet«, und ich dachte: Warte, warte, warte …

Willoughby House braucht doch Einnahmen! Und für Hochzeiten ist es wie geschaffen!

Es dauerte etwas, bis wir die Genehmigung bekamen, aber seitdem hatten wir schon drei Hochzeiten (alles Töchter von Sponsoren), und jeden Tag trudeln neue Anfragen ein. Dadurch hat sich die Atmosphäre im Haus sehr verändert. Ständig kommen Blumen und Bräute mit all der Hoffnung und Aufregung, die Hochzeiten so mit sich bringen. Es macht Spaß. Dadurch fühlt es sich wieder wie ein lebendiges Haus an.

Und nicht nur das: Unsere Website ist fertig! Eine richtige, funktionierende Website, auf der man Tickets buchen und sich über Veranstaltungen informieren kann. (Der Online-Shop kommt noch.) Und ich freue mich jedes Mal, wenn ich mich einlogge, weil diese Website nicht so ist wie alle anderen, sondern wie *wir*. Wir konnten uns keine rotierenden 3-D-Animationen oder Promi-Audiotouren leisten, aber dafür gibt es auf allen Seiten hübsche Zeichnungen vom Haus und von Ausstellungsstücken und sogar eine Skizze von Mrs Kendrick auf der Seite *Familiengeschichten*. Das Ganze ist wirklich charmant, und es scheint mir die perfekte Mischung aus alt und neu zu sein. Genau wie Willoughby House. (Und auch genau wie Mrs Kendrick, die gerade erst WhatsApp für sich entdeckt hat und Clarissa und mir stündlich Emojis schickt.)

»Herzlich willkommen!« Mrs Kendrick tritt vor, und ich muss mir direkt das Lachen verkneifen, denn sie hat sich ein langes Gewand zugelegt. So etwas wie einen Highschool-Talar, in Dunkelrot, mit weiten Ärmeln und eckigem Ausschnitt.

Ich muss sagen, er steht ihr ganz gut.

Als sich uns die Frage stellte, wer die Zeremonie durchführen sollte, fiel uns ein, dass es ja keine offizielle Zeremonie ist und daher jeder infrage kommt. Und offen gesagt wusste ich niemanden, den ich lieber dafür haben wollte als Mrs Kendrick. Sie war sehr gerührt. Dann stellte sie mir täglich hundert Fragen dazu, bis ich wünschte, ich hätte irgendwen anders darum gebeten.

Doch jetzt steht sie da, strahlt in die Runde, als gehörte ihr der Laden – was natürlich der Fall ist –, und sagt: »Wir freuen uns heute sehr, Dan und Sylvie in unserem geschichtsträchtigen Haus willkommen zu heißen. Sie sind hier, um ihr Ehegelübde zu erneuern. Was ein ehrenhaftes Ansinnen ist, das man nicht auf die leichte Schulter nehmen sollte«, fügt sie hinzu und macht dramatische Gesten mit den wehenden Ärmeln ihrer Robe. »Was Gott gefügt hat, soll der Mensch nicht trennen!«

Okay … wie bitte? Das klingt mir doch alles sehr spontan. Aber sie scheint sich prächtig zu amüsieren und wedelt mit ihren Ärmeln herum. Was macht es also schon?

»Nun denn!«, fährt sie fort, »Sylvie und Dan haben selbst ein paar Zeilen verfasst.« Sie tritt beiseite, und ich wende mich Dan zu.

Mein Dan. Er ist von goldenem Licht umstrahlt. Liebevoll lächelt er mich an. Eigentlich dachte ich, ich hätte mich im Griff, kein Problem ... aber plötzlich kriege ich kein Wort heraus.

Und auch Dan hält die Luft an, und ich merke, wie gerührt er ist. Warum nur wollten wir dermaßen emotionale Bekenntnisse unbedingt vor so vielen Leuten ablegen? Wie sind wir nur darauf gekommen, das könnte eine gute Idee sein?

»Sylvie«, sagt er mit etwas unsicherer Stimme. »Bevor ich dir ewige Treue schwöre, möchte ich dir noch etwas sagen.« Er beugt sich vor und flüstert mir ins Ohr: »Wir fliegen morgen nach St Lucia. Es ist alles gebucht. Wir vier. Familienflitterwochen. Überraschung.«

Bitte? *Wie bitte?* Ich dachte, mit Überraschungen wären wir *fertig*. Das war so nicht abgemacht. Obwohl, andererseits – St Lucia! Ich blinzle ein paarmal, dann beuge ich mich vor und flüstere in sein Ohr.

»Ich hab kein Höschen an. Überraschung.«

Ha! Sein Gesichtsausdruck!

Dan scheint seinen Treueschwur vorübergehend vergessen zu haben, also will ich gerade mit meinem loslegen, als in der Eingangshalle eine leichte Unruhe laut wird. Im nächsten Augenblick bahnt sich Dr. Bamford einen Weg in den Salon. Er winkt uns fröhlich zu und setzt sich auf einen Stuhl.

»Überraschung«, sage ich zu Dan. »Ich fand, er sollte dabei sein. Schließlich hat mit ihm alles angefangen.«

»Gute Idee.« Dan nickt, und sein Blick wird sanft. »Gute Idee.«

Und dann haben wir irgendwann unsere Schwüre abgeleistet und mussten nicht weinen und sind nicht gestolpert, und alle haben applaudiert, und wir sind beim Sekt angekommen. Clarissa spielt Jazzplatten auf dem alten Grammofon ab, und einige der freiwilligen Helfer tanzen auf einem improvisierten Parkett. Mir fällt auf, dass Robert sich angeregt mit Mary unterhält – hm, das wäre doch auch eine Idee –, und Dans Eltern legen einen ziemlich smarten Quickstep auf den Tanzboden. Neville ist ganz auf Sue konzentriert, und zu sehen, wie die beiden sich perfekt synchron bewegen, lässt mich staunen. Und dann, als könnte sie spüren, dass ich sie beobachte, lächelt Sue mich über Nevilles Schulter hinweg an, und ich winke zurück.

Ich fange Clarissas Blick auf, als sie gerade eine neue Schallplatte aufs Grammofon legt, und schenke ihr ein freundliches Lächeln. Clarissa war auch so eine Überraschung. Vor drei Monaten verkündete sie, sie hätte eine Geistergeschichte über Willoughby House geschrieben und als Podcast aufgenommen! Ohne jemandem davon zu erzählen! Sie meinte, die Idee sei ihr gar nicht mehr aus dem Kopf gegangen, also fand sie, es sei einen Versuch wert. Die Geschichte steht jetzt auf der Website und wird ständig heruntergeladen, und wir sind alle sicher, dass Clarissa eines Tages vom Schreiben leben wird. Nur sie selbst scheint davon noch nichts zu wissen.

Als ich hier so mit Dan stehe und die Leute betrachte, beugt er sich zu mir und flüstert: »Hast du es Mrs Kendrick schon gesagt? Oder Clarissa?«

Ich weiß, was er meint, und schüttle den Kopf. »Ist nicht der richtige Moment«, sage ich leise. »Wenn wir wieder da sind.«

Ich bin so stolz auf alles, was wir mit Willoughby House geschafft haben. Und ich liebe dieses Haus noch mehr, seit es einen solchen Auftrieb bekommen hat. Aber nichts ändert sich, wenn sich nichts ändert. Den Spruch habe ich neulich auf einem T-Shirt gesehen, und er hat mich nicht mehr losgelassen. Ich habe mich verändert. Mein Horizont hat sich erweitert. Und wenn ich weiterwachsen und mich verändern möchte, dann brauche ich neue Herausforderungen.

Es hat eine Weile gedauert, bis ich wusste, wie es weitergehen sollte, aber schließlich habe ich genau das Richtige gefunden. Ich leite die Kampagne für die neue Kinderklinik im New London Hospital. Als ich die Stellenanzeige gelesen habe, dachte ich gleich: *Ja!* Es ist eine große Aufgabe, und ich musste Cedric und seinen Vorstand erst davon überzeugen, dass sich meine Erfahrungen aus der Welt der Kunstgeschichte übertragen lassen, aber jedes Mal, wenn ich daran denke, spüre ich wieder das Adrenalin. Ich werde Kindern helfen. Ich werde auf einem ganz anderen Level Sponsorensuche betreiben. Und jemand anders kann meine Arbeit hier weiterführen – jemand mit frischem Blick und neuer Energie.

Manchmal muss man Dinge wachrütteln. Hätte ich unsere Ehe nicht wachgerüttelt – was wäre dann auf lange Sicht passiert? Ich mag so eigentlich nicht denken, weil es jetzt egal ist und sich am Ende alles zum Guten gewendet hat, aber trotzdem … Ich glaube nicht, dass es so richtig toll geworden wäre.

Wenn ich so auf uns zurückblicke, habe ich das Gefühl, dass der Dan und die Sylvie, die all die Jahre verheiratet waren, die so zufrieden miteinander waren, die dachten, das Leben sei ein Kinderspiel … das waren andere Leute. Die hatten überhaupt keine Ahnung.

»Mein Glückwunsch!« Eine donnernde Stimme grüßt uns, und schon kommt Dr. Bamford auf uns zu, mit einem Glas in der Hand. »Wie schön, Sie wiederzusehen, und vielen Dank für die Einladung! Ich wollte mir dieses Haus immer schon mal ansehen, habe es aber nie geschafft. Wunderbare Sammlung von Büchern. Und die Kellerküche! Faszinierend!«

»Wahrscheinlich wundern Sie sich über unsere Einladung.« Ich lächle ihn an. »Aber wie ich schon in meinem Brief geschrieben habe: Sie haben wirklich etwas angestoßen, als wir bei Ihnen waren, vor so vielen Monaten.«

»Ach, herrje!«, ruft Dr. Bamford, und ich merke, dass er sich überhaupt nicht mehr daran erinnert.

»Nein, das war *gut*«, versichert ihm Dan. »Letzten Endes.«

Ich nicke. »Letzten Endes. Sie haben uns erklärt, wir hätten noch achtundsechzig Jahre Ehe vor uns, und das hat irgendwie etwas ausgelöst … Na ja, wir haben nicht so toll darauf reagiert …«

»Wir haben es mit der Angst zu tun bekommen«, sagt Dan aufrichtig. »Mal ehrlich, achtundsechzig Jahre. Das sind viele DVD-Boxen.« Er lacht über seinen eigenen Scherz, aber Dr. Bamford scheint ihn nicht zu hören.

Nachdenklich mustert er Dan. Sein Blick schweift zu mir, dann wieder zu Dan.

»Achtundsechzig Jahre?«, sagt er schließlich. »Du meine Güte. Hmm. Möglicherweise habe ich die Situation ein wenig überschätzt. Dazu neige ich bisweilen. Mein Kollege Alan McKenzie hört nicht auf, mich dafür zu tadeln.«

Überschätzt?

»Was meinen Sie mit ›überschätzt‹?«, frage ich und starre ihn an.

»Was meinen Sie mit ›überschätzt‹?«, wiederholt Dan eine halbe Sekunde nach mir.

»Dr. McKenzie riet mir erst kürzlich, ein gutes halbes Prozent von meinen Berechnungen abzuziehen. Was bedeutet, dass Sie eher … sagen wir: *vierundsechzig* Jahre haben.« Freudestrahlend sieht er mich an, da bemerkt er ein vorbeiwanderndes Tablett mit Häppchen. »Ah, Räucherlachs! Entschuldigen Sie mich einen Moment …«

Während Dr. Bamford den Häppchen nachläuft, starren Dan und ich uns betreten an. Ich fühle mich betrogen. Eben hatte ich noch achtundsechzig Jahre vor mir und jetzt nur noch vierundsechzig.

»Vierundsechzig Jahre?«, presse ich endlich hervor. »*Vierundsechzig?* Das ist ja gar nichts!«

Dan scheint mir genauso schockiert. Er zieht mich an sich, als zählte jede Sekunde, hält mich ganz fest. »Okay, dann bleiben uns eben nur vierundsechzig Jahre«, sagt er. »Machen wir das Beste draus.«

»Keine Zeitverschwendung mehr«, stimme ich aus vollem Herzen zu.

»Keine Streitereien mehr.«

»Jeden Augenblick erleben.«

»Den Wecker früher stellen«, sagt Dan. »Zehn Minuten pro Tag. So können wir noch etwas mehr Zeit rausschinden.« Und er ist so aufgeregt, dass irgendwas in mir sagt: *Augenblick mal. Wir übertreiben es doch schon wieder.*

»Dan …«, sage ich sanfter. »Niemand kann das wirklich *wissen.* Wir könnten auch noch zweiundsiebzig Jahre miteinander haben. Oder zwei. Oder sogar nur zwei Tage.«

Mein Blick schweift durch den Raum, und plötzlich sehe ich alle hier in einem anderen Licht. Da ist Mummy mit ihrem zerbrechlichen Lächeln, die dachte, sie wäre noch viel länger mit Daddy zusammen. John, dem eine Zukunft ohne Owen bevorsteht. Selbst jetzt sind seine Augen voller Trauer, während er mit Tilda spricht, die selbst auch mit einem Leben fertig werden muss, das nicht so lief, wie sie es sich erhofft hatte. Dans Eltern tanzen immer noch mit entschlossenen Mienen, wollen auch, dass es funktioniert. Mary und Robert plaudern mit scheuem Lächeln – vielleicht ist das ein Anfang? Und meine Mädchen tanzen selig in Chelsea-Trikot und Gruffalo-Kostüm. Die beiden machen es richtig.

»Komm.« Ich lege eine Hand auf seinen Arm und drücke ihn zärtlich. »Komm mit, Dan. Lass uns einfach leben!«

Dann ziehe ich ihn auf die Tanzfläche, wo alle Platz machen, um uns zu applaudieren. Dan deutet ein paar Schritte an, Tilda juchzt, und die Mädchen drehen sich lachend mit mir im Kreis.

Und wir leben einfach unser Leben.

DANKSAGUNGEN

Während der Entstehung dieses Buches habe ich viel über die Länge des Lebens, über Treue und Partnerschaft nachgedacht.

Ich habe das Glück, schon seit vielen Jahren Bücher schreiben zu können, wofür ich meinen treuen Lesern unendlich dankbar bin. Schriftsteller können ihren Lesern zwar nicht »ewige Treue schwören«, aber trotzdem erhebe ich mein Glas und trinke auf euer Wohl! Vielen Dank fürs Lesen!

Darüber hinaus möchte ich diese Gelegenheit nutzen, meinen Verlegern auf der ganzen Welt zu danken. Ich kann mich glücklich schätzen, in so vielen Ländern veröffentlicht zu werden, von Großbritannien, den USA und Kanada über ganz Europa bis Südamerika, Asien und Australasien. Zu vielen meiner Verlage pflege ich seit Jahren enge und vertrauensvolle Beziehungen. Dann wieder gibt es Länder, die ich bisher noch nie besucht habe, aber dennoch bin ich mir sehr wohl bewusst, wie viel Energie und Enthusiasmus in die Veröffentlichung meiner Bücher fließt. Dafür bin ich ewig dankbar.

Besonders möchte ich meinen Agenten danken – ein ausgesprochen motivierendes Team aus sehr talentierten Leuten, die mich nur positiv überraschen könnten. (Das ist keine Aufforderung!) Araminta Whitley, Marina de Pass, Kim Witherspoon, Jessica Mileo, Maria Whelan, Nicki Kennedy, Sam Edenborough, Katherine West, Jenny Robson, Simone Smith und Florence Dodd: Ich danke euch!

Mein Dank geht außerdem an »The Board«, das fast genauso lange in meinem Leben ist, wie ich schreibe. Kann mir nicht vorstellen, wie es ohne gehen sollte.

Jenny Colgan danke ich für ihre Expertise zu *Doctor Who*.

Und abschließend – nicht zuletzt geht es in diesem Buch ja um die Ehe – möchte ich betonen, wie unermüdlich mich mein absolut erstaunlicher Mann Henry und unsere Kinder Freddy, Hugo, Oscar, Rex und Sissy unterstützen und ermutigen, mich zum Lachen bringen und mir zeigen, was Liebe auf lange Sicht bedeutet.

Sophie Kinsella

Sophie Kinsella ist Schriftstellerin und ehemalige Wirtschaftsjournalistin. Ihre Schnäppchenjägerin-Romane um die liebenswerte Chaotin Rebecca Bloomwood werden von einem Millionenpublikum verschlungen. Die Verfilmung ihres Bestsellers »Shopaholic – Die Schnäppchenjägerin« wurde zum internationalen Kinohit. Sophie Kinsella eroberte die Bestsellerlisten aber auch mit Romanen wie »Göttin in Gummistiefeln«, »Kennen wir uns nicht?«, »Frag nicht nach Sonnenschein« oder mit ihren unter dem Namen Madeleine Wickham verfassten Romanen im Sturm. Die Autorin lebt mit ihrer Familie in London.

Mehr Informationen zu Sophie Kinsella und ihren Romanen finden Sie unter: www.sophie-kinsella.de

Die Romane mit Schnäppchenjägerin Rebecca Bloomwood in chronologischer Reihenfolge:

Die Schnäppchenjägerin. Roman · Fast geschenkt. Roman · Hochzeit zu verschenken. Roman · Vom Umtausch ausgeschlossen. Roman · Prada, Pumps und Babypuder. Roman · Mini Shopaholic. Roman · Shopaholic in Hollywood. Roman · Shopaholic & Family. Roman

Außerdem lieferbar:

Sag's nicht weiter Liebling. Roman · Göttin in Gummistiefeln. Roman · Kennen wir uns nicht? Roman · Charleston Girl. Roman · Die Heiratsschwindlerin. Roman · Reizende Gäste. Roman · Kein Kuss unter dieser Nummer. Roman · Das Hochzeitsversprechen. Roman · Schau mir in die Augen, Audrey. Roman · Frag nicht nach Sonnenschein. Roman

(Alle auch als E-Book erhältlich)

G
GOLDMANN
Lesen erleben